Andreas D. Hesse

SCHATTENGLUT

Andreas D. Hesse
geboren 1974, interessierte sich schon in seiner Kindheit für Fantasy und Science-Fiction. Er studierte Deutsch und Geschichte, arbeitete in den verschiedensten Berufen und ist heute freier Schriftsteller und Lehrer.

Andreas D. Hesse

SCHATTENGLUT

Roman

Sauerländer

Bibliografische Information der Deutschen Nationalbibliothek

Die Deutsche Nationalbibliothek verzeichnet diese Publikation in der Deutschen Nationalbibliografie; detaillierte bibliografische Daten sind im Internet über http://dnb.d-nb.de abrufbar.

Umschlaggestaltung: h. o. pinxit, Basel,
unter Verwendung einer Illustration von Petra Kolitsch
Printed in Germany
ISBN 978-3-7941-8090-5
www.sauerlaender.de

Prolog

Dem Jungen ging es nicht gut. Er war so erschöpft wie nie zuvor in seinem Leben. Die feinen Schneekristalle, die ihm der Wind ins Gesicht blies, schienen die Haut auf Nase und Wangen bis auf die Knochen abzuschmirgeln. Seine Finger spürte er trotz der Handschuhe kaum noch, und jeder Schritt war eine Qual. Obwohl der Junge inmitten des Zuges marschierte und keinen Weg zu bahnen brauchte, war es unglaublich anstrengend, durch den Schnee zu stapfen. Meterhoch erhoben sich die weißen Haufen auf beiden Seiten der Straße. Bisweilen ragte eine vereinzelte, schiefe Straßenlaterne daraus hervor; ein stummes Zeugnis der untergegangenen Welt.

An einer Biegung der Straße führte der Weg vorbei an einem umgestürzten LKW, dessen Dach im Windschatten lag und daher noch nicht unter dem Schnee begraben worden war. Unter der dünnen Frostschicht auf dem Lack konnte man noch das Logo der Speditionsfirma erkennen. Hier blieb der Junge einen Moment stehen, um zu verschnaufen. Sofort erhob sich leises Gemurmel in seinem Rücken. Normalerweise war es verpönt, während des Marsches einfach anzuhalten. Aber die leisen Protestworte im Zug verstummten, als klar wurde, wer die Verzögerung verursachte. Für den Jungen galten andere Regeln.

Schwer atmend lehnte er sich gegen den Laster und rieb sich das schmerzende Gesicht. Trotz der eisigen Kälte spürte er, wie ihm am Rücken und unter den Achseln der Schweiß herunterlief. Er hätte heulen können über die Gemeinheit, dass er sich beinahe die Finger abfror und trotzdem noch schwitzte. Und bei einem Blick auf die Männer und Frauen in der Reihe hinter ihm blitzte echte

Wut in ihm auf, weil die das alles sichtbar besser wegsteckten als er, und das bloß, weil er nicht zu diesen albernen Sport-Idioten gehörte.
Sein ganzes Leben lang war er dick gewesen. Viele Jahre hatte er seinen sechzehnten Geburtstag herbeigesehnt, zu dem ihm sein Dad endlich ein eigenes Auto versprochen hatte. Laufen war dem Jungen stets als eine dümmliche Unbequemlichkeit erschienen, wie überhaupt jede Art von unnötiger Bewegung. Und nun musste er durch eine weiße Wüste in einem ihm völlig unbekannten Land marschieren, bei einer Kälte, die einem die Lungen mit jedem Atemzug schmerzen ließ, in Kleider gehüllt, die er mit zitternden Fingern den Toten abgenommen hatte.

»Alles in Ordnung, Ethan?«, fragte ein Mann in seinem Rücken schließlich besorgt.
Der Junge war zu erschöpft, um etwas zu erwidern. Er nickte nur kurz, zog die Handschuhe aus und blies sich in die fleischigen, zitternden Hände.
Der Mann hielt ihm eine Plastikflasche entgegen. »Willst du etwas trinken?«
Wortlos griff Ethan nach der Flasche und nahm einen Schluck. Das Wasser war nicht zu kalt, Fabio musste es unter der Jacke am Körper getragen haben. Er gab die Flasche zurück und schlüpfte wieder in die Handschuhe.
Einen Augenblick lang dachte er darüber nach, die Gruppe einfach hier lagern zu lassen, nur um selbst nicht mehr gehen zu müssen. Die Leute hätten ihm gehorcht, daran bestand kein Zweifel. Aber es wäre Wahnsinn gewesen. Sie mussten weiter, bis sie eine geschütztere Stelle erreicht hatten, ein Waldstück oder mit etwas Glück auch ein Haus, das vom Erdbeben nicht vollkommen zerstört worden war. Wenn sie nur endlich diese verfluchte Goldene Stadt erreichten, in deren Richtung sie nun seit Wochen wanderten, ohne auch nur zu wissen, ob es wirklich mehr war als nur die Fieberphantasie einer untergegangenen Welt.

Ethan stiegen Tränen der Verzweiflung in die Augen und er machte sich nicht die Mühe, sie vor den anderen zu verbergen. Insgeheim hoffte er, dass jemand sich seiner erbarmen und den Vorschlag machen würde, gleich hier zu lagern. Dann wäre es nicht seine idiotische Entscheidung gewesen, und wenn etwas schiefging, wenn etwa jemand im Schlaf erfror, hätte er nicht die Schuld daran gehabt. Aber selbst die Frauen sahen ihn nur wartend an, statt zu erkennen, wie miserabel es ihm ging.
Sie waren anders als seine Mom. Die hätte schon längst erkannt, dass es ihrem Sohn nicht gutging. Und sie hätte so lange auf seinen Dad eingeschimpft, bis der irgendetwas unternommen hätte, um die Sache zu regeln. Sie hatte zu Hause immer das Sagen gehabt, und sie hatte stets dafür gesorgt, dass jemand Ethans Probleme löste.
Jetzt war sie tot, begraben unter den Trümmern eines der vielen komfortablen Hotels, in die sie ihre traditionellen Familienurlaube geführt hatten.
Ethan vermisste seine Mom.

»Wollen wir weiter?«, fragte Fabio ruhig. Er blickte auf Ethan herab, ohne dass seine Gedanken zu erraten gewesen wären.
Der Mann war ein Riese, bestimmt zwei Meter zehn groß, und er hatte Schultern wie ein Bär. Die verschiedenen Jacken und Mäntel, die er übereinandertrug, ließen ihn noch gewaltiger erscheinen. In dem wilden schwarzen Bart, der sein ganzes Gesicht umkränzte und der von weißen Strähnen durchzogen war, hing eine Kruste aus Eiskristallen. Unter den buschigen Brauen stach der Blick seiner Augen hervor. Sie wirkten kalt, als wären sie aus einem grauen Kristall geschliffen. Ethan war bereits aufgefallen, dass viele Menschen zur Seite sahen, wenn Fabio sie fixierte. Ihm hingegen war der Blick nicht unangenehm. Er wusste auf eine seltsam sichere Weise, dass dieser gewaltige Mann auf seiner Seite war, egal was geschah.
»Wir sollten bald lagern«, gab Ethan schließlich zurück und sah

sich betont nachdenklich um, als wäre ihm noch nicht aufgefallen, dass dieser Platz vollkommen ungeeignet für ein Lager war.
»Hier ist es nicht gerade gemütlich«, stellte Fabio fest. Sein dröhnender Bass gab keinen Hinweis, ob er das kleine Theater durchschaute. »Es gibt keinen Schutz. Aber du hast recht. Die Leute brauchen Ruhe.«
»Genau«, nickte Ethan. Er zog das runde Gesicht in sorgenvolle Falten, um wie ein guter Anführer auszusehen. »Ich würde am liebsten noch ein wenig marschieren, aber …«
Er verstummte, als sich plötzlich ein eisiges Gefühl in seinem Bauch ausbreitete und jede Schauspielerei wegwischte.
»Was spürst du?«, fragte Fabio sofort, als er die schlagartige Veränderung im Gesicht des Jungen bemerkte. Zugleich zog er das gewaltige Brecheisen hervor, das er im Gürtel neben seinen Messern trug.
Einen Augenblick lang versuchte Ethan, die Bilder in seinem Kopf klarer werden zu lassen, aber es gelang ihm nicht. »Wesen«, stieß er dann hervor. »Nah … ganz nah.«
Fabio fuhr herum und durchbohrte das ewige Schneegeriesel mit seinem stechenden Blick. In diesem Moment wehte durch den Wind ein schrilles Kreischen zu ihnen heran, gefolgt von Schreien der Wut und des Schmerzes, immer wieder durchbrochen von einem düsteren Stöhnen, das nicht von Menschen stammen konnte. Hastig scharten sich die Männer und Frauen um Ethan und Fabio, während sie ihre verschiedenen Waffen zückten, Messer, Äxte, Eisenstangen, Knüppel mit Nägeln. Von beiden Enden des Zuges hetzten die Leute auf den umgekippten Laster zu, ohne sich nach den Angreifern in ihrem Rücken umzuwenden.
Obwohl die Geräusche der Kämpfe deutlich zu hören waren, sah man durch das Schneegestöber noch kaum mehr als dutzende von gewaltigen, dunklen Schemen, die sich ihnen von allen Seiten näherten wie eine graue Wand.
»Was ist das, Ethan?«, rief eine Frau mit sich überschlagender Stimme. »Was ist es diesmal?«

»Formiert euch!«, donnerte Fabio. »Bildet einen Kreis! Schützt Ethan!«
»Es sind hunderte!«, brüllte ein Mann, der gerade erst die Gruppe erreichte. Sein Gesicht war rot von dem Blut, das aus einem klaffenden Riss quer über seinen Schädel floss. »Ethan! Du musst etwas tun, es sind zu viele!«
Starr erwiderte Ethan den Blick des Mannes. Seine Augen leuchteten weiß aus dem feucht-roten Gesicht hervor. Bilder flackerten durch Ethans Kopf, Bilder dieser Wesen, die sich ihnen durch den Schnee näherten. Er hatte so etwas schon erlebt, das erste Mal in der Stadt, in der er das Große Beben erlebt hatte, und seitdem noch drei weitere Male. Aber immer noch hatte er Angst, dass ihn seine Kraft im Stich ließ, dass er vergessen hatte, was zu tun war. Dass alles wieder so war wie früher und er nur ein dicker, ängstlicher Junge.
Mit zitternden Lippen sog er die kalte Luft ein und schloss die Augen. Unsicher tastete er in seiner Seele nach der Glut, die tief in ihm brannte, seit die Alte Welt untergegangen war. Es dauerte ein paar Herzschläge, bis er sie gefunden hatte – und dann brauste ein Feuer in ihm auf, das heißer war als tausend Sonnen und ihn bis in die letzte Faser seines Wesens erfüllte.
Die Schreie der Kämpfenden, das grausige Stöhnen der Wesen, die Kälte in seinem Gesicht – alles verschwand, als Ethan mit knirschenden Zähnen das innere Feuer bändigte, seine tobende Kraft vollständig seinem Willen unterwarf.
Gemeinsam mit den weiß glühenden Flammen stieg in Ethan ein Gefühl des Triumphes auf. Er konnte es noch, er war Herr über diese Macht, seine Seele war die Höllenglut selbst. Ringsumher spürte er die Gefühle der Männer und Frauen. Er spürte ihre Todesangst, ihre Bitterkeit, ihre Wut.
Er spürte ihre verzweifelte Hoffnung, die nur von einem Gedanken genährt wurde: dass er, Ethan, sie alle retten würde. Und dieses Wissen erfüllte Ethan mit einem Gefühl, großartiger als jede andere Empfindung, die er je zuvor gehabt hatte. Die Menschen

brauchten ihn. Sie bewunderten ihn. Es war der Himmel auf Erden.

Plötzlich zuckte er zusammen, als eine Frau mit einem jähen Stich aus seiner Wahrnehmung verschwand, wie ein erlöschender Funke, der eine kleine, taube Stelle in seinem Bewusstsein hinterließ. Ethan war klar, dass er sie nie wiedersehen würde. Dieses Gefühl war ihm mittlerweile vertraut: der Tod eines Menschen. Zum Glück hatte er die Frau kaum gekannt. Sie war kein echter Ver-lust.

Ein weiterer Stich, ein weiterer Funke erlosch. Diesmal war ein Mann von den Monstern erschlagen worden, den Ethan ganz gern mochte. Jetzt musste er wirklich handeln, er musste diese Bestien niedermachen.

Trotzdem konnte er nicht widerstehen. Er hätte den Angriff jetzt beenden, die anderen retten können. Aber ein paar Sekunden lang gönnte er sich noch dieses wundervolle Gefühl, dass all diese Menschen in ihrer Not nur noch an ihn denken, auf Ethan hoffen konnten, ihn in ihren Gedanken geradezu anbettelten, sie von dieser grausigen Bedrohung zu erlösen. Er sog das Gefühl in sich auf wie süßen Honig, während drei weitere Seelen erloschen, drei weitere Menschen erschlagen wurden.

Dann endlich ließ er die Glut in seinem Inneren losdonnern und über die Monster hereinbrechen, die dort draußen im Schneegestöber gegen seine Leute kämpften. Die Wesen stießen allesamt einen vielstimmigen, schrillen Schmerzensschrei aus, als die Luft um sie herum binnen eines Herzschlags so heiß wurde, dass der Schnee zu ihren Füßen mit einem zischenden Knall verdampfte. Die schwarzen Klingen in ihren Händen glühten auf und zerflossen ihnen zwischen den Fingern. Kurz darauf lagen sie als verkohlte, gekrümmte Kadaver inmitten der kreisförmigen Krater, die sich im Schnee unter ihnen gebildet hatten, und wenig später lösten auch ihre Kadaver sich zu schwarzem Rauch auf, der rasch vom Wind verweht wurde.

»Ethan!«, brüllte jemand triumphierend auf, und sofort nahm die

ganze Gruppe den Ruf auf: »Der Herr des Feuers! Gott schütze Ethan!«
Im selben Augenblick schoss Ethan ein solcher Schmerz durch den Kopf, dass er in die Knie ging. Mit letzter Kraft dämpfte er das Feuer in seiner Seele, bis er es nicht mehr wahrnahm. Dann kippte er kraftlos zur Seite. Hände fingen ihn hastig auf und betteten ihn sanft auf mehrere Jacken.

Als Ethan mit blutunterlaufenen Augen zu den anderen emporsah, musste er trotz seiner Kopfschmerzen ein Grinsen unterdrücken. Die Männer und Frauen sahen ihn an wie einen Engel: voller Bewunderung, Dankbarkeit und Furcht.
»Danke, Ethan«, flüsterte ein Mädchen von vielleicht siebzehn Jahren. Trotz der grotesken Vermummung aus mehreren Kleidungsschichten war zu sehen, dass sie schön war. Ihre grünen Augen strahlten, als sie ihn anblickte. Ethan lächelte zufrieden. Dieses Mädchen hätte ihn vor dem großen Beben nicht einmal eines Blickes gewürdigt. Und wenn doch, dann höchstens, um ihn wegen seiner Fettleibigkeit auszulachen.
»Wie steht es?«, fragte er und bemühte sich, besorgt zu wirken.
»Fünf Tote«, sagte Fabio ruhig. »Viele Verletzte.«
Ethan nickte mit übertrieben schmerzerfülltem Blick. »Es tut mir leid«, sagte er und schloss die Augen. »Ich war zu langsam. Es tut mir leid.«
In seinem Hinterkopf formte sich der Gedanke, dass er mindestens drei dieser Menschen hätte retten können. Aber das wusste schließlich nur er selbst, und das Gefühl der Verzweiflung und Angst der anderen war einfach zu köstlich gewesen. Außerdem brauchte er sich nichts vorzuwerfen: Er hatte schließlich alle anderen gerettet. Er war ein Held, das stand außer Zweifel.
»Ohne dich wären wir jetzt …«, stieß eine andere Frau unter Schluchzen hervor. »Oh Gott, Ethan, ich danke dir …«
»Es ist gut«, gab er zurück und lächelte gütig. »Lass es gut sein. Wir müssen weiter.«

»Du kannst nicht gehen«, stellte Fabio fest. »Wir müssen uns etwas ausdenken.«

Wenige Minuten später hatten die Männer aus dem Laster eine Holzpalette geholt, auf der sie für Ethan ein warmes, weiches Lager errichteten. Alle wollten etwas von ihren Kleidern beisteuern, um ihrem Beschützer zu danken. Als die Männer ihn auf ihre Schultern hoben und weitermarschierten, konnte Ethan einen Blick auf das Schlachtfeld werfen. Der Schnee war ringsumher übersät mit verkohlten Flächen, wo eben noch die Monster verendet waren. Nun war von ihnen gerade einmal Staub übrig, wie von all den anderen Wesen, die Ethan in den letzten Wochen mithilfe seiner Kräfte zur Strecke gebracht hatte.

»Ich hoffe nur, dass wir diese Goldene Stadt bald erreichen«, brummte Fabio, der neben Ethans Sänfte marschierte. »Wenn jedes Mal fünf Leute sterben, sobald wir angegriffen werden ...«

»Ich glaube, dass wir es bald geschafft haben«, gab Ethan zurück, etwas leiser, als es nötig gewesen wäre. Aber er wollte den Männern nicht das Gefühl geben, dass er sich nur aus Faulheit tragen ließ.

»Spar deine Kräfte, Ethan«, keuchte einer der Träger. »Wir werden sie noch brauchen.«

»Wahrscheinlich hast du recht«, erwiderte der Junge bescheiden. »Es tut mir leid, wenn ich euch solche Mühe mache.«

»Du bist unser Leben«, stieß ein anderer Träger hervor. »Rede keinen Unsinn.«

»Danke«, sagte Ethan, »ich danke euch.« Er kuschelte sich in seine improvisierten Decken. Ein zufriedenes Lächeln umspielte seine Mundwinkel, während er sich vom Schaukeln der Sänfte in den Schlaf wiegen ließ. Kopfweh hin oder her – Ethan hatte das starke Gefühl, dass dies hier erst der Anfang von etwas Größerem war.

1

Hier draußen auf dem Meer war der Wind so stark, dass er das Wasser von den Schaumkronen der Wellen riss und alles mit einem salzigen Sprühnebel umgab. Man schmeckte das Salz auf den Lippen. Auf dem Fell der Pferde, auf dem Sattelleder und den Rüstungen der Männer gefroren die feinen Tröpfchen rasch zu einer weißen, kristallenen Schicht. Die Feuchtigkeit kroch unaufhaltsam immer tiefer in die Kleider und gab einem schon nach kurzer Zeit ein unangenehm klammes Gefühl. Sonja zog den Pelzumhang noch fester um ihre Schultern und blinzelte mit zusammengekniffenen Augen aus ihrer Kapuze hervor. Sie war sowieso nicht so versessen auf Ausritte – Pferde waren ihr immer schon eher unheimlich gewesen –, aber bei diesem Wetter war es einfach nur grässlich. Der Silberreif, den sie in den letzten Wochen in der Öffentlichkeit getragen hatte und der sie als die Fürstin der Goldenen Stadt kennzeichnen sollte, drückte ihr kalt auf die Stirn.

Vor ihnen erstreckte sich als endloses, weiß schimmerndes Band die Nordbrücke, die die Goldene Stadt mit dem italienischen Festland verband. Sie war aus demselben perlmuttartigen Material gebaut, aus dem die gesamte Goldene Stadt bestand. Es war schier unzerstörbar, doch wirkte dieses Bauwerk mit den dünnen Pfeilern und dem zierlichen Geländer ganz besonders zerbrechlich. In einem beständigen Auf und Ab hoben und senkten sich zu beiden Seiten die schwarzgrauen Wogen des winterlichen Meeres und schienen jeden Moment über ihnen zusammenschlagen zu wollen. Es war ein beunruhigendes Gefühl. Dass man den Eindruck hatte, die Brücke schwebe über der See, machte die Sache nicht besser.

»Alles in Ordnung?«, fragte Simon, der neben Sonja ritt. Seine eisgrauen Augen musterten sie prüfend.

Sonja rang sich ein Lächeln ab. »Ja, kein Problem. Ich hoffe nur, dass wir bald da sind.«

»Ich denke schon.« Er richtete den Blick auf den Horizont. »Das letzte Mal hat es etwa eine Viertelstunde gedauert, und wir sind jetzt zehn Minuten unterwegs. Aber ich habe natürlich keine Ahnung, ob der Transport immer gleich läuft.«

»Natürlich«, murmelte Sonja und musterte die Brücke unter den Hufen ihrer Stute. Es stimmte nicht ganz, dass sie unbedingt ankommen wollte. Im Gegenteil, sie hatte diese Reise lange genug herausgezögert. Aber sie wollte von der Brücke herunter.

Kein Mensch wusste, wie das Bauwerk tatsächlich funktionierte. Es war einfach eines der Wunder, die mit der Goldenen Stadt aus den Tiefen des Meeres aufgetaucht waren. Die gigantische Länge der Konstruktion und ihre Festigkeit, die sie selbst im schlimmsten Sturm höchstens sanft erzittern ließ, waren bereits bemerkenswert genug. Aber das Erstaunlichste war, dass sie den Reisenden buchstäblich trug. Es war nicht zu merken, wenn man auf der Brücke ging oder ritt. Man hatte das Gefühl, sich ganz normal zu bewegen, doch schließlich stellte man fest, dass man die gut dreißig Kilometer, die zwischen der Goldenen Stadt und dem Festland lagen, in etwa einer Viertelstunde zurückgelegt hatte – und zwar egal, ob zu man zu Fuß oder zu Pferd unterwegs war.

Obwohl ihnen ein nicht abreißender Strom von Fuhrwerken, Reitern und Wanderern entgegenkam, war auch hierbei nichts Ungewöhnliches festzustellen. Eigentlich hätten die Menschen aneinander vorbeirasen müssen, doch Sonja konnte nichts finden, was die Eigenschaften der Brücke verriet. Sie bildete sich zwar ein, so etwas wie eine ungewöhnliche Leichtigkeit zu fühlen, während sie dahinritt, aber das mochte auch nur daher rühren, dass sie wusste, was gerade mit ihr geschah.

Nachdenklich sah sie zu einem Fischerboot hinüber, das mit flatternden Segeln in einigen hundert Metern Entfernung in den Wellen schaukelte. Die Männer an Bord waren dick vermummt und kämpften mit einem prall gefüllten Netz, das sie gerade mit

einem hölzernen Ladebaum und einer großen Handkurbel aus dem Wasser zerrten. Die Fische im Netz bildeten eine zappelnde, glitzernde Masse.
»Das war früher auch schon mal einfacher«, brummte Simon.
Sonja nickte und grinste schwach. »Ich wette, die denken den ganzen Tag daran, wie schön das noch war, als die Motoren funktioniert haben.«
Er zuckte die Schultern. »Wahrscheinlich auch nicht öfter als wir.«
Sonja runzelte die Stirn und musste ihm in Gedanken zustimmen. Die Alte Welt war so gründlich untergegangen, dass die Menschen kaum noch daran zurückzudenken schienen. Es schien nicht mehr Monate, sondern Jahrhunderte her zu sein, dass der Schattensturm über die Welt hereingebrochen war. In kürzester Zeit hatten sich die Leute daran gewöhnt, dass es keinen Strom mehr gab, keine Motoren, keine moderne Technik. Zwar wurde immer wieder geseufzt über die Zumutungen dieser Zeit. Aber solange die Menschen genug zu essen hatten, waren sie schon zu froh, um sich noch darüber zu beklagen, dass sie ihre Mahlzeiten auf Holzfeuern bereiten mussten.
»Wir sind bald da«, stellte Simon fest und stand in den Steigbügeln auf, um besser sehen zu können.
Unauffällig betrachtete Sonja ihren Wächter von der Seite. Auf den ersten Blick war Simon derselbe Junge wie vor dem Schattensturm: Er trug immer noch ausschließlich Schwarz, obwohl zu seinen Klamotten mittlerweile eine Rüstung aus Leder und Stahl hinzugekommen war, was ihn zu einer geradezu beunruhigenden Erscheinung werden ließ – vor allem angesichts der fast armlangen Dolche in seinem Gürtel.
In den letzten Wochen schien er aber noch einmal deutlich älter geworden zu sein. Mit seinem schmalen, harten Gesicht und seiner Größe von über eins neunzig hatte er bereits in der Alten Welt reifer gewirkt als seine Altersgenossen in der elften Klasse, aber mittlerweile hätte Sonja ihn nicht mehr auf seine siebzehn Jahre,

sondern auf über zwanzig geschätzt. Zum einen waren seine Schultern noch breiter geworden, seit er jeden Tag mit den Waffen trainierte. Vor allem aber strahlte er eine Zielstrebigkeit aus, die sie manchmal fast schon an eine Maschine erinnerte. Er tat, was getan werden musste, und das scheinbar, ohne nur einen Gedanken daran zu verlieren, ob es ihm gefiel oder ob es ihn vielleicht schlecht aussehen ließ.

Sonja wusste, dass dies mit seiner Bestimmung zusammenhing. Er war ihr Wächter, und das hieß, dass seine Instinkte, sein ganzes Leben nur ihrem Schutz gewidmet waren. Mehrfach schon hatte er sich ohne Zögern für sie in Lebensgefahr gebracht. Er würde es jederzeit wieder tun.

Manchmal ertappte Sonja sich bei dem Gedanken, wie die Dinge zwischen ihnen aussähen, wenn Simon nicht ihr Wächter wäre. Mit seinen durchdringenden graublauen Augen und dem schmalen Gesicht sah er einfach gut aus, trotz seiner ewig schwarzen Klamotten. Er war zwar nicht gerade redselig, aber das war Sonja mittlerweile fast seine liebste Eigenart geworden. Seit sie die Herrscherin der Goldenen Stadt war, musste sie sich so viel mit Menschen unterhalten, dass sie es genoss, in Simons Gegenwart einfach nichts sagen zu müssen, wenn es nicht nötig war.

»Na also«, brummte er in diesem Moment und beließ es dabei, als hätte er Sonjas Gedanken erraten. Sein Blick war fest auf die Küste gerichtet, die vor ihnen am Horizont auftauchte und rasch näher kam. Staunend betrachtete Sonja das Bild, das allmählich hinter dem Schneeschleier deutlich wurde.

Nach dem Schattensturm wurde schnell klar, dass die Goldene Stadt bei weitem nicht alle Flüchtlinge aufnehmen konnte, und so hatte man damit begonnen, auf dem Festland eine neue Siedlung zu errichten. Die Nordbrücke bildete dabei das Zentrum, denn seit die Wesen der Schattenwelten umherstreiften, war die Goldene Stadt für die Menschen gleichbedeutend mit Sicherheit. Platzprobleme gab es eigentlich keine. Sämtliche Orte in der Nähe waren mit dem Auftauchen der Goldenen Stadt buchstäblich dem Erdboden gleichgemacht worden, zunächst durch das Beben und wenige Minuten später durch eine gigantische Flutwelle, die einen viele Kilometer breiten Streifen der Verwüstung an der Küste hinterlassen hatte. Mittlerweile sah man davon allerdings nicht mehr viel. Als vielleicht schlimmste Folge des Bebens waren sämtliche schlafenden Vulkane in Italien – und vermutlich auch anderswo – ausgebrochen und hatten eine apokalyptische Wolke aus Asche in den Himmel geschleudert, die sich später auf das Land gesenkt und alles unter sich begraben hatte.

Die Zerstörung war so vollkommen gewesen, dass Sonja kaum glauben konnte, was in den wenigen Monaten seitdem geschehen war. Sie blickte auf ein chaotisches Durcheinander von Hütten, Zelten und sonstigen Behausungen, zwischen denen hunderte von dick vermummten Gestalten umhereilten, meistens beladen mit dicken Bündeln aus Brennholz, Baumaterialien, Essen, Werkzeugen oder was die Menschen dem Boden sonst noch an Schätzen hatten entreißen können. Aus hunderten von Feuern stieg Rauch auf und schwärzte den Schnee, der wie eine weiche Decke auf der Stadt lag. Am Rande der Siedlung waren die hölzernen Befestigungen zu erkennen, die die Menschen gegen die Wesen der Schattenwelten schützen sollten. Aus dieser Entfernung erschienen die armdicken Stämme wie Zahnstocher. Auf Sonja wirkten sie nicht besonders zuverlässig.

Die vier Gardisten vor Sonja und Simon erreichten das Ende der Brücke. Ihre Uniformen in Rot, Orange und Blau – die Wappenfarben der Schweizergarde – erweckten sofort die Aufmerksamkeit der Menschen. Obwohl die Garde mittlerweile zu einer kleinen Armee von über tausend Mann angewachsen war, waren die Soldaten nach wie vor etwas Besonderes. Es war Sonjas Begleitern anzumerken, dass sie sofort wachsamer wurden, als alles stehen blieb, um die Ankömmlinge aus der Goldenen Stadt zu betrachten. Sonja wusste nicht recht, was sie tun sollte, bis sie jemand erkannte.

»Die Fürstin!«, gellte eine Stimme und im selben Augenblick

kniete die Menge vor ihr im grauschwarzen Schnee. »Gott beschütze Fürstin Sonja!«

Sonja hatte mittlerweile gelernt, in solchen Momenten nichts zu sagen, sondern einfach nur einigermaßen würdevoll auszusehen und sachte mit der Hand zu grüßen, auch wenn ihr der Anblick von vielen hundert gebeugten Köpfen immer noch unangenehm war. Dann teilte sich die Menge und bildete respektvoll eine Gasse. Ein hagerer Mann, dessen silbernen Haare seinen Kopf wie ein Heiligenschein umwehten, kam mit weiten Schritten und frohem Lächeln auf Sonja zu. Über seinem schwarzen Anzug trug er einen schweren Mantel, aus dessen Kragen das Kollar eines Priesters weiß hervorblitzte.

»Fürstin«, begrüßte der Mann sie mit seiner kraftvollen, in vielen Predigten geübten Stimme. »Seid herzlich willkommen. Es ist schön, Euch endlich einmal wieder zu sehen.«

»Pater Matthews«, gab Sonja zurück und rutschte erleichtert aus dem Sattel, um ihrem Bekannten die Hand zu geben. »Ja, es gab viel zu tun. Wie geht es Euch?«

Dann standen sie einander gegenüber und sie musste sich zusammenreißen, um ihren Schrecken über sein Aussehen zu verbergen. Obwohl seine Augen so lebendig strahlten wie eh und je, war sein Gesicht noch eingefallener und grauer als ein paar Wochen zuvor. Seine Krankheit zehrte ihn scheinbar mit jeder Sekunde mehr aus. Der Priester schien ihre Gedanken zu erraten und zuckte mit einem leisen Lächeln die Schultern. »Der Herr schenkt mir auch gute Tage. Ich hoffe, den Armen hier noch ein wenig helfen zu können. Aber lasst uns doch ins Warme gehen.«

Sonja und die anderen folgten ihm zu einer großen Holzhütte, die im Vergleich zu allen anderen Bauwerken hier sehr ordentlich und stabil aussah. Von der Fassade wehten zwei Flaggen: eine mit dem Wappen der Schweizergarde und eine mit dem päpstlichen Schlüssel.

»Wir brauchen Eure Hilfe«, erklärte der Priester ernst und ohne Umschweife, sobald sie ins Innere getreten waren und die Menge

hinter sich gelassen hatten. »Hier im Lazarett liegen viele Menschen, die unsere Ärzte nicht mehr kurieren können.«
Ein Junge reichte Sonja mit einer Verbeugung einen dampfenden Becher, der sich wunderbar warm in ihren kalten Händen anfühlte.
»In Ordnung«, sagte sie und nippte an dem Getränk, das nach Kräutern und Honig schmeckte. »Deswegen bin ich hier.«
»Und es wäre gut, wenn Ihr …« Der alte Mann stockte und sah verlegen lächelnd beiseite.
»Was?«
»Die Menschen hier brauchen ein wenig Zuspruch«, fuhr er schließlich leise fort. »Viele unter ihnen haben das Gefühl, sie wären von der Goldenen Stadt vergessen worden. Keiner lebt gerne diesseits der Brücke, und nur Ihr könnt ihnen klarmachen, dass man an sie denkt.«
Sonja nickte ratlos. Genau wegen dieser Schwierigkeiten hatte sie sich seit Wochen vor dem Besuch gedrückt. Deswegen und wegen des Elends, das hier zweifelsohne herrschte.
»Was soll ich tun?«
»Ich habe keine Ahnung«, gab Pater Matthews mit leisem Lachen zu. »Vielleicht fällt uns noch etwas ein. Fürs Erste ist es genug, dass Ihr hier seid.«

Sobald Sonja und ihre Begleiter sich etwas aufgewärmt hatten, machten sie sich auf den Weg zum Lazarett.
»Habt Ihr etwas von Eurem Bruder gehört?«, fragte Pater Matthews.
Sonja schüttelte den Kopf. »Bis jetzt nicht. Ich habe versucht, mit ihnen Kontakt aufzunehmen, aber aus irgendeinem Grund hat es nicht geklappt.«
»Beten wir zu Gott, dass es ihnen gutgeht.«
»Bei dieser Sache sollte Gott ihnen wirklich helfen«, stellte Sonja missmutig fest. »Wenn Alex und Herr Ramiç bei diesem Wetter hunderte von Kilometern zurücklegen, um den Menschen da in

den Bergen zu Hilfe zu eilen, dann wäre ein bisschen Unterstützung von oben angebracht.«

Pater Matthews warf ihr einen Seitenblick zu. »Vielleicht solltet Ihr ihm das selbst sagen«, meinte er freundlich. »Ich bin sicher, er wird Euch zuhören. So, da sind wir.«

Das Gerüst aus Holzbalken und schwerer Plastikplane erinnerte Sonja an ein Festzelt, auch wenn die Plane aus dutzenden von verschiedenen kleinen Stücken zusammengenäht worden war. Teilweise konnte sie noch alte Werbeaufdrucke erkennen. Mehrere Männer und Frauen balancierten mit hochkonzentrierten Gesichtern auf den Dachbalken und kehrten den Schnee herunter. Es war schon häufiger geschehen, dass Baracken unter der weißen Last zusammengebrochen waren. Bereits diese Vorfälle hatten Menschenleben gekostet. Es war nicht auszudenken, welche Folgen es haben würde, wenn das Lazarett einstürzte.

Bestimmt hundert Menschen standen wartend vor dem Eingang, allesamt eingehüllt in dicke Kleiderschichten. Sie traten in der Kälte von einem Bein aufs andere, pusteten sich in die erstarrten Finger und unterhielten sich leise. Als Pater Matthews und Sonja auftauchten, verstummten sie schlagartig und fielen einen Moment später auf die Knie.

»Wartet einen Augenblick«, raunte der Priester Sonja ins Ohr und hob dann grüßend die Arme. »Der Herr halte seine Hand über euch alle«, rief er feierlich. »Heute ist ein guter Tag! Eure Fürstin ist gekommen, um euren Lieben zu helfen.«

Seine kleine Rede ließ die Menschen in freudige Rufe ausbrechen, in die sich aber sofort auch andere, weniger fröhliche Stimmen mischten. Eine dicke Frau mit feuerrotem Haar kämpfte sich zu Sonja durch und fiel vor ihr auf die Knie.

»Herrin!«, stieß sie hervor und brach noch im gleichen Moment in heftige Tränen aus, »ich flehe Euch an, bitte helft mir! Mein Mann liegt da drin, und die Ärzte sagen, dass ihn niemand retten kann. Ich schaffe es nicht allein, für unsere Kinder zu sorgen. Bitte rettet meinen Mann!«

Ihre Hände umklammerten Sonjas Mantelsaum und zerrten mit solcher Kraft daran, dass Sonja beinahe gestolpert wäre. Dann packten zwei Gardisten die Hände der Frau, lösten ihre Finger und zogen sie nicht gerade sanft fort.

»Bitte!«, kreischte sie noch einmal über die Schultern der Männer hinweg.

»Ich versuche es«, versprach Sonja, aber die Frau konnte sie vermutlich schon nicht mehr hören, da um sie herum dutzende anderer Verzweifelter ihre Fürstin heulend und kreischend darum baten, sich um Angehörige oder Freunde zu kümmern. Finger, die Simon rasch beiseiteschob, griffen nach Sonja.

»Gehen wir mal rein«, schlug er mit gepresster Stimme vor, nickte den Gardisten zu und drängte Sonja vor sich her in Richtung Eingang. Die Gardisten bahnten ihnen einen Weg durch die brüllende Menge, während Pater Matthews dicht hinter ihr versuchte, die Leute mit lautem Rufen zur Vernunft zu bringen. Ringsumher sah Sonja in ein Meer von tränenüberströmten, verzerrten Gesichter und ausgestreckten Händen, die nach ihr griffen wie Ertrinkende nach dem rettenden Bootsrand. Obwohl ihr hier sicher niemand etwas zuleide tun wollte, hatte sie Angst vor dieser Menge, die schier wahnsinnig war vor Sorge und verzweifelter Hoffnung.

Dann klappten hinter ihnen die Türen der Baracke zu und der Lärm ebbte mit einem Schlag ab. Wie betäubt stand Sonja da und atmete die stickige, feuchtwarme Luft ein. Unter dem beißenden Geruch von Desinfektionsmitteln war auch deutlich eine ekelhafte Mischung aus Schweiß und menschlichen Ausscheidungen wahrzunehmen. Der Geruch ließ Sonja für ein paar Sekunden würgen und trieb ihr das Wasser in die Augen, bevor sie sich daran gewöhnt hatte.

»Maria steh mir bei, das tut mir leid«, polterte Pater Matthews, während er den Schnee von seinen Schultern klopfte. »Das hatte ich nicht kommen sehen – diese Dummköpfe! Der Herr schenke ihnen einen Funken Verstand!«

Er schien hin- und hergerissen zwischen Ärger und Mitgefühl.
»Wir können da nicht wieder raus«, stellte Simon fest und nickte in Richtung Tür. »Gibt es einen Hinterausgang?«
»Ich kümmere mich darum«, versprach einer der Gardisten. »So etwas geschieht nicht noch einmal.«
»Herrin«, begrüßte sie ein junger Mann in einem weißen Kittel, der aus einem Nebenraum auf sie zukam, wobei er seine Hände mit einem weißen Lumpen trocknete. Als er vor den Besuchern stand, zog er die weiße Maske von seinem Gesicht. Er war wohl noch keine dreißig Jahre alt, wirkte aber mit den tiefen Falten und den dunklen Augenringen deutlich älter. »Ich bin Doktor Gennadi. Es ist schön, Euch hier in Nordbrück zu sehen. Wir haben auf Euer Kommen gehofft.«
»Ja, danke«, sagte Sonja. Sie hatte immer noch die verzerrten Gesichter der Menge vor dem Lazarett vor Augen. »Da draußen war eine kräftige Frau mit roten Haaren. Sie hat gesagt, ihr Mann wäre hier.«
Der Arzt warf Pater Matthews einen fragenden Blick zu. »Maria Abbolenza«, nickte der Priester und rieb sich die Augen. »Sie hat meistens ihre drei Kinder dabei.«
»Ihr werdet wohl nichts für sie tun können«, erklärte der Doktor Sonja. »Er hat eine eitrige Meningitis – eine schwere Hirnhautentzündung. Unsere Medikamente schlagen nicht an, und wenn ich das richtig verstanden habe, könnt auch Ihr nichts gegen derartige Krankheiten ausrichten, oder?«
Sonja schüttelte den Kopf. »Ich kann nur Verwundungen heilen.« Es schmerzte sie, es so deutlich auszusprechen, aber sie hatte in den vergangenen Wochen in der Goldenen Stadt oft genug versucht, Infektionen zu besiegen – und jedes Mal verloren.
»Das ist mehr, als wir den Menschen versprechen können. Wenn Ihr so weit seid, würde ich Euch gerne ein paar Fälle zeigen, bei denen wir mit unseren Möglichkeiten am Ende sind.« Er winkte einer Schwester, die ihnen zwei Plastikbeutel reichte, in denen sich weiße Stoffstreifen mit Gummibändern befanden. »Und bitte,

setzt diese Gesichtsmasken hier auf. Es ist ein einfacher, aber verlässlicher Schutz gegen Infektionen.«

Der junge Arzt redete weiter auf Sonja ein, während er sie durch das Lazarett führte. Simon folgte ihnen wie ein Schatten, während Pater Matthews sich um andere Dinge kümmerte. Sonja schaffte es kaum, dem Arzt zuzuhören. Immer wieder schweifte ihre Aufmerksamkeit zu den hunderten von Lagern, an denen sie vorbeigingen. Ringsumher wurde gestöhnt, geseufzt, schwer geatmet und geweint. Für sie fühlte es sich an, als wäre der ganze Saal ein einziges, großes verwundetes Lebewesen, das unter einer Vielzahl von Wunden und Krankheiten litt. Sie spürte das Sterben um sie herum.
»Wenigstens haben wir allmählich wieder etwas mehr Platz«, drang die Stimme des Arztes in ihr Bewusstsein. »Nach dem Großen Beben dachte ich wirklich, dass die Welt nur noch aus Todkranken besteht. Fast jeder, der in Nordbrück ankam, brauchte Hilfe. Aber seit dem Wintereinbruch sind es ja immer weniger geworden. Und wir konnten auch einigen helfen. Alles in allem haben wir seit zwei Wochen sogar ein paar Betten frei – natürlich auch, weil es sehr viele nicht geschafft haben«, fügte er mit einem matten Schulterzucken hinzu. Er hatte sich offensichtlich an den hundert- und tausendfachen Tod gewöhnt, der mit dem Beben gekommen war und der die Zahl der Überlebenden seitdem immer weiter schrumpfen ließ.
»Hier liegt übrigens der Mann, dessen Frau Euch draußen bedrängt hat«, erklärte der Arzt und deutete im Vorbeigehen auf einen der Vorhänge, mit denen die Krankenlager voneinander und vom Gang abgetrennt waren. »Vermutlich hat er es morgen hinter sich.«
Das flehende Gesicht der rothaarigen Frau tauchte wieder vor Sonjas innerem Auge auf. Sie blieb stehen und versuchte, durch den schmutziggrauen Stoff zu blicken. Im Dunkel dahinter war leises Stöhnen zu hören. Zögerlich trat sie näher heran und schob den Vorhang beiseite.

Der Mann lag unter einem fleckigen Laken und starrte mit halbgeöffneten Augen an die Decke. Sein bleiches Gesicht war mit feinen Schweißperlen übersät. Den aufgesprungenen Lippen entströmte ein unaufhörliches, leises Gebrabbel. Als ein Lichtstrahl vom Gang auf sein Gesicht fiel, zuckte er unmerklich zusammen.
»Lichtempfindlichkeit ist eines der Symptome einer Hirnhautentzündung«, erläuterte der junge Arzt leise, während er neben Sonja trat. »Bitte tretet nicht näher. Wir können nicht ausschließen, dass es ansteckend ist, auch wenn ich es für unwahrscheinlich halte.«
Auf grässliche Weise fasziniert sah Sonja auf den Todgeweihten hinunter. »Was ist mit ihm los?«
»Er hatte anscheinend vor einiger Zeit eine Mittelohrentzündung. Ich habe mit seiner Frau darüber gesprochen. Die Bakterien haben eine eitrige Entzündung der Hirnhäute und des Gehirns selbst verursacht. Wir sprechen hier von einer Meningoencephalitis. Die Entzündung der Nerven führt zu dem komaartigen Zustand, in dem er sich jetzt befindet. Er bekommt von seiner Umwelt nur noch wenig mit. Vermutlich ist er bereits nicht mehr in der Lage, einen echten Gedanken zu fassen. Wenn er sich doch wieder erholen sollte, würde er schwere Hirnschäden davontragen. Er wäre nur noch ein Körper ohne echte Seele. Aber es ist praktisch ausgeschlossen, dass er die Sache überlebt.«
»Und Sie können nichts für ihn tun?« Sonja erinnerte sich vage daran, dass einmal eine Freundin ihrer Mutter eine Hirnhautentzündung gehabt hatte, dann aber wieder gesund geworden war.
»Diese Krankheit – eine bakterielle Meningitis – war bereits vor dem Großen Beben lebensgefährlich. Man konnte ein Antibiotikum verabreichen und das Beste hoffen. Furchtbar oft hat auch das nicht geholfen. Aber jetzt, unter diesen Umständen, ist es fast nicht mehr behandelbar.« Die Augen des Arztes waren über seiner weißen Maske starr auf seinen Patienten gerichtet, als könnte er das Rätsel lösen, wenn er nur genau genug hinsah. »Trotzdem ist es beängstigend. Die Medikamente haben überhaupt nicht angeschlagen. Wir hätten ihm genauso gut Hustenbonbons geben können.«

Sonjas Kehle wurde eng. Sie hatte schon so viel Tod gesehen, so viele Sterbende, aber dennoch hatte sie sich nie daran gewöhnt. *Hast du dich deswegen die letzten Wochen in der Goldenen Stadt verkrochen?*, meldete sich eine boshafte Stimme in ihrem Hinterkopf. *Um das hier nicht mehr sehen zu müssen? Wollte die Fürstin ihre Ruhe haben? Wieder besser schlafen?*

»Verdammt«, murmelte Sonja, als sie die Erkenntnis nicht mehr unterdrücken konnte, dass sie sich früher um die Menschen hier hätte kümmern müssen. Stattdessen hatte sie es sich in ihren Gemächern in der Goldenen Stadt gemütlich gemacht und sich gefreut, dass wenigstens dort das Leben allmählich wieder in Schwung kam.

Schlagartig wurde ihr klar, dass sie diesen armen Kerl nicht tatenlos seiner Krankheit überlassen konnte. Ohne auf die Protestrufe von Simon und dem Arzt zu achten, trat sie direkt an das Bett heran, setzte sich auf die Bettkante und legte ihre Hand auf den Unterarm des Mannes.

Sie hatte sich schon mehrfach bemüht, derartige Krankheiten zu heilen, und war noch jedes Mal gescheitert. Aber in diesem Augenblick konnte sie nicht einfach weitergehen, ohne es nicht wenigstens versucht zu haben. Der Arm des Mannes fühlte sich heiß und feucht in ihrer Hand an, während sie in sich die Kraft entfesselte, die sie zu einer Heilerin machte. Ein dunkler Strom aus purer Kraft schwoll in ihrer Seele an, warm und beruhigend. Einige Herzschläge lang musste sie sich konzentrieren, bis der Strom ruhig und gleichmäßig in ihr dahinfloss. Dann wandte sie ihre Aufmerksamkeit dem Sterbenden zu. Sie versuchte, eine Geistesbrücke zwischen sich selbst und der Seele des Mannes zu errichten, und stellte einen Augenblick später erschrocken fest, dass es zu spät war.

Inmitten einer grenzenlosen Dunkelheit spürte sie nur noch die zerfaserten, wirren Gedankenreste, die von dem Bewusstsein des Mannes übrig waren. Seine Seele hatte sich bereits aufgelöst in einige ungeordnete Empfindungen, zufällige Gefühle, schwindende

Erinnerungen. Das ganze Selbst dieses Mannes war im Feuer des Fiebers verbrannt, und die wenigen verbliebenen Gedanken lösten sich mit jedem Herzschlag weiter auf, wie Rauchwolken im Wind. Sonja war völlig klar, dass sie nichts mehr für ihn tun konnte. Es gab ihn schon fast nicht mehr.

Tränen schossen ihr in die Augen, als sie inmitten dieser schwachen Empfindungen immer noch die Sehnsucht nach einer tröstenden Berührung fühlte, die kindliche Hoffnung des Sterbenden, jemand würde ihn in den Arm nehmen und bei ihm sein in diesem letzten Augenblick. Sie wusste, dass der Mann überhaupt keine Berührung mehr hätte wahrnehmen können, dazu war sein Geist schon zu weit von seinem Körper entfernt. Aber gerade das erfüllte sie mit solchem Mitleid, dass sie sich mit aller Kraft bemühte, ihm nahe zu sein, ihm Trost zu spenden und zu zeigen, dass er nicht alleine war bei seiner Reise in die Finsternis.

Ich bin hier, flüsterte sie lautlos in die Dunkelheit hinaus. *Ich bin bei dir. Du bist nicht allein. Es wird alles gut.*

Ein letztes Mal fühlte sie den Sterbenden, ein leises Echo seiner Seele, und einen winzigen Augenblick lang meinte sie, so etwas wie Dankbarkeit für ihre Anwesenheit zu empfinden. Dann durchlief ein Zittern den Körper des Mannes. Sein Mund öffnete sich und er machte einige schnappende Atemzüge, bevor er lange und ruhig ausatmete. Sonja fühlte deutlich, wie die letzten Reste seiner Seele sich endgültig in der Finsternis auflösten. Der Mann war tot.

Sie versuchte, sich aus der Finsternis zu lösen. Aber noch bevor sie den Dunklen Strom in ihrer Seele wieder hatte verstummen lassen, nahm sie etwas anderes wahr, und es ließ sie laut aufkeuchen. Wie in weiter Ferne fühlte sie Simons Pranken an ihren Schultern, der sie festhielt, weil sie sonst von der Bettkante gekippt wäre.

Schwach hallte seine Stimme durch das Rauschen des Blutes in ihren Ohren: »Was ist los?«

Mit Mühe richtete Sonja sich auf und zog ihren Geist mit einem Ruck zurück in die sichtbare Wirklichkeit. Sie sah in die sorgenvollen Augen von Simon und dem jungen Arzt. Mit einer fahrigen Bewegung zerrte sie sich den schweißnassen Mundschutz vom Gesicht.

»Die Schatten«, keuchte sie und richtete sich unsicher auf. »Wir werden angegriffen. Schnell! Wir müssen Alarm schlagen.«

Simon nickte nur. »Wie viele sind es?«

Ein Beben durchlief Sonjas Körper, als sie an die Heerschar von Schattenwesen dachte, deren boshafte Gedanken sie eben noch in ihrem Kopf gespürt hatte.

»Viele«, brachte sie mit rauer Stimme heraus und schluckte. »Sie werden bald hier sein.«

2

Grimmig kratzte Alex mit seinem Dolch über die fast fingerdicke Eiskruste, die der Sturm auf dem Schienbeinpanzer hinterlassen hatte. Sein Fuß war auf eine Kiste mit Vorräten gestützt, die hier jemand in der Hektik beim Lageraufbau abgestellt und dann scheinbar vergessen hatte. Ihm entfuhr ein ärgerlicher Fluch, als die Klinge plötzlich abrutschte und ihm um ein Haar in den Fuß gefahren wäre. Nach einer kurzen Pause machte er sich wieder an die Arbeit. Obwohl Alex sich mittlerweile recht wohl in dem ganzen Eisenkrempel fühlte und er auch schon mehrfach gesehen hatte, wie hilfreich die Rüstung im Kampf sein konnte, war sie überhaupt nicht geeignet, um sich in ihr im Winter auf Reisen zu begeben.
Neben ihm versuchten einige Männer, ein Feuer aus dürren Zweigen zu entzünden, die sie unter einer Schneewehe ausgegraben hatten. Die Funken stoben in satten Wolken vom Feuerstein auf den trockenen Schwamm, doch erst nach einigen Anläufen und einem Fluchgewitter durch den Soldaten züngelten endlich kleine Flammen aus dem Zunderhäufchen. Im gleichen Moment gab das Eis auf Alex' Beinschiene endlich nach und platzte in großen Brocken ab. Mit einem zufriedenen Ächzen schabte er noch die Reste von dem glänzenden Stahl.
»Ihr solltet froh sein, dass die Gelenke nicht eingefroren sind, Herr«, rief einer der Männer an dem Feuer grinsend. »Sonst könntet Ihr Euch gar nicht mehr helfen.«
»Dann müsstet ihr mich eben wieder auftauen«, gab Alex zurück. »Wozu habt ihr denn sonst das Feuerchen da?«
Die Männer lachten und rieben ihre Hände über den aufflackernden Flammen. Alex nickte ihnen grüßend zu und stapfte weiter, während ringsumher im grauen Dämmerlicht des Wäldchens

immer mehr Feuer aufloderten und die Luft mit Rauchgeruch erfüllten. Er war stolz, dass ihm eine passende Antwort eingefallen war. In letzter Zeit hatte er sich damit immer schwerer getan. Aber er war auch völlig erschöpft von den Strapazen der letzten Tage. Am Vormittag waren sie von einem plötzlichen Eisregen überrascht worden. Morgens hatte es zunächst nur nach einem leichten Schneefall ausgesehen. Doch nach einer Stunde Marsch war das Wetter so schnell umgeschlagen, dass an eine Weiterreise nicht zu denken gewesen war. Als einzige Zuflucht waren ihnen die wenigen Bäume geblieben, die zu beiden Seiten der Straße wuchsen. Unter den dürren Kronen hatte der Eisregen sie praktisch schutzlos getroffen, und an das Entzünden von Feuern war in dem Sturmwind nicht zu denken gewesen. Die Männer hatten sich nahe der Baumstämme und hinter Felsen im Schnee zusammengekauert, die Zeltplanen über ihre Köpfe gezogen und darauf gewartet, dass das Wetter wieder besser wurde.
Mehrere Stunden hatten sie unter ihren Planen ausgeharrt und sich gegenseitig mit müden Witzen bei Laune gehalten, während ihre Finger und Zehen zu schmerzen begannen vor Kälte. Sobald es das Wetter einigermaßen zugelassen hatte, war Alex unter seiner Plane hervorgeschlüpft. Obwohl es in dem abflauenden Sturm immer noch unerträglich kalt war, hatte er die Langeweile und das Stillsitzen bei den eisigen Temperaturen einfach nicht mehr ausgehalten.
Vor allem aber hatte er sich vor den Männern geschämt, wie wenig er für sie tun konnte. Seit er zum Fürsten der Goldenen Stadt geworden war, hatte er eigentlich kaum etwas vollbracht. All diese Menschen verließen sich auf ihn und seine Macht, und nur die wenigsten wussten, dass er diese Macht kaum unter Kontrolle hatte. Aber wenn die Bewohner der Stadt das bemerkt hätten, wäre auch ihr letzter Mut verflogen, wie Herr Ramiç Alex immer wieder erklärte.
Und so lief er nun seit einer halben Stunde in dem Lager umher und erkundigte sich hier und da bei den Männern, wie es ihnen

ging. Herr Ramiç hatte ihn vor einiger Zeit darauf hingewiesen, wie wichtig es für die Leute war, dass ihr Fürst sich für sie interessierte, und der alter Bosnier hatte recht gehabt. Mittlerweile beobachtete es Alex mit Freude, wie begeistert die Soldaten reagierten, wenn sie den blonden Schopf mit dem schmalen Silberreif und die blitzende Rüstung ihres Fürsten sahen, der sich an ihr Feuer stellte und ein paar Worte mit ihnen wechselte. Dann fühlte er sich den Menschen so verbunden, dass er sein Gewissen, seine Unzufriedenheit mit sich selbst bisweilen für ein paar Minuten vergaß – bevor er wieder mit sich allein war und die düsteren Gedanken wiederkehrten.
Er sehnte sich danach, endlich dieses Lager zu erreichen, von dem ihnen einzelne Flüchtlinge berichtet hatten. Keiner hatte genau sagen können, wo es sich befand, aber es musste an der Ostflanke des Maiella-Massivs liegen, in dessen Schatten sie gerade in nordöstlicher Richtung vorrückten.
Immer wieder waren sie auf Ruinen von Dörfern und kleinen Städten gestoßen. Es war stets derselbe, bedrückende Anblick: völlig zerstörte Häuser und Kirchen, vom Erdbeben in Schutt gelegt und dann mit einer dicken Schicht aus Vulkanasche und Schnee überzogen. Zugleich waren diese Überreste auch die Grabsteine der Alten Welt und ihrer Bewohner. Schließlich war es unmöglich, all die Toten zu bergen und ordentlich zu begraben, auch wenn sie zumindest denen diese letzte Ehre erwiesen, deren Leichname sie auf dem Weg fanden. Meist handelte es sich um arme Teufel, die zwar den Schattensturm überlebt hatten, dann aber in der bitteren Kälte des Winters umgekommen waren.
Lebende Bewohner dieser Gegend hatten sie nirgends angetroffen, abgesehen von ein paar abgemagerten Hunden, die ihr Heer seitdem begleiteten. Wenigstens hatten die Männer ein paar Supermärkte ausgraben können, die nur halb verschüttet waren, und ihre Vorräte waren mehr als ausreichend. Aber obwohl ihre Kundschafter jeden Tag ausschwärmten und die Umgebung besichtigten, war von der Siedlung keine Spur zu finden gewesen.

Die Langsamkeit, mit der ihr Zug sich bewegte, machte Alex bisweilen schier wahnsinnig. Er wollte den Leuten helfen, die sich den Berichten zufolge mit letzter Kraft gegen die Schattenwesen zur Wehr setzten. Dass sie damit zugleich auch in die Schlacht ritten, dass Männer sterben würden, hatte er über seiner Langeweile fast vergessen. Alex sehnte sich danach, endlich etwas zu tun, und dieser Gedanke war es auch, der ihn jetzt durch die Kälte marschieren ließ.

Er erreichte einen kleinen Hügel, von dem aus er einen besseren Überblick hatte. Mühevoll stapfte er durch den kniehohen Schnee die paar Meter empor und blieb oben schnaufend stehen. Die Feuer zogen sich in einer langgestreckten Linie an der Landstraße entlang, der sie nun schon seit Tagen folgten. In dem Sturm hatten sich alle Soldaten hastig niedergelassen, wo es ihnen gerade sinnvoll erschien, und das Ergebnis war beunruhigend. Alex hatte schon erlebt, wie verletzlich eine derartig langgestreckte Kette gegenüber Angriffen war. Wenn es ihn in der Hektik des Sturms auch nicht besonders interessiert hatte, so kam ihm jetzt wieder zu Bewusstsein, dass sie die ganze Zeit über mit Angriffen durch Schattenwesen rechnen mussten.

Die Straße, der sie folgten, hätte vermutlich teilweise großartige Ausblicke auf die Berge erlaubt, wenn es endlich einmal aufgeklart und die Sicht mehr als ein paar hundert Meter betragen hätte. Stattdessen stolperten sie wie blind im grauen Dunst dahin und mussten sich völlig darauf verlassen, dass ihre Führer – Männer aus dieser Gegend – wussten, was sie taten. Die vergangenen drei Wochen waren denn auch die anstrengendsten und zugleich langweiligsten in Alex' Leben gewesen. Sich durch die vom Schattensturm zertrümmerte Landschaft im hohen Schnee zu quälen, war schon aufreibend genug, aber die ständige Kälte und die Stürme waren geeignet, um auch einen noch so starken Willen zu brechen.

Hinter ihm knirschte Schnee unter Stiefelsohlen. Alex musste sich nicht umdrehen, um zu wissen, wer ihm gefolgt war.

»Hallo, Janine.«

»Du spielst mal wieder General?«, erkundigte sich seine Wächterin spöttisch.

Er wandte sich nach ihr um. Auch Janine trug eine Rüstung, die aus stählernen Platten und Kettengewebe bestand. Nur ihren Helm hatte sie durch eine dicke Wollmütze ersetzt, unter der das weißblonde Haar hervorleuchtete. Es ärgerte Alex immer wieder, mit welcher Leichtigkeit sie sich in dem Zeug bewegte, auch wenn ihm klar war, dass sie sich das nicht ausgesucht hatte. Es war Teil ihres Schicksals.

Janine war seine Wächterin. Mit dem Schattensturm hatte sich gezeigt, was das bedeutete. Zuvor war sie nur eine kettenrauchende Fernsehreporterin gewesen, die auf ihre ganz große Story gewartet hatte. Doch dann hatte der machtbesessene Weltenfürst Konstantin den Nexus in den Tiefen der Goldenen Stadt entfesselt – das gewaltige Tor in alle bestehenden Welten. Mit der Öffnung des Nexus hatten sich die verschiedenen Welten wieder miteinander verbunden, die viele tausend Jahre zuvor von dem mächtigsten Magier aller Zeiten getrennt worden waren. Nun klafften an den verschiedensten Orten Weltenrisse, und wenn man nicht achtgab, konnte man leicht von einer Welt in die andere stolpern, ohne es gleich zu bemerken. Und das war noch nicht einmal das größte Problem.

Mit dem Nexus war auch der Dunkle Strom zurückgekehrt, die gewaltigste Kraft des Universums. Durch ihn hatten die Weltenfürsten früher die Macht besessen, die Wirklichkeit verändern, einfach aufgrund ihres Willens. Damals hatten die Menschen die Weltenfürsten als ihre Beschützer und Herrscher angebetet.

Nun war diese Macht wieder entfesselt, und auf einen Schlag war Alex zum mächtigsten Mann der Welt geworden, denn er war der Sohn des Drachen – und damit der Erbe des größten Weltenfürsten, der jemals gelebt hatte.

Auch für Janine hatte sich mit der Öffnung des Nexus alles verändert. Sie war als Wächterin geboren: eine unbedingte Beschützerin ihres Weltenfürsten, und mit dem Dunklen Strom waren ihre angeborenen Instinkte wieder erwacht. Sie hätte sich jederzeit für Alex geopfert, ohne auch nur darüber nachzudenken. Nicht weil sie es so wollte. Sie konnte nicht anders. Und wie alle Wächter besaß sie seitdem schier übermenschliche Kräfte, dank derer sie sich in der fast zentnerschweren Rüstung so leicht bewegte wie Alex in einem Trainingsanzug.

»Was ist?«, fragte sie stirnrunzelnd, als Alex sie unverwandt betrachtete, ohne etwas zu sagen. Das Misstrauen ließ ihre grünen Augen blitzten wie zwei Smaragde.

Er schüttelte den Kopf und hob entschuldigend die Hand. »Nichts, tut mir leid. Ich hab nur mal wieder darüber nachgedacht, dass sich in den letzten Monaten ganz schön viel verändert hat.«

Ihr Stirnrunzeln verschwand. Sie griff in eine Ledertasche am Gürtel und zog ein Päckchen Zigaretten heraus. Dann sah sie sich suchend um. »Immer dieser Mist mit dem Feuer«, murmelte sie.

Alex wusste, was sie meinte: Mit dem Öffnen des Nexus hatten sich auch die Naturgesetze dieser Welt geändert, und seitdem waren Feuerzeuge nur noch eine Erinnerung an bequemere Tage.

Schließlich steckte Janine die Zigaretten wieder ein. »Ich sollte öfters Pfeife rauchen«, brummte sie. »Geht nicht so schnell aus.«

Ihr Blick glitt über das langgestreckte Lager. Es war mittlerweile fast Nacht, und die immer höher lodernden Feuer trotz des Nebels beunruhigend gut zu sehen. »Sind schon Wachen aufgestellt?«

»Keine Ahnung«, gab Alex zu und fühlte sich ertappt. Immerhin war er der oberste Befehlshaber hier. »Saublöd, dass ich nicht daran gedacht habe!«

Janine zuckte die Achseln. »Bei dem Sturm war es ja auch unwahrscheinlich, dass wir angegriffen werden«, meinte sie.

Alex war freilich klar, dass sie ihn trösten wollte, aber gerade das machte ihn richtig wütend auf sich selbst. Im Stillen nahm er sich vor, von nun an seine Aufgaben ernster zu nehmen.

»Jedenfalls sollten wir mal mit Leutnant Nürli reden. Mir ist nicht

wohl, wenn ich diese Festbeleuchtung hier anschaue. Jedes Monster im Umkreis von drei Kilometern muss uns sehen.«
»Allerdings.« Alex rieb sich die vor Kälte schmerzenden Hände. »Hoffentlich stehen unsere Zelte schon.«
Die Wächterin schnaubte. »Das will ich meinen. Ich hab den Jungs jedenfalls gesagt, sie sollten sich mal ein bisschen ranhalten.«
Gemeinsam stapften sie zurück in Richtung der Lagerstelle, wo sie ursprünglich Schutz vor dem Sturm gesucht hatten. Immer wieder erkannten Soldaten die beiden, sprangen von ihren Plätzen auf und standen stramm, woraufhin Alex ihnen freundlich zunickte. Janine zündete sich am ersten Lagerfeuer eine Zigarette an und sog gierig den Rauch ein. Der würzige Duft erfüllte die eisige Nachtluft. Die Männer am Feuer betrachteten sie wehmütig. Janine tat, als bemerke sie es nicht, und grüßte nur stumm. Ihre Kippen teilte sie mit niemandem – nicht, seit es so schwierig geworden war, unter den Trümmern der Alten Welt eine unbeschädigte Schachtel zu finden.
Insgeheim hatte sich Alex schon öfters gefragt, welche Auswirkungen die Kettenraucherei auf Janine haben würde. Als Wächterin heilten Verletzungen bei ihr so rasch, dass sie schon manches überlebt hatte, was jeden normalen Menschen umgebracht hätte. Aber er bezweifelte doch, dass das bei Lungenkrebs auch der Fall war.
Plötzlich straffte Janine sich neben ihm und ihre Hand glitt reflexartig hinunter zu ihrem Waffengurt, an dem sie ihre beiden etwa armlangen Schwerter trug. Ihre grün blitzenden Augen fixierten einen Punkt irgendwo zwischen den Bäumen auf der Talseite der Straße.
»Was ist?«, fragte Alex und versuchte vergeblich, in der schwarzgrauen Dämmerung etwas zu erkennen.
»Da kommt jemand den Hang hoch. Zwei Leute. Sie rennen.«
Ohne die Augen von den Fremden abzuwenden, lief Janine los, auf einem Kurs, der den Ankömmlingen den Weg abschneiden würde.

Alex stapfte eilig hinterher und staunte einmal mehr, wie gut Janine im Finsteren sehen konnte – eine weitere Fähigkeit, die der Schattensturm in ihr geweckt hatte. Dank ihrer katzenartigen, leichten Schritte hatte sie ihn bald ein Stück hinter sich gelassen und war nur noch als Schemen zu erkennen, der bisweilen zwischen den Bäumen auftauchte. Zuletzt war sie ganz verschwunden und Alex war allein mit sich und seinem keuchenden Atem. Er verlangsamte seine Schritte, als er sich nicht mehr sicher war, wo Janine steckte.

Ein angstvoller Schrei ertönte in der Nacht vor ihm und er rannte wieder los. Einige Sekunden später tauchten vor ihm die Silhouetten von drei Menschen auf. In der Hand der einen blitzte blanker Stahl, dann erkannte er auch Janines weißblonde Haare. Die beiden anderen standen reglos vor ihr.

»Keine Gefahr«, bemerkte Janine, als Alex herankam, und stieß ihr Schwert zurück in die Scheide. »Sie gehören zu uns.«

Ihre Gefangenen sahen ihm entgegen. Es waren zwei junge Burschen, vielleicht sechzehn und achtzehn Jahre alt. Ihre Kleider waren vollständig mit einer Eisschicht bedeckt. Der Schweiß war in ihren Haaren gefroren, was sie wie ergraute alte Männer wirken ließ. Beide schlotterten am ganzen Leib und hatten die Arme um die Oberkörper geschlungen. Es war offensichtlich, dass sie völlig unterkühlt waren.

»Wo sind die zwei denn her?«, fragte Alex stirnrunzelnd. »Habt ihr euch verlaufen?«

Sobald die beiden Jungen Alex' blonde Haare und den Silberreif erblickten, rissen sie entsetzt die Augen auf.

»Herr!«, stieß der eine mit klappernden Zähnen hervor. Dann fielen sie auf die Knie und senkten die Köpfe.

»Was ist los?«, fragte Alex. »Wer seid ihr?«

»Ich bin Alessandro und das ist Samuele. Wir gehören zu Georg Simets Männern«, erklärte der Ältere mit klappernden Zähnen.

Alex sah Janine fragend an.

»Einer unserer Unteroffiziere«, erklärte sie. »Aus der Nachhut.«

Alessandro sah zu Janine und Alex auf. »Wir haben unseren Trupp im Sturm verloren und mussten uns verkriechen.« Es war sichtlich anstrengend für ihn, trotz seines Zitterns noch verständlich zu sprechen. »Als der Sturm vorbei war, sind wir auf eigene Faust weiter und haben versucht, das Heer wiederzufinden.«

»Dann haben wir vor uns jemanden bemerkt«, rief der Jüngere. »Es waren Schattenwesen. Wir konnten uns gerade noch verstecken. Ich habe schon gedacht, sie hätten uns gesehen, aber …«

»Wie viele sind es?«, unterbrach Janine ihn, wobei ihr Blick sofort suchend durch die Dunkelheit glitt. »Wo habt ihr sie gesehen?«

Samuele rappelte sich jetzt auf vor Erregung. »Es waren sechs!«

»Sieben«, berichtigte ihn sein Kamerad eifrig.

»Riesige Monster, ich habe so etwas noch nie gesehen. Sie gehen den Fluss entlang, auf dem Eis.«

»Genau, in Richtung Osten. Und sie werden von einem einzelnen Mann geführt.«

»Einem Mann?«, fragte Janine misstrauisch. »Wie sieht er aus?«

Die Jungen tauschten einen ratlosen Blick. »Wir haben ihn nicht genau erkennen können. Wir haben uns natürlich versteckt. Aber er wirkte wie ein Mensch.«

Alex starrte den dunklen Abhang hinunter. Die Vorstellung, dass dort unten gerade Monster aus den Schattenwelten marschierten, ließ seine vage Unruhe wegen der Feuer zu brennender Sorge werden. Vor allem aber tauchte in seiner Vorstellung eine Gestalt auf, die ihn in den vergangenen Wochen durch seine Alpträume verfolgt hatte: ein menschenartiges Wesen, dessen Gesicht in undurchdringliches Dunkel gehüllt blieb, aus dem ihn zwei rote Augen anstarrten. Er war bereits an ein derartiges Wesen geraten, und das wäre beinahe sein Tod gewesen.

Janine trat an ihn heran und riss ihn so aus seinen Gedanken. »Hast du etwas bemerkt?«, fragte sie leise.

Langsam schüttelte Alex den Kopf, als er nach einer Erinnerung suchte. Normalerweise konnte er Schattenwesen in seiner Nähe

fühlen, aber diesmal war ihm nicht das leiseste Unbehagen aufgefallen. »Nein. Nicht das Geringste.«
Seine Wächterin musterte die beiden Jungen noch einmal. »Trotzdem – wir müssen die anderen benachrichtigen. Und wir sollten uns beeilen.«
Wenige Minuten später erreichten sie die Stelle, wo sie im Sturm ausgeharrt hatten. Mittlerweile waren die Kommandeurszelte in einem Halbkreis errichtet worden, die von innen vom flackernden Schein einiger Laternen erleuchtet wurden. Mehrere Wachen griffen nach ihren Waffen, als sie Alex und Janine auf sich zurennen sahen.
»Was ist los, Herr?«, rief Leutnant Nürli. Der Offizier der Schweizergarde war mittlerweile zum Feldmarschall der Goldenen Stadt geworden – eine Aufgabe, die der Soldat mit einer erstaunlichen Ruhe und Selbstverständlichkeit erledigte.
»Keine Gefahr, wie's aussieht«, keuchte Alex und stützte sich mit den Händen auf den Knien ab. »Nicht direkt.«
Obwohl der Weg nur einige hundert Meter betragen hatte, stand ihm bereits wieder der Schweiß auf der Stirn. Jeder Schritt in dem knietiefen Schnee bedeutete eine eigene Anstrengung, noch dazu in der Rüstung. Wenigstens waren im Lager die meisten Pfade bereits so ausgetreten, dass man recht ungehindert laufen konnte.
»Es müssen alle Feuer im Lager gelöscht werden«, ergänzte Janine. »Stellt sofort überall Wachen auf. Die beiden Jungen hier haben Schattenwesen in der Nähe gesehen. Besorgt warme und trockene Sachen für sie.«
Neben ihr wurde der Eingang eines Zeltes zurückgeschlagen. Heraus trat ein älterer Mann mit grauem Haar und einem eisgrauen Schnurrbart. Er trug einen dunkelblauen, recht bequem wirkenden Anzug und darüber eine Art Morgenmantel. Seine braunen Knopfaugen weiteten sich erstaunt.
»Was ist los, Alexander?«, fragte er. »Warum seid Ihr gerannt?«
Alex versuchte Herrn Ramiç eine Antwort zu geben, brachte aber vor Atemlosigkeit kein Wort heraus.

Janine trat an ihm vorbei ins Zelt und winkte den beiden Jungen, ihr zu folgen. »Die beiden hier haben etwas gesehen«, erklärte sie, sobald auch Alex und Herr Ramiç eingetreten waren. »Vielleicht könnten Sie sich darum kümmern?«
In der Mitte des Zeltes stand ein kleiner Ofen, der eine angenehme Wärme ausstrahlte. Ein faustdickes Rohr leitete den Rauch durch ein kleines Loch in der Decke nach draußen. Mehrere Laternen und Kerzen sorgten für Licht. Karten lagen ausgebreitet auf einem Klapptisch. In einer Ecke des Zeltes saß ein großer, hagerer Mann in einem bequemen Klappstuhl. Er hatte ein schmales Gesicht, eine scharfgeschnittene Nase und auffallend große Pranken. Seine Kleider waren in verschiedenen, unauffälligen Braun- und Schwarztönen gehalten. In seinem Schoß hielt er einen seltsam geformten Dolch, dessen fast hakenförmige Klinge er gerade mit einem Lederlappen polierte. Seine braunen Augen hatten einen ähnlich stechenden Blick wie die von Janine, als er die Neuankömmlinge musterte.
Die beiden Jungen erstarrten einen Moment bei seinem Anblick, denn der hagere Mann hatte unter den Soldaten einen geradezu legendären Ruf. Sein Name war Julien, und er war der Wächter des Weltenfürsten Amar Ramiç.
Als dieser ihm einen Wink gab, entfaltete Julien seine übereinandergeschlagenen Beine, erhob sich und schenkte aus einem Krug erwärmten Gewürzwein in mehrere Becher, die er Alex und den anderen reichte. Sobald die beiden Jungen einen Schluck getrunken hatten, forderte Herr Ramiç sie auf, ihren Bericht zu wiederholen.
»Äußerst merkwürdig«, murmelte der alte Weltenfürst kurze Zeit später. »So etwas haben wir noch nie beobachtet. Normalerweise tauchen diese Monster ja in großen Horden auf. Und dann diese Geschichte mit dem Anführer …«
»Ich schwöre, dass es stimmt, Herr!«, rief der Jüngere, geradezu ängstlich, dass man ihn für einen Lügner halten könnte.
Der alte Bosnier nickte, stand auf und stellte sich hinter ihn. »Ich

glaube dir, Samuele. Wenn du es erlaubst, würde ich mir gerne deine Erinnerungen ansehen, um ein noch besseres Bild zu bekommen.«

»Meine Erinnerung … wie meint Ihr …?«, brachte der Junge heraus und sah sich ängstlich über die Schulter nach dem Weltenfürsten um.

»Keine Sorge«, brummte Herr Ramiç und legte ihm die Hand auf das feuchte Haar. Seine andere Hand legte er auf seinen *focus*, den Kristall, den er an einer Kette um den Hals trug und der ihm zum Sammeln seiner Kräfte diente.

Nicht ohne Neid beobachtete Alex das Ganze und dachte an das Drachenauge – seinen eigenen *focus*. Der mächtigste aller Weltenfürsten, Alex' Vater, hatte ihm das Ding hinterlassen, bedauerlicherweise ohne Gebrauchsanweisung. Ein *focus* war ein Hilfsmittel, das auf den jeweiligen Eigentümer geprägt war und nur ihm zur Verfügung stand. Obwohl das Drachenauge der stärkste *focus* der Welt war, konnte Alex nichts damit anfangen. Nun lag der Stab, dessen eines Ende dem Kopf eines Drachen nachempfunden war, im tiefsten Keller der Goldenen Stadt, schwer bewacht von mehreren Gardisten – und vermoderte.

Der Kristall zwischen Herrn Ramiçs Fingern glühte sanft auf. »Entspanne dich«, brummte er Samuele ins Ohr. »Es wird dir nichts geschehen.«

Die Lider des Jungen flatterten, während sein Körper unter dem Griff des alten Herren erschlaffte. Dann schien er einzuschlafen. Sein Freund Alessandro starrte ihn mit weit aufgerissenen Augen an und blickte ängstlich zu Alex hinüber, der ihm lächelnd zunickte. Einen Moment später war es schon vorbei. Herr Ramiç ließ den Kopf des Jungen los, der blinzelnd wieder zum Leben erwachte. Der Kristall an der Kette erlosch.

»Ich danke dir«, sagte der Weltenfürst freundlich. »Das alles habt ihr beide sehr gut gemacht. Ihr seid zwei tapfere Soldaten. Seid so gut und wartet draußen. Jemand wird sich um euch kümmern.«

Sobald die Jungen unter eingeschüchterten Verbeugungen ver-

schwunden waren, meinte Herr Ramiç: »Das könnte eine Gelegenheit sein.«
»Inwiefern?«, erkundigte Janine sich misstrauisch.
Anstelle einer Antwort streckte der Weltenfürst seine Hand nach Alex aus, der seinen Becher wegstellte und die Hand des Alten ergriff. Einige Herzschläge später hatten sie eine Geistesbrücke errichtet.
Das wird Euch vielleicht beunruhigen, warnte Herr Ramiç Alex in Gedanken, bevor er ihm die Erinnerungen des Jungen sandte …

Es war furchtbar kalt. Alessandro lag neben ihm im Schnee. Über ihnen neigten sich die Zweige des Busches schwer unter der weißen Last. Alex zitterte am ganzen Körper, aber er wusste selbst nicht, ob es an seiner Unterkühlung lag oder an seiner Angst. Denn dort im Sturm vor ihm stapften Wesen durch den Schnee, wie er sie noch nie gesehen hatte. Sie waren deutlich größer als ein ausgewachsener Mann, obwohl sie seltsam gebeugt gingen. Mit wiegenden Schritten marschierten sie dahin, eingehüllt in Rüstungen aus schwarz glänzendem Metall, in deren Fugen sich das Eis absetzte. Als der Wind für einen Moment ein wenig abflaute, erkannte Alex, dass die Köpfe der Wesen auf armlangen, dicken Hälsen saßen, die im Takt der Schritte nickten. Auch die Hälse waren von mehreren Eisenringen geschützt. Wachsam schwenkten die Köpfe der Wesen hin und her, und Alex musste einen Schrei des Schreckens unterdrücken, als eines der Biester genau in seine Richtung blickte. Der schnabelartig geformte Helm hatte nur einen finsteren Schlitz, aus dem das Wesen herausblickte. Dennoch schienen die Augen in der Finsternis des Helms ihn und Alessandro genau zu fixieren.
Starr vor Entsetzen erwiderte er den Blick und in seinem Kopf rasten die Gedanken. Ob dieses Monster sie in dem Dämmerlicht tatsächlich sehen konnte? Warum nur hatten sie den Anschluss an das Heer verloren? Und hätten sie auch nur die geringste Chance, diesen Wesen zu entkommen, wenn sie es jetzt versuchten?
Alles in ihm riet ihm dazu, abzuhauen, nur wegzukommen von dieser Bedrohung. Schon wollte er Alessandro am Bein ziehen, da ertönte in

seinem Kopf ein geflüsterter Befehl in einer unverständlichen, bedrohlichen Sprache, der seine Seele in Eis zu verwandeln schien.
Und dann tauchte jenseits der Mauer aus ewig rieselndem Schnee eine weitere Gestalt auf, die auf einem Pferd ritt. Es war nicht viel von ihr zu erkennen unter dem dunklen Mantel, den sie trug. Aber als die Gestalt sich nach dem Wesen umwandte, das immer noch dastand und in Richtung der beiden Jungen stierte, konnte man ihr Gesicht unter der Kapuze zur Hälfte sehen. Das genügte Alex vollkommen.
Zu den Gefühlen des Jungen, die er mithilfe von Herrn Ramiç noch einmal durchlebte, kam nun noch sein eigener Schrecken. Er hatte diese Miene, die wie aus weißem Marmor gehauen schien, schon einmal gesehen, und die roten Augen sah er fast jede Nacht aufs Neue – immer und immer wieder, seit er mit dem Besitzer einen erbitterten Kampf ausgefochten hatte, den er nur mit knapper Not überlebt hatte.
Einen Augenblick später wandte sich das gepanzerte Monster ab und der Tross setzte seinen Weg fort. Kurze Zeit später waren sie im Schneegestöber verschwunden.
»Wir müssen das Heer finden«, erklärte Alessandro und sah seinen Kameraden an. Die blau gefrorenen Lippen hatte er fest aufeinandergepresst. »Wir müssen den Fürsten warnen.«

Das Hier und Jetzt kehrte mit gleißender Helligkeit in Alex' Bewusstsein zurück. Herr Ramiç hatte sein Handgelenk fest umschlossen und stützte ihn, als er die Geistesbrücke auflöste. Schwankend machte Alex zwei Schritte und ließ sich in einen Stuhl fallen. Janine reichte ihm stumm einen Becher Wasser, den er mit hastigen Schlucken leerte.
»Was meint Ihr?«, fragte der alte Bosnier mit hochgezogenen Brauen.
Alex schüttelte den Kopf. »Die beiden Jungs müssen wir irgendwie belohnen«, stellte er fest. »Wenn alle unsere Leute so mutig sind, mache ich mir gar keine Sorgen mehr.«
»Darum kümmere ich mich«, versprach Julien.

Der Weltenfürst nickte seinem Wächter dankbar zu. »Und was ist mit den Wesen aus den Schatten?«
Eine Sekunde lang sah Alex wortlos zu Boden. Er hatte immer noch dieses steinerne, weiße Gesicht vor sich: menschlich und zugleich vollkommen leblos, bis auf das rote Glühen in den Augenhöhlen. In seinen Ohren hallten die geflüsterten Worte der unbekannten Sprache, mal lauter, mal leiser, aber stets durchdrungen von derselben abgründigen Grausamkeit – die gleiche, eiskalte Stimme, die ihn regelmäßig nächtens heimsuchte, seit er sie das erste Mal gehört hatte.
Schließlich stellte er den Becher beiseite und sah Herrn Ramiç offen an. »Wir müssen diesen Kerl verfolgen«, erklärte er mit fester Stimme. »Wenn ich diesmal derjenige bin, der das Bleichgesicht überraschen kann, muss ich die Chance nützen.«
»Wir wissen immer noch nicht, wer oder was dieses Wesen ist«, gab der alte Weltenfürst zu bedenken.
»Genau das will ich rausbekommen.«
Janine musterte die beiden scharf. »Der Kerl vom Roten See?«, folgerte sie. »Der, der dich beinahe getötet hätte?«
»Genau der.«
»Ich halte das für gefährlich«, meldete sich Julien zu Wort. Er hatte seine beiden Dolche fertig poliert und schob sie geräuschvoll in ihre Scheiden.
Janine nickte nachdrücklich. »Es könnte eine Falle sein.«
»Das Risiko ist es mir wert.« Alex fuhr sich durch das blonde Haar. Es fühlte sich immer noch verschwitzt an. »Verflucht, ich träume fast jede Nacht von diesem Mistkerl! Und jetzt ist er im Nachteil. Ich werde ihn nicht einfach abhauen lassen.«
»Es würde mich überraschen, wenn dieses Wesen nicht sowieso das gleiche Ziel hat wie wir«, merkte Herr Ramiç an.
»Aber bis das Heer in Marsch gesetzt ist, sind sie längst über alle Berge«, wandte Julien ein. »Und sobald es zu schneien anfängt, sind die Spuren endgültig verloren.«
»Richtig. Wir werden einen kleinen Trupp bilden und hinterher-

reiten. Leutnant Nürli wird uns dann mit dem Rest der Männer folgen.« Alex ließ sich nicht bremsen.
»Es ist Unsinn«, beharrte die Wächterin und zündete sich eine Zigarette an einer Kerze an.
»Du musst nicht mitkommen«, schlug Alex fröhlich vor und angelte nach seinem Waffengurt, den er zuvor abgelegt hatte.
Janine blies eine gewaltige Rauchwolke aus. »Ich bin mal gespannt, wie lustig du das Ganze morgen früh noch findest«, erwiderte sie ruhig.

Kurze Zeit später saß Alex im Sattel seines Wallachs. Über seinen Schultern hing ein schwerer Mantel aus gefüttertem Pelz. Unter der Rüstung aus stählernen Platten und kunstvoll geschmiedetem Metall schützte ihn dickes Wollzeug vor der Kälte. Der schmale Kronreif war mit einigen unauffälligen Schnüren an der Kapuze aus Kettengewebe befestigt, da er sonst zu leicht zu rutschen begann. Am Gürtel baumelte sein Schwert, mit dem er mittlerweile sogar leidlich umgehen konnte.
Alex überprüfte den Sitz der Rüstung und lächelte in der Dunkelheit. Dieses Zeug war in der Zeit nach dem Schattensturm unbezahlbar. Kein Mensch in dieser Welt konnte noch etwas Derartiges herstellen, und er war immer wieder froh, dass er und Janine ihre Rüstungen damals aus der Jenseitswelt mitgebracht hatten, in die sie auf ihrer Flucht vor Konstantin geraten waren.
Allerdings hatten die Schmiede in der Goldenen Stadt rasch dazugelernt, und wenn sie auch noch keine Kunstwerke hervorbrachten, wie Alex und Janine sie trugen, waren doch alle Männer in dem kleinen Trupp nun mit stählernen Rüstungen ausgestattet, die einen echten Vorteil im Kampf boten.
Um ihn herum scharten sich die anderen Reiter der Verfolgungsjagd. Man sah kaum die Gesichter, da alle Feuer des Lagers gelöscht waren und nur noch der Schein des Mondes die Nacht erhellte. Nur Janine neben ihm war deutlich erkennbar. Ihre Augen glommen im Inneren der Kapuze wie die einer Katze.

»Heute drehen wir den Spieß um«, bemerkte Alex voller grimmiger Vorfreude. Bei aller Furcht, die dieses Wesen ihm einjagte – es war ungeheuer erleichternd, endlich etwas gegen diesen Nachtmahr zu tun. Er fühlte sich so lebendig wie seit Ewigkeiten nicht mehr. Jetzt konnte er handeln wie der Fürst, für den ihn alle hielten. »Diesmal sind wir die Jäger!«
»Aber sicher«, nickte Janine knapp und schnippte ihre Kippe in den Schnee. »Waidmannsheil.«
Sein Lachen klang etwas zitterig, wie Alex selbst bemerkte. Dennoch war er sich sicher, dass er das Richtige tat. Noch einmal würde ihn dieses Wesen nicht überraschen. Dieses Mal nicht.

3

Pater Matthews sah Sonja einen Moment lang nachdenklich an. »Es war nur eine Frage der Zeit«, stellte er dann fest. »Dem Herrn sei Dank, dass sie uns lange genug in Ruhe gelassen haben. Wir sind vorbereitet. Folgt mir!«
Damit wandte er sich ab und trat mit festen Schritten auf die Eingangstüren zu, hinter denen immer noch das Stimmengewirr der Menge draußen zu hören war. Sonja und Simon gingen ihm nach. Irgendein Diener reichte ihr hastig ihren Mantel und half ihr, hineinzuschlüpfen. Der Priester stieß die Türen auf und hob gebieterisch die Hände. Der Lärm dämpfte sich etwas, nur aus den hinteren Reihen brüllten immer noch vereinzelt Menschen irgendwelche wütenden Bitten heraus.
»Meine Kinder!«, rief er, und wieder einmal war Sonja verblüfft von seiner durchdringenden, tiefen und dennoch melodischen Stimme. »Der Herr hat uns im rechten Moment geholfen! Er hat der Fürstin gezeigt, dass unsere Stadt angegriffen wird. In diesem Augenblick sind die Wesen der Finsternis hierher unterwegs. Sie kommen, um uns alle zu töten.«
Pater Matthews wartete einen Moment, um diese Botschaft wirken zu lassen, und sie wirkte. Innerhalb weniger Herzschläge herrschte Stille. Nur einige Kleinkinder weinten noch leise in den Armen ihrer Mütter. Die fast wütende Verzweiflung in den Gesichtern verschwand und wich stummer, unendlicher Angst.
»Was sollen wir tun?«, fragte mit schüchterner Stimme ein untersetzter Mann mit Halbglatze. Sonja erkannte ihn. Wenige Minuten zuvor noch hatte er sie angeschrien, sie solle seiner Frau helfen. Jetzt stand in seinem Blick einfach nur die Hoffnung, dass

man ihm sagen würde, was seine Aufgabe wäre – und was ihn retten könnte.
»Habt keine Angst!«, donnerte Pater Matthews. »Der Herr ist auf unserer Seite. Wir haben schon gekämpft. Und wir haben gesiegt!« Vereinzelt waren bereits zustimmende Rufe zu hören. Der Priester wartete nicht, bis sie verklungen waren. »In Rom haben wir sie geschlagen: Wir haben um unser Leben gekämpft und wir haben die Monster der Nacht zur Hölle gejagt!« Diesmal brandete erster Jubel auf. »Unser Weg hierher war ein Feldzug, ein Krieg für unser Recht auf diesen Ort! Und wir haben gesiegt!« Jetzt glomm in den Augen der Leute wütende Entschlossenheit. »Diesmal kommen sie, um unser neues Leben zu vernichten! Aber sie kennen uns immer noch nicht!« Der Priester holte tief Luft, und mit ihm die ganze Menge, bevor er zum Schluss kam, und seine Stimme toste wie ein Sturm über die Köpfe hinweg: »Wir sind die Streiter Gottes, und wir werden diese Bestien des Teufels zu Staub zertreten!«
Bis auf den letzten Mann brach alles in ohrenbetäubenden Jubel aus, und Sonja bemerkte erst nach einiger Zeit, dass sie selbst mitschrie. Nur Simon an ihrer Seite verfolgte das Geschehen mit der üblichen unerschütterlichen Ruhe.
Pater Matthews' graues Gesicht war nunmehr tiefrot und sein weißes Haar zu einem lichten Gewirr zerzaust. »Ihr alle wisst, was ihr zu tun habt! Die Garde wird euch einteilen! Folgt ihren Befehlen! Bleibt ruhig! Und denkt daran: Der Herr hält seine Hand über euch!«
Noch während die Menge ihre Kampfeslust herausbrüllte, wandte sich der alte Priester an die Gardisten an seiner Seite. »Ihr müsst die Leute sofort beschäftigen«, erklärte er leise. »Wir dürfen sie jetzt nicht allein lassen.«
Ein Gardist nickte. »Zu Befehl, Exzellenz.« Er winkte seinen Kameraden. »Gebt Waffen aus. Verteilt die Männer an den Posten. Besetzt alle Wachtürme! Verteidigt die Stadt!«

»Der Herr gebe, dass wir uns wirklich ausreichend vorbereitet haben«, meinte Pater Matthews, als sie wenige Minuten später auf ihren Pferden saßen und in schnellem Trab in Richtung des Schutzwalles ritten, gefolgt von den vier Gardisten. Der Priester musste fast schreien, damit Sonja und Simon ihn verstanden. Der Wind hatte wieder aufgefrischt und trieb nun in heftigen Böen dichte Schneewolken heran. Sonja versuchte, sich ihre Kapuze überzuziehen, aber in dem Wind und bei ihrer Geschwindigkeit erwies sich das als unmöglich.

»Wir haben die kampffähigen Männer und Frauen für die verschiedenen Abschnitte des Walls eingeteilt und sie an den Waffen üben lassen«, fuhr der Priester fort. Er verzog das Gesicht. »Leider sind wir nicht allzu gut ausgerüstet. Viele haben lediglich die Sachen, die sie im Laufe ihrer Reise hierher gefunden haben.«

Simon runzelte die Stirn. »Was ist, wenn die Wesen durchbrechen?«

»Das darf nicht geschehen.«

Sie überholten immer wieder Gruppen von Männern und Frauen, die mit den verschiedensten Waffen ausgestattet waren, vom schlichten Knüppel bis hin zu Schwertern und Hellebarden. Im Laufschritt marschierten sie in Richtung der Stadtgrenze. Wenn sie Sonja sahen, brachen einige in atemlose Hochrufe aus, die aber auch rasch wieder verklangen.

Vor ihnen tauchten die Befestigungsanlagen auf: im Grunde kaum mehr als ein langer Zaun aus armdicken Baumstämmen, der sich auf einem aufgeschütteten Erdwall dahinzog, auf dessen äußerer Seite auch noch ein Graben lag. Im Abstand von etwa hundert Schritten erhoben sich auf grob zusammengezimmerten Gerüsten hölzerne Plattformen, auf denen immer zwei Soldaten standen und Ausschau hielten. Hüfthohe Verschalungen aus Holz schützten sie vor Wind und Wurfgeschossen. Die Turmmannschaften hielten große Bögen in den Händen, wie Sonja erkannte, als sie näher herankamen.

Auch die ersten Kämpfer waren bereits eingetroffen. Hastig legten sie Rüstungsteile aus Leder, Metall und allen möglichen anderen Materialien an. Manche setzten Motorrad- oder sogar Bauarbeiterhelme auf; andere trugen Rückenpanzer oder Schienbeinschoner, wie sie früher von Skateboardfahrern und Fußballspielern verwendet worden waren. Aber die blitzenden Klingen und die ernsten Gesichter in den Kapuzen machten mehr als deutlich, dass dies kein Spiel war.

»Seht ihr etwas?«, rief Pater Matthews zu einer der Turmmannschaften hinauf. Die Männer schüttelten die Köpfe.

»In dem Schnee erkennt man kaum, was zehn Schritt weit weg ist«, rief einer zurück. »Wir werden erst wissen, was los ist, wenn die Biester hier sind.«

Pater Matthews runzelte die Stirn. »Wir werden bemerken, wenn sie da sind«, stellte er fest. »Dennoch wäre es sehr hilfreich ...«

Als er nicht mehr weitersprach, sah Sonja ihn fragend an und erschrak. Der Priester saß gekrümmt im Sattel, die behandschuhten Hände gegen den Bauch gedrückt. »Es geht schon«, stieß er zwischen zusammengebissenen Zähnen hervor, dann kippte er langsam aus dem Sattel und fiel kraftlos in den Schnee.

»Helft ihm«, rief Sonja den Gardisten zu und sprang ab. Das Gesicht von Pater Matthews war so grau wie Stein, als Sonja ihn erreichte und mithilfe der Männer auf den Rücken drehte.

»Nur ein wenig Bauchweh«, ächzte er. »Ich muss etwas Schlechtes gegessen haben.«

Sonja schenkte ihm keine weitere Beachtung, zerrte sich den Handschuh von der rechten Hand und legte sie auf seinen Bauch. Wenige Herzschläge später tastete sie sich mit ihrem Geist in den Leib des alten Mannes vor. Fast sofort erkannte sie das Problem. Die Eingeweide waren vom Krebs zerfressen. Wie winzige, schmerzende Glutpunkte spürte Sonja die Tumore, fühlte ihre zerstörerische Kraft. Doch die Gefahr war im Augenblick, dass eine der Wucherungen im Magen eine Blutung hervorgerufen hatte, die den Mann mit jedem Herzschlag weiter schwächte und ihn auf die Dauer umbringen musste.

Ohne Zögern griff Sonja mit der Kraft des Dunklen Stroms nach der inneren Wunde und versuchte, das empfindliche Gewebe zum Wachsen zu bringen, die Adern zu verschließen und die Blutung zu stoppen. Schon nach kurzer Zeit war klar, dass sie das so rasch nicht schaffen würde. Hektisch ließ sie ihre Sinne hinauswandern in das Schneegestöber, um zu sehen, wie viel Zeit ihnen blieb. Ihr inneres Auge glitt am Schutzwall der Stadt entlang. Diese Fähigkeit beherrschte Sonja mittlerweile recht gut. Es fühlte sich ein wenig an, als steckte sie im Körper eines Vogels. Doch hatte ihre Sicht nichts mit der ihrer normalen Augen zu tun. Es fühlte sich an, als bewegte sie sich durch einen finsteren Raum, in dem sich andere Menschen befanden. Sie konnte ihre Geister spüren, ihre Kraft und ihre Gefühle, wie helle Flecke in der Dunkelheit.
Es waren nur unscharfe Eindrücke, aber in diesem Augenblick reichten sie Sonja aus, um so rasch wie möglich in ihren Körper zurückzukehren.
»Wir müssen ihn sofort in die Goldene Stadt bringen«, stellte sie fest und sah sich nach Simon um. »Die Männer sollen ihn tragen. Auf dem Pferd kann er sich nicht halten.«
Es fiel ihr nicht leicht, ihre Angst zu verbergen – nicht nach dem, was sie gesehen hatte. Immer noch spürte sie die unfassbare Menge von Wesen, deren Linie sich dort draußen von allen Seiten wie eine Würgeschlinge immer enger um die Stadt zog.
»Ich nehme den Pater vor mir in den Sattel«, schlug Simon vor. »Dann kommen wir schneller vorwärts.«
»Das scheint das Vernünftigste zu sein, Herrin«, pflichtete einer der Gardisten bei. »Schneller können wir ihn auch nicht befördern.«
Die Wachen auf der Plattform über ihren Köpfen stießen einen heiseren Schrei aus. »Sie kommen! Der Feind kommt! Zu den Waffen!«
»Gehen wir«, nickte Simon und hob den Priester auf wie ein kleines Kind. »Hier sind wir im Weg.«
Einen Moment zögerte Sonja, während ihre Gardisten sich in den

Sattel schwangen. Die Soldaten hier hatten keine Chance, dessen war sie sicher. Konnte sie einfach davonreiten und die Leute dem sicheren Tod überlassen? Wozu sollte das gut sein?

»Wir müssen die anderen in Sicherheit bringen«, sagte Simon leise, als hätte er erraten, was Sonja im Kopf herumspukte. »Die Männer hier werden ihnen Zeit verschaffen.«

»Reitet los, Herrin!«, rief einer der Soldaten und grinste grimmig. »Wir vertreiben diese Biester für Euch, keine Sorge!«

»Oh Gott«, würgte Sonja hervor, als sich ihre Kehle zuschnürte, und wandte sich rasch ab. Die Rüstungen der Männer, die Sporthelme, die lächerlichen Waffen – wie furchtbar hoffnungslos war das gegen die Armee, die dort draußen durch den Schnee marschierte. Auf Sonja wirkte es, als spielten hier einige Kinder Krieg, die noch gar nicht verstanden hatten, dass dieser Krieg sie töten würde, und die Erkenntnis zerriss ihr das Herz.

Mit Tränen in den Augen packte sie die Zügel ihrer Stute, die plötzlich nervös zu tänzeln begann und den Kopf schnaubend hochwarf.

»Beeil dich!«, rief Simon, und auf einmal fühlte Sonja auch das Beben unter ihren Füßen. Die Wachen auf der Plattform schrien in plötzlicher Panik los und dann folgte ein ohrenbetäubendes Krachen und Knacken. Starr vor Schreck fuhr Sonja herum und wischte sich mit dem Ärmel die Tränen fort. Eine gewaltige Schneewolke stob auf, wo eben noch der Schutzwall gestanden hatte. Dann schoben sich aus dem weißen Nebel dunkel glänzende Köpfe, keilförmig, mit schiefen, spitzen Schuppen besetzt und so groß wie Baggerschaufeln. Die riesigen Kiefer mahlten knirschend und schmatzend gegeneinander, während die Köpfe suchend hin- und herschwenkten. Mit stampfenden Schritten schoben sich die gigantischen Echsenwesen vorwärts. Auf ihren Rücken lagen noch zerborstene Reste des Schutzwalles, kaum mehr als ein paar Streichhölzer.

Wie aus dem Nichts tauchte ein Soldat in Sonjas Blickfeld auf und rannte mit hoch erhobener Axt auf die Monster zu. Sein Kampfschrei übertönte einen Moment den anderen Lärm. Dann schnappte einer der Köpfe in seine Richtung und der Schrei verstummte mit einem Schlag. Einen entsetzlichen Moment lang sah Sonja noch die Beine des Mannes verdreht zwischen den Kiefern hervorragen, bevor auch sie verschwunden waren.

»Wir müssen weg!«, donnerte Simons Stimme in Sonjas Ohren, und jetzt endlich konnte sie sich losreißen. Mit fahrigen Bewegungen zog sie sich in den Sattel. Zwei ihrer Gardisten preschten vor ihr los und sie folgte ihnen, ohne sich noch einmal umzusehen.

Rasch hatten sie in dem offenen Gelände, das den Schutzwall von den ersten Zelten und Hütten trennte, ein paar hundert Schritt zwischen sich und die Monster gebracht. Einige Blicke zur Seite zeigten Sonja, dass sie nicht die Einzigen waren, die in Richtung Stadt flohen. Überall rannten panische Männer und Frauen durch den Schnee. Waffen hielten nur noch die wenigsten in den Händen. Alles, was diese Menschen im Sinn hatten, waren die alptraumartigen Echsen in ihrem Rücken und die rettende Brücke vor ihnen.

»Diese Biester wird keiner mehr aufhalten«, stellte Simon ernst fest, als sie den Stadtrand erreicht hatten. »Die sind in ein paar Minuten hier, wenn nicht schneller. Wir müssen die Leute zur Brücke bringen. Das ist der einzige Ort, den wir vernünftig verteidigen können.«

Sonja warf ihm einen Blick zu. Pater Matthews hing wie tot in Simons Armen, das Gesicht eine schlaffe, graue Maske. Sonja meinte trotz der Entfernung geradezu zu spüren, wie aus dem Leib des Priesters langsam das Leben entwich. Ihr wurde ganz kalt vor Angst und plötzlich verstand sie auch, warum: Die Menschen hörten auf Pater Matthews. Solange Alex und Herr Ramiç fort waren, war der alte Mann der Einzige, der ihr bei ihrer Aufgabe helfen konnte. Wenn er starb, musste sie die Bewohner der Goldenen Stadt alleine führen, und dafür war sie nicht im Mindesten bereit.

Sie wandte sich an die vier Gardisten. »Das müsst ihr organisie-

ren«, entschied sie. »Wir werden Pater Matthews in die Goldene Stadt bringen; da kann ich mich um ihn kümmern.«
»Zu Befehl, Herrin!«, riefen die vier Männer und preschten los.
Ohne weitere Verzögerungen setzten Sonja und Simon ihren Weg fort. Unter Warnrufen bahnte Simon ihnen einen Weg durch die Kolonnen von Männern und Frauen. Rasch hatten sie die Küste erreicht und blickten auf die Brücke zur Goldenen Stadt, auf der bereits ein gewaltiger Strom von Flüchtenden dahinzog und sich auf dem Meer im Schneegestöber verlor, eine unüberschaubare Menge von Alten, Frauen und Kindern, bepackt mit den jämmerlichen Besitztümern, die ihnen nach dem Schattensturm geblieben waren. In einer dichten Traube drängten sie sich am Brückenkopf, verstört und verängstigt. Immer wieder stürzten Menschen zu Boden und konnten sich nur mit Mühe wieder aufrappeln, weil die anderen über sie hinwegstolperten.
»Das dauert Ewigkeiten, bis wir hier durch sind«, schnaubte Simon. »Es sei denn, wir reiten die Leute über den Haufen.«
Sonja fühlte sich wie gelähmt. Sie wusste einfach nicht mehr, was sie tun sollte, und außer Simon war niemand hier, der ihr helfen konnte. Mit aller Kraft riss sie sich zusammen und zwang sich nachzudenken.
»Wir bringen ihn ins Lazarett«, entschied sie zuletzt. »Dann kann mir vielleicht auch dieser Arzt helfen. Sobald Pater Matthews außer Gefahr ist, bringen wir ihn in die Goldene Stadt.«
Simon ließ seine grauen Wolfsaugen über die Hügel oberhalb der Siedlung gleiten, deren Kämme mitsamt dem Schutzwall durch die weißen Wolken verdeckt wurden. »Dann hoffen wir mal, dass wir noch genug Zeit haben«, sagte er und stieß seinem Pferd die Hacken in den Leib.

Als Sonja die Türe des Lazaretts aufstieß, schien es ihr, als sei die Zeit stehengeblieben. Trotz des ganzen Chaos dort draußen war hier alles noch beim Alten. Sogar Doktor Gennadi kam ihr wieder entgegen, das müde Gesicht in Sorgenfalten gelegt. Nachdem sie ihm knapp erklärt hatte, was mit Pater Matthews geschehen war, führte er sie sofort zu einem leeren Bett, etwas abseits von den anderen Patienten. Simon legte den bewusstlosen Priester vorsichtig hin, während Sonja sich zittrig aus ihrem Pelzmantel schälte.

»Wie sieht es am Wall aus?«, fragte der junge Arzt abwesend, während er den Puls des Priesters fühlte.

»Die Schattenwesen sind durchgebrochen. Sie werden bald hier sein.«

Die Augen des Arztes zuckten zu ihnen empor. »Dann müssen wir unbedingt die Leute hier fortschaffen.«

»Was ist mit Pater Matthews?«

»Er wird noch eine Weile durchhalten, denke ich, eine Stunde vielleicht. Kümmert Euch um ihn, wenn Ihr könnt.«

»Kannst du etwas tun?«, fragte Simon stirnrunzelnd, sobald Gennadi davongeeilt war.

»Ich muss sehen«, murmelte Sonja. Sie kniete sich neben dem Bett hin, legte ihre Hand auf den Bauch des Priesters und versenkte ihren Geist in seinen Körper. Diesmal wusste sie genau, wonach sie suchte. Mit sanfter Hitze bemühte sie sich, das Gewebe zum Wachsen zu bringen, wie sie es schon oft bei anderen getan hatte. Doch dies hier war etwas anderes, dies war keine Verletzung von einer Waffe oder dergleichen, sondern diese Verletzung hatte Pater Matthews' Körper sich selbst zugefügt, und es fühlte sich geradezu an, als wollte er es dabei belassen.

Mit aller Kraft bearbeitete Sonja die sich fast zur Wehr setzenden Adern, die einzelnen Zellen und mikroskopisch kleinen Blutgefäße, ließ sie wachsen, vernarben und miteinander verschmelzen. Wo immer sie die Tumore aufspürte, sorgte sie mit einem kurzen Hitzestoß dafür, dass die kranken Zellen starben und rasch durch gesunde ersetzt wurden. Sie versenkte sich so tief in ihre Arbeit, dass die gesamte Umgebung um sie herum verschwand. Es fühlte sich an wie eine Ewigkeit, bis die Blutung einigermaßen gestoppt war, doch irgendwann war es geschafft.

Blinzelnd kehrte sie in ihren eigenen Körper zurück, und wie eine

Welle schlug ein furchtbarer Lärm über ihr zusammen. Erschöpft sah sie sich um, während Simon sie stützte. Um sie herum marschierten Menschen jeden Alters in Schlafkleidern in Richtung Ausgang, ihre Bettdecken um die Körper geschlungen. Manche waren stark genug, andere zu stützen, einige taumelten aus eigener Kraft vorwärts, und wieder andere mussten von Schwestern, Pflegern oder ihren Angehörigen getragen werden. Die Luft war erfüllt von nervösen, hektischen Zurufen, Weinen und Wutausbrüchen. Doch ging die Flucht nur quälend langsam voran, denn zu viele konnten kaum mehr als einen Fuß vor den anderen setzen und behinderten dadurch alle anderen. Die Schwestern und Ärzte versuchten verzweifelt, so etwas wie Ordnung in die Menge zu bringen, doch hätten sie genauso gut versuchen können, eine Schlammlawine zu ordnen, so träge und unkontrollierbar schlurften die Patienten des Lazaretts in die beißende Kälte hinaus.

Entsetzt beobachtete Sonja das Durcheinander. »Diese Biester werden hier sein, bevor wir die Leute auf der Brücke haben«, stellte sie fest und versuchte, sich aufzurichten.

Simon half ihr auf. »Wir sollten zusehen, dass wir auch verschwinden.« Er warf einen Blick auf Pater Matthews, dessen Brust sich gleichmäßig hob und senkte. »Wie geht es ihm?«

»Ich denke, ich habe es geschafft«, brachte Sonja schwach heraus und stützte sich gegen einen hölzernen Pfosten. Es war immer dasselbe: Solange der Dunkle Strom in ihr floss, nahm sie ihren Körper kaum wahr. Sobald sie aber zurückkehrte, fühlte sie plötzlich die Erschöpfung, die das Heilen mit sich brachte. »Er sollte erst einmal durchhalten.«

»Gut.« Simon hob den ohnmächtigen Priester ohne sichtbare Anstrengung auf. »Gehen wir.«

Mit sanfter Gewalt drängte er sich zwischen den Flüchtenden hindurch und schuf so eine Bahn für Sonja, die dicht hinter ihm blieb.

»Die Fürstin!«, riefen plötzlich Menschen ringsumher, »Frau Sonja ist hier!«

»Sie lässt uns nicht alleine!«

»Gott schütze Euch, Herrin!«
Alleine Sonjas Auftauchen schien den Menschen Hoffnung zu machen, wie sie verblüfft feststellte. Wo auch immer sie hinsah, die Gesichter der Leute leuchteten auf, sobald sie Sonja erblickten.
»Herrin«, rief eine ältere Frau und griff nach Sonjas Hand, »Ihr seid ein gutes Mädchen! Wir danken Euch!«
»Ja, in Ordnung«, murmelte Sonja und schob sich noch näher an Simon heran. Plötzlich kamen sie viel rascher vorwärts, da die Menge ihnen respektvoll Platz machte und eine Gasse nach draußen formte. Selbst die, die sich auf andere stützen mussten, humpelten hastig beiseite. Einige Momente später standen Sonja und Simon im Freien.
Der Schneesturm war stärker geworden und tauchte die ganze Stadt in einen undurchdringlichen weißen Schleier, der die Hütten und Zelte ringsumher zu düsteren Schemen werden ließ. Sonja und Simon blinzelten in den fauchenden Wind, der so kalt war, dass ihre Augen zu tränen begannen. Rasch machten sie sich auf den Weg zu ihren Pferden, die zitternd neben dem Lazarettzelt standen. Von ferne wehten Schreie und dumpfes Gebrüll heran. Mehrere dunkle Gestalten rannten auf sie zu. Simon griff mit einer Hand nach einem seiner Dolche, ließ die Waffe aber stecken, als die Männer näher kamen. Es waren drei ihrer Gardisten.
»Wir müssen sofort weg, Herrin«, keuchte der erste und wäre fast gestürzt vor Erschöpfung. Von seiner linken Hand troff hellrotes Blut herab und ließ dampfende Flecken im Schnee zurück. In der Rechten hielt er ein Schwert, dessen Klinge bedeckt war mit einer schwärzlichen Flüssigkeit. »Wir schaffen es noch, aber nur, wenn wir uns beeilen.«
Simon nickte. »Dann gehen wir.«
»Moment«, warf Sonja ein, bevor er sich in Bewegung setzen konnte. Die beiden Männer sahen sie an. »Wir müssen diese Leute in Sicherheit bringen«, sagte sie gedämpft.
»Das werden wir«, versprach der Gardist. »Aber erst einmal werden wir Euch zur Brücke schaffen.«

»Nein«, entschied sie.
Der Soldat trat direkt vor sie hin. »Wir dürfen Euch nicht verlieren«, flüsterte er und sein Blick huschte zu der Menge der Kranken und Verwundeten hinüber, die taumelnd durch den Schnee stapften. »Diese Menschen werden zu lange brauchen. Die Bestien sind jeden Moment hier, und wir haben schon die Hälfte unserer Krieger verloren. Ich bitte Euch! Die Goldene Stadt braucht Euch!«
Obwohl Sonja spüren konnte, dass er recht hatte, obwohl sie die Wesen dort draußen im Schnee fühlte – sie konnte die Menschen in diesem Moment nicht zurücklassen, auch wenn ein feiger Teil ihres Selbst ihr einzureden versuchte, dass es für alle besser war, wenn sie in Sicherheit war.
»In Ordnung«, schloss Simon nach kurzer Zeit. »Dann kümmert ihr euch um den Pater. Bringt ihn zur Brücke und in die Stadt. Ich bleibe bei der Fürstin.« Die Männer sahen einander an. »Jetzt!«, herrschte Simon sie an und warf ihnen den ohnmächtigen Priester geradezu in die Arme.
Einige Herzschläge später waren die Gardisten mit Pater Matthews im weißen Gestöber verschwunden.
»Wenn die nur schneller gingen!«, knurrte Simon kopfschüttelnd. Die Leute aus dem Lazarett bewegten sich trotz aller Anfeuerungen der Ärzte und Schwestern mit quälender Langsamkeit in Richtung Brücke.
»Sie können nicht anders«, erklärte Sonja mit rauer Stimme. Es zeriss ihr schier das Herz, wie diese kranken und verwundeten Menschen sich Schritt für Schritt dahinschleppten, eingehüllt in ihre dünnen Bettdecken, die Gesichter schon ganz blau vor Kälte. Doch Mitleid half den Leuten nicht, sie mussten sich beeilen. Entschlossen schwang sie sich auf ihre Stute und ritt an dem Zug entlang. Bis zur Brücke konnten es nicht mehr als ein paar Dutzend Meter sein, doch unter diesen Umständen war das eine unendliche Entfernung.
»Beeilt euch!«, schrie Sonja gegen den Wind an und merkte, wie

in ihr geradezu Wut aufstieg, weil die Menschen so langsam waren. »Na los! Der Feind ist gleich da!«

Irgendwo im Sturm hinter ihr waren schmerzerfüllte Schreie und donnerndes Brüllen zu hören. Mit ihrem inneren Auge tastete sie nach den Schattenwesen. Sie war bereits erschöpft, ihre Sicht nicht mehr allzu deutlich, doch sie erschrak furchtbar, als ihr klar wurde, dass die Monster kaum noch hundert Schritte entfernt waren.

»Verdammt, bewegt euch endlich!«, brüllte sie und legte ihre ganze Wut und Furcht in den Schrei. Und was sie gleich darauf sah, konnte Sonja kaum fassen: Die Menschen begannen alle wie auf ein Kommando hin zu rennen. Selbst die ältesten unter ihnen liefen so eilig durch den Schnee, als wären sie schlagartig um Jahrzehnte jünger geworden. Zugleich waren ihre Gesichter qualvoll verzerrt, als würde ihnen jemand Schmerzen zufügen, aber sie rannten weiter.

Einen Moment lang schöpfte Sonja Hoffnung, doch dann tauchte aus dem weißen Nichts neben ihr der alptraumhafte Körper einer der Riesenechsen auf. Mit raschen Bewegungen schlängelte das Monster auf die Reihen der Flüchtenden zu. Rings um das Maul war der gewaltige Kopf blutverschmiert, im Nacken steckte eine abgebrochene Lanzenspitze. Das Biest sah sich kurz um und schoss dann auf die Leute zu, die ihm am nächsten waren.

»Vorsicht!«, schrie Sonja. »Passt auf!«

Die Menschen beachteten das Monster gar nicht, sondern rannten einfach weiter. Nur ein alter Mann wandte sich kurz um und kam sofort ins Straucheln. Die Hände nach vorne gestreckt, stürzte er der Länge nach hin und verschwand im Schnee. Allein sein Rücken war noch zu sehen, als er vergeblich versuchte, sich wieder aufzurappeln.

Die Echse glitt auf den Liegenden zu und begrub dabei krachend eine kleine Hütte unter sich. Doch bevor sie ihn erreicht hatte, tauchten aus dem Schnee zwei Soldaten auf, ein bärtiger Mann und eine Frau. Beide trugen die Farben der Garde und sie hielten blutige Speere in den Händen. Ohne zu zögern, rannten sie auf das Monster zu. Sobald das Tier sie bemerkte, schnellte es herum.

»Geh nach links!«, brüllte die Frau und rannte selbst zur rechten Seite des Biests. Die Echse schwenkte ihren Kopf hin und her, unschlüssig, mit welchem Feind sie sich zuerst beschäftigen sollte. Dann öffnete sie ihr Maul und spuckte eine gelbliche Flüssigkeit nach dem Soldaten, der sich hastig zur Seite warf. Das gelbe Zeug landete neben ihm im Schnee und erzeugte eine heftig dampfende Pfütze.

Der Soldat richtete sich wieder auf, und eine Sekunde lang dachte Sonja, der Mann hätte es geschafft. Doch sobald er einen Schritt gegangen war, knickte sein rechtes Bein unter ihm weg.

»Hau ab!«, schrie er und seine Stimme wurde schrill vor Schmerz.

Seine Kameradin warf ihm einen kurzen Blick zu und ihr Gesicht erstarrte zu einer hasserfüllten Fratze. Sie holte weit aus und schleuderte ihren Speer in Richtung des Monsters, dessen Kopf in diesem Moment in ihre Richtung schwenkte. Die Waffe bohrte sich lautlos in den Unterkiefer der Echse und blieb dort stecken. Heftig fauchend schüttelte das Monster seinen Kopf, um den Speer loszuwerden, während die Soldatin eine Axt aus dem Gürtel zog und direkt auf das Tier zurannte.

Sonja hatte den Kampf bisher atemlos verfolgt und darüber alles um sie herum vergessen.

»Kümmere dich um den Mann!«, sagte Simon plötzlich neben ihr und preschte los. Im Reiten zog er eines seiner Schwerter aus dem Gürtel. Mit den Knien trieb er sein Ross in einem Halbkreis um die Echse herum, bis er in ihrem Rücken war. Sonja sah noch, wie die Soldatin von der anderen Seite her das Tier fast erreicht hatte, dann verdeckte der schwarze Leib des Monsters ihr die Sicht. Der gewaltige Kopf schnellte nach vorne und ein Schrei ertönte, doch ohne dass Sonja erkennen konnte, was geschehen war.

Sie verfolgte, wie Simon mit einem Satz aus dem Sattel sprang, sich auf dem Boden abrollte und aus der Bewegung heraus sofort

wieder auf den Beinen war, diesmal auch das zweite Schwert in der Hand. Die Echse bemerkte ihn noch und schnellte herum, aber nicht rasch genug. In ihrem Schädel, quer über dem rechten Auge, klaffte eine tiefe Wunde, die ihr die Soldatin beigebracht haben musste. Von der Frau war in diesem Moment nichts zu sehen.
Simon holte ruckartig aus und schleuderte eins seiner Schwerter, das sich bis zum Heft genau in das unversehrte Auge bohrte. Die Echse schnellte so heftig zurück, dass sie sich geradezu überschlug. Ohne seinen Lauf auch nur einen Moment abzubremsen, setzte Simon ihr nach.
Ein schriller Schmerzlaut lenkte Sonja ab und plötzlich erinnerte sie sich wieder an den verletzten Soldaten. Hastig lenkte sie ihre nervöse Stute in Richtung des Mannes, der im Schnee lag und sich zuckend hin und her wälzte. Neben ihm dampfte immer noch der Boden, wo das Echsengift gelandet war. Sie sprang aus dem Sattel und wäre beinahe hingefallen, als der Wind plötzlich den beißend riechenden Dampf in ihre Richtung wehte und ihre Stute zurückscheute.
»Ich helfe dir«, rief Sonja atemlos und kniete neben dem Mann nieder. Einen Moment später schrak sie entsetzt zurück, als sie das schwarz verfärbte Gesicht des Mannes sah. Ihr Blick glitt zu seinem Bein hinunter, wo durch die weggeätzte Hose das geschwollene, blauschwarze Fleisch zu sehen war. In diesem Moment stieß der Mann einen letzten tonlosen Schrei aus und seine Zuckungen hörten auf.
Reglos saß Sonja neben dem Leichnam im Schnee und dachte unendlich langsam nach, was sie jetzt tun sollte. Hinter ihr war das Galoppieren eines Pferdes zu hören. Einen Moment später packten sie starke Hände an den Schultern und hoben sie empor.
»Wir müssen jetzt weg«, stellte Simon fest, sobald Sonja vor ihm im Sattel saß, und rammte seinem Pferd die Hacken in die Seiten. Das Tier setzte sich sofort in Bewegung und trug sie zwischen den Hütten in Richtung der Brücke weiter. Doch sie waren erst ein paar Dutzend Meter weit gekommen, als mehrere schwarze Kör-

per vor ihnen im Schneegestöber auftauchten. Die keilförmigen Köpfe schwenkten sofort in ihre Richtung.
Stumm riss Simon das Pferd zur Seite und ritt nun parallel zum Ufer durch die Stadt. Die Echsen gerieten außer Sicht, aber Sonja spürte, dass sie ihnen folgten, dass sie nur wenige Schritte hinter ihnen durch den Sturm fegten. Simon preschte die leeren Gassen entlang, bis er zum nächsten Weg Richtung Brücke kam. Er riss sein Tier so heftig in die Kurve, dass es einen ewig scheinenden Moment zu stürzen drohte. Dann fing es sich wieder und galoppierte hinunter zum Meer.
Wenige Sekunden später hatten sie den Platz erreicht, von dem sich das weiße Band der Brücke auf das Meer hinauszog. Simons Pferd brach zwischen den Hütten hervor und warf unter entsetztem Wiehern den Kopf hoch. Vor ihnen schlängelten sich bestimmt fünfzehn der Echsen durch den Schnee und verharrten, als sie ihre neuen Opfer bemerkten.
»War wohl nichts!«, knurrte Simon und schnalzte mit der Zunge. Bereitwillig wandte sich das Pferd um und wollte losstürmen, als aus den Gassen vor ihnen schier unzählige weitere Echsen erschienen.
»Kannst du was tun?«, fragte Simon.
Stumm schüttelte Sonja den Kopf. Vielleicht hätte sie irgendetwas ausrichten können, wenn sie Zeit gehabt hätte, wenn sie ausgeruht gewesen wäre – aber in diesem Augenblick fühlte sie sich einfach nur hilflos und leer.
»Dann müssen wir es versuchen«, stellte ihr Wächter fest. Er wandte das Pferd wieder der Brücke zu und sein linker Arm schloss sich noch fester um Sonja. »Ich versuche, irgendwie zwischen ihnen durchzureiten. Wenn wir stürzen, rollen wir uns gemeinsam ab. Ich halte die Biester auf.« Er atmete tief durch. »Du rennst zur Brücke und siehst dich nicht um. Kein einziges Mal, verstanden?«
Sonja nickte erneut. Ihre Lippen bewegten sich, ohne etwas zu sagen. Sie hätte Simon so gerne erklärt, dass sie ihn nicht alleinlassen konnte, dass sie dies hier gemeinsam mit ihm durchstehen

würde – aber ihr war selbst klar, dass das nicht stimmte. Sie hatte Simon schon in der Gefahr alleinegelassen, und sie würde es wieder tun. Er war ihr Wächter. Er war bereit, jederzeit für sie zu sterben – und sie schlicht zu feige, um dasselbe für ihn zu tun.

»Auf geht's«, sagte Simon ruhig und schnalzte mit der Zunge. Das Pferd setzte sich in Bewegung, und die Echsenkörper glitten in schlängelnden Bewegungen auf sie zu.

»Halt!«, schrie Sonja plötzlich, als sie etwas spürte, was ihr seltsam bekannt vorkam. Es war, als fühlte sie noch einmal das Fieber des Mannes aus dem Lazarett. Dann fing ihr Gesicht an zu glühen wie nach einem schlimmen Sonnenbrand. Erst jetzt begriff sie, dass diese Empfindungen nicht aus ihr selbst kamen.

Das Schneegestöber war plötzlich vorbei und wich von einem Augenblick auf den anderen einem heißen Wind, der in Sonjas Lungen brannte und ihre Kehle austrocknete. Die Luft flimmerte wie über der Glut eines Schmelzofens. Schlagartig wich der schneebedeckte Boden einem dampfenden, braunen Matsch, und es wurde immer noch heißer. Sonjas Augen schmerzten und sie kniff die Lider zusammen, um trotz der Tränen noch sehen zu können.

Ringsumher krabbelten die Echsen verzweifelt übereinander und bildeten ein panisches Knäuel aus Leibern. Dann fingen ihre Schuppen an zu rauchen und glühten schließlich auf: erst in dunklem Rot und dann immer heller, bis hin zu einem zerfallenden Weiß, als ob die Tiere von innen heraus verbrannten. Beißender Qualm erfüllte die Luft. Simons Pferd wieherte entsetzt und machte plötzlich so heftige Sprünge, dass er und Sonja in hohem Bogen aus dem Sattel geschleudert wurden.

Sie stürzten in weichen, heißen Schlamm. Im gleichen Augenblick noch rollte Simon sich auf Sonja und bedeckte sie beide mit seinem schweren Umhang. Das Zischen der Echsen steigerte sich zu einem ohrenbetäubenden Kreischen. Für eine Sekunde wurde es so hell, dass das Licht selbst durch die Stoffschichten des Umhangs weiß hindurchstrahlte. Dann herrschte Stille, die nur vom Blub-

bern des kochenden Schlamms um sie herum durchbrochen wurde.
Simon atmete tief durch und warf dann den verbrannt riechenden Umhang beiseite. Das Licht war fort. Die ersten Schneeflocken tänzelten auf sie herab und legten sich angenehm kühl auf Sonjas schmerzendes Gesicht. Blinzelnd sah sie sich um. Von den Echsen waren nur noch rauchende Aschehaufen übrig, die sich wiederum nach wenigen Herzschlägen in schwarzen Rauch verwandelten und rasch vom Wind fortgetragen wurden. Die Hütten und Zelte in der Nähe standen samt und sonders in Flammen.
Mit zusammengekniffenen Augen sah Simon sich um, seine Schwerter in der Hand. Außer ihnen war kein lebendes Wesen zu entdecken.
»Lass uns gehen«, sagte er endlich. »Der Weg zur Brücke ist frei.«
Sonja sah ihn an. Der dampfende Boden war bereits wieder von einer feinen Schneeschicht bedeckt. »Was war das?«, fragte sie entgeistert.
Er zuckte die Schultern. »Das können wir auch später herausfinden«, stellte er fest. »Aber jetzt sollten wir zusehen, dass wir …«
Er verstummte und fixierte reglos einen Punkt hinter ihr. »Oder wir fragen die Leute da.«
Sonja wandte sich um. Aus einer Gasse, zwischen den brennenden Unterkünften hindurch, kamen Männer und Frauen marschiert. Sie trugen die verschiedensten Rüstungen und Waffen, und alle hatten denselben grimmigen Gesichtsausdruck, der misstrauischer Neugier wich, als sie die beiden in der Mitte des Platzes erblickten.
Einige Hünen an der Spitze der Gruppe gaben ein Zeichen, und die Menge teilte sich so auf, dass sie Simon und Sonja rasch immer weiter umkreiste.
»Lass uns gehen«, sagte Simon leise. »Mir gefällt das nicht.«
»Zu spät«, stellte Sonja nach einem kurzen Blick über die Schulter fest. Die Leute standen bereits zwischen ihnen und der Brücke. »Außerdem haben die uns gerettet.«

»Die Menschen hier sehen nicht so aus, als könnten sie Monster verglühen lassen.«

»Die Leute hier nicht«, stimmte Sonja zu. Sie blickte in Richtung der Gasse, wo sich die Menge ehrfürchtig teilte, um einen weiteren Neuankömmling durchzulassen. »Der da schon.«

Mehrere Männer trugen auf den Schultern eine Art Thron, einen Sessel, der auf zwei langen Holzlatten ruhte. Darin lehnte, eingehüllt in mehrere Pelzmäntel und Decken, ein Junge von vielleicht sechzehn Jahren. Sein rundes Gesicht leuchtete blass aus der pelzgesäumten Kapuze hervor. Die Träger marschierten in den Ring, den die Menge bildete, und stellten ihre Last dann geübt ab.

Der Junge stemmte sich aus dem Sessel, wobei ein paar Decken zu Boden fielen, und machte einige steife Schritte, um seine Beine zu lockern. Sein Blick glitt hinüber zu Sonja und Simon und weiter zu der Brücke, deren weißes Band sich schwach durch das Schneegestöber hindurch abzeichnete.

»Ist das der Weg zur Goldenen Stadt?«, fragte er.

Sonja starrte ihn an. Sie brauchte einen Moment, um zu antworten. »Ja, das ist er«, rief sie schließlich zurück. »Das ist die Nordbrücke.«

Der Junge hob die Arme. »Wir haben es geschafft«, rief er feierlich. »Wir sind in Sicherheit!«

Einen Moment lang wirkten die Menschen fast schockiert, als hätten sie gar nicht geglaubt, dass dieser Zeitpunkt je kommen würde. Dann zog einer von ihnen eine Axt aus dem Gürtel und riss sie in die Luft. »Es lebe Ethan!«, brüllte er mit sich überschlagender Stimme. »Hoch lebe der Herr des Feuers!«

»Hoch lebe Ethan!«, donnerte es vielhundertfach zurück. »Der Herr des Feuers!«

4

Sie waren erst eine halbe Stunde unterwegs, als der Nachthimmel aufriss und ein blutroter Mond über ihnen aus den Wolken tauchte.
Obwohl er den Anblick mittlerweile kannte, staunte Alex immer noch, sowie er emporblickte. Auch wenn ein Meteorologe ihm erklärt hatte, dass diese Verfärbung eine normale Folge der Vulkanasche in der Atmosphäre war, fand er die Sache beunruhigend. Mittlerweile war ihm völlig klar, warum die Menschen der Vorzeit derartige Erscheinungen als böse Omen verstanden hatten.
Unwillig riss er sich los und sah sich um. Seit einer Viertelstunde ritten sie nun den kleinen Fluss namens Aventino entlang, der sich hier Richtung Osten am Fuß der Berge schlängelte. Das Eis bildete einen guten, flachen Weg, auf dem sie rasch vorwärtskamen. Der Schnee glitzerte im Mondlicht. In der frischen Winterluft kondensierte der Atem von Pferden und Menschen zu kleinen weißen Dampfwolken.
Mit dem Abflauen des letzten Windes hatte sich eine fast vollkommene Stille über das Land gelegt und die leisen Geräusche des Zuges waren seltsam deutlich zu hören: das Klirren von Rüstungen, der knirschende Schnee unter den Hufen, das Schnauben der Pferde und gelegentlich ein Wort der Soldaten untereinander.
»Wir können nur hoffen, dass unsere Freunde nicht irgendwann eine Pause machen«, stellte Janine ruhig fest. »Sonst sind wir am Ende diejenigen, die vom Gebüsch aus entdeckt werden.«
Alex sah sich um und nickte unbehaglich. Hier, inmitten des Eisbandes, das der Fluss bildete, und im hellen Mondschein standen sie wie im Scheinwerferlicht. Die schwarzen Schatten der Bäume und Büsche am Ufer wirkten auf ihn gleich noch ein wenig finste-

rer. Außerdem fiel ihm jetzt, da das Heer außer Reichweite war, zum ersten Mal auf, wie klein ihre Schar war. Außer Janine, Julien, Herrn Ramiç und ihm selbst waren lediglich zehn Mann mitgekommen. Sie machten einen recht verlorenen Eindruck auf der weiten Eisfläche.

»Was schlägst du vor?«

Die Wächterin sah sich um. Ihre grünen Katzenaugen leuchteten.

»Wir sollten vorsichtig sein«, stellte sie achselzuckend fest.

Doch ihre Sorgen erwiesen sich als unberechtigt. Die nächste Zeit ritten sie still den Fluss entlang, während der rote Mond über ihnen dahinzog. Die Bäume an den Ufern drängten sich mal näher an den Fluss heran, mal wichen sie ein Stück zurück, doch selten weiter als zwanzig oder dreißig Schritte. Meistens bewegten sie sich auf einer Schneise von zehn Schritt Breite, die sich zudem in geschwungenen Bögen durch den Wald schlängelte. Der Sichtschutz, den die schwarzen Büsche bildeten, ließ Janines Angst vor einer Entdeckung etwas geringer werden.

Nach einigen Kilometern verbreiterte sich das Flussbett schlagartig und vor ihnen öffnete sich ein langes Tal mit völlig nackten Hängen. Nur auf ihrer Höhe zog sich ein scharfgezogener Rand aus Büschen und kleinen Bäumen rund um den Talkessel entlang. Der Kessel selbst war von einer makellosen Schneedecke überzogen, die gelegentlich von Felsbrocken durchbrochen wurde. Der Fluss war unter der glitzernden Fläche nicht mehr zu erkennen – wohl aber eine Spur, die sich als fast gerader Strich quer durch das Tal Richtung Nordosten zog.

Julien, der den Zug mit Herrn Ramiç anführte, hatte die Leute am Rand des Abhangs halten lassen und beriet sich gerade leise mit dem alten Herrn. Alex und Janine lenkten ihre Pferde neben die beiden.

»Wir können Gott danken, dass es ausgerechnet heute nicht schneit«, bemerkte Julien. »Solange wir einer derartigen Fährte folgen, müssen wir uns keine Sorgen machen, dass uns unsere Beute entkommt.«

»Wenn sie das überhaupt will«, murmelte Janine.
Alex ließ seinen Blick über die Talwände wandern. »Merkwürdige Landschaft«, wunderte er sich.
»Ich war hier schon mal«, erklärte Julien, zog einen Handschuh aus und kratzte sich die gebogene, schmale Nase. »Das ist der Lago di Sant'Angelo, oder er war es jedenfalls. Ein Stausee. Am anderen Ende war ein Kraftwerk. Vermutlich hat das Erdbeben den Damm zerstört. Ein Jammer. Man konnte hier hervorragend fischen.«
»Stimmt, da sind irgendwelche Trümmer auf der anderen Seite«, bestätigte Janine nach einem kurzen Blick. Eine Eigenschaft, die mit ihren Fähigkeiten als Wächterin in ihr erwacht war, war ihre enorme Sehkraft, die ihr auch in fast völliger Finsternis noch ein gutes Bild lieferte.
»Könnt Ihr etwas spüren, Alexander?«, fragte Herr Ramiç stirnrunzelnd.
Zögerlich schloss Alex die Augen. Sooft er es nun schon geübt hatte; es war ihm immer noch fast unmöglich, den Dunklen Strom in sich fließen zu lassen, ohne die Kontrolle darüber zu verlieren. Ganz behutsam tastete er sich an diese überwältigende Kraft heran, die in seiner Seele schlummerte. Kaum hatte er daran gerührt, als sie auch schon in ihm aufbrauste, und im gleichen Augenblick brachen die Kopfschmerzen los, die er mittlerweile so hasste. Ihm entfuhr ein leiser Schrei, als er in plötzlicher Panik den Dunklen Strom zu bändigen versuchte und ihn mit aller Gewalt wieder fortdrückte.
Ein paar Herzschläge später war alles vorbei. Er saß vornübergebeugt im Sattel, das Gesicht fast in die feucht riechenden Mähne seines Pferdes gedrückt. In seinem Schädel pulsierte der altbekannte Schmerz, Blut tropfte warm aus seiner Nase. Während er es mit dem Handschuh fortwischte, versuchte er krampfhaft blinzelnd, die wirren Eindrücke zu sortieren, die er in der kurzen Zeit gewonnen hatte.
»Da sind Leute«, sagte er endlich. »Irgendwo hinter dem See – ich glaube, ich habe Menschen gefühlt.«

Herr Ramiç nickte und sah mit seinen braunen Knopfaugen über das Tal hinweg. »Ich nehme das Gleiche wahr. Mit ein wenig Glück haben wir tatsächlich unser Ziel gefunden.«
»Dann sollten wir uns beeilen, oder?«, erkundigte sich Julien und zog seinen Handschuh wieder an. »Schließlich wollen wir diese Kerle vorher erwischen.«
Der Abstieg war schwieriger, als er zunächst gewirkt hatte. Der Hang bestand aus fest gefrorenem Schlamm, der nur wenig Halt bot, und die Pferde rutschten immer wieder aus, sodass ihre Reiter sich mehrfach nur mit einem Satz aus dem Sattel retten konnten. Doch schließlich hatten sie alle den Grund des Tales erreicht und konnten der Spur folgen, die sich gut sichtbar im unberührten Schnee vor ihnen in Richtung Osten dahinzog.
Der Mond wanderte langsam weiter und ließ den Hang vor ihnen in bleichem Licht erstrahlen, während sie sich dem zerstörten Staudamm näherten. Zuletzt blieb der ganze Zug vor der über ihnen aufragenden Ruine stehen und bestaunte die Verwüstung. Tatsächlich hatten das Erdbeben und der Wasserdruck hier ganze Arbeit geleistet. Der Stahlbeton war von oben bis unten geborsten, als hätte ein Riese mit einer gigantischen Keule einen Riss in die nach innen gewölbte Mauer gedroschen. Aus den Verankerungen zu beiden Seiten hingen noch Betonbrocken, zum Teil so groß wie kleine Lastwagen und nur gehalten von verbogenen Stahlgittern. Inmitten der Trümmer plätscherten kleine Rinnsale, die momentan noch zwischen bizarren Eisformationen dahinflossen, aber zweifelsfrei auch irgendwann erstarren würden.
»War bestimmt ein toller Anblick«, stellte Janine fest. »Die Flutwelle muss gigantisch gewesen sein.« Ein Lächeln hing in ihren Mundwinkeln. Ihr Leben als Fernsehreporterin lag noch nicht so lange zurück, dass ihr die Vorstellung von dieser Story keine Freude mehr gemacht hätte.
»Soweit ich mich erinnere, war das nächste Dorf etwa drei Kilometer weiter östlich«, dachte Julien laut nach. »Es würde mich wundern, wenn dort noch jemand lebt.«

Herr Ramiç lenkte sein Pferd ein Stück nach vorne und unterzog den Talausgang einem kritischen Blick. »Umso merkwürdiger, dass wir gerade hier jemanden gespürt haben«, bemerkte der alte Bosnier stirnrunzelnd. »Um ehrlich zu sein – mir gefällt das nicht. Alexander?«

»Bei mir hat sich nichts geändert«, gab Alex möglichst gelassen zurück. Richtiger wäre gewesen, dass er gar nichts spürte, denn seine Kopfschmerzen waren zu groß, um den Dunklen Strom ohne Not noch einmal losbrechen zu lassen. Aber er wollte hier vor den Männern nicht zugeben, welche Probleme ihm seine Kräfte bereiteten. Und bisher hatte er es im Zweifel doch noch immer rechtzeitig bemerkt, wenn ein Wesen der Schattenwelten auftauchte.

»Wir reiten weiter«, erklärte er und mühte sich um eine feste Stimme. Immer noch musste Alex sich selbst daran erinnern, dass er der Fürst der Goldenen Stadt war, der Sohn des Drachen – und dass er die anderen führen musste.

»Wie Ihr befehlt«, nickte Herr Ramiç und wandte sich seinem Wächter zu. »Julien, wir folgen dir.«

Langsam arbeiteten sie sich bis zu dem Abhang auf der anderen Seite der Staumauer vor. Hier mussten sie ihre Tiere am Zügel führen. Der Mond stand mittlerweile so niedrig, dass der Hang im Schatten lag, und auf dem Untergrund aus Betonbrocken, blauen Eishügeln und gefrorenen Wasserlöchern, der zudem von einer dicken Schneedecke überzogen war, gerieten die Pferde bereits ohne Reiter gefährlich ins Straucheln. Um sie herum ragten verstreut Metalltrümmer aus dem bizarren Chaos auf.

»Das waren die Fallrohre des Kraftwerks, nehme ich an«, erklärte Julien, als sie nach einer anstrengenden Kletterpartie kurz neben einem der Wrackteile verschnauften. »Darin wurde das Wasser unter Druck gesetzt, um die Turbinen anzutreiben.« Staunend betrachtete Alex die mannshohen Rohrstücke aus grün lackiertem Stahl, die zerdrückt und verbogen über den Abhang verteilt dalagen.

Dann glitt sein Blick zum Fuß des Hangs hinunter. Außer einem besonders großen Haufen von schneebedeckten Trümmern war nichts mehr von dem Kraftwerk zu sehen, das sich dort befunden haben musste. Auch von dem Wald, der sich offensichtlich ringsumher erstreckt hatte, war nur ein wirres Durcheinander von entwurzelten, nackten Baumstämmen übrig geblieben. Lediglich ein paar kantige Erhebungen im Boden deuteten auf das Fundament des Bauwerks hin.

»Ich hatte eigentlich gehofft, wir würden bald etwas anderes zu Gesicht bekommen als diese Wüste«, stellte Herr Ramiç stirnrunzelnd fest und schaute in den Himmel. »Und da ziehen schon wieder Wolken auf. Der Mond dürfte bald verschwunden sein. Ohne Licht kommen wir hier nicht mit heilen Knochen runter. Vielleicht sollten wir doch hier rasten.«

»Sobald es zu schneien anfängt, ist die Fährte für immer verloren«, gab Julien zu bedenken.

Die beiden Männer sahen Alex an, der mit seinen Blicken nachdenklich der Spur folgte, die sich zwischen dem Durcheinander des Hanges verlief. Er hatte eigentlich keine Lust, sich durch dieses verschneite Chaos zu tasten, erschöpft wie er war und noch dazu in immer stärkerer Finsternis. Die Vorstellung, hier ein gemütliches Lager aufzuschlagen, war mehr als verlockend. In ihm meldete sich eine Stimme, die er schon eine Weile nicht mehr gehört hatte: dass er genug davon hatte, der Sohn des Drachen zu sein und dauernd etwas entscheiden zu müssen.

Aber in ihm siegte doch das Pflichtgefühl. »Sehen wir zu, dass wir weiterkommen«, sagte er. »Wenn wir die Spur verlieren, hätten wir auch gleich ins Bett gehen können.«

Mit Händen und Füßen rutschten und stiegen sie den Hang hinunter. Besonders Alex kämpfte hier mit seiner Rüstung, und er verfluchte sich ununterbrochen für die Idee, in dieser Aufmachung loszuziehen. Die Pferde mussten sie zum Teil mit Gewalt hinter sich herzerren, weil die Tiere vor dem gefährlichen Abstieg zurückschreckten.

Als sie sich dem Fuß des Hanges näherten, stürzte eine Fuchsstute so schwer, dass sie sich einen Vorderlauf brach. Julien zog einen Dolch und öffnete dem keuchenden Tier mit einem raschen Schnitt die Halsschlagader. Der Atem der Stute wurde bald langsamer und ruhiger, während sich ein See dampfenden Blutes um ihre Brust herum im Schnee ausbreitete. Dann sackte ihr Kopf zur Seite. Mit schwerem Herzen registrierte Alex das letzte Zucken des Körpers und in ihm rumorte der Gedanke, dass er den Befehl gegeben hatte, diesen riskanten Weg zu gehen.
Glücklicherweise hatten sie einige Packpferde mitgenommen, unter denen der nunmehr unberittene Mann sich Ersatz aussuchen konnte. Allerdings dauerte es eine geraume Zeit, bis sie alle den Hang endgültig hinter sich gelassen hatten, und dann stellten sie fest, dass ihre Probleme nun noch größer waren. Der Weg führte in ein langgestrecktes Tal, durch das der auslaufende Stausee hindurchgedonnert sein musste. Das Wasser hatte eine tiefe Schneise in das zuvor sanft geschwungene Gelände gegraben und in der neu geschaffenen Schlucht ein dichtes Geflecht von entwurzelten Bäumen hinterlassen, das nun mit einer dichten Schneedecke überzogen war.
Julien kletterte ein wenig durch das Chaos und kehrte schließlich zurück. »Ich habe die Fährte verloren«, erklärte er nur. »Im Dunkeln in diesem Durcheinander ist das wirklich schwierig. Wir hätten Hunde mitnehmen sollen.«
Unschlüssig musterte Alex die steilen Hänge auf beiden Seiten des Tals, die noch dazu von hohen Felsen flankiert waren, wodurch aus dem Flussbett eine Art natürlicher Kanal wurde. »Aber sie müssen doch dort lang sein«, meinte er. Die Vorstellung, jetzt aufzugeben, war ihm unerträglich, alleine schon, weil sie sich dann die Plackerei im Dunkeln hätten sparen können.
»Vermutlich«, räumte Julien ein. »Aber ich kann es nicht versprechen.«
Alex nickte. »Versuchen wir es«, beschloss er. »Vielleicht finden wir die Fährte ja wieder.«

Wenige Minuten später begann er, seine Entscheidung zu bereuen. Das Totholz, über das sie sich ihren Weg bahnen mussten, erwies sich als ausgesprochen tückisch. Unter der Schneedecke verbargen sich unsichtbare Hohlräume und Ritzen zwischen den Stämmen, in die Pferde und Männer gleichermaßen einbrachen, und jeder einzelne Schritt wurde zu einem Wagnis. Selbst bei hellem Tage wären sie hier nur sehr langsam vorangekommen, in der nunmehr fast völligen Dunkelheit war es schier unmöglich.
Mit einem unterdrückten Fluch zerrte Alex seinen rechten Fuß aus einem Spalt, in den er bis zum Knie eingebrochen war. Seine wollene Untergewandung war bereits spürbar durchgeschwitzt, dermaßen anstrengend war das Geklettere in dem Totholz. Zugleich fror er furchtbar im Gesicht und an den Händen. Seine Nase lief die ganze Zeit und die eisige Luft brannte ihm in der Lunge. Außerdem weigerten sich die Pferde mittlerweile beharrlich, auch nur einen halben Schritt zu tun, zum Teil aus Angst, zum Teil vor Erschöpfung.
Auch Alex war sterbensmüde. »Das hat doch keinen Sinn«, keuchte er schließlich, nachdem er sein störrisches Pferd mit größter Mühe über einen querliegenden Baumstamm gezerrt hatte. Er richtete sich auf, drückte die Hände in sein schmerzendes Kreuz und sah sich nach den anderen um. Janine, Herr Ramiç und Julien plagten sich alle im Umkreis von ein paar Metern vorwärts, während die Soldaten ein wenig zurückgefallen waren. Er wandte sich nach Janine um. Die Wächterin balancierte gerade auf einem Felsbrocken und nahm den Helm vom Kopf. Ihr blonder Schopf leuchtete durch die Dunkelheit.
»Mich würde interessieren, ob diese Typen auch solche Mühe hatten, hier durchzukommen«, sagte sie und ließ den Blick ihrer grün leuchtenden Augen prüfend über das Gelände gleiten.
»In jedem Fall kommen wir nicht weiter«, stellte Herr Ramiç fest. Selbst die Stimme des Weltenfürsten hörte sich jetzt matt und ausgelaugt an. »Wir werden sie nicht mehr einholen. Ich würde vorschlagen, wir suchen uns einen Platz, wo wir lagern können. Die-

ser Weg ist bei Dunkelheit zu gefährlich. In ein paar Stunden dämmert es, dann können wir weiter.«

»Einverstanden«, gab Alex erleichtert zurück. »Das Risiko ist wirklich zu groß.«

Julien atmete tief ein, und Alex fürchtete einen Moment, er könnte auf die Fährte hinweisen und dass schon ein Schneefall die weitere Verfolgung zunichtemachen würde. Doch der hagere Wächter sagte nichts, sondern nickte nur und benachrichtigte die Männer.

Einige Zeit später hatten sie unter Führung der beiden Wächter ein einigermaßen flaches Plätzchen am Rand der Schlucht bezogen. Die Flutwelle hatte hier einige große Granitplatten freigespült, die wie eine verschneite Terrasse von der lehmigen Steilwand aus ins Innere der Schlucht hineinragten. Sie stampften den Schnee fest und beschlossen nach kurzer Beratung, ein kleines Feuer anzuzünden. Holz gab es mehr als genug und sie alle waren dermaßen verschwitzt und durchgefroren zugleich, dass sie bereit waren, dieses Risiko einzugehen.

»Wenn uns diese Wesen sehen, werden sie zumindest nicht an uns herankommen, ohne dass wir sie schon Stunden vorher hören«, fasste Julien die Lage zusammen und alle nickten erleichtert.

Bald darauf erhellten die Flammen ihr Lager und der Duft von gebratenem Speck stieg auf. Janine stand in frischer Wäsche am Rand der Felsplatte und rauchte eine Zigarette. Nachdem auch er trockene Sachen angezogen hatte, stellte Alex sich neben sie, auch wenn er sich kaum noch rühren konnte. Er hatte das Gefühl, dass der Wächterin etwas durch den Kopf ging, und er wollte wissen, was das war.

»Anscheinend hat der Fluss doch noch Wasser«, sagte sie, als er sich neben sie stellte. »Hörst du's?«

Mit fragender Miene sah Alex in die Dunkelheit hinaus, und dann verstand er, was sie meinte. Erst jetzt, da der Lärm verstummt war, den sie durch ihr Klettern auf dem Holz verursacht hatten, war

das leise Rieseln von Wasser unter all dem toten Holz zu vernehmen. Eine Weile lauschten beide dem sanften Geräusch.
»Eigentlich ganz schön hier«, meinte Alex schließlich. »Kommt mir vor wie im Zeltlager.«
»Da waren die Gruselgeschichten aber nicht ganz so schlimm«, bemerkte sie nüchtern und zündete eine neue Zigarette an der alten an. Die Glut zeichnete einen leuchtenden Bogen durch die Dunkelheit, als sie die Kippe fortschnippte.
Müde rieb Alex sich die Augen. »Mit ein bisschen Glück ist das Heer morgen hier. Dann sind wir wieder in Sicherheit, okay?«
»Vermutlich«, murmelte Janine unzufrieden und verzog den Mund. »Ich verstehe nur nicht, warum diese Gestalten ausgerechnet diesen beschissenen Weg gewählt haben.«
Überrascht sah Alex sie an. »Weil es hier zu dem Lager geht, denke ich. Oder was meinst du?«
Ihre smaragdfarbenen Augen fixierten ihn. »Und dieses Lager ist nur über genau den einen Weg zu erreichen, auf dem man sich zwangsläufig den Hals bricht?«
»Ich habe keine Ahnung«, gab Alex genervt auf. Ihre Worte beunruhigten ihn, aber das ging ihm im Augenblick gegen den Strich. Er wollte schlafen, statt sich Sorgen zu machen. »Das werden wir morgen schon noch sehen.«
Sie nickte. »Hoffentlich.«

Als Alex sich in seinen Schlafsack kuschelte – ein Modell, das irgendjemand in den Überresten eines Outdoor-Ladens aufgetrieben hatte, offensichtlich gemacht für Expeditionen ins ewige Eis und so warm, wie man es nur wünschen konnte –, hallten ihre Worte in seinem Kopf wider. Es war in der Tat merkwürdig, dass sie hier, mitten im Nirgendwo, auf diese Wesen gestoßen waren und die sie auch noch in diese unüberwindbare Wüstenei geführt hatten. Doch die Müdigkeit war zu groß. Kaum hatte er sich zurechtgeruckelt, umfing ihn der Schlaf wie eine bleischwere, daunenweiche Decke und beendete jeden weiteren Gedanken.

5

»Das war ja ganz schön knapp«, stellte der Junge fest und zog die Brauen besorgt in die Höhe. »Ich hoffe, es war nicht zu heiß für euch. Es war nicht ganz klar, wo ihr beiden seid. Ich hatte Angst, euch zu nahe zu kommen.«

»Der Boden um uns hat gekocht«, gab Simon ruhig zurück. Sein Ton irritierte Sonja.

»Es war schon ziemlich warm«, bestätigte sie mit einem Lachen, das für sie selbst etwas schrill klang. In ihr wummerte noch die Aufregung der letzten Minuten.

Der Junge verzog bedauernd das Gesicht. »Das tut mir leid. Ich tue mich immer noch ein wenig schwer, das Feuer zu beherrschen.« Er streifte die Aschehaufen ringsumher mit einem Blick, in dem sich Erschöpfung und Zufriedenheit mischten. »Aber wenigstens sind wir jetzt diese Biester los, oder?«

Sonja nickte und sah den Jungen sprachlos an. In ihrem Kopf schwirrten hundert Gedanken durcheinander. Ganz offensichtlich war er ein Weltenfürst. Doch woher kam er? Aus dieser Welt oder aus irgendeinem Weltenriss? War er gefährlich? Warum hatte er eine so gewaltige Kraft, dass er dutzende von Schattenwesen verglühen lassen konnte? »Wer bist du?«, fragte sie schließlich.

Der Junge sah sie an und rieb sich das runde, weiche Gesicht. Seine Augen waren blutunterlaufen, und auch aus den Nasenlöchern kroch ein rotes Rinnsal.

»Mein Name ist Ethan«, erklärte er und blickte sich suchend um. Unverzüglich kam ein junges Mädchen herangelaufen und reichte dem Jungen mit diensteifriger Miene ein Taschentuch. Ihre Schönheit fiel Sonja sofort auf, ebenso wie ihr strahlendes Lächeln, das bewundernd auf dem Jungen ruhte.

»Bitte schön, Ethan«, sagte sie und legte ihm das Tuch so vorsichtig in die Hand, als handele es sich um eine zerbrechliche Kostbarkeit.
»Und was sind das für Leute?«, fragte Sonja ungeduldig weiter, der das Mädchen mit dem unterwürfigen Getue auf die Nerven ging. Die Kleine schien ihren Ton zu bemerken, warf Sonja einen knappen Blick zu und entfernte sich wieder.
Der Junge tupfte sich die Oberlippe ab und betrachtete erschöpft die roten Flecken im Stoff. »Das sind meine Leute. Ich führe sie seit dem Erdbeben an. Wir haben von dieser Goldenen Stadt gehört und dass man hier in Sicherheit ist.« Er sah sich um. »Aber das gilt wohl nur innerhalb der Stadtgrenzen.«
Hinter ihm tauchte ein weit über zwei Meter großer Hüne auf, dessen Gesicht von einem wilden, schwarzen Bart mit weißen Strähnen umrahmt wurde. Unter den buschigen Brauen stach der eisige Blick eines Wächters hervor. An seinem Gürtel, der über der Hüfte die verschiedenen Kleidungsschichten zusammenschnürte, trug er ein Brecheisen und mehrere große Messer. Sein Blick streifte Sonja und Simon, bevor er sich auf den Jungen richtete.
»Wie sieht es aus, Fabio?«, fragte der.
»Wir haben drei Tote. Ein Dutzend Verletzte.«
»Verdammt!«, fluchte der Junge und schlug mit der rechten Faust in die linke Handfläche.
Es war eine Bewegung, die Sonja seltsam übertrieben vorkam, als würde der Junge eine Rolle spielen – und das nicht allzu gut.
»Es war nichts zu machen. Die Leute sind zwischen einige der Biester geraten, bevor du sie verbrennen konntest.«
»Ich war nicht schnell genug«, stieß Ethan grob hervor und rieb sich die Augen. »Wieder einmal.«
»Und hast alle anderen gerettet – wieder einmal.« Fabio sah zur Brücke hinüber. Aus dem Schneegestöber tauchten mehrere Gardisten auf Pferden auf. Sie ritten in vollem Galopp, die Lanzen kampfbereit und die Visiere ihrer verschiedenen Helme herunter-

geklappt. Offensichtlich hatte man auf der Brücke nicht mitbekommen, was am Ufer geschehen war. Die Männer glaubten, in die Schlacht zu reiten. »Dann hoffen wir mal, dass man uns dafür wenigstens vernünftig empfängt«, fügte der Hüne hinzu.

Erst jetzt erinnerte sich Sonja, wer sie selbst war. Sie schreckte aus ihren Gedanken hoch.

»Das werden wir«, versprach sie hastig. »Mein Name ist Sonja Tarring. Ich bin die Fürstin der Goldenen Stadt. Herzlich willkommen!«

Der Junge sah sich nach ihr um und einen winzigen Moment stand etwas in seinen grauen Augen, das Sonja zurückfahren ließ: eine furchtbare Wut, angestaut über viele Jahre hinweg und mittlerweile zu Eis erkaltet. Doch dann legte sich ein freundliches Lächeln wie eine Gummimaske über seine Miene.

»Schön, wenn du noch Witze machen kannst«, lachte er gutmütig. »Aber ich sollte vielleicht tatsächlich mal mit dieser Fürstin reden. Meine Leute müssen versorgt werden.«

Ein Griff an ihre Stirn bewies Sonja, dass sie den Silberreif verloren hatte, vermutlich bei ihrem Sturz vorher. »Nein, wirklich. Ich bin echt die Fürstin«, beteuerte sie und sah sich nach dem Reif um. Ihre Worte kamen ihr selbst dämlich vor, weil sie sich so hilflos anhörte.

»Da kommt Conrado«, stellte Simon fest und ging den Reitern ein paar Schritte entgegen, die Hand erhoben. Der Anführer hob seine Lanze gen Himmel und schob mit dem Unterarm das Visier seines Motorradhelmes empor. Er trug über seiner Kleidung und den verschiedenen Panzerteilen eine Schärpe in den Farben der Schweizer Garde. Sie wölbte sich über einen ansehnlichen, runden Bauch.

»Was ist geschehen, Simon?«, rief der Gardist dröhnend und wandte sich an Sonja, ohne eine Antwort abzuwarten. »Seid Ihr unverletzt, Herrin?«

»Ich bin in Ordnung«, versicherte Sonja und deutete auf die Neuankömmlinge, die mit gesenkten Waffen in Händen dastanden und das Geschehen verfolgten. »Wir haben Gäste. Kümmert euch bitte um sie.« Als sie Ethan ansah, musste sie ein triumphierendes Lächeln unterdrücken. Die Gardisten waren zum rechten Zeitpunkt aufgetaucht. »Am besten kommst du mit mir, denke ich.«

Ein paar Minuten später war der schwarze Küstenstreifen schon hinter ihnen verschwunden. Die Brücke trug sie über das Wasser Richtung Südwesten, dem schneegrauen Horizont und der Goldenen Stadt dahinter entgegen. Sonjas Pferd hatte sich wieder beruhigt, und nun ritt sie langsam einher, während Ethan neben ihr von seinen Männern getragen wurde. Immer wieder sah sie verstohlen zu den Männern hinunter, die die Sänfte schleppten. Das Ganze erinnerte doch sehr an Sklaverei. Zugleich aber merkte sie, dass sie diesen Ethan beneidete um das bequeme Transportmittel. Sie selbst fühlte sich alles andere als sicher auf ihrer Stute – vor allem, nachdem sie nur kurz zuvor von einem anderen Gaul abgeworfen worden war. Und schließlich erledigten diese Leute ihre Arbeit offensichtlich freiwillig.

Sonja musste laut reden, um gegen das Fauchen des Seewindes anzukommen. »Conrado befehligt im Moment die Garde der Stadt«, erzählte sie. Ethan hatte sich nach dem Soldaten erkundigt, der mit seinen Männern an Land geblieben war, um die Brücke gegen einen neuen Angriff zu sichern und nach Überlebenden zu suchen. »Früher war er Lehrer für irgendwelche Kampfsportarten, in einem römischen Vorort, glaube ich. Jetzt ist er zuständig für unsere Verteidigung und die Ordnung in der Stadt.«

»Ein schwieriger Job«, gab der dicke Junge zurück, ohne sie anzusehen. Er lehnte zusammengesunken in seinem Sessel, die Augen geschlossen. »Kommen solche Angriffe öfters vor? Der wievielte war das?«

»Der erste«, erwiderte sie und verstummte dann. Bereits das Wort jagte Sonja ein nervöses Kitzeln durch den Magen. Der erste – wann kam der zweite?

Einer der Träger neben ihr schüttelte für sich den Kopf. Sonja blickte irritiert auf ihn herab, aber er starrte nur auf den Nacken seines Vordermanns, die Mundwinkel verächtlich nach unten gezogen. Es war Sonja sowieso schon nicht besonders angenehm, dass das Gespräch über die Köpfe dieser Männer hinweg geführt wurde, aber diese Reaktion machte ihr plötzlich ein schlechtes Gewissen. Ihr war immer irgendwie bewusst gewesen, dass die Menschen außerhalb der Goldenen Stadt ein anderes Leben führten als sie selbst. Nur hatte sie sich lieber nicht allzu genau damit befasst.

»Wie oft musstet ihr kämpfen?«, fragte sie und hatte fast Angst vor der Antwort.

»Wie oft?« Ethan öffnete die Augen und wälzte sich in seinem Sessel, sodass er nach hinten blicken konnte. »Fabio?«

Der riesenhafte Wächter trabte hinter ihnen her, direkt neben Simons Pferd. Obwohl Simon selbst sehr groß war, wirkte er im Vergleich fast zierlich. Dennoch sahen sich die zwei Wächter erstaunlich ähnlich, allen Unterschieden zum Trotz; allein durch die kristallartigen Augen mit dem durchdringenden Blick. Soweit Sonja es mitbekommen hatte, hatten sie bisher kein Wort miteinander gewechselt.

Der bärtige Hüne musterte Sonja durchdringend. »Seit wir uns getroffen haben? Zwölfmal.«

In diesem Moment fehlten Sonja die Worte, weniger aus Mitleid, als vielmehr vor Entsetzen bei der Vorstellung, dass den Bewohnern der Goldenen Stadt das gleiche Schicksal blühen könnte. Sie empfand es geradezu als Geschenk, als vor ihnen am Horizont die gewaltigen Umrisse der Stadt auftauchten, deren weiße Mauern und goldene Bögen selbst bei diesem grauenvollen Wetter noch hell zu strahlen schienen.

»Zumindest fürs Erste habt ihr das jetzt hinter euch«, erklärte sie erleichtert und deutete auf den Horizont.

Wenige Minuten später waren sie in der Großen Halle angekommen, in dem Raum, den alle Flüchtlinge als Erstes betraten, wenn sie das Ziel ihrer Wanderung endlich erreicht hatten. Auch auf

Ethan und seine Leute verfehlte er seine Wirkung nicht. Mit staunenden Gesichtern sahen sie sich um, empor zu den hoch aufragenden, schlanken Säulen, von denen die gläserne Decke getragen wurde, und auf den Fußboden hinab, der wie die ganze Stadt aus *Amanith* bestand, diesem perlmuttfarbenen, halb transparenten Material, das nur die Weltenfürsten von einst hatten formen können und das von keiner Macht der Welt zerstört werden konnte. Doch fast noch beeindruckender als der Raum selbst war der unfassbare Lärm, der über ihnen zusammenschlug, sobald sie die gewaltigen Torflügel der Halle durchschritten hatten. Die Bevölkerung des Dorfes an der Küste hatte sich hierher geflüchtet und stand oder hockte nun dicht gedrängt in der Halle herum. Überall stapelten sich die armseligen Schätze: Möbel, Kleiderbündel, Werkzeuge, alles unter Lebensgefahr von den Eigentümern vor den Monstern gerettet. Ganze Heerscharen von Priestern und anderen Helfern drängten sich durch die Massen, um Getränke, Essen und Decken zu verteilen. Verletzte wurden versorgt, Kranke gepflegt und schreiende Kinder mit irgendeiner Leckerei und ein paar netten Worten getröstet.

»Ihr habt hier ein kleines Platzproblem, oder?«, meinte Ethan, der mittlerweile aus seiner Sänfte gestiegen war. Er schien sich auf der kurzen Reise etwas erholt zu haben. Sein rundes Gesicht sah nicht mehr so blass und teigig aus wie noch bei ihrem Zusammentreffen und die grauen Augen waren nur noch etwas gerötet.

»Wir sollten uns beeilen, wenn wir hier durchwollen«, murmelte Simon, als die ersten Umstehenden Sonja bemerkten und zu tuscheln begannen. »Am Ende gehen die wieder so auf dich los wie vorhin im Lazarett.«

Bei der Erinnerung an die Menge, die sie von allen Seiten bedrängte, war Sonjas erster Gedanke, sich rasch bis zu der großen Treppe zu drängen, die in ihre Gemächer führte. Aber noch bevor sie ihre Idee in die Tat umsetzen konnte, breitete sich ringsherum ein plötzliches Schweigen aus, das wie eine lautlose Welle durch den Saal lief. Innerhalb weniger Sekunden waren die vielen tausend Stimmen verhallt. Nur noch das Weinen der kleinen Kinder drang durch die Stille und das Rascheln der Kleider, als die Leute auf die Knie fielen, bis Sonja inmitten eines Meers aus gesenkten Köpfen stand.

Außer ihr standen nur noch Simon und Ethan mit seinem Wächter. Auch die Anhänger dieses dicken Jungen waren zögerlich auf die Knie gesunken, offensichtlich beeindruckt von dem prachtvollen Saal und den Menschenmassen.

Ethans Blick glitt über die Menge. Sonja war sich nicht sicher, was in seiner Miene zu lesen war. Zunächst dachte sie, es wäre ihm auch unangenehm – aber dann entdeckte sie das feine Lächeln, das seine Mundwinkel umspielte.

»Habt Dank, Herrin«, erscholl in diesem Moment eine Stimme. »Ihr habt uns gerettet! Gott schütze die Fürstin!«

Sofort setzten allgemeine Hochrufe ein, und Sonja wandte sich überrascht von Ethan ab. Doch aus dem Augenwinkel sah sie noch, wie sein zufriedenes Lächeln mit dem ersten Ruf schlagartig erstarb und seine Lippen zu zwei gepressten, blassen Strichen wurden.

»Nein, das war ich gar nicht«, rief sie, aber ihre Worte gingen unter in dem Tosen der vielen Stimmen. Sie versuchte noch einmal, den Jubel abzuwehren, gab dann jedoch auf. »Das müssen wir den Leuten noch erklären«, rief sie Ethan mit einem gezwungenen Lächeln zu. »Schließlich bist du hier der Held.«

Er verzog sein Gesicht zu einem gutmütigen Grinsen. »Was soll's?«, gab er zurück. »Hauptsache, wir haben es erst einmal hinter uns. Das ist doch das Wichtigste, nicht wahr?«

Ein junger Priester mit einem dünnen Bärtchen kam auf Sonja zugestürzt. »Herrin!«, keuchte er, »Ihr werdet gebraucht. Dort hinten liegt ein Mädchen, das bei der Flucht schwer verletzt wurde. Wir können nichts für sie tun. Bitte kommt schnell!«

Etwas verwirrt erwiderte sie den Blick des jungen Mannes in der schwarzen Soutane. »Ja, natürlich«, nickte sie dann. »Bitte sieh zu, dass man sich um Ethan und seine Leute kümmert!«, bat sie Simon noch, bevor sie dem Priester durch die Menge folgte.

6

Ein wenig unentschlossen sah Ethan sich um. Die Unterbringung, die dieser Simon ihm und seinen Leuten besorgt hatte, war im Vergleich zu dem absurden Gedränge in der riesigen Halle sehr ordentlich, wie er zugeben musste. Von einem großen, wenn auch etwas niedrigen Saal gingen mehrere andere Räume an den Seiten ab, die gut als Schlaflager nutzbar waren. Am Stirnende des Saales befand sich ein weiteres Zimmer, das mit einer Türe verschlossen werden konnte. Es war von Anfang an klar gewesen, dass dies das Privatgemach Ethans werden würde, und jetzt waren seine Mädchen damit beschäftigt, ihm dort ein anständiges Bett aufzubauen. Eindrucksvoll war auch gewesen, wie widerstandslos die Leute, die vorher hier geschlafen hatten, auf Simons Befehl hin ihre Wohnung geräumt hatten. Offensichtlich galt das Wort dieses großgewachsenen Jungen in der Stadt etwas.

»Wir haben dir etwas zu essen besorgt, Ethan«, meldete ihm eines der Mädchen – *Carina? War das ihr Name? Schönes Haar hatte sie jedenfalls, das stand fest, aber der Name – egal!*

»Und dein Bett müsste auch bald fertig sein.«

»Danke«, murmelte er und schenkte der Dienerin ein müdes Lächeln, was sie noch etwas mehr strahlen ließ. Mit schleppenden Schritten ging er in sein Gemach und steuerte auf den Tisch zu, der sich schier bog unter den Köstlichkeiten, die man ihm hingestellt hatte. Offenbar waren ihnen von den Leuten hier in der Stadt auch Vorräte zugeteilt worden, und Ethan staunte über die Vielfalt dessen, was es hier gab: gekochten und rohen Schinken, Salami, dutzende von Käsesorten, hartgekochte Eier und in Olivenöl eingelegtes Gemüse. Seine Leute draußen würden freilich nicht ganz so gut essen, aber dafür wurden sie ja auch gut beschützt.

Drei weitere Mädchen warteten in der Nähe, die Gesichter voller gespannter Erwartung. Sobald er sich hingesetzt hatte, fingen sie an, ihn zu bedienen, ihm Cola einzuschenken und sofort nachzulegen, sobald er irgendetwas aufgegessen hatte. Schließlich trugen sie den Nachtisch auf: haltbares Obst wie Äpfel und Birnen, alle möglichen eingelegten Sachen, Pralinen und Schokolade und sogar einige frisch gebackene Kuchen.

Er hatte sich gerade durch sein drittes Stück Kuchen gearbeitet und spürte eine wunderbare Müdigkeit, als Fabio auftauchte.

»Setz dich!«, forderte Ethan ihn auf, und zwei der Mädchen schleppten sofort einen weiteren Stuhl heran.

Ohne ein Wort des Dankes ließ sich der bärtige Riese nieder und rieb sich das Gesicht. »Unsere Leute sind alle untergebracht und versorgt. Ich denke, jetzt haben wir erst einmal Ruhe.«

»Wunderbar«, erklärte Ethan kauend und musterte Fabio. Es war klar, dass sein Wächter noch nicht fertig war.

»Was hältst du von diesem Mädchen?«, fragte der schließlich und fixierte Ethan mit seinen eiskalten Augen. »Dieser Sonja.«

Ethans Kiefer mahlten langsamer, während er überlegte. »Ich weiß nicht«, sagte er dann vorsichtig. »So mächtig, wie es immer geheißen hat, kommt sie mir nicht vor.«

»Hm. Nein, das wohl nicht.« Fabio nahm sich einen Apfel und biss hinein, dass der Saft spritzte. »Was denkst du: Was hat sie vor?«

Während Ethan darüber nachdachte, stellte er fest, dass er nicht die geringste Ahnung hatte, was seine eigenen Pläne betraf – geschweige denn Sonjas. »Vermutlich weiß sie es selber nicht«, behauptete er und freute sich, weil sich die Antwort so erwachsen anhörte. »Ich würde sagen, wir warten erst mal ab. So wie ich das heute Morgen gesehen habe, werden die uns bald dringend brauchen. Die werden sich schon an uns wenden.«

»Die Leute können eine Pause gut brauchen«, stimmte Fabio kauend zu. »Ich werde dafür sorgen, dass sie trotzdem bereit sind. Am Ende ist diese Stadt doch nicht so sicher.«

»In Ordnung. Ich werde mich mal ein bisschen hinlegen«, beschloss Ethan das Gespräch und scheuchte damit die Mädchen auf, was ihn leise grinsen ließ.

Wenig später lag Ethan auf seinem Bett – das auch für drei Leute gereicht hätte, aber er schätzte ein wenig Platz – und ließ sich die Begegnung mit dieser Sonja noch einmal durch den Kopf gehen. Eine merkwürdige Unruhe erfüllte ihn, seit er sie getroffen hatte. Ein derartiges Gefühl hatte Ethan noch nie erlebt und es verwirrte ihn zutiefst. Als er dieses Mädchen zum ersten Mal gesehen hatte, war sie einfach nur uninteressant gewesen. Dieses rundliche Gesicht, die stumpf-blonden Haare, die offenbar ganz normale Figur – das war für ihn schon seit längerem kein Grund mehr, sich auch nur Gedanken zu machen. Seit die Macht in ihm erwacht war, war sein Verhältnis zum anderen Geschlecht ein ganz neues geworden.
Früher, in der Alten Welt, in der Schule war er einfach nur ein Niemand gewesen. Zumindest hatte das Geld seines Dads die anderen ein bisschen gebremst – er war in der Stadt einer der größten Arbeitgeber, und wer nicht wollte, dass seine Eltern Ärger bekamen, war gut beraten, Ethan nicht allzu sehr zu ärgern. Aber Ethan konnte auch beobachten, wie die anderen Außenseiter, die weniger Möglichkeiten hatten, fertiggemacht wurden, und ihm war mal mehr, mal weniger klar, dass nur der Reichtum seiner Familie ihn von diesen armseligen Verlieren trennte, mit denen auch er nichts zu tun haben wollte. Wenn er ehrlich war, bestand sein einziger Vorteil darin, dass man ihn in Ruhe ließ, und das hieß auch, dass Ethan ein sehr einsamer Junge war.
Immer wieder hatte er sich vorgestellt, dass dies eines Tages anders werden würde, dass in der Welt der Erwachsenen ein bisschen Übergewicht nicht so viel ausmachte wie in der Schule. Allerdings hatte er auch manchmal wesentlich düsterere Gedanken gehabt, und dann hatten sie alle bezahlt, diese gemeinen, hinterhältigen Mistkerle, die über ihn lachten, sobald er nicht mehr hinsah.

Aber das war vor dem Großen Beben gewesen – bevor das Feuer in ihm aufgeflammt war, heißer als alle seine Rachegedanken.
Niemals hatte er jemandem davon erzählt, wie er seine Kraft zum ersten Mal genutzt hatte, kurze Zeit, nachdem die Welt in Trümmer gefallen war. Der Kerl war nur wenig älter als er selbst gewesen, und sie hatten die Coladose gleichzeitig in den aschebedeckten Trümmern gesehen. Der andere war ein wenig schneller gewesen als Ethan – bestimmt auch so ein verfluchter Sportler –, aber Ethan hatte ihn noch festhalten können, bevor er sich davongemacht hatte. Eine Weile hatten sie stumm und keuchend miteinander gerungen.
Schließlich hatte der andere ihn mit einem unfairen Griff irgendwie in die Knie gezwungen. Die Aussicht, wieder einmal zu verlieren, seine Angst vor der Zukunft, die Trauer um seine Eltern, sein entsetzlicher Durst – all das hatte Ethan in diesem Augenblick sehr wütend gemacht. Für die Dauer einiger Sekunden wünschte er sich nichts mehr, als dass der andere Schmerzen empfand, dass er den Kampf verlor, dass er einfach weg war.
Und plötzlich war diese donnernde Hitze in ihm erwacht und der andere hatte geschrien, wie Ethan noch nie jemand hatte schreien hören, und Ethan waren nur zwei Worte durch den Kopf gegangen: *Gut so!*
Der Junge hatte die Dose losgelassen, war zu Boden gefallen und hatte sich das Gesicht gehalten. Eine Weile hatte er geschrien und gezappelt, und schließlich war er still liegen geblieben. Als ihm die kraftlosen Hände vom Gesicht geglitten waren, war es Ethan trotz seiner Wut schlecht geworden. Er hatte den Blick rasch abgewandt und die Dose aufgehoben. Aber in seinen Träumen sah er noch manchmal die schwarzen Augenhöhlen des Jungen und den Rauch, der daraus aufstieg.
Danach war er Fabio begegnet, und seitdem war sein Leben immer besser geworden. Der Marsch war unangenehm gewesen, bevor sie die Sänfte gebaut hatten, aber abgesehen davon war Ethan recht zufrieden mit sich. Seit die Menschen begriffen hat-

ten, dass sie ihn brauchten, wurde er endlich so behandelt, wie er es verdiente.
Die ständigen Angriffe waren zwar lästig, aber er war mit der Zeit so vertraut mit seiner Macht geworden, dass sie für ihn eigentlich keine Bedrohung mehr darstellten. Außerdem hatte Ethan rasch bemerkt, dass die Bindung seiner Leute zu ihm mit jedem Kampf bestärkt wurde. Je größer ihre Todesangst zuvor gewesen war, desto unbedingter war danach ihre Bewunderung und ihr Gehorsam.
Das schloss auch die Mädchen nicht aus, und so fand sich Ethan nur wenige Wochen nach dem Großen Beben in einer Situation wieder, die er sich in seinem früheren Leben nicht einmal in seinen kühnsten Träumen ausgemalt hätte. Nach den ersten Kämpfen war ihm aufgefallen, dass auch die wirklich hübschen Mädchen ihn nicht mehr mit diesem leisen Ekel betrachteten. Stattdessen stand Staunen und leichte Verwunderung in ihren Augen.
Das hättet ihr nicht gedacht, dass euch mal ein fetter Kerl wie ich das Leben rettet, was?, war ihm durch den Kopf gegangen, als er begriffen hatte, was dahinterstand.
Das Tollste aber war: Mit jedem weiteren Angriff wurden die Blicke der Mädchen noch freundlicher, bald auch bewundernd, und zuletzt himmelten sie ihn an, bis sie sich darum zankten, welche ihm etwas zu trinken reichen oder ihm das Bett machen durfte. Es gab eine ganze Menge von jungen Mädchen, die alle nur darum besorgt waren, ihm das Leben so angenehm wie möglich zu machen.
Für Ethan war es eine völlig neue Erfahrung gewesen, und eines Abends, als eines der Mädchen ihm den Nacken massiert hatte, hatte er begriffen, dass er mit all diesen Mädchen hätte schlafen können. Seltsamerweise hatte ihn diese Erkenntnis geradezu erschreckt, ohne dass er selbst wirklich verstanden hatte, warum. Ihm war es so vorgekommen, als hätte er seine neue Stellung als Beschützer der Gemeinschaft aufs Spiel gesetzt, wenn er sich mit einem dieser Mädchen eingelassen hätte, und die Vorstellung war

mehr als beunruhigend. Also wehrte er alle entsprechenden Annäherungsversuche ab und grinste insgeheim über die enttäuschten Gesichter, die sich nur wenige Wochen zuvor noch voller Abscheu verzogen hätten, wenn er ihnen nur zu nahe gekommen wäre.
Dennoch verdross es ihn, dass er seine neue Macht nicht so recht in diesem Bereich nutzen konnte. Je näher sie der Goldenen Stadt gekommen waren, desto mehr hatten seine Gedanken sich um die sagenhafte Fürstin gedreht, die dort herrschen sollte. Es hieß, sie sei eine mächtige junge Frau von außergewöhnlicher Schönheit, die sogar schon Tote wieder hatte auferstehen lassen. Ethan glaubte nicht unbedingt alles von diesen Legenden, aber er war doch sehr neugierig geworden: Immerhin ging es um jemanden, der ihm recht ähnlich war, wenn auch kaum so mächtig.
Als er Sonja dann traf, hatte Ethan kaum glauben können, dass dieses unscheinbare Mädchen tatsächlich die mächtige Fürstin der Goldenen Stadt sein sollte. Aber die Art und Weise, wie ihre Leute sie behandelten, ließ keinen Zweifel offen, dass sie etwas Besonderes war. Zuletzt hatte sogar Ethan es gespürt, eine Ahnung davon bekommen, dass diese Sonja etwas in sich trug, was sogar in ihm eine Art Ehrfurcht erzeugte und in ihm das Bedürfnis weckte, ihren Beifall zu finden.
Gleichzeitig aber ärgerte ihn genau dieses Gefühl. Immerhin war er der Herr des Feuers, der Auserwählte, der die Glut der Hölle beherrschte. Vor allem aber war er derjenige, der dieses Mädchen und ihre Leute gerettet hatte. Wenn hier jemand Anerkennung suchen sollte, dann sicher nicht er!
Mit all diesen Gefühlen und Gedanken war Ethan dann in diese gigantische Halle gekommen, und all diese Schafe, diese nichtsnutzigen kleinen Leute hatten ihrer sogenannten Fürstin zugejubelt, als wäre sie es gewesen, die sie gerettet hätte. Es war Ethan klar, dass er sich nichts anmerken lassen durfte. Doch jetzt tat es ihm leid, dass er die Echsen so rasch verbrannt hatte. Vermutlich hätten es diese Idioten schon noch gemerkt, wem sie ihr Leben tatsächlich verdankten, wenn nur noch ein paar von ihnen dabei

draufgegangen wären, und vermutlich wäre diese Sonja dann auch etwas dankbarer gewesen.
Erschöpft lehnte Ethan sich in seinen Kissen zurück und schloss die Augen, während ihm eines der schönen Mädchen – den Namen wusste er gar nicht – behutsam das Gesicht mit einem duftenden, feuchten Tuch abwischte.
Er wünschte sich von Herzen, dass bald wieder ein paar dieser Biester auftauchten. Denn beim nächsten Mal würde er sich etwas mehr Zeit lassen. Dann würde diese Sonja verstehen, wie froh sie sein konnte, ihn bei sich zu haben. Und die Leute würden sehen, dass ihre Fürstin gar nicht so mächtig war, wie sie immer gedacht hatten.

7

Mehrere Stunden später ließ sich Sonja in einer kleinen Küche neben der Großen Halle auf einen Stuhl fallen und schloss die Augen. Ihr Kopf dröhnte, als ob darin Kirchenglocken läuteten. All ihre Sinne wurden durch die Schmerzen vernebelt. Sie sah nur noch verschwommen und hörte wie durch ein dickes Tuch. Noch nie in ihrem Leben hatte sie so viele Menschen auf einmal geheilt wie an diesem Tag. Sie wusste nicht einmal mehr, wie oft sie den Dunklen Strom in sich hatte wecken müssen, um all diese armen Menschen noch dem Tod zu entreißen. Auch waren ihre Bemühungen einfach zu oft vergeblich gewesen, und diese Mischung aus Trauer und ungerichteter Wut erschöpfte sie mehr als jede nur denkbare körperliche Anstrengung.

»Herrin«, murmelte der junge Priester, der sie von einem dringenden Fall zum nächsten geleitet hatte, und drückte ihr eine Tasse Tee in die Hand. Sonja nahm die Tasse stumm entgegen, trank einen Schluck und versuchte, ihre Gedanken zu ordnen. Es war nicht leicht – nicht nach all den fremden Gefühlen, die sie an diesem Tag hatte spüren müssen.

»Du solltest dich hinlegen«, stellte Simon fest. Er stand mit verschränkten Armen in der Türe und musterte sie. Hinter ihm brummte der Lärm der vielen hundert Menschen in der Halle. »Wenn du so weitermachst, kippst du endgültig um.«

»In Ordnung«, flüsterte sie und nahm noch einen Schluck. Der heiße Tee war viel zu süß – der junge Mann in der schwarzen Soutane hatte es wohl besonders gut gemeint –, aber er wärmte und beruhigte sie angenehm von innen. »Noch eine Sache.«

Ein paar Minuten später öffnete ein anderer Priester für sie die großen Flügeltüre der Gemächer von Pater Matthews. Es war Pater

Adolfo, der Sekretär und Helfer von Pater Matthews; ein älterer, schmächtiger Mann mit einer bemerkenswert schiefen Nase.
Simon musste Sonja stützen, als sie an dem Priester vorbei in die Räume des Geistlichen traten. Ihre Beine knickten immer wieder unkontrolliert unter ihr weg, weniger aus einer Schwäche der Muskeln, sondern eher, weil sie sich kaum noch auf die einzelnen Schritte konzentrieren konnte.
»Seine Exzellenz ist im Bett«, teilte Pater Adolfo ihnen leise mit. »Vorhin hat er geschlafen. Ich werde sehen, ob er mittlerweile aufgewacht ist.«
»Wie geht es ihm?«, erkundigte sich Sonja rasch, bevor der Mann davoneilte.
»Doktor Moutiers – Ihr wisst, der französische Arzt, der seit einigen Wochen hier ist? –, er hat nach ihm gesehen, als er gebracht wurde. Seine Exzellenz hatte hohes Fieber und war ohnmächtig, aber der Zustand schien stabil zu sein. Vor zwei Stunden ist er kurz aufgewacht und hat sofort nach Euch gefragt.« Pater Adolfo rieb sich verlegen die krumme Nase. »Ich habe ihm versichert, es gehe Euch gut und Ihr würdet ihn besuchen, sowie Ihr Zeit hättet. Bitte verzeiht mir – ich hoffe, ich habe nicht zu sehr gelogen?«
»Schon in Ordnung«, versicherte Sonja mit schwachem Lächeln. »Bitte, Pater, sieh nach ihm. Und sag ihm, dass wir da sind, wenn er wach ist.«
Der schmächtige Mann betrat mit leisen Schritten das Schlafgemach von Pater Matthews und bat sie kurz darauf ebenfalls hinein. Die Sorge ließ Sonja ihre Erschöpfung buchstäblich vergessen. Mit einer Bewegung befreite sie sich aus Simons stützendem Griff und ging rasch an das breite Bett heran, in dem der Pater lag. Sein ausgezehrtes Gesicht wirkte in dem bauschigen Kissen immer noch schmal und kraftlos, aber zumindest war die graue Gesichtsfarbe einem lebendigeren Rot gewichen. Auf der Stirn des Mannes standen feine Schweißperlen und seine Lider hoben sich nur halb, doch in den Augen stand wieder dieselbe ungebrochene Willenskraft, die Sonja von dem Priester kannte.

»Herrin«, flüsterte er, als sie in sein Gesichtsfeld trat.
»Wie geht es Euch?«, fragte sie.
Sein Mund verzog sich zu einem staunenden Lächeln. »Der Heilige Geist selbst hat Euch die Hand geführt. Ich konnte alles fühlen, was Ihr getan habt. Ihr habt diese scheußliche Krankheit einfach ausgebrannt.«
Vorsichtig legte Sonja ihre Hand auf die seine. Sofort spürte sie, dass Pater Matthews nicht irrte. Zwar hatte er hohes Fieber und sein Körper war in einem furchtbar geschwächten Zustand, aber die Krankheit konnte sie überhaupt nicht mehr wahrnehmen.
Einen Moment lang öffneten sich seine Augen und er blickte sie voll an. »Heute habe ich zum ersten Mal in meinem Leben die Berührung unseres Herrn gespürt, und zwar in Euch. Ich danke Euch dafür.«
Sein Blick schien irgendetwas hinter Sonja zu fixieren, als wäre sie selbst gar nicht richtig anwesend, sondern stünde nur für etwas anderes, das sich hinter ihr verbarg.
»Na ja«, begann sie, »das war doch …«
»Ihr seid wahrhaftig ein Engel«, flüsterte der Priester, schloss lächelnd die Augen und war gleich darauf wieder eingeschlafen.

»Glaubst du das?«, brummte Simon, als er Sonja in Richtung ihrer Gemächer führte. Vor ihren Augen tanzten Sterne und immer wieder stolperte sie über ihre eigenen Füße, sodass Simon sie aufrecht halten musste.
»Was?«
»Dass dir der Heilige Geist irgendwie geholfen hat?«
Sonja lachte erschöpft. »Keine Ahnung. Ich weiß nicht mal, ob ich an so was wie den Heiligen Geist glaube.« Sie sah zu ihm auf. »Du?«
Er runzelte die Stirn. »Eigentlich nicht. Andererseits ist in den letzten Wochen einiges passiert, was ich nicht für möglich gehalten hätte.«
»Stimmt«, murmelte sie. In diesem Moment versagten ihre Beine

endgültig den Dienst, sodass Simon sie einfach packte und ohne weitere Umstände auf den Arm nahm. Normalerweise staunte Sonja stets von neuem über die unglaublichen Kräfte, die Simon seit dem Schattensturm hatte. Doch jetzt war sie zu erschöpft, um es überhaupt zu bemerken. Sie drückte ihr Gesicht in seinen Nacken und schloss die Augen, um sich der warmen Dunkelheit zu überlassen, die ihre Kopfschmerzen und die ganzen verworrenen Gedanken fortspülen würde. »Trotzdem hat bis jetzt nur meine Mutter mal gesagt, dass ich ein Engel wäre«, nuschelte sie noch grinsend.

Und schreckte voller Entsetzen hoch.

»Was?«, stieß Simon hervor, als sie sich in seinen Armen versteifte.

»Lass mich runter!«, keuchte Sonja und fuchtelte mit den Händen, als könnte sie dadurch die grässlichen Bilder abwehren.

»Was ist los? Was fühlst du?«

Während sie zu Boden sackte und sich gegen die Wand lehnte, unterdrückte sie mit aller Macht ihre Visionen. »Sag Conrado Bescheid«, flüsterte sie und kniff die Augen zusammen. »Diese Biester sind uns gefolgt. Sie kommen aus dem Wasser.«

Simon stutzte eine Sekunde, dann stürzte er zu einem der Fenster. Sonja musste ihm eigentlich nicht folgen, um sie zu sehen, denn ein paar Herzschläge lang hatte sie es deutlich vor Augen gehabt. Doch dann kam sie mit letzter Kraft hoch, während Simon schon davonrannte. Seine knallenden Stiefel hallten im Gang wider, als Sonja sich gegen den Rahmen lehnte und in das Schneetreiben hinaussah. Tief unter ihr schäumte das düster-graue Meer gegen die Landungskais der Goldenen Stadt. Eine furchtbare, bange Sekunde lang hoffte sie, sie hätte sich geirrt, aber dann sah sie sie: gigantische schuppige Leiber, riesenhafte Schlangen, die schwarz glänzend aus den düsteren Wellen glitten. Als die Arbeiter und Seeleute im Hafen die Monster erblickten, herrschte einen Moment lang entsetzliche Stille. Die Menschen standen nur da und blickten diesem neuen Alptraum schreckensstarr entgegen.

Die seelenlosen, geschlitzten Augen der Riesenschlangen musterten alles mit tödlicher Ruhe, während sie an Land glitten und hinter ihnen immer mehr dieser Bestien auftauchten, ein unentwirrbares Knäuel aus nicht endenden Körpern vom Durchmesser eines Fasses, die sich überall im schäumenden Wasser ringelten.
Dann zuckte der erste Schlangenkopf vor, in Richtung einer jungen Frau, die ihre Last hatte fallen lassen und nun inmitten einer Pfütze aus Flaschenscherben und vergossenem Wein stand. Sonja sah nicht mehr, was geschah, hörte nur noch das schrille Kreischen, das entsetzlich lang nicht enden wollte. Sie war vom Fenster zurückgeschreckt und stand nur noch da, die Hände schwer an der Wand abgestützt, die Augen geschlossen.
Eine dumpfe Verzweiflung füllte ihr Innerstes vollständig aus und verdrängte jeden klaren Gedanken – ein Gefühl, als wäre alles bereits verloren. Tränen der hilflosen Wut stiegen ihr in die Augen. Die Schatten spuckten immer aufs Neue diese Bestien aus, und sie, die wenigen verängstigten Menschen, die den Schattensturm überlebt hatten, konnten kaum mehr tun, als darauf zu warten, von diesen unendlichen Massen überrannt zu werden.
Sonja wurde klar, dass sie zu müde war, dass sie selbst nicht mehr an einen Sieg glaubte. Langsam ließ sie sich wieder zu Boden sinken und drückte das Gesicht an ihre Knie, während unten am Hafen weitere Todesschreie und das Fauchen der Schattenwesen die ewige Brandung übertönten, als die Schatten sich daranmachten, die Goldene Stadt zu überrennen. Sie schloss die Augen und fuhr im gleichen Moment wieder hoch, als hätte sie ein elektrischer Schlag getroffen.
Wer bist du?, dröhnte eine tiefe Stimme in ihrem Kopf, so mächtig und wütend, dass sie unwillkürlich die Hände auf die Ohren presste. *Was tust du da?*

8

Warum Alex erwachte, wusste er selbst nicht. Wie immer in den letzten Wochen schrak er plötzlich hoch und sah sich hektisch um. Stets verfolgte ihn dabei die Ahnung eines schwarzen Schattens, obgleich er sich nicht wirklich an einen konkreten Traum erinnern konnte. Doch es war keinerlei Bedrohung auszumachen. Also legte er sich wieder zurück und ließ seine Blicke umherwandern, während auch sein Körper allmählich lebendig wurde.

Außer ihm und den beiden Wachen am Rand der Felsplatte schlief alles ringsherum noch tief und fest. Dichte Wolken hingen in dem Tal und dämpften jedes Geräusch, sodass der Eindruck vollkommener Stille entstand. Nur gelegentlich ertönte hier ein Grunzen, dort ein leises Schnupfen oder Räuspern. Selbst die beiden Wachen standen völlig stumm und blickten konzentriert in verschiedene Richtungen. In dem grauen Dämmerlicht konnte man nicht weit sehen. Der weiße Dunst verschluckte alles, was mehr als vielleicht fünfzig Schritt entfernt war. Nur die chaotische Wüstenei aus Baumstämmen und Ästen, die sie wie ein plötzlich erstarrter Fluss umgab, war deutlich erkennbar. Bei dem Anblick erschien es Alex wie ein Wunder, dass sich gestern niemand ernsthaft verletzt hatte. Die Vorstellung war geradezu absurd, eine solche Landschaft mit Pferden und Ausrüstung im Dunkeln durchqueren zu wollen.

Heiße Scham stieg in Alex auf, als er sich vorstellte, was wohl seine Männer von ihm halten würden, wenn sie aufwachten und ihre Lage erkannten. Wieder einmal kroch die Erkenntnis durch sein Hirn, dass er einfach ein miserabler Anführer war.

»Die Flutwelle muss toll gewesen sein«, ertönte die Stimme von Herrn Ramiç neben ihm. Der alte Bosnier hatte sich lautlos in sei-

nem schneebedeckten Schlafsack aufgerichtet und rieb sich das vom Schlaf geschwollene Gesicht. »Das hätte ich dann doch gerne gesehen – aus sicherer Entfernung, meine ich.«
»Immerhin dürfen wir in dem Mist herumkrabbeln, der übrig geblieben ist«, brummte Alex und sah Herrn Ramiç an. »Wir hätten einen anderen Weg suchen sollen.«
Der alte Herr strich sich seine grauen Haare quer über den Kopf, sodass die Halbglatze verdeckt wurde. »Es war eine gute Entscheidung, hier zu rasten«, erklärte er freundlich. »Bei Tageslicht sollten wir etwas besser vorankommen. Zumindest sicherer.«
Janine tauchte ebenfalls aus ihrem Schlafsack auf und zupfte mit halbgeschlossenen Augen eine Zigarette aus der Schachtel. »Die Frage ist nur, wohin wir eigentlich vorwärtskommen«, stellte sie fest. »Im Augenblick haben wir keine Ahnung, was uns erwartet. Wir sollten zumindest auf Leutnant Nürli und den Rest des Heeres warten, oder besser: ihnen entgegenreiten.«
Mutlos sah Alex zu dem Fuß des Hangs hinüber, den sie in der Nacht hinuntergestolpert waren. Der höhergelegene Teil war von den Wolken verschluckt und sah dadurch noch viel ferner aus. Bei der Vorstellung, in seiner Rüstung dort hochzuklettern und auch noch an dem Kadaver der toten Stute vorbeizukommen, überkam ihn eine grenzenlose Müdigkeit.
»Ich denke, wir sollten hier warten«, erklärte er unschlüssig. »Das Heer kann ja nicht weit weg sein. Vielleicht können wir Nürli zwei Männer entgegenschicken, die ihnen den Weg zeigen.«
Janine nickte. »In Ordnung. Ich habe nichts dagegen, hier ein bisschen herumzuhängen.«
»Zumindest kommt hier niemand an uns heran, ohne dass wir ihn schon stundenlang vorher hören könnte«, pflichtete Julien ihr bei. »Außerdem müssen wir erst einmal sehen, ob wir die Spur wiederfinden.«
Herr Ramiç zuckte die Schultern. »Der Plan ist genauso gut wie eine Umkehr«, räumte er ein und lächelte. »Aber ich wäre doch für mein Leben gern noch einmal da hochgeklettert.«

»Es hindert Sie niemand daran, Nürli zu uns zu führen«, erinnerte Janine ihn mit hochgezogenen Brauen und schälte sich aus ihrem Schlafsack, um sich ihre Kippe an dem Feuer anzuzünden, das die Soldaten gerade für ein Frühstück wieder anfachten.

Einige Zeit später saßen alle im Kreis am Feuer und aßen schweigend das geröstete Brot, Schinken und einige Happen Käse, die sich noch in einer Satteltasche gefunden hatten. Zum Nachtisch gab es Schokoriegel, von denen vor einigen Wochen ein Spähtrupp in den Ruinen eines großen Supermarktes Unmengen entdeckt hatte.

Die Männer hatten mehrere Stämme nahe ihrer Felsplatte beiseitegeräumt und darunter tatsächlich das Rinnsal des Flusses entdeckt, dessen Glucksen ihnen bereits in der Nacht aufgefallen war. Das Wasser war wesentlich angenehmer zu trinken als der Schnee, den sie normalerweise schmolzen. Darin war immer noch die Vulkanasche enthalten und führte zu einem kreidigen, im schlimmsten Fall schwefeligen Geschmack. Wenn man genug Zeit hatte, konnte man das Wasser eine Weile stehen und die Asche sich absetzen lassen, aber unterwegs war das unmöglich. Daher genossen nun alle ihren Kaffee mit besonderem Genuss und lauschten hinaus in die Stille.

Nach dem Frühstück ging Julien los, um in dem Totholz nach der Spur zu suchen. Er war noch nicht lange fort, als es wieder zu schneien begann. In wenigen Minuten hatten die schweren Flocken alles auf der Felsplatte mit einer fingerdicken Schicht bedeckt.

»Das dürfte die Jagd nicht einfacher machen«, stellte Janine fest.

Herr Ramiç nickte. »Hoffentlich kommt Julien bald zurück. Sonst können wir die Sache aufgeben. Aber zumindest ist damit die Frage beantwortet, ob wir hier warten wollen. Wenn wir unseren Weg jetzt nicht fortsetzen, war alles umsonst.«

Alex sah voller Unruhe über das Totholz hinweg. Zunächst war es ihm durchaus recht gewesen, hier eine Weile zu rasten. Aber die

Vorstellung, dass die ganze nächtliche Jagd einfach umsonst gewesen sein sollte, war unerträglich.
Gespannt saßen alle da, geduckt unter eine notdürftig aufgespannte Plane, starrten in das Schneetreiben hinaus und bliesen sich in die kalten Hände. Etwa zwei Stunden später kehrte der Wächter zurück und klopfte sich mit seinen Pranken den Schnee von den Kleidern.
»Ich habe die Fährte wiedergefunden«, knurrte er, während er seinen braunen Ledermantel schüttelte. »Es tut mir leid; ich hätte mich gestern besser umsehen müssen. Aber wir müssen uns beeilen. Bei dem Wetter wird sie bald nicht mehr zu erkennen sein.«
»Das hatten wir befürchtet«, nickte Herr Ramiç und rappelte sich auf. »Los, Leute! Wir müssen weiter.«
Die Pferde waren bereits gesattelt und beladen, und sie begannen, die widerspenstigen Tiere durch das unwirtliche Gelände zu zerren. Es war furchtbar, wie die armen Rösser voller Angst die Augen verdrehten und jedes Mal ein panisches Wiehern von sich gaben, wenn sie mit einem Huf abrutschten und einbrachen. Bald hatten alle blutige Schrammen an den Läufen. Aber es gab keine andere Möglichkeit, und so zwangen sie die Tiere mit roher Gewalt vorwärts. Zumindest hatte Julien auf seinem Streifzug einen einigermaßen gangbaren Weg gefunden, sodass sie etwas rascher vorwärtskamen als in der Nacht.
Zunächst war Alex so damit beschäftigt, seinen Gaul zum nächsten Schritt zu bewegen, dass er es gar nicht bemerkte. Dann aber fiel ihm auf, dass sie zurück in Richtung Hang gingen. Er überlegte kurz, Julien danach zu fragen, aber der Wächter marschierte so unbeirrt vor den anderen her, dass Alex sich dagegen entschied. Ihr Zug näherte sich immer mehr dem Hügel und damit dem Ausgangspunkt des mühseligsten Teils ihrer gestrigen Reise. Zuletzt führte Julien sie auf die andere Seite des Flusses, wo mehrere Felsen steil wie Burgmauern aufragten. Endlich konnte man erkennen, wo die Spur hinführte, und Alex stöhnte leise auf.
Nur wenige Meter vom Fuß des Hanges entfernt lief ein Spalt zwi-

schen den Felsen hindurch, als hätte ein Riese hier einen gewaltigen Einschnitt bis zum Fluss hinunter getan. Jetzt, in der Helligkeit des Tages, war der Spalt gut erkennbar; in der Nacht war nichts davon zu sehen gewesen. Hinter den Büschen, die sich mit verdrehten Wurzeln an die Felsen klammerten, konnte man auch den schmalen Pfad erahnen, der sich dort den Hang emporschlängelte und irgendwo weiter oben verschwand.
Während er sich den Schweiß von der Stirn wischte und seinen Helm zurechtrückte, ließ Alex seinen Blick noch einmal über die Wüstenei aus Baumstämmen und Ästen hinter ihnen streifen. Die Scham, die er schon an Morgen empfunden hatte, kroch ihm erneut als heißes Kribbeln das Rückgrat hoch. Sein Entschluss, im Dunkeln weiterzumarschieren, hatte sie bestimmt mehrere Stunden und enorme Kraft gekostet, von verstauchten Knöcheln und zerschürften Armen und Beinen gar nicht zu sprechen. In den Blicken, die ihm die Männer zuwarfen, konnte er lesen, dass keinem im Zug das verborgen geblieben war.
Alex wandte sich hastig ab und kümmerte sich um sein Pferd. Wütend zerrte er an den Zügeln. Während er sich die letzten Schritte durch das Holz vorarbeitete, wurde das Schamgefühl allmählich abgelöst von einer ohnmächtigen Wut. In letzter Zeit lief alles schief, und er hatte einfach noch nicht begriffen, warum. Als Schülersprecher war ihm die ganze Schule begeistert gefolgt, und es war wie von selbst immer alles gutgegangen. Er hatte Feste organisiert, bei Streitereien vermittelt, er hatte die Eltern mobilisiert, wenn sich die Lehrer irgendeine unsinnige Neuerung ausgedacht hatten – und all das so gut, dass am Ende jeder begeistert und voller Bewunderung für den blonden Jungen namens Alex gewesen war.
Mittlerweile schien ihm sein ganzes Leben über den Kopf gewachsen zu sein. Die Menschen folgten ihm immer noch, sie verehrten ihn sogar, doch das Ergebnis war nur, dass er entweder nichts tun konnte oder Fehler machte. Es fühlte sich an, als ob ein Fluch auf ihm lastete, und tief in seinem Innersten hatte Alex das Gefühl,

dass der bleiche Schatten dahintersteckte, der ihn seit ihrer ersten Begegnung nächtens besuchte.
Plötzlich war Alex von dem brennenden Verlangen erfüllt, dieses Weißgesicht in die Finger zu bekommen und es seine Wut spüren zu lassen. Der Gedanke erfüllte ihn mit düsterer Freude. Immer deutlicher sah er die porzellanartige Maske vor sich, die rot glühenden Augen wuchsen immer mehr, wurden mit jedem Herzschlag größer, bis sie sein ganzes Gesichtsfeld ausfüllten.
Und dann strömte blitzlichtartig ein Meer von Gefühlen über Alex hinweg, die so grässlich waren, dass er mit einem Schrei in die Knie sank, das Gesicht in den Händen verbarg und die flackernden Eindrücke mit aller Kraft seiner Seele von sich wegschob. Am Rande seines Bewusstseins bemerkte er, dass er mit den Händen in der leeren Luft herumfuchtelte, als wollte er einen wütenden Wespenschwarm vertreiben.
Als er sich aus der Gewalt der Empfindungen befreit hatte, spürte er Janines Hände, die seine Schultern wie samtene Schraubstöcke umklammerten.
»Was ist los?«, drang ihre Stimme in das wabernde Dunkel, aus dem er sich gerade hervorarbeitete. »Rede mit mir, Alex!«
»Schnell!«, krächzte er, schüttelte den Kopf und versuchte, sich aufzurappeln. »Los! Wir müssen ihn stoppen!«
Janine drehte ihn mühelos um. Ihre smaragdenen Augen starrten Alex so durchdringend an, als wollte sie ihn durchleuchten. »Was ist los?«
Mit einem Kopfschütteln befreite er sich aus ihrem Griff, fiel auf die Knie und versuchte sofort wieder hochzukommen. Seine Beine waren so wackelig, dass er sich richtig anstrengen musste, um nicht einzuknicken. »Los! Er ist nicht weit weg! Wir müssen ihn aufhalten!«
Herr Ramiç kam auf ihn zu. »Was habt Ihr gesehen, Alexander?«, fragte er scharf.
»Dieses weiße Gesicht!« Fahrig wischte Alex die letzten Reste der entsetzlichen Traumbilder beiseite und griff nach den Zügeln sei-

nes Pferdes. »Wir haben keine Zeit!«, rief er den Männern zu. »Unsere Feinde sind in der Nähe, und sie bringen Menschen um! Beeilt euch!«

Wenige Minuten später hatten sie den Felsspalt erreicht und konnten endlich wieder aufsitzen. Es war nicht nötig, weitere Worte zu verlieren. Alle wussten, dass sie kämpfen würden, und jeder rückte seine Waffen und verschiedenen Rüstungsteile zurecht.

»Wisst Ihr, wie weit es ist?«, fragte Julien, während er sich an die Spitze setzte.

Mit geschlossenen Augen versuchte Alex, aus seinen Erinnerungsfetzen etwas Brauchbares zu gewinnen. »Nicht weit«, stellte er fest und deutete mit dem Arm Richtung Süden. »Irgendwo dort hinten.«

»Dann sollten wir vorsichtig sein«, merkte Janine an. »Am besten reitet jemand voraus und sieht sich erst einmal um.«

Alex schüttelte langsam den Kopf. »Geht nicht«, gab er zurück und rammte seinem Pferd die Hacken in die Seiten. Das Tier reagierte wie eine gespannte Stahlfeder und schnellte vorwärts. »Diesmal nicht!«

Der Pfad wurde von den Felsen so gut gegen den Wind geschützt, dass er fast schneefrei war. Über trockenes Laub und dürre Asthaufen hinweg donnerte Alex den schmalen Spalt entlang, der allmählich immer heller wurde, je weiter er emporführte, hinaus aus dem Flusstal. Schließlich preschte Alex zwischen den Felsen hervor und befand sich in einem hügeligen Wald, auf den der Schnee in weichen Flocken herabsank. Die Äste der Bäume waren mit einer dicken, weißen Schicht beladen und versperrten jeden Blick, der weiter als zwanzig Schritt gereicht hätte. Abrupt brachte Alex sein Pferd zum Stehen. Wild sah er sich nach der Fährte um und forschte zugleich in seinem Unterbewusstsein nach einem Gefühl, das ihm sagte, wohin er reiten musste.

Das Entsetzen in ihm war mittlerweile düsterer Wut gewichen. Bislang war er sich nicht sicher gewesen, was er eigentlich tun wollte, wenn er dieses weißgesichtige Wesen finden sollte. Nun war es ihm klar. Er würde es töten, und zwar ohne Zögern. Seine Wut war so groß, dass er nicht einen Gedanken an die Möglichkeit verschwendete, dass sein Gegner ihm überlegen sein könnte. Hinter ihm tauchte Janine aus dem Spalt auf und brachte ihre Stute neben ihm zum Stehen. Die Hälse der beiden Tiere dampften vom Schweiß des hastigen Ritts bergauf.

»Was hast du vor?«, schnaubte die Wächterin wütend. »Willst du unbedingt, dass dir etwas passiert? Verdammt!«

»Wir müssen uns beeilen!«, erwiderte er scharf, ohne sich um ihr Geschimpfe zu kümmern. »Julien?«

Der Wächter zügelte sein Pferd und sah sich um. »Da ist die Fährte«, entgegnete er und deutete in den Wald. Die Spur im Schnee war zwar bereits unter einer frischen Schicht begraben, aber wenn man genau hinsah, konnte man noch die breite Vertiefung erkennen, die sich dort zwischen den Bäumen hindurchschlängelte.

»Wir müssen weiter!«, donnerte Alex.

Julien warf Herrn Ramiç, der jetzt ebenfalls zwischen den Felsen auftauchte, einen Blick zu. Der alte Herr nickte und der Wächter im braunen Ledermantel ließ seinem Tier die Zügel schießen. Sobald er sich in Bewegung gesetzt hatte, trieb auch Alex seinen Wallach an und sprengte weiter. In dem dichten Wald fegten ihm Äste ins Gesicht und überschütteten ihn mit kalten Pulverschauern. Alex bemerkte es kaum. Er sah nur diese weiße Maske mit den rot glühenden Augen vor sich, während er Julien folgte.

Endlich lichtete sich der Wald. Julien hatte sein Pferd gezügelt, stand nun in den Steigbügeln und sah sich mit zusammengekniffenen Augen um. Geblendet von der plötzlichen Helligkeit blieb Alex neben ihm stehen. Vor ihnen erstreckte sich ein sanft gewelltes Feld, das am anderen Ende von weiteren Hügeln begrenzt wurde. In der Mitte erhob sich eine düstere Palisade aus Brettern und Rundhölzern über eine Breite von vielleicht zweihundert Schritt. Die Stämme waren am oberen Ende zugespitzt, sodass sie eine scharfgezackte Linie gegen den grauen Horizont zogen. So schief und krumm, wie die Einzelteile miteinander verbunden waren, mussten die Erbauer es eilig gehabt haben, diesen Schutz zu errichten. Hinter dem hölzernen Wall stiegen vereinzelt schwarze Rauchfahnen gen Himmel.

Alex starrte den Wall an. »Das ist es«, flüsterte er zu sich selbst.

Janine runzelte die Stirn. »Was ist das für ein Ort?«, fragte sie misstrauisch. »Ist das das Lager, das wir suchen?«

»Bestimmt«, versicherte Alex und wollte lospreschen. »Komm!«

»Wartet!«, rief Herr Ramiç halblaut und Alex hielt sich unwillig zurück. »Könnt Ihr etwas spüren?«

Zögernd schloss Alex die Augen und horchte in sich hinein. »Im Augenblick nicht«, murmelte er. »Aber er war eben noch dort. Ganz sicher.« Ihm ging dieses zögerliche Vorgehen auf die Nerven. Er wusste, dass sie den Menschen dort hinter der Palisade helfen mussten und dass sie es eilig hatten. Ohne darüber nachzudenken, zog er sein Schwert. Das Geräusch von Stahl auf Stahl brachte auch die Männer im Zug dazu, ihre Waffen zu zücken.

»Einen Moment«, sagte Julien rasch. »Seht euch das Feld an! Das waren nicht die Wesen, hinter denen wir her sind.«

»Zumindest waren sie nicht alleine«, stimmte Herr Ramiç stirnrunzelnd zu.

»Na und?«, erwiderte Alex ungeduldig. Sein Pferd stieg wiehernd ein Stück auf, wie von dem Tatendurst seines Reiters angesteckt. Dennoch musterte auch Alex jetzt den Schnee und verstand, was Julien meinte. Das gesamte Feld war zertrampelt. An dutzenden von Stellen sah man die verkohlten Reste von Lagerfeuern und dazwischen Stofffetzen, abgenagte Knochen, zerrissene Zeltplanen und anderen Kehricht.

»Das war ein ganzes Heer«, sagte Janine und sah sich alarmiert nach allen Richtungen um. »Wir können nicht mit so vielen Wesen kämpfen.«

»Ich muss sehen, was da los ist«, rief Alex, fast schon wütend.

»Wir haben am Fluss zwei Männer zurückgelassen, die dem Heer den Weg weisen werden«, gab Julien zu bedenken. »Vielleicht wäre es besser, zu warten, bis sie uns gefolgt sind. Es können nur noch ein paar Stunden sein.«

»Nein«, gab Alex scharf zurück. »Ich habe es schon gesagt – die Leute dort brauchen unsere Hilfe.«

Herr Ramiç wischte sich über den eisverkrusteten Schnauzbart. »In Ordnung. Dann sollten wir es uns ansehen.«

Statt einer Antwort zog Julien ein schmales Schwert, das an seinem Sattel hing, und sah Janine an. »Wir gehen vor«, sagte er.

Auch Janine ließ ihr Schwert aus der Scheide gleiten und rückte den Helm zurecht. »Du bist dir sicher?«, fragte sie, ohne sich nach Alex umzusehen.

»Vollkommen«, bestätigte er. »Wir müssen uns beeilen!«

»Also los!«, sagte Julien und setzte sein Pferd in Bewegung. »Versuchen wir, nicht allzu laut zu sein. Sie brauchen uns nicht früher bemerken als nötig.«

Der Hufschlag der Pferde wurde durch den Schnee gedämpft, kein Wort fiel, und so hüllte fast völlige Stille den Zug ein, als sie in gebremstem Galopp das Feld überquerten. Je näher sie dem Wall kamen, desto stärker stieg ihnen Brandgeruch in die Nase, der über dem Lager hing wie eine düstere Ahnung. Stumm ritten sie an der Befestigung entlang, die nach Alex' Schätzung etwa vier Meter in die Höhe ragte; zu hoch, um das Lager im Inneren einsehen zu können.

An einer Stelle war die Palisade eingedrückt und zersplittert, als hätte eine unsichtbare Riesenfaust von außen dagegengeschlagen und ein Loch hineingehämmert. Im Schnee ringsumher lagen hunderte von Steinen, die kleinsten von der Größe einer Faust, die mächtigsten mehr als kopfgroß.

»Sie haben sich gewehrt«, erklärte Julien leise. »Von der Brustwehr heruntergeworfen. Die armen Teufel. Mit Kieseln gegen eine Armee dieser Monster!«

Endlich erreichten sie den Eingang des Lagers, eine schlichte Öffnung, gerade breit genug für einen schmalen Karren und etwas niedriger als ein Mann, sodass sie von den Sätteln aus nichts dahinter sehen konnten. Entschlossen sprang Alex zu Boden und wäre fast von seiner Rüstung in die Knie gezwungen worden.

Kaum hatte er sein Gleichgewicht wieder, marschierte er auf das Tor zu. Doch bevor er es erreicht hatte, glitt plötzlich Janine katzenartig zwischen ihn und den Lagereingang. Sie hielt ihr Schwert zum Schlag erhoben, um alles abzuwehren, was auch immer ihnen entgegenkommen sollte.

Voll grausiger Faszination starrte Alex an ihr vorbei. Das grob zusammengezimmerte Holztor hing nur noch mit einer Ecke in der verbogenen untersten Angel, bis auf den Boden niedergedrückt. Wenige Schritte davor blieben sie stehen und betrachteten das geborstene Holz und den zu braunem Matsch zertrampelten Schnee vor dem Eingang.

»Sie sind durchgebrochen«, sagte die Wächterin leise über die Schulter. »Du bleibst hier!«

Abwesend registrierte Alex, dass Janine die einzige Person auf der Welt war, die ihm Befehle gab, und er hätte in seiner zitternden Anspannung fast laut losgelacht. Lautlos tauchte auch Julien neben ihnen auf.

»Warte«, sagte er fast unhörbar. Janine blieb stehen. Als sie ihn mit hochgezogenen Brauen musterte, wandte er sich nach Herrn Ramiç um. Der alte Herr auf dem Pferd schloss die Augen und schien ein paar Sekunden lang einzunicken, das Kinn auf die Brust gesunken. Dann sah er auf und schüttelte nur unmerklich den Kopf. Seine Lippen formten ein lautloses »Nichts«.

»In Ordnung. Ich gehe«, sagte Julien leise, spähte vorsichtig durch die Toröffnung und verschwand geduckt darin.

Janine stellte sich neben das Tor und wartete, den Rücken an die hölzerne Wand gepresst. Obwohl alles in ihm sofort in dieses Lager stürmen wollte, riss Alex sich zusammen und blieb an ihrer Seite. Die Soldaten und Herr Ramiç stiegen ebenfalls so leise wie möglich aus den Sätteln und sammelten sich neben ihnen, sodass sie von innen nicht zu entdecken waren. Reglos standen sie da und warteten.

Gebannt lauschte Alex in die Stille hinein. Nicht einmal die Pferde schienen es in dem Moment zu wagen, einen Laut von sich zu geben. Seine Faust schloss sich in dem schweren Handschuh um den Griff seines Schwertes. Er wusste, dass es gleich losgehen würde. Jeden Moment würde Gebrüll ertönen, Geklirr von Stahl auf Stahl, und dann würden sie hineinstürmen und diese Monster niedermachen. Ein paar Herzschläge lang erwog er, den Dunklen Strom zu entfesseln, entschied sich aber dagegen. Diese Kraft zu wecken war ihm noch nie schwergefallen – das Problem bestand darin, sie auch wieder zu bändigen.

»Verflucht!«, wisperte Janine. »Was ist da los?« Sie spähte um die Ecke und fuhr zusammen, als Julien plötzlich erschien.

»Wir sind zu spät«, erklärte er kopfschüttelnd und rammte sein Schwert in die Scheide. »Hier ist niemand mehr.«

»Was?«, rief Alex fassungslos. »Das kann nicht sein!«

Ohne auf Janines Protest zu achten, trat er mit raschen Schritten an Julien vorbei durch das Tor. Eine Weile stand er nur da und sah sich um, während sich ein Eisklumpen in seinem Magen zu bilden schien. Das Lager musste einmal Nordbrück ähnlich gewesen sein. Auch hier hatten die Menschen sich aus allem, was sie hatten finden können, Zelte und Verschläge errichtet, aus Plastikplanen, Wellblech, Karton und auch Autoteilen. Was immer von der Alten Welt übrig geblieben war, war verwendet worden. Es erinnerte Alex an Aufnahmen von Slums in der Dritten Welt. Schutt und Abfall einer untergegangenen Zeit bildeten das traurige Fundament einer neuen Zivilisation, die unter ihrer Schneedecke einfach nur unendlich hilflos wirkte.

Die einzelnen Behausungen waren so eng aneinandergereiht, dass man zwischen ihnen gerade einmal einen Fuß vor den anderen setzen konnte. Vermutlich rannten auch hier vor allem die Kinder diese schmalen Pfade zwischen den jämmerlichen Behausungen entlang und spielten Fangen.

Doch jetzt waren die Unterkünfte niedergetrampelt, die Gerüste zerbrochen und alle möglichen Habseligkeiten auf dem Boden zerstreut. An manchen Stellen hatte das Durcheinander Feuer gefangen, doch dank der dicken Schneedecke hatten sich die Flammen nicht ausgebreitet. Nun brannten noch vereinzelt schwarze Haufen vor sich hin und stießen stinkende, schwarze Rauchwolken aus, ohne dass erkennbar war, was eigentlich dort verbrannte. Der Wind verteilte den Qualm, sodass das ganze Lager unter einer beißenden Rauchglocke lag.

»Julien hat recht«, stellte Janine in kaltem Ton fest. »Das hier ist vorbei.«

Sprachlos ließ Alex seinen Blick über das Feld der Verwüstung wandern. Seine Beine fühlten sich wackelig an, als ihm klar wurde, dass sie wirklich zu spät kamen. Mit steifen Schritten ging er die Gasse entlang, die vom Tor aus in die Mitte des Lagers führte. Der Rauch ließ seine Augen tränen, aber er ging weiter wie betäubt. Abwesend hörte er, dass die anderen ihm folgten. Schließlich gelangte er auf einen großen Platz, der früher das Zentrum dieser Flüchtlingsburg gewesen sein musste.

Und hier fand Alex sie.

Sie waren alle da – Männer und Frauen, Erwachsene und Jugendliche, Greise und Kinder. Keiner war entkommen, das wusste Alex in dem Moment, in dem er die bleichen Körper sah.

Hinter ihm ertönten Schritte und ein vielstimmiges Aufkeuchen.

»Herr im Himmel, steh uns bei!«, entfuhr es Herrn Ramiç, als auch er den gewaltigen Haufen sah, der sich dort inmitten des Platzes erhob. Die anderen traten gleichfalls näher, doch keiner von ihnen sagte ein Wort.

Mehrere Minuten lang war das einzige Geräusch das leise Rieseln des Schnees, der die Körper bereits mit einer weißen Schicht bedeckt hatte; ein feines, weißes Tuch, das die Flüchtlinge in ihrem letzten Schlaf sanft zudeckte.

Schließlich wandte Alex sich ab. Er wusste, was zu tun war. In seinem ganzen Leben war er sich noch nie so sicher gewesen.

»Was hast du vor?«, fragte Janine, als er an ihr vorbeiging.
Ihn finden, erwiderte Alex nur, ohne sie anzusehen oder die Lippen zu bewegen.
Durch das Pulsieren des Blutes in seinen Ohren konnte er hören, wie die anderen hektisch miteinander redeten. Er spürte, wie sie von der Kraft seiner Worte erschüttert wurden, die in ihren Köpfen wie Donner gedröhnt hatten.
Es war egal. In seiner Seele brauste der Dunkle Strom los, fegte mit der Gewalt einer Flutwelle über ihn hinweg und wurde mit jedem Herzschlag noch stärker. In diesem Augenblick gab es nur ein Ziel für ihn. Er würde dieses Wesen finden und vernichten.
Sein Geist griff weit hinaus ins Land. Binnen eines Wimpernschlags hatte er alles Leben ringsum erfasst, vom Lager bis zum Horizont. Er hatte die Seelen seiner Begleiter gesehen, die Pferde vor dem Wall, jeden Wurm im Boden, jede Forelle in den Flüssen, die Krähen am Himmel und Igel unter ihren Laubhaufen. Er hatte sein Heer gesehen, das in diesem Moment näher kam, die Gedanken jedes einzelnen Soldaten gelesen und ihr Erschrecken gespürt, als er wie ein Lichtblitz in ihre Köpfe drang und wieder fort war, bevor sie diese Empfindung verstanden. Die Männer und Frauen waren nicht mehr weit fort, aber Alex konnte nicht auf sie warten.
Er duckte sich unter dem Tor hindurch. Sein Wallach verstand genau, was er tun musste. Gehorsam kam er näher und ließ seinen Herrn aufsitzen.
Immer noch suchte Alex nach dem Wesen. Es war klar, dass es sich versteckte, dass es sich irgendwie vor Alex' innerem Auge verbergen konnte. Obwohl er bereits den ersten Schmerz im Kopf spürte, verstärkte Alex den Dunklen Strom noch mehr, ließ diese Urgewalt als vibrierenden Strahl durch sich hindurchschießen, bis er seinen eigenen Körper nicht mehr wahrnahm.
Dann endlich entdeckte er es.
Das Wesen bemerkte seine Anwesenheit sofort und verstärkte hektisch seine Tarnung. Doch jetzt konnte es nicht mehr entkom-

men. So klar, als hätte er es vor sich, sah Alex das bleiche Gesicht mit den roten Augen. Böse Freude erfüllte ihn, als er sogar in dieser maskenartigen Miene noch Besorgnis erkannte. Dieses Ding wusste, dass er es gefunden hatte, und es wusste, dass Alex lichterloh brannte vor Zorn.

9

Benommen lag Sonja da, den Kopf in die Hände gestützt. Als die fremde Stimme in ihrem Kopf ertönt war, hatte sie reflexartig einen geistigen Schlag getan und auch eine Art Schmerzschrei gespürt. Dann war die fremde Präsenz verschwunden und sie konnte sich allmählich vorsichtig entspannen. Nun klang das angsterfüllte Geschrei, das von unten durch das Fenster drang, mit jeder Sekunde vielstimmiger und lauter an ihr Ohr. Immer wieder durchschnitt ein boshaftes Zischen den Lärm.

Mit schwachen Bewegungen stützte Sonja sich auf dem Boden ab und richtete sich auf. Die ganze Zeit über wartete sie darauf, dass erneut diese Stimme losdonnerte, und sie hatte Angst davor. Wer auch immer das war, es genügte ihm offensichtlich nicht, diese Monster da unten zu schicken, und das ließ die Panik in Sonja hochschlagen. Der Angreifer hatte es auf sie abgesehen, und sie hatte keine Ahnung, was sie tun sollte, um sich zu schützen. Sie machte einen schwachen Versuch, den Dunklen Strom in sich zu entfesseln, aber sie war zu erschöpft.

Indem sie sich an der Wand abstützte, stolperte sie den Gang entlang. Trotz ihrer Panik flossen Sonjas Gedanken so zäh dahin wie Honig. Sie hatte das Gefühl, als sei schon jeder Schritt eine unlösbare Aufgabe. Doch endlich formte sich in ihrem Kopf ein Bild, das ihr wieder Hoffnung einflößte.

»Ethan«, murmelte sie und beschleunigte ihre Schritte. Während sie sich in Richtung der Großen Halle schleppte, wurde überall in der Stadt Geschrei und hektisches Brüllen laut. Auf ihrem Weg überholten sie immer wieder Gardisten, die in höchster Eile zum Tor rannten, die gezückten Waffen in den Händen.

Sie hatte die Große Halle noch nicht erreicht, als ihr Simon entgegenkam. Er trug sein blankes Schwert in der rechten Hand. Von der Klinge tropfte schwarzes Blut auf den perlmuttfarbenen Boden.

»Wir konnten zwei der Biester erledigen«, erklärte er. »Dann haben wir die Tore geschlossen, und im Augenblick scheinen sie zu halten. Conrado teilt die Gardisten auf, um die unteren Fenster zu bewachen.« Er sah sich nach der Halle um, aus der hundertfaches Geschrei zu hören war. »Du solltest in deiner Wohnung bleiben, bis wir etwas klarer sehen und du dich ausgeruht hast. Im Moment kannst du …«

Sie schnitt ihm das Wort mit einer Handbewegung ab. »Wir müssen Ethan finden«, sagte sie. »Schnell. Er kann diese Monster vernichten. Und wir müssen uns beeilen. Da draußen ist noch etwas … noch jemand.«

»Was meinst du?«

»Keine Ahnung.« Sonja schüttelte den Kopf, während sie weiterging. »Ich habe jemanden gespürt. Er muss diese Schlangen geschickt haben.«

Simon folgte ihr. »In Ordnung. Wir haben Ethan und seine Leute im Westflügel untergebracht. Vermutlich sollten wir da zuerst schauen.«

Bald musste Simon Sonja wieder stützen, weil sie sich kaum auf den Beinen halten konnte. Sie hängte sich schwer an seinen Arm und so marschierten sie durch die langen Gänge der Goldenen Stadt, in denen tausende von Menschen in höchster Aufregung durcheinanderliefen. Simon führte sie mit langen Schritten über verschiedene Treppen und Verbindungen, durch Bereiche der Stadt, die sie noch nie gesehen hatte. Die Bauweise blieb überall dieselbe: Die Wände und der Boden bestanden aus perlmuttfarbenem *Amanith*, jenem Material, das einem mit seiner sanft schimmernden Oberfläche das Gefühl gab, man bewege sich durch eine etwas unwirkliche Traumwelt. Im Inneren der Stadt wurden die Gänge von dem kühlen, gleichmäßigen Glühen der

Leuchtkristalle an Wänden und Decken erhellt; entlang der Außenwände dagegen bestanden die Flächen zwischen den schlanken Streben aus kristallklarem Glas, das einem an normalen Tagen eine atemberaubende Sicht über das graue, aufgewühlte Meer gewährte.
Im Augenblick aber war es wie ein Blick in die Hölle, und als sie am nächsten Fenster vorbeikamen, blieb Sonja unwillkürlich stehen. Unzählige der gewaltigen Schlangen ringelten sich rund um die Goldene Stadt in der schwarzgrauen See. Ihre Köpfe schwankten hin und her, schlugen donnernd gegen die steil aufragenden Mauern und suchten mit weit aufgerissenen Mäulern nach Möglichkeiten, ins Innere der Stadt zu gelangen.
»In die Stadt werden sie so schnell nicht kommen«, sagte Simon. »Trotzdem müssen wir die Biester loswerden, wenn wir nicht verhungern wollen.«
»Warum kommen die jetzt hierher?«, flüsterte Sonja, während er sie weiterschleppte. »Die Stadt war doch sicher.«
Als Simon sie schließlich in einen Seitengang führte, an dessen Ende zwei Männer mit Lanzen in den Händen standen, musste sie sich erst selbst wieder daran erinnern, warum sie hier waren.
»Was können wir für euch tun?«, fragte einer der beiden Männer, als Sonja und Simon näher kamen.
»Wir müssen mit Ethan sprechen«, sagte Simon, und obwohl seine Stimme ruhig war, hörte Sonja sogleich den grollenden Unterton. »Sofort.«
»Wir werden fragen, ob er Zeit hat«, erwiderte der Mann und nickte seinem Kameraden zu, worauf der die Türe hinter ihnen öffnete und sich anschickte, dahinter zu verschwinden.
»Sag ihm, dass die Fürstin der Goldenen Stadt hier wartet!«, donnerte Simon ihm hinterher. »Und dass wir angegriffen werden.«
»Natürlich«, gab der Mann über die Schulter zurück. Der Erste blieb stehen und sah gelangweilt ins Nichts, während Simon vor unterdrückter Wut bebte.

Die Situation erstaunte Sonja. Seit dem Schattensturm war ihr so etwas nicht mehr passiert. Sie hatte sich mittlerweile daran gewöhnt, dass alle Türen sich vor ihr wie von selbst öffneten und ihre Wünsche zu Befehlen wurden, kaum dass sie sie geäußert hatte. Dennoch fühlte es sich jetzt geradezu normal an, diejenige zu sein, die warten musste; als würde man nach langer Zeit wieder auf ein Fahrrad steigen oder ein bekanntes Instrument in die Hand nehmen. Und aus einem anderen Grund fühlte es sich nicht nur normal, sondern richtig gut an: Man wartete immer auf den, der die Verantwortung hatte. Und Verantwortung war nicht gerade das, worauf Sonja im Moment besonders scharf war.

Endlich erschien der Mann wieder und nickte. »Er hat Zeit«, erklärte er mit einem dümmlichen Grinsen und öffnete die Tür für sie.

Sonja nickte ihm zu und trat ein. Hinter der Tür erstreckte sich eine niedrige Halle, die ein wenig an einen Lagerraum erinnerte. Auf beiden Seiten öffneten sich weitere Durchgänge zu anderen Räumen, die im Wesentlichen aus Bettlagern zu bestehen schienen. Frauen und Männer saßen da und flickten Kleider, bereiteten Essen zu oder fütterten ihre Kinder. Andere arbeiteten an ihren Waffen oder Rüstungen, schliffen Klingen nach und schraubten lose Teile fest. Obwohl die Gruppe ruhig wirkte, war zu merken, dass sie sich auf den Kampf einstellte.

Ethan stand am anderen Ende der langen Halle, mit dem Rücken zu ihnen gewandt, und unterhielt sich mit einigen seiner Männer, die allesamt sehr ernste Mienen machten. Neben ihm ragte Fabio auf und beobachtete das Näherkommen von Sonja und Simon mit unbewegtem Blick.

Als Sonja etwa die Hälfte der Halle hinter sich hatte, wandte sich Ethan zu ihr um. Sorgenvolle Falten bildeten sich auf seiner Stirn, als er ihr mit raschen Schritten entgegenkam.

»Wir haben gehört, dass die Stadt angegriffen wird«, sagte er. »Was können wir tun?«

»Schick deine Leute in die Haupthalle«, sagte Simon, als Sonja nicht sofort antwortete. »Dort werden die Gardisten sie einteilen.«

»Natürlich.« Der Junge nickte und gab seinen Männern einen Wink. Als hätten sie nur darauf gewartet, riefen die Anführer einige Kommandos, und wenige Momente später waren alle kampffähigen Männer und Frauen bewaffnet und auf dem Weg.

»Ich hoffe, dass wir euch helfen können«, sagte Ethan. »Meine Leute sind gute Kämpfer, aber im Augenblick alle ziemlich erschöpft. Und natürlich sind wir ...«

»Kannst du etwas gegen diese Monster tun?«, unterbrach ihn Sonja unvermittelt.

Ein winziges Lächeln huschte über sein teigiges Gesicht. »Ich weiß es nicht«, sagte er dann und schüttelte den Kopf. »Das heute Vormittag war anstrengend. Mein Kopf fühlt sich immer noch an, als würde er jeden Moment platzen.«

Simon nickte nur ungeduldig. »Wirst du es versuchen?«

Der Junge strich sich über das kurze, hellbraune Haar. »Ich weiß nicht, ob ich das schaffe«, sagte er und blickte Sonja an. »Aber ich werde es versuchen, wenn ihr mich braucht.«

»In Ordnung«, sagte Sonja dankbar. »Dann ...«

Was tut ihr da? Wieso haltet ihr den Riss offen?

Die Stimme dröhnte so laut in ihrem Kopf, dass Sonja unter der Gewalt in die Knie ging. Simon fing sie auf und hielt sie an den Schultern. Mit aller Kraft versuchte Sonja, die Stimme abzublocken, doch sie war zu schwach und ihre Abwehr wurde einfach beiseitegefegt.

Wieso lasst ihr die Monster in diese Welt?, donnerte die Stimme voller verständnisloser Wut.

Plötzlich begriff Sonja durch den Schmerznebel, dass diese Stimme nicht unbedingt einem Feind gehören musste.

Wer bist du?, schaffte sie mit letzter Kraft zu fragen. *Was willst du?*

Mein Name ist Albarath von Murant. Wir kommen von Süden auf eure Stadt zu. Wir können euch helfen, aber nicht, solange der Riss offen ist.

Warte, bat Sonja. Sie sah zu Simon hoch. »Ich muss zu einem Fenster an der Südseite«, stammelte sie.
Zu Sonjas Erleichterung verzichtete Simon auf Fragen. Er nahm sie auf den Arm und trug sie durch die Halle.
»Was ist los?«, hallte Ethans Schrei hinter ihnen her. Sein Ton hörte sich fast ein wenig ängstlich an, aber Sonja konnte sich jetzt nicht um ihn kümmern.
Der Weg führte sie über eine breite Wendeltreppe bis auf eine Galerie, die auf der Seeseite durch eine gewaltige Fensterfront abgeschlossen wurde. Mit raschen Schritten näherte sich Simon den Fenstern, doch auf den letzten Metern wurde er langsamer. Er sagte nichts, nur an seinem erstaunten Brummen merkte Sonja, dass sich ihm offensichtlich ein ungewöhnlicher Anblick bot.
»Was ist da?«, murmelte sie, immer noch zu schwach, um lauter sprechen zu können.
»Sieh selbst«, sagte Simon nur und setzte sie auf eine der dunkelbraunen Bänke, die vor den Fenstern standen.
Ihre Erschöpfung war so groß, dass sie zunächst alles jenseits der Scheiben verschwommen sah. Nur die Schneeflocken, die direkt gegen das Glas wehten, konnte sie erkennen. Aber als sie sich zusammennahm, wurden auch die Konturen in der Ferne wieder klarer. Sie sah die ewige Ebene der schaumgekrönten, dunkelgrauen Wellen, wie sie im Weiß des Horizonts verschwanden. Und dann verstand sie, was Simon gemeint hatte.
»Das gibt's doch nicht!«, entfuhr es ihr.
Eine ganze Weile lang konnte Sonja sich nicht von dem Anblick der Armada losreißen. Wohl dreißig Schiffe rauschten dort in Keilformation aus Süden auf die Goldene Stadt zu. Zunächst waren sie in dem Schneetreiben über der See kaum mehr als schwarze Schemen gewesen, doch konnte man mit jedem Moment mehr Einzelheiten erkennen.
Unter den fast quadratischen, bräunlich-weißen Segeln, die in der unruhigen See weit hin und her schwankten und zum Teil schon mit ihren unteren Rändern die Wasseroberfläche berührten,

durchschnitten schlanke, langgezogene Rümpfe das schäumende Meer. An den Schiffsbugen tauchten aus den Wellenkämmen silbern glänzende Rammsporne auf und versanken dann wieder in den Fluten. Mehrere übereinanderliegende Reihen von langen Rudern tauchten in gleichmäßigem Takt ins Wasser und schoben die Schiffe kraftvoll vorwärts.

Es waren Galeeren, wie Sonja sie bisher nur in Filmen und Geschichtsbüchern gesehen hatte. Die Menschen an Deck waren noch nicht zu erkennen, aber für Sonja war klar, dass sie nicht aus dieser Welt stammten. Derartige Schiffe hatte das Mittelmeer bestimmt seit Jahrhunderten nicht mehr erblickt, und in den paar Monaten seit dem Großen Beben hätte niemand so etwas bauen können. An den Mastspitzen knatterten lange, blutrote Wimpel im Wind, die in ihrer Mitte einen goldenen Stern zeigten.

Im Zentrum der Keilformation rauschte eine Galeere durch das Wasser, die fast doppelt so groß war wie die anderen. Über dem Stern zeigte ihr Wimpel einen goldenen Reif, der wohl eine Krone darstellte. Es war klar, dass es sich um das Flaggschiff handelte, und Sonja wusste sofort, wer an Bord dieses Schiffes war.

»Wer bist du, Albarath?«, flüsterte sie und schloss die Augen, um den Dunklen Strom zu wecken. Sie musste mit diesem Mann noch einmal in Kontakt treten und dazu ihre letzten Kräfte mobilisieren. Obwohl alleine diese geringe Anstrengung sie fast in Ohnmacht fallen ließ, schaffte sie es, einen schwachen Ruf in die Finsternis auszustoßen: *Was muss ich tun?*

Die Antwort kam fast sofort. *Ihr müsst den Riss schließen*, befahl die Stimme energisch. *Vorher können wir nicht eingreifen. Eine aussichtslose Schlacht werden wir nicht kämpfen.*

Ich weiß nicht, *was du meinst*, gab Sonja verzweifelt zurück. *Welchen Riss? Und wie soll ich ihn schließen?*

In diesem Moment dröhnte ein so gewaltiger Schlag durch die Gänge, dass Sonja aus dem lautlosen Gespräch gerissen wurde.

»Sie haben die Tore gesprengt«, erklärte Simon stirnrunzelnd und sah in Richtung der Treppe. »Jetzt hält sie nichts mehr auf.«

10

Das Pferd raste durch den Schnee. Schaum spritzte ihm vom Maul, sein Fell war nass von Schweiß. Es fühlte, dass es sterben würde, wenn es diese Geschwindigkeit längere Zeit durchhalten würde. Aber es konnte sich dem Menschen auf seinem Rücken, dessen Geist in seine Seele eingedrungen war und seine Schritte mit eiserner Unerbittlichkeit steuerte, nicht verweigern.
In Windeseile fegten sie über das Feld hinter der Siedlung dahin, auf den Waldrand zu. Der Schneefall war noch stärker geworden, und so war von der Spur in der weißen Fläche nichts mehr zu erkennen. Für Alex machte das keinen Unterschied. Mit seinem inneren Auge sah er das Wesen genau vor sich, auch wenn sie noch ein gutes Stück Weg voneinander trennte. Der dunkle Strom pulsierte in ihm und sorgte dafür, dass sein Feind für ihn so deutlich zu erkennen war wie ein Leuchten am Horizont.
Ihm war klar, dass dieses Ding ihn bemerkte, dass es ihn nahen fühlte und zu fliehen versuchte. Für Alex war das in Ordnung. Angst hatte er nicht mehr. In so vielen Alpträumen war das Wesen ihm erschienen und hatte ihn in höchster Furcht hochschrecken lassen, aber das war vorbei. Seine Wut brannte in ihm wie eine schwarze Sonne. Heute war er der Alptraum, und er war auf der Jagd.
Ein gutes Stück hinter sich spürte er die anderen. Vor allem Janine war deutlich zu erkennen. Kein Mensch sonst hatte einen so unbezähmbaren Willen wie sie; ihre Seele zu berühren fühlte sich an, als würde man über eine Klinge streichen. Ihr einziger Gedanke war in dem Moment, ihn einzuholen, um ihn zu beschützen. Ein Teil von Alex empfand Bedauern darüber, dass sie ihn vermutlich nicht erreichen würde, bevor alles vorbei wäre – so oder so.

Aber gegen diesen Feind konnte sie ihm sowieso nicht helfen, das wusste er jetzt. Sie würde höchstens zu Schaden kommen, daher war es besser, wenn dieser Kampf ohne sie stattfand. Noch einmal schätzte Alex die Entfernungen ab und verstärkte den geistigen Griff, mit dem er sein Pferd lenkte. Das Tier stieß ein gequältes Keuchen aus und beschleunigte noch einmal, während in all seinen Muskeln Schmerzen aufblitzten wie hunderte von kleinen Explosionen.

❖ ❖ ❖

Janine hatte ihr Pferd noch nie so angetrieben, doch diesmal spürte sie, dass es auf jede Sekunde ankam. Sie wusste nicht, was genau Alex vorhatte, aber es war offensichtlich, dass er sich mit diesem bizarren Wesen alleine anlegen wollte. Ebenso klar war, dass der Junge durcheinander war. Auch Janine hatte eine Grausamkeit wie in diesem Lager noch nie selbst gesehen, obwohl Kollegen schon von ähnlichen Verbrechen in irgendwelchen Bürgerkriegsregionen in Afrika erzählt hatten. Doch hatte sie oft genug Berichte über Unfallopfer gedreht, um bei dem Anblick von Leichen abgebrüht zu sein.
Auch wenn es schon lange her war, sie erinnerte sich noch gut daran, wie sie damals, bei ihrem ersten Unfall, totenbleich vor der Kamera gestanden und einen Bericht heruntergestottert hatte. Sobald die Aufnahme vorbei gewesen war, hatte sie sich vornübergebeugt und dem Kameramann auf die Schuhe gekotzt. Wie der Junge sich fühlen musste, mochte Janine sich gar nicht vorstellen – auch wenn die Zeit nach dem Großen Beben keine leichte war und Alex oft genug mit dem Tod konfrontiert wurde.
Für die Wächterin galt jetzt nur eines: Alex einholen und ihn von einem Kampf abhalten, den er bereits einmal verloren hatte.
Hinter sich hörte sie Herrn Ramiçs Stimme, aber sie hatte jetzt keine Zeit, um sich mit dem alten Weltenfürsten abzusprechen. Mit aller Kraft rammte sie der Stute die Hacken in die Seite und

zwang das Tier in einen noch schnelleren Galopp. Schon hatte sie den Waldrand erreicht und raste nun durch die tiefhängenden Zweige. Sie verließ sich mehr auf ihren Instinkt als auf ihre Augen. Um sie herum stob so viel Schnee von den Ästen, dass sie bei ihrem Tempo kaum etwas von Alex' Spur erkennen konnte. Stattdessen ließ sie sich halb von ihrem Gehör leiten, denn das Hufgetrommel von Alex' Wallach war zumindest schwach zu vernehmen, und halb von einer undeutlichen Ahnung, die ihr das Gefühl gab, auf dem richtigen Weg zu sein.

❖ ❖ ❖

Obwohl er seine Augen geschlossen hatte, erblickte Alex alles um sich herum so deutlich, als wäre es ein strahlender Sommertag inmitten eines lichten Waldes. Sein inneres Auge zeigte ihm jede Einzelheit seiner Umgebung. Hinter einem Hügel warteten mehrere der Monster in den schwarz glänzenden Rüstungen, die ihm die Erinnerung des Jungen gezeigt hatte. Sie kauerten unter einigen Büschen, ihre armlangen Hälse tief geduckt, die Visiere der schnabelförmigen Helme fest geschlossen. In den gepanzerten Fäusten hielten sie gewaltige Morgensterne und Beile mit schartigen Schneiden.

Mit einem verächtlichen Schnauben führte Alex einen kurzen, geistigen Schlag aus. Die Monster schrien alle gleichzeitig auf, ließen ihre Waffen fallen und schlugen die Hände vor ihre Augen. Alex' Pferd rannte eines der Biester über den Haufen, als er achtlos zwischen ihnen hindurchdonnerte.

Während er sich wieder entfernte, krochen die Wesen heulend in alle Richtungen davon. Alex war das recht. Er hatte sie nicht töten wollen, das konnten Ramiç und die anderen erledigen. Sein Feind war immer noch vor ihm, und er musste seine Kräfte schonen. Bereits jetzt spürte er deutlich den Schmerz, der sich in seinem Hinterkopf zusammenbraute wie schwere Gewitterwolken. Sobald der Dunkle Strom in Alex erlosch, würde er schlagartig über ihn

hereinbrechen. Doch wenn Alex nicht achtgab, konnte das auch schon früher geschehen – und damit wäre der Kampf verloren, bevor er begonnen hatte.
Erneut schickte er sein inneres Auge weit hinaus und erfasste das Wesen beinahe sofort. Es bemerkte ihn und beschleunigte seinen Ritt noch mehr. Mit geschlossenen Lidern raste Alex weiter. Ein dünnes Lächeln lag auf seinen Lippen. Das weißgesichtige Ding dort vor ihm hatte Angst. Es wusste, dass es ihm nicht entkommen würde.
Die Zweige vor Alex neigten sich wie von Zauberhand zur Seite und öffneten ihm eine freie Bahn in dem verschneiten Dickicht.

❖ ❖ ❖

Fluchend duckte Janine sich auf den schweißnassen Nacken ihrer Stute hinunter. Die Zweige klatschten ihr zum Teil so heftig ins Gesicht, dass sie um ihr Gleichgewicht kämpfen musste. Doch sie achtete nicht auf das Blut, das ihr mittlerweile aus dutzenden von kleinen Rissen über die Wangen lief. Ihr ganzer Wille war darauf gerichtet, den Jungen nicht zu verlieren.
Plötzlich hörte sie vor sich ein fauchendes Stöhnen. Ohne langsamer zu werden, ritt sie darauf zu. Auch wenn sie nichts sehen konnte, ihre Wächter-Ohren funktionierten ausgezeichnet, und sie verrieten ihr unmissverständlich, dass das dort keine Menschen waren. Im Reiten zog sie ihr Schwert aus der Scheide und machte sich bereit.
Wenige Herzschläge später sah sie das Monster hinter einem Busch kauern. Seine Pranken umklammerten den merkwürdig geformten Helm am Ende des absurd langen Halses und ruckten heftig daran herum, als wollte es sich den Kopf abreißen.
Was tut das Ding?, schoss es Janine durch den Kopf. Dann erst verstand sie, dass es versuchte, seinen Panzer zu lösen.
Gerade als Janine vorbeipreschte, gelang es ihm. Der schwarz glänzende Helm flog in hohem Bogen davon und gab den Kopf des

Wesens frei. Trotz des düsteren Dämmerlichts, das unter den verschneiten Bäumen herrschte, sah Janine genug, um zusammenzuzucken. Deutlich erkannte sie die leeren Augenhöhlen, die wirkten, als hätte sie jemand mit einem glühenden Eisen ausgebrannt. Der Kopf des Monsters erinnerte tatsächlich an einen Vogel, aber keinen aus dieser Welt. Graue, faltige Haut glänzte feucht am Ende eines großen, weiß-knöchernen Schnabels, der sich in blindem Schmerz öffnete und schloss und dabei das heisere Stöhnen von sich gab. Erleichtert, endlich seine Augen ertasten zu können, rieb sich das Wesen mit den Handballen vorsichtig über sein grausiges Gesicht. Die Erleichterung währte nur einen Herzschlag lang.
Dann hatte Janine das Vogelwesen erreicht. Ihr Schwert zischte durch die Luft und es folgte das Klirren von Metall auf Metall, als die Klinge den gepanzerten Hals des Monsters traf. Der unförmige Körper war noch nicht zu Boden gesunken, als Janine bereits wieder außer Sichtweite war.

❖ ❖ ❖

Der Wald lichtete sich. Alex brach zwischen den Bäumen hindurch und öffnete zum ersten Mal seit mehreren Minuten wieder die Augen. Es war wie das Erwachen aus einem Traum, als die Eindrücke seiner tatsächlichen Augen sich über die seines inneren legten. Nur kurz durfte der Wallach langsamer werden, während sein Herr blinzelnd über eine verschneite Ebene voller Felsbrocken und vereinzelter Tannen hinwegblickte. Dichte Nebelschwaden trieben zwischen den düsteren Bäumen einher und beschränkten die Sicht auf vielleicht zweihundert Schritt. Nachdem er sich kurz umgeschaut hatte, verstärkte Alex seinen geistigen Griff und das Pferd fiel wieder in einen unerbittlichen Galopp.
Das Tier war bereits so gut wie tot. Von der Anstrengung dieses Ritts würde es sich nicht erholen, das wussten Ross und Reiter gleichermaßen. Aber darauf konnte Alex keine Rücksicht nehmen, und das Pferd war bereits zu erschöpft, um überhaupt noch einen

Versuch zu machen, sich zu wehren. Nach einigen Minuten, die sie in immer dichteren Nebel getragen hatten, wurde es dennoch langsamer. Alex schloss die Augen und suchte inmitten des weißen Nichts nach einer Spur seines Gegners.
Schlagartig mischte sich ein leises Unbehagen in seine Entschlossenheit, als er das Wesen nicht sofort entdeckte. Doch das dauerte nur einige Herzschläge lang. Dann hatte er es wiedergefunden und boshafte Genugtuung erfüllte ihn. Er spürte den verzweifelten Ärger und die Angst des Wesens, und es war nicht mehr weit entfernt.
Ich kriege dich!, versprach er dem Weißgesicht düster und trieb den Wallach zu seinen letzten Schritten vorwärts.
Nun, da er seinen Feind entdeckt hatte, achtete Alex darauf, ihn keine Sekunde mehr zu verlieren. Bei dem Gedanken an die bevorstehende Vernichtung dieses Wesens stieg grimmige Entschlossenheit in ihm auf. Das Gefühl war so mächtig in Alex' Geist, dass er nicht bemerkte, wie sich mit jedem Meter, den er zurücklegte, die Umgebung veränderte. Zuerst zeigten sich Tauflecken im Schnee, unter denen nackter, schwärzlicher Fels zum Vorschein kam. Sie wurden immer größer und schon bald trommelten die Hufe seines Pferdes auf dem dunklen Stein. Der Nebel war noch dichter geworden, sodass man mittlerweile kaum zwanzig Meter weit sehen konnte. Daran störte Alex sich nicht. Er schloss wieder die Augen und folgte seinem Gefühl. Das Schattenwesen war vor ihm. Seine Gegenwart leuchtete so hell in Alex' Bewusstsein wie ein Signalfeuer.
Einige Zeit preschte Alex dahin, bis ihm auffiel, dass sich die Entfernung zu seiner Beute nicht änderte. Ein letztes Mal zwang er den Wallach mit einem kurzen Gedanken zu äußerster Anstrengung, doch es half nichts. Obwohl die Hufe so schnell auf dem Fels dahindonnerten, dass es schon wie ein zusammenhängendes Dröhnen klang, blieb das Wesen außer Reichweite. In Alex' Kopf drängte allmählich der Schmerz nach vorne. Es fühlte sich an, als schöbe sich eine gewaltige Presse durch sein Hirn, und es war ab-

zusehen, dass er nicht mehr lange durchhalten würde. Mit wachsender Sorge stierte er in die Nebelschwaden, die ihm entgegenwehten. Zum ersten Mal bemerkte er, dass es wärmer geworden war. Irritiert sah er auf den grauen Felsboden hinab, der rasend schnell unter ihm dahinglitt. Sehr langsam wurde ihm klar, dass er sich nicht mehr dort befand, wo der Ritt begonnen hatte – und dass er ganz alleine war.

In diesem Moment brach die Angst über ihn herein. Schlagartig brachte er den Wallach zum Stehen und suchte hektisch mit seinem inneren Auge nach einer anderen Seele. Er fand nicht das geringste Anzeichen von Leben ringsherum. Entsetzt starrte er auf den Hals des Pferdes vor sich. Die Ohren des Tieres hingen schlaff zur Seite; der Kopf stand vollkommen ruhig. Kein Atem war zu hören, kein Heben und Senken der Flanken zu spüren. Erst jetzt begriff Alex, dass nur noch sein Wille den Körper bewegte. Das Tier war längst tot.

»Oh Gott!«, flüsterte Alex und entließ die leblose Hülle sofort aus seinem geistigen Griff. Gleichzeitig knickten die Läufe ein und der Kadaver brach unter ihm zusammen. Alex stürzte aus dem Sattel. Mit scheppernder Rüstung rollte er über den Felsboden und blieb reglos liegen.

Sein Kopfweh brandete über ihn hinweg und riss ihn in eine schmerzhafte Dunkelheit fort. Alles in ihm strebte danach, sich fallen zu lassen, einfach nur, um ein wenig auszuruhen und sich vor seiner eigenen Furcht in Sicherheit zu bringen. Doch ein letzter Rest von Vernunft hielt ihn zurück. Mit aller Kraft kämpfte er gegen die Ohnmacht an. Aus Augen und Nase kroch ihm warmes Blut über das Gesicht, vermischte sich mit dem Schweiß und hinterließ einen metallischen Geschmack in seinem Mund.

Alex zerrte sich ächzend den Helm vom Kopf und wälzte sich auf den Bauch. Es kostete ihn seine ganze Kraft, um die Augen ein Stück zu öffnen. Zunächst sah er die Umgebung nur undeutlich und verschwommen. Doch das genügte völlig, um zu erkennen, dass dieser Ort weit weg von seiner bekannten Welt war.

Die Nebelschwaden, durch die er gekommen war, hatten sich aufgelöst. Mit einem Mal war es furchtbar heiß geworden. Ihm wehte ein warmer Wind entgegen, die Luft roch alt und trocken. Der Boden aus grauem Felsgestein ragte wie eine kleine Insel aus einem Untergrund empor, der aus flüssigem Teer zu bestehen schien und sich bis zum Horizont erstreckte, immer wieder unterbrochen von grauen Steininseln, die durch schmale Felsbrücken miteinander verbunden waren. Es sah aus, als hätte diese schwarze Flüssigkeit sich durch den Fels nach unten geätzt und nur ein zerbrechliches Geflecht zurückgelassen, das sich noch darüber erhob.

Das Firmament schien in Flammen zu stehen. Rot und gelb glühende Gewitterwolken ballten sich überall am Himmel zusammen, verdichteten sich, wurden immer dunkler, bis das Rot schon zu Schwarz wurde, um sich dann wieder aufzulösen und in gelbe Fasern zu zerwehen. Es sah aus, als würde es jeden Moment Feuer regnen. Der flammende Himmel spiegelte sich wider in dem Untergrund, sodass Alex den Eindruck hatte, dort unten, tief unter der Oberfläche, brenne gleichfalls ein düsteres Feuer. Dies hier war der Ort, den die Menschen aller möglichen Kulturen meinten, wenn sie von der Hölle sprachen.

Am ganzen Körper bebend richtete Alex sich auf und wischte sich mit dem Handrücken das Blut vom Mund. Als er sich umwandte, sah er, dass sich in einiger Entfernung ein ganzer See dieses flüssigen Teers erstreckte. Wie ein schwarzer Spiegel lag er da, vollkommen glatt und reglos.

An seinem Rand ragten bizarr geformte Klippen auf, ein wirres Durcheinander nadeldünner und spitzer Felsnadeln aus schwarzem Stein. In ihrer Mitte allerdings war ein Durchgang angelegt, wie mit dem Schwert eines Riesen geschlagen. Von dort aus streckte sich eine weitgespannte Brücke aus schwarzgrauem Granit quer über den See aus Pech bis zu dessen Mittelpunkt.

Und dort erhob sich das größte Bauwerk, das Alex je gesehen hatte. Bis in den brennenden Himmel ragten die klobigen Türme empor. Mit ihren Kanten und ungeschmückten Oberflächen erinnerten sie ihn an die Wachtürme eines Gefängnisses oder eines Bunkers. Die Mauern, die rings um diese Burg gezogen waren, erschienen weniger wie etwas von Menschen Erbautes, sondern eher wie gigantische Klippen. Die riesenhaften Gebäude, die zwischen den Türmen ineinander verschachtelt waren, sahen so kantig und schroff aus, dass sie wirkten wie für einen Krieg gebaut.

Schlagartig wusste Alex, dass dies das Zentrum der Finsternis war – die Heimat der Schattenfürsten.

Alex hatte Angst. So große Angst, dass er sie kaum noch als ein Gefühl spürte – es war mehr, als sei sie zu einem Bestandteil seiner Seele geworden. Nicht seine Hände zitterten, sondern sein ganzer Körper fühlte sich an, als ob er beständig von einem Beben erschüttert würde.

Ich muss hier raus!, waberte es ihm durch den Kopf. *Ich muss zurück!* Die Angst lähmte sein Hirn, aber er erinnerte sich noch, dass er einmal einen Weltenriss geschaffen hatte, nur aus seinen Instinkten heraus. Damals hatte ihn Sonja zu Hilfe gerufen, und ohne zu verstehen, was er tat, hatte er einfach die undurchdringlichen Grenzen zwischen den Welten durchbrochen und seine Schwester gerettet. Mit fliegenden Gedanken versuchte er, sich zu entsinnen, was er damals eigentlich getan hatte. Wenn er sich nur erinnern könnte, wie er diese Weltenverbindung hergestellt hatte …

Hinter ihm knirschten Schritte. Er musste sich nicht umdrehen, um zu wissen, wer da stand.

»Sei gegrüßt, Drachensohn.«

Alex nickte langsam. »Es war eine Falle«, brachte er mit zitternder Stimme hervor und schmeckte bitter das Blut in seinem Mund.

»Natürlich.«

Zum ersten Mal hörte Alex die Stimme des Weißgesichtigen nicht in seinem Kopf. Er war überrascht, wie angenehm sie klang; melodisch und humorvoll. Dennoch lag ein furchteinflößender Unterton darin. Es war weniger zu hören, als vielmehr zu fühlen, eine Vibration, die in Alex' Kopf das Bild von berstendem Eis hervorrief.

Indem er allen Mut und alle Willenskraft zusammennahm, wandte er sich langsam nach dem Wesen um und sah ihm in die Augen. Was er erblickte, ließ ihn staunen.
Die starre, weiße Maske war einem feingezeichneten Gesicht gewichen, das zwar immer noch blass wie Porzellan war, aber doch unverkennbar menschlich. Auch die Augen glommen nicht mehr rot; die Iris war von einer ganz ähnlichen Bernsteinfarbe, wie Alex es von Sonja und sich selbst kannte.
Die dünnen, blutroten Lippen des Wesens formten ein Lächeln. »Es ist schön, dass du es geschafft hast, Alexander. Ich war mir nicht sicher, ob du den Weg hierher finden würdest.«
Stumm sah Alex das Wesen an. Mit unbewegter Miene durchwühlte er sein Gedächtnis, und allmählich erinnerte er sich. Damals hatte er einfach nur mit aller Kraft an Sonja gedacht; ganz ähnlich wie noch wenige Minuten zuvor, als er mit seinem inneren Auge nach dem Wesen gesucht hatte, das nun vor ihm stand …
»Für die Welt wird es einfacher werden, nun, da du hier bist. Dieser Kampf dauert schon viel zu lange.« Das Wesen sah sich nachdenklich um. Erst jetzt bemerkte Alex, dass es unter seinem schwarzen Umhang einen teuer wirkenden Anzug trug, der zwar ein wenig altmodisch wirkte, aber unter Geschäftsmännern in der Alten Welt mit Sicherheit nicht aufgefallen wäre. »Gut. Dort kommt unsere Eskorte.«
Während er all seine geistige Kraft darauf verwendete, den Weg aus dieser Welt wieder zu öffnen, und sein vorher schon unerträgliches Kopfweh mit jedem Herzschlag schlimmer wurde, folgte Alex langsam dem Blick des Wesens.
Aus der Richtung der Burg kam ein Zug von entsetzlichen Gestalten auf sie zu. Bei raschem Hinsehen hätte man sie fast für entsetzlich dürre Menschen halten können. Ihre Gliedmaßen schienen nur aus Haut und Knochen zu bestehen. Die Rüstungsteile, die Brustpanzer, Arm- und Beinschienen aus rostigem Eisen, wirkten viel zu groß und zu schwer für die mageren Körper. Dazu passte,

dass sie sich seltsam gebückt bewegten, die Hände fast auf dem Boden. Doch als sie sich näherten, wurde klar, dass sie mindestens vier Meter groß waren und unter der grauen Haut lange, knotige Muskeln arbeiteten.
Obwohl er sich mit jedem Gedanken seiner Rettung widmete, empfand Alex doch kaltes Grausen bei dem Anblick ihrer Köpfe. Die Monster trugen Helme, die wie Töpfe auf ihren Schädeln saßen und die Augenhöhlen völlig verdeckten – falls diese Wesen überhaupt Augen besaßen, denn sie schienen nicht auf ihre Sehkraft angewiesen zu sein. Direkt unter dem Helmrand öffneten sich zwei rissige Löcher – ihre Nasen? Mit jedem Schritt drehten sie ihre Köpfe suchend umher, und schon von weitem hörte man das vielfache Schnuppern, das sie dabei ausstießen. Direkt unter den Riechlöchern öffneten sich gewaltige Rachen mit schwarz glänzenden Zähnen, die Alex an die Kauwerkzeuge von Spinnen erinnerten. Brauner Speichel tropfte von den Hauern zu Boden.
»Lass dich nicht von ihrem Äußeren erschrecken«, lächelte das Wesen mit dem weißen Gesicht. »Sie sind recht brauchbar.«
Auch diesmal antwortete Alex nicht. Verzweifelt versuchte er, den Dunklen Strom in seiner Seele zu entfesseln. Doch sosehr er sich auch bemühte, aus irgendeinem Grund wollte seine Kraft einfach nicht losbrechen. Zugleich wurde ihm mittlerweile mit jedem einzelnen Herzschlag schwärzer vor Augen. Es konnte nicht mehr lange dauern, dann würde er zusammenbrechen …
»Es ist kaum in Worte zu fassen, wie sehr ich mich auf unsere Unterhaltungen freue, Drachensohn«, erklärte das Wesen heiter und seine bernsteinfarbenen Augen strahlten Alex an. Der versuchte, den Blick zu erwidern, und dann endlich, tief in seinem Innersten, spürte er ganz schwach, nur ein Echo seiner selbst, den Dunklen Strom anschwellen …
»Am Ende wirst du vernichtet sein. Aber mach dir keine Sorgen, es wird dich niemand vermissen – deine Welt wird mit dir vergehen.«
Hinter dem Wesen flimmerte plötzlich die Luft und verfärbte sich

grau. Nebelschwaden wallten auf und formten undurchdringliche Wolken, die gierig über den schwarzen Felsboden krochen …

Plötzlich bemerkte das Wesen etwas. Es fuhr herum und stieß einen überraschten Schrei aus. Dann wandte es sich wieder Alex zu, und diesmal glühten die Augen wieder in düsterem Rot.

Nicht heute, Drachensohn!, flüsterte es und machte einen Schritt auf ihn zu.

Ungeschickt wich Alex zurück und fiel der Länge nach hin. Sterne tanzten ihm vor den Augen. Dann hörte er einen gellenden Schrei, so voller Hass und Wut, dass er zusammenzuckte. Mühsam hob er den Kopf und sah gerade noch, wie aus der Nebelwand ein Pferd hervorbrach. Die weißen Wolken wurden von ihm beiseitegeschoben wie eine geisterhafte Bugwelle und in wilde Wirbel versetzt. Das Schwert drohend erhoben, donnerte der Reiter direkt auf das Schattenwesen zu, das ein paar Schritte zurückwich. Die weißblonden Haare umwehten den Kopf des Reiters wie eine flammende Aura und seine smaragdfarbenen Augen blitzten in kaltem Feuer daraus hervor.

»Du bist tot, Weißfresse!«, brüllte Janine, und ihre Stimme hallte weit über die Ebene hinaus.

11

Ihr müsst den Riss schließen, hallte Albaraths Stimme in Sonjas Kopf wider. In ihrer Erschöpfung erschien ihr diese Aufforderung völlig unbegreiflich, als verstünde sie die Sprache dieses Mannes gar nicht.
Ich weiß nicht, was ich tun soll, flüsterte sie in die Dunkelheit hinaus.
Einen Moment lang herrschte Schweigen.
Kommst du an den Nexus heran?, fragte der Fremde schließlich, nachdem er offensichtlich nachgedacht hatte. *Du musst mich in die Stadt holen. Ohne einen Torwächter komme ich nicht zu euch.*
Die letzten Minuten über hatte Sonja kaum etwas von ihrer Umwelt mitbekommen. Doch langsam nahm sie wieder wahr, was eigentlich mit ihr geschah. Simon war mit ihr auf dem Weg nach oben. Seine Füße flogen mühelos auf den steinernen Stufen dahin. Allmählich dämmerte Sonja, dass sie etwas tun musste.
»Warte«, brachte sie heraus. »Was machst du?«
»Ich bringe dich möglichst weit weg von der Großen Halle«, erklärte er. »Du solltest oben erst mal sicher sein. Ich werde dann unten sehen, was wir gegen die Biester unternehmen können.«
Sonja schüttelte schlaff den Kopf. »Ich muss zum Nexus«, flüsterte sie. »Wir bekommen Hilfe.«
»Der Weg führt ziemlich dicht an der Großen Halle vorbei«, gab er zu bedenken.
»Ich weiß. Wir müssen Ethan mitnehmen. Vielleicht brauchen wir ihn.«
Nach einer Sekunde des Nachdenkens drehte Simon um und sprang mit so gewaltigen Sätzen die Treppe hinunter, dass Sonja das Gefühl hatte zu fliegen. Wieder einmal staunte sie, was durch den Schattensturm aus ihm geworden war. Sie hatte seine Fähig-

keiten schon mehrfach erlebt, aber es war doch etwas anderes, es aus dieser Perspektive zu tun. Seine grauen Augen brannten, als er in federnden Sprüngen von Absatz zu Absatz flog und schließlich in den Gang zu Ethans Räumen einbog.

Die Wächter an der Türe waren verschwunden, die Halle leer.

»Sie sind zur Großen Halle gegangen«, stellte Simon knapp fest und rannte sofort weiter. Bald kamen ihnen auf ihrem Weg hunderte von flüchtenden Frauen und Kindern entgegen, die einen Weg in höhergelegene Teile der Stadt suchten. Fluchend bahnte sich Simon seinen Weg zwischen ihnen hindurch, sprang über Menschen hinweg, die gestolpert waren, und stieß andere beiseite. Sonja bekam all das nur wie einen verschwommenen Traum mit. Ihr Geist weilte immer noch irgendwo in der warmen Schwärze des Dunklen Stroms, stets bereit, den Kontakt zu Albarath wieder aufzunehmen, wenn er sich melden sollte.

Schließlich hatten sie alle Flüchtenden hinter sich gelassen und nur noch die Schreie des Kampfes hallten durch die Gänge. Dann standen sie in einem der hohen Tore, die in die Halle führten, und Simon erstarrte. Es war ein Bild wie aus der Hölle. Die Riesenschlangen hatten das Haupttor zerschmettert und versuchten nun, immer weiter in die Halle vorzudringen. Die Gardisten und hunderte von anderen bewaffneten Männern und Frauen hatten sich hinter den Säulen verschanzt und beschossen die Monster mit einem unablässigen Hagel aus Pfeilen und Speeren. Viele der Geschosse fanden ihr Ziel und am Boden zuckten bereits einige der Bestien in ihrem eigenen schwarzen Blut. Doch die ganzen reglosen menschlichen Körper und das hundertfache Gewimmel draußen vor den Stadtmauern zeigten deutlich, dass die Schlacht schon so gut wie verloren war.

»Wir müssen Ethan suchen«, sagte Sonja, ließ sich auf die Füße helfen und sah sich um. Ihr Blick war viel zu verschwommen, um den Jungen inmitten dieser Menschenmengen entdecken zu können. Doch sie spürte seine Kraft, das Pulsieren des Dunklen Stromes, gar nicht weit entfernt …

»Dort drüben!«
Sie fanden ihn hinter einer Säule. Er saß im Schneidersitz da, den Kopf gegen den weißen Stein gelehnt. Neben ihm stand Fabio, in den Händen eine gewaltige Axt, und verfolgte das Geschehen am anderen Ende der Halle mit zusammengekniffenen Augen. Der Wächter warf ihnen einen Blick zu, als sie näher traten, sagte aber nichts. Auch Ethan blickte zu ihnen auf. Ein dünnes Blutrinnsal kroch ihm aus den Nasenlöchern und seine Augen waren ebenfalls gerötet.
»Ich schaffe es nicht«, sagte er matt. »Das Feuer will nicht brennen.«
Irgendetwas irritierte Sonja an seinem Tonfall, auch wenn sie nicht sicher war, was dieses Gefühl hervorrief. Aber einen verstörenden Moment lang hatte sie den Eindruck, als fände Ethan das Ganze amüsant, als befände sich hinter diesem schlaffen, teigigen Gesicht noch ein zweites, das sie wie hinter einer Maske heimlich auslachte.
»Komm mit. Wir müssen zum Nexus.« Simon sah Fabio an, als wäre er der Vater des Jungen.
Der Wächter erwiderte den Blick voller Misstrauen. »Was ist das? Und wo?«
»Die Weltenachse im Zentrum der Stadt. Viel sicherer als hier. Und dort bekommen wir vielleicht Hilfe.«
Sonja schob sich nach vorne und stützte sich an der Säule ab. »Ethan, ich brauche wahrscheinlich deine Kraft«, sagte sie erschöpft. »Alleine schaffe ich es nicht.«
Es war, als ginge ein kleiner Ruck durch den massigen Körper des Jungen. Die Schlaffheit in seiner Miene wich einem fast kindlichen Eifer. »In Ordnung«, sagte er und stemmte sich mühsam vom Boden hoch. »Dann los!«
»Ich hoffe …«, begann Sonja, brach aber ab, als das Geschrei vom anderen Ende der Halle her mit einem Schlag lauter und schriller wurde. »Um Gottes willen«, flüsterte sie, als sie in Richtung des Tors blickte.
Zwischen den Schlangen, deren Körper bereits durch das Tor rag-

ten und die mit ihren gewaltigen Mäulern furchtbare Verwüstungen unter den Soldaten anrichteten, schob sich langsam ein weiteres Monster in die Halle. Auch dieses Wesen war eine Schlange, aber fast doppelt so dick und offenbar unbeweglicher als die anderen. Seine Haut war von einem fleckigen Schwarz und glänzte feucht; die beiden stumpfen, grauen Augen waren leicht nach vorne gerichtet und wirkten winzig in dem riesigen Kopf.

Das Monster bewegte sich so unaufhaltsam wie ein Erdrutsch. Die Pfeile, die es trafen, die Schläge mit Schwertern und Äxten schien es kaum zu spüren. Es walzte einfach vorwärts, über seine zerstückelten Artgenossen und die Körper der toten Verteidiger hinweg. Schließlich öffnete es zum ersten Mal sein Maul. Hinter den mehrfachen Reihen aus hunderten winziger Zähne wurde eine seltsam wabernde Hautschicht sichtbar, die scheinbar den Schlund verschloss.

»Was ist das?«, knurrte Simon, während er Sonja, deren Beine einfach unter ihr nachgaben, rasch wieder auf den Arm nahm. »Was ist das für ein Biest?«

So wie Simon sie hielt, musste Sonja sich den Hals verrenken, um weiter zum Tor sehen zu können. Eine böse Vorahnung beschlich sie, als sie die halbdurchsichtige Haut fixierte, die sich im Rachen der Schlange bewegte, als hätte sie ein Eigenleben.

Der Gedanke schoss Sonja durch den Kopf, dass sie die Soldaten warnen musste, die immer noch wie angewurzelt dastanden und diesen neuen Alptraum anstarrten. Sie öffnete den Mund, doch in diesem Moment platzte die Haut auf und ein gewaltiger Schwall aus kleinen, schwarzen Leibern ergoss sich aus dem Mund des großen Monsters auf den weißen Marmorboden, gerade wie Fische aus einem prall gefüllten Netz. Doch dies waren keine Fische, sondern zehntausende von nass glänzenden, armgroßen Schlangen, ein wuselndes, schleimiges Durcheinander, das sich wie heißer Teer sofort in alle Richtungen verteilte. Mit beängstigender Schnelligkeit breiteten sich die Tiere über die Halle aus und fielen über die Menschen her. Rasch gingen die ersten Soldaten zu

Boden, wälzten sich brüllend vor Schmerzen umher und umklammerten die Körperteile, wo sie gebissen worden waren, bevor sie unter der lebendigen Walze begraben wurden.

»Gehen wir«, sagte Fabio nur und riss die anderen damit aus dem Bann dieses scheußlichen Schauspiels. Ohne zu antworten, setzten sich alle in Bewegung.

Wenige Minuten später standen sie vor einem kreisrunden Tor aus Silber, auf dessen Oberfläche unzählige Kreise eingraviert waren. Es war schwer, das Bild mit den Augen zu erfassen. Die Kreise berührten sich alle in einem Punkt, doch dieser Punkt war mit dem Blick nicht festzuhalten. Folgte man einer Linie, landete man in einem äußeren Bereich des Bildes, obwohl man glaubte, zum Zentrum zu gelangen.

Das Tor öffnete sich nur für Weltenfürsten, wie Herr Ramiç Sonja einmal erklärt hatte. War es einmal verschlossen, konnte keine Macht der Welt es wieder öffnen, wenn nicht einer ihres Geschlechts davorstand.

Sobald Simon mit Sonja auf dem Arm nähertrat, bildete sich inmitten der silbernen Scheibe plötzlich ein senkrechter Spalt und die beiden Torflügel schwangen lautlos auf. Für Sonja war es ein vertrauter Anblick, da Herr Ramiç darauf bestanden hatte, dass sie sich mit dem Nexus und seiner Kraft vertraut machte. Doch sie konnte geradezu hören, wie hinter ihr Ethan und Fabio die Augen aufrissen, als sie zum ersten Mal die Weltenachse erblickten – das Zentrum des Universums.

Der Raum hatte die Form einer riesenhaften, gläsernen Kugel. Hoch über ihren Köpfen sah man die düsteren Wolken, wie sie vom Wind über den Himmel gejagt wurden. Ringsumher erhoben sich vor der gläsernen Außenwand zarte Aufbauten wie ein Pflanzengeflecht, das aus *Amanith* gewachsen war. Schlanke Säulenbündel trugen hunderte von Balkonen und Treppchen, als sei dieser Raum ein gigantisches, kreisförmiges Theater, dessen Mittelpunkt die Bühne war.

Nur das unterste Viertel der Kugel bestand aus einem flachen

Boden, der gleichfalls aus Glas bestand, aber im Gegensatz zur Decke und den Wänden die Farbe des Meeres hatte. Das Erstaunlichste aber waren die unzähligen Lichter, die in langsamen Kreisbahnen durch das Graublau des Bodens zu gleiten schienen. Es war nicht ganz klar, wie groß sie eigentlich waren, obwohl sie ihre Bahn zum Teil nur eine Handbreit unter dem Boden beschrieben. Genauso gut hätte man die Größe eines Sterns am Himmel bestimmen wollen.

Obwohl man keine genaue Ordnung feststellen konnte, war klar, dass die Lichter Spiralarme bildeten, deren Zentrum sich in der Mitte des Saals befand. Und dort strahlte blendend hell eine weiße Lichtkuppel, deren Anblick selbst jetzt noch faszinierend und beängstigend zugleich für Sonja war. Sie hatte unter Herrn Ramiçs Führung schon mehrfach eine Verbindung durch den Nexus hergestellt, aber sie war auch jedes Mal vor seiner Kraft zurückgeschreckt. Hier lag das Zentrum der Macht aller Weltenfürsten, und eine Berührung damit musste jeden mit tiefster Ehrfurcht erfüllen.

»Was ist das?«, flüsterte Ethan. Sonja wandte sich ihm zu und lächelte erschöpft über sein ungläubiges Starren. Sein blasses Gesicht leuchtete im Schein des Nexus wie der Mond.

»Das ist der Nexus. Die Achse der Welten und die Quelle unserer Kräfte«, erklärte sie und verzog dann das Gesicht, weil sich diese Worte in ihren eigenen Ohren so übertrieben feierlich anhörten. »So hat Herr Ramiç mir das jedenfalls erklärt.«

Wie verzaubert machte Ethan ein paar Schritte auf die gleißende Lichtkuppel zu, wobei er linkisch einigen der kleineren Lichter auswich, die unter seinen Füßen ihre Kreise im Boden zogen.

»Das ist wirklich wunderschön«, murmelte er, streckte die Finger in Richtung des Nexus aus und strahlte dann Sonja an. »Man kann seine Kraft spüren.«

Sie nickte nur und ließ sich von Simon auf den Boden stellen.

»Was jetzt?«, fragte der mit einem drängenden Unterton in der Stimme, während er zu der immer noch offen stehenden Tür blickte.

Sonja riss sich zusammen. »Ich muss eine Verbindung herstellen«, murmelte sie, setzte sich auf den Boden und versuchte, den Dunklen Strom in sich zu wecken.
Es dauerte lange, bis Sonja einen schwachen Rest ihrer Kraft in sich spürte, und spätestens jetzt war endgültig klar, dass sie in ihrem Zustand nichts ausrichten konnte. »In Ordnung«, murmelte sie. »Ethan, komm her.«
Der dicke Junge näherte sich zögernd. »Was soll ich tun?«
Mit einer Handbewegung bedeutete sie ihm, sich ihr gegenüberzusetzen. »Ich brauche deine Kraft, um mit jemandem zu reden, der uns helfen will. Aber ich schaffe das alleine nicht mehr. Wir müssen eine Geistesbrücke errichten, dann kann ich deine Kraft für mich nutzen.«
»Kannst du das denn?« Misstrauisch runzelte Ethan die Stirn.
»Es ist gar nicht so schwer«, behauptete Sonja.
Ich kann das alles nicht, schrie es hysterisch in ihrem Hinterkopf. *Das hat bisher immer Herr Ramiç gemacht, und ich habe keine Ahnung, wie es geht.*
»Entspann dich einfach. Es ist nicht schlimm. Du darfst mich nur nicht zurückstoßen, wenn wir uns berühren.«
Bevor er sie mit weiteren Fragen in Verlegenheit bringen konnte, ergriff Sonja seine Hände und schloss die Augen. Ein letztes Mal sammelte sie all ihre Kraft und langte nach Ethans Seele aus. Im gleichen Augenblick schrak sie zurück und stieß einen heiseren Schmerzensschrei aus.
Es war ein Gefühl, als wäre sie in glühenden Stahl geworfen worden. Einen Moment lang war sie wie erstarrt vor Entsetzen. Ihr nächster Reflex war, sich aus der Verbindung zu lösen, doch ihr Instinkt zwang sie, die Geistesbrücke aufrechtzuhalten. Wenn sie diese Chance nicht nutzte, müsste sie lange warten, bis sie erneut die Kraft dafür aufbringen konnte. Und ihr war auf seltsam sichere Weise klar, dass Ethan dies nicht freiwillig tat, dass er nur seinen Instinkten folgte – genau wie sie selbst.
Ohne wirklich zu wissen, was sie tat, schirmte sie sich ab, hielt die-

ses tosende Feuer mit ihrer ganzen Kraft von sich fern. Innerhalb weniger Herzschläge, die ihr wie ein halbes Leben schienen, hatte sie sich mit einem geistigen Wall umgeben, der sie vor dieser grauenhaften Glut schützte. Neben all den Sorgen und Ängsten spürte sie jetzt auch etwas wie Stolz, dass sie diese Technik beherrschte.

Ethan, sagte sie lautlos, *du verbrennst mich. Versuche, mich näher heranzulassen. Du darfst dich nicht gegen mich wehren.*

Sie spürte so etwas wie Verblüffung. Wo vorher nur wütende Ablehnung und Angst gewesen waren, mischte sich jetzt vorsichtige Neugier hinzu. Ethan brauchte eine Weile, aber dann schien sich die Hitze zu verringern, das Tosen dieses Feuers in seiner Seele nachzulassen. Behutsam senkte Sonja ihren geistigen Schutzwall und näherte sich Ethans Seele wieder an.

Sonja? Bist du das?, hörte sie ihn fragen, nur leise, als könnte er sich durch die Frage zum Idioten machen.

Danke fürs Löschen. Du hättest mich fast gegrillt, erklärte Sonja und versuchte, möglichst locker zu klingen, um dem Jungen zu helfen, sich zu entspannen. Sie erinnerte sich noch, dass ihre erste Geistesbrücke beunruhigend genug gewesen war. *Du machst das sehr gut.*

Dann endlich war ihre Verbindung so fest, dass Sonja das Gefühl hatte, Ethan wirklich zu berühren, und von einem Moment zum nächsten war das Feuer völlig erloschen.

Das ist toll, staunte Ethan. *Wie machst du das?*

Es ist gar nicht so schwierig. Sonja versuchte, die Geistesbrücke weiter zu stabilisieren, damit sie Ethans Kräfte verwenden konnte, und einen winzigen Moment lang berührte sie den Jungen im Innersten seiner Seele. Sie spürte seine Ängste, seine Neugier, die Sehnsucht nach vertrauten Menschen – und dann war da noch etwas anderes; etwas, das sie nicht erwartet hatte und das so rasch wieder verschwand, dass es eine Täuschung gewesen sein musste: eine boshafte Wut, die einen gallenbitteren Geschmack auf Sonjas Zunge hinterließ.

Was muss ich jetzt tun?, fragte er eifrig. *Ich will dir helfen.*
Nichts. Ich werde versuchen, mit deiner Hilfe eine Verbindung herzustellen.
Vorsichtig zapfte Sonja die Kräfte des Jungen an und stellte erleichtert fest, dass er scheinbar doch ziemlich ausgeruht war. Offensichtlich hatte die Anstrengung von diesem Morgen keine Spuren bei ihm hinterlassen. Sobald sie fühlte, wie seine Energien sie ausfüllten, erweiterte sie die Sicht ihres inneren Auges und flog in Richtung der Galeeren, die von Süden auf die Goldene Stadt zurauschten.
Albarath?, rief sie und erschrak fast selbst über die Gewalt, die Ethans Kräfte ihrer Stimme verliehen.
Ich bin hier, erwiderte der Fremde sofort. *Hast du den Nexus erreicht?*
Erleichterung überlief Sonja wie ein warmer Schauer. *Ja. Was muss ich tun?*
Sie spürte, wie Albarath ihr ein Gefühl warmer Zuversicht schickte, um sie zu beruhigen. *Du musst dich in den Einflussbereich des Nexus begeben und dabei unsere Verbindung aufrechterhalten. Dann kann ich für mich selbst sorgen. Aber achte um Himmels willen darauf, dass du nicht am Ende durch das Weltentor gezogen wirst! Geh nicht zu weit hinein – nur, bis du die Kraft in dir spürst. Lass dir Zeit!*
Vorsichtig kehrte Sonja mit ihrem Bewusstsein ein Stück in ihren Körper zurück, gerade weit genug, um etwas sagen zu können. »Ich muss zum Nexus«, flüsterte sie und vertraute darauf, dass Simon sie hörte. »Ethan auch. Aber langsam.«
Die dunklen Stimmen von Simon und Fabio drangen schwach an ihr Ohr, doch sie verstand nicht, was die Wächter besprachen. Einen Moment später wurde sie aufgehoben und in Richtung des Nexus getragen. Sie fühlte, wie das übermächtige Pulsieren der Weltenachse näher kam und bald darauf auch den Sog, den sie ausübte.
»Halt!«, sagte sie schließlich möglichst laut, als sie das Gefühl hatte, jeden Augenblick in den Nexus gezerrt zu werden. Sofort

verharrten sie und blieben inmitten des Kraftstromes stehen.
Albarath?
Ich bin hier, versicherte der Fremde. *Gib mir deine Hand und halte fest. Ich komme zu dir. Geh nicht weiter, auf keinen Fall! Sonst gehen wir beide verloren!*
Vorsichtig bewegte Sonja ihren Arm und streckte ihn direkt in das Zentrum des Weltentors. Es fühlte sich an, als ob ein seltsamer Wind daran zu zerren begann, den man nicht auf der Haut, sondern im Inneren des Arms spürte. Die Geistesbrücke zu dem Fremden wurde plötzlich so fest, dass Sonja glaubte, den Griff des Mannes körperlich spüren zu können. Im gleichen Moment wurde sie von einem unwiderstehlichen Sog fast aus Simons Armen gerissen.
»Halt fest!«, rief sie und hoffte, dass er sie verstand.
Einen schrecklichen Moment hatte sie das Gefühl, dass sie alle zusammen das Gleichgewicht verloren und nach vorne kippten – doch plötzlich war der Sog vorbei und sie fielen gemeinsam hintenüber.
Jemand rollte über Sonja hinweg und presste ihr mit seinem Gewicht den Oberkörper so fest zusammen, dass ihr einen Moment die Luft wegblieb. Die Geistesbrücke hatte sich schlagartig aufgelöst. Während sie allmählich mit allen Sinnen in ihren Körper zurückkehrte, rollte der schwere Mensch von ihr herunter.
Blinzelnd sah sie nach oben und erblickte als Erstes Simon, der ihr aufhalf. »Das war seltsam«, brummte er und zog Sonja ein Stück vom Nexus fort, dessen Licht sie immer noch lautlos umfloss wie ein körperloser Wasserfall.
»Was ist passiert?«, fragte Ethan, als auch er von Fabio aus dem Nexus geführt wurde. Sein rundes Gesicht war blass und zeugte von der Angst, die er trotz allem in den letzten Minuten durchlebt hatte. »Wer war dieser Mann, den du da … gerufen hast?«
»Mein Name ist Albarath von Murant«, ertönte eine tiefe, angenehme Stimme hinter ihnen. Ein Mann trat aus dem Nexus, den Sonja noch nie gesehen hatte und den sie doch schon besser kann-

te als viele andere. Seine Gestalt zeichnete sich als dunkle Silhouette gegen den Nexus ab. »Ich bin der Großmagus Seiner Majestät Ronnar Haldarin, Kaiser von Tormar, Hüter des Sterns von Jaris.«
Hinter ihm erschien ein weiterer Mann, dessen breite Schultern noch von gewaltigen Panzerstücken mit bedrohlich wirkenden Stacheln überhöht wurden. In seinen Händen hielt er einen metallenen Stab, der an beiden Enden in eine armlange Klinge überging.
»Kordan, mein Wächter«, stellte Albarath den Nachzügler vor. »Ich habe mir erlaubt, ihn ohne Einladung mitzunehmen.«
Sonja betrachtete den Mann. Er schien etwa vierzig Jahre alt zu sein und trug ausgesprochen prächtige Kleider aus glänzenden Stoffen in Orange und Schwarz. Der Schnitt erinnerte Sonja ein wenig an altertümliche orientalische Kleider, wie man sie von Bildern und Filmen kannte. Sein schmales Gesicht hatte eine gesunde, hellbraune Farbe, die Augen waren von einem so tiefen Schwarz, dass man kaum die Pupillen darin erkennen konnte. Der dünne Mund wurde von einem kurzgestutzten Bart umkränzt, der eine ordentliche Portion Eitelkeit verriet, genau wie die sorgfältig geschnittenen, schulterlangen Haare.
Sein Blick wanderte über die anderen Anwesenden und blieb an Sonja hängen. »Ihr habt mich geholt«, stellte er dann fest und deutete eine Verbeugung an. »Ihr seid eine Heilerin, nicht wahr?«
Das verblüffte Sonja dermaßen, dass sie nur mit offenem Mund nicken konnte. Die schwarzen Augen des dunkelhäutigen Weltenfürsten fixierten schließlich Ethan, der den Blick erwiderte, ohne dass man in seinem teigigen Gesicht erkennen konnte, was er dachte.
»Warum haltet Ihr den Riss offen, Glutbringer?«, fragte Albarath ihn unvermittelt. »Wieso tötet Ihr diese Menschen?«
Einige Sekunden lang herrschte vollkommene Stille in der Halle.
»*Was?*«, platzte Ethan schließlich heraus und seine Miene wandelte sich zu dem beleidigten Schmollgesicht. »Wieso ich?«

Albarath legte den Kopf forschend zur Seite und plötzlich weiteten sich seine Augen. »Ihr wisst es gar nicht, oder?«
Ethan schüttelte mit offenem Mund den Kopf.
»Bei Jaris! Ihr seid es, der diese Monster anlockt, Michaelssohn! Sie kommen wegen Euch!«

12

Die Nebelschwaden, aus denen sie so plötzlich hervorgebrochen war, wurden von dem Luftsog, den Janine und ihr Pferd verursachten, mitgerissen und bildeten eine Dunstschleppe, dass man meinen konnte, sie zöge eine Rauchspur hinter sich her. Ihre Klinge reflektierte den brennenden Himmel und schien dadurch selbst in Flammen zu stehen, ihr Mund war zu einem gellenden Wutschrei geöffnet, als Janine an dem Schattenwesen vorbeidonnerte und einen gewaltigen Hieb gegen seinen Kopf führte.

Das Wesen war ein paar Schritte zurückgewichen und erwartete die Wächterin nun in einer seltsamen Haltung: Seine Unterarme hatte es vor der Brust über Kreuz gelegt, die geballten Fäuste an den Schultern. Als Janines Schwert auf seinen Kopf zuzischte, senkte es das Kinn auf die Brust und Alex stieß einen Schrei aus, ohne selbst genau zu wissen, warum. Aber als die Klinge das Wesen fast erreicht hatte, ertönte ein dumpfer Knall. Mit einem Schlag war es von einer pechschwarzen Kuppel umhüllt, einer Halbkugel aus purer Dunkelheit. Das Schwert prallte von der Kuppel ab wie von Granit und zerbrach klirrend in zwei Teile. Ihr Pferd konnte nicht mehr ausweichen und prallte in vollem Lauf gegen dieses schwarze Gebilde. Mit gebrochenen Vorderläufen rollte es darüber hinweg und überschlug sich in der Luft. Janine wurde aus dem Sattel geschleudert. Wie eine Katze wand sie sich im Flug, um auf den Füßen zu landen, und rollte sich dann mit klirrender Rüstung über die Schulter ab, während ihr Pferd hinter ihr so hart auf dem düsteren Felsboden aufschlug, dass es sich mit hörbarem Knacken den Hals brach.

Sie selbst blieb reglos liegen. Der Schreck hatte Alex mit so viel Adrenalin vollgepumpt, dass seine Erschöpfung zumindest einen

Moment vergessen war. Er sprang auf und torkelte auf die Wächterin zu. Er hatte sie noch nicht erreicht, als sie sich zur Seite rollte und mit der linken Hand den Helm vom Kopf zerrte. In der Rechten hielt sie immer noch den Griff ihrer geborstenen Waffe umklammert, deren Klinge nun nur noch die Länge eines Unterarms hatte.

»Bist du in Ordnung?«, rief Alex und kniete sich neben sie hin.

Ihr Kopf schnellte herum und sie starrte ihn durch ihre wirren Haare wie durch einen Vorhang hindurch an. »Wo sind wir?«, schnaubte sie und rappelte sich auf, wobei Teile ihrer Rüstung zu Boden fielen. »Was war das eben?«

»Dein letzter Versuch«, ertönte die melodische Stimme des Schattenwesens. »In dieser Welt wirst du keinen unseres Geschlechts verletzen oder gar töten können, Janine. Versuche es gar nicht erst; du könntest zu Schaden kommen.«

Die Wächterin fuhr herum und musterte das Wesen mit glühenden Smaragdaugen. »Unter diesen Umständen könnten wir doch in eine andere Welt wechseln«, schlug sie kühl vor. Alex konnte nicht anders, er musste sie für ihre Kaltschnäuzigkeit bewundern. Das bleiche Gesicht des Wesens verzog sich zu einem amüsierten Lächeln. »Vielleicht später einmal«, gab es zurück. »Aber jetzt werdet ihr unsere Gäste sein.« Es machte eine kleine Verbeugung. »Mein Name ist Rendal, Großfürst der Dunklen Feste.«

»Und das sind deine Pfleger?« Janine nickte in Richtung der Monster, die mittlerweile bei ihnen angekommen waren und sie mit schlurfenden Schritten eingekreist hatten. Ihre feuchten Nasenlöcher schnupperten unablässig in Richtung der beiden Menschen in ihrer Mitte, die schwarzen Zähne klackten aufeinander.

»Eher die euren«, gab der Schattenfürst zurück und gab dem größten der Monster einen Wink. »Wir bringen sie zur Feste.«

Ohne Zögern drangen die Wesen auf Alex und Janine ein. Er war zu erschöpft, um sich zu wehren, und obwohl Janine mit ihrem Schwertstumpf einem der Monster einen tiefen Schnitt am Arm beibrachte, wurde sie sofort gepackt und von zweien der Wesen festgehalten. Kurze Zeit später fesselten die Monster sie mit schweren Schellen aus rostigem Eisen an Händen und Füßen und trugen sie auf ihren Schultern in Richtung Burg. Trotz seiner Angst fiel Alex rasch in einen ohnmachtartigen Dämmerzustand, der ihn das Folgende wie durch einen dicken Schleier hindurch miterleben ließ.

Nur am Rande bekam er mit, wie sie in das Innere der Burg gebracht wurden. Eisenbewehrte Pranken reichten ihn mit hartem Griff weiter und trugen ihn durch düstere Korridore. Seine Bewacher wurden ausgewechselt; an die Stelle der riesenhaften Monster traten menschenartige Gestalten in weiten Kutten aus stinkendem, schwarzen Stoff. Ihre Gesichter waren gleichfalls fast völlig von rostigen Stahlplatten verdeckt, die keinen Blick auf die Augen erlaubten. Darunter keuchten lippenlose Münder voller gelber Zähne, umgeben von hautlosem, faulig glänzenden Fleisch. Klammern aus schmutzigem Eisen waren in die Schädel- und Kieferknochen getrieben, sodass die Münder stets etwa zwei Fingerbreit geöffnet blieben.

Niedrige Decken zogen über Alex hinweg, Feuerbecken flackerten an den Wänden. Immer wieder ging es Treppen hinunter, zunächst breit und hell erleuchtet, dann zunehmend schmaler und finsterer, bis er kaum noch etwas sehen konnte. Zuletzt folgte ein endloser Gang, der direkt aus dem pechschwarzen Stein gehauen zu sein schien und in einer sanften Neigung immer weiter in die Tiefe führte. In Alex' Ohr hallten noch Janines wütende Protestschreie, die sie ausgestoßen hatte, als sie getrennt worden waren, doch selbst das schien ihm ein Leben lang her zu sein, obwohl es nur Minuten gewesen sein konnten. Sie kamen an einer Unzahl von Türen vorbei, die alle aus rostigem Eisen bestanden und wirkten, als ob sie in der Mauer festgewachsen wären. Keine Riegel, keine Scharniere waren zu sehen. Nur der Rost schien sich wie ein Schimmelpilz von den Türen auf die Wände auszubreiten und sie zu überwuchern.

Die Gestalten mit den vernagelten Mündern trugen ihn immer

weiter einen Gang hinunter, der einfach kein Ende nehmen wollte. Mehrfach verdrehte Alex mühsam den Kopf, nur um festzustellen, dass er bereits den Anfang nicht mehr im Dunkel hinter ihnen sehen konnte, sondern nur diese endlose Zahl von Türen, die sich bis in eine undurchdringliche Finsternis erstreckten. Mittlerweile mussten sie hunderte von Zellen passiert haben, und immer noch ging es weiter in die Tiefe unter der Feste hinab. Obwohl der eisenharte Griff seiner Bewacher schmerzte und ihn ihre Schultern im Rücken drückten, dämmerte Alex mehrfach weg. Doch bei jedem Hochschrecken stellte er fest, dass sie nach wie vor diesen einen Gang hinuntergingen, nur dass irgendwann keine Feuerbecken mehr an den Wänden befestigt waren und bloß noch die Fackeln in den Händen seiner Bewacher die Finsternis erhellten.

Endlich, ohne dass Alex hätte sagen können, wie viel Zeit vergangen war, ließen sie ihn unsanft zu Boden gleiten. Mehrere Klingen wurden gezückt und zerteilten die Lederriemen seiner Rüstung mit derben Schnitten, sodass ihm die ganzen Eisenteile in rascher Folge klirrend vom Leib fielen. Zuletzt zerrte man ihm die Stücke aus Kettengewebe vom Körper, bis er nur noch ein Leinenhemd und eine Stoffhose trug. Dann wurde er grob zu Boden geschleudert. Reglos blieb er auf dem schwarzen Steinboden liegen und wartete ab.

Die Wesen in den schwarzen Kutten schienen sich zu beratschlagen. Ihre Stimmen waren eine Aufeinanderfolge von leisen Schmatzlauten und gelegentlichem Knurren. Schließlich machte sich eines von ihnen an einer Türe zu schaffen, die daraufhin zu vibrieren begann, als müsste sie sich erst lockern, und zuletzt mit einem Geräusch aufschwang, das sich in Alex' Ohren wie das Seufzen einer unmenschlichen Stimme anhörte.

Im nächsten Moment packten ihn die Kerle wieder, hoben ihn auf und schleuderten ihn in den Raum hinter der Türe. Er fiel vollkommen kraftlos zu Boden und schlug hart mit dem Kopf auf. Ihm war jetzt alles egal, und daher kümmerte er sich auch nicht mehr um das leise Geräusch, das aus der hintersten Ecke des vollkommen finsteren Raumes zu kommen schien. Bereitwillig ließ er sich in die Ohnmacht fallen, die nun endgültig über ihn hereinbrach.

❖ ❖ ❖

Der Hieb hatte sie augenblicklich außer Gefecht gesetzt. Janine wusste nicht, wer ihn ihr verpasst hatte, aber derjenige hatte seine Arbeit gründlich getan. Die Bewusstlosigkeit war schnell gekommen und der Schmerz, den sie nun allmählich mit dem Wachwerden spürte, fühlte sich an, als hätte man ihr ein Messer quer durch das Hirn gerammt. Janines Versuch, vorsichtig nach ihrem Schädel zu tasten, ließ Metall klirren. Blinzelnd drehte sie den Kopf zur Seite und betrachtete ihre Handgelenke. Sie steckten in rostroten Eisenschellen, von denen schwere Ketten in eine Finsternis führten und die in der Länge gerade ausreichten, um Janine wie gekreuzigt im Raum hängen zu lassen. Blut fiel in zögerlichen Tropfen von den Schellen herab; die Eisen hatten an den Gelenken die Haut aufgerissen. Rüstung und Kleidung hatte man ihr bis auf Unterhemd und Unterhose ausgezogen, sodass das Blut ihr die Arme hinunterrann und an den Achseln den weißen Stoff durchnässte. Allmählich begriff Janine, dass ihre Arme und Schultern vollkommen taub waren von der Belastung und sie allein deshalb im Augenblick keinen Schmerz empfand, sondern nur ein seltsam dumpfes Drücken. Ihre Füße lagen kraftlos am Boden. Nur mit höchster Überwindung brachte Janine sich dazu, die Beine anzuwinkeln, die nackten Fußsohlen auf den Boden zu drücken und sich hinzustellen. Es brauchte ein paar Herzschläge, um das Blut in ihre Arme zurückkehren zu lassen, und augenblicklich schoss ein so furchtbares Stechen in ihre Schultern, Ellenbogen und Hände, dass sie laut aufschrie.
Erst an dem Echo ihrer Stimme erkannte Janine, dass sich etwa einen Meter vor ihr eine Wand erhob, deren Mauerwerk so schwarz war, dass sie es zuvor einfach für Finsternis gehalten hatte.

Sie sah nach links und rechts an ihren Ketten entlang und versuchte abzuschätzen, wie breit die Wand vor ihr war, während sie sich allmählich an die Schmerzen gewöhnte. Es schien ihr, als wäre der Raum, in dem sie sich befand, gewaltig. Mühsam legte sie den Kopf in den Nacken und sah zu der Lichtquelle empor, die schwach auf sie herabschien. Es war nicht auszumachen, was der Ursprung des kalten Strahlens war, aber das Licht befand sich bestimmt fünf Meter oder mehr über ihr. Auch hatte Janine den Eindruck, es schwanke leicht hin und her, aber das konnte eine Täuschung sein. Ihr war schwindelig und eine Weile befürchtete sie, sich übergeben zu müssen. Doch mit der Zeit ließ das Gefühl nach und sie wurde etwas klarer im Kopf, sodass sie über ihre Situation nachdenken konnte.

Diese Gestalten in den Kutten hatten sie von Alex getrennt, und als Janine sich dagegen gewehrt hatte, war sie mit einem gewaltigen Schlag betäubt worden. Es war klar, dass sie zunächst herausfinden musste, wo sie eigentlich war. Dann musste sie unbedingt Hilfe holen. Nun verfluchte sie sich dafür, dass sie Alex so blind gefolgt war. Irgendwo hinter ihr war Ramiç gewesen, und den hätte sie jetzt brauchen können. Wo auch immer sich diese seltsame Burg befand, das hier war eine Welt, die sie vermutlich so schnell nicht verlassen konnten, wenn ihnen niemand half, der sich mit dem ganzen Hokuspokus auskannte.

Doch zuerst musste sie hier raus. Noch einmal versuchte sie in der Finsternis zu erkennen, wo die Ketten befestigt waren. Sie verliefen parallel zu der Mauer, also waren an ihren Enden die Seitenwände des Raumes. Missmutig stellte sie fest, dass selbst ihre erstaunliche Sehkraft nicht ausreichte, um die Dunkelheit zu durchdringen. Sie setzte ihre Füße fest auf den Steinboden und zerrte versuchshalber an einer der Ketten, wobei sie die andere als Halt benutzte. Sie bewegte sich keinen Millimeter, aber im Augenblick hatte Janine nichts anderes zu tun. Sie streckte den Arm, so weit sie konnte, um etwas auszuholen, und riss ruckartig an der Kette. Die rostigen Schellen rissen ihre Handgelenke noch weiter

auf, doch Janine ignorierte den Schmerz. Ein paarmal noch versuchte sie, die Verankerungen der Kette einfach herauszureißen, bevor sie schließlich doch aufgab. Es hatte keinen Sinn, sich selbst die Gelenke zu zerschinden, ohne damit etwas zu erreichen.
Eine Weile stand Janine unschlüssig da und wusste nicht, was sie tun sollte. Es machte sie schier rasend, dass sie vermutlich irgendwo jemand in ihrer Hilflosigkeit beobachtete, und sie musste sich auf die Lippen beißen, um ihre Wut nicht laut herauszubrüllen. Aber der Gedanke hatte auch eine brauchbare Kehrseite, wie sie schließlich feststellte. Für Janine gab es nichts Schlimmeres, als auf etwas zu warten, ohne das Geschehen beeinflussen zu können – und sie war sich sicher, dass es ihren Kerkermeistern nicht anders ging. Das Licht über ihrem Kopf war sicher nicht zufällig da angebracht. Jemand wollte zusehen, wie sie allmählich wahnsinnig wurde, und den Spieß konnte man umdrehen.
Auch wenn der Preis recht hoch war – es gab keine andere Lösung in dieser Situation. Mit zusammengebissenen Zähnen ließ sie ihre Beine wieder einknicken und hängte sich in die Ketten, als ob sie bewusstlos geworden wäre. Der Schmerz in ihren Armen und Schultern war einfach nur unerträglich. Es fühlte sich an, als ob die Ketten ihr die Schultergelenke Millimeter für Millimeter ausrenkten. Aber das musste sie jetzt aushalten. Den Kopf scheinbar kraftlos auf die Brust gesenkt, hing sie da und wartete stumm ab, derweil ihr der Schmerz den Schweiß auf die Stirn trieb und sie am ganzen Leib kaum merklich zu zittern begann.
Immerhin stellte sich nach einiger Zeit wieder das Gefühl der Taubheit ein, was ihre Qualen ein wenig erträglicher machte. Jahre schienen zu vergehen, während sie einfach nur in den Ketten hing und ihre eigenen Gedanken zu unterdrücken versuchte. Tausendmal fielen ihr Gründe ein, warum ihre Idee idiotisch war, warum sie etwas anderes machen sollte, tausend Gründe, um sich wieder hinzustellen und nicht mehr warten zu müssen. Ein Gedanke aber gab ihr immer wieder neue Kraft: Dies hier war ein Kampf zwischen ihr und ihren Bewachern, ein Ringen um die grö-

ßere Geduld, und es war Janines granitharter Wille, diesen Kampf für sich zu entscheiden.

Gewonnen, flüsterte sie sich selbst im Stillen zu, als endlich, nach einer Ewigkeit, irgendwo in der Dunkelheit hinter ihr Eisen auf Eisen knirschte und kaum hörbare Schritte erklangen.

In ihrem früheren Leben hätte Janine das Geräusch niemals hören können, doch ihre Wächter-Sinne nahmen die Schritte der nackten Füße auf dem Steinboden durchaus wahr. Der Klang verriet einen sanften und doch energischen Gang. Schließlich verharrten die Schritte, noch ein paar Meter von Janine entfernt. Einige Zeit schien der Besucher sie nur von hinten zu beobachten, bevor er sich wieder in Bewegung setzte und zuletzt neben ihr stehen blieb. Janine rührte sich nicht, aber sie konnte aus den Augenwinkeln durch ihre filzigen Haare hindurch die Füße des Besuchers sehen. Es waren schlanke Frauenfüße, weiß und zart geformt. Über den bloßen Füßen schwangen weitgeschnittene Hosenbeine aus teuer aussehendem, cremefarbenen Leinenstoff.

»Wie geht es dir?«, erkundigte sich eine amüsierte Stimme, die einen angenehmen, rauchigen Klang hatte. Janine beschlich das Gefühl, als ob sie den Weg in ihren Kopf fand, ohne erst an ihre Ohren dringen zu müssen. Es war ein beunruhigendes Gefühl, obwohl sie zuerst nicht einmal erkannte, woher es kam. »Ich weiß, dass du wach bist. Du kannst mit dem Theater aufhören.«

Einen Moment dachte Janine nach. Schließlich entschied sie, dass ein Gespräch geeigneter war, ihr ein paar Antworten zu verschaffen, als weiteres Schweigen.

»Wo ist Alexander?«, fragte sie nur und stemmte sich unter Kettengeklirr wieder hoch, sodass sie auf beiden Füßen stand. Eine Sekunde später brauchte sie all ihre Willenskraft, um nicht das Gesicht zu verziehen, als der Schmerz wieder in ihre Schultern schoss; um Längen unerträglicher als zuvor. Tränen stiegen ihr in die Augen, aber wenigstens konnte sie sich hinter ihrem Haarvorhang verstecken, während sie ihre Besucherin durch den Tränenschleier hindurch musterte.

Das Alter der Frau zu bestimmen, war vollkommen unmöglich. Das bleiche, feingeschnittene Gesicht hätte genauso gut einer gealterten Zwanzigjährigen wie auch einer junggebliebenen Vierzigerin gehören können. Das Haar der Frau war vollkommen weiß, doch konnte das kaum am Alter liegen. Die grünen Augen blitzten Janine geradezu fröhlich an, während sie sich gegenüberstanden und musterten. Über der eleganten Hose, deren weite Beine zur Hüfte hin immer enger wurden, trug sie ein ärmelloses Oberteil aus demselben Stoff. Das elegante Kostüm hätte gut in ein sommerliches Straßencafé der Alten Welt gepasst, doch hier, in dieser scheinbar unendlichen Finsternis, wirkte es wie eine Erscheinung von einem anderen Stern.

»Wo ist Alex?«, fragte Janine noch einmal ruhig und schüttelte sich das Haar aus dem Gesicht.

Die Frau lachte kehlig und setzte sich dann neben Janine auf den Boden, zog die Beine an und lehnte sich gegen die Wand. »Dieses Wächterinnen-Gehabe solltest du dir abgewöhnen«, gab sie lächelnd zurück, zauberte aus einer Tasche eine Schachtel Marlboro hervor und schüttelte sich eine heraus. »Du bist ab jetzt offiziell keine Wächterin mehr.«

Widerwillig fasziniert beobachtete Janine, wie die Frau ein Feuerzeug hervorholte und die Flamme an die Spitze der Kippe hielt. Obwohl dies im Augenblick sicher nicht der wichtigste Punkt war, schoss Janine sofort ein Gedanke durch den Kopf: *Wieso geht verdammt noch mal ihr Feuerzeug?*

Der Tabak glühte hellorange auf, als die Frau einen tiefen Zug tat und den Rauch genussvoll einatmete. Scheinbar selbstvergessen betrachtete sie die Zigarette und blies den Rauch mit spitzen Lippen gegen die Glut, um sie noch ein wenig anzufachen. Erst jetzt bemerkte sie Janines Blick und nickte dann, als hätte sie sich an etwas erinnert. Mit einer fließenden Bewegung stand sie wieder auf, trat an Janine heran und hielt ihr den Filter so vor die Lippen, dass sie nur zu ziehen brauchte.

Mit starrem Blick sah Janine auf die Zigarette, während ihr der

würzige Rauch in die Nasenlöcher stieg, und verzog dann verächtlich den Mund. »Wo ist Alex?«, fragte sie zum dritten Mal.
»Um Himmels willen!« Auf dem Gesicht der Frau kämpfte Mitleid mit Belustigung. »Verstehst du überhaupt, dass du nur hier bist, weil du dich zur Babysitterin für diesen Bengel hast machen lassen? Erinnerst du dich, warum ihr beide hier gelandet seid?«
Ohne zu antworten, starrte Janine die Frau an.
»Wenn dieser kleine Idiot nicht einfach losgeprescht wäre, hätten wir euch nie schnappen können. Und du musstest ihm auch noch nachrennen! Meine Güte, wir hätten dich am liebsten in eurer albernen Welt gelassen. Wir wollen eigentlich gar nichts von dir. Aber jetzt bist du hier, und jetzt können wir dich auch nicht wieder gehen lassen. Aber tu mir den Gefallen und hör mit diesem Wächterinnen-Mist auf, in Ordnung? Komm wenigstens jetzt zu dir! Du schuldest dir etwas!«
Die Frau beruhigte sich wieder, zog ein letztes Mal an der Kippe und warf sie zu Boden. »Mach dir keine Sorgen um den Bengel.« Sie trat den Glimmstängel langsam mit dem bloßen Fuß aus, ohne eine Miene zu verziehen. »Es geht ihm gut. Außerdem wirst du ihn nicht mehr wiedersehen.«

13

Es war wirklich nicht das erste Mal, dass Alex aufwachte, nachdem er den Dunklen Strom in sich hatte fließen lassen, daher fühlte sich sein Zustand geradezu bekannt an. Unter der Nase, rings um seinen Mund klebte das verkrustete Blut auf seiner Haut und löste sich in kleinen Bröseln, als er mit dem Handrücken darüberfuhr. In seinem Kopf herrschte das altbekannte Kopfweh, aber bei weitem nicht so schlimm, wie er nach den letzten Erlebnissen vermutet hätte. Stattdessen hatte er einfach nur grauenhaften Durst und Hunger. Seine Kehle kratzte vor Trockenheit und sein Magen fühlte sich an wie ein schmerzendes Loch. Es war so finster, dass er sich einen Moment fragte, ob er vielleicht erblindet war, aber als er vorsichtig seine Augen befühlte, schien alles ganz normal zu sein.

Seine Finger ertasteten kalten Fels, als er die Hände über den Boden gleiten ließ. Allmählich kehrten seine Erinnerungen wieder zurück: ihre Gefangennahme, die Gestalten in den dunklen Umhängen, der ewige Gang unter die Erde und zuletzt … Ruckartig fuhr er hoch, wie in einer Art gespeichertem Schreck, als er sich an das Geräusch in der Ecke erinnerte. Reflexhaft hielt er den Atem an und versuchte, die vollkommene Dunkelheit in dem Raum mit den Augen zu durchdringen. Nach einiger Zeit reglosen Starrens wurde ihm die Luft knapp und er atmete so langsam und flach wie möglich ein. Im gleichen Moment erstarrte er wieder, als er etwas hörte: ein leises Knistern, das sich verstohlen durch den Raum bewegte.

Alex wusste sich nicht anders zu helfen, als den Dunklen Strom zu wecken. Indem er seine aufkeimende Panik unterdrückte, suchte er in sich nach der Quelle dieser unendlichen Kraft. Doch noch im gleichen Moment wallten die Schmerzen in seinem Kopf so jäh auf, dass er seine Fäuste gegen die Schläfen presste und vornübersackte. Mit zusammengepressten Lippen unterdrückte er jeden Laut und versuchte, durch das Wummern des Blutes in seinen Ohren noch zu hören, was um ihn herum geschah. Eine Weile war es völlig ruhig und Alex war schon so weit, dass er darüber nachdachte, ob er einfach nur fantasierte, als wieder dieses Rascheln ertönte.

»Hallo?«, schrie er schließlich, weil er diese unheimliche Stille nicht mehr ertrug. »Wer ist da? Was willst du?«

Völlige Ruhe in absoluter Finsternis war die Antwort.

»Verflucht, wer ist da?«, brüllte er, außer sich vor Zorn und Angst. »Wer ist da, verdammter Mist?« Er war jetzt nahe daran, jede Fassung zu verlieren. Ziellos schlug er mit den Fäusten um sich, einfach nur, um sicher zu sein, dass ihm niemand zu nahe kommen konnte. »Ich habe keine Angst vor dir!«, brüllte er in die Richtung, aus der wohl das Geräusch gekommen war. »Ich mach dich fertig!«

Keuchend und schnaufend tanzte er alleine für sich einen wirren, hilflosen Tanz in der Dunkelheit, hieb immer weiter um sich und rückte dabei mit kleinen Schritten vor, ständig darauf gefasst, mit dem nächsten Schlag eine Wand zu treffen und sich die Hand zu prellen. »Wo bist du?«, stieß er atemlos hervor und schlug noch einmal ins Nichts. Der Schwung riss ihn mit, er stolperte vorwärts und wäre fast aus der Haut gefahren, als ihn plötzlich etwas am Fuß streifte. Das Etwas entfernte sich schnaufend aus seiner Reichweite, während er in der Dunkelheit das Gleichgewicht verlor und ungeschickt auf Knie und Hände niederging.

In seinem Kopf drehte sich alles. Die vollkommene Finsternis brachte seinen Gleichgewichtssinn komplett durcheinander. Er blieb eine Weile einfach auf dem Boden hocken, schnaufte durch und hielt die Augen geschlossen, was seltsamerweise gegen das Schwindelgefühl half. Das Schnaufen irgendwo hinter ihm wurde flacher und leiser, aber diesmal wusste er einigermaßen, wo es herkam.

Zudem hatte er langsam wirklich genug. Was auch immer dort war, er würde es finden! Mühsam zwang er sich, langsamer und ruhig zu atmen. Sobald er sich sicher war, dass man sein Schnaufen nicht mehr hören konnte, richtete er sich auf und horchte. Sein Gegenüber schien genau das Gleiche zu tun, war aber weniger erfolgreich. Auch jetzt noch war sein Atmen zu vernehmen.
Alex schlich los. Er hielt die Arme weit vor sich gestreckt, um jedes Hindernis sofort zu ertasten. Bevor er sein Gewicht nach vorne verlagerte, wartete er bei jedem Schritt ab, bis er sicher war, auch festen Boden zu betreten. Das war anstrengend, da er auf diese Weise jedes Mal mehrere Sekunden auf einem Bein balancieren musste, aber es hatte auch zur Folge, dass seine Schritte wirklich unhörbar wurden. Zum ersten Mal war er geradezu dankbar dafür, dass man ihm seine Rüstung abgenommen hatte.
Es war eine Mischung aus Einbildung und echtem Gehör, die ihn durch die Finsternis lenkte. Irgendwann ertasteten seine Finger eine Mauer aus kaltem Stein, an der er sich von da an entlangbewegte. Je näher er seinem Gegner kam, desto konkreter wurde Alex' Vorstellung, wo er sich befand, und zuletzt war es keine Einbildung mehr. Obwohl ihm das Blut in den Ohren klopfte, konnte er den flachen Atem des anderen nun deutlich hören. Offensichtlich drückte auch er sich an die Mauer. Alex tastete sich weiter. Irgendwann war das Geräusch so nahe vor ihm, dass er nicht sagen konnte, ob ihn noch ein paar Meter oder nur eine Armlänge davon trennten.
Am ganzen Körper bebend vor Anspannung wartete er einen Moment und nahm all seinen Mut zusammen. Dann stürzte er mit vorgestreckten Händen einfach los.
Nach zwei Sätzen prallte er mit den Knien gegen etwas Weiches und verlor das Gleichgewicht. Unter ihm stieß jemand einen heiseren Schrei aus und blitzartig wurde Alex klar, dass der andere zusammengekauert gehockt hatte. Ein leichter Schlag traf ihn am Oberschenkel, den er kaum spürte, und dann landete er auf dem Boden. Ein ekelhafter Schmerz schoss durch sein linkes Handge-

lenk, als er zuerst damit gegen die Wand knallte und gleich darauf so auf dem Boden aufkam, dass die Hand einfach umknickte. Sein Gegner war unter seinen Beinen auch hingefallen, rappelte sich aber sofort auf und versuchte, wegzukrabbeln. Doch diesmal war Alex schneller. Wild schnaufend ruderte er mit den Armen durch die Dunkelheit und bekam ein Stück Stoff zu fassen. Ohne nachzudenken zerrte er daran und warf seinen Gegner zu Boden. Halb gezogen, halb vom eigenen Schwung getragen, fiel er der Länge nach hin und versuchte blind, einen Arm oder sonst etwas zu packen, was ihm helfen konnte, die Oberhand zu gewinnen.

Ein harter Schlag gegen sein Jochbein ließ ihn aufschreien und zurückzucken. Lichter tanzten in der Dunkelheit, während die Wut in ihm aufstieg und alle Ängste verdrängte. Mittlerweile war er wenigstens sicher, dass dies ein Mensch war, und er hatte nicht vor, ihn noch einmal entkommen zu lassen. Stumm schlug er auf seinen Gegner ein und grunzte befriedigt, als seine Fäuste auf Fleisch und Knochen trafen und schrille Schmerzensschreie folgten. In seinem Kopf formte sich eine Vorstellung, wo der Kopf seines Gegners war, und ohne weiteres Nachdenken hämmerte er auf diesen Bereich ein. Schließlich traf er mit der Rechten etwas Weiches. Ein Knacken folgte, das er mehr fühlte als hörte, und der Körper unter ihm erschlaffte.

Schwer atmend richtete er sich auf und rieb sich die Prellung unter dem linken Auge. Es fühlte sich taub an, aber nicht gebrochen. Mit dem Ärmel wischte er sich den Schweiß vom Gesicht und schluckte mühsam. Die Angst hatte es ihn vergessen lassen, doch nun bemerkte er, dass er immer noch furchtbaren Durst hatte und der Speichel in seinem Mund sich anfühlte, als hätte er pures Mehl gegessen. Unwillig grunzend wischte er den Gedanken beiseite und tastete seinen Gegner ab. Es war zweifellos ein Mensch. Seine Kleidung fühlte sich speckig und ungepflegt an, und wie Alex hatte man ihm nur wenig gelassen. Seine Hose ging kaum bis zur Mitte der Oberschenkel, sein Hemd war kurzärmelig.

Erst jetzt, viel zu spät, verstand Alex, dass dies ein anderer Gefangener sein musste, und ihm wurde ganz schlecht. Natürlich hätte er es sich denken müssen! Wer sonst sollte sich hier verstecken und offensichtlich Angst vor ihm haben? Er war wirklich ein unglaublicher Idiot. Seine eigene Angst hatte ihm auch noch das letzte Fünkchen Verstand ausgetrieben, und jetzt hatte er den einzigen Menschen, mit dem er sich hier in diesem Loch hätte verständigen können, einfach niedergeschlagen.

Voll plötzlicher Sorge lauschte Alex und hörte erleichtert, dass sein Mitgefangener ruhig und gleichmäßig atmete. Vorsichtig tastete er den Ohnmächtigen ab, um eventuelle Verletzungen festzustellen. Seine Finger erfühlten zwei auffallend magere Arme, und als auch die Beine des Mannes deutlich schmaler waren als seine eigenen, kam ihm ein grausiger Verdacht: Anscheinend ließ man die Gefangenen hier unten einfach verhungern; anders waren diese dürren Gliedmaßen nicht zu erklären!

Plötzlich spürte Alex seinen leeren Magen und den Durst noch massiver als zuvor. Er hatte nur noch den Wunsch, mit diesem armen Menschen zu sprechen. Er musste unbedingt wissen, was hier los war! Seine Hände glitten den schmalen Oberkörper des Mannes empor, der sich mehr anfühlte wie der eines Jungen. Und dann zuckte Alex hastig zurück. Seine Finger hatten die Rundung einer Brust berührt, und nun durchströmte ihn sowohl Erleichterung als auch heiße Scham, als er endlich verstanden hatte. Der Mensch unter ihm war nicht am Verhungern – es war ein Mädchen!

❖ ❖ ❖

Die Kettenglieder quietschten leise, als Janine sich dazu zwang, auf die Füße zu kommen und das Blut in ihren Armen zirkulieren zu lassen. Der Schmerz war mittlerweile ein alter Bekannter geworden, und sie hatte sich geschworen, ihre Arme in diesem Leben nie mehr höher zu heben, als es sein musste, um eine Zigarette zum Mund zu führen.

»Fünfundsiebzig«, sagte sie leise und wiegte sich hin und her, soweit es ihre Fesseln zuließen. *Scheißfünfundsiebzig!*
Sobald die Frau gegangen war, hatte sie sich einen Plan zurechtgelegt. Wenn sie nicht verrückt werden wollte, musste sie etwas tun. Nach einiger Zeit hatte sie begonnen, die Sekunden und Minuten zu zählen. Janine wusste, dass sie sich hierbei nur um Winzigkeiten verschätzte. Eine der Gaben aus ihrem früheren Leben als Fernsehreporterin war ein fast untrügliches Zeitgefühl. Wenn man einen Sendeplatz zu füllen hatte, der einen exakten Zeitrahmen vorgab, lernte man auch ohne Uhr auszukommen – die Zuschauer fanden es seltsam, wenn der Reporter auf sein Handgelenk starrte, statt in die Kamera zu blicken.
Alle halbe Stunde stand sie auf und bewegte sich für fünf Minuten, einfach aus der Hoffnung heraus, ihrem Kreislauf damit etwas Gutes zu tun. Sie wusste, dass ihre Körperstellung auf die Dauer tödlich war. Es war eine der wenigen Einzelheiten, die Janine noch aus dem Religionsunterricht in Erinnerung geblieben waren. Die verrenkte Armhaltung führte nach zwei oder drei Tagen dazu, dass man über Stunden hinweg qualvoll erstickte, wie abertausende armer Teufel hatten erfahren müssen, die man im Altertum ans Kreuz gefesselt oder genagelt hatte und die nicht rechtzeitig verdurstet waren. Sie hing hier mittlerweile seit einem Tag, dreizehn Stunden und dreißig Minuten, und es war so kühl, dass sie zwar furchtbaren Durst hatte, aber wohl nicht so rasch daran sterben würde.
Langsam trat sie einen Schritt vor, auf die Mauer zu, und lehnte sich mit der Stirn dagegen. Wenn sie sich ein wenig gegen das Gewicht der Ketten stemmte, konnte sie auch ihre Hände und Arme dagegenpressen. Der Stein fühlte sich angenehm kühl auf der Haut an und gab ihr eine beruhigende Stütze. *Dreiundvierzig, vierundvierzig, fünfundvierzig*, zählte sie in Gedanken stetig die Sekunden weiter. Dann verlor sie das Gleichgewicht und taumelte zurück, dem steten Zug der Ketten folgend. Ihre Beine schmerzten, aber sie zwang sich mit aller Kraft, sie wieder durchzudrücken und den Rest der fünf Minuten ihre Arme zu entlasten.

Im Augenblick war sie noch erfüllt von der grimmigen Entschlossenheit, es ihren Wärtern zu zeigen und die erste Chance zu nutzen, die sich ihr zur Gegenwehr bot. Doch sie konnte nicht verhindern, dass in ihrem tiefsten Inneren bereits auch erste Zweifel blühten. Was sollte sie tun, wenn die Schmerzen zu groß wurden? Wenn die Todesangst kam und am Ende auch die Gewissheit, dass sie am Sterben war? Langsam drehte Janine den Kopf und sah über ihre Schulter. Sie wusste, dass man sie beobachtete.

Vier Stunden später rief sie in die Dunkelheit hinaus. Nach einer weiteren Stunde und sechs Minuten beantworteten leise Schritte ihre schon heiser werdenden Schreie.

»Wie geht es dir, Janine?«, ertönte die Stimme der Frau in ihrem Rücken.

Janine räusperte sich mühsam und rollte den Kopf nach hinten. »Trinken«, brachte sie dann heraus. »Bitte.«

Eine kalte, zarte Hand legte sich sanft auf ihre schweißüberströmte Schulter. »Du leidest«, stellte die Frau mitfühlend fest. »Warte.«

Ein Feuerzeug wurde entzündet und warmer Zigarettenrauch hüllte Janine ein. Dann drückte sich der Filter gegen ihre Lippen und sie machte einen schwachen Zug. Der Rauch biss ungewohnt im Rachen. Sie verschluckte sich daran und wurde von einem grauenhaften Hustenanfall geschüttelt, der sie so in ihren Ketten zucken ließ, dass sie das Gefühl hatte, ihr würden die Arme ausgerissen.

»Herrjemine«, lachte die Frau, »das wollte ich nicht. Warte nur, dann bekommst du etwas zu trinken.«

Das Zischen von Kohlensäure war zu hören, gefolgt von einem Glucksen und Sprudeln. Janine hatte es förmlich vor Augen, wie das Glas gefüllt wurde, und sie verdrehte gierig den Kopf.

»Hier, bitte«, sagte die Frau und eine Hand erschien in Janines Blickfeld, die ein bis zum Rand mit Mineralwasser gefülltes Glas hielt. Doch dann verharrte die Hand einige Zentimeter vor Janines Mund. »Oh«, machte die Frau und zog das Glas zurück. »Das

hatte ich vergessen. Du darfst nichts trinken. Schließlich sollst du sterben.«
»Was wollt ihr?«, flüsterte Janine.
Ein helles Lachen erklang. »Du Ärmste, das wissen wir selbst nicht. Ich wünschte, ich könnte dir irgendwelche Fragen stellen, die du mir beantwortest, und dann könnte ich dir etwas zu trinken geben. Oder dich von diesen Ketten befreien. Aber leider können wir gar nichts mit dir anfangen.«
Den Kopf hatte Janine in den Nacken gelegt. Sie blickte direkt nach oben, zu dem kalten Licht empor, das ihre Augen tränen ließ.
»Bitte!«, wisperte sie.
»Tut mir leid, nein. Du weißt nichts, was uns interessieren könnte. Deinen Herrn haben wir bereits in unserer Gewalt – du kannst uns nicht helfen.«
»Ich weiß Sachen«, beharrte Janine hastig. »Ich kann euch alles erzählen.«
Das Gesicht der Frau kam so nahe, dass Janine es an ihrer Wange spürte, eine Berührung wie ein sanfter Windhauch. »Aber ich kann dir nichts glauben. Du bist eine Wächterin; ich kann deinen Geist nicht durchdringen. Wenn du mir etwas vorlügst, kann ich es nicht erkennen.«
»Ich lüge nicht«, hauchte Janine und war überzeugt, dass sie verloren war. Sie hatte gewusst, dass ihr Geist für Weltenfürsten nicht zugänglich war. Es war eine der Stärken, die man ihr gegeben hatte, um ihren Herrn besser schützen zu können. Aber wenn diese Frau ihr wirklich keinerlei Vertrauen schenken würde, konnte sie auch nicht mit ihr handeln und sich dadurch retten.
Die Frau richtete sich wieder auf. »Natürlich nicht. Bloß kann ich den Unterschied bei dir nicht feststellen. Wirklich schade.« Am Rande ihres Blickfeldes konnte Janine noch sehen, wie sie betrübt den Kopf schüttelte. »Es ist wirklich absurd: Deinem Herr können wir trauen. Im Augenblick dürfte sein Zustand auch wesentlich angenehmer sein als der deine. Vielleicht tröstet dich ja, dass er in Sicherheit ist. Seine Zelle liegt so tief in den Eingeweiden dieser

Burg, dass er selbst noch nicht begriffen hat, wie verloren er ist.«
Die Frau lachte mit der Fröhlichkeit eines jungen Mädchens. »Hier können wir seine Kraft für uns nutzen – und mit seiner Hilfe unseren Angriff, unseren letzten Krieg vorbereiten.«
Zum ersten Mal trat die Frau in Janines Gesichtsfeld, als sie sich entspannt an die Mauer lehnte und den einen Fuß dagegendrückte. In der linken Hand hatte sie das gefüllte Glas, in der rechten hielt sie eine Flasche Sprudel, die sie nun scheinbar gedankenlos neben sich auf den Boden stellte.
Den Kopf legte sie versonnen auf die Seite. »Er hätte niemals hierher kommen dürfen«, fuhr sie fort und nahm einen Schluck aus dem Wasserglas. »Mit jeder Sekunde, die er hier verbringt, werden wir stärker, nimmt unsere Armee an Zahl zu. Und wir mussten lediglich ein paar seiner kostbaren Menschen beseitigen, um ihn hierher zu locken.«
Janine starrte sie an und zum ersten Mal seit längerem wusste sie kaum mehr, was sie fühlen sollte. »Das war ein Trick?«, brachte sie mühevoll hervor und rappelte sich hoch, diesmal sogar ohne ihren schmerzenden Körper zu spüren. »All diese Toten – nur ein Trick?«
»Wir haben Krieg«, erinnerte die weißhaarige Frau sie. »Da macht man so etwas, nicht wahr? Auch wenn es etwas aufwendig war, euch in der Goldenen Stadt die Nachricht von den Leuten in dem Lager zuzuspielen – es hat sich gelohnt. Wir hätten deinen Herrn niemals gegen seinen Willen hierher bringen können. Aber er hat sich ja recht brav verhalten. Nur schade, dass du diesen Wächterinnen-Tick hast. Immerhin könntest du jetzt in deinem Bett liegen, eine rauchen und ein kaltes Bier trinken, wenn der Junge nicht so verflucht eigensinnig wäre.«
Janine sah die Mauer an. »Es war nicht seine Schuld«, sagte sie mit zusammengebissenen Zähnen.
»Doch, das war es. Und das weißt du auch. Seit du den Jungen kennst, bist du nur noch damit beschäftigt, ihm aus den Klemmen zu helfen, in die ihr beide wegen ihm geraten seid. Warum muss-

te er überhaupt damals mit Konstantin mitgehen? Er wollte mächtig werden, um jeden Preis. Und jetzt sieh dir die Welt an: die größte Katastrophe, die es je gab – wegen eines Jungen, der zaubern wollte! Herrje, Janine, wach auf! Oder denk mal an eure Erlebnisse in dieser Jenseitswelt – wie oft musstest du ihn retten, weil er sich dämlich angestellt hat?« Die Frau lachte höhnisch. »Und das soll der Sohn des Drachen sein? Dieser sagenumwobene, dieser Größte aller Weltenfürsten? Also bitte! Ich würde vor allem sagen, er ist das größte Pech, das du je gehabt hast.«
»Wart mal ab, wessen Pech es ist«, flüsterte Janine mit gesenktem Blick. Ohne Vorwarnung ergoss sich der kalte Inhalt des Glases über Janines Brust, sodass sie mit einem kleinen Schrei zusammenzuckte. Unwillkürlich streckte sie die Zunge in Richtung ihres tropfenden Hemdes aus, freilich ohne es zu erreichen.
»Eine kleine Erfrischung«, erklärte die Frau nüchtern und warf das Glas beiseite, wo es in der Dunkelheit zersprang. »Mehr kann ich nicht für dich tun. Aber es dauert nicht mehr lange, das kann ich dir versprechen. Und dein Herr wird bald auch schon nicht mehr er selbst sein, sondern nur noch eine ausgetrocknete Hülle.«
»Was wird mit mir?«, fragte Janine hastig, während die Frau an ihr vorbeiging. »Was habt ihr vor?«
Die Frau blieb hinter Janine stehen und schwieg einen Moment. »Du wirst hier sterben, Janine«, sagte sie dann ruhig. »Ich werde nicht mehr kommen. Du kannst schreien und toben, es hört dich niemand. Und übrigens: Es denkt auch niemand an dich. Alex ist zu sehr mit sich beschäftigt. Dabei geht es ihm wesentlich besser als dir. Merkwürdig, nicht wahr?« Sie schüttelte den Kopf, halb verwundert, halb bedauernd. »Nun – deinen Tod jedenfalls wirst du alleine durchleben. Ich wünsche dir viel Glück.«
Damit entfernten sich die Schritte der nackten Füße endgültig und Janine blieb alleine zurück. Schwer atmend sah sie an ihren Armen entlang und fixierte die Schellen, die ihre Handgelenke umfassten. Sie waren mit schweren Flügelschrauben verschlossen. Jedes Kind, das eine Hand frei hatte, wäre fähig gewesen, sie zu lösen. Doch

für Janine hätten sie auch verschweißt sein können, so unmöglich war es, mit der einen Hand die andere zu erreichen.
Einige Minuten vergingen, während der Janine einfach dastand und die Gedanken durch ihren Kopf tropfen ließ. Ihre Augen waren unverwandt auf die Wasserflasche gerichtet, die nicht einmal zwei Meter von ihr entfernt auf dem Boden stand und doch in diesem Augenblick so weit weg war wie der Merkur. Der Durst brachte sie fast um und Janine tat sich schwer, klar zu denken. Hatte dieses Miststück die Wahrheit gesprochen? War sie jetzt wirklich vollkommen unbeobachtet? Das Licht leuchtete noch, aber was bedeutete das? Wenn sie alleine war, was konnte sie tun? Es war klar, dass sie sich retten musste, doch hatte sie noch keine Ahnung, wie das gehen sollte.
Zuletzt hob sie ihre linke Hand und betrachtete sie eine Weile, als handelte es sich um einen fremdartigen Gegenstand. Die Wunden am Gelenk waren unter dem rostigen Eisen dunkel verkrustet und die Finger bleich und blau geädert, weil das Blut kaum bis zu ihnen vordringen konnte. Dann wanderte Janines Blick auf die Mauer vor ihrer Nase. Mit staksenden Schritten trat sie darauf zu, ballte die linke Hand zu einer Faust und drückte die Knöchel sanft gegen den Stein. Er kam ihr in diesem Moment sehr hart vor.
»Dafür wird irgendwer noch bezahlen«, flüsterte sie und unterdrückte das mulmige Gefühl, das in ihr aufstieg. Stattdessen sah sie noch einmal auf die Wasserflasche hinunter und stellte sich vor, wie sie den gläsernen Hals an den Mund setzte und trank. Dann holte sie weit aus und schmetterte die Faust mit aller Kraft gegen die Mauer. Etwas in ihrer Hand splitterte und ein scheußlicher Schmerz fuhr ihr durch den Arm. Tränen schossen Janine in die Augen und sie krümmte sich in ihren Ketten. Doch trotz des zerschmetterten Knochens verzog sich ihr Mund zu einem wölfischen Grinsen.
In der menschlichen Hand gab es siebenundzwanzig Knochen, wenn sie sich richtig erinnerte. Siebenundzwanzig harte Bestandteile, die sie daran hinderten, aus ihrer Fessel zu schlüpfen. Ein Anfang war nun gemacht. Sie holte erneut aus.

14

»Aber ich hab doch gar nichts gemacht«, verteidigte Ethan sich mit schriller Stimme. »Wieso locke ich diese Biester an?«

Ein paar Sekunden rang Albarath um Worte, dann riss er sich aus seinem eigenen Staunen. »Seit der Nexus befreit wurde, verfügt Ihr über eine ungeheure Macht, Bruder«, erklärte er. »In Euch fließt nun der Dunkle Strom. Ihr könnt seine Hitze fühlen?«

»Ja«, gab Ethan vorsichtig zu, als glaubte er, man wolle ihm hier ein Verbrechen nachweisen und er dürfe sich nicht verplappern. »Ich glaube schon.«

»Bei denen unseres Geschlechts, die besonders stark sind, kann der Gebrauch des Dunklen Stromes einen Riss in ihrer Welt verursachen und die Wesen der Schattenwelten eindringen lassen.«

Plötzlich verstand Sonja, was der fremde Weltenfürst meinte. »Das ist meinem Bruder passiert«, rief sie. »Noch vor dem Großen Beben.«

»Was?«, fragte Simon nach.

»Das hat er doch erzählt. Als er aus dem Krankenhaus abgehauen ist, zusammen mit Janine. Sie sind mitsamt ihrem Taxi in die Schattenwelten gefahren!«

Der fremde Weltenfürst nickte ungeduldig. »In jedem Fall müssen wir jetzt handeln«, erinnerte er sie und sah Ethan wieder an. »Wenn Ihr nicht wisst, was zu tun ist, müssen wir eine Geistesbrücke errichten. Dann kann ich Euch helfen.«

Der Blick des dicken Jungen schnellte zu Sonja. »Kannst du das machen?«, fragte er ängstlich.

»Ich glaube nicht«, erwiderte sie unsicher. »Ich weiß nicht, wie du den Riss schließen kannst.«

»Ihr habt schon einmal eine Geistesbrücke errichtet?«, fragte Albarath. Sonja nickte und der Weltenfürst ging auf Ethan zu. »Dann dürfte es keine Probleme geben, Glutbringer. Entspannt Euch.«
Ohne weiter abzuwarten, legte der Mann dem Jungen die Hände auf die Schultern und schloss die Augen. Ethans Miene spiegelte ein Gefühlsgemisch aus Angst, Unglauben und Trotz wider, als sich seine Lider ebenfalls flackernd senkten. Ein paar Sekunden war nur das schwere Atmen der beiden zu hören. Dann fuhr Albarath mit einem gellenden Schrei so heftig zurück, dass er stürzte.
»Verdammnis!«, schrie er und krampfte sich zusammen, die Arme an die Brust gedrückt. »Wollt Ihr mich umbringen?«
Sonjas Magen zog sich zusammen vor Unbehagen, als er seine Hände ausstreckte. Die Innenflächen waren dunkel verfärbt und weißer Rauch stieg kräuselnd davon auf.
Kordan, Albaraths Wächter, trat neben den Weltenfürsten und fixierte Ethan unbeweglich. Sofort stellte sich Fabio vor seinen Herrn, sodass die beiden Männer sich gegenüberstanden wie kampfbereite Wachhunde. Beide hatten die Hände auf ihre Waffen gelegt.
»Ich hab nichts gemacht!«, schrie Ethan zurück. »Der Kerl war plötzlich in meinem Kopf! Sonja! Was soll das?«
»Ich wollte Euch helfen!«, donnerte Albarath. »Wieso greift Ihr mich an?«
»Das war ein Versehen!«, verteidigte Sonja den Jungen hastig und stellte sich neben Ethan. »Er kann sich nicht beherrschen. Mich hat er vorhin auch fast verbrannt.«
Der Mann musterte sie mit zusammengekniffenen Augen und öffnete den Mund, um etwas zu erwidern, sagte aber nichts.
»Er wollte das nicht«, versicherte sie noch einmal.
Dem Blick des fremden Weltenfürsten war anzusehen, dass er anderer Meinung war, doch er nickte. »Dann werdet Ihr es ihm zeigen müssen«, schloss er. »Ihr könnt den Dunklen Strom bändigen. Zeigt es ihm. Den Rest muss er selbst erledigen.«

Sonja nickte unbehaglich und trat vor Ethan hin. »Es ist genau wie eben«, sagte sie. »Mach dir keine Sorgen, okay?«
»In Ordnung«, meinte er nur und schloss die Augen.
Als Sonja ihre Hände ausstreckte, hatte sie das Bild von Albaraths rauchenden Fingern vor Augen. Doch die Berührung war vollkommen normal; von der Hitze war nicht das Geringste zu spüren. Vorsichtig streckte sie ihren Geist nach Ethan aus, und es war, als hätten sie das schon tausendmal getan. Seine Seele stand ihr weit offen und nach wenigen Herzschlägen waren sie so fest verbunden, dass sie dem Jungen ohne Probleme zeigen konnte, wie man das Donnern des Dunklen Stromes Stück für Stück verringern konnte.
Stell dir vor, wie es immer weniger stark wird, wies sie Ethan an. *Und dann sieh zu, dass es genau so passiert. Du musst es nur vor dir sehen, um es geschehen zu lassen.*
Gespannt verfolgte Sonja, wie er ihre Anweisungen umsetzte; zunächst noch zögerlich und dann mit immer größerem Selbstvertrauen. Das ungeheure Brausen der kosmischen Kraft in der Seele des Jungen ließ immer mehr nach, verringerte sich zu einem hohen Surren und verstummte zuletzt ganz.
Du hast es geschafft!, rief Sonja voller Erleichterung und in ihrer Freude näherte sie sich ihm noch weiter an. Er erwiderte die geistige Berührung, zunächst noch zögerlich, dann aber fast schon etwas zu fest für Sonjas Geschmack. Sie zog sich aus seiner Seele zurück und öffnete die Augen.
In dem winzigen Augenblick, in dem sie ihre Verbindung auflösten, nahm sie aber noch etwas wahr, was ihr vorher nicht aufgefallen war und das bei ihr eine seltsam ungenaue Besorgnis hinterließ. Obwohl sie sich so unsicher war, dass sie es niemandem gegenüber erwähnen würde, konnte sie sich des Eindrucks nicht erwehren, dass da irgendwo im hintersten Winkel von Ethans Seele ein ganzer Bereich war, den sie nicht hatte sehen dürfen. Und auch wenn es nur die Ahnung eines Gefühls war, war es ihr doch so vorgekommen, als ob dort die Höllenglut weiterbrannte, die sie bereits

mehrfach gespürt hatte, und die Albaraths Berührung so brutal abgewehrt hatte.
Doch bevor Sonja darüber nachdenken konnte, wurde sie von Albaraths Stimme aus ihren Gedanken gerissen: »Ihr habt es geschafft. Der Zugang zu den Schatten ist verschlossen.«
Ethan sah den Weltenfürsten und dann Sonja fragend an, und sie nickte ihm erschöpft zu. Er grinste vor Stolz wie ein Schuljunge, bevor er sein Mondgesicht wieder unter Kontrolle bekam und ihr Nicken ernst erwiderte.
»Und jetzt?«, ließ sich Simon mit kaum verhohlener Ungeduld vernehmen.
»Jetzt löschen wir diese Monster aus«, schnaubte Albarath grimmig und fing ungeschickt an, in einer Tasche zu wühlen, die an seinem Gürtel hing. Seine verbrannten Hände schienen furchtbar zu schmerzen, und nach kurzer Zeit sah er seinen Wächter an, der ihm wortlos zu Hilfe kam.
»Was sollen wir tun?«, fragte Simon.
»Zunächst werde ich meinen Leuten ein Zeichen geben. Dann nehmen wir die Wesen in die Zange, denn zurück können sie nicht mehr. Nun, da der Riss geschlossen ist, sind sie in dieser Welt gestrandet, und das raubt ihnen einen Großteil ihrer Kraft. Ohne ihre Herren sind sie bei weitem nicht so furchtbar. – Ja, das ist es.«
Mit einem zufriedenen Grunzen beförderte der Wächter einen kleinen Gegenstand aus der Tasche seines Herrn, den Sonja zunächst für ein Schmuckstück hielt. Vorsichtig setzte er es Albarath auf die wunde Handfläche.
»Eine *Serhait*«, erläuterte der Weltenfürst, als er Sonjas verwunderten Blick bemerkte. »Eine Botin.«
Neugierig trat Sonja näher und betrachtete den länglichen, glänzenden Gegenstand auf seiner Hand. Es sah aus wie eine Art fein gearbeitetes silbernes Insekt.
Mit geschlossenen Augen hielt Albarath die rechte Hand vor den Mund und blies sanft auf die zarte Skulptur. »Jerrad«, sagte er leise. »Greift an; der Spalt ist geschlossen! Angriff!«

Mit weit aufgerissenen Augen verfolgte Sonja, wie das kleine Silberding plötzlich zu leben begann, die Beine entfaltete und die Flügel aufspannte. Dann drehte es den Kopf hin und her, als wollte es sich locker machen, und hob ab.
Gebannt verfolgte Sonja den Flug des Wesens, das zielgenau Richtung Süden schwirrte, zwischen dem weißen Säulengeflecht hindurch und auf die gläserne Außenwand der Halle zu. Eigentlich erwartete sie, ein leises Klingen zu hören, wenn das metallene Tierchen gegen das Glas prallte. Doch stattdessen schien es wie mit einer gummiartigen Folie zusammenzustoßen. Sein Flug wurde einen Augenblick verlangsamt und der Ton der Flügelschläge erhöhte sich etwas, als müsste es sich stärker anstrengen. Dann hatte es das unzerstörbare Glas einfach durchquert, scheinbar ohne eine Spur zu hinterlassen, und verschwand im Schneetreiben.
»Was ist das für ein Ding?«, fragte Sonja verblüfft und machte ein paar Schritte auf die Saalwand zu. Doch sie konnte weder ein Loch noch eine andere Beschädigung entdecken, die das Verschwinden des silbernen Insekts hätte erklären können. »Wieso kann es durch Glas fliegen?«
»Es ist eigentlich nur ein Zauber, den ich vorbereitet und in dem Tierchen festgehalten habe«, erklärte Albarath. »Bei Gelegenheit werde ich Euch zeigen, wie das gemacht wird.«
Mit einer gewissen Mühe befreite sich Sonja aus ihrem Bann. Es gab Wichtigeres zu erledigen. »Und nun?«
»Die *Serhait* wird meinen Männern Bescheid geben. Jetzt müssen wir euren Leuten helfen.«
»Was sollen wir tun?«, fragte Simon noch einmal.
Der Weltenfürst grinste humorlos. »Wir gehen hinunter und kämpfen mit aller Macht, die wir haben.«
Die drei Wächter und Albarath gingen voran, als sie in Richtung der Großen Halle marschierten, während Ethan und Sonja sich im Hintergrund hielten. Wenn sie ehrlich gewesen wäre, hätte Sonja sich am liebsten einfach in ihre Gemächer verzogen; nicht, weil

sie Angst hatte – daran war sie mittlerweile geradezu gewöhnt –, sondern ihrer vollkommenen Erschöpfung wegen. Ethan musste sie schon nach einigen Schritten stützen, weil sie sich kaum noch auf den Beinen halten konnte. Ungeschickt, aber eifrig bemühte sich der dicke Junge, ihr zu helfen.

Insgeheim war es Sonja unangenehm, seinen fleischigen Arm um ihre Hüfte zu spüren, aber sie schalt sich selbst deswegen. Aller Unsicherheit zum Trotz versuchte Ethan, ihnen nach Möglichkeit zu helfen, und sie hielt sich mit so albernen Empfindungen auf! Es war einfach undankbar, und das war ein Verhalten, das sie überhaupt nicht leiden konnte.

»Nett von dir«, sagte sie also und lächelte ihn kurz an.

»Kein Problem«, schnappte er und zwang sich gleichfalls zu einem Grinsen, obwohl seine Stirn bereits feucht glänzte vor Anstrengung. »Gern geschehen. Jetzt machen wir sie fertig, oder?«

Eine Antwort konnte Sonja nicht geben. Sie war bereits völlig fertig, aber das wäre wohl nicht das gewesen, was Ethan hören wollte. Stattdessen nickte sie und konzentrierte sich darauf, einen Fuß vor den anderen zu setzen.

❖ ❖ ❖

Eine seltsame Mischung aus boshafter Befriedigung und einer völlig ungekannten Freude erfüllte Ethan. Warum diese Monster die Stadt angriffen, war ihm selbst nicht klar, aber irgendwie erschien es ihm nur gerecht. Beim letzten Kampf hatten diese Idioten nicht verstanden, wem sie ihre Rettung zu verdanken hatten. Jetzt würden sie vielleicht endlich begreifen, was sie an ihm hatten. Auf alle Fälle würde er sie diesmal etwas mehr zappeln lassen, so viel stand fest.

Allerdings musste er achtgeben, dass dieser Albarath ihm nicht zu nahe kam. Obwohl Ethan ihn erst seit einigen Minuten kannte, hasste er den Kerl mit seinem orange-schwarzen Halloween-Kostüm und dem albernen Schnauzbart bereits jetzt von Herzen.

Alleine die Behauptung, dass Ethan diese Biester anlockte, war eine Unverschämtheit. So hatte noch keiner mit ihm gesprochen, seit das Feuer in ihm erwacht war, und Ethan war nicht gewillt, das noch einmal geschehen zu lassen.
Wenigstens hatte er diesem braunhäutigen Typen mal zeigen können, was echte Schmerzen waren, als der so dreist versucht hatte, in Ethans Kopf herumzupfuschen. Albarath war so rasch in Ethans Geist vorgedrungen, dass der einen grässlichen Moment lang befürchtet hatte, all seine Geheimnisse seien nun aufgedeckt.
Doch dann hatte Ethan die Glut entfacht, und es war eine echte Genugtuung gewesen, wie der Kerl für die Dauer einiger Herzschläge wirklich in Panik geraten war, als ihn das Höllenfeuer eingehüllt und ihm einen Geschmack darauf gegeben hatte, was es bedeutete, bei lebendigem Leib frittiert zu werden.
Ganz anders war die Verbindung mit Sonja gewesen. Für dieses wunderbare Gefühl hätte Ethan den bärtigen Clown auch jederzeit umgebracht, wenn es nötig gewesen wäre.
Immer noch war er förmlich verzückt. Anfangs war er ja sogar zurückgeschreckt, als er Sonjas erste geistige Berührung wahrgenommen hatte. Doch dann hatte sie ihm diese Mischung aus Freundlichkeit, Zuversicht und sanfter Beruhigung gesandt, und er war unter dieser warmen Welle erschauert vor Wonne. In seinem ganzen Leben hatte er noch nie etwas so Wundervolles gefühlt – weil er noch nie einem Menschen so nahe gewesen war. Für Ethan war eins nun völlig klar: Auf Sonja, auf ihre Berührung konnte er nicht mehr verzichten, und er sehnte sich nach der nächsten Geistesbrücke, nach ihrer Nähe.
Die einzige Frage war nun noch, wie er sie dazu bringen konnte, das auch zu wollen. Doch Ethan war zuversichtlich, dass Sonja sich nicht so sehr von den anderen Mädchen unterschied, was diesen Punkt anging. Er hatte ihr schon einmal das Leben gerettet, und dass sie so nett zu ihm gewesen war, musste schließlich auch einen Grund haben. Wenn er nun noch mehr wollte, musste er ihr eben auch noch ein wenig mehr helfen.

Insgeheim verzog sich Ethans Mund zu einem Grinsen der Vorfreude, als er sich vorstellte, wie sie ihn erneut um seine Unterstützung bat, und er dafür in ihren Geist eindringen durfte. Jetzt musste nur noch eine Gefahr auftauchen. Er war bereit.

15

Vorsichtig strich Alex dem Mädchen über die Stirn. Er wusste nicht, wie sie aussah, aber seine Finger ertasteten eine feingeschnittene Nase in dem schmalen Gesicht, lange Haare und eine schlanke Figur. Der Kopf der Bewusstlosen ruhte auf Alex' Hemd, das er kurzentschlossen ausgezogen und zu einem Kissen zusammengerollt hatte. Ihm fehlte jede Idee, was er dem Mädchen sagen wollte, wenn es wieder zu sich kam. Vermutlich musste er es beruhigen, aber er hatte keine Ahnung, wie er das am besten anstellte. Wenn er seine Kräfte hätte verwenden können, wäre das kein allzu großes Problem gewesen; dann wäre er in ihren Geist eingedrungen und hätte ihr gezeigt, dass er ihr nichts Böses wollte. Aber sobald er versuchte, den Dunklen Strom in seiner Seele zu entfesseln, fühlte es sich an, als würde ihm sein Innerstes ausgesogen. Zwar konnte er die Kraft spüren, aber sie erfüllte ihn nicht mehr, sodass er sie lenken und für sich verwenden konnte, sondern sie schien einfach im Nichts zu versickern. Ohne es genau sagen zu können, wusste Alex instinktiv, dass diese Zelle daran schuld war. Es war, als hätte man ihn ins Innere eines Schwamms gesteckt, der seine Kraft einfach verschluckte und auslöschte.

Nach den ersten Versuchen hatte er in seiner Wut zuletzt den Dunklen Strom so stark losdonnern lassen, wie er es noch nie bewusst gewagt hatte. Doch das einzige Ergebnis waren erneute Kopfschmerzen gewesen, die ihn fast ohnmächtig über dem Körper des Mädchens hätten zusammenbrechen lassen. Schließlich hatte er sich das Blut unter der Nase fortgewischt und sich damit abgefunden, seine Mitgefangene zunächst einmal mit normalen Mitteln zu versorgen. Nun kniete er neben ihr und hoffte.

Er hatte keine Ahnung, wie viel Zeit vergangen war, seit er sie niedergeschlagen hatte, aber ihm kam es vor wie mehrere Tage, was sicher auch an seinem Durst lag. Gerade deshalb konnte freilich noch nicht so viel Zeit vergangen ein; immerhin überlebte man nur zwei Tage oder so ohne Wasser. Doch mit jedem der leisen Atemzüge des Mädchens, die er in der Dunkelheit hören konnte, wurde er unruhiger und ängstlicher, dass er sie ernsthaft verletzt hatte. Als sie zuletzt ein Stöhnen von sich gab und sich sachte bewegte, wurde ihm fast schwindelig vor Erleichterung.

»Was ist los?«, murmelte das Mädchen.

»Es ist alles in Ordnung«, erwiderte Alex heiser und schluckte seinen zähen Speichel hinunter. »Du bist in Sicherheit.«

Die Geräusche verrieten, dass das Mädchen sich herumwälzte, und eine Hand streifte Alex' Oberschenkel. Dann erstarrten die Bewegungen.

»Hallo?«, flüsterte das Mädchen so leise, dass Alex es kaum verstand, obwohl er direkt neben ihr kniete.

»Ich bin hier, und ich tue dir nichts«, sagte er so freundlich wie möglich.

Ein paar Sekunden herrschte vollkommene Stille. Dann packte eine Hand Alex' Bein so fest, dass er überrascht aufschrie.

»Gibt es dich?«, fragte seine Mitgefangene atemlos. Im nächsten Moment hatte sie sich an Alex hochgezogen, ihn mit ein paar Handgriffen abgetastet und ihm die Arme um den Hals geschlungen. Ihr Atem strich warm und feucht über seinen Nacken. »Danke«, flüsterte sie und Tränen klangen in ihrer Stimme mit. »Ich bin so froh, dass du da bist.«

Etwas verlegen erwiderte Alex die Umklammerung des Mädchens. Er spürte den schmalen Körper in seinen Armen und wie sich die Brüste des Mädchens gegen ihn drückten, und in der Dunkelheit, trotz ihrer aussichtslosen Situation, schossen ihm plötzlich Gedanken durch den Kopf, die ihn verlegen machten.

»Ich bin auch froh«, murmelte er, drückte seine Nase in ihr weiches Haar und atmete den Geruch ein.

»Ist es noch da?«, fragte sie schließlich, löste sich von ihm und starrte offenbar nervös umher.
»Was?« Einen Augenblick lang rasten Alex' Gedanken und er wandte den Kopf, um zu lauschen. War da etwas, was er übersehen hatte?
»Da war vorher etwas in der Dunkelheit«, flüsterte das Mädchen hastig. »Ich weiß nicht, was, es hat gebrüllt und mich beschimpft. Ich hatte solche Angst, ich habe nicht verstanden, was es gesagt hat.«
Erleichtert atmete Alex auf. »Das war ich«, sagte er und konnte fast die Verwirrung auf ihrem Gesicht vor sich sehen. »Ich wollte dir nichts tun«, versicherte er rasch. »Ich habe mich auch gefürchtet.« Einen Moment schien das Mädchen mit sich zu kämpfen. »Es tut mir leid«, beteuerte er rasch, »ich wollte …«
Bevor er weitersprechen konnte, warf sie sich wieder in Alex' Arme und drückte ihn so fest, dass er kaum atmen konnte. »Lass mich nicht alleine«, flüsterte sie und fing an zu weinen, zuerst in einzelnen Schluchzern und bald in einem nicht endenden, von Krämpfen geschüttelten Heulen, das erst nach einer ganzen Weile wieder verebbte, während Alex seine Mitgefangene einfach hielt und ihr über den Rücken strich. Erst spät bemerkte er, dass ihm selbst die Tränen über die Wangen liefen. In der vollkommenen Dunkelheit knieten beide auf dem kalten Steinboden, klammerten sich aneinander und waren in aller Hoffnungslosigkeit beide unendlich froh, jemanden zu haben, der ihr Schicksal teilte.
Irgendwann hatten sie einander genug festgehalten und konnten sich aus ihrer Umarmung lösen. Doch ohne ein Wort darüber zu verlieren, achteten beide darauf, dass sie sich stets mindestens an der Hand berührten. Die Vorstellung, sich in dieser Dunkelheit wieder zu verlieren, war beiden unerträglich. Stumm saßen sie da und hörten den anderen atmen.
»Lucia«, sagte das Mädchen unvermittelt. »Ich heiße Lucia.«
»Alexander«, stellte Alex sich vor. »Wie kommst du hierher?«
Das Mädchen lachte hysterisch auf und begann gleich darauf wie-

der zu weinen. »Ich weiß es nicht«, presste sie zwischen einzelnen heftigen Atemstößen hervor. »Oh Gott, was ist das überhaupt für ein Ort? Und was tust du hier? Was …«
»Wir sind in den Schattenwelten«, unterbrach Alex sie hastig, »und die Leute, die uns eingesperrt haben, sind die Herrscher dieses Ortes.«
»Aber was wollen sie denn von uns?«, stotterte Lucia. »Ich habe ihnen doch nichts getan.« Mit jedem Wort wurde ihre Stimme wieder schriller. »Was ist eigentlich los? Erst dieses Erdbeben, da waren schon alle tot, und ich war ganz allein und habe meine Eltern gesucht, aber die waren plötzlich fort, und ich …«
Es war klar, dass sie sich in der Flut von furchtbaren Erinnerungen zu verlieren drohte. Kurzentschlossen fasste Alex sie an den Armen und zog sie an sich. Ihr Redestrom, der immer hastiger geworden war, kam zur Ruhe, als er sie an sich drückte, beruhigend hin- und herwiegte und sanft brummte.
»Ich kann dir alles erklären«, sagte er schließlich, »aber es wird etwas Zeit brauchen.«
Ihr stoßweiser Atem beruhigte sich etwas. »Lass mich«, keuchte sie und löste sich recht unsanft aus seinem Griff. »Was ist passiert?«
Es dauerte lange, bis Alex Lucia alles erklärt hatte: wie das ganze Unglück mit Konstantin begonnen hatte, wie dieser Wahnsinnige mithilfe von Alex' Kräften den Nexus entfesselt hatte, das Auftauchen der Goldenen Stadt und das verheerende Erdbeben. Alex berichtete ihr auch von dem Kampf um das Auge des Drachen, von der Wiederbesiedelung der Goldenen Stadt durch die Überlebenden des Großen Bebens und schließlich, wie er zunächst den Rettungsfeldzug geführt hatte und in den Schattenwelten gelandet war. Er berichtete viele Kleinigkeiten, die ihm selbst unwichtig vorkamen, sobald er sie aussprach, aber er schaffte es nicht, diesen ganzen Irrwitz in wenige Sätze zusammenzufassen.
Als er fertig war, dauerte es, bis Lucia etwas sagen konnte. Immer wieder begann sie zu sprechen und brach dann ab.

»Das ist verrückt«, sagte sie schließlich und lachte schrill.
Alex hob hilflos die Hände, auch wenn sie das nicht sehen konnte.
»Du musst es nicht glauben«, gab er ratlos zurück. »Aber es ist die Wahrheit.«
»Die Wahrheit, jaja, die Wahrheit«, wiederholte sie leise und begann, in der undurchdringlichen Schwärze mit sich selbst zu sprechen, zu leise, als dass Alex es hätte verstehen können, und so selbstverständlich, dass ihn fröstelte. Wie lange musste dieses Mädchen schon hier unten alleine gewesen sein?
»Wo kommst du her?«, fragte er, weil er es nicht mehr ertrug, ihrem unverständlichen Gemurmel weiter zuzuhören.
»Du bist dieser Sohn des Drachen?«, fragte sie zurück, ohne auf ihn einzugehen.
»Anscheinend, ja«, bestätigte er unbehaglich, was ein Kichern auslöste.
»Warum zauberst du uns dann nicht einfach hier weg? Du bist doch auch hierher gekommen.«
»Weil ich das nicht kann. Hier wirken meine Kräfte nicht. Wenn ich wenigstens einen *focus* hätte«, murmelte er für sich.
»Was hättest du gerne?«
»Nichts.« Er schüttelte den Kopf, auch wenn sie das schwerlich sehen konnte. »Ein *focus* hilft einem, seine Kräfte zu bündeln.«
»Aber du hast keinen.«
»Nein – doch. Eigentlich schon. Mein Vater hat mir einen hinterlassen; das Drachenauge, von dem ich gerade erzählt habe. Angeblich ist es der mächtigste *focus* der Welt.«
Sie gab einen Laut des Unglaubens von sich. »Und den hast du nicht dabei?«
»Selbst wenn, würde er uns nicht weiterhelfen. Irgendetwas ist an dem Ding nicht in Ordnung.« Er zuckte die Achseln. »Jetzt ist er bei mir zu Hause im tiefsten Keller weggesperrt und wird die ganze Zeit von einem Haufen Soldaten bewacht.« Er erklärte ihr den Mechanismus, der dafür sorgte, dass nur er an den Stab herankam. Im Grunde wollte er bloß ein wenig angeben, aber er be-

merkte auch, dass es ihm einfach guttat, von zu Hause zu erzählen. »Also: ein großes Geheimnis«, schloss er.

Fast meinte Alex, in der Finsternis so etwas wie ein Grinsen zu hören, als sie antwortete. »Ich denke, er ist kaputt. Ist das nicht ein bisschen viel Aufwand?«

»Im Augenblick wissen wir das nicht, und solange darf das Ding nicht verlorengehen. Deswegen dieser Zirkus.« Er schnaubte. »Aber wie gesagt: Jetzt würde er sowieso nicht helfen. Und außerdem … es fühlt sich an, als würde mir meine ganze Energie …«

»Ausgesogen«, ergänzte sie heftig. »Ausgesogen, stimmt's? Ich weiß, was du meinst.«

Einen Augenblick starrte Alex in die Richtung, in der er ihr Gesicht vermutete. »Wieso …«, begann er und brach dann ab, als ihm klar wurde, warum dieses Mädchen hier war.

»Ich habe es gleich nach dem Erdbeben gespürt«, erzählte sie hektisch. »Plötzlich konnte ich die Gedanken von irgendwelchen Leuten lesen und so. Es war unheimlich, und ich habe mich nicht getraut, jemandem davon zu erzählen.«

Mit gemischten Gefühlen lauschte Alex Lucias Bericht. Sie war sechzehn Jahre alt und kam aus Spanien. Auch dort hatte das Erwachen des Nexus die Alte Welt einfach fortgewischt. Nach dem Großen Beben war Lucia in den Ruinen ihrer Heimatstadt umhergeirrt und hatte versucht, ihre Eltern zu finden. Schließlich waren Monster aufgetaucht und über die verstörten Überlebenden hergefallen. In diesem Augenblick hatte Lucia zum ersten Mal ihre neuen Kräfte gespürt. Irgendwie hatte sie es geschafft, die Schattenwesen zu vertreiben, aber um den Preis, dass der Dunkle Strom sie überwältigt und in eine tiefe Ohnmacht geschleudert hatte. Ihre letzte Erinnerung war, wie man sie fortgeschleppt hatte. Erwacht war sie in diesem Kerker, und seitdem kämpfte sie gegen den Wahnsinn.

»Es ist immer still hier drin, immer dunkel«, erklärte sie und stieß plötzlich einen Schrei aus, sodass Alex zusammenzuckte. »Das ist wie in einem Grab hier unten. Wir bekommen auch nichts zu essen oder zu trinken, aber wir sterben nicht. Ich habe die Sekunden gezählt. Es sind vier Tage vergangen, ohne dass etwas passiert ist. Ich hätte doch verdursten müssen, oder? Aber man hat nur diesen Durst. Die ganze Zeit.« Sie war immer heftiger geworden, doch mit den letzten Silben wurde sie wieder ruhig. »Wir sind tot«, stellte sie mit hohler Stimme fest. »Tot – und in der Hölle.«

❖ ❖ ❖

Ihr Blut lief mittlerweile in einem feucht glänzenden Strom an der schwarzen Wand herunter und bildete eine kleine Lache auf dem Boden. Janine zitterte am ganzen Körper und ihre Kleider klebten ihr an der schweißnassen Haut. Mit zusammengebissenen Zähnen holte sie aus, ohne zu wissen, zum wievielten Male sie das tat. Ihr ganzes Leben schien nur noch aus den klirrenden Ketten, aus dieser Steinmauer und ihren Schmerzen zu bestehen. Es war, als wäre alles davor, ihre ganzen Erinnerungen, nur ein flüchtiger Traum gewesen, der sie einen Moment lang vom echten Dasein abgelenkt hatte.

Mit einem Schrei schlug sie zu, und wieder belohnten ein Knirschen und erneuter Schmerz ihre Mühen. Ihre Hand war kaum noch als Hand zu erkennen, und für Janine war sie das auch nicht mehr. Es war ein Stück Fleisch, das sie daran hinderte, aus ihren rostigen Fesseln zu schlüpfen, und ein glühender Hass auf dieses blutige Etwas erfüllte sie. Wieder zog sie den Arm so weit zurück wie möglich, sammelte sich kurz und donnerte das Fleisch mit aller Kraft gegen den Stein. Wieder spürte Janine ein Knacken im Inneren des tropfenden, unförmigen Gebildes am Ende des Arms, doch diesmal war es heftiger als bei den letzten Schlägen. Der Schmerz zuckte ihr so gewaltig durch den Leib, dass sie einen Augenblick halb ohnmächtig zusammensackte.

Du armes Ding, flüsterte es hinter ihr und sie fuhr zusammen. *Was du dich quälst! Und das nur wegen dieses Jungen.*

Mit einem Schnauben schüttelte Janine den Kopf. »Nein!«, flüsterte sie.

Denke doch wenigstens kurz darüber nach, wehte es in ihr Ohr. *Ohne den Jungen wäre nichts von all dem passiert. Deine Hand wäre in Ordnung. Du wärst so schön wie früher. Du würdest in irgendeinem Café sitzen und eine eiskalte Kirschschorle trinken.*

Die Vorstellung von ihrem alten Lieblingsgetränk ließ Janine noch mehr Tränen in die Augen steigen. Zugleich wehrte sie sich mit aller Kraft gegen die Bilder, die ihr durch den Kopf waberten.

»Lass mich in Ruhe!«, kreischte sie, stemmte sich hoch und drehte wild den Kopf, um die Frau zu sehen. Doch hinter ihr war nur Dunkelheit.

Schwer atmend ließ sie sich wieder in die Ketten sinken. Sie wusste nicht mehr, was sie sich einbildete und was Wirklichkeit war. War diese weißhaarige Ziege tatsächlich da gewesen?

Tränen rannen Janine über die schweißverklebten Wangen. Sie zitterte am ganzen Körper, vor Anstrengung, vor Schmerzen, vor Angst. Doch am schlimmsten war ein Verdacht, der momentan noch im hintersten Winkel ihrer Seele herumspukte: dass es nicht diese Frau gewesen war, die Alex für alles verantwortlich gemacht hatte – sondern sie selbst.

»Hör auf!«, brüllte sie die Wand an. »Hör auf!«

Ihre Wut wurde so gewaltig, dass sie sich mit einigen entschlossenen Bewegungen aufrappelte, ausholte und ihre geschundene Hand mit aller verbliebenen Kraft gegen die Mauer schmetterte. Etwas krachte im Inneren ihrer Faust und der Schmerz raste so heftig durch den Arm, dass Janine schreiend zusammensackte.

Doch diesmal fühlte sich etwas anders an und das ließ sie sich sofort wieder aufrappeln. Versuchsweise zog sie an ihrem linken Arm und stieß ein erregtes Keuchen aus, als das Handgelenk mehrere Fingerbreit weiter herausglitt als zuvor. Deutlich war zu spüren, wie die zerschmetterten Knochen sich gegeneinander verschoben und ins Fleisch bohrten, und Janine brüllte wütend auf. Doch ge-

rade dieses grauenhafte Gefühl feuerte sie nur mehr an und sie warf sich schreiend mit allem Gewicht in die Fessel.
Einen Augenblick lang leistete die Handschelle noch Widerstand, und dann rutschte Janines Hand so plötzlich aus dem Eisenring, dass sie das Gleichgewicht verlor und in einer kreisförmigen Bewegung hinfiel, wobei ihr rechter Arm von seiner Fessel ruckartig nach oben verdreht wurde. Die Kette des linken Arms fiel zu Boden und rutschte dann klirrend ins Dunkel davon, gezogen von ihrem eigenen Gewicht.
Speichel floss Janine über das Kinn, als sie sich eifrig keuchend mit den Beinen abstieß und liegend weiterschob, bis ihr Arm einigermaßen entspannt hing. Sie gönnte sich erst dann einen Moment der Erholung, als sie dem Ursprung der rechten Kette so nahe war, dass ihr Arm flach auf dem Steinboden auflag. Tränen der Freude rannen über ihr Gesicht, während sie zugleich darauf wartete, dass jemand hereinstürzte, um sie wieder zu fesseln. Aber nichts geschah.
Schließlich drehte sie sich auf den Bauch und robbte so weit, dass sie mit dem Mund die Schelle der rechten Hand erreichen konnte. Mit der Linken würde sie vermutlich nie wieder etwas greifen können, aber das war ihr in diesem Augenblick ungefähr so wichtig wie Make-up. Ihre Zähne schlossen sich um die rostrote Flügelschraube, mit der die Schelle verschlossen war. Mit aller Kraft biss sie zu und drehte den Kopf. Fast hätte sie laut aufgelacht, als die Schraube sich nach kurzem Zögern so leicht drehen ließ, als wäre sie frisch geölt worden. Hektisch machte Janine weiter, biss immer wieder neu zu und verrenkte sich den Hals, um eine möglichst weite Drehung zu erreichen. Endlich lösten sich die beiden Hälften der Schelle voneinander, fielen von ihrer Hand ab und das Ding, das sie so lange gequält hatte, verschwand klingelnd wie ein Glockenspiel in der Finsternis.
Janine rollte sich auf den Rücken und schloss die Augen. Im Mund schmeckte sie noch den Rost, ihre Zähne taten weh und das Klopfen in dem blutigen Stumpf am Ende ihres linken Arms war schier

unerträglich. Und doch war es Janine nie besser gegangen als in diesem Augenblick.

Du hast es also geschafft, flüsterte die Stimme über ihr.

»Ja«, kicherte Janine tränenüberströmt. »Ich hab dich fertiggemacht.«

Und jetzt rennst du gleich los, um den kleinen Prinzen zu retten, hm?

»Ich hol ihn raus, und dann trete ich dir in den Hintern.« Janines Lachen wurde als schwacher Widerhall zurückgeworfen.

Wie du meinst. Aber denk das nächste Mal darüber nach, was er dir noch alles antun soll.

»Du kannst mich mal«, murmelte Janine und schloss die Augen. Diesmal ertönte keine Antwort.

Sie blieb noch eine ganze Weile so liegen und stemmte sich dann wieder hoch. Mit schlurfenden Schritten ging sie zurück zu der Stelle, wo sie nun so lange gehangen hatte. Die Wasserflasche stand immer noch da, und die kühle Flüssigkeit war eine Belohnung, die alles aufwog, was zuvor geschehen war. Dennoch trank sie nur die Hälfte.

Dann wischte sie sich mit dem linken Unterarm über den Mund, worauf sie ihr eigenes Blut schmeckte und ausspie.

»Also gut«, flüsterte sie und ging mit steifen Schritten in die Richtung, aus der dieses barfüßige Miststück gekommen war.

❖ ❖ ❖

»Was tust du?« Lucias Stimme war schlagartig der Panik nahe, als Alex ihre Hand losließ und aufstand.

»Ich will sehen, was noch in diesem Raum ist.« So entschlossen, wie er seine Stimme klingen lassen wollte, war er bei weitem nicht, aber Alex musste etwas tun. Auch wenn keine Chance bestand, hier herauszukommen, er wollte sich nicht einfach so geschlagen geben.

»Da ist nichts«, sagte sie hastig. »Das hab ich tausendmal überprüft. Lass mich nicht allein!«

»Dann komm mit. Ich will mir diese Tür mal genauer ansehen.« Sie lachte düster auf. »Da ist keine Tür. Ich hab lange danach gesucht. Hier gibt's nur diese verdammten Mauern und sonst nichts.«

»Was?« Alex schüttelte den Kopf und rief sich die schwammigen Erinnerungen an seine Einkerkerung ins Gedächtnis zurück. »Es muss so was geben. Als sie mich hier reingeworfen haben, habe ich die Türen gesehen. Sie haben mich einen ewig langen Gang hinuntergebracht, und da waren hunderte, alle aus rostigem Eisen. Aber seltsam war, dass …«

»Was?«

»Es war, als wären sie mit Rost überzogen«, sagte Alex nachdenklich. »Als wären sie in den Rahmen festgewachsen.«

Lucia schwieg einen Augenblick. »Warte!«, rief sie dann. Es war zu hören, wie sie hastig aufstand und auf Alex zuging. Sie fasste ihn am Arm und ging mit raschen Schritten in eine bestimmte Richtung. Widerstrebend ließ Alex sich von ihr lenken und staunte über die Sicherheit, mit der sie sich in der völligen Finsternis bewegte. Wie lange musste man hier unten gewesen sein, um sich so mühelos zurechtzufinden?

Nach einigen Schritten blieben sie stehen. »Fühl mal«, sagte Lucia und führte seine Hand bis zu der Wand. Seine Fingerkuppen strichen über eine Fläche, die sich zunächst anfühlte wie rauer Fels. Doch als er die Hände weiterwandern ließ, stellte er fest, dass diese Fläche etwas höher als mannshoch war, doppelt so breit wie er selbst und so eben wie ein Spiegel. Erst am Rand waren rundliche Wülste zu spüren, die schließlich in die steinernen Wände übergingen.

»Ich dachte immer, es wäre nur eine Steinplatte«, sagte Lucia. »Was glaubst du – bekommen wir sie auf?« Zum ersten Mal hörte Alex in ihrer Stimme einen Hauch von Hoffnung, und in all seiner Angst und Mutlosigkeit erfüllte ihn so etwas wie Stolz.

»Das werden wir sehen.« Während seine Fingerkuppen weiter über die rostige Eisentür glitten, suchte er in seinem Geist nach irgendwelchen Anzeichen, die ihm sagten, was er zu tun hatte. Doch da war rein gar nichts. »Ich weiß nicht«, gab er zögerlich zu. »Ich fühle überhaupt nichts. Keine Ahnung, wie wir hier rauskommen sollen, wenn ich meine Macht nicht nutzen kann.« Er dachte angestrengt nach.

»Und wenn wir es zusammen versuchen?«, schlug Lucia in plötzlichem Eifer vor. »Du hast doch erzählt, dass du so etwas mit deinem Nachbarn gemacht hast, oder? So eine Verbindung hergestellt. Vielleicht können wir uns zu zweit ja gegen dieses Ausgesaugt-Werden wehren!«

Die Erwähnung von Herrn Ramiç gab Alex einen kleinen Stich. Was hätte er nicht darum gegeben, jetzt mit dem alten Herrn zusammen zu sein! Doch bereits der Gedanke an den erfahrenen Weltenfürsten war ihm ein Ansporn. Lucias Idee war einen Versuch wert.

»Okay«, sagte er und setzte sich direkt vor die Tür. »Setz dich so vor mich hin, dass wir uns berühren können.«

Sobald Lucia vor ihm hockte, ertasteten sie ihre Hände und hielten sie fest. Obwohl sie einander während der vergangenen Minuten nur wenige Augenblicke nicht berührt hatten, verspürte Alex doch eine tiefe Erleichterung, als er Lucias Hände wiederfand.»Was soll ich machen?«, fragte sie, plötzlich ein wenig eingeschüchtert. Ihre schlanken Finger lagen sanft und warm in seinen Händen. Auf einmal hatte Alex das Bedürfnis, sie an sich zu drücken.

Er räusperte sich. »Entspann dich und atme tief durch. Erinnerst du dich noch an das Gefühl des Dunklen Stromes? Gut, dann denke einfach möglichst fest daran. Du müsstest es bald spüren …«

Während Alex Lucia diese Anweisungen gab, machte er sich zugleich selbst daran, die Urkraft der Weltenfürsten in sich zu wecken. Schon nach wenigen Herzschlägen fühlte er die Kraft des Dunklen Stromes in seiner Seele aufbrausen – und sie zugleich einfach im Nichts verschwinden. Mit einem stummen Fluch stemmte er sich dem Sog der Zelle entgegen, versuchte zähneknirschend, seine Kraft zu bündeln, um sich dagegen abzuschirmen. Er hatte sich in der letzten Zeit etwas erholt. Obwohl in seinem Hirn sofort überall Schmerzen erblühten wie kleine Gewitterwolken, gelang es ihm zunächst, den Dunklen Strom unter Kontrolle zu bringen.

Dann plötzlich spürte er direkt vor sich ein schwaches Pulsieren in der Dunkelheit. Lucia ächzte und ihre Finger umkrampften Alex' Hände, als sie sich verzweifelt bemühte, ihre Kraft zu entfesseln und auch zu halten.

Einen Moment, rief Alex ihr lautlos zu. *Ich helfe dir. Du darfst mich jetzt nicht wegstoßen.*

Als Bestätigung bekam er nur ein Stöhnen. Ohne weiter zu warten, stellte er eine Geistesbrücke her. Binnen weniger Atemzüge verschmolzen ihre Seelen miteinander und über Alex brach ein geistiges Chaos herein, mit dem er nicht gerechnet hatte, und das ihn geradezu umwarf.

Es war, als hätten sich während der letzten Monate in dieser verfluchten Finsternis in Lucias Seele alle Angst, Einsamkeit, Wut, der ganze Schmerz und die Trauer über den Verlust ihrer Eltern angestaut – und nun rollte dieses Meer von Gefühlen innerhalb weniger Sekunden völlig ungebremst über ihn hinweg.

Mit einem lautlosen Schrei versuchte Alex, sich gegen diese unfassbaren Qualen abzuschirmen, aber es war unmöglich. Tränen strömten ihm über die Wangen und er sank schluchzend in sich zusammen. Dieses Mädchen hatte einen Alptraum durchlebt, den auch der furchtbarste Verbrecher nicht verdient hätte, und als Alex langsam und benommen aus diesem Durcheinander entsetzlicher Empfindungen auftauchte, kannte seine eigene Seele nur noch zwei Gefühle: unendliches Mitleid für Lucia, die er in diesem Moment mehr liebte als jeden anderen Menschen auf der Welt – und grenzenlosen, donnernden Hass gegen diejenigen, die ihr das angetan hatten.

Der Dunkle Strom schwoll immer weiter in ihm an, während er den Sog der Zelle abwehrte und mit einem anderen Teil seines

Bewusstseins versuchte, Lucias gequälte Seele etwas zu trösten. Alex lenkte seine Kraft auf die Tür, die sich hinter diesem seltsamen Rostüberzug verbarg. Als er das massive Eisen schließlich mit seinem Geist berührte, erkannte er, dass ihn sein Gefühl nicht getäuscht hatte. Dieser ganze Raum war so etwas wie ein gewaltiger *focus*, nur dass er nicht der Bündelung der Kräfte von Weltenfürsten diente, sondern ihrer Zerstreuung, um sie wirkungslos verpuffen zu lassen. Sobald er die Tür mit seinen Gedanken berührt hatte, fing sie an, einen Sog zu entwickeln, der ihm sämtliche Energien aus der Seele zu reißen drohte. Rasch zuckte er davor zurück.

Heiße Wut überkam ihn angesichts der Erkenntnis, dass dieses Gefängnis speziell für sein Geschlecht errichtet war.

Genug davon!, schoss es ihm durch den Kopf und er gab dem schwarzen Mauerwerk rings um die Tür einen gedanklichen Stoß, der sie wie ein unsichtbarer Rammbock zerschmetterte und unter ohrenbetäubendem Krachen gegen die Wand auf der anderen Gangseite schmetterte. Alex zog Lucia auf die Füße und führte sie auf den Korridor hinaus. Hier unten gab es keine Lichtquelle, aber nun konnte er wieder sein inneres Auge nutzen, auch wenn es nicht weit reichte und ihm nur ein undeutliches Bild lieferte.

Wir gehen heim, versprach er Lucia und drückte sie fest an sich, während sie unsicher über den Schutt stiegen, der bis eben ihr Gefängnis gewesen war, und Schritt für Schritt aus der Hölle flohen.

16

Es dauerte eine gefühlte Ewigkeit, bis sie von der Kammer mit dem Nexus bis hinunter zum Großen Saal gekommen waren. Schon auf halbem Weg schwankten ihnen die ersten Verwundeten entgegen. Einige von ihnen hatten dunkelrot verfärbte Gesichter, sodass sie aussahen wie Brandopfer. Sie atmeten schwer und pfeifend, ihre Hälse waren geschwollen, ihre Schultern schienen direkt am Kinn zu beginnen. Viele saßen oder lagen auf dem Boden, wo sie am ganzen Leib zu zittern begannen und dann plötzlich starben. Einige streckten ihre schwarz verfärbten Finger nach Sonja aus, und sie erwiderte ihre Blicke voller Todesangst mit ehrlichem Entsetzen.

»Das ist Gift«, erklärte Albarath voller Abscheu. »Hütet euch vor den Biestern! Wenn sie euch einmal gebissen haben, kann euch niemand mehr helfen.«

Voller Grausen eilten sie weiter. Immer mehr Krieger taumelten ihnen entgegen, je näher sie der Großen Halle kamen.

»Bleibt zurück, Herrin!«, rief ein junger Mann, an dessen rechtem Oberarm eine blutige Wunde klaffte. »Wir werden nicht mit ihnen fertig! Rettet Euch!«

»Sei still, du Feigling!«, donnerte Albarath ihn an, ohne auch nur seinen Schritt zu verzögern. »Hilfe ist unterwegs, aber ihr müsst durchhalten!«

Der Soldat sah ihm nur kopfschüttelnd nach und lehnte sich kraftlos gegen eine Wand.

»Was soll ich tun?«, fragte Ethan, schwankend zwischen Eifer und Angst.

»Ihr seid ein Glutbringer. Verbrennt diese Höllenbrut«, erwiderte der Weltenfürst knapp.

Schließlich hatten sie die breite Freitreppe erreicht, die am einen Ende in die Große Halle hinunterführte, gegenüber den gewaltigen Torflügeln, durch die man die Goldene Stadt verließ. Einen Augenblick blieben sie starr vor Schreck auf dem oberen Treppenabsatz stehen und sahen in die Halle hinunter, wo sich ein Bild bot wie direkt aus der Hölle.

Vor den gesprengten Toren lagen in einem riesigen Haufen die Kadaver der erschlagenen Schlangen und hunderte von toten Kämpfern in einem grausigen, blutigen Durcheinander. Das gewaltige Monstrum, das abertausende der kleinen Schlangen ausgespien hatte, wälzte sich in Todeszuckungen auf einem Wall aus Leibern. In seinem Kopf steckten mehrere Lanzen und dutzende von Pfeilen, doch hinter ihm drängten bereits weitere der gewaltigen Monster in den Raum.

In der Halle unten bildeten die verbliebenen Kämpfer einen Ring, den bisher noch keines der Wesen durchbrechen konnte. An vorderster Stelle schwang Conrado sein Schwert. Wie ein Besessener schlug der Kommandant der Truppen der Goldenen Stadt auf die Kreaturen ein, doch weder dadurch noch durch seine gellenden Befehle konnte er verhindern, dass sie Schritt für Schritt zurückgedrängt wurden.

Vor allem die kleinen Schlangen waren eine ernste Gefahr. Obwohl die Männer und Frauen ihrem Feind mit grimmiger Wut entgegentraten und jeder Klingenstreich ein anderes der schwarzen, schmierigen Monster in Stücke hieb, war bereits erkennbar, dass der Widerstand nicht mehr lange halten würde. Die meisten Kämpfer waren entweder tot oder verwundet oder geflohen, und sobald der schon stark ausgedünnte Ring durchbrochen war und die Schlangen auch von hinten angreifen konnten, hatten die Menschen keine Chance mehr.

»Was sollen wir tun?«, fragte Kordan seinen Herrn.

Albarath deutete auf die Tore, wo gerade zwei besonders große Bestien über die Kadaver ihrer getöteten Schwestern hinwegglitten. Als sie sich dem Menschenring näherten, verloren einige der

Kämpfer den Kopf und rannten einfach weg. »Ihr müsst die anderen auf ihren Posten halten! Schlagt die Biester tot, aber gebt acht, dass ihr nicht gebissen werdet!«
»In Ordnung«, nickte Kordan und sah die beiden anderen Wächter an, die ihre Waffen bereits in den Händen hielten. »Auf, Brüder!«
Simon sah Sonja fragend an. »Pass auf dich auf!«, sagte sie.
Einen Moment später stürmten die drei die Treppe hinunter, drängten sich in die Reihen der erschöpften Kämpfer und sofort waren ihre Waffen schwarz vom Blut der Bestien.
»Ethan«, rief Albarath über den Lärm des Kampfes hinweg. »Ihr müsst Eure Kraft einsetzen.«
Das runde Gesicht des dicken Jungen zeigte Angst. »Das ist zu nah«, rief er in einem Ton, der Sonja irgendwie übertrieben dramatisch vorkam. »Ich werde die Leute alle mitverbrennen.«
Der Weltenfürst sah Sonja an. »Dann müsst Ihr ihm noch einmal helfen. Zeigt ihm, wie er seine Macht lenken kann.«
»Aber das weiß ich doch auch nicht«, keuchte sie. Die Vorstellung, sich noch einmal mit Ethans Geist zu verbinden, rief in ihr die Erinnerung an diese Glut wach, die sie tief und verborgen in seiner Seele gespürt hatte, und sie fühlte, dass hier eine Gefahr lag.
»Versucht es, verdammt! Ihr seid die Herrscherin dieser Menschen! Ihr müsst ihnen helfen, mit aller Macht, die Ihr habt!«
»In Ordnung, wir versuchen es«, sagte Ethan und wandte sich Sonja zu, bevor sie selbst etwas sagen konnte. »Komm! Zusammen schaffen wir das«, ereiferte sich der Junge und legte seine dicken Finger auf ihre Schultern.
Noch im gleichen Moment spürte Sonja seinen geistigen Vorstoß, mit dem er so heftig auf sie eindrang, dass sie fast in die Knie ging und ihn reflexhaft zurückstieß.
Was ist?, gellte seine Stimme in ihrem Kopf, und sie konnte seine Besorgnis und auch einen Anflug von Misstrauen spüren. *Stimmt etwas nicht?*
Du bist zu stark, gab sie zurück und versuchte, die Verbindung aus-

zubalancieren, indem sie ihm ein Stück entgegenkam. Diesmal hielt er sich zurück und einige Herzschläge später war ihre Verbindung stabil.

Jetzt kannst du loslegen, sagte Sonja, *aber langsam, um Himmelswillen!*

Noch im selben Augenblick spürte sie die ungeheure Hitze, die von dem Jungen ausging, doch berührte seine Macht sie nicht selbst. Es war ein Gefühl, als stünde sie neben einem donnernden Strom aus flüssigem Eisen. Das Feuer brauste immer heftiger, und sogleich hatte Sonja Angst, dass Ethan die Kontrolle verlieren könnte. *Achtung, pass auf!*, rief sie.

Keine Sorge, erwiderte er und im nächsten Moment hatte er sich schon unter Kontrolle. *Und jetzt heizen wir den Biestern ein!*

Die Temperatur in dem Saal stieg sprunghaft an. Nachdem Ethan gut zurechtzukommen schien, ließ Sonja ihr geistiges Auge wandern und beobachtete gebannt, wie die Luft rund um die Schlangen sich plötzlich in ein blendendes Gelb verwandelte, das die schwarzen Leiber einfach zu verschlucken schien.

Die Soldaten wichen unter aufgeregtem Geschrei vor den Schlangen zurück, die Arme schützend vor die Gesichter gehoben. Das Fauchen der Bestien steigerte sich rasch zu einem heiseren Kreischen, als die schleimigen Leiber zu dampfen begannen, sich immer heftiger umeinanderwanden und zugleich verzweifelt zu entkommen versuchten.

»Haltet eure Posten!«, donnerte Albaraths Ruf durch den Saal, doch sein Befehl verhallte ungehört. Auch Simon und die beiden anderen Wächter zogen sich jetzt zurück, wobei ihre Klingen jedes Tier zerteilten, das ihnen bei seiner Flucht zu nahe kam.

Und jetzt sterbt!, donnerte Ethans Stimme voll düsterer Freude in Sonjas Seele. Gleichzeitig glühten die ersten der Tiere noch bei lebendigem Leib auf und erfüllten die Luft in der Halle mit einem grässlichen Gestank. Der Anblick des rötlich glimmenden Haufens von panisch umherkriechenden Leibern schlug Sonja so in seinen Bann, dass sie Ethan vollkommen vergaß.

Sie nahm erst wieder Notiz von ihm, als seine Hände sich von ihren Schultern lösten und er neben ihr zusammensackte.
»Was ist los?«, rief sie und kniete sich neben ihn hin. Der dicke Junge wälzte sich leise stöhnend zur Seite und hielt eine Hand vor das Gesicht. Aus seinen Nasenlöchern und Ohren lief in dünnen Rinnsalen das Blut, während die Hitze in dem Saal so schnell wieder abnahm, wie sie entstanden war.
»Er wird es überleben«, stellte Albarath etwas unwillig fest, packte Sonja an den Armen und zog sie auf die Füße. »Den Zustand kennen wir alle. Jetzt müssen wir uns um diese Biester kümmern! Los! Es sind Eure Leute!«
Verwirrt starrte Sonja hinunter in den Saal, der mit so dichtem Rauch gefüllt war, dass man nur schwer etwas erkennen konnte. Doch dann verstand sie, was der Weltenfürst meinte. Die Männer und Frauen, die eben noch verhindert hatten, dass die Schlangen sich ungehindert ausbreiten konnten, waren vor Ethans Feuersbrunst so weit zurückgewichen, dass nun auch die Bestien in alle Richtungen davonkriechen konnten. Gelähmt vor Schreck sah sie, wie einige der kleineren Tiere in einen Seitengang glitten und verschwanden.
»Nein!«, schrie sie und fuchtelte mit den Armen, um die Kämpfer unten im Saal zu alarmieren. »Ihr müsst sie aufhalten!« *Haltet sie auf!*
Obwohl sie das Kommando nur in Gedanken wiederholte, schien es zu wirken. Schlagartig sahen alle zu ihr empor und schienen sich dann wieder an ihre Aufgabe zu erinnern. Unter der Führung von Conrado und den drei Wächtern stürmten sie wieder voran und erledigten mit kräftigen Schlägen die Tiere, die das Feuer überlebt hatten.
Doch dann war von den Toren her erneut wütendes Fauchen zu hören und drei weitere Schlangenschädel, groß wie Kleinwagen, schoben sich züngelnd über den noch qualmenden Haufen ihrer verbrannten Schwestern in den Saal.
»Nicht noch mehr!«, flüsterte Sonja.

»Bei Jaris!«, knirschte Albarath. »Nimmt das denn kein Ende?«
Simon tauchte vor ihnen aus dem Rauch auf, sein schwarz tropfendes Schwert in der Hand. Hinter ihm kamen wie düstere Rachegeister die beiden anderen Wächter. »Ihr müsst verschwinden!«, hustete Simon.
Kordan neben ihm nickte. »Wir müssen uns irgendwo verschanzen und uns etwas Neues ausdenken. Es kommen immer mehr nach. Keine Ahnung, wie viele es noch sind.«
Alle sahen noch einmal zu den drei gigantischen Monstern hinunter, die unaufhaltsam wie schwarze Lavaströme in den Saal hineinglitten. Doch plötzlich zuckte eines von ihnen zusammen und öffnete den Rachen zu einem heiseren Schmerzensschrei. Sein ganzer Körper wurde von einem heftigen Zittern erfasst und es begann, sich wie verrückt um sich selbst zu winden. Erst als es vollständig im Saal war, zusammengekrümmt zu einem wirren Bündel, sah Sonja den mannsgroßen Pfeil, der das Tier ein Stück hinter dem Kopf komplett durchbohrt hatte.
Einen Augenblick lang musterten die beiden anderen Schlangen die Todesqualen ihrer Gefährtin, doch bevor sie daraus schlau geworden waren, ertönte ein Schwirren, gefolgt von einem dumpfen Schlag, und die nächste stieß auch schon einen Schrei aus. Ein weiteres der gewaltigen Geschosse hatte das Tier durchbohrt und buchstäblich gegen den Rest des einen Torflügels genagelt. In einem kurzen Todeskampf richtete es sich noch einmal auf wie eine Kobra vor dem Biss und brach dann reglos zusammen. Der Kopf des letzten Tieres schwenkte in überraschter Furcht umher, während es nach dem Angreifer spähte. Aber bevor es etwas tun konnte, zischten zwei weitere Pfeile direkt hintereinander heran, fuhren dem Monster mitten durch den Leib und schleuderten es gegen die Wand, wo es bebend sein Leben aushauchte.
Albarath stieß ein betont grimmiges, wenn auch ein wenig zitteriges Lachen aus. »Na endlich«, sagte er und fuhr sich mit beiden Händen durch das Haar, um es wieder zu glätten. »Das wurde auch Zeit.«

»Wer war das?«, fragte Sonja mit weit aufgerissenen Augen. Aber als in diesem Augenblick schon einige Männer in Lederrüstungen in den Saal stürmten, wobei einer von ihnen ein Banner mit einem gekrönten Stern trug, verstand sie schon und musste lachen vor Erleichterung.

»Die Krieger von Jaris sind erfreut, Euch in dieser Not beistehen zu können, oh Sonja, Herrin der Goldenen Stadt«, erklärte der Weltenfürst grinsend und fuhr sich über den Bart, bevor er sich geziert verneigte. »Wir stehen zu Eurer Verfügung.«

»Äh – danke«, kicherte Sonja hysterisch und setzte sich langsam auf eine der Stufen. »Vielen Dank. Und herzlich willkommen.«

17

Der Raum schien endlos zu sein. Je weiter Janine sich von ihrem ursprünglichen Standort und damit von der kleinen Lampe entfernte, desto düsterer wurde es. Bisweilen kam sie an einigen dicken Säulen vorbei, die ihre Schatten in die ferne Dunkelheit warfen. Wieder einmal dankte sie dem Schicksal, dass es sie mit der Sehkraft einer Wächterin ausgestattet hatte. Ein normaler Mensch hätte hier wohl nur noch Schwärze gesehen.

Ihre linke Hand spürte sie kaum mehr. Nur ein schmerzhaftes Pochen ging von dem Ende ihres Unterarms aus, und das ignorierte Janine einfach. Sie dachte nur noch daran, dass sie Alex finden und irgendwie hier fortbringen musste. Der steinerne Boden unter ihren Füßen war kalt und glatt, aber sie genoss das Gefühl, ihre Füße wieder zum Laufen verwenden zu können. All ihre Glieder schienen allmählich wieder ihre alte Beweglichkeit zurückzugewinnen. Lediglich die Schultern fühlten sich noch etwas steif an, aber auch das würde vergehen.

Das Licht an der Mauer war nur noch ein fernes Glimmen, als Janine endlich die andere Wand erreichte. Der Raum hatte mindestens die Ausmaße mehrerer Sporthallen, und Janine wusste nicht, wie breit er war. Ihre Wächterinnen-Augen erkannten rasch, wo sich das Tor befand, obwohl der dunkle Stahl fast nahtlos mit der Mauer verschmolz. Sobald sie das gewaltige Portal erreicht hatte, blieb sie stehen und legte das Ohr an das raue Metall. Draußen war nicht das Geringste zu hören, obwohl sie mehrere Minuten wartete. Schließlich legte sie die Hand an einen der beiden Ringe, die in der Mitte an den Flügeln angebracht waren, und zog vorsichtig daran.

Lautlos schwang die Tür auf und gab den Blick frei auf einen etwa fünf Schritt breiten Gang. Janine spähte nach beiden Seiten hinaus, jederzeit darauf gefasst, einen Warnschrei zu hören und zu fliehen. Doch nichts geschah, der Gang lag ruhig im Halbdunkel einiger Fackeln, die an den Wänden in rostigen Halterungen steckten. Wieder lauschte Janine einige Zeit, in der vergeblichen Hoffnung, dass ihr irgendein Geräusch Aufschluss geben könnte, wohin sie sich wenden musste. Schließlich zuckte sie die Schultern und machte sich auf den Weg nach links. Eine düstere Freude erfüllte sie, während sie lautlos auf bloßen Füßen den Gang hinunterhuschte. Was auch immer mit ihr geschehen mochte – sie hatte nicht vor, sich noch einmal gefangen nehmen zu lassen.

❖ ❖ ❖

Obwohl es lange dauerte, spürte Alex, wie hier auf dem Gang ganz allmählich seine Kräfte zurückkehrten. Vermutlich hätte er das beschleunigen können, indem er den Dunklen Strom versiegen ließ, aber das hätte auch bedeutet, dass er auf sein inneres Auge hätte verzichten müssen. Und noch einmal in dieser absoluten Dunkelheit zu versinken, wollte er um jeden Preis vermeiden. Zwar zeigte ihm sein Geist nur sehr grobe Umrisse ihrer Umgebung, doch Lebewesen konnte er auf diese Weise rasch wahrnehmen – Lucia sah er neben sich als helle, weiße Erscheinung, ein wenig wie ein Geist in der Dunkelheit –, und das war Alex im Augenblick wichtiger als alles andere. Zudem wusste er nicht, ob er den Dunklen Strom wieder wecken konnte, wenn er ihn jetzt stoppte.

»Wie lange ist dieser furchtbare Gang denn noch?«, flüsterte Lucia. Sie hatte ihren Arm um Alex' Schultern gelegt und hing mittlerweile schwer an ihm, obwohl auch seine Kräfte mehr und mehr schwanden.

»Keine Ahnung«, brachte er mir rauer Stimme heraus. »Als sie mich hergebracht haben, war ich immer wieder bewusstlos, und da ist es mir schon so weit vorgekommen. Aber irgendwann müssen wir ja rauskommen.«

»Lass uns kurz ausruhen«, bat Lucia und machte Anstalten, sich von ihm zu lösen.
»Auf keinen Fall!« Alex hatte den Arm um ihre Hüfte gelegt und hielt sie fest. »Wenn wir uns jetzt hinsetzen, kommen wir nicht mehr hoch. Wir müssen zusehen, dass wir aus diesem Loch rauskommen. Weiter oben haben wir auch mehr Kraft.« *Hoffe ich*, setzte er in Gedanken hinzu.
»In Ordnung. Aber du musst mich tragen.« Alex sah sie so entsetzt an, dass man es anscheinend im Dunkeln hören konnte, denn sie lachte leise. »Keine Panik, war ein Witz. Komm schon.«
Diesmal hatte er das Gefühl, dass sie ihn vorwärtszog, und das Wissen, jemanden neben sich zu haben, der sein Schicksal teilte, war so ungemein tröstlich, dass er Lucia unwillkürlich noch etwas fester an sich drückte.
»Hast du auch solchen Durst?«, fragte Lucia.
»Hm.« Alex' Mund fühlte sich ausgedörrter an als je zuvor, und er wusste auch, woher dieses Gefühl kam: Sie hatten wieder etwas Hoffnung, und das ließ ihre Qualen noch schlimmer erscheinen.
»Wie hast du das eigentlich vorhin mit der Türe gemacht?«
Er lächelte schwach. »Keine Ahnung. Manchmal kann ich so etwas einfach. Aber verlassen solltest du dich nicht darauf.«
Ihm war, als fühlte er ihren staunenden Blick auf sich, und das gab ihm genug Kraft, um sie noch etwas fester zu halten.
So schleppten sie sich gegenseitig weiter, an einer schier unendlichen Zahl von Türen vorbei, die alle mit diesem seltsamen Rost überzogen waren wie mit Pilzgeflecht, und dann, endlich, tauchte in der Dunkelheit vor ihnen ein einsames Licht auf: der flackernde Schein einer Fackel. Obwohl sie weit entfernt war, schmerzte die Flamme in ihren Augen, und sie bewegten sich noch langsamer als zuvor schon. Zugleich aber war dieser Schmerz einfach eine Wohltat, und ihre Augen tränten nicht nur wegen der ungewohnten Helligkeit, als sie schließlich vor dem eisernen Halter standen und die Flamme bestaunten wie ein Wunder.
Endlich wurde Alex' Sicht wieder klar, und zum ersten Mal konnte

er Lucia auch sehen. Einen Moment lang war er auf seltsame Weise berührt, weil er sie sich anders vorgestellt hatte, auch wenn er nie bewusst darüber nachgedacht hatte. Doch nun, im Schein der Fackel, sah er ein schmales Gesicht, das ihm etwas älter vorkam als sechzehn. Vor allem die starken Augenbrauen, die einen fast männlichen Zug hatten, sorgten für diesen Eindruck von Ernsthaftigkeit und Ruhe, während die vollen Lippen so wirkten, als amüsierten sie sich insgeheim über etwas. Wie ein Strom aus Tinte flossen die verfilzten, pechschwarzen Haare über den Nacken.

Alex' Augen wanderten weiter und ihm schoss das Blut in den Kopf, als sein Blick über ihre Brüste glitt, die von dem rissigen, dünnen Hemd nur mäßig verdeckt wurden – zumal er Lucia gleich darauf in die Augen sah und sich sicher war, dass sie wusste, wo er gerade hingestarrt hatte.

Rasch sah sie zur Seite und deutete auf eine der Zellentüren. »Schau mal. Was ist das denn?«

»Wieso?«

»Hier sind sie nicht so verrostet.«

Stirnrunzelnd trat Alex näher und musterte das dunkle, nietenbeschlagene Eisen der Türe. Als er vorsichtig dagegendrückte, schwang sie geräuschlos nach innen auf und gab den Blick frei auf einen Kerker, der sich kaum von dem unterschied, in dem sie bis vor kurzem gefangen gewesen waren.

»Leer«, stellte Lucia fest, sobald sie kurz hineingesehen hatte. »Lass uns gehen.«

»Um Himmels willen«, flüsterte Alex. Ihm schoss plötzlich ein Gedanke durch den Kopf, der ihm zuvor kein einziges Mal gekommen war, und dafür schämte er sich so sehr, dass sich sein Magen zusammenzog.

»Was?« Lucias verständnisloser Blick zeigte, dass sie wirklich noch nicht verstanden hatte, um was es hier ging.

»Diese ganzen verrosteten Türen«, begann er und lehnte sich gegen die Wand, weil ihm erst allmählich aufging, was diese Erkenntnis für Folgen hatte.

»Was?«, fragte sie mit zitteriger Stimme. »Mach mir keine Angst! Was ist damit?«
»In den verrosteten Zellen stecken vielleicht überall gefangene Weltenfürsten!«
Mit weit aufgerissenen Augen wandte Lucia sich um und starrte den finsteren Gang hinunter. »Das sind hunderte!«
»Ja«, stimmte Alex zu und rieb sich das Gesicht. »Wir müssen sie da rausholen.«
»Nein!« Ihr entsetzter Schrei hallte den Korridor hinunter und sie schlug sich erschrocken die Hand vor den Mund. Beide lauschten einige Sekunden, doch anscheinend hatte niemand sie gehört.
»Das können wir nicht!«, flüsterte sie, trat vor Alex hin und griff flehentlich nach seinen Händen. »Ich kann kaum noch laufen, und du auch nicht! Und ich habe solchen Durst! Wir müssen zusehen, dass wir hier wegkommen! Um Gottes willen, wir können ihnen nicht helfen!«
Tränen schossen ihr in die geröteten Augen und Alex spürte, dass er ihr innerlich zustimmte. Sie waren vollkommen erledigt. Zugleich aber konnte er die Vorstellung nicht einfach beiseiteschieben, dass dort in den finsteren Zellen andere Menschen steckten, denen es nicht besser ging als ihnen selbst gerade noch.
»Bitte nicht!«, wisperte sie und drückte sich so fest an ihn, dass er spürte, wie sie zitterte vor Angst und Erschöpfung. »Lass uns gehen! Wir helfen ihnen später! Bitte!«
Eine Ewigkeit lang rang Alex mit seinem Gewissen. »Nur ein Versuch!«, brachte er schließlich hervor. »Wenn ich die Türe nicht aufbekomme, gehen wir sofort. Wir können den Leuten später noch helfen. Sie müssen dann eben noch ein wenig warten.«
»Lass uns gleich gehen«, weinte sie und ließ sich an der Mauer herunterrutschen, bis sie dasaß, den Kopf auf die Knie gelegt. »Oh Gott, ich muss hier raus!«
»Gleich!«, gab er zurück, wobei ihm selbst Tränen der Verzweiflung in die Augen stiegen. »Bitte! Nur einen Versuch!«

Rasch, bevor sie ihn noch umstimmen konnte, ging er zurück in die Dunkelheit des Ganges.
Nach wenigen Schritten stellte er bereits fest, dass er fast schon einer Meinung mit Lucia war. Er hatte weder Kraft noch Zeit, um den Leuten hier unten zu helfen, und wenn sie erneut gefangen genommen wurden, würde ihnen das nicht das Geringste helfen. Doch sein Pflichtbewusstsein zwang ihn vorwärts. Er war der Sohn des Drachen, wie er sich immer wieder im Stillen selbst sagte. Wenigstens einen Versuch musste er unternehmen, bevor er mit gutem Gewissen wieder verschwinden konnte.
»Na endlich«, flüsterte er, als in dem flackernden Schatten, der nur von der Fackel in seinem Rücken erhellt wurde, eine der merkwürdig rostverkrusteten Türen auftauchte. Bevor er das Eisen berührte, legte er behutsam das Ohr daran und lauschte. Aus dem Inneren der Zelle drang nicht der geringste Laut. Vorsichtig ließ er seine Finger über die bröselige Oberfläche gleiten.
Ohne darüber nachdenken zu müssen, wusste Alex, dass er für eine so gewaltige Anstrengung wie eben, als er die Tür mitsamt der Mauer gesprengt hatte, mittlerweile zu schwach war. Er musste versuchen, einen etwas sanfteren Weg zu finden. Versuchsweise ließ Alex das gleichmäßige Pulsieren des Dunklen Stromes in seiner Seele etwas stärker werden und versuchte, damit die Türe zu beeinflussen. Doch kaum hatte er seine Kraft in die Türe gelenkt, fühlte er einen kraftvollen Sog von dem Eisen ausgehen, der gierig alles an Kraft aus Alex heraussaugte, was er nur geben konnte. So rasch konnte Alex den Dunklen Strom in seiner Seele gar nicht weiter anschwellen lassen, wie dieser teuflische Mechanismus die dadurch gewonnene Energie aus ihm herauszerrte. Zugleich schnitt ein plötzliches Kopfweh quer durch seinen Schädel wie ein glühendes Messer.
Ächzend versuchte er, seine Hand von der Türe zu lösen, doch es fühlte sich an, als hätte er in Sekundenkleber gefasst. Einen furchtbaren Moment lang hatte er das Gefühl, schon wieder gefangen zu sein. Erst nach einigem Ringen schaffte er es, sich loszureißen. Er

fiel rückwärts und landete auf dem Hintern. Wie betäubt blieb er sitzen und presste die Knöchel gegen die Schläfen.

»Was ist?«, flüsterte Lucia ihm halblaut zu. Sie kauerte direkt unter der Fackel und starrte in seine Richtung, ohne ihn sehen zu können. Ihre Augen mussten von der Flamme über ihr geblendet sein. »Alex? Bist du da? Was ist los?«

»Alles in Ordnung«, murmelte er, viel zu leise, als dass sie es hören konnte.

»Alex, da kommt jemand!«

Er fuhr hoch und starrte wie gelähmt in ihre Richtung. »Was?«, zischte er, rappelte sich dann hektisch auf und fuhr vor Schreck fast aus der Haut, als plötzlich direkt neben ihm ein leises Kratzen ertönte. Es kam von der anderen Seite der Türe.

»Lass mich nicht allein«, drang es durch das dicke Metall hindurch. »Bitte! Rede mit mir!« Die Stimme war fast bis zur Unhörbarkeit gedämpft, ein heiseres Flüstern nur, und doch so voller Verzweiflung, dass es Alex schlecht wurde vor Mitgefühl.

»Alex!«, presste Lucia schrill heraus. »Oh Gott, komm zurück! Bitte!«

»Ich hole dich hier raus!«, versprach Alex dem Unbekannten hinter dem Eisen. »Ich komme wieder!«

»Bitte, bleib bei mir! Bitte!«, wehte die flehende Stimme hinter ihm her, als er zu Lucia zurücklief und sich dabei immer wieder an der Wand abstützen musste.

Sobald er Lucia erreicht hatte und sich schwer atmend gegen die Wand lehnte, hörte er es auch: Das Stampfen von vielen schweren Stiefeln auf dem steinernen Boden, und es kam mit jeder Sekunde näher.

»Da kommen sie!« Lucia klammerte sich unwillkürlich an Alex fest. In diesem Moment war bereits der Schein mehrer Fackeln am Ende des Ganges hinter einer Biegung zu sehen, durchbrochen von gewaltig erscheinenden Schatten. Alex sah wild um sich und fasste einen Entschluss. »Da rein!«, zischte er und schob Lucia vor sich her zu der Tür des leeren Kerkers.

»Nein! Nicht noch einmal!«, keuchte sie und stemmte sich gegen seinen Griff. »Das schaffe ich nicht!«
»Oh Gott, mach schon!«, schnappte er und gab ihr einen ungeschickten Stoß. »Mach schon!«
In diesem Augenblick hätte er sie am liebsten mit Gewalt in die Zelle befördert, aber er konnte sich kaum selbst auf den Beinen halten. Sie waren hier im Fackelschein so gut zu sehen wie auf einer Bühne. Diese Wesen mussten sie jede Sekunde entdecken. Doch dann schien Lucia endlich zu begreifen, worum es ging, und stolperte in die Zelle hinein.
Hastig schlüpfte Alex hinterher und drückte die Türe von innen zu, bis nur noch ein schmaler Spalt offen blieb, gerade breit genug, um hinaussehen zu können. Atemlos lauschte er auf die Schritte, die immer näher kamen und schließlich direkt vor ihrer Türe langsamer wurden.

18

»Jerrad!«, begrüßte Albarath einen der Männer, als die fremden Krieger sich durch die Kadaver der Schlangen hindurchgekämpft hatten und bis zu ihrem Ende des Saales gekommen waren.
Der Angesprochene war ein untersetzter, älterer Mann mit schwankendem Gang und Augen, die vom ständigen Blick in die untergehende Sonne wässerig geworden waren. Seine Haut war von demselben Braun wie die von Albarath und Kordan. Er trug eine Rüstung, deren Brustpanzer von einem goldenen Stern geziert wurde, und gab den anderen Männern mit einigen Winks Kommandos, die sofort befolgt wurden. »Ihr seid gerade noch rechtzeitig gekommen.«
»Das sehe ich, Großmagus«, erwiderte der alte Krieger und reichte ihm das kleine, silberne Insekt. »Das gehört Euch, denke ich.«
Der Weltenfürst steckte das glänzende Ding mit einem dankbaren Nicken ein.
»Wir mussten uns dort draußen durch eine Höllenschar dieser Biester kämpfen, wie ich es noch nicht erlebt habe. Wir haben vier Schiffe verloren und Jaris weiß wie viele Männer.« Der Blick des untersetzten Kriegers wanderte über die verkohlten Bestien, deren Kadaver fast die halbe Halle füllten. »Eine höllische Schlacht«, stellte er fest und sah dann Albarath an. »Man hätte glauben können, dass der Riss gar nicht geschlossen war, als Ihr uns gerufen habt«, sagte er ruhig.
»Der Riss war geschlossen. Aber Ihr habt recht, Jerrad. Irgendetwas war anders bei diesem Kampf. Ich weiß nur noch nicht, was.«
Hinter ihnen setzte sich Ethan stöhnend auf, wischte sich mit dem Ärmel über das runde Gesicht und betrachtete das Blut auf dem Stoff. »Ich bin in Ordnung«, brummte er, als Sonja ihn besorgt ansah. »Nur der Kopf.«

»Das habt Ihr gut gemacht«, erklärte Albarath fast etwas widerwillig. »Ohne Euch wäre dies hier schlimmer ausgegangen.«
»Hm«, machte Ethan und sah die Treppe hinunter. »Sieht echt übel aus. Warum verschwinden die Biester nicht?«
Sonja sah ihn irritiert an. »Wie meinst du das?«
»Normalerweise lösen die sich bei mir immer auf«, brummte der dicke Junge. »Werden einfach zu Rauch und verschwinden dann spurlos. Aber da war ich wohl nicht gründlich genug.«
Albarath schwankte und setzte sich dann entgeistert hin. »Bei allen Göttern! Ihr habt recht!«
»Ist das schlimm?«, erkundigte Sonja sich vorsichtig.
Der Weltenfürst tauschte einen Blick mit seinem Wächter. »Deswegen hat es auch keine Wirkung gehabt, dass wir den Riss geschlossen haben«, folgerte Kordan düster. »Verdammt! Was ist hier los?«
Alle anderen starrten die beiden Männer an. »Aber ich dachte …«, begann Sonja.
»Im Augenblick kann ich nichts Genaues sagen«, unterbrach Albarath sie und rieb sich mit beiden Händen das Gesicht. »Irgendetwas muss geschehen sein, was die Schattenwelten so eng mit den Welten des Lichts verbunden hat, dass sich die Risse nicht mehr richtig schließen lassen«, dachte er dann halblaut nach. »Daher bleiben die Kadaver hier liegen. Normalerweise kehren sie in ihre eigenen Welten zurück, sobald sie kein Leben mehr in sich tragen.«
Simon runzelte die Stirne. »Was können wir tun?«
»Ich weiß es nicht«, gab der Weltenfürst nach kurzem Zögern zurück. »So etwas ist noch nie geschehen, soweit ich weiß. Ich müsste mich mit älteren Brüdern unterhalten; vielleicht könnten die uns helfen.«
»Herr Ramiç«, riefen Simon und Sonja wie aus einem Mund.
»Wer?«
»Ein Weltenfürst, der jetzt gerade mit meinem Bruder unterwegs ist, um eine Siedlung weiter im Norden zu retten.«

Albarath sah aus, als wollte er eine weitere Frage stellen, doch in diesem Moment gesellte sich Conrado zu ihnen. Seinen Motorradhelm trug er in der Hand; aus dem Plastik ragte ein fingerlanger, abgebrochener Zahn hervor. Die Farben der Schärpe um seinen Oberkörper waren kaum noch zu erkennen, so blutdurchtränkt war die Kleidung des Gardekommandanten.
»Herrin«, stieß er schwer atmend hervor. »Wir brauchen Euch! Wir haben dermaßen viele Verwundete, dass sie kaum mehr zu zählen sind, und den Vergifteten kann scheinbar niemand helfen!«
Jerrad, der alte Krieger, gab ein zustimmendes Brummen von sich. »In der Tat: Wir sollten zusehen, dass wir hier für Ordnung sorgen. Ich habe noch einige dieser Biester gesehen, die am Leben waren. Und auch auf meinen Schiffen liegen noch mehr Verwundete, als in diese Halle passen.«
»Ihr habt recht.« Albarath sah sich in der Halle um und wandte sich dann an Sonja. »Alles andere kann warten. Jetzt müssen wir uns um die Leute kümmern.«

Kurze Zeit später waren sie wieder unterwegs, um ihre jeweiligen Aufgaben anzugehen. Jerrad, Albarath und Conrado kümmerten sich um ihre Männer, während Sonja und Ethan nach den Verwundeten schauen sollten. Simon und Fabio folgten ihnen wie breitschultrige Schatten.
»Wie fit bist du denn?«, fragte Sonja, die sich Sorgen machte.
»Es geht so«, stöhnte Ethan, rieb sich theatralisch das Gesicht und sah sie dann ernst an. »Ich werde tun, was ich kann«, versprach er feierlich.
»Natürlich«, murmelte Sonja und sah rasch weg. Sie hatte sich zwar mittlerweile an Ethans Schauspielerei gewöhnt und verstand auch, dass er sich nur ein wenig wichtigmachen wollte. Aber es war ihr etwas peinlich, wie offensichtlich er das tat, und darauf eingehen wollte sie auf keinen Fall.
In einem langgestreckten Säulengang, ein ganzes Stück hinter der Großen Halle, hatten Ärzte und Priester ein Lazarett eingerichtet,

in das die verwundeten Kämpfer gebracht wurden. Es war eine unüberschaubare Zahl von dunkel verfärbten Leibern, die hier den Boden bedeckten, und bei wenigen, viel zu wenigen waren noch Lebenszeichen zu entdecken. Die Ärzte hatten den meisten der Toten bereits das Gesicht bedeckt, natürlich auch aus Respekt, vor allem aber wohl, um unnötige Bemühungen zu vermeiden. Diejenigen, die noch bei Bewusstein waren, sahen sie kommen, und plötzlich erfüllte schwacher Jubel den Raum. Sonja stiegen die Tränen in die Augen, denn sie wusste jetzt schon, dass viele dieser Menschen sich vergebliche Hoffnungen machten.
Ein älterer Arzt mit einem blutverschmierten Kittel kam auf sie zu. »Herrin, ich bin froh, Euch zu sehen! Könnt Ihr etwas gegen dieses Gift unternehmen?«
Voller Grausen betrachtete Sonja eine junge Frau, deren Atem nur noch ein Röcheln war. Das Gesicht der Sterbenden war fast schwarz und bis zur Unkenntlichkeit geschwollen.
»Ich weiß nicht«, flüsterte sie. »So etwas habe ich noch nicht versucht.«
»Versucht es jetzt«, bat der Arzt sie matt, »denn wir sind machtlos.«
Die Stimme des älteren Herrn war von der müden Ratlosigkeit gezeichnet, die Sonja nun schon so oft bei Ärzten gehört hatte. Obwohl die Mediziner seit dem Großen Beben so dringend gebraucht wurden wie nie zuvor, war ihre Macht mit dem Ende der modernen Technik zugleich so geschrumpft, dass nur die wenigsten weitermachten, ohne den Mut zu verlieren.
»Immerhin sind wir zu zweit«, erklärte Sonja, einfach um irgendetwas Hoffnungsvolles zu sagen. »Bei wem soll ich anfangen?«
»Kommt mit«, entschied der Mann, führte sie zu einem reglosen Körper und verneigte sich erst dort hastig vor Sonja, als er sich daran erinnerte, mit wem er es zu tun hatte. »Sie könnte es schaffen.«
»Gut«, murmelte Sonja und setzte sich neben der Frau auf den Boden. Ethan kniete hinter ihr nieder und legte ihr die Hände auf

die Schultern. Kaum bestand der Körperkontakt, als Sonja bereits seine immer noch gewaltige Kraft fühlte.
Es war eine fast schon vertraute Übung. In wenigen Sekunden hatte sie die Verbindung zu Ethan hergestellt und seine Kräfte angezapft. Dann versenkte sie ihren Geist tief in den Körper der Frau und erschrak, als sie sah, wie weit der Schaden fortgeschritten war. Der ganze Körper brannte vor Fieber; für Sonja fühlte es sich an, als wäre sie in ein viel zu heißes Bad abgetaucht.
Mit aller Willenskraft brachte sie sich dazu, methodisch und ruhig vorzugehen. Zunächst half sie der Patientin, gleichmäßig zu atmen, und schirmte sie gegen die furchtbaren Schmerzen in allen Gliedern ab. Erst als die Frau in einen Halbschlaf versunken war, machte Sonja sich daran, das Problem zu finden.
Aber was sie auch tat: Sie verstand die Ursache nicht. Zwar konnte sie überall die Auswirkungen spüren – das Herz, das nur noch unregelmäßig schlug, das Blut, das nicht bis in die zugeschwollenen Adern in Armen und Beinen gelangte, die Eingeweide, die bereits zum Teil aufgehört hatten zu arbeiten – doch sie wusste nicht, was sie dagegen tun konnte. Es fühlte sich an, als hätte eine düstere, kalte Kraft vom Körper der Frau Besitz ergriffen und drückte ihn nun Stück für Stück ins Dunkel des Todes hinab, obwohl das Immunsystem ein glühendes Fieber entfachte, um den tödlichen Eindringling zu verbrennen.
Verzweifelt hielt Sonja die einzelnen Teile dieses absterbenden Leibes am Leben, doch war das nur eine Verzögerung des Unvermeidlichen. Solange sie nicht auch die Ursache des Ganzen fand, solange sie nicht herausbekam, wie sie die Vergiftung rückgängig machen konnte, war ihr Kampf aussichtslos.
Es tut mir leid, erklärte sie der Frau zuletzt, als sie erkannte, dass es keinen Sinn hatte. Sie konnte jetzt nur noch trösten und auf diesem letzten Weg begleiten, und das tat sie, indem sie sich mit der Seele der Frau verband. Plötzlich wurde die Hitze des Fiebers abgelöst von einer eisigen Kälte, die den Geist der Sterbenden erstarren ließ.

Und mit einem Schlag erkannte Sonja, dass dies der Weg zur Heilung war.
Ich brauche viel Wärme, Ethan, rief sie lautlos. *Du hast sie doch!*
Wieso? Was hast du vor?, wehte seine Stimme ihr zu; offensichtlich unsicher, ob sie ihn überhaupt verstand.
Ihr Körper versucht es schon die ganze Zeit, rief Sonja, geradezu euphorisch, dass sie einer Lösung auf der Spur war. *Wir brennen dieses Gift aus! Aber dazu brauche ich Feuer. Mach schon!*
Einen Augenblick zögerte Ethan, doch dann ließ er dem Dunklen Strom freien Lauf. Binnen weniger Sekunden brauste in ihm eine Hitze auf, wie sie im Inneren der Sonne herrschen musste. Sonja hatte das Gefühl, sich direkt neben einem Hochofen zu befinden. Doch sie bemerkte auch, dass der Junge sich Mühe gab, sie nicht zu verbrennen. Vorsichtig schirmte er sie vor seiner vernichtenden Glut ab und wartete darauf, dass sie danach verlangte.
Behutsam ließ Sonja die Hitze des Jungen in die Frau strömen, hüllte ihre Seele darin ein und half dem Körper, das schleichende Gift in den Adern auszubrennen. Zunächst wand sich die Frau unter ihrem seelischen Griff, denn mit der Hitze kamen auch die Fieberschmerzen zurück, und eine Weile schwankte der Körper auf der dünnen Linie zwischen Leben und Tod, als das Hirn so stark erwärmt wurde, dass die empfindlichen Nerven dauernden Schaden zu nehmen drohten. Sonja versuchte ihr Bestes, um die Frau vor dem unmenschlichen Fieber zu schützen, das normalerweise jeden umgebracht hätte, und schließlich wurde sie durch die Ahnung belohnt, dass die Frau es nun vielleicht alleine schaffte. Zunächst konnte sie es kaum glauben, doch als sie sich vorsichtig zurückzog, ließ sie einen Körper zurück, der zwar schweißüberströmt und vollkommen geschwächt war – aber am Leben. Die Frau sah immer noch furchtbar aus und auch ohne eine seelische Verbindung war zu merken, wie sehr sie litt, doch sie würde es schaffen.
Das Erste, was Sonja wieder aus ihrer Umgebung wahrnahm, war Ethans schweißfeuchtes Gesicht.

»Was ist?«, fragte er angespannt. »Wie geht es ihr?«
Sie lächelte müde. »Sie ist in Ordnung. Das hast du gut gemacht«, lobte sie ihn und sein stolzes Grinsen zeigte, dass er genau das hatte hören wollen.
Doch rasch schien er seine eigene Regung zu merken und verbat sich die kindliche Freude über ihre Anerkennung. »Was jetzt?«, fragte er und sah sich um. »Wen nehmen wir als Nächstes dran?«, wandte er sich an den Arzt, der alles mitverfolgt hatte und Sonja jetzt eine Flasche Wasser reichte, wobei sein Blick sie prüfend durchdrang.
»Du bist erschöpft«, erinnerte Simon aus dem Hintergrund. Seine grauen Wolfsaugen waren wie immer ausdruckslos, doch es war klar, dass er Sonja gerne von hier fortgebracht hätte.
Der Arzt nickte dem Wächter zu. »Ich verstehe. Wie viele schafft Ihr noch?«
Sonja fluchte innerlich und trank einen Schluck. Allen Ärzten der Goldenen Stadt war mehr als bewusst, dass die heilenden Kräfte der Fürstin ihre Grenzen hatten, und dass sie sich selbst in Gefahr brachte, wenn sie es übertrieb. Es war noch gar nicht so lange her, dass sie sich fast selbst umgebracht hätte, um jemand anderen zu retten. Trotzdem hätte sie diese Tatsache am liebsten einfach vergessen.
Sie zuckte die Schultern. Auch Ethan wirkte mittlerweile furchtbar ausgelaugt. »Nicht mehr allzu viele.«
Der alte Herr nickte ruhig. »Dann kommt mit.«
Er führte sie zum Eingangsbereich des Raumes, wo immer noch neue Fälle angeliefert wurden. »Dies hier sind die Hoffnungsvolleren«, erklärte er seine Wahl. »Ihre Vergiftungen sind noch nicht weit fortgeschritten.«
Ohne sich weitere Gedanken zu machen, kniete Sonja sich neben einem Jungen hin, der kaum sechzehn Jahren alt war und dessen Körper bislang nur schwache Zeichen des Giftes zeigte. Ethan legte seine Hände von hinten auf ihre Schultern, und obwohl sie es bereits gewohnt war, war das Gefühl ihr irgendwie nach wie vor

nicht angenehm. Zugleich schämte sie sich dafür, dass sie in dieser Situation an so etwas dachte.

»In Ordnung«, murmelte sie und versuchte, die Geistesbrücke aufzubauen.

Ein wenig wurde sie dadurch abgelenkt, dass zwei völlig abgekämpfte Pfleger einen weiteren Verwundeten heranschleppten und ihn direkt neben ihnen ablegten. Ihr Blick ruhte auf dem Gesicht des Mannes, durch das sich eine klaffende Wunde zog.

Nicht weiter schlimm, dachte sie bei sich. *Eine Narbe, aber er stirbt nicht.*

Diese Überlegung ließ ihre Aufmerksamkeit wieder zurück zu dem Jungen wandern. Aus den Augenwinkeln sah sie, wie der Mantel des Mannes, in dem die Pfleger ihn getragen hatten, über seiner Brust langsam auseinanderglitt. Ihre Wahrnehmung war längst auf den Jungen gerichtet, der sich bereits ähnlich anfühlte wie die Frau von eben.

Trotzdem war sie die Einzige, der das schmale, schwarze Band auffiel, das unter dem reglosen Körper des Mannes hervorglitt und dann auf sie zuschnellte.

Simon!, schrie sie in höchster Not, ohne sich selbst bewegen zu können. Sie spürte, wie Simon mit einem Schrei auf sie zusprang, die blanken Hände nach der Schlange ausgestreckt. Er flog durch die Luft wie ein Wolf im Sprung nach der Beute, doch zu spät.

Die Zeit reichte gerade aus, damit Sonja an sich hinuntersehen und verfolgen konnte, wie der schmale Kopf der Schlange ihren Oberschenkel erreichte und seine Zähne in ihr Fleisch senkte. Dann schlossen sich Simons Hände um den Körper des Tieres und zerrissen es wie ein morsches Gummiband. Erst jetzt gelangte der Schmerz vom Bein in Sonjas Hirn und sie stieß einen lautlosen Schrei aus, der alle anderen in dem Lazarett, die Ärzte und die Patienten, die Wachen und die Bewusstlosen gleichermaßen gequält aufstöhnen ließ.

Sie selbst fiel einfach hintenüber und starrte gegen die Decke über ihr. Das Letzte, was sie sah, war Ethans rundes Gesicht.

»Was soll ich tun?«, drang seine schrille Stimme gedämpft an ihr Ohr. »Sag mir, was ich tun muss!«
Ihre Gedanken bewegten sich mit einem Mal in Zeitlupe und sie sann noch über eine Antwort nach, als die eisige Kälte aus ihrem Bein ihre Seele erreichte und sie in kürzester Zeit in eine so bodenlose Schwärze hüllte, dass der Tod selbst nicht finsterer sein konnte.

19

Ihre bloßen Füße machten nicht das geringste Geräusch, als Janine den Gang hinunterlief. Sie achtete darauf, stets im Schatten zu bleiben, und beschleunigte unter jeder Fackel noch einmal, um dem verräterischen Lichtkreis möglichst rasch zu entkommen. Obwohl sie als Wächterin einen Orientierungssinn besaß, der sie selbst manchmal noch staunen ließ, hatte sie nicht die geringste Vorstellung, wo sie sich in dieser gigantischen Burg befinden mochte. Zunächst hatte sie vermutet, dass ihr Kerker unterirdisch lag, zumal sie noch kein einziges Fenster gesehen hatte. Doch dann hatte sie mehrere Treppen passiert, die tief in die Erde hinunterführten, daher ging sie davon aus, dass sie zumindest in einem ebenerdigen Teil des Gebäudes war.

Einen Ausgang oder etwas Vergleichbares hatte sie noch nicht gefunden, nur immer weitere endlose Gänge und Treppen, die ebenso verlassen waren wie zu Beginn ihrer Flucht. Die vollkommene Leere machte Janine nervös. Wenn dies die Burg der Schattenfürsten war, konnte hier nicht nur dieses weißhaarige Miststück wohnen. Doch auch nachdem sie bestimmt eine halbe Stunde herumgelaufen war, hatte sie noch keine Spur von Leben bemerkt. Eine der zahllosen eisernen Türen zu öffnen, traute sie sich nicht; das Risiko, dass dahinter eine böse Überraschung lauerte, war ihr zu groß. Und schließlich musste sie irgendwann einmal auf einen Hinweis stoßen, wie man hier herauskam – und wo Alex war.

Janine war so tief in ihre Grübeleien versunken, dass sie das Ende des Ganges erst bemerkte, als sie fast schon im Freien stand und der Lärm an ihre Ohren drang. Erschrocken sprang sie ins Dunkel zurück und schlich sich dicht an die Wand gedrückt voran. Sobald sie etwas sehen konnte, blieb sie regungslos hocken und musterte mit scharfen Blicken ihre Umgebung.

Der Gang mündete in eine breite Galerie, die sich kreisrund um einen gigantischen, achteckigen Lichtschacht zog. Hunderte von Metern weiter oben war der flammende Himmel zu sehen. Der Schacht war erfüllt von einem Gewirr aus Treppen und Brücken, die sich wie düstere Spinnweben von einer Mauer zur anderen, von einer Ebene zur nächsten zogen. Und dort oben marschierten immer wieder Trupps aller möglichen monströser Wesen, teilweise nur drei oder vier auf einmal, teilweise viele Dutzend. Unter dumpfen Kommandorufen und dem Geklirr hunderter von Rüstungen und Waffen stampften sie über die verschiedenen Brücken und Treppen.

Als Janine mit größter Vorsicht den Kopf etwas weiter aus ihrem Versteck streckte, sah sie, dass der Schacht auch noch weiter hinunterführte, ohne erkennen zu können, wie weit er ging. Jetzt erst verstand sie, dass sie sich tatsächlich tief unter der Erdoberfläche befand – nur eben noch nicht so tief, wie die Mauern dieser Burg wurzelten.

Unentschlossen sah sie empor zu den Monstern in den schwarzen Kutten. Sie wirkten aus dieser Entfernung zwar ameisenhaft klein, ihre schiere Zahl aber war schon erschreckend genug. Es war klar, dass die Schattenwesen einen gewaltigen Angriff planten; anders waren diese Heerscharen nicht zu erklären. Janine zuckte der Gedanke durch den Kopf, ob sie diesen Krieg noch miterleben würde. Sie wusste nicht so recht, was sie nun tun sollte. Diese Festung war gigantisch genug, um ein Leben lang darin umherzuirren, ohne zu finden, was man eigentlich suchte. Eine Weile dachte sie darüber nach, weiter hinaufzuschleichen, eines dieser Wesen dort zu schnappen und irgendwie aus ihm herauszuprügeln, was sie wissen musste. Das Problem bei diesem Plan war lediglich, dass diese Biester nicht so wirkten, als könnte man etwas aus ihnen herausprügeln – ganz zu schweigen davon, dass Janine mit nur einer brauchbaren Hand nicht gerade eine Kampfmaschine war.

Erschöpft setzte sie sich hin und lehnte den Kopf gegen die kühle Wand hinter ihr. »Verdammt, was mache ich jetzt?«, flüsterte sie. Eine ganze Weile blieb sie einfach hocken und wartete ab. Seit Ewigkeiten war sie nicht mehr so ratlos gewesen, und sie musste sich einigermaßen zusammenreißen, um ihre Verzweiflung niederzukämpfen. Nun hatte sie sich solche Qualen zugefügt, so viel Willen eingesetzt, und das nur, um hier zu hocken und nicht mehr weiterzuwissen.

Du weißt, dass es dort oben nach draußen geht, nicht wahr?

Janine fuhr zusammen und sah sich um. In dem düsteren Gang war keine Menschenseele. »Lass mich in Ruhe«, murmelte sie.

Du hast gesehen, dass sie ein Muster bilden, nicht wahr? Diese Wesen dort oben – die einen wirken erschöpfter als andere, als wären sie herummarschiert. Und sie kommen alle aus der einen Richtung. Man könnte fast denken, dass dort ein Ausgang ist. Es ist dir doch aufgefallen, oder?

Entmutigt verbarg Janine das Gesicht in ihrer Armbeuge. Sie hatte es bemerkt, ja. Aber sie konnte nicht fliehen, solange Alex hier festsaß.

Ich glaube, du könntest es hier rausschaffen, wenn du nur wolltest. Aber du musst noch den Bengel holen, leider. Nun ja. Vielleicht kommt dir der Zufall zu Hilfe.

Das flüsternde Lachen verhallte und Janine hob den Kopf. Was hatte die Frau gemeint?

Plötzlich schien es ihr, als wären Schritte an ihre Ohren gedrungen, die näher klangen als die Geräusche, die den gewaltigen Schacht bisher erfüllt hatten. Langsam stand sie auf, lugte aus ihrem Versteck und zog sich rasch wieder in den Schatten zurück. Ein Trupp von sechs dieser ekelhaften Wesen mit den Eisenplatten vor den Gesichtern und den zugenagelten Mündern stampfte eine der Treppen hinunter, die auf die Galerie vor Janines Versteck führte.

Vier von ihnen bewegten sich ein wenig mühevoller als die anderen beiden, als ob sie etwas Schweres zwischen sich trügen. Sobald sie um eine Biegung der Treppe gekommen waren, konnte Janine

ihr Gepäck auch sehen: Es war der leblose Körper eines Jungen von etwa sechzehn Jahren. Sein Kopf hing schlaff nach unten, die Haare schleiften über den Boden. Sein Gesicht war für Janine nicht zu erkennen, aber er musste ein Gefangener sein.
Die Erkenntnis ließ Janines Sinne vor Spannung vibrieren. Zwar gab es keine Garantie, dass sie ihn dorthin brachten, wo auch Alex war. Aber es war den Versuch wert. Mit neuer Hoffnung bereitete Janine sich darauf vor, dem Trupp zu folgen. Auf einmal fühlte sie sich wieder wach und kräftig, ihre Lebensgeister kehrten zurück. Sie war auf der Jagd.

❖ ❖ ❖

Atemlos spähte Alex durch den kaum fingerbreiten Spalt zwischen Tür und Mauer. Die Schritte verharrten genau davor und ein breiter Rücken in einem schwarzen Umhang tauchte im Gang auf. Leises Schmatzen und Knurren war zu hören und Alex durchzuckte die Erinnerung an seine Gefangennahme. Nach ein paar Sekunden kamen die schlurfenden Schritte noch näher. Bebend wich Alex von der Tür zurück und drückte auch Lucia beiseite. Verzweifelt versuchte er, den Dunklen Strom in sich zu wecken. Aber auch diese Zelle hatte eine Wirkung auf seine Kraft wie ein Schwamm. Blitzartig sah er ein, dass dieses Versteck vielleicht ihr letzter Fehler gewesen war. Er schaffte es nicht. Vielleicht hätte er etwas bewirken können, wenn er wieder eine Geistesbrücke mit Lucia aufgebaut hätte, aber dazu war keine Zeit.
Lautlos schwang die Türe auf und zwei der Gestalten stapften herein. Zwischen sich zogen sie einen reglosen Körper, den sie achtlos fallen ließen, sobald er sich im Inneren des Raumes befand. Wortlos wandten sich die Wesen wieder ab und traten aus der Zelle, ohne die beiden Menschen zu bemerken, die sich in die Schwärze einer Ecke drückten. Die Türe wurde langsam zugezogen und als der lichte Spalt immer kleiner wurde, verlor Lucia die Beherrschung.

»Nein!«, kreischte sie und stürmte in einer solchen Panik an Alex vorbei, dass sie ihn heftig gegen die Wand stieß. Mit zwei großen Sprüngen war sie an der Türe, packte zu und zerrte wie verrückt daran. »Lasst mich raus!«

Die Türe glitt ihr fast ohne Widerstand entgegen; so überrascht waren die Wesen draußen. Lucia schnellte aus der Zelle wie eine Sprungfeder und verschwand aus Alex' Blickfeld. Endlich rappelte auch er sich wieder auf und torkelte los. Er war noch nicht bei der Türe, als draußen Lucias Geschrei noch schriller wurde: »Lasst mich! Ihr sollt mich loslassen! Bitte!«

Obwohl ihre Schreie Alex mit einer ohnmächtigen Wut erfüllten, schaffte er es nicht, den Dunklen Strom zu wecken. Völlig planlos taumelte er hinaus in den Gang, mitten unter die Wesen in den schwarzen Umhängen, die für einen Moment vor ihm zurückschraken und rostige Dolche aus den Gürteln zerrten. Mit ihren seltsamen, eisenbedeckten Gesichtern starrten sie ihn an, während die vernagelten Münder leise Schmatzlaute ausstießen. Zwei von ihnen hielten Lucia zwischen sich fest, die sich stumm und verbissen und völlig erfolglos in ihren gepanzerten Pranken wand.

»Lasst sie los!«, stieß er wütend hervor, doch was sich bedrohlich anhören sollte, war nun nicht mehr als ein Krächzen. Seine Zunge und sein Rachen schienen mit Schleifpapier überzogen zu sein, so trocken war sein Mund. »Verschwindet!«

Die Wesen wandten die Köpfe einander zu. Dann traten sie ohne übertriebene Hast auf ihn zu und ergriffen ihn mit einer Gelassenheit, als gälte es, ein verirrtes Kalb einzufangen. Und obwohl er sich nach Kräften zu wehren versuchte, fühlte Alex bei jeder Bewegung, dass er keine Chance hatte. Hilflos musste er zusehen, wie eines der Wesen die Türe der Zelle schloss, in der sich immer noch dieser ohnmächtige Junge befand. Dann berührte es das Eisen mit einem kleinen Gegenstand, den es unter seinem Umhang hervorgezogen hatte, und schlagartig breitete sich dieser unheimliche Rost über die gesamte Türe aus und wucherte über das Mauerwerk ringsum hinaus.

Sobald das geschehen war, nickte das Wesen seinen Kameraden zu und sie setzten sich in Bewegung, bis sie bei der nächstgelegenen, rostfreien Tür angelangt waren.
»Bitte nicht«, wimmerte Lucia und rollte ihren Kopf hin und her. »Oh Gott, bitte lasst mich! Nicht wieder da hinein!«
Die Wesen stießen sie grob in den Raum und ihr jammervoller Schrei ging Alex durch Mark und Bein. Im nächsten Moment hatten seine Bewacher ihn ebenfalls hineingestoßen. Wie eine Marionette mit durchschnittenen Fäden stolperte er ins Dunkel der Zelle und stürzte über Lucia, die wie tot am Boden lag.
Mit halbgeschlossenen Augen wartete Alex darauf, den metallenen Knall der zuschlagenden Türe zu hören. Doch stattdessen erhob sich plötzlich ein hektisches Schmatzen und Schnaufen. Dumpfe Schläge waren zu hören, Metall schepperte gegen Stein, und dann war alles ruhig.
Mit größter Mühe wandte Alex den Kopf und blinzelte in den schwachen Lichtschein, der vom Gang hereindrang. Ein Kichern stieg ihm in der Kehle empor, das ihm selbst irre vorkam, aber er musste einfach lachen, als sich in der Türe eine Silhouette mit weißblondem Haar abzeichnete, die ihm so bekannt war wie sein eigener Schatten. In der rechten Hand hielt die Gestalt einen feucht schimmernden Dolch, wie ihn die Wesen mit den Umhängen gehabt hatten.
»Hallo, Janine«, krächzte er und hustete. »Hast du was zu trinken dabei?«
Es überraschte ihn eigentlich nicht, als sie ihm wortlos eine Flasche mit Mineralwasser entgegenstreckte.
»Wir müssen zusehen, dass wir hier wegkommen«, stellte Janine fest und sah stirnrunzelnd den Gang hinunter. »Irgendwem wird auffallen, dass diese Biester hier nicht zurückkommen.«
»Sicher. Wir brauchen aber noch einen Moment«, nickte Alex.
Sie saßen auf dem Gang unter einer Fackel und warteten, bis ihre Kräfte zurückkehrten und sie wieder vernünftig laufen konnten. In wenigen Worten hatte Janine berichtet, was mit ihr geschehen

war. Neben ihnen lagen auf einem Stapel die Biester mit den Eisengesichtern. Janine wischte gerade den Dolch trocken, den sie einem von ihnen abgenommen hatte. Dabei fiel Alex' Blick auf ihre linke Hand und er erschauderte. Auf seine Frage, was damit geschehen sei, hatte sie nur schmal gelächelt und gesagt, sie sei beim Nagelschneiden abgerutscht. Die einzige Erklärung, die Alex einfiel, war Folter. Diese Schattenfürsten mussten ihr das angetan haben, weshalb auch immer. Aber mit Sicherheit hatte es mit ihm zu tun gehabt. Es war Alex immer klar gewesen, dass sie sich für ihn opfern würde, aber dies hier …

Er spürte den Stich eines schlechten Gewissens. Tatsächlich konnte er sich nicht erinnern, auch nur einmal an sie gedacht zu haben, seit er in diese Zelle gebracht worden war. Und ihr Wille, ihn zu retten, hatte ausgereicht, um sich ohne zu zögern mit einer Hand in einen Kampf auf Leben und Tod mit sechs dieser Monster zu stürzen – und zu gewinnen.

»Oben werden wir Probleme bekommen«, dachte Janine laut nach. »Da laufen tausende dieser Biester herum.«

»Vielleicht sollten wir uns diese Umhänge anziehen«, schlug Alex vor.

»Das wird nicht viel bringen, sobald uns jemand näher als hundert Meter kommt. Aber etwas Besseres fällt mir auch nicht ein«, gab Janine zu.

Lucia saß dicht neben Alex und hatte sich an seine Schulter gelehnt. Nun hob sie den Kopf und wandte sich ihm zu. Ihre Augen wanderten umher, als versuchte sie, sich an etwas zu erinnern. »Da war etwas«, sagte sie langsam. »Du hast mir doch erzählt, wie du in diese Welt gekommen bist – weißt du noch?«

»Äh, ja. Und?«

»Du hast erzählt, dass dein Pferd am Ende tot war, oder?«

Einige Sekunden brauchte Alex, bis er verstand, worauf sie hinauswollte. Dann schüttelte er den Kopf. »Das wird nicht funktionieren«, sagte er langsam. »Niemals.«

Als sie die Geistesbrücke aufbauten, war Alex wieder überrascht, wie rasch der Dunkle Strom in seiner Seele mit schon fast vergessener Stärke losbrauste. Es war, als mache die Verbindung mit Lucia ihn immun gegen die Wirkung dieses düsteren Bauwerks. Sobald er die nötige Energie in sich fließen fühlte, schloss er die Augen und griff mit seinem Geist aus nach den Körpern der Monster. Mit höchster Konzentration versuchte er, sich daran zu erinnern, was er mit seinem armen Pferd angestellt hatte, als er es in den Weltenriss gezwungen hatte.

Er musste nur nach den Gliedmaßen der Kadaver greifen, und dann …

»Um Himmels willen!«, keuchte Janine, als das erste der Eisengesichter sich ungelenk wie eine ferngesteuerte Puppe von seinen toten Kameraden erhob und leise schwankend stehen blieb.

»Du musst seine Wunde verdecken«, flüsterte Alex. »Bei den anderen auch.«

Eine Sekunde zögerte Janine, doch dann tat sie, was er befohlen hatte.

»Du musst wirklich der Sohn dieses Drachen sein«, murmelte Lucia hinter ihm, und Bewunderung schwang in ihrer Stimme mit. Sie trat dicht neben ihn und umfasste seinen Arm. Nur am Rande nahm Alex den Druck ihrer kühlen, schlanken Finger auf seiner Haut wahr, aber es war ein Gefühl, das ihn fast die Kontrolle über die toten Monster verlieren ließ, die nun alle sechs reglos dastanden und auf seine Kommandos warteten.

»Ich glaube nicht, dass das eine gute Idee ist«, sagte Janine. »Du weißt nicht, ob diese Biester dir wirklich gehorchen.«

»Es sind nur Körper«, gab Alex zurück, ohne sie anzusehen. Er musste sich stark konzentrieren. »Mach dir keine Sorgen.«

❖ ❖ ❖

Wenige Minuten später waren sie auf dem Weg nach oben. Obwohl Janine seit ihrer Bekanntschaft mit dem Jungen schon einiges erlebt hatte, was einen guten Grundstoff für höllische Alpträume geboten hätte, war dies hier wirklich außergewöhnlich. Um sie herum marschierten die lebenden Leichen, steifbeinig und in perfektem Gleichschritt, gerade als ob sie drei Gefangene eskortierten. Dass ihre Gesichter bereits zu Lebzeiten einfach nur ein grausamer Witz gewesen waren, machte die Sache nicht weniger gruselig. Aber es schien erstaunlich gut zu klappen. Jeder, der sie sah, musste denken, dass hier Gefangene transportiert wurden. Doch das genügte noch nicht, um jeden düsteren Gedanken Janines verschwinden zu lassen.

Mit gerunzelter Stirn verfolgte Janine, wie der Junge und das fremde Mädchen nebeneinander hergingen. Diese Lucia hatte sich ängstlich an seinen Arm gehängt, und auch wenn Janine das verstehen konnte – immerhin hatte Alex die Kleine gerettet –, musste sie zugleich einen seltsamen Ärger herunterschlucken. Nachdem ihre Hand seit dem Ausbruch fast völlig taub gewesen war, schmerzte sie nun höllisch. Zudem hatte eines dieser Biester Janine mit seinem Dolch erwischt. Die tiefe Schnittwunde an ihrer Seite schien nicht allzu gefährlich zu sein, deshalb hatte die Wächterin dem Jungen gar nichts davon gesagt. Aber er hatte sie auch nicht bemerkt, obwohl der Blutfleck auf ihrem Hemd kaum zu übersehen war.

Ich hab's dir gesagt, nicht wahr?, flüsterte wieder die Stimme der weißhaarigen Frau. *Um dich hat er sich keine Sorgen gemacht, das steht fest.*

Janines Augenbrauen zogen sich zusammen. Widerwillig musste sie es zugeben: Der Junge schien an sie nicht gerade viele Gedanken verloren zu haben. Aber er hatte ja auch nette Gesellschaft gehabt. Vermutlich hatten die beiden einander einiges zu erzählen gehabt, während die Wächterin sich selbst verstümmeln durfte, um das junge Glück aus seiner Zelle zu befreien.

Ihr Blick blieb an Lucias feingliedrigen Händen hängen, mit denen sie sich an Alex' Arm festklammerte. Irgendwie war sich Janine sicher, dass die Kleine noch für Ärger sorgen würde. Und

sie wusste jetzt schon, dass der Junge sich dumm verhalten würde, und dass sie ihm zuletzt aus dem Schlamassel heraushelfen müsste – immerhin war sie seine Wächterin.
Es war zum Kotzen.

❖ ❖ ❖

»Wo sind wir, Janine?«, fragte Alex, ohne den Kopf nach ihr umzuwenden.
Sie befanden sich in dem gewaltigen Schacht, über dem der brennende Himmel loderte. Auf den Brücken und Treppen weiter oben marschierten nach wie vor vielhundertfach alle möglichen Monströsitäten herum, ohne dass klar erkennbar gewesen wäre, welche Ziele sie hatten.
»Dort oben muss ein Weg nach draußen führen«, erklärte Janine leise und deutete auf eine besonders breite Brücke, die quer über den Schacht führte. Mehrere kleinere Stege liefen von anderen Ebenen aus darauf zu wie Autobahnzubringer. »Seht ihr die Biester, die dort herkommen? Sie gehen langsamer als die anderen. Es ist zwar nicht gerade sicher, aber ich schätze, dass sie von irgendwelchen Ausflügen zurückkehren.«
»Du hast recht«, stimmte Lucia ihr zu und warf ihr einen staunenden Blick zu. »Mir wäre das nie aufgefallen.«
Alex grinste schwach. »Dafür hat man eine Wächterin, schätze ich. In Ordnung, dann lasst uns mal Gas geben!«
Inmitten der wandelnden Kadaver stiegen sie über dutzende von Treppen, immer höher und höher, auf die große Brücke zu und dem flammenden Himmel entgegen. Bereits zwei Ebenen weiter gerieten sie in eine Gruppe dieser furchtbaren Wesen mit den Metallgesichtern, die unter leisem Schmatzen ihren Weg kreuzten. Alex hatte Schwierigkeiten, die sechs toten Körper gleichzeitig anzuhalten, und einer von ihnen lief wie ein aufgezogenes Spielzeug weiter, bis er gegen eine Mauer stieß, dass seine Rüstung schepperte. Alle hielten den Atem an und Janines Finger legten sich sanft

um den Griff des Dolches. Aber keines der anderen Wesen schien sie zu bemerken. Offensichtlich waren sie nicht besonders aneinander interessiert, solange es keinen Befehl gab, den sie gemeinsam auszuführen hatten.
»In Ordnung. Weiter«, murmelte Alex, nachdem sie einen Moment gewartet hatten, und sie setzten ihren Weg fort.

❖ ❖ ❖

Immer wieder mussten sie umkehren, weil sie in Sackgassen gerieten oder zu spät bemerkten, dass sie in die falsche Richtung gelaufen waren. Die ganze Zeit über hielten sie die Köpfe gesenkt, um möglichst hinter ihren scheinbaren Wächtern zu verschwinden. Sie wagten nun kaum ein Wort zu wechseln oder auch nur Luft zu holen, und Janine hielt ihren Dolch die ganze Zeit so fest umklammert, dass ihre Finger nach einiger Zeit schmerzten.
Je näher sie der gewaltigen Brücke kamen, desto voller wurden die Wege und Treppen. Immer wieder wurden ihre Wächter von deren lebenden Kameraden angerempelt und kamen aus dem Tritt. Alex machte die Anstrengung immer mehr zu schaffen. Schweiß glänzte auf seinem Gesicht, als einer der Körper auf einer Treppe hinfiel und bewegungslos dalag wie ein Mehlsack. Mehrere der anderen Monster blieben nun doch stehen und musterten sie mit ihren metallenen Gesichtern. Die von den Klammern halboffen gehaltenen Münder, um die herum das Fleisch moderte, wirkten plötzlich gar nicht mehr so idiotisch und dumpf, wie Janine eine Sekunde zuvor noch gedacht hatte, sondern misstrauisch und boshaft. Immer mehr von ihnen verharrten und scharten sich um die drei Menschen und ihre scheinbaren Bewacher.
»Du musst ihn aufstehen lassen«, presste Janine zwischen zusammengebissenen Zähnen hervor. »Die kapieren jeden Moment, was los ist.«
»Verdammt, ich schaffe es nicht!«, zischte Alex zurück und bevor Lucia es verhindern konnte, ging er plötzlich in die Knie.

»Oh Gott, bitte komm hoch!«, flüsterte sie und zerrte an seinem Arm. Ihr Flehen schien den Jungen auf einen Schlag mit neuer Kraft zu erfüllen. Er rappelte sich wieder auf, und parallel zu ihm erhob sich auch der Kadaver mit exakt denselben Bewegungen. Sobald das Monster wieder stand, setzten sich die Wesen ringsumher wieder in Bewegung und marschierten weiter. Schnell hatte sich der Auflauf aufgelöst.

»Noch die Treppe, dann sind wir oben«, stieß Janine hervor. »Macht schon!«

Lucia wandte sich nach ihr um. »Er tut sein Bestes«, erklärte sie entschuldigend. »Wir schaffen das schon.«

Verblüfft starrte Janine den Nacken des Mädchens an. Am liebsten hätte sie der Göre ihre linke Hand ins Gesicht gerieben. Was fiel dem kleinen Biest ein, hier die Beschützerin für den Jungen zu geben? Sie hatte sich verdammt noch mal selbst die Hand verstümmelt, um ihn zu retten, während dieser spanische Teenager gemütlich in seiner Zelle gehockt und darauf gewartet hatte, dass jemand sie da rausholte! Und jetzt musste Janine sich hier als ungerechte Nörglerin hinstellen lassen!

Sie biss sich auf die Lippen. Der Augenblick war der denkbar schlechteste, um solchen Gedanken nachzugehen. Aber sobald sie hier raus waren, würde Janine bei Gelegenheit ein paar deutliche Worte für die kleine Tussi finden.

Schließlich standen sie am Anfang der gewaltigen Brücke, über deren schwarzes Kopfsteinpflaster sich ein unablässiger Strom von Schattenwesen hinzog. Die meisten davon glichen ihren toten Wächtern, doch es gab auch die gigantischen Monster, die sie außerhalb der Burg gefangen genommen hatten. Andere wandelnde Alpträume erblickten sie hier zum ersten Mal: Da gab es lastwagengroße Biester, die entfernt an Kellerasseln erinnerten und deren gepanzerte Körper auf dutzenden von krebsartigen Beinen dahinrasselten. In der Mitte der Brücke passierten sie einige gewaltige, schwarz geschuppte Echsen mit keilförmigen Köpfen, aus deren Mündern die gespaltenen Zungen vorschnellten und Witte-

rung aufnahmen, als die Tiere an den Menschen vorüberschlängelten.
»Bring mich hier weg!«, flüsterte Lucia und drückte sich so eng an Alex, dass der fast gestolpert wäre. »Ich halte das nicht mehr aus!«
»Reiß dich zusammen!«, zischte Janine hinter ihr. »Oder willst du wieder in deine Zelle?«
Ihre wütende Ermahnung schien zu wirken. Lucia zuckte zusammen, riss sich aber widerwillig etwas von Alex los. Steifbeinig marschierte sie weiter neben ihm her, allerdings stets mit einer Hand an seinen Arm geklammert. Den Kopf hielt sie so krampfhaft gerade, dass die Muskeln am Hals wie Schlangen hervortraten.
Trotz dieser Armee der Alpträume ringsum musterte Janine ihre Umgebung. Es brauchte all ihre Selbstbeherrschung, um sich nicht von der düsteren Kulisse einschüchtern zu lassen, die einem ein Gefühl von Ohnmacht einflößte. Zu beiden Seiten gähnte der gewaltige Schacht, der offensichtlich so etwas wie den Mittelpunkt der gigantischen Anlage darstellte, und obwohl die Brücke sich schon recht weit am oberen Ende erstreckte, zogen sich die Mauern bestimmt noch hundert Meter weiter in die Höhe. Ein paar kantige Türme ragten selbst darüber noch hinaus und stachen wie Dolche in das wabernde Flammenmeer des Himmels.
»Das sieht nicht wirklich beruhigend aus«, murmelte Janine, als sie das Tor betrachtete, in das die Brücke mündete.
Der Gang hinter dem riesigen Spitzbogen wurde durch einige halbkugelförmige Feuerbecken von der Größe eines Wagenrades erhellt, die an schwarzen Ketten von der Decke hingen. Der flackernde Schein tauchte die Armee, die sich dort hindurchwälzte, in ein beunruhigendes Gemisch aus rot-gelbem Licht und düsteren Schatten. Das Getrampel von tausenden von Füßen wurde von den Wänden zurückgeworfen und vermischte sich mit dem Schnaufen, Knurren und Schmatzen all dieser Wesen zu einem höllischen Tosen.
»Ich kann da nicht rein!«, quiekte Lucia, als ihnen der Lärm entgegenschallte, und blieb stehen.

»Geh um Himmels willen weiter!« Janine wartete nur eine halbe Sekunde, und als die Kleine tatsächlich stehen zu bleiben drohte, trat sie mit einem Schritt neben sie, hakte sie mit dem linken Arm so fest unter, dass sie einen kleinen Schrei ausstieß, und zerrte sie unbarmherzig mit sich. Was auch geschah – Janine würde es nicht zulassen, dass die Göre ihre Flucht gefährdete.

Das Tor war schmaler als die Brücke, und je näher sie dem Gewölbe kamen, desto enger wurde es. Um sie herum drängelten die verschiedenen Wesen unter gereiztem Grunzen vorwärts, stießen gegeneinander und schubsten sich, um irgendwie ihren Weg fortsetzen zu können. Voller Sorge betrachtete Janine, wie ihre toten Wächter immer wieder angerempelt und aus dem Gleichschritt gebracht wurden, den ihnen Alex aufzwang.

»Verdammt, das klappt nicht!«, flüsterte er eigentlich nur für sich, doch Janine mit ihrem übermenschlichen Gehör bekam es dennoch mit.

»Komm schon!«, zischte sie, ließ den Dolch los und packte einen der Kadaver am Arm, als er zu Boden zu stürzen drohte, weil ihm jemand in den Weg gelaufen war. »Wir schaffen das!«

Alex' panischer Blick glitt zu ihr hinüber und dann schlagartig zu dem Kadaver, der zuvorderst marschierte. »Mist!«

In diesem Moment stolperte das tote Monster über den Schaft einer Hellebarde, die ein anderes Wesen hinter sich her zerrte. Eine Sekunde lang versuchte Alex noch, den Körper aufrecht zu halten, doch dann schlug er der Länge nach hin. Die Eisenbeschläge an seinem Schädel schepperten metallisch auf dem Kopfsteinpflaster.

»Weiter!«, knirschte Janine und sie trampelten einfach über den reglosen Leichnam hinweg. Ein paar Sekunden später passierten sie das Tor und tauchten ein in das dröhnende Halbdunkel der Halle dahinter. Janine war es recht; hier würden sie weniger auffallen als vorher.

Immerhin gelang es Alex, die verbliebenen Wesen etwas dichter um sie zu scharen, sodass der Verlust des einen nicht auffiel. Aber kaum wagte Janine, sich wieder ein wenig zu entspannen, als auch schon ein anderes der Monster hinter ihnen mit dem Fuß irgendwo hängenblieb und wie ein gefällter Baum zu Boden stürzte. Janines hastiger Blick zeigte ihr, dass die ersten Schattenwesen in ihrer Nähe die Köpfe wandten.

»Schneller«, drängte sie mit zusammengebissenen Zähnen und zerrte Lucia noch energischer mit sich. »Wir müssen hier raus.«

Vor ihr drehte sich ein Wesen um, dessen Anblick selbst Janine einen kleinen Augenblick innehalten ließ vor Schreck. Das Biest hatte einen entfernt menschenähnlichen Kopf, der aber mit runzeliger, grauer Haut bedeckt war. Seine komplett weißen Augäpfel stierten sie misstrauisch an, und als es den Mund öffnete, der von einem Ohr bis zum anderen reichte, entblößte es mehrere Reihen nadelspitzer, silberner Zähne.

Ein Silberreißer! Davon haben Sonja und Simon erzählt, schoss es Janine durch den Kopf. *Diese Biester haben sie schon kennengelernt.* Und ihr fiel auch ein, dass es nur eine Methode gab, wie man sie endgültig beseitigen konnte: Man musste ihnen den Kopf abschlagen. Sie straffte sich, um notfalls sofort zuschlagen zu können. Das Biest stieß ein heiseres Fauchen aus, hob die Klauen und spreizte die messerscharfen Krallen, die wie die Zähne auch aus poliertem Stahl zu bestehen schienen. Doch dann fiel sein Blick auf Alex. Es musterte den Jungen eine Weile und setzte dann seinen Weg unbeeindruckt fort.

Janine wusste nicht, was Alex getan hatte, aber offensichtlich funktionierte es, und zwar keine Sekunde zu früh. Kaum hatte der Silberreißer sich abgewandt, polterte der nächste Kadaver zu Boden und verschwand unter den Füßen der Menge, die sich unaufhaltsam durch die Halle wälzte.

»Wir schaffen das«, raunte Janine. »Weiter!«

Ein Wesen hinter ihnen stolperte über den reglosen Kadaver und versuchte, sich im Fallen irgendwo festzuhalten. Seine Klauenhand erwischte Alex an der Schulter. Der Junge schrie vor Schmerzen auf, als die Krallen sich in seine Haut bohrten und vier tiefe

Risse hinterließen. Wie vom Blitz getroffen stürzten die drei verbliebenen Monster zu Boden, und mit einem Schlag standen die drei Menschen schutzlos und alleine inmitten einer Armee von alptraumhaften Kreaturen.
Zunächst versuchte Janine noch, sie einfach weiterzuschieben, getrieben von der blinden Hoffnung, dass sie irgendwie übersehen würden. Doch bereits nach wenigen Schritten war klar, dass sie am Ende ihrer Flucht angelangt waren.
Um sie herum bildeten die Monster einen Kreis. Grauenhafte Kiefer öffneten und schlossen sich langsam, Krallen rieben aneinander und leere Augen richteten ihren toten Blick auf die Fremden, als sich allmählich die Erkenntnis verbreitete, dass etwas nicht in Ordnung war.
»Kannst du etwas tun, Alex?«, fragte Janine flüsternd. Sie hatte ihren Dolch mittlerweile gezogen und hielt ihn kampfbereit in der Hand.
»Ich fürchte nicht«, erwiderte Alex schwach. Seiner Stimme war anzuhören, dass er eigentlich schon aufgegeben hatte. »Ach, Scheiße!«
»Komm schon!«, knurrte Janine. Ihre Gedanken rasten. Sie hatte keine Ahnung, was sie jetzt anstellen sollte. Um ihr eigenes Schicksal machte sie sich keine Sorgen, aber selbst wenn sie sich nun in einem heldenhaften Kampf opferte, war es immer noch ausgeschlossen, dass der Junge hier herauskam.
Zugleich wunderte sie sich, worauf die Biester warteten. Sie verharrten im Abstand von ein paar Schritten, ohne etwas zu unternehmen.
»Was ist hier los?«, fragte Alex heiser.
»Keine Ahnung«, gab Janine zurück. »Los, wir gehen weiter! Vielleicht lassen sie uns durch.«
Lucia machte einen Schritt nach hinten. »Oh nein!«, brachte sie hervor und starrte in eine Richtung, wo Bewegung in die Menge kam.
»Das war's dann«, seufzte Alex.

Die Menge der Monster teilte sich und aus ihrer Mitte trat der Schattenfürst. Er trug immer noch denselben schwarzen Anzug, den er bereits bei ihrer letzten Begegnung angehabt hatte. Ein dünnes Lächeln spielte um seine blutroten Lippen, als er die drei Flüchtlinge betrachtete.

»Schlimmer als ein Sack Flöhe«, stellte er kopfschüttelnd fest. »Ich werde dafür sorgen müssen, dass ihr das nächste Mal länger als ein paar Stunden in euren Räumlichkeiten bleibt.«

Alex stieß ein Keuchen aus. »Was soll das heißen?«, ächzte er. »Wieso Stunden?«

Der Schattenfürst lächelte nachsichtig. »Du hast doch nicht geglaubt, dass ein Aufenthalt hier so rasch vorbei ist. Ihr wart gerade einmal sechs Stunden eingesperrt.« Sein Blick wanderte zu Lucia und das Grinsen verzog sich zu einer Maske höhnischen Mitleids. »Du natürlich etwas länger. Aber mittlerweile dürftest du ja auch schon an die Unterbringung gewöhnt sein; also wirst du dich rasch wieder einfinden.« Er wandte sich den Wesen zu und machte eine kurze Handbewegung. »Sperrt sie diesmal getrennt voneinander ein, verstanden? Sie sollen ihren Aufenthalt genießen können. Das Gerede lenkt nur ab.«

Ungläubig starrte Janine auf das blutige Ende ihres linken Arms. Die vollkommen zerschmetterte Hand hatte mittlerweile zu tropfen aufgehört. Dafür war sie nunmehr zu einem geschwollenen, unförmigen Ding geworden, aus dem die Finger verdreht und gebrochen herausragten wie rohe Würste. Unter der Kruste aus getrocknetem Blut schimmerte zerschundenes Fleisch in allen Farben des Regenbogens.

Und das hatte Janine sich selbst angetan, weil alles besser war, als in dieser grauenvollen Halle festzusitzen, gequält von völliger Einsamkeit und diesem unstillbaren Durst – schon nach einigen Stunden der Gefangenschaft. Sie zweifelte keine Sekunde daran, dass der Schattenfürst die Wahrheit sprach, was die Dauer ihres Aufenthalts anging.

Immerhin war dies hier die Hölle.

»Bringt sie weg!«, befahl der Schattenfürst und wandte sich ab. Hinter Janine war plötzlich ein leises Keuchen zu hören, das so gequält klang, dass sich ihre Nackenhaare aufrichteten. Sie sah sich nach Lucia um und erschrak. Das ovale Gesicht des Mädchens war weiß wie Kreide und ihre dunklen Augen schienen in ein ewiges Nichts der Schrecken zu starren. Ihr Mund stand weit offen, als ob sie schrie, doch kein Laut kam aus ihrer Kehle. Endlich, nach einigen Herzschlägen erst, gab sie ein heiseres Quieken von sich, das fast unhörbar nur ein einziges, langgestrecktes Wort formte: »Nein!«

Währenddessen sank sie immer tiefer in die Knie und griff hilfesuchend nach Alex' Hand. Sobald die beiden sich berührten, schien es, als ob ein elektrischer Schlag den Jungen durchzuckte. Er riss Augen und Mund auf, sackte gleichfalls zu Boden und musste sich mit der Linken auf dem schwarzen Pflaster abstützen. Janine trat rasch zu ihm hin, um ihm zu helfen, aber bevor sie ihn erreicht hatte, sah er hoch. Sein Gesicht war kalkweiß, seine Augen glühten golden. »Nein!«, knirschte er. »Diesmal nicht! Nicht noch einmal!«

Mit einem Mal schien die Luft ringsumher zu knistern vor Spannung. Die Monster wichen alle unter ängstlichem Gegrunze vor den Menschen in ihrer Mitte zurück, sodass sich der Kreis immer mehr erweiterte. Am liebsten hätte Janine es ihnen gleichgetan. Sie hatte eine Gänsehaut am ganzen Körper und konnte die Finger kaum noch um dem Griff des Dolches geschlossen halten, so sehr schien das Metall in ihrer Hand zu kitzeln.

»Was …?«, begann der Schattenfürst, der jetzt erst zu begreifen schien, dass etwas nicht in Ordnung war. Er machte ein paar hastige Schritte in Richtung des Jungen, doch bevor er ihn erreicht hatte, legte sich eine so tintige Dunkelheit über sie, dass er nur noch einen überraschten Schrei ausstoßen konnte.

Dann gab es einen Ruck, der Janine von den Füßen riss und in eine undurchdringlich schwarze Tiefe schleuderte.

20

Diese Art von Finsternis hatte Sonja noch nie gespürt. Sie war schon mehrfach fast im Dunklen Strom verlorengegangen, aber dies hier war etwas ganz anderes. Es war wie ein nicht endender Sturz inmitten eines eisigen Wasserfalls, der sich mit rasender Geschwindigkeit in einen kosmischen Abgrund ergoss. Vollkommen hilflos spürte Sonja, wie sie mitgerissen wurde, ohne auch nur einen Versuch unternehmen zu können, sich dagegen zur Wehr zu setzen.

Irgendwann aber ließ die Kälte nach und damit auch Sonjas grausige Furcht. Sie spürte keine Umgebung mehr und auch der Sog, der sie in diese Schwärze gezerrt hatte, war einfach verschwunden. Stattdessen schien sie nun lautlos durch die Dunkelheit zu gleiten, wie ein Satellit am Nachthimmel. Obwohl sie keine Ahnung hatte, wohin diese Reise ging, wandelte sich ihre Stimmung allmählich. Eine Ruhe ergriff von ihr Besitz, die sämtliche Sorgen und Ängste einfach auflöste. Mit all dem hatte sie nichts mehr zu tun, und auch wenn sie deswegen ein ganz sanftes Bedauern spürte, freute sie sich doch auf das, was nun kam.

Im Laufe einer Zeit, die genauso gut eine Minute wie ein Jahrtausend hätte sein können, hellte sich die Dunkelheit allmählich auf. Weiches, silbernes Licht umfloss Sonja wie warmer Nebel und trug sie mit der Sanftheit eines Schmetterlingsflügels weiter. Irgendwann stellte sie fest, dass sie wieder so etwas wie einen Körper besaß. Fasziniert betrachtete sie ihre Hände. Noch nie in ihrem Leben hatte sie so etwas Schönes gesehen. Es waren durchaus ihre eigenen, bekannten Hände, zugleich aber eben auch die schönsten, perfektesten, die ihr je zu Gesicht gekommen waren.

Als sie den Blick über den Rest ihres Körpers gleiten ließ, wurde ihr klar, dass sie auf eine seltsame Weise zu der schönsten Frau geworden war, die es je gegeben hatte. Auch dies war nach wie vor der Körper, den sie aus dieser lange vergangenen Zeit kannte, aber er war perfekt wiedergeboren worden. Sonja dachte darüber nach, dass ein Spiegel nett gewesen wäre, um auch ihr Gesicht bewundern zu können. Zugleich aber war es nebensächlich: Ohne jeden Zweifel wusste sie einfach, dass sie auch in dieser Hinsicht zur schönsten Frau geworden war, die sie sich nur vorstellen konnte – und zugleich war sie immer noch genau dieselbe wie früher. Sie hatte nur die albernen Sorgen und Ängste verloren, die sie in diesem lang vergangenen Leben geplagt hatten. Hier gab es so etwas nicht mehr. Sonja freute sich darauf, für immer zu bleiben.

Schließlich löste sie ihre Aufmerksamkeit von ihrer eigenen Person und sah sich um. Zunächst nahm sie nur dieses silbrige Licht wahr, doch dann lösten sich Formen aus dem strahlenden Hintergrund. Voll heiterer Faszination sah sie sich um, während sie langsam zwischen den gewaltigen Säulen hindurchschritt, die sich bis in den fernen Himmel zu erstrecken schienen. Sie säumten einen Korridor, der auf einen kreisrunden Platz mündete. Als Sonja ihn erreicht hatte, stellte sie fest, dass es unmöglich war, seine Größe festzustellen. Seine Ränder verschwanden irgendwo in diesem silberigen Licht.
Dann fiel ihr Blick auf die vier Menschen in der Mitte des Platzes. Sie saßen auf einer gleichfalls kreisrunden Bank aus weißem Marmor. Ihre Kleidung bestand aus weißen Gewändern, die ein wenig an die Gewänder von griechischen Philosophen erinnerten. Alle hatten ihren Rücken der Mitte zugewandt und ihre Plätze so gewählt, dass sie den Kreis genau in vier gleichgroße Abschnitte teilten und in vier verschiedene Richtungen sahen.
Sobald sie etwas näher gekommen war, merkte Sonja, dass die heitere Gelassenheit, die sie schon seit längerem erfüllte, in der Gegenwart dieser Menschen besonders stark wurde. Obwohl sie

diese Leute noch nie gesehen hatte, fühlte sie sich in ihrer Nähe aufgehoben und beschützt.

Dennoch gab es da etwas, was sie irritierte und schließlich sogar langsamer gehen ließ. Auch aus der Nähe war es Sonja völlig unmöglich zu sagen, welches Geschlecht diese Wesen hatten. Es waren zweifellos Menschen, aber sie hatten die ältesten Gesichter, die Sonja je gesehen hatte. Sie waren nicht unbedingt so runzelig oder dünnhäutig, wie sie es schon an uralten Leuten beobachtet hatte. Es war mehr so, als hätte die Zeit sie mit einer Patina aus Licht überzogen, wie eine geisterhafte Staubschicht. Ihre Augen blickten durch das körperlose Gespinst hindurch wie durch eine beschlagene Brille.

Selbst als sie direkt vor dem Menschen stand, der in ihre Richtung blickte, wusste Sonja immer noch nicht, ob sie es mit einem Mann oder einer Frau zu tun hatte. Die ergrauten Haare fielen bei allen vieren wie ein silberner Wasserfall bis auf den Boden und gaben nicht den geringsten Hinweis, genauso wenig wie die zugleich harten und weichen Formen ihrer Gesichter.

Wir haben schon lange keine Geschlechter mehr, sagte der Greis, dem Sonja genau gegenüberstand, ohne dass sie die Frage hätte stellen müssen. Seine Stimme war leise und hörte sich müde, aber freundlich in Sonjas Kopf an.

Das vergeht, wie so vieles andere auch.

Sonja sah den Greis mit unverhohlener Neugier an. Ärgern würden sich die vier nicht über ihr Interesse, das wusste sie genau. *Wer seid ihr?*

Das kommt darauf an, erklärte ein anderer der vier, ohne Sonja anzusehen. *So vieles haben wir selbst vergessen.*

Wir sind die letzten Wächter vor dem Ziel, erinnerte ihn ein dritter. *Die Hüter der Brücke.*

Welches Ziel?, fragte Sonja irritiert nach.

Das einzige Ziel, erwiderte ein anderer Greis. *Die letzte Vereinigung.*

Das verstehe ich nicht, gab Sonja zurück. *Wer seid ihr?*

Eine Weile blickten die vier Alten mit milchigen Augen ange-

strengt in die Ferne, als würde ihnen die Frage ernsthaft Kopfzerbrechen bereiten.
Wir hatten Namen, rätselte der Erste. *Früher.*
Wir versuchen sie zu vergessen, erklärte der Zweite. *Sie halten uns hier fest.*
Aber wir sind noch hier. Der Dritte schüttelte sanft den Kopf. Es war die erste Bewegung in der Runde. *Es muss sie noch geben. Es gibt uns noch.*
Der Vierte lachte leise. *Du warst Gabriel*, sagte er.
Du hast recht, bestätigte, fast verwundert, der Erste, der in Sonjas Richtung blickte. *Und du warst Raphael.*
Mein Name war Uriel, erinnerte sich der Dritte. *Und du warst …*
Michael, ergänzte der Zweite. *Warum haben wir uns erinnert?*
Man hat uns danach gefragt, erklärte der Greis namens Gabriel und schien leise zu lachen. *Wie bedauerlich. Wir haben schon wieder eine Ewigkeit verloren.*
Die anderen drei stimmten in sein unhörbares Lachen ein. Obwohl es so schien, als hätte Sonja den vier Alten keinen Gefallen getan, schienen sie deswegen nicht weiter übellaunig zu sein.
Habe ich euch gestört?, fragte sie vorsichtig und dachte immer noch darüber nach, woher sie diese vier Namen kannte.
Nein, nur geweckt, erwiderte der, der Gabriel genannt worden war, und sah langsam zu ihr auf. Es wirkte, als sei eine Marmorstatue zum Leben erwacht. *Das konntest du nicht vermeiden, selbst wenn du gewollt hättest. Du verursachst zu große Erschütterungen.*
Was für Erschütterungen?
Du bist ein Teil dessen, den sie den Drachen nennen, erklärte Uriel, der Sonja immer noch den Rücken zugewandt hatte. *Deine Kraft ist zu groß. Dieser Ort wird durch dich zu sehr verändert. Wir mussten aufwachen. Es war nicht zu vermeiden.*
Zum ersten Mal sah sich Sonja wirklich um. Merkwürdig: Ihr Hiersein war ihr zuvor so normal vorgekommen, dass sie nicht darüber nachgedacht hatte. *Wo bin ich denn überhaupt? Was ist das hier?*

Der Tempel des Himmels, erwiderte Michael. *Dies ist der letzte Ort vor dem Großen Dunkel. Vor dem, was die Lebenden als den Tod kennen. Vor dem, was danach kommt.*
Was kommt denn danach?, schoss es Sonja durch den Kopf, bevor sie entscheiden konnte, ob sie die Antwort wissen wollte. Und im Nachhall tauchte sofort die nächste Frage auf: *Bin ich tot?*
Das wissen nur die genau, die dort sind, erklärte Uriel und sein Lachen perlte unhörbar durch den Raum.
Jetzt drehte auch Michael allmählich den Kopf und sah Sonja direkt an. *In unseren Träumen sind wir dort*, erklärte er. *Wo unsere Wesen sich endlich wieder auflösen und in das Universum eingehen. In die große Gemeinschaft des letzten Seins.*
Gabriel legte den Kopf in den Nacken und sein lichter Blick schien Sonja träumerisch zu durchdringen. *Verbunden mit allem. Es ist wundervoll.*
Ohne wirklich zu verstehen, wusste Sonja sofort, was sie meinten, und eine große Sehnsucht durchströmte sie, auch an diesen Ort zu gelangen. Zugleich aber war da ein Stachel, ein winziger Anflug von Unwohlsein, das sie sich nicht erklären konnte. *Aber warum seid ihr dann noch nicht dort?*, fragte sie.
Obwohl er der Einzige war, der sie nicht ansah, antwortete Uriel. *Wir können noch nicht. Unsere Aufgaben sind noch nicht vollbracht. Sie halten uns hier fest.*
Bei dir ist das anders, sagte Gabriel ruhig.
Sonja spürte eine warme Freude in sich aufsteigen, und doch – da war etwas; ein Gefühl, als hätte sie etwas Wichtiges vergessen. Sie verdrängte es. *Wann kann ich dorthin?*, fragte sie rasch.
Sobald du willst, erklärte Raphael und wandte den Kopf wieder ab. *Sobald du nichts mehr zurücklässt.*
Was meint ihr?
Die vier antworteten nicht gleich. Schließlich war es Michael, der die Stimme erhob. *Die Welten sind in großer Aufregung. Der Drache hat versucht, alles zu bewahren; den Sterblichen einen Platz zu schenken. Jetzt ist seine Ordnung durchbrochen.*

Unser Geschlecht ist wieder erwacht, ergänzte Uriel. *Und mit unserer Rückkehr sind die Grenzen der Welten zerrissen. Die Schatten kehren zurück.*
Licht und Dunkel werden eins, flüsterte Gabriel. Auch er hatte den Kopf gesenkt und blickte durch Sonja hindurch ins Leere.
Sie hätte die vier am liebsten zum Schweigen gebracht. An diesem Gerede von Schatten und den Welten hatte Sonja kein Interesse. Damit hatte sie nichts mehr zu tun. Es war weit hinter ihr, ein böser Traum aus unguten Tagen, und die vier hier weckten Erinnerungen in ihr, die das wunderbare Gefühl von ruhigem Glück störten, das sie empfand, seit … seit wann? Sie wusste es nicht mehr, aber plötzlich fühlte sie eine unangenehme Kälte, als sie nur daran dachte.
Ja und?, fragte sie und rieb sich fröstelnd die Schultern. *Was ist damit?*
Nur Michael sah sie noch an. Seine seltsam überschatteten Augen waren auf Sonja gerichtet, aber sie hatte dennoch das Gefühl, als sähe er durch sie hindurch. *Wenn die Sterblichen ihren Platz behalten sollen, muss unser Geschlecht die Grenzen für immer verschließen.*
Was soll das heißen?, rief Sonja wütend. Dieses Gerede in Rätseln ging ihr auf die Nerven; die ganze Veranstaltung ging ihr auf die Nerven. Sie hatte eine kurze Zeit des völligen Friedens gespürt, und sie wollte diesen Frieden zurückhaben. *Was wollt ihr von mir? Ich will endlich meine Ruhe haben!*
Einen Moment lang schwiegen alle. Dann hörte sie Michaels Stimme. *Wir müssen dir etwas zeigen*, erklärte er, und seine eben noch so sanfte Stimme hatte eine Gewalt in sich wie Donner.
Die vier erhoben sich und im Aufstehen wandelten sich ihre Gestalten. Diese geschlechtslosen Greise wurden zu gewaltigen Menschen, die Sonja um mehrere Köpfe überragten. Ihre Gesichter waren von einer seltsam unbestimmbaren Schönheit, auch wenn es Sonja immer noch unmöglich war, aus diesen kraftvollen und doch weichen Zügen auf ihre Geschlechter zu schließen.
Das kaum wahrnehmbare Leuchten, das sie zuvor umgeben hatte,

hatte sich in ein blendendes Strahlen verwandelt. Gabriel, der direkt vor Sonja aufragte, sah aus tiefblauen Augen auf sie herab. Sein Haar über seinen Schultern wogte langsam umher, als würde es im Wasser schweben.
Fast hilfesuchend sah sie zu Raphael hinüber und tatsächlich wirkte sein Anblick auf eine seltsame Weise beruhigend auf sie. Seine Augen leuchteten in einem freundlichen Grün. Durch seine Gewänder wehte scheinbar stetig ein lautloser, unfühlbarer Wind, von dem die Falten immer wieder sanft aufgebauscht wurden, um dann leise zurückzufallen.
Neben ihm trat Uriel hervor, und das weiße Licht seiner Augen gleißte so hell, dass Sonja den Kopf abwandte und die Hand vor das Gesicht heben musste. Sein Gewand reichte bis zum Boden, wo der Stoff mit dem Stein geradezu zu verschmelzen schien.
Doch bevor sie sich einen Reim darauf gemacht hatte, wurde ihre Aufmerksamkeit von dem gewaltigen Schwert abgelenkt, auf das sich Michael mit beiden Händen stützte wie auf einen Spazierstock. Die Klinge, die kaum kleiner war als Sonja selbst, schien in Flammen gehüllt zu sein, wie auch die Augen, mit denen Michael sie unverwandt anblickte. Sein Haar loderte rund um seinen Kopf wie flüssiges Feuer.
Es war der bedrohlichste Anblick, den Sonja je gesehen hatte, und obwohl sie sich eigentlich sicher war, dass er ihr nichts tun würde, wich Sonja einen Schritt vor diesem brennenden Wesen zurück.
Wer seid ihr?, fragte sie dennoch.
Wir sind die Ältesten unseres Geschlechts, erwiderte Gabriel, und obwohl er nicht laut sprach, klang auch seine Stimme wie ein Donner. *Aber das ist nicht wichtig. Wir müssen dir etwas zeigen.*
Mit ruhigen Schritten umringten die vier gewaltigen Wesen Sonja. Gabriel hob den Arm und legte seine gewaltige Hand auf ihr Haar. Im gleichen Moment brach eine Sturmflut von Bildern über Sonjas Geist herein, die sie mit ihrer Gewalt schier in die Knie zwangen …

… sie sah gewaltige Armeen von grotesken Monstern, deren Übelkeit erregendes Äußeres alleine schon jeden Gegner in die Flucht schlagen musste … verzweifelte Heere aus verängstigten Kriegern, die mit ihren lächerlich erscheinenden Waffen Widerstand leisteten und immer weiter zurückgedrängt wurden … ganze Ströme von Blut, die den Vormarsch der finsteren Horden begleiteten … Burgen, deren Mauern barsten unter dem Ansturm von Wesen, die weder Furcht noch Gnade kannten …

… sie sah ein Lager, dessen Palisaden brannten und an mehreren Stellen eingedrückt waren … in der Mitte drängte sich ein Heer von Menschen in bunt zusammengewürfelten Rüstungen, genau wie die Armee der Goldenen Stadt … ringsumher stieß eine unüberschaubare Menge von grauenvollen Monstern immer weiter vor und trieb die Menschen zusammen wie Schlachtvieh … dann sah sie eine Schlucht, in der sich ein anderes Heer verschanzt hatte und nun allmählich aufgerieben wurde …

… es waren immer neue Schauplätze, unbekannte Gebirge, exotische Wüsten, weitgeschwungene Täler, und darüber immer neue Himmel, fremde Gestirne und Monde in allen Farben, grell leuchtende Zwillingssonnen und bleiche Schatten von fremden Planeten am Abendhimmel, deren Ringe in gewaltigen Bahnen über den Horizont ragten …

… Sie sah die Bewohner all dieser Welten, und obwohl alle mehr oder weniger an Menschen erinnerten, hätten sie unterschiedlicher nicht sein können. Keine Hautfarbe, die es nicht gab, von fast Durchsichtig bis zu einem tiefen Violett, keine Gestalt, die ihr noch unmöglich erschienen wäre: hochaufgeschossene Wesen, die dennoch kaum Sonjas Körperumfang erreichten und mit weit ausgreifenden Bewegungen wie Gottesanbeterinnen vorwärtsstaksten; und andere, deren Köpfe so tief inmitten der überbreiten Schultern saßen, dass man sie kaum als solche erkannte …

Ein Rest von Sonjas Bewusstsein verstand, dass sie hier eine wahnwitzige Reise durch alle Welten machte, die existierten; eine Reise, für die ein Menschenalter nicht ausreichen würde, und ein kleiner Teil in ihr war dankbar für diese atemberaubende Erfahrung.

… und doch blieb das Geschehen unter all diesen verschiedenen Himmeln, bei all diesen unterschiedlichen Wesen stets das gleiche: Es herrsch-

te Krieg, und wie auch die Bewohner der Welten aussahen, die Szenen glichen einander so sehr, dass sie zu einem einzigen Bild des Grauens verschmolzen: weinende Kinder und kreischende Männer und Frauen, die allesamt begraben wurden unter einer schwarzen Flut von Monstern, die nur einem bizarren Alptraum entstammen konnten, und schließlich eine undurchdringliche Finsternis, die sich wie ein Grabestuch über die Welt legte und alles Licht und jede Hoffnung unter sich erstickte …

Als sich die Bilder langsam aus ihrem Geist zurückzogen und Sonja die Augen aufschlug, bestand ihre Welt nur noch aus Angst und Schmerz. Sie hatte zu schnell zu viel Schreckliches gesehen, und sie fand keinen Ausweg aus diesem Erlebnis. Bebend kniete sie am Boden und konnte nichts mehr sagen noch denken. Um sie herum standen die vier leuchtenden Gestalten wie Mahnmale, doch sie nahm sie kaum wahr. Erst als Raphael sie sanft berührte und ihre Seele mit einem Gefühl warmer Geborgenheit erfüllte, fand sie einen Weg aus diesen grauenhaften Schreckensbildern, die dann im Laufe weniger Herzschläge zu düsteren Erinnerungen verblassten.

Zittrig wischte Sonja sich mit den Händen über das Gesicht und sah zu den vieren empor. *Ist das schon passiert?*, fragte sie. *Oder war es ein Traum?*

Was du gesehen hast, ist die Wirklichkeit, erwiderte Gabriel ruhig. *Sie ist bereits geschehen. Sie geschieht. Sie wird geschehen.*

Sonja machte einen schwachen Versuch, sich zu erheben. *Was heißt das?*

Die Wirklichkeit kennt keine Zeit, erklärte Michael kühl und sein Flammenschwert flackerte. *Was ist, ist immer.*

Man muss etwas machen können, verdammt!, rief Sonja und rappelte sich endlich auf. *Ihr habt doch gesagt, wir müssten die Grenzen schließen, oder nicht? Dann sagt mir, wie das geht!*

Die vier schwiegen kurz, als ob sie sich still unterhielten.

Was?, schrie Sonja und spürte, wie ihr Tränen der Wut in die Augen stiegen. *Was ist?*

Unser Geschlecht ist der Tod der Sterblichen, erklärte Uriel schließlich. Seine Augen brannten in kaltem, weißen Licht. *Solange einer von uns unter ihnen weilt, ist er mit dem Nexus verbunden. Unsere Brüder und Schwestern sind alle mit der Weltenachse verbunden.*
Der Nexus gibt uns die Freiheit, uns zwischen den Welten zu bewegen, erklärte Gabriel weiter. *Aber darin liegt auch das Verderben. Deine Brüder und Schwestern sind die Risse in den Welten. Sie sind das Tor für die Schatten, solange sie unter den Sterblichen wandeln.*
Sonja blinzelte verwirrt und versuchte nachzudenken. Irgendwie machte es Sinn. Hatte nicht Ethan den Schattenriss offen gehalten, ohne es zu wollen, genau wie Alex zuvor schon? Aber das hatten sie doch geregelt, oder nicht?
Aber was sollen wir denn machen?, fragte sie zuletzt und sah ratlos zu den unbewegten Gesichtern der vier empor. *Wir können doch nicht einfach verschwinden. Sollen wir uns umbringen, oder was?*
Was ihr tut, ist eure Entscheidung, erklärte Michael und sein flammendes Haar schien langsam zu erlöschen. *Und du musst dich jetzt entscheiden, ob du das letzte Ziel erreichen willst.*
Verständnislos schüttelte Sonja den Kopf.
Du hast die Welt der Lebenden verlassen, erklärte Raphael freundlich. *Du hast das Recht, die letzte Verbindung einzugehen. Du hast sie bereits gefühlt.*
Sonja starrte ihn an. *Aber was ist dann mit diesen Bildern? Kann ich nichts tun? Warum habt ihr mir das gezeigt?*
Die vier setzten sich wieder auf ihre Plätze. Bereits auf den wenigen Schritten hin zu der Bank verwandelten sie sich wieder zurück in Greise, ihr Haar wurde wieder silbern und ihre Gestalten schrumpften zusammen.
Das flammende Schwert in Michaels Händen verblasste und verschwand. Während die anderen wieder in die unendliche Ferne blickten, jeder in seiner Richtung, wandte sich Michael noch einmal Sonja zu und sah sie ernst, aber nicht unfreundlich an. *Um dich daran zu erinnern, dass du eine Wahl hast. Immer.*

Wie ein schwarzer Wind hüllte Sonja wieder die Dunkelheit ein und erfüllte sie mit einem Gefühl von völligem Frieden und Wärme. Die Schrecken, die Verzweiflung, alles löste sich im Laufe einiger Herzschläge in sanfter Ruhe auf. Nur ganz in der Ferne, kaum mehr als ein Echo vergangener Zeit, erahnte sie noch die Schmerzen und die Eiseskälte, die mit dem Schlangenbiss über sie hereingebrochen waren.

Eine Weile ließ sie sich einfach treiben und genoss die Empfindung wie ein heißes Bad nach einem Marsch durch einen Schneesturm. Sie wünschte sich, dass dies immer so weitergehen mochte. Doch dieser Gedanke ließ sie schlagartig erkennen, was Michael gemeint hatte, als er von einer Entscheidung sprach.

Sie war gebissen worden und gestorben, und ihre Leiden waren der Preis dafür gewesen, dass sie sich für immer dieser wunderbaren Wärme und Geborgenheit anvertrauen konnte. Alles in Sonja schrie danach, das auch zu tun; sie hatte genug ausgehalten.

Doch plötzlich tauchten die Bilder wieder in ihrem Kopf auf: der Kampf in der Halle, all die Erschlagenen und Vergifteten, die panischen Menschen und weinenden Kinder. Es kam über sie wie eine Ohrfeige und riss sie aus ihrer behaglichen Ruhe heraus. Ihr war klar, was sie zu tun hatte, auch wenn sie nicht das geringste bisschen Lust dazu hatte.

Ich will nicht!, schrie Sonja wütend in die Finsternis hinaus, doch zugleich arbeitete sie sich mit aller Willenskraft in Richtung der Kälte vor, die sie noch ganz schwach in der Finsternis spürte. Die Schmerzen wurden plötzlich wieder so lebendig wie nie zuvor und Sonja schrie lautlos auf, doch sie machte weiter.

So eine Scheiße!, brüllte sie in Gedanken und weinte körperlose Tränen. Es war, als ob sie sich in völliger Dunkelheit gegen einen Eissturm vorarbeitete, dessen Kälte jeden Zentimeter ihrer Haut verbrannte, ihre Lungen füllte und ihr bis in die Knochen kroch, bis sie das Gefühl hatte, nur noch aus lähmenden Schmerzen zu bestehen.

Und gerade, als dieser Schmerz nicht mehr stärker werden konnte und Sonja dabei war, wieder loszulassen und sich in die tröstende, warme Dunkelheit zurücktreiben zu lassen – da hörte sie plötzlich eine bekannte Stimme.

»Das ist mir egal. Wir gehen jetzt zum Nexus und versuchen, sie zu ihrem Bruder zu schaffen«, befahl der Sprecher in einem eisigen Ton. Für Sonja klang es dennoch wie Musik. Es war Simon. Sie war zurück.

Mühsam versuchte Sonja, die Augen zu öffnen.

»Sie ist bereits heimgekehrt«, erwiderte eine melodische, kraftvolle Stimme, die Sonja als die von Pater Matthews erkannte. »Der Herr hat sie zu sich genommen. Ich verstehe, wie sehr dich das schmerzt, mein Sohn. Aber sie ist bereits im Himmel. Wenn du ihr helfen willst, solltest du für sie beten.«

»Später vielleicht«, gab Simon zurück. »Jetzt bringe ich sie zum Nexus.«

»Ich verspreche dir, dass sie in diesem Moment vor Gottes goldenem Thron steht«, versicherte Pater Matthews sanft.

»Nicht ganz«, krächzte Sonja und versuchte, sich zu bewegen.

»Was ist mit ihr los?«, hörte sie Ethans aufgeregt quäkende Stimme.

Jemand fasste ihren Kopf und hob ihn sanft an. »Sonja?«, fragte Simon.

Sie schlug die Augen auf und blickte in sein blasses Gesicht. Als er erkannte, dass sie wieder zurück war, begann er zu zittern. Es sah aus, als müsste er ein Erdbeben in sich einschließen, und der Anblick machte Sonja eine Gänsehaut. Es war ihr klar gewesen, dass Simon als ihr Wächter eine unbedingte Treue ihr gegenüber hegte. Aber jetzt verstand sie zum ersten Mal, dass dieser breitschultrige, schweigsame Junge sie mit jeder Faser seines Wesens liebte – dass sie sein Leben war.

Schließlich kamen seine Gesichtszüge zur Ruhe, und seine grauen Wolfsaugen begannen feucht zu glänzen.

»Du bist in Ordnung?«, fragte er. Obwohl seine Stimme ruhig klang, war Sonja klar, dass dies keine Frage, sondern ein Gebet war – inbrünstiger und verzweifelter, als es je ein Gebet zuvor gewesen war.

»Ich bin okay«, brachte Sonja mühsam hervor.

»Herr, wir danken dir«, murmelte Pater Matthews, der hinter Simon aufragte. Sein bleiches Gesicht leuchtete vor freudvollem Staunen. »Du hast sie zu uns zurückgesandt!«

»Ja, so in der Art«, stimmte sie dem Priester zu und ließ sich von Simon in eine sitzende Position helfen. Dann warf sie einen Blick in die Runde, in der auch Ethan und Albarath standen. »Ich glaube, ich habe schlechte Neuigkeiten.«

21

Die plötzliche Finsternis überraschte Alex. Eben noch waren sie umgeben gewesen von dieser Armee von Monstern und wandelnden Alpträumen, und jetzt rasten sie durch ein leeres All ohne Licht und Grenzen. Selten war er so von kalter Wut erfüllt gewesen wie in dem Moment, als Lucia zusammengebrochen war angesichts ihrer gescheiterten Flucht und der Aussicht, wieder in der Zelle zu landen.

In diesem Augenblick hatte Alex sämtliche Energie zusammengenommen, die ihm nach dem kraftraubenden Trick mit den Zombiemonstern noch zur Verfügung stand. Er musste Lucia und Janine hier wegbringen, koste es, was es wolle. Und plötzlich war es einfach geschehen, ohne dass er wusste, wie er es getan hatte.

Seine Entschlossenheit verwandelte sich binnen Sekunden in eine Sorge, die an Panik grenzte, als ihm klar wurde, dass er das Ganze nicht im Mindesten unter Kontrolle hatte. Hektisch suchte er in der Dunkelheit nach einem Halt, nach etwas, was ihm bekannt vorkam, während seine Seele immer weiter durch die vollkommene Schwärze taumelte.

Lucia!, schrie er hinaus. *Janine! Wo seid ihr?*

Er erhielt keine Antwort und sandte seinen Geist noch weiter aus, tastete in der unendlichen Ferne nach einer anderen Seele, nach Leben und Wärme.

Und dann plötzlich fühlte er ganz nah bei sich etwas, was ihn buchstäblich lähmte vor Entsetzen: eine boshafte Präsenz, die dort schwarz glühend in der Finsternis lauerte, ein Wesen aus Tod und Vernichtung. Es fühlte sich an, als ob Alex nachts im offenen Meer schwamm und ein gewaltiger Hai dicht an seinen Beinen vorbeistrich. Es gab keine Berührung, keine echte Wahrnehmung – aber

es war deutlich zu spüren, dass da etwas war und dass man gut daran tat, sich nicht zu regen.
Einen Augenblick später war das Gefühl vorbei, doch Alex traute sich immer noch nicht, sich zu rühren. Völlig stumm fiel er immer weiter durch die Dunkelheit, wobei er versuchte, sogar seine Gedanken erstarren zu lassen. Und noch bevor er sich aus seiner Angstlähmung hatte lösen können, wurde es plötzlich wieder hell, Wind peitschte ihm ins Gesicht und er stürzte kopfüber in weichen, pulvrigen Schnee.

Eine Schrecksekunde lang blieb er liegen und versuchte zu verstehen, wo er war. Kalte Luft füllte seine Lungen, eine unglaubliche Wohltat nach der heißen, abgestanden Luft in den Schatten. Auch der Schnee fühlte sich wohltuend kühl auf seiner Haut an, wenngleich er auch fast sofort zu frösteln begann. Schließlich stemmte er seinen Oberkörper empor und zog die Beine an, sodass er auf allen vieren zu knien kam. Jede Bewegung bereitete ihm Mühe, und er war geradezu stolz, dass er es so weit geschafft hatte.
Im selben Moment trat ihm jemand mit solcher Wucht in den Bauch, dass es Alex ein Stück in die Höhe schleuderte und auf den Rücken warf. Schnee fiel ihm in die Augen und eine ekelhafte Übelkeit breitete sich in seinem Unterleib aus. Sein Atem ging pfeifend, als er sich das Gesicht freiwischte und blinzelnd nach dem Angreifer Ausschau hielt.
Eine hell glänzende Klinge drückte sich gegen seinen Hals und ein dunkler Schemen zeichnete sich über ihm gegen die blendend weißen Schneewolken am Himmel ab.
»Und jetzt halt bloß still!«, herrschte die Frau ihn an, die die Lanze auf ihn gerichtet hatte. »Bleib liegen, oder ich schlitz dir die Kehle auf, verstanden?«
»Was?«, murmelte Alex und versuchte vergeblich, das Gesicht seiner Angreiferin zu erkennen. »Wo bin ich?«
»Halt's Maul!«, schnappte sie und sah sich um. »Ich hab noch einen!«, brüllte sie mir rauer Stimme. »Kommt her!«

»Ich will doch gar nicht …«, begann Alex und begriff dann erst, was die Frau mit *noch einen* gemeint haben musste. »Lucia!«, platzte er heraus und hob den Kopf, um über den Rand seiner Schneekuhle sehen zu können. »Lucia!«
Sofort bohrte sich wieder die Klinge in seine ungeschützte Haut und er spürte das Brennen einer kleinen Wunde. »Bleib! Unten!«, keuchte die Frau so nervös, dass Alex wirklich Angst bekam, sie könnte ihn nur aus Versehen erstechen.
»Ist gut. In Ordnung.« Möglichst langsam ließ er sich zurücksinken und bettete den Kopf in den Schnee, während andere Stimmen nahten. Weitere düstere Schemen erschienen über ihm und starrten auf ihn herab.
»Gut gemacht, Claire«, erklärte ein Mann in dröhnendem Bass. »So, und jetzt …«
Er wurde unterbrochen von einem Jungen, der an seiner Seite auftauchte. »Das ist er!«, schrie er gellend. In seinen Worten mischten sich Freude und Entsetzen. »Mein Gott, das ist Fürst Alexander!«

Herr Ramiç und Julien eilten ihnen bereits entgegen, als die Soldaten Alex und die beiden Frauen zum Zelt der Heerführer brachten. Man hatte ihnen rasch Mäntel umgehängt und nun stapften sie barfuß durch den knietiefen Schnee, umringt von einigen Dutzend Männern und Frauen, von denen keiner auch nur zu sprechen wagte vor Aufregung. Als sie zwischen einigen Bäumen hindurchkamen, breitete sich vor ihnen eine Lichtung aus, auf der ihre Armee lagerte. Die Männer und Frauen unter Leutnant Nürlis Kommando waren tatsächlich nach einem Gewaltmarsch eingetroffen, während Alex und Janine fort waren. In der Abenddämmerung leuchteten die Feuer der einzelnen Truppenteile und der Duft von Essen hing in der Luft.
Jetzt, da sie in Sicherheit waren, war Alex einem Zusammenbruch vor Erleichterung nahe. Er hatte das Gefühl, sich hinlegen und die nächsten hundert Jahre schlafen zu können.

In Herrn Ramiçs Gesicht stand tiefste Erleichterung und zugleich auch ein Anflug von Ärger, als sie am Rande des Lagers zusammentrafen. »Dem Himmel sei's gedankt, dass Ihr wieder da seid, Alexander«, stieß er hervor. Der Atem entwich aus seinem Mund unter dem buschigen Schnauzbart in dichten, rasch aufeinanderfolgenden Wolken; der alte Herr war gerannt. »Wir haben uns Sorgen gemacht.«
»Wir auch«, gab Alex grinsend zurück. »Aber jetzt brauchen wir etwas zu trinken. Dann erzählen wir euch alles.«
Der Bosnier musterte Lucia einen Moment durchdringend mit seinen schwarzen Knopfaugen. Das Mädchen hatte sich an Alex' Arm gehängt und erwiderte eingeschüchtert den Blick des alten Mannes.
»Sie müssen Herr Ramiç sein«, sagte sie dann und versuchte sich an einem Lächeln. »Alex hat mir von Ihnen erzählt.«
Überrascht nickte der Weltenfürst. »Das stimmt. Und du bist …?«
»Lucia«, stellte Alex vor. »Wir sind uns in den Schatten begegnet. Sie haben mich in ihre Zelle gesteckt.«
»Was …«, begann Herr Ramiç und unterbrach sich dann selbst. »Das hat Zeit. Kommt und zieht euch etwas an. Wir werden erst einmal etwas essen und trinken. Ihr seht furchtbar aus.«
Janine sah sich noch einmal nach dem Platz um, wo man sie gefunden hatte. »Wo habt ihr uns verloren, als wir diesem Bleichgesicht nachgeritten sind?«
»Dort hinten sind eure Spuren verschwunden.« Der Weltenfürst deutete auf ein Waldstück. »Der Weltenriss muss dort verlaufen. Er scheint sich aber wieder geschlossen zu haben; wir konnten euch nicht folgen.«
»Dann sollten wir uns auf einen Angriff gefasst machen. Ich weiß nicht, wie schnell die Schattenfürsten sich auf die Jagd nach uns machen können, aber es würde mich wundern, wenn sie uns einfach laufen ließen. Am besten wäre es eigentlich, wenn wir gleich verschwinden würden.«
Der alte Bosnier musterte die Wälder ringsumher. »Das wird

nicht gehen. Unser Heer ist vollkommen am Ende. Nürli hat die Leute angetrieben wie ein Teufel. Aber Sie haben recht, wir müssen hier sehr vorsichtig sein. Julien?«

»Wir stellen überall Wachen auf. Ich kümmere mich darum.«

»Wir waren dort«, betonte Janine. »Ich habe gesehen, wie viele dieser Monster den Schatten zur Verfügung stehen. Es sind zehntausende. Wir hätten keine Chance.«

Herr Ramiç sah sie ernst an. »Das glaube ich Ihnen. Aber wir müssen diese Nacht rasten, alles andere wäre Wahnsinn. Und immerhin haben wir hier über fünftausend Krieger versammelt.«

Gleichmütig zuckte Janine die Schultern. »Von mir aus. Ich habe nichts dagegen, mich auch mal auszuruhen und etwas zu essen.«

»Ein bisschen Gottvertrauen müssen wir heute eben aufbringen«, tröstete sie der alte Herr. »Morgen laufen wir davon wie die Hasen, in Ordnung?«

Der Scherz löste ihre Anspannung und alle lachten auf, sogar Janine und Julien. Als sie sich auf den Weg zum Zelt machten, deutete der hagere Wächter mit seiner Pranke auf Janines linke Hand. »Schwierigkeiten?«

Sie stieß ein schnaubendes Lachen aus. »Kaum der Rede wert. Aber ein Arzt könnte nicht schaden.«

Eine halbe Stunde später saßen sie in frischen, warmen Kleidern in Herrn Ramiçs warmem Zelt vor ihren Tellern, in denen ein würziges Hirschgulasch dampfte. Die Soldaten hatten das Tier auf ihrem Weg an diesen Ort geschossen, was allgemein als gutes Omen gesehen wurde. Sie hatten schon lange kein größeres Tier mehr gesehen.

Der Tisch war zusätzlich noch bedeckt von verschiedenen Platten mit Schinken, Käse, eingelegtem Gemüse und Brot. Die drei Rückkehrer stopften sich so gierig voll, als hätten sie seit Tagen nichts mehr gegessen, obwohl zwischen ihrer Ankunft in den Schatten und der Flucht kaum ein halber Tag vergangen war, ungeachtet dessen, wie es ihnen in der Dunklen Feste vorgekommen war. Die anderen Männer am Tisch – Herr Ramiç, Julien und Leutnant Nürli – beobachteten die Flüchtlinge aus den Schattenwelten sowohl sorgenvoll als auch erleichtert. Die beiden Jungen, die sie bedienten, kamen kaum damit nach, die Becher zu füllen und die Teller zu belegen.

»Ihr müsst wirklich Hunger haben«, stellte Nürli lächelnd fest, als Alex seine dritte Portion vertilgt hatte und einem der Jungen zunickte, der seinem Fürsten nun eilig einen Nachschlag aufhäufte.

»Wie ein Wolf«, bestätigte Alex und rammte seine Gabel in ein Stück Fleisch. »Es hat sich angefühlt, als hätten wir Wochen dort festgesessen.«

»Monate«, warf Lucia ein und sah sogleich erschrocken auf, weil sie so laut gesprochen hatte. Herr Ramiç lächelte sie aber freundlich an und das schien sie zu beruhigen. »Aber jetzt kann ich trotzdem nicht mehr. Das hat großartig geschmeckt«, fügte sie leise hinzu.

»Was du durchgemacht hast, dürfte wirklich ohne Beispiel sein«, stellte Herr Ramiç stirnrunzelnd fest. »Ihr müsst uns alle eure Geschichte noch einmal genau erzählen. Vielleicht entdecken wir ja gemeinsam etwas, was uns in unserem Kampf helfen könnte.«

»Gerne«, meinte Alex kauend. »Aber erst nach dem Essen.«

Alle lachten. »Na ja, ich könnte doch schon mal anfangen«, schlug Lucia schüchtern vor und lächelte ihn an. Alex lächelte zurück. Ihm fiel jetzt erst auf, was für strahlend weiße Zähne sie hatte.

Während Lucia von ihren Erlebnissen berichtete, zunächst stockend und dann immer selbstbewusster, beobachtete Alex sie zwischen seinen Bissen. Er wünschte sich, dass dieser Moment noch möglichst lange anhielt. Es war ein wundervolles Gefühl, hier zu sitzen, auf den bequemen Campingstühlen, die man für die Heerführer mitgenommen hatte, während draußen der Sturm heulte und die Bäume unter der Schneelast ächzten. Denn sie waren sicher. Das Heer war ihnen tatsächlich im Laufe der letzten Stunden nachgereist, und nun wurden sie beschützt von über fünftau-

send Männern und Frauen, die fest entschlossen waren, ihren Herrn zu verteidigen.
Doch das alles schien Alex in dem Augenblick nicht so wichtig zu sein wie Lucias Anblick. Irgendjemand hatte passende Kleider für sie aufgetrieben. Sie trug jetzt Jeans und einen knapp geschnittenen weißen Rollkragenpulli, der ihre Figur deutlich hervortreten ließ. Ihr Haar floss tiefschwarz über die Schultern und ihre bernsteinfarbenen Augen strahlten ihn immer wieder über den Tisch hinweg an, während sie von ihren Erlebnissen in der Dunklen Feste und vor allem von Alex' Heldentaten berichtete.
Er lächelte zurück und hatte das Gefühl, dass Lucia und er nun eine verschworene Gemeinschaft bildeten, auch wenn sie sich unter Freunden befanden. Denn das, was sie gemeinsam durchgemacht hatten, konnte niemand ermessen und verstehen, und das würde sie immer verbinden. Aber als Lucia begeistert davon erzählte, wie er sie einfach so mitten aus der Dunklen Feste in diese Welt zurückgebracht hatte, schlich sich eine Art Scham bei ihm ein, die ihn dazu brachte, Lucias Blick zu meiden.
Es war ihm tatsächlich bisher einmal gelungen, direkt von einer Welt in eine andere zu wechseln. Damals war seine Schwester in Gefahr gewesen und ihr Schrei war durch alle Grenzen des Universums hindurch zu ihm gedrungen. Wie er das damals eigentlich vollbracht hatte, wusste er nicht. Seine Instinkte hatten ihn geleitet und irgendwie hatte es geklappt – wie es fast schon die Regel war, seit seine Kräfte in ihm erwacht waren. Seitdem vollbrachte er immer wieder Dinge, ohne wirklich zu verstehen, was er tat.
Doch diesmal war etwas anders gewesen.
Diesmal hatte er nicht das Gefühl gehabt, überhaupt etwas getan zu haben.

❖ ❖ ❖

Hinter ihrem Weinkelch verborgen, musterte Janine den Jungen und seine kleine Freundin. *Sie sind ein Herz und eine Seele, nicht wahr?*, flüsterte die Stimme in ihrem Kopf. Janine zuckte nicht mehr zusammen deswegen. Die Stimme gehörte mittlerweile zu ihr, und sie hatte nun schon ziemlich oft recht gehabt. Deshalb hatte Janine noch lange nicht vor, bei jeder Gelegenheit auf sie zu hören, aber sie hatte auch keine Lust, diese merkwürdige Ratgeberin zum Schweigen zu bringen. Und ihr Gefühl sagte Janine, dass die Stimme ihr noch helfen würde, wenn es eines Tages darum gehen sollte, diese Göre auf ihren Platz zu verweisen und auch Alex zu zeigen, wem er eigentlich sein Leben verdankte.

Ihre linke Hand war mittlerweile verbunden worden, doch der Arzt hatte Janine bei der Frage, ob sie damit je wieder etwas greifen können würde, auf eine Weise angesehen, dass sich jede Antwort erübrigt hatte. Die kleinere Stichwunde an ihrem Unterleib, die Alex nicht einmal aufgefallen war, hatte der Arzt ohne viele Umstände genäht und verbunden. Eine Narbe würde davon vielleicht bleiben, aber sie spürte die Verletzung bereits jetzt kaum noch.

Doch das Souvenir an der linken Hand war etwas anderes, und Janine konnte sich auch nicht vorstellen, dass Sonja ihr mit ihrer merkwürdigen Heilergabe helfen konnte. Dies war kein Stich oder Bruch oder sonst etwas. Die Hand sah aus wie durch den Wolf gedreht, und sie konnte vermutlich froh sein, wenn das Ganze sich nicht so stark entzündete, dass man ihr den Arm amputieren musste – zumindest hatte der Arzt das erwähnt.

Nachdenklich betrachtete Janine den strahlend weißen Klumpen aus Mullbinden am Ende ihres Arms. Unter dem unförmigen Verband fühlte sie ein schmerzhaftes Pochen, das sie stets an die vergangenen Erlebnisse erinnerte; ganz im Gegensatz zu Alex und seiner Freundin.

Erneut trank Janine einen tiefen Schluck und beobachtete über den Becherrand hinweg die kleine Tussi, wie sie ihr Spiel mit dem strahlenden Lächeln und den heimlichen Blicken zu dem Jungen durchzog, während der von seinen Heldentaten berichtete. Oh ja, sie würde der Göre noch zeigen, was es manchmal hieß, mit Alex zusammen zu sein: Es konnte sehr schmerzhaft werden. Der Gedanke ließ sie amüsiert blinzeln.

❖ ❖ ❖

»Ihr könnt stolz auf euch sein«, meinte Herr Ramiç mit hochgezogenen Brauen, nachdem Alex ihre Geschichte erzählt hatte, gelegentlich unterbrochen von Lucia. »Meines Wissens war noch nie jemand so tief in den Schattenwelten und hat es dann wieder zurückgeschafft. Es ist eigentlich allgemein bekannt, dass der Dunkle Strom uns dort nicht helfen kann. Um ehrlich zu sein – ich staune, dass Alex' Kräfte dort so stark waren.«
»Von wegen stark!«, rief Alex und verschluckte sich an seinem Wein. »Ich habe mich gefühlt wie ausgekotzt.«
»Und dennoch habt Ihr die Türe öffnen können, sechs Leichname laufen lassen und zuletzt einen Riss in diese Welt geöffnet«, gab Herr Ramiç unbeeindruckt zurück. »Das heißt, dass Ihr immer noch Fähigkeiten hattet, von denen ich nur träumen kann.«
»Zum Glück«, meldete sich Leutnant Nürli zu Wort. »Andernfalls wärt Ihr verloren gewesen, Alexander. Ich flehe Euch an: Wenn Ihr das nächste Mal jemanden verfolgen wollt, wartet um Himmels willen auf Eure Leute. So können wir Euch nicht beschützen.«
»Versprochen«, lächelte Alex und sah zu Janine hinüber. »Aber ich war schließlich nicht allein.«
Die Wächterin lächelte schmal und legte ihre sauber verbundene Hand auf den Tisch. Alex hatte gar nicht mehr an ihre Verletzung gedacht und es freute ihn zu sehen, dass man sich jetzt keine Sorgen mehr machen musste.
»Im Gegensatz zu den anderen armen Teufeln«, murmelte Lucia, eigentlich nur für sich. Doch fielen ihre Worte in eine kurze Gesprächspause und klangen lange nach.
»Was tun wir deswegen?«, fragte Alex schließlich. »Wir können sie doch nicht dort alleine lassen, oder?«

Seine Frage löste ein längeres Schweigen aus.
»Wie viele sind nach eurer Schätzung noch in diesen Verliesen?«, ergriff zuletzt Herr Ramiç das Wort.
Lucia und Alex sahen sich an. »Wir sind bestimmt an hundert verschlossenen Türen vorbeigekommen«, sagte Alex und zog eine Grimasse, weil bereits diese Schätzung so grausig klang. In seinem Ohr hörte er wieder die jammervolle Stimme des bedauernswerten Kerls, den sie zurückgelassen hatten.
»Das alles ist höchst beunruhigend«, meinte der alte Bosnier. »Ich weiß nicht genau, was die Herrscher der Schatten im Sinn haben. Meines Wissens ist dergleichen noch nie vorgekommen. Aber dies ist auch eine vollkommen neue Situation. In sämtlichen Welten irren momentan Weltenfürsten umher, die bis zum Schattensturm noch keine Ahnung von ihren Fähigkeiten hatten. Dennoch erstaunt es mich, mit welcher Leichtigkeit unsere Gegner diese gewaltige Zahl unserer Brüder und Schwestern entführen konnten.«
»Also, bei mir war das nicht besonders schwer«, lachte Lucia unbehaglich. »Ich hatte ja keine Ahnung, was mit mir passiert. Und wenn ich das richtig verstehe, dürfte es doch bei den anderen in diesen verfluchten Zellen nicht anders gewesen sein.«
»Natürlich«, murmelte Herr Ramiç, den Blick ins Leere gerichtet. »Um Himmels willen, was sollen wir tun?«
Verblüfft starrte Alex ihn an. »Wir müssen sie doch da rausholen«, sagte er. »Oder gibt's bei der Sache irgendwas, was ich übersehen habe?«
Julien zog die Brauen hoch, wodurch seine braunen Augen noch durchdringender wirkten. »Immerhin reden wir hier über einen Marsch mitten in die Hölle«, erinnerte er die anderen. »Die Frage ist, wie viele Leben wir riskieren, um diese hundert zu retten.«
Erschüttert verstummte Alex. Es war eine grauenhafte Vorstellung, diese Leute im Stich zu lassen – aber Herr Ramiç hatte natürlich recht mit seinen Bedenken. Wie viele Leben waren diese Leben wert?
Ratlos sah er zu Janine hinüber. Sie erwiderte seinen Blick und

zuckte die Schultern. »Mir kommt das ziemlich riskant vor«, sagte sie langsam. »Im Grunde sind wir doch völlig ahnungslos. Wir wissen nicht, wer oder wie viele Leute eigentlich dort gefangen sind; wir haben keine Vorstellung, was die Schattenfürsten vorhaben – und vielleicht wollen sie ja am Ende sogar, dass wir so eine Rettung versuchen. Wer weiß?«

»Das stimmt doch nicht!«, sagte Lucia leise, aber mit unterdrücktem Zorn in der Stimme. Ihre feuchten Augen waren auf die Wächterin gerichtet. »Wir haben diese armen Kerle gehört! Wenn du denkst, dass man sie dort lassen sollte, dann sag das doch! Aber tu nicht so, als wäre das vielleicht alles nur ein Trick!« Sie sah Alex an. »Ich bin nur froh, dass du mich gefunden hast und nicht sie.«

Ein paar Sekunden lang sagte niemand etwas. Verblüfft von diesem plötzlichen Ausbruch starrte Alex Lucia an, doch sie blickte trotzig zur Seite, während ihr die Tränen der Wut über die Wangen liefen. Alex konnte sie verstehen: Janines Überlegung waren im Grunde der Verdacht, dass Lucia gewissermaßen Teil einer Falle war. Die Vorstellung war absurd, und Alex fragte sich, was Janine eigentlich dermaßen misstrauisch machte.

»Es ist ein Risiko, das wir nicht auf uns nehmen sollten«, sagte Janine ernst zu Alex, ohne auch nur irgendwie auf Lucia einzugehen. »Es ist zu gefährlich.«

In diesem Moment fiel sein Blick auf ihre Hand, die in dem klumpenartigen Verband auf dem Tisch lag, und er begriff. Irgendetwas hatte Janine durchgemacht, irgendetwas Schlimmes. Jetzt war sie nicht nur noch misstrauischer als vorher – sie hatte vermutlich schlicht Angst. Und das wiederum war etwas, was sie weder ihm noch sich selbst gegenüber jemals eingestehen konnte.

Alex schüttelte den Kopf. »Es ist furchtbar da unten. Ich denke, wir müssen etwas unternehmen«, sagte er entschlossen.

Die anderen am Tisch saßen stumm da und sahen sich gegenseitig an. Alex' Blick traf sich mit Lucias, und ihre Zornestränen verschwanden hinter einem tapferen Lächeln, das in ihm ein wunderbares Gefühl des Stolzes hervorrief.

»Wie Ihr befehlt«, sagte Herr Ramiç schließlich. »Wir werden unseren Brüdern und Schwestern zu Hilfe eilen.«
Auch Leutnant Nürli nickte nachdrücklich. »Wir können niemanden in solchen Qualen zurücklassen«, stellte der Gardist schlicht fest.
»Nach dem, was Alexander und Lucia berichtet haben, wird es ein ausgesprochen blutiger Kampf werden, wenn wir uns vom Weltenriss bis zu diesen Verliesen vorarbeiten wollen. Wir werden für diese Sache einen guten Plan brauchen«, merkte Julien an, während er sich eine Pfeife anzündete, und damit war man ohne weitere Umstände vom Ob zum Wie übergegangen.
Herr Ramiç lachte leise. »Mehr als das: Wir brauchen gutes Schuhwerk.«
Die anderen sahen den alten Herrn fragend an, und seine schwarzen Knopfaugen funkelten fröhlich.
»Hat sich schon jemand Gedanken gemacht, wie wir am schnellsten mitten in die Festung gelangen könnten?«, fragte er grinsend. »Wir müssen zurück zur Goldenen Stadt.«
Einen Moment rätselten alle, worauf er hinauswollte. Dann lachte Julien auf. »Verflucht, Ihr habt recht.«
»Was denn?«, fragte Lucia verwirrt lächelnd, als sei es ihre Schuld, dass sie nichts verstand.
»Es gibt einen direkten Weg in diese Verliese – nun, da ihr beide schon dort wart«, erklärte Herr Ramiç. »Hat Alexander schon von der Weltenachse berichtet?«
»Verdammt!«, rief Alex, als er verstand, und schlug vor Begeisterung auf den Tisch. »Natürlich! Wir gehen durch den Nexus!«
»Erklärt Ihr es mir?«, bat Leutnant Nürli.
Julien beugte sich vor. »Der Nexus ist das Tor zu allen Orten in allen Welten dieses Universums. Sofern ein Weltenfürst weiß, wo er hin will – sofern er schon einmal dort war –, kann er durch den Nexus jederzeit dorthin zurückkehren.«
»Wir müssen nicht kämpfen«, stellte Herr Ramiç klar und seine Augen funkelten vor Begeisterung. »Unser Weg führt direkt in die

Eingeweide dieser Feste. Die Gefangenen werden befreit sein, bevor die Fürsten der Schatten überhaupt bemerken, dass sie Besuch haben.«

Alle saßen da und dachten über diesen Plan nach. Vor allem Alex merkte, dass er sich von seiner Begeisterung geradezu mitreißen ließ. Der Nexus war tatsächlich die Lösung; er hatte es nun schon oft genug erlebt, wie mit seiner Hilfe mühelos die größten Entfernungen und auch die Grenzen zwischen den Welten überwunden wurden.

»Müssen wir eigentlich den ganzen Weg zurückmarschieren?«, wandte er sich plötzlich an Herrn Ramiç.

»Was meint Ihr?«

»Können wir nicht auch durch den Nexus in die Goldene Stadt zurückkehren?« Der Gedanke ließ Alex glühen vor Eifer. »Dann würden wir uns den ganzen Weg sparen, den wir hierher gelaufen sind.«

Der alte Weltenfürst schüttelte den Kopf. »Leider nein. Wir bräuchten eine *pons mundi*, aber die nächste ist in den Trümmern von Rom zu finden.«

Sofort schien es Alex, als spürte er in seinen Füßen wieder die Vibrationen der goldenen Scheibe, mit deren Hilfe sie damals zum ersten Mal in die Goldene Stadt gelangt waren.

»Die *pons* unter Santa Maria Maggiore?«, fragte Janine nach.

»Exakt. Doch das wäre ein noch weiterer Weg als der, den wir zu Fuß vor uns haben.«

Alex wollte sich nur ungern von seiner Idee trennen. »Und der Nexus ist uns wirklich nicht von Nutzen?«

»Unsere Vorväter haben den Nexus so eingerichtet, dass man durch ihn nicht in die Goldene Stadt gelangt. Es war ein Schutz gegen Angriffe. Der einzige offene Weg in die Stadt ist der durch die *porta prima*. Es ist zwar möglich, dass einer aus unserem Geschlecht einen gewissermaßen durch den Nexus hindurchzieht, aber das kostet Kraft und Erfahrung. Augenblicklich ist Sonja die einzige Weltenfürstin in der Goldenen Stadt, und sie ist dem mit Sicherheit noch nicht gewachsen.«

»Aber ein Versuch …«
»… würde sie und alle anderen Beteiligten in größte Gefahr bringen«, schnitt der alte Herr Alex sanft das Wort ab. »Wenn etwas schiefgeht, kann man für immer in irgendeiner unbekannten Welt verlorengehen. Zudem ist es eine wirklich kraftraubende Übung, und fünftausend Menschen durch den Nexus zu schleusen wird selbst Eure Macht übersteigen, Alex. Nicht zu sprechen von Euren Schwierigkeiten, diese Macht auch zu kontrollieren.« Er seufzte. »Es vergeht kein Tag, an dem ich mich nicht frage, warum um alles in der Welt Euer verfluchter *focus* nicht funktioniert. Das würde mit Sicherheit alles einfacher machen. Dann könntet Ihr vielleicht sogar von einer Welt in die andere wechseln, ohne mit der Wimper zu zucken.«
Janine runzelte die Stirn. »Alex ist doch nun schon zweimal von einer Welt in eine andere gewechselt – einmal, als Sonja ihn gerufen hat, und dann erst vorhin, als wir aus den Schattenwelten hierher zurückgekommen sind.«
»Sicher.« Herr Ramiç zuckte die Schultern. »Aber er hat offensichtlich selbst keine Ahnung, wie er das fertigbringt. Und es würde mich sehr wundern, wenn er die Abwehr der Goldenen Stadt überwinden könnte – immerhin wurde die von einem Weltenfürsten errichtet, der noch stärker war als er selbst.«
»Also doch marschieren. Nun ja. Immerhin wird das die Männer in Form halten«, fasste Leutnant Nürli zusammen. »Die Frauen auch«, fügte er mit einem Blick auf Janine rasch hinzu und alle lachten.
Sie sprachen noch eine Weile über ihren Plan, aßen Süßigkeiten und tranken Wein. Als sie sich schließlich trennten und in ihre Zelte zum Schlafen gingen, war es stockfinstere Nacht und der Schnee rieselte wie ein weißer, göttlicher Vorhang auf die gebirgige Landschaft nieder. Vor seinem mittlerweile aufgebauten Zelt blieb Alex noch einen Moment am Eingang stehen und sah zum Himmel empor, durch dessen dicke Wolkendecke nicht einmal die hellsten Sterne drangen. Trotzdem kam es ihm in diesem Au-

genblick so vor, als sähe die Welt nicht mehr so düster aus wie zuvor.

»Wir kommen und holen euch«, flüsterte er dem namenlosen Gefangenen zu, dessen Stimme ihm immer noch in den Ohren klang. »Wir holen euch da raus und dann machen wir die Dreckskerle fertig.«

22

Sobald es Sonja wieder etwas besser ging, trug Simon sie nach oben in ihre Gemächer. In dem improvisierten Hospital konnte sie nichts mehr ausrichten. Zum einen hatte sie nicht ansatzweise genug Kraft, um jemanden zu heilen, zum anderen hatte sich niemand von den Bissen der kleinen Schlangen erholt – abgesehen von der jungen Frau, die sie geheilt hatte, und ihr selbst. Die Unglücklichen, in deren Adern dieses teuflische Gift gelangt war, waren alle gestorben, während Sonja in dem Tempel des Himmels gewesen war.

Das Wissen löste bei Sonja einen Anflug von schlechtem Gewissen aus, aber sie erinnerte sich selbst daran, dass sie nichts dafür konnte. Sie hatte wirklich getan, was in ihrer Macht gestanden hatte. Und doch musste sie den Blick von den bedauernswerten Menschen abwenden, deren Leichname starr und mit diesen grauenvoll geschwollenen Hälsen an den Seitenwänden der Gänge lagen. Sonja wusste, dass sie sie in ihren Alpträumen wiedersehen würde.

In ihren Räumen legte Simon sie auf das Bett und ihre Dienerin Giulia brachte ihr hastig etwas zu trinken. Fast schockiert beobachtete Sonja, dass Giulia sich an Simon vorbeidrückte, ohne ihn zu beachten. Normalerweise ließ das Mädchen keine Gelegenheit aus, um dem Wächter im Vorbeigehen einen anhimmelnden Blick zuzuwerfen. Dass sie das diesmal vergaß und sich nur mit ernstem Gesicht um ihre Herrin kümmerte, machte Sonja mehr als vieles zuvor bewusst, dass sie selbst sich in einem furchtbaren Zustand befinden musste.

Die anderen Männer waren Simon einfach gefolgt, als er Sonja in ihre Räume getragen hatte, allerdings dann respektvoll in ihrem

Empfangszimmer geblieben. Alleine Simon stand mit unbewegter Miene neben der Türe. Seinen Gefühlsausbruch hatte er offensichtlich längst überwunden.

Schließlich trat auch Pater Matthews ein und setzte sich an ihr Bett. Er sah immer noch aus wie der wandelnde Tod, aber mittlerweile spürte Sonja einfach, dass er auf dem Weg der Besserung war. Seine Augen strahlten in einer Art auf sie herab, wie sie es noch nie an ihm gesehen hatte, und sein Gang war von einer ganz neuen Kraft getragen.

»Wie geht es Euch?«, fragte er mit seiner melodischen, sanften Stimme und berührte sie an der Hand.

»Ich bin Ordnung«, murmelte Sonja und trank einen Schluck von dem gewürzten Wein, den Giulia ihr ans Bett gestellt hatte. In der Tat fühlte sie sich zwar erschöpft, aber doch so gut, dass sie den Gedanken nicht loswurde, die vier Gestalten aus ihrer Traumreise hätten ihre Genesung ein wenig beschleunigt. »Jedenfalls besser, als Ihr gedacht habt, oder?«, fügte sie grinsend hinzu, als sie sich daran erinnerte, dass er sie bereits für tot erklärt hatte.

Der Priester lächelte verlegen. »Ich muss zugeben, dass ich Euch etwas zu schnell bei unserem Schöpfer vermutet habe. Meine Entschuldigung hierfür.«

»Schon in Ordnung. War gar nicht mal so daneben.«

»Was meint Ihr damit?« Das Licht vom Fenster hinter ihm ließ seinen spinnwebartigen Haarkranz wie einen Heiligenschein aufleuchten, als Pater Matthews sich gespannt vorbeugte.

»Na ja, ich weiß nicht genau, was mit mir los war«, sagte Sonja, die sich plötzlich nicht mehr sicher war, was sie erzählen sollte. Es hörte sich alles etwas arg irre an.

»Erinnert Ihr Euch an etwas? Ihr habt dort unten gesagt, Ihr hättet schlechte Nachrichten.«

Einen Augenblick rang Sonja mit sich selbst. »Sagt«, begann sie, »vielleicht wisst Ihr ja etwas dazu. Kennt Ihr die Namen Michael, Raphael, Gabriel und … äh.« Der letzte Name war ihr schon wieder entfallen, weil sie ihn vorher nie gehört hatte.

»Uriel«, ergänzte der Priester schulterzuckend. »Das sind die vier Erzengel. Die höchsten Streiter Gottes. Wieso? Was ist damit?«
Sonja fühlte sich plötzlich etwas schwindelig. »Ich glaube, ich habe sie getroffen«, sagte sie schwach.

»Das ist die ermutigenste Nachricht seit dem Schattensturm!« Die Augen von Pater Matthews strahlten so hell, dass es Sonja fast ein wenig unheimlich war.
»In jedem Fall ist es höchst ungewöhnlich«, meinte Albarath stirnrunzelnd und strich sich über den dünnen Schnurrbart. »Dass die Himmelsfürsten sich selbst einmischen, habe ich noch nie gehört.«
Ein wenig ratlos sah Sonja von einem der Männer zum nächsten. Nachdem sie sich eigentlich schon wieder recht gut gefühlt hatte, hatte Pater Matthews sie sanft gedrängt, ihre Geschichte auch den anderen zu erzählen, und so saßen sie nun alle in dem großen Raum, in den man zunächst gelangte, wenn man ihre Gemächer betrat. Mit der gemütlichen Sitzgruppe aus prunkvollen Polstermöbeln und dem großen, rechteckigen Tisch aus dunkelrotem Marmor war er für Sonja eine Art Wohn- und Esszimmer geworden, das sie auch für ihre Besprechungen nutzte. Giulia hatte allen etwas zu trinken hingestellt und sah ab und zu vorbei, um nachzuschenken.
»Was spielen diese Leute eigentlich für eine Rolle?«, fragte Simon. »Albarath, woher kennt Ihr denn die Namen? In Eurer Welt wird es doch ganz andere Religionen geben als hier, oder?«
Der braunhäutige Weltenfürst nickte. »Das ist richtig. Aber darum geht es nicht so sehr. Die vier Wesen, die euch als Erzengel bekannt sind, gelten bei unserem Geschlecht gewissermaßen als unsere Ahnen. Sie verkörpern unsere Ursprünge und die Quellen unserer Macht.«
»Die Erzengel stehen auch für die vier Elemente«, ergänzte Pater Matthews. »Feuer und Wasser, Erde und Luft. Außerdem sind sie die Wächter der vier Himmelsrichtungen.«

Ethan richtete sich heftig auf. »Was haben Sie zu mir gesagt?«, rief er Albarath zu und verhaspelte sich dabei vor Eifer. »Als Sie hier aufgetaucht sind – Sie haben mich doch irgendwie genannt? Wie? Michaelssohn?«

»Ach ja.« Der Weltenfürst nickte. »Unser ganzes Geschlecht lässt sich auf diese vier zurückführen. Wir alle haben ähnliche Kräfte, aber es gibt stets ein Element, dem wir besonders verbunden sind. Es ist unser Wesen.«

»Und das Element von Michael ist …«

»Feuer. Ihr seid das, was wir auch einen Glutbringer nennen, Bruder.«

»Und alle Weltenfürsten sind auf ein Element … spezialisiert?«, fragte Simon.

Sonja fiel auf, dass er der einzige Wächter war, der sich an dem Gespräch beteiligte. Sowohl Fabio als auch Kordan saßen da, nippten an ihrem Wein und verfolgten aufmerksam die Reden der anderen, aber ohne selbst mehr zu tun, als gelegentlich stumm zu nicken.

Albarath trank einen Schluck und schüttelte den Kopf. »Nur noch selten so ausgeprägt wie Ethan hier«, sagte er. »Unser Blut ist über die Jahrtausende verwässert worden und damit auch unsere Kräfte. Bei den meisten der Weltenfürsten, deren Macht mit dem Schattensturm neu erwacht ist, wird man kaum noch feststellen können, auf welchen der vier Alten ihre Linie zurückläuft. In meinem Fall etwa steht zu vermuten, dass ich ein Erbe Uriels bin. Meine Kräfte sind etwas stärker, wenn ich mit Erde oder Stein zu tun habe. Doch beweisen kann man das nicht.«

»Warum ist das bei mir anders?« Ethan lauschte mit glänzenden Augen. Offensichtlich hatte er überhaupt nichts dagegen, das Gesprächsthema zu sein.

Albarath zuckte die Schultern. »Ihr habt das Glück, ein relativ unverfälschtes Erbe erhalten zu haben. Irgendwo in Eurer Ahnenlinie muss es einen machtvollen Glutbringer gegeben haben, dessen Vermächtnis nun in Euch erwacht ist.«

Obwohl ihr die Frage seltsam peinlich war, weil sie ein so großes Interesse an ihr selbst verriet, musste Sonja doch Gewissheit haben. »Und bei mir? Mit welchem von den vieren bin ich … habe ich zu tun?« *Bin ich verwandt* konnte sie einfach nicht sagen, dazu war diese ganze Geschichte zu grotesk.
Albarath und Pater Matthews wechselten einen Blick, bevor sie sich ihr zuwandten. »Ihr seid eine Tochter des Drachen«, sagte Albarath dann, und abwesend registrierte Sonja, dass er sich während ihrer Ohnmacht mit Pater Matthews unterhalten haben musste. »Der Drache ist ein Tier, das die vier Elemente gleichermaßen beherrscht. So kam auch Euer Vater zu seinem Namen. In Eurer Linie vereinigt sich das Blut aller vier Himmelsfürsten. Ein seltenes Schicksal.«
Pater Matthews' Blick ruhte warm auf Sonja. »Ich habe es Euch gesagt«, meinte er lächelnd. »Ihr seid ein Engel.«
Entgeistert sah Sonja ihn an. »Ihr habt das nicht wirklich ernst gemeint, oder?«, beschwor sie ihn geradezu.
Der Priester beugte sich vor und seine Augen strahlten in einem Feuer der Begeisterung. »Sonja, Ihr müsst nicht daran glauben. Aber ich habe gespürt, wie Ihr mich geheilt habt. Ich habe Eure Kraft in meinem Innersten gefühlt, und auch wenn Ihr es nicht bemerkt – Gott selbst zeigt sich in Euch.«
»Diesen Glauben teilen wir nicht«, merkte Albarath mit einem leichten Kopfschütteln an. »Die Idee eines alleinigen Gottes halten wir nicht für einleuchtend. Nach unserer Meinung stammt unser Geschlecht von einer eigenen Art der Menschen ab, die seit jeher über die Fähigkeit verfügen, den Dunklen Strom zu beherrschen.« Er lächelte in die Runde. »Ihr könnt Euch also aussuchen, woher Eure Kräfte stammen sollen.«
Obwohl Pater Matthews fast angewidert das Gesicht verzog, sagte er nichts gegen diese Erklärung. »Im richtigen Moment werdet Ihr einen entscheidenden Hinweis bekommen, dessen bin ich sicher«, wischte er das Thema stattdessen beiseite. »Die Frage ist jetzt vielmehr, was wir tun sollen. Könnt Ihr uns noch einmal

genau erklären, was die vier Euch gesagt haben? Jedes Wort könnte wichtig sein.«

Sonja zog die Schultern hoch. »Ich hatte nichts zum Schreiben dabei«, meinte sie. »Ich weiß nicht, ob ich jedes Wort genau wiederholen kann. Es war schon alles ziemlich verwirrend.«

»Jeder hier versteht das«, beruhigte Albarath sie rasch. Dann blickte er sie durchdringend an. »Wärt Ihr bereit, eine Geistesbrücke einzugehen und mich Eure Erinnerungen durchsehen zu lassen? Oft stößt man dabei auf Dinge, die sich das Bewusstsein des Menschen selbst nicht merken konnte, weil es als unwichtig oder nicht deutlich genug eingeordnet wurde.«

»Ja, in Ordnung. Warum nicht?«

»Gut. Vielleicht kann ich dann mehr darüber sagen.« Der Weltenfürst stand auf und stellte sich hinter Sonjas Sessel auf. »Ihr kennt das ja. Entspannt Euch«, sagte er und legte seine Hände auf ihre Schultern. Neben ihr versteifte Simon sich unmerklich auf dem Sofa. Seine grauen Wolfsaugen ruhten unablässig auf Albarath.

»Ich würde sterben für diese Erfahrung«, murmelte Pater Matthews für sich.

Albarath sah auf. »Das ist nicht nötig«, sagte er amüsiert. »Kommt her. Ich kann Euch in die Verbindung einbeziehen.«

»Was?« Die Augen des Priesters weiteten sich, wohl halb vor freudiger Überraschung, halb vor Unbehagen. »Ich dachte, so etwas wäre nur unter Euresgleichen möglich.«

»Ihr werdet selbst nichts dazu beitragen können und Ihr werdet mir völlig unterworfen sein«, erklärte Albarath. »Aber ich kann Euch die Bilder aus Sonjas Erinnerung gewissermaßen weiterreichen.«

»In Ordnung.« Pater Matthews war schon aufgestanden, um sich neben Sonja zu setzen, als dem alten Kirchenmann doch etwas einfiel. »Werdet Ihr auch in meine Erinnerungen sehen können?«

Albarath zuckte die Schultern. »Können ja. Ich werde es nicht tun oder zumindest vermeiden, aber für die Dauer der Verbindung werde ich die Macht dazu haben.«

Offensichtlich war der Priester hin- und hergerissen. »Das Beichtgeheimnis«, erklärte er, als ihn alle fragend ansahen. »Ich weiß Dinge, die ich außer Gott niemandem anvertrauen darf. Wenn Ihr diesen Bereich meines Geistes einsehen könnt …«
»Ich schwöre, dass ich nichts dergleichen tun werde«, sagte Albarath ernst. »Wollt Ihr?«
Nach einem letzten Zaudern setzte sich Pater Matthews neben Sonja. Albarath legte beiden je eine Hand auf die Schulter. »Seid ruhig«, murmelte er, »das wird rasch gehen.«
Tatsächlich war Sonja mittlerweile so an Geistesbrücken gewöhnt, dass sie die Verbindung kaum noch spürte. Der alte Priester neben ihr stöhnte kurz auf, doch war dies seine einzige Reaktion. Einige Sekunden später war alles wieder vorüber.

»Das ist in der Tat mehr als bemerkenswert«, stellte Albarath fest, als die Geistesbrücke aufgelöst war und Sonja und Pater Matthews blinzelnd in die wirkliche Welt zurückfanden. »Ich habe noch nie von etwas Ähnlichem gehört.«
»Haben Sie etwas Wichtiges gesehen?«, fragte Simon.
»Die Schatten sind in sämtlichen Welten auf dem Vormarsch«, sagte Albarath düster und stürzte seinen Wein hinunter. »Was heute hier geschehen ist, war gar nichts. Wir sind am Verlieren – und zwar in sämtlichen Welten, die es gibt. Verflucht, ich hätte nicht gedacht, dass es so schlimm um uns steht!«
»Aber war da etwas, was uns helfen kann?«
Der Weltenfürst stützte sich schweigend auf die Lehne von Sonjas Sessel und dachte mit gesenktem Kopf nach, ohne sich um Simons Frage zu kümmern. »Was soll das heißen: Wir sind die Risse in den Welten?«, dachte er zuletzt laut nach und begann im Raum auf und ab zu laufen. »Alle miteinander verbunden – was um Jaris' willen soll man damit anfangen?«
»Erklären Sie es uns noch einmal?«, bat Ethan und Albarath wiederholte noch einmal Sonjas Erzählung, allerdings deutlich genauer.

»Ist Ihnen etwas aufgefallen, was noch helfen könnte?«, wandte Simon sich an den Priester. Der saß nur da, starrte auf die Muster im roten Marmor der Tischplatte und schüttelte ungläubig den Kopf. »Pater?«, sagte Simon etwas lauter.

»Verzeihung?« Pater Matthews sah hoch und befreite sich mit sichtlicher Mühe aus seinen Gedanken. »Etwas aufgefallen – nun, eine ganze Menge.« Er wandte sich Albarath zu. »Habt Dank, dass Ihr mich das habt sehen lassen«, sagte er leise, aber deutlich bewegt. Dann blickte er sich um. »Eine Zusammenkunft«, sagte er und lächelte. »Es ist eine Zusammenkunft.«

»Wie bitte?« Ethan fixierte nun den alten Kirchenmann.

Albarath schüttelte den Kopf. »Erklärt uns das.«

»Wie wir wissen, sind die einzelnen Welten nur lose miteinander verbunden«, begann Pater Matthews in einem lehrerhaften Ton, der Sonja gleichzeitig nervte und erleichterte – das eine, weil es so überheblich klang, das andere, weil diese Sprechweise eine verständliche Erklärung versprach. »Man muss sich diese Wirklichkeiten vorstellen wie Blasen, die einander an wenigen Punkten berühren. Doch ringsumher liegen die Schatten, und sie dringen dort in die Welten vor, wo sich eine Verbindung, gewissermaßen ein Tunnel von einer Welt in eine andere, bildet.«

»Das alles ist uns bekannt«, stimmte Albarath zu. »Worauf wollt Ihr hinaus?«

Der Priester tippte mit einem Finger auf die Tischplatte. »Ich denke, dass diese Theorie einen Fehler hat. Und die vier haben ihn uns auch gezeigt.«

»Nämlich?«

»Diese Verbindungen – die Weltenrisse – entstehen nicht einfach von selbst wie eine Lücke in den Wolken. Sie werden verursacht.«

»Mit Verlaub, aber das ist Unfug«, widersprach Albarath. »Seit der Öffnung des Nexus sind die Welten offen. Götter, wir sind noch heute Morgen mit einer ganzen Flotte durch einen Riss hindurchgesegelt, und dieser Riss wurde von niemandem verursacht. Er war eben einfach da. Sonst säßen wir nicht hier.«

»Verzeiht, aber *verursacht* ist nicht dasselbe wie *bewusst erzeugt*«, verbesserte ihn der Priester. »Seit der verfluchte Konstantin das Siegel des Nexus zerbrochen hat, sind die Kräfte der Weltenfürsten entfesselt. Und seitdem sind die Welten miteinander verbunden.«

Albaraths Lippen bewegten sich eine Weile lautlos, während er nachdachte. Doch es war Ethan, der das Schweigen brach. »Sie meinen, dass diese Schattenrisse durch die Weltenfürsten – durch uns – verursacht werden?«, platzte er heraus. »Dass wir *schuld* sind?«

»Nein. Ich spreche nicht von Schuld«, sagte Pater Matthews nachdrücklich. »Aber erinnert Euch: Alex hat nachweislich Weltenrisse erzeugt. Ihr selbst habt einen Weltenriss mit Euch herumgeschleppt, der nach wie vor nicht völlig geschlossen zu sein scheint, da diese Kadaver in der Halle nicht verschwinden. Und die vier haben gesagt, dass alle Weltenfürsten miteinander verbunden sind – dass sie die Risse verursachen. *Sie sind alle mit der Weltenachse verbunden. Sie sind das Tor für die Schatten, solange sie unter den Sterblichen wandeln.* So hat es Gabriel gesagt.«

»Und was sollen wir damit anfangen?« Simon schüttelte sacht den Kopf. »*Solange sie unter den Sterblichen wandeln* – für mich hört sich das irgendwie ziemlich düster an. Sollen jetzt alle sterben?«

»Natürlich nicht«, gab der Priester ärgerlich zurück, ein wenig wie ein Lehrer, dessen Schüler nicht mitdenken wollen. »Deswegen dürften die vier Sonja wohl kaum aus dem Tod zurückgeschickt haben. Die Risse in den anderen Welten entstehen, weil die Weltenfürsten alle mit dem Nexus verbunden sind. Der Drache hat diese Verbindungen mit seinem Siegel mehr oder weniger abgeschnitten. Das Ergebnis war, dass sie Weltenfürsten keine Macht mehr hatten, aber auch die Weltenrisse geschlossen waren.«

Sonja schreckte auf, als ihr etwas einfiel. »Stimmt! Herr Ramiç hat einmal erzählt, dass die Weltenfürsten in ihren jeweiligen Welten eingeschlossen waren!«

»Das Drachensiegel hat sie von der Quelle ihrer Kraft getrennt. Als hätte man an Bord eines Schiffes den Tauchern die Luftschläuche durchgeschnitten.«
»Das hört sich nicht besonders nett an«, bemerkte Ethan, ohne dass Sonja durchschaute, ob er einen Witz machen wollte oder nicht.
»Man müsste also das Siegel neu errichten«, folgerte Simon.
Albarath schüttelte den Kopf. »Unmöglich. Seit dem Drachen hat es keinen Weltenfürsten mehr gegeben, der dazu in der Lage gewesen wäre. Konstantin war einer der Mächtigsten unter uns, und selbst er musste sich Sonjas Bruder bedienen, um das Siegel nur aufzuheben und die Kraft des Nexus zu entfesseln. Diese Kraft wieder einzusperren, dürfte unmöglich sein – jedenfalls sehe ich zurzeit keine Möglichkeit.«
»Dann hat uns Sonjas ganzes Abenteuer kaum etwas gebracht außer nutzlosem Wissen?«
Abenteuer, dachte Sonja bei sich und musste fast lachen wegen Simons Wortwahl. *Ich war tot, und das soll dann ein Abenteuer sein.* Doch dann erinnerte sie sich an sein Gesicht und verstand, dass es für ihn zu hart gewesen wäre, ihr Erlebnis beim Namen zu nennen.
»Ganz und gar nicht«, widersprach Pater Matthews. »Die Erzengel haben uns den einzigen Hinweis gegeben, der uns in dieser Situation hilft.«
»Was stellen Sie sich denn vor?«
»Wir holen sie nach Hause.«
»Wie bitte?«
Albarath atmete tief ein und lachte dann. »Verdammt, Ihr habt recht, Priester!«, rief er und hieb mit der Faust auf den steinernen Tisch. »Wir holen sie heim!«
Sonja starrte die beiden Männer verständnislos an. »Entschuldigung?«
»Wenn die Verbindung zwischen dem Nexus und unseren Brüdern und Schwestern die Weltenrisse erzeugt, müssen wir sie eben

hier versammeln«, erklärte Albarath. »Wir holen sie aus ihren ganzen verschiedenen Welten hierher. Sobald alle wieder in der Goldenen Stadt sind – wie es ganz früher, lange vor den Kriegen zwischen dem Drachen und seinen Gegnern gewesen sein muss – sobald also alle wieder hier sind, dürften die Schattenwelten keinen Zugang mehr zu irgendeiner Welt haben. Sie wären für immer ausgesperrt.«

»Vielleicht lag der Fehler genau darin«, grübelte Pater Matthews laut. »Vielleicht hätten Eure Vorfahren niemals diese Welt verlassen dürfen.«

Albarath zuckte gleichgültig die Achseln. »Möglich. Aber diesen Fehler werden wir jetzt wiedergutmachen.« Er zupfte seine orange-schwarze Kleidung zurecht und plötzlich fiel Sonja etwas auf.

»Dann könnt Ihr gar nicht zurück?«, fragte sie verdutzt. »Dorthin, wo Ihr herkommt, meine ich. Eure Heimat ist doch eine andere Welt, oder?«

Albarath nickte knapp. »Das stimmt.«

»Warum sind Sie eigentlich hier aufgetaucht?«, fragte Simon. »Was suchen Sie in dieser Welt?«

Auf einmal merkte Sonja, dass sie selbst noch keinen Gedanken an diese Überlegung verschwendet hatte. Durch ihre geistige Verbindung mit Albarath hatte sie ihn rasch so gut kennengelernt, dass seine Anwesenheit ihr geradezu natürlich vorgekommen war – wie der Besuch eines Verwandten eben, bloß dass dieser Verwandte eine ganze Kriegsflotte aus Galeeren mitgebracht hatte. Was ihn im Moment umso willkommener machte.

»Ich suchte Antworten«, gab Albarath zurück und räusperte sich. »Zum einen wurde mir klar, dass etwas mit dem Nexus geschehen sein musste, als ich plötzlich Kräfte hatte, wie ich es noch nie zuvor erlebt hatte. Ich wurde lange nach der Errichtung des Siegels geboren, müsst ihr wissen, aber mein Vater hat mir alle Erinnerungen mitgegeben, die er selbst besaß. Daher wusste ich auch, dass nördlich von unserer Hauptstadt Tormar einst ein Weltenriss mitten auf dem Meer existiert hatte. Nachdem dann einige Fischer davon berichteten, dass sie mitbekommen hatten, wie Kameraden auf anderen Booten plötzlich von einem Nebel verschluckt worden und nicht mehr aufgetaucht waren, war nicht zu leugnen, dass der Riss wieder offen stand.«

»Und woher hattet Ihr diese gewaltige Flotte?«, fragte Sonja staunend.

»Ich bin der Großmagus seiner Majestät Ronnar Haldarin«, war die nüchterne Antwort. »Sobald klar war, dass durch den Riss auch mehrfach Schattenwesen gedrungen waren, veranlasste ich diese Expedition, um das Ganze zu untersuchen. Und damit waren wir auch schon hier – scheinbar nicht im falschen Augenblick.«

»Allerdings nicht«, pflichtete Pater Matthews mit hochgezogenen Brauen bei. »Und was habt Ihr jetzt vor?«

Der Weltenfürst dachte kurz nach. »Ich werde meine Leute nach Hause schicken«, sagte er. »Die Gefahr hier scheint vorbei zu sein, und wenn wir versuchen, die Risse endgültig zu schließen, möchte ich sie nicht in dieser Welt festhalten, fern ihrer Heimat und von ihren Familien.«

»Sich selbst aber schon«, merkte Simon an.

Albarath trank einen Schluck und faltete dann die Hände. »Wenn ich meine Heimat beschützen kann, indem ich ihr vorerst fernbleibe, dann soll mich nichts aufhalten.«

»Hoffen wir, dass die anderen aus Eurem Geschlecht genauso denken«, sagte Pater Matthews ernst.

»Ja, aber selbst wenn die anderen Weltenfürsten bereit wären, hierher zu kommen – wie wollen Sie all diese Leute erreichen und holen?«, fragte Simon verständnislos.

Einen Moment schwiegen alle. Sonja schüttelte für sich den Kopf. Sie hatte keine Ahnung, wie viele Weltenfürsten es insgesamt gab, aber soweit sie wusste, existierten nahezu unzählige Jenseitswelten. Wenn in jeder davon auch nur einer ihres Geschlechts zu finden war, hatten sie ein Problem.

Ein leises Lachen war zu hören. Alle wandten sich Albarath zu, der sich grinsend den Schnauzer strich. »Das, meine lieben Freunde«, erklärte er mit mildem Spott, »das sollte das kleinste Problem sein.«

❖ ❖ ❖

Der Weltenfürst erklärte seinen Plan. Ethan saß da und lauschte, doch seine Gedanken glitten immer wieder ab. Verstohlen sah er zu Sonja hinüber. In ihren goldenen Augen leuchtete die Hoffnung, als die anderen Albaraths Idee diskutierten und dann rasch zu den Einzelheiten übergingen. Ethan wusste nicht so recht, was er denken sollte. Wenn er sich nicht sehr täuschte, waren alle hier darauf aus, so schnell wie möglich wieder zur alten Ordnung zurückzukehren. Zunächst sollten die Schattenrisse verstopft werden – und dann? Was war, wenn diese Monster keine Bedrohung mehr waren? Wenn kein Mensch mehr die Weltenfürsten brauchte?
Irgendwie ahnte Ethan, dass der Gedanke nicht in Ordnung war – seine Mom hätte bestimmt etwas dagegen gehabt –, aber er mochte die Vorstellung nicht, plötzlich wieder nur ein unbedeutender fetter Kerl zu sein. Im Laufe der vergangenen Wochen hatte er sich daran gewöhnt, von den anderen bewundert zu werden. Eine Welt ohne den Kampf gegen die Schattenwesen wäre nicht mehr dieselbe. Vor allem aber ahnte er, dass er dann mit einem Mädchen wie Sonja nicht mehr viel gemein hätte, und diese Vorstellung brachte ihn durcheinander.
Sie sah zwar gar nicht so besonders aus mit ihrem stumpfbraunen Haar und dem etwas zu runden Gesicht – Ethan fand eigentlich schwarzhaarige Mädchen mit schmaleren Gesichtern schöner. Aber sie war, sah man einmal von ihren Kräften ab, trotzdem bei weitem nicht so hässlich, dass sie es nötig gehabt hätte, sich mit Ethan abzugeben.
Immer wieder kam ihm in den Sinn, wie sie das erste Mal eine Geistesbrücke errichtet hatten. Ein derartiges Gefühl hatte er vorher noch nie gehabt, und er wünschte sich nichts sehnlicher, als es so bald wie möglich wieder zu erfahren. Sonja war ein Mädchen,

das nach Ethans Überzeugung einzigartig war, und er stimmte diesem merkwürdigen alten Priester zu, dass sie ein Engel war. Als sie sich verbunden hatten, war da nichts von der widerwärtigen Überheblichkeit, von dem kaum versteckten Ekel, einfach nichts von dem Verhalten der dummen Puten aus seiner Schule gewesen. Sie hatte ihn in seiner Seele berührt, als wäre es das Natürlichste der Welt, und alleine diese Empfindung hatte Ethan im Innersten erschüttert wie nie etwas zuvor.
Es drängte ihn, mehr davon zu fühlen, sich enger mit diesem Mädchen zu verbinden, das mehr in ihm sah als nur einen dicken Jungen. Bei dem Gedanken an eine weitere Geistesbrücke wurde ihm fast ein wenig schwindelig. Er stellte fest, dass ihm im Grunde alles egal war, dass seinetwegen die Welt in Trümmer und all diese Leute vor die Hunde gehen konnten – solange es ihm nur gelang, dieses wundervolle Mädchen dauerhaft an sich zu binden.

23

Die Armee war erst am Mittag bereit, sich wieder auf den Rückweg zu machen. Der Schneefall war am Morgen so heftig gewesen, dass sich viele Soldaten erst einmal aus der meterhohen Decke herauswühlen mussten, die ihre Zelte schier unter sich begraben hatte.

Einen Becher Kaffee in der Hand, betrachtete Alex die Vorbereitungen zum Abmarsch mit gemischten Gefühlen. Zwar war er froh, inmitten dieser fünftausend Mann in Sicherheit zu sein; aber ihm wurde auch wieder bewusst, dass diese gewaltige Maschinerie aus Männern, Frauen und Pferden mit ihren vielen Tonnen Gepäck und Vorräten so träge war wie eine Kuhherde. Dabei wäre er lieber gestern als morgen zurück in der Goldenen Stadt gewesen. Schließlich wusste er mittlerweile, wie lange die bedauernswerten Kerle in ihren Zellen zu stecken glaubten, während in der wirklichen Welt vielleicht nur ein Tag verstrich.

»Machst du dir Sorgen?«, fragte Lucia, die leise hinter ihn getreten war.

Alex zwang sich zu einem Lächeln, als er sich zu ihr umdrehte. Auch sie hielt eine dampfende Tasse in den Händen und wärmte sich daran. Als sie einen Schluck trank, sah sie ernst zu ihm empor. Ihre braunen Augen wirkten wie sanft glühendes Kupfer in dem hellen Tageslicht.

»Ich habe an die anderen gedacht«, sagte er. Es war unnötig zu erklären, wen er meinte.

»Du wirst ihnen zu Hilfe kommen«, erwiderte sie lächelnd und sah ihn vertrauensvoll an. Zum ersten Mal fiel Alex auf, dass sie eine Unebenheit am Mund hatte, eine winzige Ausbuchtung im sanften Schwung der Oberlippe, die aber ihr Lächeln nur umso

schöner aussehen ließ. »Du wirst sie holen, und dann wird alles vorbei sein.«
Ihre Stimme hatte geradezu etwas Prophetisches, was ihn auf seltsame Weise verunsicherte.
»Du kommst nicht mit?«, fragte er.
Zu seiner Verblüffung schüttelte sie den Kopf. »Nein. Ich kann nicht«, sagte sie bestimmt, aber ohne Aufregung in der Stimme, gerade so, als hätte sie einen wichtigen Arzttermin und könnte deshalb leider nicht mit.
»Wieso?«
Ihre Augen wanderten über die Hügel mit den schneebedeckten Bäumen. »Du warst dort nicht so lange wie ich, Alex«, sagte sie leise. »Ich kann nicht noch einmal dorthin.«
»Natürlich«, murmelte er. »Ich verstehe schon.«
Die Vorstellung, ohne Lucia in die Kerker zu gehen, war ihm unangenehm, selbst wenn er Herrn Ramiç und alle möglichen anderen kampferprobteren Begleiter bei sich hatte. Freilich war alleine die Aussicht auf einen weiteren Aufenthalt in diesem furchtbaren Gebäude – in dieser furchtbaren Welt – schlimm genug. Aber in seiner Vorstellung war Lucia dabei eine Vertraute, ohne die ihm die Sache wie eine Reise in völlig unbekanntes Gebiet vorkam.
»Ihr werdet es schaffen und die anderen rausholen«, sagte Lucia, als könnte sie seine Gedanken lesen. »Du bist der Drache, und du bist dort schon einmal ganz alleine entkommen. Jetzt hast du auch noch Hilfe. Ich weiß, dass du das kannst!«
Plötzlich stand sie neben ihm, so nahe, dass er ihre Wärme spürte. Ohne dass er darüber nachdachte, legte Alex seinen Arm um ihre Taille, und sie lehnte sich gegen ihn. Ihr Kopf sank an seine Schulter, und diese Berührung war so wundervoll, dass er kaum zu atmen wagte vor Angst, sie könnte sich wieder von ihm lösen.
In diesem Moment stießen Bläser in ihre Hörner und Trompeten – man hatte rasch herausgefunden, wer vor dem Schattensturm

solche Instrumente gespielt hatte – und gaben damit das Signal zum Aufbruch. Das vielstimmige Schmettern ließ die Luft erzittern und war so erhebend, dass Alex ein Schauer durchrieselte und er spürte, dass es Lucia nicht anders ging.

Beide sahen über das Heer hinweg, das sich in kleinen Gruppen sammelte, die sich wiederum zu größeren Kolonnen vereinigten und zuletzt einen gewaltigen Marschzug bildeten. Die ungeheure Menge aus konzentrierten Gesichtern, die grimmigen Rufe der Offiziere, das Klirren von Metall – all das war seltsam mitreißend, und plötzlich presste Alex Lucia eng an sich. Ihr Arm legte sich um seine Hüfte und erwiderte den Druck.

Sie sahen einander an, und auf ihrem Mund, aus dem in der Kälte unablässig kleine Dampfwolken stiegen, lag ein staunendes Lächeln.

»Das ist dein Heer«, sagte sie und stieß ein kleines Lachen aus. »Deine Leute.«

»Unsere Leute«, verbesserte er atemlos, beugte sich vor, und ihre Lippen trafen sich.

Ihr Mund war kalt, kälter als Alex es sich vorgestellt hätte, aber dennoch durchfuhr ihn bei dem Kuss ein überwältigendes Gefühl, das ihn für alles entschädigte, was er hatte erleben müssen, um Lucia zu treffen.

Als sie sich voneinander lösten, drückte Alex dieses zarte, schmale Mädchen fast hektisch an sich und hatte nicht vor, je wieder loszulassen. Mit einem Mal war alles, was vor ihnen liegen mochte, kaum noch einen Gedanken wert.

❖ ❖ ❖

Während sie sich mit steinerner Miene abwandte, zog Janine so heftig an dem Rest ihrer Zigarette, dass die Glut den Filter erreichte und plötzlich beißender Gestank in ihre Lungen drang. Sie hustete bellend und schnippte die Kippe fort. Die Tränen in ihren Augen ließen das Bild verschwimmen, aber Janine hatte auch so

genug gesehen. Lange hatte man ja nicht warten müssen, bis der Junge und die Göre ihre alberne Romanze öffentlich zur Schau stellten. Doch dass sie das wie auf einer Bühne ausgerechnet vor den Männern und Frauen taten, die für den Jungen in den Tod gehen würden, das fand Janine doch erstaunlich kaltschnäuzig – oder dämlich, was noch wahrscheinlicher war.
An sich hatte die Wächterin nichts dagegen, dass Alex sich ein bisschen mit dem Mädchen amüsierte. Vermutlich würde am Ende sogar diese Lucia mehr unter der Sache leiden als er. Zumindest hatte Janine diese Erfahrung mit ihren ersten beiden Freunden gemacht, und sie wünschte der Kleinen von Herzen dasselbe. Aber sie ärgerte sich über die Gleichgültigkeit, die der Junge offensichtlich seinen Leuten gegenüber empfand, nur weil er seine kleine Freundin im Arm hielt.
Bei dem Gedanken begann Janines linke Hand unter dem Verband wieder zu pochen. Sie erinnerte sich noch gut an das Gesicht des Arztes, als sie ihm erzählt hatte, wie ihre Hand zu diesem unförmigen Klumpen geworden war. Zunächst hatte er natürlich gelacht, weil er einen Scherz vermutete, dann hatte er sie angesehen und aufgehört zu lachen. An seinem Blick hatte Janine erkannt, dass er plötzlich Angst hatte, weil er sie für verrückt hielt.
Und das bist du doch auch, oder?, flüsterte die Stimme in ihrem Kopf. *Sei nicht so bescheiden. Du bist so irre wie eine tollwütige Sumpfratte. Aber immer noch vernünftiger als der ganze Rest in diesem Zirkus, oder? Vor allem vernünftiger als der Junge. Der fällt tatsächlich auf die kleine Schlampe herein.*
Mit einem letzten Husten riss sich Janine selbst aus ihren Gedanken. Während sie zu ihrem Pferd ging, fischte sie mit der Rechten in ihrer Tasche nach der Zigarettenschachtel, schüttelte vorsichtig eine weitere Kippe ein Stück weit heraus und schnappte mit den Lippen danach wie ein Karpfen nach einem Stück Brot. Im Vorbeigehen nahm sie sich einen glimmenden Ast aus den Resten eines Lagerfeuers, um die Zigarette anzustecken.
Sie hatte trotz allem eine Aufgabe, und der würde sie treu bleiben:

Sie musste auf Alex achtgeben, egal wie schwer ihr das fiel. Mit energischen Schritten stapfte sie durch den Schnee, ließ sich von einem Diener – den Namen des Jungen hatte sie vergessen, auch wenn er sie immer so bewundernd ansah – die Zügel reichen und schwang sich in den Sattel. Das Tier setzte sich gehorsam in Bewegung, als sie mit der Zunge schnalzte, und kurze Zeit später hatte sie ihren Platz im Zug hinter Alex eingenommen. Er bemerkte seine Wächterin nicht, denn Lucia ritt neben ihm her, die schmalen Schultern zusammengezogen und den Kopf tief in der Kapuze vergraben.

Jeder, der sie sah, musste sie für ein einsames, verschüchtertes Mädchen halten. Janine sah etwas anderes.

❖ ❖ ❖

Der schier endlose Heereszug kämpfte sich langsam durch die verschneite Landschaft. Das Problem war, dass die ersten Reiter zunächst einmal eine Spur durch die weißen Massen bahnen mussten. Der Pfad, den sie auf ihrem Hinweg auf die gleiche Art angelegt hatten, war mittlerweile schon wieder so stark zugeschneit, dass er kaum noch zu erkennen war. Auch wenn die Leute an der Spitze immer wieder wechselten, um die Tiere nicht zu sehr zu erschöpfen, kam der Zug nur in langsamem Schritttempo voran und musste sogar immer wieder anhalten, um sich nicht gegenseitig über den Haufen zu marschieren.

Am späten Nachmittag waren sie erst einige Kilometer weit gekommen und doch waren die Männer und Frauen schon erschöpft. Besorgt betrachtete Alex vom Sattel aus die müden Gesichter um sich herum. Noch hörte man immer wieder auch einen Scherz und ein kurzes Lachen, aber es war deutlich zu sehen, dass dieser Zustand nicht mehr lange anhalten konnte, zumal es auch wieder zu schneien begonnen hatte. Der Wind, der hier nur von wenigen Bäumen gebremst wurde, trieb einem die feinen Kristalle in die Augen und ins Gesicht und verursachte auf jedem Stückchen bloßer Haut rasch ein schmerzhaftes Brennen. Dementsprechend eingehüllt saß Lucia auf ihrem Pferd, das sie die ganze Zeit über direkt neben dem von Alex herlenkte. Immerhin konnte sie sich gut im Sattel halten.

Als ihr Weg das Heer an einem lockeren Waldstück entlangführte, wo ein paar Birken zumindest etwas Windschatten boten, machten sie Rast. Über ihnen ragten die Bäume auf, die mit einer so dicken Reifschicht überzogen waren, dass sie aussahen wie gewaltige Kristallgebilde. Erleichtert ließen sich die Soldaten zu Boden sinken und streckten die Beine von sich. In kürzester Zeit waren einige Feuer errichtet, auf denen eilig Kessel mit Würzwein erhitzt wurden, um die Lebensgeister wieder zu wecken.

Leutnant Nürli gesellte sich zu Alex und den anderen. Herr Ramiç und Julien wechselten ein paar Worte mit dem Offizier. Janine steckte sich rasch eine Zigarette an, während Lucia einfach nur dastand und ihren Oberkörper hin- und herdrehte, die Hände und den Kopf tief in ihre warme Jacke eingezogen, um warm zu bleiben. Die Körperhaltung erinnerte Alex an ein Kind, und am liebsten hätte er sie sofort wieder in den Arm genommen.

»Mein Fürst, wir müssen eine Entscheidung fällen«, erklärte Nürli und trat mit einer nachlässigen Verbeugung vor Alex hin. »Die Leute sind erschöpft. Viel weiter können wir nicht marschieren. Eine Möglichkeit ist, dass wir hier bleiben. Dieser Platz ist einigermaßen windgeschützt und bequem. Allerdings wird es schwer sein, einen Angriff abzuwehren. Hier gibt es nichts, was uns irgendeine Deckung bietet. Noch dazu behindern die ganzen Hügel unsere Sicht. Theoretisch könnte man uns umzingeln und wir würden es erst bemerken, wenn der Feind uns von allen Seiten gleichzeitig angreift.«

Unbehaglich sah Alex sich um. Er hatte seit ihrer Rückkehr aus der Hölle kaum mehr an die Möglichkeit eines Kampfes gedacht. »Und die Alternative?«

Leutnant Nürli hob ratlos die Hände. »Wir setzen unseren Weg fort und hoffen auf einen besseren Platz.«

Verunsichert sah Alex sich um. Die Männer und Frauen sahen allesamt furchtbar erschöpft aus. »Vielleicht können wir Wachen aufstellen«, begann er lahm, »dafür müssten doch die Hügel ...«
Ein gellender Schrei unterbrach ihn. Dann riefen Männer und Frauen wild durcheinander, sprangen von ihren Lagern auf und deuteten mit ausgestreckten Fingern in den grauen Schneehimmel.
»Pest und Teufel!«, flüsterte Julien und kniff die Augen zusammen, als auch er hinauf in die düsteren Wolken blickte.
»Damit dürfte die Entscheidung gefallen sein«, stellte Herr Ramiç nüchtern fest.
Sie alle blickten gebannt nach oben in die Wolkendecke. Dort oben kreiste ein gewaltiger schwarzer Schatten, dessen riesenhafte Flügel die Luft so laut peitschten, dass man das klatschende Geräusch jeden Schlags auch durch den Wind und das Schneetreiben hindurch deutlich hören konnte. Es war ein gewaltiges Wesen, das sich in einem seltsam ruckenden Kurs durch die Lüfte schwang. Obwohl es schwer war, aus der enormen Entfernung und ohne jeden Vergleich die Größe einzuschätzen, war Alex sich sicher, dass es die Ausmaße eines Sattelschleppers hatte. Der Körper wirkte wie die groteske, plumpe Missgestaltung eines Vogels; dicklich, geradezu geschwollen in der Leibesmitte, doch an den Flügelansätzen im Vergleich fast zierlich.
Es bewegte sich in einem taumelnden, bogenförmigen Kurs zunächst fort von ihnen, wandte sich dann aber um und ging in einen ruckelnden Sinkflug über, dessen Ziel offensichtlich ihr Lagerplatz war.
»An die Waffen!«, brüllte Nürli und ringsumher ertönte hundertfach das Geräusch von Stahl, der aus der Scheide gezogen wurde.
»Was ist das für ein Monster?«, flüsterte Lucia entsetzt, als das Wesen näher kam und man immer mehr Einzelheiten erkennen konnte. Die weißliche Haut war zwar von Federn bedeckt, aber so spärlich und ungleichmäßig, als hätte ein Riese bereits begonnen, den Alptraumvogel zu rupfen, dann aber die Lust verloren.

»Keine Ahnung«, murmelte Alex und zerrte ebenfalls sein Schwert aus dem Gürtel.
»Sieht aus wie eine Krähe«, erklärte Janine böse lächelnd, schnippte ihre Kippe in den Schnee und zog ihr Schwert. »Eine ziemlich große Krähe.«
»Und sicherlich kein normaler Vogel«, schnaubte Herr Ramiç und griff unter seine Jacke. Hastig holte er seinen *focus* heraus. Sobald der Bosnier es mit der Rechten umschloss, begann das Innere des Kristalls sanft zu pulsieren.
»Was ist das?«, fragte Lucia fasziniert. Scheinbar hatte sie das Ungeheuer völlig vergessen, das immer noch ungebremst auf sie zuraste.
»Ein *focus*«, erklärte Alex hektisch.
Das Pulsen wurde zu einem gleißenden Strahlen, das zwischen den Fingern des alten Herrn hervorstach.
»Also dann!«, sagte Herr Ramiç gepresst, die Augen zu Schlitzen zusammengekniffen. Seine Finger öffneten sich und von dem Stein schoss augenblicklich ein bleistiftdünner Strahl aus Licht in den Himmel. Es hörte sich an, als würde ein Stück Papier zerrissen.
Der Lichtpfeil traf das Ungeheuer am Kopf und ließ eine kleine schwarze Wolke aufsteigen, als wäre dort ein Flak-Schrapnell explodiert. Das Biest gab keinen Laut von sich, riss aber den Hals so hastig nach hinten, dass es eine Art Rückwärtssalto schlug, wobei es hektisch mit den Flügeln herumflatterte. In einer wirren Spirale stürzte es dem Boden entgegen und schlug keine hundert Schritt von ihnen entfernt mit einem dumpfen Laut auf. Eine turmhohe Schneewolke wirbelte hoch und hüllte das Wesen einen Moment lang völlig ein.
»Los!«, befahl Nürli und galoppierte in Richtung des Biests, gefolgt von einigen Dutzend anderen Reitern.
Alex schloss sich an, ohne genau zu wissen, warum. Aber er musste dieses Wesen genauer sehen, das war vollkommen klar. Aus den Augenwinkeln erkannte er, dass auch Janine und Lucia sich in Be-

wegung setzten, und obwohl er sich wegen des Mädchens sorgte, war er doch froh, dass sie ihn begleitete.
Die ersten Gardisten hatten das Wesen gerade erreicht, als es sich mit einem plötzlichen Ruck wieder aufrichtete und von einem zum anderen Moment wie ein düsterer Berg über den Reitern aufragte.
»Zum Teufel!«, schrie Leutnant Nürli entsetzt, als das Biest seinen Kopf schwenkte und sich seinen Gegnern zuwandte.
Ein gellender Schrei entfuhr Lucia, und auch Alex zuckte der Schreck durch die Glieder, als er das Biest nun aus der Nähe sah. Die verbliebenen Federn baumelten locker aus der weißen Haut heraus, nur noch lose mit ihren Kielen im Fleisch verankert. Ein bestialischer Gestank wallte ihnen entgegen, ein so intensiver, süßlicher Verwesungsgeruch, dass allen die Tränen in die Augen schossen und sich zwei der Männer sofort über die Hälse ihrer Rösser beugten und sich in den Schnee erbrachen.
Der Kopf des Tieres war bereits zur Hälfte skelettiert. Leere Augenhöhlen glotzten sie an, umgeben von weißer Haut, die schon in Fetzen hing. Der schwarze Schnabel, groß wie die Spitze eines Kampfjets, stach hervor, und an den Rändern des Kopfes waren deutlich die weißen Knochen aus dem faulenden Fleisch des Schädels zu erkennen.
»Was ist das?«, kreischte Lucia. »Oh Gott, was ist das?«
»Um Himmels willen!«, rief Alex schwach. Wie die anderen war er zu entsetzt, um etwas zu unternehmen. Der lebende Kadaver hatte sich auf seine Krallen gestemmt und sah nun mit zur Seite geneigtem Kopf auf sie herab, wobei er bisweilen mit den Flügeln flatterte, um das Gleichgewicht zu wahren. Einige scheinbar ewige Augenblicke standen sich das Monster und die Menschen stumm und reglos gegenüber.
Dann nahm Alex aus den Augenwinkeln eine Bewegung wahr: Stahl blitzte auf und Janines Klinge schwirrte durch die Luft. Das Schwert drang mit einem dumpfen Schlag in den Schädelknochen des Vogels ein und blieb in einem schiefen Winkel hängen. Das

Monster zuckte zwar zusammen, gab aber nach wie vor keinen Laut von sich. Sein Kopf schwenkte in Richtung der Wächterin, als wollte es sich die Gegnerin noch einmal genau ansehen. Dann breitete es seine zerrupften Schwingen aus, schlug kräftig damit und erzeugte so einen grauenvoll stinkenden Wind und zugleich einen kleinen Schneesturm, der den Reitern eine Sekunde lang die Sicht nahm.

Als das Gestöber sich gelegt hatte, war der Vogel bereits hoch in der Luft und glitt in einem ungelenken, aber raschen Flug in die Richtung, aus der er gekommen war.

»Das war ein Kundschafter«, stellte Julien fest. »Er wird sie hierher führen. Die Schatten kommen.«

»Genau wie die Nacht«, ergänzte Herr Ramiç und sah sich sorgenvoll um. »Mein Fürst, ich rate dringend an, dass wir unseren Weg fortsetzen. Wohin wir auch heute noch kommen mögen, wir sind dort allemal besser aufgehoben als hier.«

Ratlos sah Alex Janine an. Die Wächterin steckte sich an einer Fackel gerade eine Zigarette an und blickte in eine andere Richtung. Dafür waren Lucias Augen fest auf ihn gerichtet. Das Entsetzen über dieses Wesen stand ihr ins Gesicht geschrieben, aber dennoch sah sie ihn voller Vertrauen an, und das machte wiederum ihm selbst etwas Mut.

»In Ordnung«, sagte er betont gelassen. »Brechen wir auf.«

Kurze Zeit später hatte sich der ganze Zug wieder in Bewegung gesetzt. Das Auftauchen des Monsters hatte zur Folge, dass die eben noch erschöpften und erschlafften Gesichter eine neue Spannung zeigten. Alle suchten den grauen Himmel ab, die Hand fest um die Schäfte der Waffen geschlossen. Mit einem Mal war aus einem langwierigen und mühseligen Marsch ein Wettrennen auf Leben und Tod geworden.

Immer tiefer senkte sich die Dunkelheit über die weiße Hügellandschaft. Seit der Vogel verschwunden war, hatten sie nichts Verdächtiges mehr bemerkt, doch schienen alle zu fühlen, dass

irgendwo dort oben in den grauen Wolkenbergen die Bedrohung lauerte.
»Das Biest kommt wieder«, stellte Leutnant Nürli knurrend fest. Seine Nervosität war deutlich an der rücksichtslosen Art zu sehen, wie er sein Pferd an den Zügeln herumriss. »Macht schneller!« Die letzte Aufforderung richtete sich an einige Soldaten, die auf der Schräge eines kleinen Abhangs ins Rutschen gekommen und übereinandergepurzelt waren. Während sie hastig ihre Sachen aus dem tiefen Schnee zusammenfischten, strömte der Zug zu beiden Seiten an ihnen vorbei. Die Leute beachteten ihre Kameraden gar nicht, sondern waren lediglich bemüht, möglichst rasch an ihnen vorbeizukommen.
»Angst haben sie«, stellte Janine fest und sah zum Himmel empor, die Zähne fest in den Filter ihrer Zigarette verbissen. »Wie Mäuse, wenn der Raubvogel auftaucht.«
»Wir werden es schon schaffen«, behauptete Alex, doch er hatte selbst den Verdacht, dass sein Gesicht nicht so recht zum Tonfall passte.
Während sie weitermarschierten, ging ihm Janines Vergleich von den Mäusen und dem Raubvogel nicht aus dem Sinn. So kopflos, wie die Menschen durch den Schnee stapften, konnte der eilige Marsch des Heereszuges jede Sekunde in eine echte Flucht umschlagen. Es war nicht nur dieser eine Vogel alleine, der solche Furcht hervorgerufen hatte. Alex fühlte, dass über ihnen, versteckt hinter Schnee und Wolken, eine furchtbare Bedrohung lauerte. Immer wieder mussten die Offiziere mit scharfen Befehlen einzelne Männer und Frauen zurückrufen, die sich zu weit von den anderen entfernt hatten und nur noch mit schreckgeweiteten Augen zum Himmel blickten, statt sich an ihren Kameraden zu orientieren.
»Wir müssen uns an die Spitze setzen«, rief Leutnant Nürli Alex und den anderen zu. »Die Männer müssen wissen, dass wir sie weiterhin anführen.«
»In Ordnung«, entgegnete Herr Ramiç knapp und drückte seinem Pferd die Fersen in die Seite.

»Wenn wir sie wirklich noch anführen«, bemerkte Janine, zu leise für die Soldaten, aber laut genug für Alex' Ohren.
Unter lauten Warnrufen ritten sie in schwachem Galopp an den Leuten vorbei, wobei die Gardisten immer wieder auch einzelne dazu zwangen, sich seitwärts in den Schnee zu werfen, um Platz zu machen. Es wurde immer mühsamer, den Zug zu überholen, je weiter sie nach vorne kamen, denn zum einen war hier der Pfad im Schnee noch nicht so gut ausgetreten, zum anderen waren die Soldaten der Vorhut bereits in einer solchen Angst, dass sie kaum noch Platz machten, sondern nur selbst vorankommen wollten.
Ihr Weg führte einen sanft geschwungenen Hang empor, der das Fortkommen des Zuges zusätzlich erschwerte. Schließlich hatten sie am oberen Ende des Hangs zugleich auch die Spitze des Zuges erreicht, wo einige Männer auf ihren Pferden sich bemühten, so schnell zu sein, dass es unter den angsterfüllten Kameraden in ihrem Rücken zu keinem Gedränge kam. Sobald ihnen klar war, dass der Fürst und seine Freunde bei ihnen waren, legten sie noch einmal doppelt so viel Eifer an den Tag. Dennoch stolperte immer wieder jemand, der im Lauf zu lange in den Himmel gestarrt hatte.
»Reiß dich zusammen, Mann!«, brüllte Leutnant Nürli einen Soldaten an, der rückwärts in den Schnee gefallen war, den Blick starr nach oben gerichtet. Einige andere waren über ihn gestolpert und mussten sich jetzt erst aus dem Schnee freikämpfen. »Noch greift niemand an, also lauf!«
Der Mann starrte den Gardisten an, als sähe er ihn zum ersten Mal, schüttelte dann wild den Kopf und eilte weiter, wobei er seinen Speer hinter sich herschleifte wie ein Kleinkind sein Spielzeug.
»Verflucht noch eins!«, schnaubte Julien, während sie dem Soldaten hinterherblickten. »Die Leute spritzen uns noch in alle Richtungen auseinander, wenn wir nicht …«
Plötzlich ertönte ein gewaltiges Rauschen und ein riesiger schwarzer Schatten huschte über sie hinweg, unmittelbar gefolgt von

einer atemberaubenden Gestankswolke. Ein schriller Todesschrei erklang über ihren Köpfen, um dann abrupt zu verstummen.
»Vorsicht!«, schrie Janine nach einem Blick zum Himmel, griff nach Alex' Zügeln und riss sein Pferd zurück. Mit einem dumpfen Schlag bohrte sich ein Speer direkt vor ihm tief in den Schnee und blieb zitternd stecken. Es war die Waffe des verängstigten Soldaten. Der Mann selbst war spurlos verschwunden.
»Sie greifen an!«, donnerte Nürli, während er sein Schwert zog. »Achtung! Wir werden angegriffen!«
»Los!«, rief Herr Ramiç. »Weiter! Auf den Hügel!«
Die Pferde waren jetzt genauso verängstigt wie ihre Reiter und preschten dankbar weiter, als man ihre Zügel schießen ließ. Alex blickte sich um. Immer wieder ertönte das Rauschen, wenn ein Riesenvogel auf die Menschen unten am Boden herabstieß und ein Opfer herauspickte wie eine Ameise. Einige Bogenschützen bemühten sich, die Vögel zu treffen, doch die meisten Pfeile verfehlten ihr Ziel und gingen allzu oft in den eigenen Reihen nieder, und die wenigen, die trafen, blieben ohne jede spürbare Wirkung.
»Von oben können wir besser kämpfen!«, rief Herr Ramiç. »Alexander! Ich brauche dort Eure Hilfe!«
Alex antwortete nicht. Er wusste, was Herr Ramiç meinte, und zu seiner Angst vor den Monstern aus den Wolken gesellte sich das Unbehagen, das er immer verspürte, wenn er bewusst auf den Dunklen Strom zurückgreifen sollte. Zugleich war ihm völlig klar, dass die Situation keine andere Lösung bot.
Bald hatten sie den oberen Rand des Abhangs erreicht. Einen atemlosen Moment standen sie da und blickten über das Land, das sich vor ihnen ausbreitete. Im Halbdunkel des Abends verblassten alle Farben, sodass man das Gefühl hatte, in einen Schwarz-Weiß-Film geraten zu sein.
Am Horizont waren als dunkle Streifen Bäume zu erkennen, doch bis dahin erstreckte sich eine fast völlig unbewachsene Ebene. Nur einige niedrige Büsche ragten bisweilen aus dem weißen Meer empor wie die Haarbüschel von Zwergen. Im Schnee war die Spur

ihres Hinweges noch deutlich zu sehen, auch wenn es kaum mehr als eine einzige, erstarrte Welle war, die sich durch die spiegelglatte Oberfläche zog und geradewegs zu dem dunklen Gebilde führte, das sich vor dem Horizont erhob.
»Ist das …«, begann Alex atemlos von der Anstrengung und kniff die Augen zu, um besser sehen zu können.
»Die Siedlung«, stellte Julien knapp fest und wandte sich sofort wieder dem Himmel zu. In der rechten Hand hielt er einen Speer, zum Wurf bereit. Jeder Vogel, der ihnen zu nahe kam, würde zumindest eine Überraschung erleben. »Ganz schön weit weg. Das hatte ich näher in Erinnerung«, murmelte Alex.
»Das ist unsere Rettung«, stieß Leutnant Nürli hervor. »Da haben wir stabile Wände und können uns anders formieren. Mein Fürst, ich schlage dringend vor, dass wir uns dorthin zurückziehen!«
Starr blickte Alex zu dem düsteren Bretterzaun am jenseitigen Rand der Ebene hinüber. Ihn ängstigte die Erinnerung an das, was der Anblick des Leichenberges in ihm ausgelöst hatte.
»Mein Fürst!«
Der Schrei riss ihn aus seinen Schreckensbildern. »Ja, in Ordnung«, sagte er hastig. »Wir gehen in das Lager.«
»Danke!« Sofort wendete Nürli sein Pferd und galoppierte wieder ein Stück den Hügel hinunter, um die Leute anzutreiben.
»Was ist das für ein Lager?«, fragte Lucia nervös. Alex hatte ihr nichts von den Körpern erzählt – obwohl er nicht sagen konnte, wen er damit eigentlich hatte schützen wollen.
»Da können wir uns verkriechen«, erwiderte er nur und sah auf die Fläche hinaus, die sich scheinbar unendlich bis zu dem rettenden Zaun hinzog. Es waren wohl in Wahrheit nur ein paar hundert Meter, aber unter diesen Umständen wirkte es wie ein Marsch bis ans Ende der Welt.
Die ersten Soldaten rannten und ritten bereits in Richtung des Lagers, wobei sie sich in ihrer Angst so nahe zusammendrängten, dass sie im Halbdunkel wirkten wie ein düsterer Lindwurm, der auf das Lager zukroch.

»Alexander! Wir müssen unsere Leute schützen, bis sie in der Siedlung sind«, rief Herr Ramiç und saß ab, wobei er beinahe gestürzt wäre. »Kommt her!«

Willenlos stieg Alex ab und stapfte zu dem alten Herrn hinüber, der bereits seinen *focus* in der Hand hielt. »Was soll ich tun?«

»Unterstützt mich. Ich brauche Eure Kraft.«

Ohne weiter zu diskutieren, kniete Alex sich vor Herrn Ramiç in den Schnee, sodass der alte Herr seine Schultern berühren konnte, und schloss die Augen. Es ging erstaunlich leicht, den Dunklen Strom zu wecken. Binnen weniger Sekunden pulsierte diese unendliche Kraft durch seine Seele und er öffnete sich für die Berührung durch Herrn Ramiç.

Gut, vernahm er die Gedanken des Weltenfürsten. *Dann lasst uns auf Vogeljagd gehen!*

Im gleichen Augenblick schleuderte Herr Ramiç einen Blitz in den Himmel, der so heiß war, dass er einen Moment eine Art Tunnel in die Wolkendecke brannte. Ein paar Sekunden später fiel in einem taumelnden Sturz einer der Monstervögel zu Boden und schlug in einer Schneefontäne auf. Dann löste er sich in schwarzen Rauch auf und verschwand.

Einige Soldaten in ihrer Nähe jubelten, doch im nächsten Augenblick stürzten sich mehrere Ungeheuer auf sie. Die Bestien segelten über die Köpfe der Menschen hinweg, hackten im Vorbeifliegen mit ihren gewaltigen Schnäbeln auf die Leute ein und hinterließen eine Schneise des Todes. Obwohl Herr Ramiç in schneller Folge Blitze schleuderte, waren es einfach zu viele Biester.

Ich brauche noch mehr Energie von Euch, dachte Herr Ramiç. *Gebt mir alles, was Ihr noch beherrschen könnt!*

Einen Moment zögerte Alex, und das reichte aus, dass weitere drei Männer in den Tod gerissen wurden. *Also los*, sagte er und ließ den Dunklen Strom noch machtvoller aufbrausen. Binnen weniger Herzschläge wuchs das lautlose Vibrieren dieser unendlichen Kraft so gewaltig an, dass er sich vollständig darauf konzentrieren musste, nicht von ihr mitgerissen zu werden.

Julien! Wir müssen zum Lager, aber ohne dass unser Kontakt unterbrochen wird!, hörte er Herrn Ramiçs Stimme.
Wenige Sekunden später fühlte er wie weit entfernt, dass er emporgehoben und gemeinsam mit Herrn Ramiç auf ein Pferd gesetzt wurde. Während seine ganze Aufmerksamkeit darauf gerichtet war, den Dunklen Strom zu bändigen, ohne ihn gleich abzuwürgen, bekam er am Rande mit, dass sie sich in Bewegung setzten. Mit seinem inneren Auge sah er ringsumher die Männer und Frauen als weißlich leuchtende Schemen in der Dunkelheit. Hoch über ihren Köpfen glitten dutzende der Vögel durch die Wolken wie lebende Schatten. Alex spürte ihre abgrundtiefe Bosheit, wie er auch die Gedanken seiner Freunde spürte. Dicht hinter ihm war Lucias fast kindliche Angst, vor ihm Herrn Ramiçs düstere Sorgen. An seiner Seite fühlte er die grimmige Nervosität von Leutnant Nürli und Juliens ruhige Entschlossenheit. Das alles überraschte ihn nicht, es hatte in seiner Vertrautheit geradezu etwas Beruhigendes.
Doch dann wandte er seine Aufmerksamkeit Janine zu und wäre um ein Haar aus dem Sattel gefallen vor Schreck. In der Wächterin brodelte eine Wut und ein solcher Hass, dass er sie gar nicht mehr erkannte. Es war zweifelsfrei Janine, die dort neben ihnen ritt, aber es hätte genauso gut eine völlig Fremde sein können.
Einen wirren Moment lang dachte er darüber nach, ob es sich um eine Doppelgängerin handeln könnte, ein raffiniertes Täuschungsmanöver der Schattenfürsten. Aber das konnte einfach nicht sein, und einen Moment später verstand er auch, dass diese Gefühle in Janine nicht gegen ihn gerichtet waren – es ging um Lucia. Ihm wurde ganz schlecht von dieser Erkenntnis. Seine Wächterin war einfach eifersüchtig.
Sekunden später wurde auch er wütend. Lucia war ein verängstigtes, einsames Mädchen, das bis gestern noch in den Kerkern der Dunklen Feste gesessen hatte. Wie konnte Janine nur so herzlos sein, Eifersucht hin oder her? Der Dunkle Strom in ihm donnerte noch einmal stärker, als wäre ein Schleuse in ihm aufgegangen.

Nur entfernt nahm er wahr, dass Herr Ramiç vor ihm einen tonlosen Schrei ausstieß, als Alex' Kraft über ihn hereinbrach wie eine Sturzflut. Ein wahres Feuerwerk von Blitzen entfuhr dem *focus* in seinen Händen, ließ den Himmel taghell erstrahlen und hüllte die beiden Weltenfürsten mitsamt ihrem Pferd in eine Kuppel aus gleißendem Licht. Reglose Riesenvögel stürzten dem Boden entgegen, der bereits mit einer Wolke aus schwarzem Rauch bedeckt war.

Voller Abscheu beschloss Alex, bei Gelegenheit einmal ein paar Worte mit seiner Wächterin zu wechseln. Diesen Unfug würde er nicht dulden, egal wie oft sie sich schon für ihn in Gefahr begeben hatte. Lucia war seine Freundin, ob es Janine passte oder nicht. Bei der Vorstellung, wie er sich Janine zur Brust nehmen würde, brodelte die Wut noch stärker in ihm hoch. Was bildete sich Janine eigentlich ein? Sie war nicht seine Kindergärtnerin und auch nicht seine Mutter, und selbst die hätte ihm nichts mehr vorschreiben dürfen! Er war der Sohn des Drachen, der Fürst der Goldenen Stadt, zur Hölle!

Schwach drang ein ferner Schrei in sein Bewusstsein. Irgendeine Kleinigkeit regte sich in seinem Gedächtnis.

Er war durchaus froh, dass er Janine hatte. Sie wäre jederzeit bereit, für ihn sterben. Aber sie musste lernen, dass sie nicht der einzige Mensch war, zu dem Alex Vertrauen hatte.

Wieder dieser Schrei, diesmal noch leiser, und dann verstummte er völlig. Eine bekannte Stimme war es. Wer war das, der da …?

Es traf Alex wie ein heftiger Schlag. *Herr Ramiç!*, schrie er gellend. *Herr Ramiç! Wo seid Ihr?*

Stumme Finsternis lag um ihn herum, er schwamm darin wie im Inneren eines Öltanks. Mit aller Kraft versuchte er, den Dunklen Strom anzuhalten, ihn zum Versiegen zu bringen. In seiner Panik drohte sie ihn zunächst völlig mitzureißen. Dann fühlte er eine ferne Empfindung, ein heftiges, körperliches Gefühl, einen plötzlichen Schmerz …

»Alex!«, schrie eine Stimme. Wieder dieser Schmerz …

Mit seinem ganzen Willen drückte Alex den Dunklen Strom fort, zwang ihn, immer schwächer zu werden, ihn freizugeben …
»Komm zurück!« Der Schlag ließ seinen Kopf zur Seite fliegen und einen Augenblick sah er Sterne. Seine Wangen brannten. »Verflucht, Alex!« Eine Hand erhob sich gegen den Himmel, zum nächsten Schlag.
»Hör auf!«, schrie er und riss seinerseits die Arme hoch, um die nächste Ohrfeige abzuwehren. Kalter Schnee drückte gegen seinen Nacken. Über ihm glühten Janines Augen im Halbdunkel wie Smaragde. »Hör auf!«
Die Wächterin zögerte einen Moment. Dann setzte sie sich neben Alex in den Schnee. Um sie herum standen in respektvollem Abstand Soldaten und betrachteten ihren Fürsten voller Sorge und Furcht. Einen Schritt weiter kniete Julien und hielt Herrn Ramiç in den Armen. Der alte Weltenfürst regte sich nicht. Aus seinen geschlossenen Augen und seiner Nase krochen dunkle Rinnsale.
»Herrgott, was war los?«, fragte Janine und blickte fragend zu ihrem Wächter-Bruder hinüber. Der schüttelte stumm den Kopf. »Ihr habt plötzlich gestrahlt wie ein Leuchtturm.«
»Was ist mit den Vögeln?«, brachte Alex noch heraus, bevor die vertrauten Kopfschmerzen sich wie ein Vorhang zwischen ihn und die Welt legten. Jetzt spürte er auch das Blut in seinem eigenen Gesicht.
Neben ihm kniete plötzlich Lucia, die seinen Arm ergriff. »Die sind alle verglüht. Du hast sie alle vom Himmel geholt«, sagte sie leise und voller Bewunderung. Der sanfte Druck ihrer Hand war wie die Berührung eines Engels.
Janine schnaubte. »Aber irgendwas ist schiefgegangen. Was war los?«
»Ich hab die Kontrolle verloren«, murmelte Alex. Sein Kopf fühlte sich an, als wäre er von einer Abrissbirne getroffen worden. Im Augenblick hatte er nicht die Nerven, diese Sache genauer zu diskutieren. »Was ist mit Herrn Ramiç?«
»Ohnmächtig. Anscheinend war es zu viel für ihn.«

»Er atmet noch«, meldete Julien. Der Blick, mit dem er Alex musterte, war von einem finsteren Misstrauen geprägt, wie Alex es noch nie an ihm gesehen hatte. Rasch schloss er wieder die Augen und legte sich in den Schnee zurück.
»Was tun wir jetzt?«, flüsterte er und presste die Handballen gegen seine schmerzenden Augen.
Leutnant Nürli ging neben ihm in die Hocke. »Wir sollten uns im Lager verschanzen«, sagte er. »Für heute Nacht ist es der sicherste Ort.«
Trotz seines dröhnenden Schädels zögerte Alex einen Moment. Es war ihm absolut zuwider, dieses Lager des Todes zu beziehen. Doch die Entscheidung wurde ihm abgenommen, als ein Späher auf seinem Pferd angeprescht kam, dessen Ruf bereits von weitem vernehmbar war: »An die Waffen! Der Feind ist da! Der Feind kommt!«
Innerhalb einer Minute waren alle wieder auf ihren Pferden. Seinem Kopfweh zum Trotz schaffte Alex es, sich mit Janines Hilfe zurück in den Sattel seines Pferdes zu stemmen. Die größte Unterstützung dabei war allerdings Lucia, auch wenn sie nicht das Geringste tat. Sie sah ihn so verstört und hilfesuchend an, dass er nur ihr zuliebe die nötige Kraft aufbrachte, nicht ohnmächtig umzukippen, sondern sich zusammengekrümmt im Sattel zu halten, während ihm das Blut aus Ohren und Nase lief.
Julien nahm Herrn Ramiç vor sich. Benommen betrachtete Alex ihn, und obwohl er es mittlerweile zur Genüge kannte, staunte er doch, mit welcher Leichtigkeit der Wächter den anderen Mann hochhob und sogar mit ihm im Arm auf sein Pferd stieg. Eine weitere Minute später waren sie wieder auf dem Weg in Richtung Lager. Auf den Wällen brannten bereits Fackeln und die Waffen der Soldaten, die ihnen vorausgeritten waren, glänzten ihnen entgegen.
Der Anblick war erstaunlich tröstlich. Es fühlte sich geradezu an, als kämen sie nach Hause. Und dennoch: Als sie durch das Tor ritten, das jetzt weit offen stand, brachen die Erinnerungen an seinen

ersten Besuch hier über Alex herein. Ihm war klar, dass die Körper immer noch dort sein mussten, wo sie sie gefunden hatten, auch wenn sie im Augenblick von seinem Standpunkt aus nicht zu sehen waren. Er hatte nicht vor, so weit in das Lagerinnere vorzudringen, dass sich daran etwas änderte. Aber der Gedanke an diesen Alptraum, den Alex mit aller Kraft zu verdrängen versuchte, wand sich in seinem Hinterkopf wie ein böses Reptil. Doch zumindest im Augenblick war der Schmerz in seinem Kopf noch so furchtbar, dass diese Bedrohung im Vergleich fast harmlos wirkte. Benommen saß Alex auf seinem Pferd, stützte sich mit beiden Händen auf der Sattelkruppe ab und verfolgte die Aktivitäten der Männer und Frauen um ihn herum. Gerade kamen die letzten Soldaten durch das Tor geritten, das daraufhin sofort verrammelt und verriegelt wurde. Leutnant Nürli stapfte zwischen seinen Leuten umher und brüllte Befehle. Hastig wurden die Wehrgänge besetzt, die an der Innenseite der hölzernen Palisaden von den ehemaligen Bewohnern notdürftig aus Brettern und allem möglichen Material zusammengezimmert worden waren. In regelmäßigen Abständen verteilten sich die Bogenschützen und machten sich sogleich daran, ihre Pfeile bereitzulegen und die Spannung ihrer Sehnen zu überprüfen. Im Lager selbst war mittlerweile alles von einer Schneeschicht bedeckt, die Alex seltsam dünn vorkam, bis ihm wieder einfiel, dass er erst zwei Tage zuvor hier gewesen war, egal wie lange es sich für ihn anfühlte.

»Steig ab!«, sagte Janine neben ihm.

Alex blickte auf seine Wächterin herab. Sobald er ihre grünen Augen sah, brandete in ihm wieder die Erinnerung an diese hasserfüllte Wut auf, die er bei ihr gespürt hatte, und er schrak fast zurück.

»Geht schon«, murmelte er trotzig, musste sich aber dann doch auffangen lassen, als seine Beine einfach wegknickten. Selbst mit ihrer einen Hand konnte Janine ihn mühelos stützen.

»Was ist los mit dir?«, fragte sie und musterte ihn durchdringend.

»Kopfweh«, brummte er, wischte sich mit dem Ärmel das Blut aus dem Gesicht und sah sie nicht an. Sein Blick traf sich mit dem von Lucia. Sie stand neben ihrem Pferd, klein und zierlich und verloren inmitten der hektisch umherrennenden Soldaten. »Bin okay«, sagte er, wehrte Janines Griff ab, als sie ihm helfen wollte, und stolperte zu Lucia hinüber, die sich die Arme schutzsuchend um den Leib geschlungen hatte.
»Hallo«, sagte sie und lächelte verkrampft. »Bist du in Ordnung? Ich hatte Angst um dich.«
Er schüttelte den Kopf und hätte fast geschrien, als der Schmerz mit plötzlicher Heftigkeit wieder zubiss. »Alles klar«, keuchte er und taumelte ihr in die Arme. »Muss gehen.«
Von den Männern und Frauen auf den Wehrgängen her ertönte Stimmengewirr. Bisher hatten die Leute aufgeregt und wütend geklungen. Das war plötzlich einem tonlosen Gemurmel gewichen, das sich wie eine Woge durch die Menge der Soldaten ausbreitete.
»Da stimmt was nicht«, knurrte Janine und lief mit weiten Schritten zu einer der Leitern, die auf die Palisaden führten. Alex und Lucia folgten ihr mühsam. Die Wächterin sprang die Sprossen geradezu hinauf. Mit einer Hand kletterte sie immer noch bedeutend schneller als Alex.
Das Gemurmel unter den Soldaten verstummte vollkommen, als aus der Ferne das dumpfe, gleichmäßige Donnern einer großen Trommel ertönte. Die Schläge glichen dem Stampfen eines Riesen und waren rasch das Einzige, was noch zu hören war. Nur ein feines Knistern nahm Alex außerdem noch wahr, und als er begriff, dass er den Schnee fallen hörte, machte ihm das mehr Angst als die Töne der Trommel selbst.
Janine stieß die erstarrten Männer und Frauen auf dem Wehrgang grob beiseite, um über die Spitzen der Palisade blicken zu können. Sobald sie sich durchgedrängelt hatte, wurden auch ihre Bewegungen langsamer.
»Was ist los?«, flüsterte Alex, dem es im Augenblick schon weh-

tat, wenn er nur zu heftig atmete. Er drückte sich neben sie. Zunächst sah er gar nichts dort draußen, weil er versehentlich direkt in eine Fackel geblickt hatte, die den Wehrgang erleuchtete. Doch dann stellten sich seine Augen auf die Dunkelheit ein und er konnte über das weiße Feld hinwegblicken, das sich rund um das Lager erstreckte.
»Oh«, brachte er nur heraus, als er die endlosen, düsteren Reihen erblickte, die das Lager in einem Abstand von vielleicht zweihundert Metern umgaben. Wenn er sich in der Dunklen Feste noch gefragt hatte, wo eigentlich all die Wesen hinwollten, mit denen sie über die große Brücke marschiert waren – jetzt hatte er eine Antwort. Sie waren alle hier.
In vorderster Front standen wie fleischgewordene Alpträume die riesenhaften Monster, die er als Erstes gesehen hatte, als er in der Hölle gelandet war. Die meisten von ihnen hielten gewaltige Knüppel, jeder für sich schon mannshoch und am Ende dick wie ein Baumstamm. In der Dunkelheit, nur erkennbar im schwachen Schein der Fackeln auf der Palisade, wirkten die Monster mit ihren dürren Gliedmaßen, den knorrigen Körpern und den rostigen, übergroßen Rüstungen noch einmal bedrohlicher als unter dem flammenden Himmel, wo sie zumindest gut sichtbar gewesen waren. Dahinter standen die Wesen, die Alex in den Kerker geschleppt hatten, dann wieder ganze Kompanien von Silberreißern, die ihrerseits immer wieder unterbrochen wurden von gewaltigen Echsen und anderen unsäglichen Wesen.
Es war nicht zu erkennen, wie weit ihre Reihen noch reichten. Auf alle Fälle erstreckten sie sich bis zu dem Wald, der in der Ferne die Ebene säumte. Von dort kam auch der langsame, stete Trommeldonner, wie das Schlagen eines gewaltigen, düsteren Herzens. Ob zwischen den schwarzen Bäumen noch weitere Monster lauerten, war schlicht nicht zu sehen.
»Das sind zehntausende«, stellte Janine fest.
Nur mit Mühe konnte sich Alex von dem Anblick so weit losreißen, dass er etwas über die Lippen brachte. »Das sind zu viele. Das

geht nicht«, sagte er schließlich, ohne weiter über seine Worte nachzudenken.

Schlagartig wandten sich ihm mehrere blasse Gesichter zu. Alle Soldaten ringsum, die ihn gehört hatten, Männer wie Frauen, starrten ihn nun an. Es stand in ihre Gesichter geschrieben, dass er mit seinem Geplapper ihre Angst in lähmende Hoffnungslosigkeit verwandelt hatte.

Obwohl er fast sofort verstand, dass er einen Fehler gemacht hatte, fiel Alex aber nicht ein, wie er das wieder einrenken konnte. Sein Hirn war wie betäubt von diesem scheußlichen Getrommel. Auch Lucia stand nur erstarrt neben ihm und hielt sich mit beiden Händen an seinem Arm fest, den Blick reglos auf das Schattenheer draußen in der Dunkelheit gerichtet.

»Absolut richtig«, stimmte Janine plötzlich laut zu. »Es sind wirklich viele. Bei der Sache werden wir deine Hilfe brauchen.«

Alex verstand einen Augenblick später, was seine Wächterin hier tat, und nickte ihr dankbar zu.

»Am besten brätst du diese Heinis da draußen genau wie vorhin diese albernen, fliegenden Sumpfhühner«, fuhr Janine in grimmiger Heiterkeit fort.

»In Ordnung«, brachte er mühsam heraus. »Dann werden wir uns vorbereiten. Die Leute müssen mir ein wenig Zeit verschaffen, bis ich …«

Sein Theater kam einfach zum Erliegen, als die Trommelschläge schneller wurden. Immer rascher rollte der vielfache Donner über die Ebene, schien sich selbst einzuholen, miteinander zu verschwimmen und immer lauter zu werden, dass man das Gefühl hatte, es würden einem die Knochen im Leib vibrieren unter dem erschütternden Dröhnen. Völlig reglos warteten alle auf den Höhepunkt, auf den Moment, da die Schläge nicht mehr schneller werden konnten, und starrten hinaus auf das Feld, auf das unendliche Meer ihrer Feinde.

Mit einem Mal setzten die Trommeln aus.

»Das war's«, sagte Janine in die vollkommene Stille hinein und zog ihr Schwert. Das Kratzen der Klinge auf dem metallenen Scheidenrand war das einzige Geräusch in der Nacht.

Und unter dem Gebrüll von zehntausenden Kehlen stürmte das Heer der Schatten los und rollte wie eine schwarze Flut auf das Lager zu.

»Oh Gott!«, wimmerte Lucia und wich von der Palisade zurück – ebenso wie alle Soldaten. Nur vereinzelt blieben einige auf ihren Posten, meistens Bogenschützen, die ohne jeden Befehl einfach zu schießen begannen.

»In Ordnung«, schnappte Janine entschlossen, als sie sah, dass die Ersten begannen, panisch die Leitern hinunterzusteigen. Andere sprangen gleich hinunter und landeten im Schnee. »Das geht nicht gut. Alex, du musst dir jetzt etwas einfallen lassen! Was auch immer, aber diesmal musst du etwas tun!«

Verstört sah Alex in ihre Smaragdaugen. Ihm war klar, was sie meinte, aber er hatte keine Ahnung, was er tun sollte. »Ja. Gut. In Ordnung«, stammelte er hilflos. Was sollte er tun? Halbherzig tastete er in seinem Inneren nach dem Dunklen Strom …

Die Wächterin stellte sich mit dem Rücken an die Palisade, stieß einen gellenden Schrei aus und schwenkte ihr Schwert in der Luft. »Wenn ihr nicht sterben wollt«, donnerte sie, »dann kämpft, verflucht! Bleibt und kämpft, oder flieht und sterbt!«

Ihre Worte hallten so laut durch das Lager, dass sogar das herannahende Gebrüll der Schattenarmee kurz übertönt wurde.

»Es sind zu viele!«, kreischte eine junge Frau, deren Gesicht verzerrt war vor Todesangst. »Die bringen uns alle um!«

… da war etwas, ein letzter Rest seiner Kraft, der allmählich anwuchs …

»Wir sind doch alle tot!«, heulte ein Mann wütend auf. »Oh Scheiße, die machen uns alle fertig!«

… es war noch nicht genug, noch nicht so viel, dass er etwas damit ausrichten konnte. Aber sie war da, diese unerschöpfliche Kraft. Er brauchte nur noch ein wenig Zeit …

Alex richtete sich auf und ließ seinen Blick über die Menge gleiten. Plötzlich wusste er, dass er diese Wesen vernichten konnte,

dass es ihn nur ein Zwinkern kosten würde. Er brauchte nur Zeit.
Fürchtet euch nicht!, befahl er seinen Leuten, ohne den Mund zu öffnen. Sämtliche Köpfe im Lager wandten sich ihm zu, fünftausend Augenpaare suchten in der Menge auf dem Wehrgang nach ihrem Fürsten. Die Angst der Leute hing wie ein schlechter Geruch in der Luft, dumpf und ziellos. Doch Alex wusste, wie er diesen Geruch vertreiben konnte.
Wir werden siegen, versprach er, während der Dunkle Strom in seiner Seele immer stärker anschwoll. *Doch jetzt müsst ihr zuerst kämpfen. Ihr müsst mir Zeit verschaffen. Aber ich werde euch retten. Ich verspreche es euch!*
Seine Stimme erscholl direkt in den Seelen der Menschen, mächtig wie der Lebenswille selbst. Einen Augenblick lang sagte kein Mensch etwas. Dann brandete rings um Alex Jubel auf, der sich in wenigen Sekunden über das ganze Lager ausbreitete.
»Diese Monster werden unsere Kinder nicht anrühren!«, brüllte jemand.
»Sie werden hier und heute sterben. Sie werden sich das noch lange merken!«, kreischte eine Frau, ohne den Widersinn ihrer Worte zu bemerken.
Ringsumher nahmen die Soldaten, die eben noch zurückgewichen waren, ihre Plätze an der Palisade wieder ein und packten die Griffe ihrer Waffen fester.
»Fürst Alexander!«, schrie jemand begeistert.
»Fürst Alexander!«, schallte es tausendfach zurück, und der Ruf vermischte sich mit dem ohrenbetäubenden Brüllen der Schattenwesen, die in diesem Moment wie eine Sturmflut gegen den Wall anbrandeten, dass die gesamte Palisade und der Wehrgang sich ächzend nach innen neigten.
Janine trat dicht vor Alexander hin. »Gut gemacht«, sagte sie. »Wir verschwinden hier.«
»Was hast du vor?«, fragte Lucia, die plötzlich direkt neben ihnen stand.
Janine würdigte sie keines Blickes, sondern drängte Alex wenig

sanft Richtung Leiter. Die Leute machten bereitwillig Platz. »Wir müssen uns irgendwo verkriechen«, zischte sie. »Hier ist es zu gefährlich.«

Einverstanden, sagte Alex. *Bei mir dauert es noch einen Moment.*

Es war zu schwierig, zugleich den Dunklen Strom und seine Beine zu kontrollieren. Er schaffte es nur, die erste Hälfte der Leiter hinauf, dann rutschte er ab und stürzte hinunter. Die ersten Klingen klirrten gegeneinander, wie er abwesend feststellte, als Janine mit einem einzigen Satz neben ihm landete und ihn mit ihrem ganzen Schwung gleich mitriss.

Schweigend rannte sie weiter in Richtung Lagermitte, wobei sie Alex' Arm mit der rechten Hand so fest umklammert hielt, dass er das Gefühl hatte, von einem irre gewordenen Skilift mitgerissen zu werden. Hinter sich spürte er Lucia, die ihm voller Sorge, aber auch tiefem Vertrauen folgte.

Warte, befahl er Janine, als sie etwa zweihundert Schritte vom Wall entfernt waren. *Das reicht. So weit kommen sie nicht mehr.*

Widerwillig hielt Janine an und sah sich um. »Okay«, keuchte sie und zog wieder das Schwert, das sie in die Scheide hatte stecken müssen, um Alex durch die Gegend zu zerren. »Was jetzt?«

Der Dunkle Strom war nun so stark, dass Alex kaum noch etwas von seiner sichtbaren Umwelt mitbekam. Ungeschickt ließ er sich in den Schnee plumpsen. *Lucia, kannst du mir helfen?*, fragte er.

Was soll ich tun?, war die zögerliche Antwort. *Mich neben dich setzen?*

Wie in unserem Kerker, erklärte er innerlich lächelnd, und er glaubte, auch bei ihr eine Art Lächeln zu fühlen.

Sogleich saß sie bei ihm und berührte seine Knie mit den Händen. Er fühlte die Kraft in ihrer Seele und machte sich daran, sie anzuzapfen. Ihre Energie strömte in ihn über und erfüllte ihn mit einem unvergleichlichen Gefühl.

Er war der Sohn des Drachen …

Er trug in sich die Macht von tausend Sonnen, und er würde diese ganzen wandelnden Widerwärtigkeiten, die er dort draußen spürte, einfach verschwinden lassen …

Voll düsterer Vorfreude konzentrierte er die Gewalt des Dunklen Stromes in sich, ließ sein inneres Auge losfliegen und bereitete sich auf den Schlag vor, den er gleich führen würde …

Mit einem einzigen Gedanken ließ er all diese Energie losbrechen, eine Welle aus reiner Wut und Vernichtungslust, die sich ringförmig um ihn herum ausbreitete …

… und einfach verschwand.

»Was?«, krächzte Alex fassungslos und krümmte sich, als mit einer halben Sekunde Verzögerung der Schmerz einsetzte und seinen Schädel fast zerplatzen ließ.

Dumpf hörte er die Stimmen von Lucia und Janine über sich, ängstlich die eine und wütend die andere. In der Ferne ertönte die schauerliche Musik des Kampfes.

Was ist passiert? Der Gedanke ging ihm wie ein Endlosband durch den berstenden Kopf, während er dalag wie ein Ungeborenes im Mutterleib und seine blutenden Ohren mit beiden Händen zuhielt. *Was ist passiert?*

Dann wurde der Kampfeslärm durch ein durchdringendes, vielfaches Knacken und Krachen übertönt, das laut genug war, um Alex aufzufallen.

»Himmel«, sagte Janine tonlos über ihm und zog ihr Schwert, so langsam, dass es wirkte wie eine Zeitlupe. »Himmel.«

Mit größter Anstrengung hob Alex den Kopf so weit, dass er über den Schnee hinwegblicken konnte. Sowie sich der Schleier vor seinen Augen ein wenig gelichtet hatte, begriff er, was die Wächterin meinte.

Fast überall stand der Wall in Flammen. An mehreren Stellen klafften gewaltige Lücken, dort, wo die Palisaden eingedrückt worden waren. Es sah aus wie die Zahnreihen eines uralten Greises, und durch diese Lücken ergoss sich ein nicht endender Schwall von Schattenwesen, die wild um sich hauend auf die Verteidiger des Lagers losgingen. Sie trafen nur auf schwache Gegenwehr, und wer nicht floh, wurde an Ort und Stelle niedergemacht. Die Überlebenden bildeten einen Ring, der sich immer weiter

zum Zentrum des Lagers hin zusammenschob und dabei auf jedem Meter reglose Körper zurückließ.
»Lucia!«, bellte Janine. »Hilf Alex! Bring ihn weg! Verdammt, du bist doch auch so eine verfluchte Weltenfürstin! Tu etwas!«
Doch Lucia beugte sich über Alex und sah auf ihn herab. Ein merkwürdiges Lächeln lag auf ihrem Gesicht. »Du wirst noch gebraucht«, sagte sie.
»Lucia«, flüsterte er schwach und spürte, wie das Blut auf seinen Lippen beim Sprechen in Blasen zerplatzte.
Plötzlich änderte sich ihr Blick, als sie etwas musterte, das irgendwo über seinem Kopf sein musste. »Was …?«, sagte sie und ihre tiefdunklen Augen verengten sich misstrauisch.
Jetzt bemerkte auch Alex das Ding. Es schwebte knapp über ihm und gab ein feines Sirren von sich. Zuerst dachte er, es sei nur Einbildung, aber dann landete das Ding direkt auf seinem Arm und verharrte. Es war ein Insekt, eine Libelle aus Silber. Die Flügel waren aus hauchfeinem Drahtgeflecht gefertigt, die einzelnen Körperglieder mit mikroskopisch kleinen Mustern besetzt, die täuschend echt die Maserung eines Chitinpanzers nachahmten. Das Tier hätte ein besonders künstlerisches Schmuckstück sein können – wenn es sich nicht bewegt hätte. Die winzigen Beine tasteten Alex' Arm ab. Erst dann richtete es den Kopf so weit auf, dass Alex das Gefühl hatte, es sähe ihn aus seinen glänzenden Facetten-Augen an.
»Alex!«, ertönte die Stimme des Wesens.
Schlagartig setzte sich Alex kerzengerade auf.
»Alex!«, wiederholte das metallene Tier. *»Du musst mich im Dunklen Strom suchen! Wir holen dich heim. Wir holen dich!«*
Das Insekt hatte eine weibliche Stimme, die Stimme eines jungen Mädchens.
Sonjas Stimme.

24

Ethan spürte, wie Sonja ihm die Kraft geradezu aus dem Leib zerrte. Ihre Seelen waren so fest verbunden, dass sie schier miteinander verschmolzen – es war wundervoll. Vor Wonne nahm er kaum das gleißende Licht wahr, das sie umfloss wie ein Wasserfall. Sie standen mitten im Nexus.

Ethans Hände lagen auf Sonjas Schultern, wobei er immer wieder ein kleines Stück weiter nach innen rutschte. Er mochte es, ihren Nacken zu berühren, die sanfte Kurve mit den Fingern nachzufahren, die zwischen Hals und Schultern lag. Seine Hände waren im Vergleich zu dem schlanken Hals groß und kräftig, und das gefiel ihm auf eine Art und Weise, die er sich selbst nicht ganz erklären konnte.

Es war ihm nicht klar, wie viel Sonja davon mitbekam. Sie musste sich offensichtlich sehr konzentrieren, um ihren Bruder zu finden. Doch er erfreute sich an der Vorstellung, dass sie unbewusst spürte, wie gern er sie hatte, dass er bei ihr war und sie jederzeit auf seine Stärke zählen konnte. Das Einzige, was ihn im Augenblick störte, war Albarath. Er stand direkt neben ihnen, um im Notfall eingreifen zu können. Bei dem Gedanken musste Ethan ein verächtliches Grunzen unterdrücken. Solange er hier war, würde dieser eingebildete Clown mit seinem Bärtchen keinen Vorwand bekommen, um sich einzumischen.

Ethan und Sonja gehörten zusammen.

❖ ❖ ❖

Alex! Bitte melde dich! Alex!

Mit aller Kraft sandte Sonja ihre Botschaft. Es war, als riefe man in den finsteren Nachthimmel hinaus, in der Hoffnung, jemand jenseits der Sterne würde antworten.

Sie selbst stand in dem geisterhaften Leuchten des Nexus, hatte die Augen geschlossen und war völlig in dem lautlosen Rauschen des Nexus gefangen. Von dem Geschehen rings um ihren Körper merkte sie so gut wie nichts. Sie wusste, dass Ethan sie unterstützen sollte und deshalb hinter ihr stand. Albarath hatte diese Lösung vorgeschlagen, zum einen, weil Ethan stärker war als er selbst, zum anderen, weil der Junge und Sonja bereits so oft eine Geistesbrücke geschlagen hatten, dass sie mit Sicherheit keine Probleme damit haben würden. Albarath selbst war nicht Teil ihrer Verbindung, was ihn im Augenblick so fern erscheinen ließ, als stünde er auf der anderen Seite der Erde.

Erneut ließ Sonja ihren Ruf erschallen. So kräftig sie nur konnte, schrie sie den Namen ihres Bruders in die Unendlichkeit des Nexus hinaus. Inständig hoffte sie, dass es etwas gebracht hatte, die *Serhait*, dieses silberne Insekt von Albarath, loszuschicken. Wenn Alex den Dunklen Strom nicht gerade selbst in sich losgelassen hatte, war ihr Vorhaben so gut wie unmöglich.

Alex!, rief sie in die Unendlichkeit des Nexus und dachte so fest an ihren Bruder, wie es ihr nur möglich war. *Bitte sag etwas!*

Und dann plötzlich, so unerwartet, dass Sonja einen Moment fast die Kontrolle über die Verbindung verlor vor Überraschung, hörte sie Alex aus der Ferne antworten.

Um Himmels willen, Sonja! Du musst uns hier rausholen! Wir gehen alle drauf!

Seine Stimme war vor Angst und Hast so verzerrt, dass sie einen Moment zögerte, bevor sie mit ihrem Geist weiter ausgriff, in die Richtung, wo sie Alex schwach spüren konnte. Sie selbst hatte sich noch gar nicht so weit in die Finsternis des Dunklen Stroms hinausgewagt, als er sie mit seinem geistigen Griff packte und eine fast schmerzhaft feste Verbindung schuf.

Du musst uns holen!, donnerte seine panische Stimme in ihrem Kopf. *Hol uns raus!*

Plötzlich sah Sonja, was dort in diesem seltsamen, verwüsteten Lager vor sich ging: die heranstürmenden Horden von Schattenmonstern, den immer kleiner werdenden Ring verzweifelter Soldaten, die sich Schritt für Schritt zurückziehen und bei jedem Schritt weitere Kameraden zurücklassen mussten.
Ihr wurde kalt. Sie hatte dieses Bild schon einmal gesehen – die Erzengel hatten es ihr gezeigt, und diese Erkenntnis durchfuhr Sonja wie ein eisiger Blitz.
Entschlossen erwiderte sie den Griff ihres Bruders und zog, ganz genauso, wie sie es bei Albarath schon getan hatte. *Komm schon!*, presste sie hervor.
Nein! Wir müssen erst die anderen holen!, gab Alex zurück. *Du musst den Tunnel offen halten! Ich schaffe das sonst nicht!*
In Ordnung. Ohne die geringste Rücksicht griff Sonja auf Ethans Kraft zurück und sorgte dafür, dass der Weg zwischen diesem Lager und dem Nexus weit genug offen stand, damit auch die normalen Soldaten hindurchmarschieren konnten.
Inmitten der dicht gedrängten Menge in der Mitte des Lagers erhob sich plötzlich in der Nacht eine Kuppel aus Licht, deren Gleißen so hell war, dass es allein schon den Ansturm der Schattenwesen verlangsamte. Unter wütendem Fauchen und Grunzen bedeckten sie ihre Augen und versteckten sich hintereinander, um dem erbarmungslosen Leuchten zu entkommen.
Geht!, befahl Alex seinen Leuten, und seine Stimme ertönte in den Köpfen der Überlebenden so übermächtig, dass keiner unter ihnen auch nur eine Sekunde zögerte.
Als die ersten Soldaten losstürmten, musste Sonja einen Moment darum kämpfen, die Verbindung stabil zu halten – es fühlte sich ein wenig so an, als müsste man eine schwankende Hängebrücke ruhig halten, während eine ganze Armee darübertrampelte. Es war ungeheuer anstrengend und in ihrem Kopf blühten tausend kleine Schmerzen auf wie ein Feuerwerk am Nachthimmel. Reflexhaft griff sie mit ihrem Geist aus nach Ethan, dessen Kraft hinter ihr zu glühen schien wie der tosende Ofen eines Kraftwerks. Ohne

Schwierigkeiten nahm sie seine Energie in sich auf und verwendete sie, um die Verbindung des Nexus zu halten.
Nur am Rande nahm sie wahr, dass er seine Finger mittlerweile um ihren Hals gelegt hatte, als ob er sie würgen wollte. Obwohl sie ihm dankbar war und auch Mitleid für ihn empfand, ekelte sie der Gedanke ein wenig. Aber darum konnte sie sich jetzt nicht kümmern. Sie achtete lediglich darauf, diese Empfindung vor ihm zu verbergen, um ihn nicht vor den Kopf zu stoßen. Trotz seiner Erscheinung mochte sie ihn irgendwie – immerhin hatte er ihr das Leben gerettet.

❖ ❖ ❖

Verzückt ließ Ethan alles mit sich geschehen, was Sonja tat. Er selbst beschränkte sich darauf, den Dunklen Strom am Fließen zu halten und ihr seine Kraft zur Verfügung zu stellen. Insgeheim beobachtete er sie währenddessen, er las in ihrer Seele, genoss ihre Gedanken und Gefühle. Nie war er einem Menschen so nahe gewesen, und schon gar keinem Mädchen. Es gab nur einen kleinen Bereich in Sonjas Wesen, den Ethan nicht einsehen konnte.
Ihm war klar, dass sie ihm nicht alles zeigen wollte, aber zugleich ließ das seine Neugier nur noch stärker werden. Was war es, was sie da vor ihm geheimhielt? Er drang vorsichtig weiter vor, schlich allmählich immer tiefer in die geheimen Winkel ihrer Seele, derweil sie damit beschäftigt war, diesen ganzen Gestalten bei ihrer Flucht zu helfen. Ihr Schicksal berührte Ethan nicht weiter. Es waren nur normale Menschen, deren Wohl und Wehe allein von ihm und seiner Kraft abhingen.

❖ ❖ ❖

Na los! Wir schaffen es!, feuerte Alex die Männer und Frauen an. Die meisten von ihnen waren bereits in der Lichtkuppel verschwunden, zurückgekehrt in die Sicherheit der Goldenen Stadt.

Doch immer noch drängten sich hunderte um das Portal und die Armee der Schatten rückte trotz des Lichts mit jeder Sekunde näher heran.
Irgendwann waren Leutnant Nürli und Julien aus der Menge aufgetaucht. Der Wächter trug den bewusstlosen Herrn Ramiç auf der Schulter wie einen Mehlsack.
Bring Herrn Ramiç zurück!, befahl Alex und der Wächter war mit einem Nicken ebenfalls in der Lichtkuppel verschwunden.
»Ich bin gespannt, wann sie merken, dass dies ihre letzte Chance ist, uns umzubringen«, knurrte Janine.
Janine, Lucia! Geht schon voraus!, befahl Alex. *Ich komme nach, sobald alle in Sicherheit sind.*
»Einverstanden«, stimmte Janine zu und schob Lucia in Richtung des Lichts. »Geh schon! Wir kommen nach.«
»Ich bleibe bei Alex!«, stieß das Mädchen hervor und entwand sich dem Griff der Wächterin.
»Du hast ihn gehört. Geh schon!« Erneut versuchte Janine, Lucia vorwärtszudrängen, doch die stemmte sich erbittert dagegen. In diesem Augenblick schienen die Schattenwesen sich wieder an ihr Vorhaben zu erinnern und griffen mit plötzlicher Wut erneut an.
»Verflucht!«, schnaubte Janine, schwang ihr Schwert und warf sich dem Ansturm entgegen, für dessen Abwehr mittlerweile kaum mehr dreißig von Nürlis besten Gardisten zur Verfügung standen.
»Ich bleibe bei dir!«, erklärte Lucia mit Nachdruck und legte den Arm um Alex' Schulter. Und obwohl er kaum etwas von seinem Umfeld mitbekam, spürte er doch ihren Körper neben dem seinen, und plötzlich begann er regelrecht zu beben. Ein warmes Gefühl durchflutete sein Herz.
Los jetzt!, drängte er und auch die letzten kämpfenden Männer und Frauen stolperten hastig in das Licht. Der plötzliche Rückzug schien die Schattenwesen so stark zu verwirren, dass sie für einen Moment von den Menschen abließen. Auch Nürli verschwand nach einem kurzen Blick zurück und Alex war mit Janine und Lucia allein.

GEH JETZT!, befahl er der Wächterin mit solcher Gewalt, dass ihr Kopf nach hinten geschleudert wurde, als hätte sie etwas Schweres getroffen. Wie betäubt stolperte auch sie in das weiße Licht und wurde davon verschluckt.

Einen Augenblick lang waren Alex und Lucia alleine inmitten dieses grausigen Ozeans von Kreaturen der Schatten. Dann nickte Lucia. »Gehen wir.«

Es schien Alex, als ob sie vor dem entscheidenden Schritt einen Augenblick zögerte, und er zog sie sanft mit sich. Einen Moment später umfloss sie das Licht so vollständig, dass sie nichts sonst mehr sehen konnten. Alex war nun schon mehrfach durch den Nexus gegangen, daher überraschte ihn das Gefühl nicht mehr, in ein bodenloses, weißes Nichts zu fallen.

Endlich daheim, dachte er erleichtert.

Kaum hatte er den Gedanken zu Ende gebracht, als ihr Fall so schlagartig abgebremst wurde, dass ihm die Luft aus den Lungen gepresst wurde. Es fühlte sich an, als wären sie auf einem unsichtbaren Boden aufgeschlagen. Noch im selben Moment gewannen sie wieder an Geschwindigkeit, begann der freie Fall erneut – nur um kurz darauf wieder von einem harten Aufprall unterbrochen zu werden.

Die Schläge kamen in immer kürzeren Abständen und ließen Alex' erste Sorge rasch zu echter Panik wachsen. Er hatte nicht mehr das Gefühl voranzukommen, sondern nur noch den Eindruck in einem Hagel der körperlosen Schläge zu stehen. Es war schwer, unter diesem Gewitter von schmerzhaften Hieben klar zu denken.

Was ist los?, schrie Alex in Sonjas Richtung. *Was tust du?*

Beeil dich, kam ihre Stimme zurück, vor Anstrengung verzerrt. *Ich kann euch nicht mehr halten!*

❖ ❖ ❖

Mit aller Kraft, die sie aufbringen konnte, zerrte Sonja an Alex, um ihn durch diesen unglaublichen Widerstand hindurchzuziehen. Woher diese Schwierigkeiten kamen, konnte sie sich nicht im Entferntesten vorstellen. Ohne Zögern bediente sie sich aller Energie, die sie von Ethan bekam. Ihre Seelen waren mittlerweile völlig miteinander verschmolzen, ohne dass Sonja es wirklich mitbekommen hatte.

Der Junge schwankte hinter ihr, als sie ihn geradezu leersog, aber er hielt durch. Trotzdem reichte es nicht. Sonja spürte, wie Alex ihr zu entgleiten drohte.

Albarath, schrie sie verzweifelt, *Ihr müsst mir helfen!*

Sofort spürte sie die Gegenwart des Weltenfürsten an ihrer Seite. Ein neuer Strom von Energie floss in sie über, aber verglichen mit Ethans Kraft war es ein kümmerliches Rinnsal, das ihr kaum Unterstützung bot.

Ihr müsst Euch konzentrieren, befahl Albarath mit klarer Stimme. *Versucht, Euch mit Eurem Bruder zu vereinigen!*

Können vor Lachen!, ächzte Sonja in Gedanken, verstand aber trotzdem, was er damit meinte. *Alex, wir versuchen es gemeinsam!*, rief sie ihm entgegen. *Auf drei! Eins – zwei – drei!*

Mit dem letzten Wort ließ sie alles, was sie und Ethan noch an Anstrengung aufbringen konnten, in einem heftigen Ruck explodieren.

❖ ❖ ❖

Obwohl er kaum wusste, was er tat, stieß sich Alex mit aller Kraft in Richtung von Sonjas Stimme vor, als sie bei drei angekommen war. Zugleich spürte er ihren Griff zum ersten Mal geradezu körperlich, wie den Zug von weichen, aber unnachgiebigen Stoffbahnen. Dann löste sich der Widerstand plötzlich auf, die Schläge verstummten und er prallte mit einem dumpfen Geräusch auf glattem Glas auf. Lucia folgte ihm so dicht, dass sie wie ein Mehlsack auf ihn stürzte und ihr Ellenbogen sich hart in seinen Rücken rammte.

Mehrere Hände ergriffen ihn und halfen ihm in eine sitzende Stellung. Verwirrt hockte er auf dem Boden und fühlte in sich hinein. Der Dunkle Strom war völlig versiegt, und das hieß, dass die Kopfschmerzen jeden Moment einsetzen würden. Bereits jetzt tropfte ihm das Blut warm aus der Nase und fiel auf den schwarzen Glasboden, in dessen Tiefe die leuchtenden Punkte lautlos und unbeirrt ihre Bahnen um den Nexus zogen.

»Gott sei Dank!«, murmelte er und im gleichen Augenblick drückte sich Lucia von hinten gegen ihn.

»Sind wir da?«, flüsterte sie ihm ins Ohr.

Blinzelnd sah Alex zu der gewaltigen Decke empor, die sich über ihnen erhob. Hinter ihm erstrahlte immer noch die Lichtkuppel der Weltenachse und warf ihr kaltes Licht auf die feinen Aufbauten, die das Innere des kugelförmigen Saales auskleideten. Die Balkone und Treppchen, Brücken und Galerien, die er bisher stets leer gesehen hatte, waren nun dicht bevölkert von den Bewohnern der Goldenen Stadt. Im Saal stand der Rest ihres Heeres, Männer und Frauen, die sie aus dem Lager vor den Schatten gerettet hatten. Ihre Gesichter waren immer noch verzerrt vor Entsetzen, doch als Alex sich mühsam aufrappelte, brandete zögerlich Jubel auf.

Er war genauso mitgenommen wie seine Leute, aber Alex wusste, dass er das jetzt nicht zeigen durfte. Er zwang sich zu einer Art Lächeln und winkte schwach.

Plötzlich stand Sonja vor ihm. Sie war blass und auch aus ihrer Nase lief ein dunkelrotes Rinnsal, doch ihre Augen leuchteten immer noch wie Bernstein vor einer Kerze. Alex fiel auf, dass sie sich in den Wochen ihrer Trennung verändert hatte – ihr Gesicht war schmaler geworden und ihre Wangenknochen traten stärker hervor.

»Sind wir da?«, wiederholte Lucia ihre Frage.

»Ja«, brachte er heraus. »Wir sind zu Hause. Willkommen in der Goldenen Stadt.«

»Gott sei Dank!«, flüsterte Sonja und umarmte ihren Bruder vor Erleichterung so heftig, dass sie ihn fast umgeworfen hätte.

»Himmel, das – also das war knapp«, stotterte er, nachdem er sich aus ihren Armen befreit hatte. Unsicher sah er sie an, immer noch ganz durcheinander von den Schlägen, die er hatte einstecken müssen. »Ich hatte schon das Gefühl, dass wir irgendwo verlorengehen. Da war so ein komischer Widerstand – keine Ahnung, was das war.«

»Das war der Geisteswall der Goldenen Stadt«, erklärte eine Stimme, die Alex noch nie gehört hatte. Ein Mann trat auf sie zu. Er trug seltsam weite Gewänder aus schwarzem und orangefarbenem Stoff. Seine Augen glänzten dunkel, während er Alex durchdringend musterte. Der dünne Bartstreifen gab ihm ein geziertes Aussehen, was ihn Alex sofort unsympathisch machte.

»Das ist Albarath«, erklärte Sonja. »Einer von uns, aber aus einer anderen Welt. Er hat uns gerettet.«

»Das haben vor allem meine Männer und Ethan getan«, beschwichtigte der Weltenfürst und sah sich um. Von dem Jungen fehlte jede Spur. »Wo ist er hin? Na, vermutlich ging es ihm nicht gut«, stellte er fest und musterte Alex. »Seid mir gegrüßt, Drachensohn. Wir haben einiges zu besprechen.«

»Was meintet Ihr mit Geisteswall?«, fragte Alex und musste sich beherrschen, damit seine Stimme nicht zitterte. Er bebte immer noch innerlich von den Schlägen, die er auf dem Weg durch den Nexus erhalten hatte. »Was war das?«

Albarath verzog den Mund. »Eine machtvolle Barriere, die unsere Vorfahren errichtet haben, um Wesen der Schatten diesen Weg in die Goldene Stadt zu versperren.«

»Und wieso versperrt die mir den Weg, verflucht?«

Der Weltenfürst zuckte die Achseln. »Ihr wart inmitten von tausenden Schattendienern. Einige von ihnen werden versucht haben, Euch durch die Weltenachse zu folgen.«

Erschrocken fuhr Lucia zu dem Nexus herum. »Was? Die kommen hierher?«, stieß sie schrill hervor und trat rasch so hinter Alex, dass der zwischen ihr und dem Nexus stand.

Albarath lächelte. »Nicht auf diesem Weg«, versicherte er. »Die

Mächtigsten unter uns täten sich schwer, den Geisteswall aufzuheben. Unsere Väter haben uns einen mächtigen Schutz mitgegeben.«

»Gott sei Dank«, stieß Sonja ehrlich erleichtert hervor. Dann sah sie sich um und ihr Blick fiel auf Julien, der bis jetzt schweigend in der Nähe gestanden hatte. In seinen Armen hielt er sanft einen reglosen Körper. »Um Himmels willen! Was ist mit Herrn Ramiç los?«

25

In der nächsten Zeit herrschte in der Goldenen Stadt das reinste Chaos. So viele Menschen waren bei dem Kampf gegen die Schlangen umgekommen und überall mussten die Trümmer des Kampfes beseitigt werden. Die zurückgekehrten Soldaten waren dabei keine große Hilfe. Sie zeigten alle möglichen Gemütszustände, von verzweifeltem Schock bis zu hysterischem Glück über die Rettung in letzter Sekunde. Es verband sie lediglich, dass kaum jemand von ihnen noch die Nerven hatte, vernünftig zu handeln oder zu helfen. Zudem waren viele der Männer und Frauen verwundet, und die Ärzte und Pfleger schwärmten aus, um die Glücklicheren von den lebensbedrohlich Verletzten zu trennen und Letztere zu versorgen.
Bald tauchten Pater Matthews und seine Priester auf. Nachdem der alte Geistliche die Heimkehrer voller Erleichterung begrüßt hatte, begannen er und Leutnant Nürli damit, das heillose Durcheinander von Soldaten, neugierigen Stadtbewohnern und eifrigen, aber planlosen Helfern zu sortieren. Die Patres waren mittlerweile recht gut eingespielt, wenn es um das Herumscheuchen von verwirrten Menschenmengen ging, und innerhalb weniger Minuten wussten die meisten, wo sie sich hinzubewegen oder wo sie anzupacken hatten.
Wer einfach nur auf der Suche nach Verwandten oder Freunden war, wurde mit mehr oder weniger netten Worten fortgeschickt, die Verwundeten in einen eigenen Saal gebracht und die restlichen Soldaten zu ihren jeweiligen Einheiten in der Stadt beordert, damit sie dort versorgt werden und so bald wie möglich wieder einen Posten beziehen konnten.
Von all dem bekamen Sonja und Alex kaum etwas mit. Auf Sonjas

Anweisung hin hatte Julien Herrn Ramiç direkt nach ihrer Rückkehr in einen Raum in der Nähe gebracht, wo es eine Liege gab. Das Antlitz des alten Weltenfürsten war recht blass, doch seine Brust hob und senkte sich regelmäßig.

»Könnt Ihr etwas für ihn tun?«, erkundigte sich Julien bei Sonja. Sein hageres Gesicht war vollkommen ruhig, aber die beiden Pranken des Wächters zerquetschten einander geradezu vor Sorge.

»Ich schau mal«, versprach Sonja und blickte sich suchend um. »Hat jemand Ethan gesehen?«

Kordan, Albaraths Wächter, trat vor und stützte sich dabei auf seine lange, silberne Stange mit den beiden Klingen an den Enden. »Er ist weggelaufen, sobald Euer Bruder das Weltentor verlassen hatte. Ich weiß nicht, wo er hin ist.«

Verwirrt starrte Sonja den hünenhaften Mann an, der mit den Stacheln auf seinen Schulterpanzern wie ein Wesen aus einer anderen Welt wirkte – was er ja irgendwie auch war.

»Hat er vielleicht …«, begann sie, unterbrach sich aber selbst. Ethan war nicht da, das war im Augenblick das Wesentliche. Warum er weggelaufen war, würde sie später noch feststellen können. Nun musste sie sich um Herrn Ramiç kümmern. »Was ist mit ihm passiert?«, fragte sie Julien.

Der Wächter warf Alex einen merkwürdigen Blick zu. »Das sollte Euch am besten Euer Bruder erklären«, sagte er.

»Wir waren in einer Geistesverbindung«, sagte Alex stirnrunzelnd. »Ich weiß nicht, was passiert ist. Wir wurden angegriffen, und ich sollte ihn mit meiner Energie unterstützen. Dann ist alles irgendwie außer Kontrolle geraten und …«

»Ihr beiden habt da ein erstaunliches Feuerwerk entfesselt«, mischte sich Janine nüchtern ein.

»Das war wirklich unglaublich«, stimmte Lucia bewundernd zu und schüttelte ungläubig den Kopf. »Eine Sekunde später waren diese Monster alle weg.«

Sonja warf dem dunkelhaarigen Mädchen mit dem schmalen Gesicht einen irritierten Blick zu.

»Das ist Lucia«, stellte Alex sie rasch vor. »Wir sind uns in den Schattenwelten begegnet.«
»Alexander hat mich gerettet«, erklärte Lucia und sah Sonja offen an. »Ich verdanke deinem Bruder mein Leben.«
»Willkommen in der Goldenen Stadt«, begrüßte Sonja das fremde Mädchen. »Ich werde Hilfe brauchen«, sagte sie dann und sah in die Runde. »Im Augenblick habe ich keine Kraft mehr. Kann mir irgendjemand ...«
»Vielleicht kann ich etwas tun?«, bot Lucia schüchtern an. »Mit Alex habe ich so etwas schon gemacht.«
Für eine Sekunde dachte Sonja darüber nach. Das Mädchen hatte etwas an sich, das Sonja nicht ganz greifen konnte. Sie war irgendwie zu süß, hatte zu große Augen, wirkte zu unsicher, als dass sie ihr das vollkommen abgenommen hätte. Aber es war offensichtlich, dass sie mit Alex zusammen war, und das konnte Sonja nicht ignorieren.
»Gute Idee«, stimmte sie zu. »Komm her! Leg mir die Hände auf die Schultern.«
Sie kniete neben Herrn Ramiç nieder, während Lucia sich zu ihr setzte. Dann berührte sie den alten Herrn an Brust und Stirn und schloss die Augen.
Sobald sie den Dunklen Strom geweckt hatte und mit ihrer Seele nach Herrn Ramiç tastete, hätte sie fast gelacht vor Erleichterung. Vermutlich brauchte sie Lucias Kraft gar nicht – der Weltenfürst war im Grunde nur ohnmächtig vor Erschöpfung. Seine Seele war deutlich zu spüren, sein Herz schlug kraftvoll und regelmäßig.
Was soll ich tun?, erkundigte sich Lucia in diesem Moment und drang in Sonjas Geist vor.
Die Berührung erfolgte so rasch, dass Sonja vollkommen überrumpelt wurde. In der Dauer weniger Augenblicke hatte dieses fremde Mädchen ihre Seele durchdrungen, hatte ihre innersten Geheimnisse gesehen.
Warte!, rief Sonja und Panik wallte in ihr auf, als ihr die Kontrolle über die Verbindung völlig entglitt. *Das ist zu viel! Lass mich!*

Sie spürte das Erschrecken des Mädchens, dann zog es sich völlig zurück. Einen Moment später öffneten beide die Augen und Lucia starrte sie schuldbewusst und verstört an.

»Was habe ich gemacht?«, fragte sie hastig. »Ich hab was falsch gemacht, oder?«

»Nein, nein«, beschwichtigte Sonja sie und forschte in ihrem eigenen Kopf nach, was eigentlich geschehen war. Irgendetwas fühlte sich seltsam an, aber das war auch kein Wunder nach diesem Zusammenstoß. »Du hättest etwas langsamer machen müssen.«

Lucias Blick glitt hilfesuchend zu Alex hinüber. »Es tut mir leid«, beschwor sie, »ich wollte nur …«

»Was war denn los?«, mischte Alex sich ein und sah seine Schwester stirnrunzelnd an.

Sonja hob abwehrend die Hände. »Nichts passiert«, versicherte sie. »Ich war nur überrascht, wie stark sie ist.«

Bevor er etwas entgegnen konnte, flatterten die Lider des alten Weltenfürsten und er stieß einen langgestreckten Seufzer aus. Sofort kniete Julien neben ihm nieder. »Wie geht es Euch?«, fragte er mit versteinerter Miene, die umso mehr seine ungeheure Unruhe ausdrückte.

Herr Ramiç rieb sich die Augen unter den buschigen Brauen. Sein Blick wanderte im Raum umher, bis er Alex traf. »Ich hoffe nur, dass Euer Schädel dafür ordentlich gebrummt hat«, brachte er schwach hervor. »Verflucht, Alexander, Ihr müsst endlich lernen, Eure Kräfte zu beherrschen!«

Vor Erleichterung setzte Alex sich auf den Boden. »Einverstanden«, sagte er lächelnd. »Ihr werdet mir doch sicher gerne alles beibringen, was ich wissen sollte.«

❖ ❖ ❖

Nachdem klar war, dass es Herrn Ramiç gutging, beschloss man, sich zunächst einmal auszuruhen. Es gab niemanden unter ihnen, der nicht zu Tode erschöpft gewesen wäre. Lediglich die Wächter waren noch so weit bei Kräften, dass sie ihre jeweiligen Weltenfürsten in ihre Gemächer bringen konnten. Alex kümmerte sich um Lucia. Der Einfachheit halber bekam sie ein Zimmer in seiner Wohnung zugewiesen, in dem ebenfalls ein Bett stand.

Janine begleitete die beiden bis zu der Tür. Dort erinnerte sich Alex zum ersten Mal seit längerem an seine Wächterin. Er drehte sich nach ihr um, um ihr Gute Nacht zu wünschen. Doch da sah er den Blick, mit dem sie Lucia musterte, und erschrak geradezu. Eine solche Kälte hatte er bisher nur selten in ihren leuchtend grünen Augen bemerkt. »Ich werde einen Raum für Lucia auftreiben«, sagte Janine in diesem Augenblick.

Lucia sah Alex erstaunt an. »Kann ich nicht bei dir bleiben?«

»Natürlich kannst du das«, sagte Alex und im gleichen Augenblick stieg die Wut in ihm hoch. Verdammt, Janine war eine erwachsene Frau! Wieso konnte sie ihre Eifersucht nicht etwas besser zügeln? »Geh schon rein. Ich komme gleich.«

»Ich halte das für riskant«, gab Janine kühl zurück. »Was ist, wenn …«

»Das ist mir egal«, zischte Alex. »Ich habe mit ihr eine halbe Ewigkeit in diesem beschissenen Kerker gesessen. Ich kenne sie, verflucht! Und nur weil du sie nicht magst, werde ich nicht auch noch durchdrehen.«

Ihre kalten Augen musterten ihn verächtlich. »Dir ist klar, dass …«

»Lass mich in Ruhe, verflucht! Geh einfach! Hau ab!«

Damit wandte er sich ab und die Diener schlossen hinter ihm die Türe.

»Alex!«, rief Lucia, die bereits einen Raum weitergegangen war. »Schau dir das an!« Ihre Stimme verriet echte Begeisterung, und einen Moment später war Janine vergessen.

Er eilte ihr nach und trat in seinen Wohnraum, wo bereits einige Diener warteten und sie in Empfang nahmen, hin- und hergerissen zwischen ernster Zurückhaltung und brennender Neugier. Auf dem Tisch waren bereits ganze Berge von Essen angerichtet. Da

gab es dampfenden Rinderbraten, Ofenkartoffeln, alle möglichen Arten Gemüse, Reis, verschiedene Brotsorten, Schinken, Würste und Käse.
»Das ist ja unglaublich«, stellte Lucia völlig überwältigt fest. »Woher kommt denn das alles?«
»Aus der Küche, denke ich«, erklärte Alex grinsend. »Aber im Ernst: Ich habe schon oft gesagt, dass ich das nicht alles brauche. Aber irgendwie lassen es sich die Leute nicht nehmen, immer wieder soviel aufzustapeln.« Er zuckte die Schultern. »Zumindest geht nichts verloren. Was wir hier nicht essen, wird später an andere verteilt. Und der Braten schmeckt kalt genauso gut; hab ich schon probiert.«
Einer der Jungen schenkte ihnen Wein und Wasser in kunstvoll geschliffene Gläser ein. »Wir haben ein Bad für Euch vorbereitet, Herr«, sagte er und sah verlegen drein. »Wenn die Herrin auch baden will, werden wir noch eine andere Wanne vorbereiten müssen.«
Lucia sah Alex an und errötete. »Wie groß ist denn die Wanne?«, fragte sie grinsend.
Kurz darauf hockten sie im heißen Wasser einander gegenüber und atmeten den Dampf ein, der die Luft in dem Badezimmer erfüllte. Bisweilen trafen sich ihre Blicke und dann mussten beide verlegen lachen. Alex war wirklich erleichtert, dass man ihnen ein ordentliches Schaumbad bereitet hatte und sie daher nicht sehen konnten, was sich unterhalb der weißen Schicht befand. Zumindest war Lucia doch etwas weniger forsch gewesen, als er zunächst gedacht hatte. Sie hatte im Nebenraum gewartet, während er ins Wasser gestiegen war, dann musste er die Augen zumachen, bis sie bei ihm in der Wanne war.
Angesichts ihrer schmalen, schaumbedeckten Schultern und der doch sichtbaren Ansätze ihrer Brüste brodelten trotzdem in ihm Gefühle, die ihn in wenigen Minuten alles vergessen ließen, was die letzten Tage und Wochen gebracht hatten. Plötzlich verstand er, warum ihm Lucia so wichtig geworden war: Sie lenkte ihn von

all den grauenhaften Dingen ab, die dort draußen stattfanden, die ihn quälten, seit Konstantin den Schattensturm herbeigerufen hatte. Sie war in all dem wie ein schöner Traum, und dafür war er ihr unendlich dankbar. Solange sie bei ihm war, hatte er das Gefühl, dass ihm alles irgendwie gelang, und sei es nur wegen ihrer unerschütterlichen Bewunderung für ihn.

»Ich bin unglaublich froh, dass wir uns dort unten getroffen haben«, sagte er, ohne darüber nachzudenken, und meinte jedes Wort todernst.

Sie schlug die Augen auf und sah ihn direkt an. »Ich auch.« Damit glitt sie so schnell zu ihm hinüber, dass das Wasser auf beiden Seiten über den Rand plätscherte, schlang ihm die überraschend starken Arme um den Hals und küsste ihn mit ihren weichen Lippen auf den Mund. »Ich werde dich nicht mehr loslassen. Nie wieder.«

❖ ❖ ❖

Sonja ging durch einen Gang nahe der Außenmauer der Goldenen Stadt. Außerhalb der Wände erstreckte sich die tintig schwarze Nacht über dem Meer. An den schmalen Rippen, von denen die Decke getragen wurde, leuchteten zu dieser Uhrzeit die weißen Kristalle, die in der gesamten Stadt für Licht sorgten. Ihr Schein ließ die Scheiben zu beiden Seiten zu Spiegeln werden, in denen Sonja sich im Vorbeilaufen betrachtete.

Sie trug nur einen Morgenrock, doch selbst dieses Kleidungsstück war aus grünem Samt mit Besätzen aus dunkelgelber, bestickter Seide geschneidert und sah aus wie der Mantel einer Königin. Ihre normalen Kleider anzuziehen war sie zu faul gewesen. Im Grunde war sie völlig erschöpft. Dennoch hatte sie bis eben länger als eine Stunde in ihrem Bett gelegen und an die Decke gestarrt, ohne einschlafen zu können. Der Gedanke, was eigentlich mit Ethan geschehen war, hatte ihr keine Ruhe gegönnt. Sie konnte sich sein plötzliches Verschwinden nicht erklären.

Deswegen schlurfte sie jetzt durch die nächtliche Stadt, in der nach einem grauenvollen Tag endlich so etwas wie Ruhe eingekehrt war. Je länger sie unterwegs war, desto besser gefiel ihr der nächtliche Spaziergang. Abgesehen von einigen Soldaten, die salutierten, wenn sie vorbeiging, war sie völlig ungestört. Nicht einmal Simon hatte sie erlaubt, mitzukommen, was der mit unbewegtem Gesicht zur Kenntnis genommen hatte. Denn irgendwie war Sonja sicher, dass die Anwesenheit ihres Wächters bei diesem Besuch eher stören würde. Ohne dass je ein Wort darüber gefallen war, ahnte sie, dass Ethan sich in der Gegenwart des hünenhaften Jungen mit dem kantigen Gesicht unwohl fühlte. Sie verstand das sogar: Ihr ging es genauso mit Mädchen, die unendlich viel besser aussahen als sie selbst. Mädchen wie diese Lucia zum Beispiel.

Zehn Minuten später bog sie in den Trakt ein, in dem die Räume von Ethan und seinen Leuten lagen. Wieder traf sie an der ersten Tür auf zwei Wachen, doch diesmal war die Reaktion eine andere: Beide rissen sich zusammen, als sie am Ende des Ganges auftauchte, und salutierten.

»Guten Abend«, sagte Sonja und musste ein Gähnen unterdrücken. »Ich wollte zu Ethan.«

Ohne eine Antwort stieß der eine die Tür auf und trat beiseite. Sonja nickte ihm dankbar zu und ging hinein.

Die niedrige Halle war um diese Zeit nur von etwa zwanzig Männern und Frauen bevölkert, die in kleinen Gruppen beieinander saßen und sich zumeist mit Karten oder Würfeln die Zeit vertrieben. Sonja bemerkte, dass sie nicht tranken und alle ihre Waffen in Reichweite hatten. Offenbar war dies eine einsatzbereite Wachtruppe. Als Sonja eintrat, blickten die Leute auf, zeigten aber sonst keine Reaktion, sondern spielten ruhig weiter.

»Ich will zu Ethan«, wandte sie sich an ein Mädchen, das kaum älter sein konnte als sie selbst, mit kurzgeschnittenen Haaren und Narben quer über dem Gesicht aber erstaunlich gut in die Runde der erwachsenen Männer ringsum passte.

»Er müsste hinten sein«, gab das Mädchen zurück und deutete auf eine Türe am schmalen Ende des Saales. »Schläft, denke ich.«

»Danke.«
Auch zu den Seiten dieser Tür standen zwei Wachen, die sich leise unterhielten. Als Sonja auf sie zukam, salutierten sie.
»Ich sehe, ob er wach ist, Herrin«, sagte der eine und spähte in den Raum hinter der Türe. Sonja hörte ihn etwas sagen. Dann öffnete er die Tür für sie und machte ungelenk eine einladende Bewegung. »Er will Euch sprechen.«
Ethan lag ausgestreckt auf seinem Bett, einen Stapel Kissen im Rücken. In den Händen hielt er ein Buch, das er nun zuklappte und beiseitelegte.
»Das ist ja nett«, sagte er lächelnd und legte den runden Kopf schief. »Konntest du nicht schlafen?«
»So in der Art«, stimmte sie zu und sah sich um. Auf sein Bett wollte sie sich nicht gerade setzen, das war ihr zu vertraut.
Er bemerkte ihren Blick und sprang auf. Auch er trug eine Art Morgenmantel, allerdings aus weißem Frottee, wie sie früher in Hotels gerne verwendet wurden. »Setzten wir uns an den Tisch«, schlug er vor und ging zu einer Sitzgruppe in der Ecke. Sonja folgte ihm und beobachtete dabei seinen fülligen Rücken. Sein Körper wallte unter dem flauschigen Stoff des Morgenmantels wie die Füllung eines Wasserbettes.
»So, was gibt es denn?«, erkundigte er sich, als sie saßen. »Neuigkeiten von deinem Bruder? Was machen die Schattenwelten?«
Einen Moment starrte Sonja ihn einfach nur an. Dieser Junge hatte wenig mit dem gemein, mit dem sie noch vor wenigen Stunden eine Geistesbrücke eingegangen war. Er wirkte auf sie wie ausgewechselt. Die ganze Unsicherheit, seine Hektik, der Übereifer – all das war diesem fremden jungen Mann und seiner ruhigen Höflichkeit gewichen, die bei Sonja das Gefühl hervorrief, einem Bankangestellten gegenüberzusitzen, bei dem sie ein Konto eröffnen wollte.
Noch während sie sich wunderte, tauchte wie aus dem Nichts ein schlankes, auffallend gutaussehendes Mädchen in enganliegendem T-Shirt und knappen Hosen auf und blickte Ethan fragend an. Der

dicke Junge winkte nur ab und sie wandte sich wieder zum Gehen. »Oder willst du etwas? Eine Cola? Wein?«, fragte er Sonja rasch. Sie schüttelte den Kopf und das Mädchen verschwand in einem Seitenzimmer. Sonja fragte sich unwillkürlich, wie viele Dienerinnen hier, direkt neben Ethans Schlafzimmer, darauf lauerten, dass ihr Herr einen Wunsch äußerte.

»Also?« Er faltete die Hände, wie man es von älteren Herren aus Filmen kannte.

Tatsächlich musste Sonja kurz nachdenken, warum sie überhaupt hier war. »Du bist heute einfach verschwunden«, sagte sie dann etwas zusammenhanglos. »Als wir die Leute aus dem Nexus geholt haben. Du warst auf einmal weg.«

Verärgert über ihr Gestammel runzelte sie die Stirn. Doch Ethan hatte ganz genau verstanden, was sie meinte.

»Ich hatte auf einmal furchtbares Kopfweh«, sagte er und zuckte bedauernd die Schultern. »Wenn ich es richtig verstanden habe, waren wir ja auch fertig. Ich musste unbedingt an die frische Luft, und du warst mit deinem Bruder beschäftigt.« Sein teigiges Gesicht verzog sich besorgt. »Habe ich was falsch gemacht? Hättest du mich noch gebraucht? Das täte mir furchtbar leid.«

Etwas verblüfft über diese rasche und vollständige Erklärung schüttelte Sonja den Kopf. »Nein, gar nicht«, murmelte sie. »Ich hab mir bloß Sorgen gemacht.«

»Ja, natürlich«, nickte er. »Entschuldige, ich hätte dir Bescheid sagen sollen. Ich habe echt nur an mich gedacht. Wirklich: Es tut mir leid.«

❖ ❖ ❖

Kurze Zeit später war Sonja wieder auf dem Weg zurück zu ihren Räumen. Ethan stand an der Tür seines Schlafzimmers und sah ihr hinterher. Ein Lächeln schlich sich auf seine Züge, als sie verschwunden war.

Die arrogante Kuh war offensichtlich ganz verdattert gewesen, weil er nicht der fette Idiot gewesen war, für den sie ihn gerne halten wollte. Trotz seines Triumphes verschwand das Lächeln, als Ethan zu seinem Bett stapfte. Er konnte einfach nicht vergessen, was er in Sonjas Kopf gesehen oder vielmehr gefühlt hatte: diese mitleidige Verachtung für den dicken Knaben, der nur durch Zufall überhaupt zu etwas gut war und mit dem man deshalb freundlich umgehen musste. Dazu kam noch der schlichte Ekel vor seinem Aussehen, vor der Berührung seiner Wurstfinger, vor seinem dümmlichen Mondgesicht.

Alleine die Erinnerung ließ Ethan die Tränen der Wut in die Augen steigen. Er war Verachtung gewohnt, durch die stumpfen Sportler an seiner Highschool zu Hause, durch die hübschen Mädchen und einige Lehrer, für die dick dasselbe war wie dumm. Nur hatte er noch nie sich selbst mit den Augen eines anderen sehen müssen. All diese Idioten hatte er bis jetzt abtun können als Leute, die nicht zählten, kleine Lichter mit noch kleineren Vorstellungen vom Leben. Doch Sonja war anders; das hatte auch der Blick in das Innerste ihrer Seele nicht geändert.

Sie hatte keinen Spaß an ihrer Verachtung für ihn. Dass sie ihn für einen wandelnden Unfall hielt, der auch eine menschliche Behandlung verdiente, einfach weil er ja auch ein Mensch war – das war echt. Sie fühlte tatsächlich so, und nicht, um sich selbst zu erhöhen. Im Gegenteil, sie schämte sich dermaßen für ihre Verachtung und ihren Ekel vor ihm, dass sie sich ihre Gefühle nicht im Mindesten eingestand.

Aber Ethan kannte ihre Empfindungen besser als sie selbst.

Während Sonja um das Leben ihres Bruders gerungen hatte, hatte er blitzschnell alle Erinnerungen durchgesehen, die sie an ihn hatte. Kein einziges Mal war da so etwas wie Häme oder böse Gedanken gewesen. Sie mochte ihn wirklich – und verabscheute ihn dennoch.

Diese Erkenntnis hatte ihn so erschüttert, dass er einfach geflohen war, ohne sich auch nur die geringsten Gedanken über das Geschehen in seinem Rücken zu machen. Mit einem Schlag waren

alle Gewissheiten seines Lebens ausgelöscht gewesen. Noch nie war er sich so sicher gewesen, dass ihn jemand leiden konnte. Noch nie war er jemandem so nahe gewesen wie Sonja, seit sie das erste Mal eine Geistesbrücke eingegangen waren. In seinen Träumen hatte er sich ausgemalt, wie er sie eines Tages in die Arme nehmen und sie küssen würde, wie sie sich an ihn drücken und ihn bewundernd ansehen würde. Dabei war er sich nicht einmal sicher gewesen, dass es so kommen würde. Aber Sonja hatte ihm etwas gegeben, was er dringender als alles andere brauchte: Er hatte angefangen, sich selbst für jemanden zu halten, der normal war.
Nun zu erkennen, dass ausgerechnet dieses Mädchen sich vor ihm ekelte, gab ihm ein Gefühl, als sei sein ganzes Leben bisher Betrug gewesen. Was mochte seine Mom in Wirklichkeit von ihm gehalten haben, wenn sie gesagt hatte, dass sie ihn liebte? Was war seinem Vater durch den Kopf gegangen, wenn er behauptet hatte, stolz auf Ethan zu sein?
Vermutlich waren auch sie insgeheim angewidert gewesen und hatten es ihrem fetten Sprössling taktvoll verschwiegen. Nun, da Ethan darüber nachdachte, gab es eine Menge Gelegenheiten, bei denen man es hätte erkennen können. Nur war er damals noch nicht so klug gewesen wie jetzt. Jetzt wusste er, dass diese ganzen netten Menschen mit ihrem offenen Lächeln und ihrem freundlichen, beschissenen Geplauder nichts als Betrüger waren, hochnäsige Affen, die auf ihn herabsahen, weil er fett war – und dabei nicht einmal den Mut hatten, sich das sich selbst gegenüber einzugestehen.
Ächzend ließ Ethan sich in seine Kissen fallen, dass der schwere Bettrahmen knackte. Sein Blick wanderte zu der Seitentüre seines Zimmers. Dahinter befand sich ein kleinerer Raum, in dem stets vier Mädchen darauf warteten, ihm alle möglichen Wünsche zu erfüllen. Er hatte allen mindestens einmal das Leben gerettet, und bisher war es ihm geradezu logisch vorgekommen, dass sie ihm dienten. Jetzt stellte er fest, dass sich Zweifel einschlichen. Was, wenn er sich irrte? Was, wenn diese Mädchen in ihren innersten

Seelen dieselbe Abscheu gegen ihn empfanden wie Sonja? Wenn sie genauso undankbar waren?
Natürlich hätte er nachsehen, in ihren Geist eindringen und ihnen alle ihre Geheimnisse entreißen können. Doch dazu fehlte ihm jetzt der Mut, wie er sich selbst eingestehen musste. Er wollte es gar nicht wissen.
Mit einem Mal fühlte Ethan sich so verlassen wie noch nie in seinem Leben und Tränen füllten seine vorquellenden Augen. Er wälzte sich auf die Seite und dachte nach.
Irgendetwas musste geschehen, sodass die Leute ihre Fehler einsahen – sodass es ihnen leidtat.

26

Gegen Mittag fanden sich die Geschwister, ihre Wächter und Lucia in dem großen Speisesaal wieder, der die Wohnungen von Alex und Sonja verband und der so etwas wie das Tagungszimmer des Rates geworden war, einfach weil der Tisch lang genug war. In der Tat war es eine recht große Runde, die nun hier Platz fand, denn neben den anderen Weltenfürsten waren noch deren Wächter sowie Leutnant Nürli und Pater Matthews anwesend.
Janine kam recht spät und nahm auf einem Stuhl Platz, der ein ganzes Stück von Alex entfernt war. Alex tat so, als bemerkte er es nicht.
Zunächst saßen sie einfach beieinander, tranken etwas und plauderten ein wenig. Draußen rieselten die Flocken und fielen in das düstergraue Meer, während im Inneren das Feuer im Kamin knackte und bisweilen einen Funkenschauer aufstieben ließ. Es war ein herrliches Gefühl, einmal nur eine Unterhaltung zu führen, ohne zugleich in Lebensgefahr zu schweben oder sich Gedanken über die nächsten Stunden machen zu müssen. Bei keinem lag das Frühstück weiter zurück als eine Stunde, aber als die Diener das Mittagessen auftrugen und der Duft von frischem Fisch mit Weißwein und Kräutern durch den Raum zog, wies niemand seine Portion zurück.
Es schien, als wären sich alle einig, dass sie etwas Erholung verdient hatten und sich daher nicht hetzen wollten. Erst als die leeren Teller abgetragen und durch Kaffeetassen ersetzt wurden, war die Gesellschaft so weit, dass man sich über etwas Weitreichenderes austauschen mochte.
Zunächst erzählte die Rettungsmannschaft von dem Verlauf ihrer Mission. Spätestens, als sie bei der Schilderung des zerstörten La-

gers angekommen waren, wurde es still am Tisch. Die Beklommenheit wich atemlosem Staunen, als Alex und Lucia von ihren Erlebnissen in der Dunklen Feste berichteten. Schließlich erzählten sie von den Zellen tief in den Fundamenten der finsteren Burg und wer sich dort offensichtlich befand. Alex tat sich schwer, weiterzusprechen, als er von der Stimme berichtete, die ihn angefleht hatte, bei ihr zu bleiben.

»Nach unserer Zählung waren es weit über hundert Türen, hinter denen jemand sitzen könnte«, fasste er schließlich zusammen.

»Arme Teufel«, murmelte Julien.

»Wir werden sie befreien«, erklärte Herr Ramiç und trank einen Schluck. »Aber die Zeit ist noch nicht da.«

Widerwillig nickte Alex. Außer ihm und Lucia wusste keiner am Tisch, wie es dort unten war. Sie taten sich leicht, das Ganze einfach auf die lange Bank zu schieben. Aber er wusste, dass Herr Ramiç recht hatte, und erzählte weiter von ihrer Rettung durch Janine, ihrem Weg nach oben und zuletzt der Flucht zurück in die normale Welt.

Als Sonja sich an Janine wandte und sie nach ihren Erlebnissen in der Dunklen Feste fragte, fiel allen auf, dass die Wächterin ihre Flucht in recht dürren Worten darstellte, während die beiden jungen Leute zuletzt fast schon ausschweifend davon erzählt hatten. Zugleich aber getraute sich keiner so recht, auf genauere Auskünfte zu drängen. Es war nicht zu überhören, dass Janine keine Lust auf eine längere Schilderung hatte.

Nur Simon blieb davon unbeeindruckt. »Was ist mit deiner Hand?«, fragte er. »Hat sich das ein Arzt angesehen?«

Die Wächterin nickte. »Es sieht nicht so aus, als ob es wieder würde.«

»Soll ich es mal versuchen?«, bot Sonja sofort an.

»Konzentrieren wir uns doch erst einmal auf die wichtigeren Dinge«, entgegnete Janine achselzuckend.

Sonja nickte verwundert. »In Ordnung. Wie du willst.«

Nachdem die Teilnehmer der Rettungsmission mit ihrem Bericht geendet hatten, erfuhren sie von den Geschehnissen in der Goldenen Stadt während ihrer Abwesenheit. Auch Ethan berichtete knapp, wie er hierher gekommen war. Sonja fiel auf, dass er kaum etwas von seinen ganzen Kämpfen erwähnte. Stattdessen erklärte er zerknirscht, dass er schuld an dem Angriff gewesen war, indem er den Weltenriss offen gehalten hatte.

»Du konntest es nicht ahnen«, meinte Alex verständnisvoll. »Ist mir genauso gegangen. Ich habe damals auch Hilfe gebraucht, um den Riss zu schließen.«

Herr Ramiç wiegte den Kopf. »Nur gut, dass Albarath rechtzeitig hier war.« Die braunen Knopfaugen des alten Bosniers musterten den jüngeren Weltenfürsten durchdringend.

»Wollt Ihr mir etwas damit sagen, Bruder?«, fragte der und runzelte die Stirn.

»Nein, nein. Ich habe nur laut gedacht.« Herr Ramiç winkte ab und lächelte entschuldigend. »Aber erzählt – wie ging es weiter?«

Gemeinsam durchlebten sie noch einmal den Kampf mit den Seemonstern und das Eingreifen von Albaraths Flotte. Als Sonja schließlich von ihrer Reise in den Tempel des Himmels erzählte, herrschte fassungsloses Schweigen.

»Und du bist dir sicher, dass es die … vier Erzengel waren?«, fragte Alex schließlich ungläubig nach.

Sonja lachte hilflos. »Keine Ahnung. Pater Matthews sagt das jedenfalls. Mehr weiß ich auch nicht. Aber die Typen waren schon ziemlich beeindruckend.«

Pater Matthews räusperte sich. »In keinem Fall wird es schaden, etwas respektvoller über die vier zu sprechen«, mahnte er freundlich. »Immerhin dürfen wir wohl davon ausgehen, dass sie uns beobachten. Denkt an die Bilder, die sie Euch gezeigt haben. Außerdem haben sie Euch zu uns zurückgeschickt und uns ein paar wertvolle Hinweise gegeben, wie wir diesen Krieg gewinnen können.«

Alex und Sonja wechselten einen kurzen Blick. Sie hatten beide vor längerer Zeit schon einmal eine Unterhaltung darüber geführt, dass der Priester immer strenger wurde, was das Sprechen über religiöse Dinge anging. Allerdings schien er in diesem Fall durchaus recht zu haben: Die vier schienen wirklich zu verfolgen, was in den verschiedenen Welten vor sich ging.

Die Vorstellung war nicht nur beruhigend.

»Nach Sonjas Erlebnissen mit den vier Alten zu urteilen«, bemerkte Albarath, »scheinen sie nicht unbedingt allzu versessen auf übertriebene Ehrfurcht zu sein. In jedem Fall schulden wir ihnen Dank. Ohne sie hätten wir nicht einmal eine Idee, was für uns zu tun ist.«

Alex sah den Weltenfürsten an. Sein anfängliches Urteil über den Mann mit den orientalischen Kleidern und dem affigen Bart hatte er mittlerweile wieder zurückgezogen. Wäre er nicht gewesen, wäre die Goldene Stadt vermutlich mittlerweile vernichtet worden, seine Schwester tot und er selbst bei den Monstern. Außerdem war der buschige Schnauzer von Herrn Ramiç kaum besser; höchstens etwas weniger gepflegt.

»Und was haben wir nun zu tun?«, fragte Alex.

Albarath sah ihn mit blitzenden Augen an. »Wir werden ein Familientreffen organisieren.« Er grinste fröhlich, als Alex und Herr Ramiç einen verständnislosen Blick tauschten. Dann erklärte er den Plan.

Der Nachmittag verging und das helle Grau der Schneewolken am Himmel wandelte sich allmählich zu einem düsteren Bleiton, während sie zusammensaßen und sich berieten. Schließlich nickte Herr Ramiç.

»Ihr könntet recht haben«, sagte er langsam und rieb sich das Gesicht. »Vielleicht ist tatsächlich dies die Antwort auf unsere Frage, wie wir das Verbrechen Konstantins rückgängig machen können.«

Leutnant Nürli, der die letzten Stunden überhaupt nichts gesagt, sondern nur zugehört hatte, schüttelte den Kopf. »Aber ich verstehe immer noch nicht, wieso ihr die anderen Weltenfürsten hierher holen wollt. Und was hat das alles mit dem Nexus zu tun?«

Der alte Bosnier nickte schwerfällig. »Die Frage stellen wir uns alle. Der Letzte, der darauf vermutlich eine Antwort hatte, war Konstantin. Nach dem Drachen war er der Letzte von den Alten, der noch auf Erden wandelte. Alle anderen sind gestorben – oder sitzen jetzt im Tempel des Himmels.«
»Wir sind nur die Nachkommen«, pflichtete Albarath ihm missmutig bei. »Das Wissen um unsere eigene Geschichte ist verloren gegangen. Alles, was uns bleibt, sind Vermutungen.«
»Und die Hinweise der vier Erzengel«, erinnerte Herr Ramiç ihn. »Was mehr ist, als ich noch vor kurzem zu hoffen gewagt hätte.«
»Aber warum wollt ihr die anderen hierher holen?«, wiederholte der Gardist geduldig seine Frage.
Auf einen Wink von Herrn Ramiç erklärte Albarath das Ganze noch einmal. »Der Nexus ist die Quelle, aus der wir alle unsere Kräfte beziehen. Egal, wie weit wir von ihr entfernt sind …«
»In einer anderen Welt zum Beispiel«, warf Herr Ramiç ein.
»… zum Beispiel«, nickte Albarath. »Es wird immer eine Verbindung bleiben. Und diese Verbindung erzeugt automatisch die Risse.«
Lucia starrte die Männer an. »Soll das heißen, dass wir selber diese Biester in unsere Welt lassen?«, stieß sie entsetzt hervor.
Herr Ramiç sah sie mit seinen sanften braunen Augen an und nickte. »Es sieht ganz so aus, Mädchen.«
In dem Schweigen, das diesen Worten folgte, ertönte ein heiseres Lachen. »Vielleicht sollten wir das mal den Leuten sagen, die sich die ganze Zeit vor euch verbeugen, weil sie euch für einen Segen halten«, schlug Janine vor und ihre grünen Augen blitzten spöttisch.
»Das würde nichts helfen«, erwiderte Herr Ramiç scharf. »Vergessen Sie nicht, dass wir von Anfang an dagegen gekämpft haben, dass es zu diesem Zustand kommt. Wir tragen keine Schuld hieran, und wir tun alles, um es besser zu machen.«
»Stimmt«, nickte sie mit unterdrücktem Grinsen und strich sich das weißblonde Haar aus dem Gesicht. »Also weiter.«

Alex versuchte, die Peinlichkeit zu überspielen, die seine Wächterin verursacht hatte. »Aber es wird doch eine halbe Ewigkeit dauern, bis wir alle anderen Weltenfürsten verständigt haben, oder?«

»Es wird einige Zeit in Anspruch nehmen«, pflichtete Albarath ihm zögerlich bei. »Euch konnten wir recht bald auffinden. Eure Schwester hat meiner *Serhait* einfach ein Bild von Euch mitgegeben. Aber wir müssen nun Menschen finden, die wir gar nicht kennen. Uns bleibt nichts anderes übrig, als gewissermaßen in die Tiefen des Nexus hineinzurufen und auf Antworten zu hoffen.«

»Der Herr wird uns helfen, davon bin ich überzeugt«, meldete sich Pater Matthews lächelnd. »Er hat uns bis hierher geführt; denkt an Sonjas Erlebnis mit den vier Erzengeln. Warum sollte er uns jetzt im Stich ...«

»Matt?«, unterbrach Herr Ramiç ihn sanft.

»Ja?«

»Du bist genial.«

»Danke, Amar.« Ein leises Lächeln zog über das ausgezehrte Gesicht des Priesters. »Ich werde nicht so unverschämt sein, einem mächtigen Weltenfürsten zu widersprechen. Aber was genau habe ich getan?«

»Mich an etwas erinnert.« Der alte Herr grinste in die Runde. »Albarath, ich will keine religiöse Diskussion vom Zaun brechen, aber verflucht! – da ist jemand auf unserer Seite!«

»Bei Jaris! Jetzt sagt es schon, Amar!«, drängte der jüngere Weltenfürst.

Herr Ramiç trank noch rasch einen Schluck Wein und stellte den Silberbecher sorgsam auf dem Tisch ab. »Erinnert Euch an das, was Sonja von den Bildern gesagt hat, die ihr die Alten im Tempel des Himmels gezeigt haben? Sie hat Alexander und Janine gesehen – in einer Schlacht, die zu dem Zeitpunkt noch gar nicht stattfand.«

»Und?«

»Die Alten haben sie noch hunderte anderer Bilder sehen lassen – alle von Schlachten, die zwischen den Welten des Lichts und Armeen der Schatten stattfanden!«

Ein paar Sekunden hing Schweigen über der Runde.
»Das kann nicht wahr sein!«, hauchte Albarath zuletzt.
»Ich versteh's nicht«, sagte Sonja ungeduldig. Es ärgerte sie, dass sie etwas wusste, ohne es selbst zu begreifen.
Albarath starrte sie an. In seinem gebräunten Gesicht stand tatsächlich so etwas wie ungläubige Furcht. »Dieses Gewitter von Bildern ... Die Alten wollten Euch nicht einfach nur beweisen, dass sämtliche Welten in Flammen stehen – sie haben Euch auf einen Schlag *alle* anderen Weltenfürsten gezeigt!«
Plötzlich verstand Sonja. Normalerweise wäre es ein Ding der Unmöglichkeit gewesen, sämtliche anderen Weltenfürsten ausfindig zu machen. Doch der Nexus konnte einen zu jedem Menschen in jeder Welt führen – sofern man ihn schon einmal gesehen hatte. Mit ihren Bildern all dieser Schlachten hatten die Erzengel Sonja ein Telefonbuch der Weltenfürsten in die Hand gedrückt. Jetzt mussten sie nur noch der Reihe nach alle anrufen und in die Goldene Stadt holen.

Eine Weile wurde noch über die anstehenden Unternehmungen gesprochen, bis es bereits draußen dunkel geworden und Zeit zum Abendessen war. Doch Hunger hatte niemand mehr, und so verabredete man, sich später in der Halle der Weltenachse zu treffen, um mit den Vorbereitungen zu beginnen.
Leutnant Nürli und Pater Matthews mussten sich wieder ihren Aufgaben in der Stadt widmen, während alle anderen sich noch einmal gründlich ausruhen wollten.
Lucia sah sich etwas unschlüssig um. »Ich würde mir gerne noch die Stadt ansehen«, sagte sie zu Alex. »Aber du musst dich wirklich ausruhen.« Ihr Blick fiel auf Ethan. »Vielleicht könntest du mich ja herumführen?«
Der dicke Junge musterte sie einen winzigen Augenblick lang mit einem schwer zu deutenden Blick, bevor er ein Lächeln aufsetzte. »Von mir aus gerne«, entgegnete er. »Aber vielleicht will Alexander noch etwas mit dir besprechen?«

Alex winkte gleichgültig ab. »Nein, nichts Wichtiges. Von mir aus könnt ihr gerne spazieren gehen.«
»Toll! Danke!«, rief Ethan so freudig, dass Alex ein Lächeln unterdrücken musste. Er war sich ziemlich sicher, dass dieser Knabe noch nie mehr als eine Minute am Stück mit einem so wunderschönen Mädchen wie Lucia verbracht hatte.

❖ ❖ ❖

Idiotisch grinsend verabschiedete sich Ethan von dem blonden Wunderknaben. Vermutlich bildete dieser alberne Trottel sich auch noch ein, Ethan hätte sein herablassendes Lächeln nicht bemerkt, mit dem er ihm seine Model-Freundin auslieh. Dieser Clown war sich ja so unglaublich sicher, dass er von Ethan nichts zu befürchten hatte!
Im Augenblick hatte er damit natürlich auch noch recht, wie Ethan sich ungern eingestand. Ihm war nicht entgangen, dass Lucia während der Besprechung mehrfach zu ihm herübergeblickt hatte; und man musste kein Genie sein, um sich auszumalen, was so ein wunderschönes Mädchen sich bei seinem Anblick gedacht hatte. Aber eines Tages würde sich alles ändern. Eines Tages würde Ethan ein angemessenes Leben führen, umgeben von Mädchen, die sich nicht insgeheim vor ihm ekelten. Und wenn er bis dahin diese schwarzhaarige, langbeinige Tussi Gassi führen musste, dann würde er genau das tun.
»Also?«, sagte er, als sie vor der Tür standen, und lächelte Lucia einfältig an. »Was willst du denn sehen?«
Sie erwiderte nichts, sondern blickte ihn nur an. In ihren goldbraunen Augen stand eine merkwürdige Mischung aus Spott und Schmerz, die bewirkte, dass Ethan sich innerhalb weniger Sekunden unwohl in seiner Haut fühlte.
»Bitte nicht«, sagte sie schließlich leise. »Bitte geh nicht so mit mir um. Du bist einer der wenigen normalen Menschen hier, das ist dir doch klar?«

Vor Verblüffung sackte Ethans Kinnlade nach unten. »Na ja«, brachte er dann hervor, »ja klar, also, irgendwie schon – doch!« Sein Gestotter ließ sie kichern, aber auf eine Art, die ihm zeigte, dass es nicht böse gemeint war. Stattdessen musste er selbst auch lachen.
»Gut«, schloss sie. »Dann musst du mir jetzt und hier versprechen, dass du normal mit mir umgehst. Mache ich auch, okay?«
»Versprochen«, hörte Ethan sich sagen, bevor er es gedacht hatte. Ihm schwante, dass er sich gerade ziemlich geirrt hatte. Sein Leben würde sich tatsächlich ändern – aber nicht erst eines Tages. Sondern an diesem Abend.

❖ ❖ ❖

»Alex?«, fragte Herr Ramiç, sobald Lucia und Ethan das Zimmer verlassen hatten. »Hättet Ihr kurz Zeit?«
Ohne zu sagen, was er eigentlich wollte, führte der alte Herr Alex über einige Treppen nach unten. Dort passierten sie die Große Halle, in der bereits fieberhaft an der Wiederherstellung der Tore gearbeitet wurde. Von dort ging es hinunter in die Untergeschosse der Goldenen Stadt, die sich hier unterhalb des Meeresspiegels befanden. Die Wände bestanden aus demselben weißen Material wie der Rest der Stadt und die üblichen Leuchtkristalle erzeugten Licht.
In diesen Ebenen waren vor allem Vorräte und Werkstätten untergebracht. Die Gänge waren voll von Männern und Frauen in Arbeitskleidern, die geschäftig hin- und herliefen, schwere Bündel auf den Schultern oder Werkzeuge in den Händen. Für die beiden Besucher hatten sie nur eine flüchtige Verbeugung übrig. Es war klar, dass die Leute hier etwas Wichtigeres zu tun hatten.
Alex stieg der beißende Geruch von glühendem Eisen in die Nase. Die Erbauer der Goldenen Stadt hatten hier verschiedene Schmieden installiert, deren Glutbecken ein seltsam durchschimmerndes, vor allem aber nicht endendes, rauchloses Feuer produ-

zierten. Anscheinend war hier ein anderer Glutbringer am Werk gewesen, kam es Alex in den Sinn. Er musste bei Gelegenheit diesen Ethan bitten, sich das einmal anzusehen. Vielleicht konnte der etwas zu der Funktionsweise dieser erstaunlichen Einrichtungen sagen.

Sie arbeiteten sich noch zwei Stockwerke weiter nach unten vor, wo sich zuletzt nur noch gewaltige Hallen erstreckten, in denen auf riesigen Stellagen alles Mögliche gelagert wurde, zum Teil in Kisten verpackt, zum Teil nur notdürftig in Decken oder Plastikplanen gewickelt. Hier roch es nach Staub und Alter, nicht unangenehm, aber unbelebt. Die Menschen, die diese ganzen Schätze verwalteten, erstarrten geradezu, sobald sie den Fürsten und Herrn Ramiç erblickten; weniger aus Ehrfurcht, als vielmehr vor Überraschung.

Herr Ramiç führte Alex zu einer weiteren Treppe nach unten, und spätestens jetzt war klar, wohin der alte Bosnier wollte.

»Habt Ihr etwas Neues herausgefunden?«, fragte Alex, während sie die schmale Wendeltreppe hinunterstiegen.

»Nein.« Der Weltenfürst blieb stehen, um Atem zu schöpfen, und grinste. »Ich kann es nur nicht lassen.«

Sein Grinsen wirkte ansteckend auf Alex. Tatsächlich hatte Herr Ramiç in den letzten Monaten, die sie nun hier in der Goldenen Stadt lebten, immer wieder versucht, mit Alex' Hilfe dem Geheimnis des Drachenauges auf die Spur zu kommen. Der *focus*, wegen dem der wahnsinnige Weltenfürst Konstantin Alex damals fast umgebracht hätte, war bei diesem Kampf einmal kurz zum Leben erwacht. Doch damit hatte es sich gehabt; seitdem war das Ding so wirkungsvoll wie ein Stück Holz.

Die Treppe mündete in eine langgezogene, schmale Halle, an deren Ende vier Gardisten standen. Obwohl sie sich unterhielten, ließen sie den Hallenzugang nicht aus den Augen. In die Wand hinter ihnen war eine breite Tür mit abgerundeten Ecken eingelassen, die aus Spiegelglas zu bestehen schien.

Die Gardisten nahmen Haltung an, als sie die zwei Besucher bemerkten. Alex nickte den Leuten freundlich zu. Sobald sie in der Halle waren, wandte er sich um und begrüßte im Vorbeigehen auch die beiden anderen Männer, die in den Winkeln zu beiden Seiten des Eingangs lauerten; jeder mit einer gespannten Armbrust in den Händen.

Die Männer taten Alex zutiefst leid. Dies hier war mit Sicherheit die langweiligste Aufgabe der gesamten Stadt. Aber Herr Ramiç war der Meinung, dass sie in dieser Sache nicht genug aufpassen konnten, und Leutnant Nürli wiederum hatte ganz bestimmte Vorstellungen, was das Bewachen von wichtigen Dingen anging. Zumindest wurden die Leute alle zwei Tage ausgewechselt.

»Wir müssen mal wieder rein«, erklärte Alex den Männern überflüssigerweise. Er wollte einfach irgendetwas sagen. »Alles ruhig?«

Die Männer nickten. »Na ja, wie immer eben«, erwiderte einer, aber sein breites Grinsen stellte klar, dass es keine Beschwerde war.

»Freut euch«, tröstete Herr Ramiç sie. »Die Arbeiter im Hafen draußen würden jederzeit mit euch tauschen.«

»Und wir sollen auf die Bombenstimmung hier verzichten?«, witzelte einer der Männer. »Das hätten die wohl gerne!«

Während sich Herr Ramiç mit den Männern unterhielt, stellte sich Alex direkt vor die spiegelnde Tür und legte beide Handflächen dagegen. Erst wenn man die Oberfläche berührte, konnte man spüren, dass es sich nicht um Glas, sondern um makellos geschliffenes und poliertes Metall handelte. Er lehnte sich so dagegen, dass auch noch seine Stirn den Stahl berührte. Dann weckte er vorsichtig den Dunklen Strom in seiner Seele.

Er musste nicht viel tun. Die Türe erwachte zum Leben, auch wenn Alex der Einzige war, der das spüren konnte. Es war immer ein Gefühl, als ob ihn ein Baby ansah – jemand, der nicht genau wusste, was um ihn herum geschah, der aber durchaus bekannt von unbekannt unterscheiden konnte. Nur dass Alex es nicht erleben wollte, was geschah, wenn diese Türe zu schreien anfing. Es war ihm immer noch ein Rätsel, wie seine Vorfahren es geschafft hatten, der Türe diese seltsame Seele einzuhauchen. Doch immerhin gehorchte sie den Herrschern der Goldenen Stadt, und das waren eben im Augenblick Sonja und er selbst.

Ich bin's, dachte er und versuchte, der Tür ein beruhigendes Gefühl zu übermitteln. Einen Augenblick später öffnete sich mitten in der makellosen Platte ein senkrechter Spalt und die Türflügel schwangen nach innen auf. Wie immer staunte Alex über den Anblick der fast einen halben Meter dicken Stahlplatten. Was auch geschehen mochte, dieser Raum war sicher.

Herr Ramiç folgte ihm in die kleine Kammer, in deren Mitte ein schlichter Tisch stand. Darauf lag das Drachenauge – der *focus* seines Vaters.

Es war eine Stange aus einem mattweißen Material, das ein wenig an Elfenbein erinnerte. Bedeckt war sie mit einem sehr feinen Schuppenmuster, das sich von einem Ende bis zum anderen hinzog, wo der Stab in einen Drachenkopf aus demselben Material mündete. Im Inneren des Kopfes saß ein faustgroßer Bernstein, der die Augen des Drachen bildete.

Bei dem Anblick überkam Alex stets ein Gefühl großer Vertrautheit, obwohl er das Ding erst ein paarmal angefasst hatte. Zögerlich trat er an den Tisch. Trotz allem war er jedes Mal ein wenig nervös – immerhin würde der Stab jeden anderen umbringen, der ihn auch nur in die Hand nahm.

»Wartet!«, sagte Herr Ramiç, als er danach greifen wollte. »Ich habe da eine Idee.«

Erwartungsvoll sah Alex ihn an.

»Wenn es Euch recht ist, würde ich gerne eine Geistesbrücke mit Euch eingehen, bevor Ihr den *focus* berührt.«

Alex zuckte die Schultern. Eine Minute später hatten sie ihre Seelen miteinander verbunden und Alex nahm den Stab auf. Er fühlte sich an wie immer: trocken, hart, weder kalt noch warm. Es war für Alex zu spüren, dass Herr Ramiç sich bemühte, gewissermaßen durch ihn den Stab zu berühren, und er half ihm, so gut er konnte.

Doch einige Minuten später zog sich der alte Herr aus Alex' Geist zurück. »Es hat keinen Sinn«, seufzte er. »Vielleicht sollten wir die armen Kerle dort draußen erlösen und ihnen den nächsten Tag freigeben. Dieser Stab hat nichts mehr in sich außer dem Schutzzauber. Wer ihn anfasst, ist selbst schuld. Etwas damit erreichen dürfte er in keinem Fall.«

»Ja, schade«, kommentierte Alex ohne besondere Regung. Er hatte nichts anderes erwartet.

Herr Ramiç warf dem Stab einen letzten Blick zu, dann ging er hinaus. »Wir können uns noch ein wenig entspannen«, erklärte er und verzog dann das Gesicht. »Verflucht! Der ganze Weg umsonst! Und jetzt dürfen wir wieder bis ganz nach oben klettern. Ich muss verrückt gewesen sein!«

Über den hilflosen Ärger des alten Herrn musste Alex grinsen. Aber ob er nun darauf gefasst gewesen war oder nicht – ihn selbst enttäuschte das Ergebnis auch. Denn trotz allem war da noch tief in ihm das Gefühl, dass die Kraft des Stabes nicht verloren, sondern nur zu gut verborgen war, und das war fast noch schlimmer als die Überzeugung, dass man sich keine Hoffnungen zu machen brauchte.

27

Ethans und Lucias Weg führte sie hinunter zu den Hafenanlagen. Hier waren die Schäden durch den Angriff besonders schwer gewesen. Jenseits der Molen, die den Hafen wie schützende Arme umfassten, ragten die Masten von versenkten Schiffen aus dem Meer oder dümpelten Wracks in der Dünung. Ihre dunklen Rümpfe lagen wie verendete Wale im Wasser.

Im Hafenbecken selbst sah es nicht besser aus. Die Aufbauten und Takelagen der Galeeren, Fischerboote und Frachtkähne, die hier an den Piers lagen, waren zu einem großen Teil zerstört. Auf dem Kai stapelten sich Schutthaufen, Ersatzteile, Tauwerk, Netze und alles mögliche Werkzeug zu einem wahren Labyrinth. Hunderte von Arbeitern, Handwerkern und Seeleuten waren im Schein von Fackeln und Laternen mit Aufräumarbeiten und Reparaturen beschäftigt. Überall ertönten laute Rufe, wenn die Leute sich durch das beständige Donnern von Hämmern, Kreischen von Sägen und Rumpeln von schwerem Gerät hinweg verständigen mussten.

Zu groß war die allgemeine Betriebsamkeit, als dass Ethan und Lucia aufgefallen wären. Einige Schritt hinter ihnen folgte Fabio wie ein bedrohlicher Schatten und ließ seine Blicke aufmerksam über die Umgebung gleiten. Stumm führte Ethan das wunderschöne Mädchen über die Piers. Obwohl Lucia klargestellt hatte, dass sie im selben Boot saßen, wusste er nicht, was er sagen sollte. Es war wesentlich einfacher gewesen, den Idioten zu spielen.

»Ethan!«, rief jemand, der gerade eine Kiste durch die Gegend schleppte. Der Mann machte eine ungelenke Verbeugung über seine Liste hinweg. »Wie schön, dich zu sehen.«

»Hallo«, gab Ethan zurück. Er kannte das Gesicht des Mannes

flüchtig; es war irgendeiner von denen, die erst kürzlich zu seinen Leuten gestoßen waren. »Alles in Ordnung?«

»Wir leben«, war die knappe Antwort. »Wegen dir.«

»Unsinn.« Ethan nickte dem Mann wohlwollend zu. »Wir haben uns alle angestrengt.«

Der Mann lachte bitter. »Allerdings. Der Kampf gegen diese Biester war schlimmer als alles, was ich je zuvor erlebt hab.« Er sah sich um, als ob er sichergehen wollte, dass niemand ihnen zuhörte. »Ich habe mit den Leuten gesprochen. Die Monster, die hier auftauchten, sind hundertmal schlimmer als die, mit denen wir es zuvor zu tun hatten.«

»Es war ziemlich knapp«, räumte Ethan vorsichtig ein. Wollte der Mann ihm vorwerfen, dass sie hierher gekommen waren?

»Und ohne dich wären wir verloren gewesen; sogar mit diesem komischen Volk aus dem Süden und ihren Museums-Schiffchen hier. Du warst anscheinend der Einzige, der wirklich etwas tun konnte. Zumindest sagt man das.«

Erst jetzt begriff Ethan, dass die Sache nicht gegen ihn ging. »Wir haben alle unser Bestes gegeben«, erinnerte er den Mann und musste sich mit aller Macht daran hindern, Lucia einen stolzen Seitenblick zuzuwerfen. »Na dann – ich glaube, ihr braucht heute noch ein bisschen, was?«

»Oh ja. Also dann, eine gute Nacht. Der Herr segne dich, Ethan.« Damit stapfte er davon.

»Dich auch«, murmelte Ethan, etwas verblüfft von den letzten Worten.

Lucia sah dem Mann nach, wie er mit seiner Last davonstolperte. »Dem bist du sehr wichtig«, sagte sie ernst.

»Hm«, machte Ethan. Er fürchtete, dass alles, was er jetzt sagte, irgendwie unbescheiden klingen könnte.

»Wieso hast du deine Leute hierher geführt?«

Die Frage verblüffte ihn. »Was meinst du damit?«

»Ich meine: Was willst du hier?«

»Wir sind hier in Sicherheit«, erklärte er und begriff im gleichen

Moment, wie absurd sich das in dieser Umgebung anhörte. »Einigermaßen zumindest.«
»Na klar«, lachte sie mit heller Stimme, als hätte er einen Witz gemacht. Dann wurde sie wieder ernst. »Nein – ehrlich. Warum bist du hier?«
Einen Moment lang dachte Ethan nach, was er darauf sagen sollte. Die Wahrheit wäre gewesen, dass er keine Ahnung gehabt hatte, was er sonst tun sollte. Sie hatten gedacht, hier in Sicherheit zu sein. Mittlerweile war klar, dass das gar nicht stimmte. Dann allerdings blieb die Frage, warum sie nicht fortgingen. Ethan ahnte, was die Antwort gewesen wäre: Er hatte keine bessere Idee.
»Die Menschen müssen doch zusammenhalten, oder?«, gab er zurück und hörte sich unsicherer an, als ihm lieb war.
»Natürlich.« Lucias goldene Augen strahlten ihn warm an. Mit einem Mal stand sie sehr nahe vor ihm, sodass er in der Nachtluft ihren warmen Atem auf seinem Gesicht spürte. »Du bist ein netter Kerl, Ethan.«
»Was meinst du?«, flüsterte er.
Sie zuckte die Schultern und drehte sich weg. »Wahrscheinlich hast du recht. Vielleicht müssen wir einfach zusammenhalten.«
»Wieso ...« In Ethans Kopf drehte sich alles. Er hatte keine Ahnung, worauf sie hinauswollte, aber er war in diesem Augenblick absolut sicher, dass es stimmte.
»Na ja. Irgendwie kommt es mir komisch vor, dass wir zusammenhalten, und gleichzeitig müssen sich alle vor Alex und Sonja verbeugen. Aber das geht wohl nur mir so.«
Geradezu erschrocken starrte er sie an. Was sie da sagte, hatte er sich nicht einmal zu denken getraut. Plötzlich schämte er sich dafür. »Sie haben nun mal diese Kräfte«, wandte er lahm ein.
»Sicher. Klar. Ich mag Alex ja auch, also jedenfalls ... Er hat mich gerettet. Er ist in Ordnung. Tut mir leid; ich bin manchmal komisch.« Sie schüttelte sich, dass ihre schwarzen Haare zitterten. »Brr, ist das kalt. Gehen wir wieder rein? Ich glaube, wir treffen uns sowieso gleich.«

Schweigend gingen sie zurück zum Haupteingang, wo eine ganze Armee von Handwerkern und Arbeitern damit beschäftigt war, neue, noch gewaltigere Tore zu bauen. Ketten rasselten in Flaschenzügen, als eine riesenhafte Bohle von der Dicke eines Mannes senkrecht aufgerichtet wurde.
Nachdenklich betrachtete Ethan das dunkle Holz und die enormen Eisenbeschläge, die am Boden darauf warteten, mit armlangen Nägeln befestigt zu werden. Das letzte Tor hatte die Schatten nicht aufhalten können. Er bezweifelte, dass es dieses hier schaffen würde. Überhaupt hatte sich diese ganze Burg wesentlich verletzlicher gezeigt, als man es vom Anblick her annahm. Sein Blick glitt an der weißen Fassade über dem Tor empor.
In einem Fenster weit über ihnen schimmerten zwei grünliche Punkte und verschwanden dann so schnell, dass Ethan keinen zweiten Blick darauf werfen konnte. Stirnrunzelnd starrte er empor und dachte nach, was es gewesen sein könnte. Erst ein paar Sekunden später begriff er: Es musste eine der zahlreichen Katzen gewesen sein, die mit den Flüchtlingen hier eingezogen waren. Lächelnd ging er weiter.

❖ ❖ ❖

Zur vereinbarten Zeit trafen sich alle vor dem Saal mit der Weltenachse wieder. Auf Herrn Ramiçs Anraten hin hatten die Wächter sich bewaffnet und Rüstungen angelegt. Mit all dem Metall am Leib wirkten sie wie ein Haufen bedrohlicher Maschinen. Simon und Janine trugen ihre Schwerter. Julien hatte seine beiden Krummdolche im Gürtel, während Fabio seine Axt in den Händen hielt. Am beeindruckendsten war Albaraths Wächter Kordan mit seiner mannshohen silbernen Stange, die an beiden Enden je eine blitzende Klinge trug.
Die Gardisten, die an der runden Silbertür des Saales Wache standen, mussten sich merkbar zusammenreißen, um die Wächter nicht offen anzustarren, als sie an ihnen vorübermarschierten.

Von den Menschenmassen, die am Vortag noch die Halle bevölkert hatten, war mittlerweile keine Spur mehr zu sehen. Selbst den Boden hatte man von Blut und Dreck gereinigt, wie Alex beiläufig bemerkte. In der Stille zogen die Lichter im Boden ihre Kreise, strahlte die Lichtkuppel der Weltenachse.

Harr Ramiç führte sie zu einer der Galerien, die sich an den Seitenwänden des Raumes entlangzogen. »Was wir vorhaben, dürfte enorm kräftezehrend werden«, erklärte er, als sich alle niedergelassen hatten. »Wir werden zuerst die Bilder aus Sonjas Erinnerungen teilen, damit wir alle wissen, wohin wir den Nexus ausrichten wollen – nur für den Fall, dass etwas schiefgeht.«

»Was könnte schiefgehen?«, fragte Janine ruhig und steckte sich eine neue Zigarette an der alten an. Die Kippe warf sie zu Boden und zertrat sie mit dem Stiefelabsatz. Voller Widerwillen betrachtete Alex den Stummel am Boden.

»Einer von uns wird die Führung übernehmen müssen. Wenn er etwa ohnmächtig werden sollte, sind die anderen hoffentlich in der Lage, das Ganze fortzuführen.«

»Aber ich weiß gar nicht, wie man dieses Ding bedient«, meldete sich Lucia schüchtern zu Wort und sah skeptisch zum Nexus hinüber.

Der alte Weltenfürst nickte. »Du bist auch nur hier, um uns notfalls zu unterstützen. Und keine Sorge: Wenn alles so verläuft, wie wir es uns vorstellen, sollten bald genug von unseren Brüdern und Schwestern hier versammelt sein, um die Arbeit fortzusetzen.«

Schließlich waren alle Fragen so weit geklärt, dass sie sich dem ersten Teil ihres Vorhabens widmen konnten. Herr Ramiç, Ethan, Alex, Albarath und Lucia setzten sich so hin, dass sie allesamt eine Hand auf Sonjas Schultern oder Arm legen konnten.

»Was muss ich tun?«, fragte Lucia beunruhigt. »Kann ich dabei etwas falsch machen?«

»Im Grunde nichts«, sagte Herr Ramiç freundlich. »Vielleicht ist es aber das Beste, wenn du nur mit Alex eine Verbindung eingehst. Ihn kennst du ja gewissermaßen schon.«

Sie nickte stumm, sichtlich mit ihren Sorgen ringend. Alex lächelte sie aufmunternd an und tätschelte ihre Schulter. Niemandem fiel der Blick auf, mit dem Ethan diese Berührung verfolgte.

Dann schlossen alle ihre Augen und entfesselten den Dunklen Strom in ihren Seelen. Sonja spürte die vier anderen direkt bei sich, fühlte ihre seelische Berührung. Ohne große Mühe ließ sie die Bilder aus dem Tempel des Himmels erneut aufleben und sandte sie den anderen. Dabei liefen sie auch in ihr selbst noch einmal ab, als würde sie einen Film ansehen. Verblüfft stellte sie fest, dass Herr Ramiç recht hatte: In jedem einzelnen Bild, in jedem kurzen Blick auf hunderte von Kämpfen gab es jemanden, der im Zentrum stand. Bei der ersten Betrachtung war Sonja das nicht aufgefallen; zu sehr hatten sie die grauenvollen Geschehnisse ringsum abgelenkt.

Doch nun, da sie wusste, worauf man achten musste, war es so einfach, dass sie immer wieder zweifelte, ob es sich tatsächlich noch um dieselben Bilder handelte. Es war, als entdeckte man durch Zufall ein Detail in einem Bild, das man bereits seit Jahren kannte, und daher gar nicht mehr genau hingesehen hatte. Die Erzengel hatten ihr wirklich sämtliche Weltenfürsten gezeigt.

Für jeden Außenstehenden dauerte die Verbindung nur einige Sekunden, dann kamen die vier blinzelnd zu sich. Außer ihnen war es für niemanden ersichtlich, dass in dieser kurzen Zeit eine gewaltige Menge an Erinnerungen von Sonja in die Seelen der anderen geflossen war: eine schier unendliche Flut von Bildern des Kampfes und Todes, übermittelt binnen eines Gedankens.

»Das war furchtbar«, flüsterte Lucia. »Um Himmels willen!«

Herr Ramiç räusperte sich. »Beeindruckend«, fasste er das Ganze beherrscht zusammen, doch das dunkle Glühen in seinen Augen strafte seine äußere Gelassenheit Lügen. »Jetzt können wir uns auf die Suche machen.«

Sie erhoben sich, doch Alex blieb sitzen.

»Was ist?«, fragte Janine.

Der Junge sah mit gerunzelter Stirn auf. »Was ist mit Belmar?«
Janine schüttelte den Kopf. Sie hatte keine Ahnung, wie Alex ausgerechnet jetzt auf den Weltenfürsten kam, in dessen Welt sie einige Monate zuvor vom Nexus geschleudert worden waren. »Was soll mit ihm sein?«
»Er war nicht dabei«, erklärte Alex und in seiner Stimme lag ein Anflug von Furcht. »Warum war er nicht bei den Bildern dabei? Ich habe ihn nicht gesehen.«
»Du hast recht«, sagte Sonja und legte die Hand an die Stirn, als sie noch einmal alle Erinnerungen durchging. Aber tatsächlich: Belmar war nicht zu sehen.
Herr Ramiç räusperte sich. »Offenbar gab es in allen Welten Kämpfe, so wie hier auch. Furchtbare Kämpfe. Es kann sein, dass Belmar das nicht überlebt hat.«
Langsam sah Alex zu ihm auf. »Ihr habt das schon vermutet?«, fragte er ruhig.
»Ja«, gab der alte Herr zu. »Es tut mir leid.«
Wortlos stand Alex auf. Er wusste nicht, was er im Augenblick denken sollte. Aber es war klar, dass er für Belmar nichts mehr tun konnte – für andere vielleicht schon.
»Legen wir los«, sagte er mit belegter Stimme.
Als Erste näherten sich Herr Ramiç mit Alex und Lucia dem Nexus, gefolgt von Julien und Janine. Die anderen hielten sich außer Reichweite. Sie hatten besprochen, in zwei Gruppen vorzugehen, sodass immer nur eine Hälfte von ihnen arbeitete und die anderen währenddessen ihre Kräfte schonen konnten. Die Wächter standen bereit, um notfalls einzugreifen, wenn sie am anderen Ende der Weltenverbindung angegriffen werden sollten.
Der alte Bosnier hatte seinen *focus* unter dem Hemd hervorgezogen und hielt den Kristall mit der Rechten vor sich. Das schwache Glühen wurde zu einem hellen Strahlen, als er in den Bereich der Lichtkuppel trat. Wie ein optisches Echo flammte fast zugleich auch der Nexus selbst auf und tauchte den ganzen Saal in kaltes, gleißendes Licht.

In Ordnung, sagte Herr Ramiç. *Ich gehe hinein. Alexander, Ihr haltet mir den Rückweg offen!*
Alles klar, gab Alex gepresst zurück. In seinem Innersten donnerte bereits der Dunkle Strom und versuchte, nach allen Richtungen auszubrechen. Nur mit gewaltiger Mühe hielt er diese wilde Energie unter Kontrolle. Neben sich spürte er Lucias Angst, die mit jedem Schritt größer wurde. *Keine Sorge*, versuchte er sie zu besänftigen, *es kann dir nichts ...*
»Nein!«, schrie Lucia schrill, riss sich von seiner Hand los und rannte zurück. *Oh Gott, ich kann das nicht!*, hörte Alex sie noch in seinem Kopf rufen.
Ich muss ihr helfen!, sagte er und wandte sich schon zum Gehen.
Nein! Alexander, ich brauche Euch!, donnerte Herr Ramiç. *Lasst mich nicht allein, wenn Ihr mich nicht umbringen wollt! Es geht ihr gut. Wir müssen unsere Arbeit erledigen.*
Widerstrebend gab Alex nach und folgte dem alten Weltenfürsten ins Innere der Lichtkuppel. Fast sofort setzte ein Gefühl ein, als ob ihn eine unsichtbare Kraft in den Nexus ziehen wollte. Obwohl Alex damit gerechnet hatte, überrumpelte es ihn doch so weit, dass er alle Hände voll zu tun hatte, um auf dieser Seite des Nexus zu bleiben.
In Ordnung! Ich gehe jetzt hindurch. Und gebt bloß acht, dass Ihr mir nicht aus Versehen folgt!
Ich halte Euch, versicherte Alex und rammte beide Füße fest in den Boden. Die Verbindung zu dem alten Weltenfürsten war nach wie vor spürbar, auch wenn er sich jetzt in einer Welt befand, die eigentlich so weit entfernt war wie die abgewandte Seite des Mondes. Die Eindrücke, die Alex durch Herrn Ramiçs Sinne empfand, erinnerten an einen Traum.
... er befand sich inmitten einer Burg, die fast völlig zerstört war. Überall waren die Spuren eines furchtbaren Kampfes zu erkennen. Geborstene Mauern, Trümmer und Leichname verdeckten, dass es sich bis vor kurzem um eine stolze Festung gehandelt haben musste. Vor ihm stand ein Mann von etwa vierzig Jahren mit Glatze und fast olivefarbener Haut. Er trug eine seltsam schimmernde Rüstung, die wirkte wie aus

Echsenhaut gemacht. Sie unterhielten sich knapp. Dann zeigte Herr Ramiç ihm mit einer rasch errichteten Geistesbrücke, was sie in den letzten Tagen erlebt hatten. Der Mann nahm die Bilder in sich auf und nickte nach kurzem Nachdenken. Mit einem Wink holte er einen Knaben herbei, gab ihm eine kurze Botschaft mit auf den Weg und rief dann einen anderen Mann, der mindestens eineinhalb Köpfe größer war und eine schwere Rüstung trug. In seinem Gürtel steckte ein monströser Morgenstern. Die beiden bauten sich vor Herrn Ramiç auf und sahen ihn erwartungsvoll an. Der wiederum blickte sich nach Alex um und streckte den Arm aus …

Alex langte in das Licht hinein und fand Herrn Ramiçs Hand. Mit aller Macht zog er daran und eine zähe Sekunde später standen der alte Herr und der glatzköpfige Weltenfürst mitsamt seinem Wächter neben ihm.

»Das ist gutgegangen«, schnaufte der Bosnier erleichtert und führte die beiden anderen aus der Lichtkuppel heraus, während der *focus*, der an einer Kette um seinen Hals baumelte, langsam erlosch. »Darf ich vorstellen?«, sagte er in die Runde, die fasziniert den Neuankömmling anstarrte. »Unser Bruder Kalram Ar'Thar aus Liundal.«

Obgleich der fremde Weltenfürst offensichtlich von seinem Abenteuer erschüttert war, brachte er eine elegante Verbeugung zustande. »Ich grüße Euch«, sagte er mit einer überraschend hellen Fistelstimme, die so gar nicht zu seinem massigen Körper passte. »Bruder Amar hier hat mir versprochen, Ihr könntet mir genauer erklären, was vor sich geht.«

Albarath nickte und trat vor. In den Händen hielt er silberne Weinbecher, die er den Neuankömmlingen entgegenstreckte. »Das stimmt. Nehmt einen Schluck und kommt mit mir. Ihr werdet alles erfahren.«

Die drei Männer entfernten sich in Richtung Galerie, in der sie vorher ihre kleine Besprechung abgehalten hatten. Schon auf dem Weg dorthin fing Albarath damit an, ihrem neuen Besucher die Lage zu erklären.

»Wo ist Lucia hin?«, fragte Alex seine Schwester und blickte sich besorgt um.
Sonja schüttelte den Kopf. »Das war irgendwie zu viel für sie. Sie hat gesagt, sie müsste erst mal raus hier. Ich denke, sie ist in deine Wohnung gegangen.«
»Soll ich sie suchen?«, bot Ethan an. »Ich habe hier im Augenblick doch nichts zu tun.«
»Das wäre nett«, stimmte Alex erleichtert zu. Der dicke Junge eilte sofort los, anscheinend zufrieden damit, auch eine Aufgabe zu haben.
Herr Ramiç sah Alex an. »Wir haben noch etwas vor«, sagte er lächelnd.
»Je schneller, desto besser«, gab Alex zurück und folgte dem alten Herrn zurück in den Nexus.
Das zweite Mal ging sogar etwas rascher als der erste Versuch, da beide Übung hatten. Schon nach wenigen Sekunden war Herr Ramiç in eine andere Welt gewechselt und stand an einer Felswand, zu deren Füßen sich die Menschen hier gegen die Schattenwesen verteidigt hatten. Dafür benötigte der alte Herr etwas länger, um die junge Frau, der sein Besuch galt, zum Mitkommen zu bewegen. Doch zuletzt ließ sie sich darauf ein, und schon wenige Augenblicke später saß sie neben dem Glatzkopf am Tisch und hielt wie versteinert vor Staunen ihr Weinglas in der Hand, während Albarath sie aufklärte, worum es bei der ganzen Sache ging.
Als Herr Ramiç und Alex schließlich zwei Stunden später erschöpft eine Pause machten, hatten sie bereits neun weitere Brüder und Schwestern ihres Geschlechts in die Goldene Stadt gebracht. Bei den meisten war es erstaunlich problemlos gegangen, denn es hatte sich um erfahrene Weltenfürsten gehandelt, die zumindest von der Existenz des Nexus und der Goldenen Stadt wussten.
Bei zweien aber, einem jungen Mann von etwa fünfundzwanzig Jahren sowie einem Mädchen in Sonjas Alter, waren ihre Kräfte erst mit dem Schattensturm erwacht. Sie waren vom Auftauchen

des fremden Mannes so überrascht gewesen, dass es lange gedauert hatte, bis sie ihm überhaupt zugehört hatten. Im Falle des jungen Mannes hatte Herr Ramiç zuletzt einfach eine Geistesverbindung erzwungen, um ihn zu überzeugen. Nun saß er – wie die anderen auch – am Rande des Saales und nippte an einem Glas Wein.

Speziell dieses Unternehmen hatte den alten Bosnier so ausgelaugt, dass er sich zu einer weiteren Reise nicht mehr in der Lage fühlte. Nun war die Reihe an Albarath und Sonja. Nachdem sie sich das Vorgehen noch einmal erklären ließen, machten sie sich daran, ihre Versammlung der Weltenfürsten zu erweitern, während Alex und Herr Ramiç von nun an das Empfangskomitee spielen durften.

Keiner von beiden war von der Vorstellung zunächst besonders angetan. Doch stellte sich rasch heraus, dass diese Aufgabe sich mittlerweile fast schon von selbst erledigte. Wie sie gehofft hatten, war mit ihren Gästen zugleich auch Verstärkung eingetroffen – und jeder weitere Ankömmling konnte zusätzliche Hilfe bedeuten.

Im Augenblick vollkommen nutzlos waren die Wächter, die viele der Weltenfürsten mitgebracht hatten. Sie standen mit steilen Falten auf der Stirn im Saal herum, ihre Waffen griffbereit und die Augen voller Misstrauen. Es war geradezu mitleiderregend, wie diese ganzen grimmigen Kämpfer fast schon verzweifelt nach einer Aufgabe für sich suchten und doch keine finden konnten.

Alex dachte kurz darüber nach, Janine damit zu beauftragen, sich um ihre Kollegen zu kümmern. Doch sie war nirgends zu sehen, und im Grunde war ihm das auch recht.

Von den Weltenfürsten waren nicht alle in der Lage, ihnen zur Hand zu gehen. Viele derjenigen, die erst mit dem Schattensturm ihre Kräfte erhalten hatten, saßen nur da und starrten mit geweiteten Augen um sich, weil sie all das nicht fassen konnten.

Die Bilder der Erzengel wurden von einem zum anderen weitergereicht, ebenso wie das Wissen um die Nutzung der Weltenach-

se. Als Albarath und Sonja ihre Arbeit tief in der Nacht schließlich vor Erschöpfung beenden mussten, hatte sich rund um den glatzköpfigen Kalram bereits eine weitere Gruppe gebildet, die an ihrer Stelle fortfahren wollte.
Das Ganze nahm Gestalt an. Das Geschlecht der Weltenfürsten kehrte heim.

28

Von den Geschehnissen im Saal der Weltenachse an diesem Abend bekam Ethan recht wenig mit. Nachdem er sich aufgemacht hatte, um Lucia zu suchen, marschierte er zu Alex' Wohnung. Fabio folgte ihm ohne jeden Kommentar. Bisweilen fragte Ethan sich, was der bärenartige Mann von ihm hielt, aber eigentlich war es ihm nicht wichtig. Irgendetwas sagte ihm, dass Fabio sich über ihn kein Urteil bildete: Es war nicht seine Aufgabe; er war sein Wächter.

Vor der Türe zu Alex' Gemächern standen wie immer zwei Gardisten, die ihm und Fabio mit unbewegten Gesichtern entgegensahen. Es waren zwei Männer von etwa dreißig Jahren mit harten Gesichtern. Ethan hatte schon davon gehört, dass die Wohnung von Alex nur von den besten Kämpfern bewacht wurde.

»Ich soll nach Lucia sehen«, ächzte Ethan und fuhr sich mit den Händen über das feuchte Gesicht. Von dem Rennen durch die halbe Stadt lief ihm der Schweiß in Strömen herunter. »Sie ist doch da?«

»Wir können Euch nicht einfach einlassen«, sagte der eine Gardist ruhig, aber sehr deutlich. »Tut mir leid.«

Verständnislos sah Ethan ihn an. »Ich will nur mit Lucia reden«, sagte er. »Dann holt sie eben raus.«

Die Männer tauschten einen Blick, und plötzlich stieg ein ungeheurer Zorn in Ethan auf. Er hatte den beiden vermutlich das Leben gerettet, als er die Schlangen hatte verdampfen lassen. Und nun stand er hier vor der Wohnung von diesem Alex wie ein Schuljunge vor dem Lehrerzimmer.

Ethan spürte, wie in ihm der Dunkle Strom langsam anschwoll, und er wollte, dass es die beiden Gardisten auch spürten. Sie durften ruhig merken, dass ihr Prinzchen nicht der Einzige war, der Macht hatte. Noch ein wenig mehr …

Innerhalb weniger Sekunden wurden die Männer rot im Gesicht und dicke Schweißtropfen bildeten sich auf ihrer Stirn.

»Ethan«, murmelte Fabio hinter ihm. »Warte.«

Die Männer starrten ihn an, ohne genau zu verstehen, was mit ihnen geschah. Sie spürten freilich, dass Ethan etwas mit ihnen anstellte, aber sie konnten es wohl kaum beweisen. Zugleich war ihnen offenbar klar, dass sie es mit ihm nicht aufnehmen konnten.

»Ich muss mit Lucia sprechen«, flüsterte Ethan. »Bitte.«

»Das Mädchen ist nicht hier«, platzte der eine heraus. »Sie ist vorhin mit Fürst Alexander gegangen und seitdem nicht mehr aufgetaucht.«

Fast hätte Ethan Lust gehabt, die beiden für ihre Blödheit noch ein wenig zu grillen. Warum hatten sie ihm das nicht gleich gesagt? Aber er riss sich zusammen; dies hier war nicht wichtig. Mit einem Schnauben drehte er sich um und marschierte davon, ohne die zwei Hampelmänner in ihren Uniformen mit den rot-orange-blauen Schärpen noch eines Blickes zu würdigen.

»Wo könnte sie sein?«, murmelte er.

Er suchte die halbe Stadt ab. Zunächst ging er hinunter zu den Hafenanlagen. Insgeheim musste Ethan sich eingestehen, dass ihm die Vorstellung gefiel, sie könnte sich in ihrer Not dorthin gerettet haben, wo sie zuletzt mit ihm zusammen gewesen war. Doch Lucia war nirgends zu sehen. Stattdessen traf er auf einige seiner Männer, die sich zwar lautstark freuten, ihren Anführer zu sehen, ihm aber auch keine Auskunft geben konnten.

Danach streifte er etwas ziellos durch die größeren Hallen und schließlich durch die Gänge, die einen weiteren Blick über das Land erlaubten. Immer wieder fragte er auch die Leute, denen er begegnete, ob sie Lucia gesehen hatten. Aber das Problem war, dass man in dem wuselnden Ameisenhaufen, der diese Stadt mittlerweile selbst am späten Abend war, schon gute Chancen hatte,

auch einen Freund zu übersehen. Eine völlig Fremde, und sah sie auch noch so gut aus, war aus dem Gedächtnis der Menschen gelöscht, sobald sie außer Sichtweite war.
Frustriert brach Ethan seine Suche zuletzt ab. Einen Moment überlegte er, ob er wie versprochen zu der Halle des Nexus zurückkehren und den anderen Bescheid sagen sollte. Aber die Vorstellung, vor Alex und diesem alten Mann mit dem russischen Namen zu stehen, nur um zu erklären, dass er keine Spur von Lucia gefunden hatte, war ihm einfach zu unangenehm. Stattdessen ging er einfach zu dem Trakt, in dem seine Leute untergebracht waren. Ihm stand der Sinn nach Kuchen und seinem bequemen Bett.
Mürrisch nickend erwiderte er die Begrüßung seiner Leute und steuerte auf sein Zimmer zu. Mit den letzten Schritten wurde er immer langsamer, als er das schwarzhaarige Mädchen entdeckte, das neben seiner Türe auf dem Boden hockte, das Gesicht in den Händen vergraben.
Sie sah auf, als er vor ihr stehen blieb. Ein tapferes Lächeln erschien auf ihrem schmalen, ovalen Gesicht. »Hallo, Ethan«, sagte sie.
»Tut mir leid, dass ich hier bei dir aufgetaucht bin«, erklärte Lucia, während er sie in seine Wohnung führte. Sie stand da, schmal und unsicher, und rieb die Handflächen an ihren Oberschenkeln. »Aber ich wollte nicht zu Alex in die Wohnung, und da hab ich einfach irgendjemand gefragt, wo man dich findet.«
»Das ist okay«, murmelte Ethan. Er war geradezu verstört von ihrem Erscheinen hier bei ihm. Auf eine beunruhigende Weise kam es seinen kühnsten Wunschträumen recht nahe. Jetzt erwartete er fast, dass dieser Traum jeden Moment zerplatzen und Riesenärger Platz machen würde. Was würde Alex sagen, wenn er herausbekam, dass seine Freundin hier bei Ethan herumhing?
Plötzlich verwandelte sich die Geringschätzung, die er eben noch für den blonden Jungen empfunden hatte, in vorsichtigen Respekt. Trotz allem: Alex war nun einmal der Fürst dieser Stadt. Er konnte Ethan sicherlich gewaltige Probleme machen.

»Nun«, sagte er nervös und kratzte sich am Kopf. »Willst du etwas trinken? Wenn du …«
»Bitte sag Alex nicht, dass ich hier bei dir war«, unterbrach sie ihn und hielt sich die Hände vor den Mund, als erschreckte sie bereits die Vorstellung.
»Denkst du, dass er dann irgendwie – sauer wird?«, erkundigte sich Ethan behutsam.
»Ich weiß nicht.« Sie schüttelte den Kopf. »Vielleicht. Er denkt eben …«
»Was?«
Einen Moment kämpfte sie mit sich selbst. Schließlich setzte sie sich auf die Bettkante. »Er denkt eben, dass ich ihm gehöre.«
»Wieso?«, fragte Ethan empört. Ihn störte weniger die Vorstellung, dass jemand diesen Gedanken hatte, als vielmehr der Umstand, dass ausgerechnet Alexander so etwas dachte. Doch das musste er in diesem Moment nicht unbedingt breittreten.
Sie zuckte die zierlichen Schultern. »Er hat mich nun mal gerettet. Wir haben ziemlich lange in diesem grässlichen Kerker gesessen. Da hat das schon angefangen, dass er … dass ich …« Ihre Augen füllten sich mit Tränen, die sie wütend wegwischte. »Du weißt schon. Es war irgendwie klar, dass das so ist, wenn er mir hilft. Er hat das gar nicht so direkt gesagt, und ich war ja auch so froh, dass endlich jemand da war.«
Ihr wirres Gerede löste bei Ethan eine ganze Menge verschiedener Gefühle aus. Vorsichtig setzte er sich neben sie und verfluchte im Stillen das Knarren des Bettrahmens. Der Duft ihres Haares stieg ihm in die Nase. Plötzlich wünschte er sich geradezu, an Alex' Stelle in diesem Kerker gelandet zu sein.
»Aber wenn du … Sachen machst, die du nicht willst«, krächzte er und musste sich erst umständlich räuspern, bevor er wieder sprechen konnte, »dann lass es doch einfach.«
»Das kann ich nicht«, brachte sie heraus. »Ich hab's versucht, aber das geht bei ihm nicht.«
»Zwingt er dich zu etwas?« Alleine die Worte regten Ethan auf.

Sie rieb sich über die Augen, aus denen nun unablässig einzelne Tränen kullerten. »Ich weiß das selbst nicht«, flüsterte sie verzweifelt. »Manchmal bin ich richtig in ihn verliebt, und dann gibt es wieder so Momente, da – oh, das ist so gemein, er hat mich doch befreit! – da ekle ich mich richtig vor ihm.«

»Oh«, brachte er heraus und dachte an Sonja.

»Deswegen konnte ich auch vorhin nicht mit in diesen Nexus gehen. Ich hatte das Gefühl, dass er etwas bemerkt.«

»Ja, das kann wohl passieren«, ächzte Ethan.

»Aber er hat Macht über mich. Wenn er da ist, dann bin ich einfach nicht mehr ich selbst.« Sie sah ihn an und ergriff seine Hände. Ihre Finger fühlten sich weich und trocken und warm an, im Gegensatz zu Ethans verschwitzten Griffeln – aber das schien sie nicht im Geringsten zu stören. »Du darfst dir das auf keinen Fall anmerken lassen! Wenn er das herausfindet, dann habe ich wirklich Angst.«

Stumm nickte Ethan, völlig unfähig, noch ein Wort herauszubringen. Verzweifelt schüttelte sie den Kopf und lehnte sich an ihn. »Er ist einfach zu stark. Auch wenn man es nicht sofort bemerkt, aber er hat wirklich das Erbe seines Vaters. Solange ihm das keiner nimmt, brauche ich mir auch keine Hoffnungen zu machen, von ihm loszukommen.« Sie drückte sich schutzsuchend an Ethan. »Dabei würde ich am liebsten einfach verschwinden und irgendwo, weit weg von hier, ganz neu anfangen.«

Eine Weile arbeiteten ihre Worte in Ethans Geist. Dann runzelte er die Stirn. »Was meinst du mit: solange ihm das keiner nimmt?«, fragte er langsam.

Nachdem sie ihm erklärt hatte, welche Idee ihr in den Sinn gekommen war, wurde Ethan geradezu schwindelig. Was dieses zarte Mädchen sich hier ausgedacht hatte, war dermaßen kriminell, dass er es kaum fassen konnte.

»Und dann könnten wir für immer weggehen und anderswo etwas Neues aufbauen«, schloss sie. Sie hatte ihn die ganze Zeit über, als sie ihm von dem Plan berichtet hatte, nicht angesehen. Erst jetzt blickte sie mit ihren großen, goldenen Augen zu ihm auf und lächelte traurig. »Aber das geht natürlich alles nicht«, sagte sie. »Ist nur so ein Traum.«

»Äh«, machte Ethan, unfähig, etwas anderes zu sagen.

In seinem Hirn schwamm alles. Ihr Plan war tatsächlich unerhört, nicht mehr und nicht weniger. Er war riskant und unsicher und gegen jede Art von Moral. Grundsätzlich war Ethan zwar kein Mensch, der sich groß um so etwas scherte. Doch hier bestand die ganz reale Gefahr, dass man ihn ertappte, und das erschreckte ihn. Denn so gerne er auch im Stillen die Vorteile genoss, die ein schlauer Betrug mit sich brachte, so sehr schmerzte es ihn doch, wenn man ihn damit bloßstellte.

Wie eine Sumpfblase stieg in ihm die Überlegung auf, was Sonja von ihm halten musste, wenn er bei dieser Sache mitmachte. Es war ein Gefühl, als ob seine Haut sich am ganzen Körper vor Scham zusammenzog. Doch zugleich war da die Erinnerung an ihren Ekel vor ihm, und plötzlich gefiel ihm die Vorstellung, diesem Mädchen und ihrem verfluchten, blonden, gutaussehenden Bruder eine unangenehme Überraschung zu bereiten. Das wäre sicher recht heilsam für dieses hochnäsige Prinzenpaar, wenn sie feststellen mussten, dass er nicht der fette Idiot war, für den sie ihn hielten!

»Es geht nicht«, wiederholte Lucia für sich. Erst jetzt merkte Ethan, dass er eine ganze Weile mit offenem Mund dagesessen und nachgedacht hatte, ohne sie im Mindesten zu beachten. »Irgendwie soll es wohl so sein, dass ich zu ihm gehöre«, fuhr sie leise fort. »Er hat mich nun mal da rausgeholt.« Sie wandte sich Ethan zu. »Aber es ist nett, dass du dir das alles angehört hast. Ich versteh schon.«

»Ist okay«, brachte er mühsam hervor. Was ihn völlig lähmte, war die Vorstellung, dass dieses unglaublich schöne Mädchen es anscheinend für möglich hielt, dass er und sie – was? Zusammen sein konnten?

»Ich muss jetzt gehen«, sagte sie und stand auf. »Wenn er wieder-

kommt und ich bin nicht da, wird er wahrscheinlich misstrauisch. Und wenn er mich zwingt, mit ihm so eine Verbindung einzugehen, dann weiß er alles. – Danke schön, Ethan.«
Damit beugte sie sich blitzartig vor, gab ihm einen Kuss auf die Wange und stürmte fluchtartig zur Türe. Sie war verschwunden, bevor er überhaupt etwas sagen konnte.
Eine Weile starrte er ihr noch hinterher. Das gedankliche Durcheinander, das bis eben noch seinen Kopf gefüllt hatte, war völlig weg. Es war ihm klar, was er tun musste, und alleine die Vorstellung ließ seinen massigen Körper wohlig erbeben.
Es war Zeit, diesen ganzen aufgeblasenen Wichtigtuern mal ein wenig die Luft rauszulassen.

❖ ❖ ❖

Todmüde schlich Alex aus der Halle. Obwohl sein Nasenbluten diesmal gar nicht so schlimm war, brummte sein Kopf, als ob ein Kreisel darin rotierte. Er wollte nur noch ins Bett und sich ausschlafen. Zumindest schien Albarath noch ausgeruht genug gewesen zu sein, um das Ganze weiter im Auge zu behalten. Doch selbst wenn das nicht der Fall gewesen wäre – Alex hätte sich verzogen. Er war am Ende.
Selbst seine Diener waren schon im Bett, sodass er seine Klamotten einfach zu Boden fallen ließ, wo er sie ausgezogen hatte. Einen Moment stand er im Dunkeln und dachte nach. Erst jetzt dämmerte ihm, dass er keine Ahnung hatte, was eigentlich mit Lucia los war. Eine Sekunde dachte er darüber nach, noch zu ihr hinüberzugehen und nach ihr zu sehen. Aber er konnte nicht mehr, die paar Schritte schienen ihm wie eine Weltreise.
Benommen ging er zu seinem Bett und wollte sich schon hineinfallen lassen, als sich etwas in den Kissen bewegte.
»Es tut mir leid, dass ich einfach abgehauen bin«, sagte Lucia leise. »Aber ich konnte nicht, und dann …«
»Schon okay«, murmelte er und setzte sich auf die Bettkante.

»Mir war das dann so peinlich, dass ich mich nicht mehr zurückgetraut habe. Tut mir leid.«
»Nein, ist in Ordnung. Es war kein …«, begann er, und dann war sie bei ihm und schlang ihm die Arme um den Hals. Ihr Gesicht war nass von Tränen.
Gemeinsam sanken sie in die Kissen, und während Alex einschlief, war ihr Geruch das Einzige, was er noch wahrnahm.

❖ ❖ ❖

Draußen auf dem Gang glomm in einem düsteren Winkel ein Paar smaragdgrüner Augen. Nachdenklich kaute Janine auf dem Filter einer Zigarette herum. Anstecken konnte sie sie hier nicht, es gab nirgends einen Kamin oder brennende Kerzen. Und ihrer neuen Gewohnheit, einfach immer eine an der anderen anzuzünden, hatte sie in den letzten Stunden schlecht nachgehen können; der durchdringende Duft wäre ein Risiko gewesen.
Es war ohne brennende Kippe schon schwer genug gewesen, den Wachen vor Ethans kleinem Reich nicht aufzufallen – und sie hatte auch noch ziemlich lange warten müssen, bis das Luder wieder rausgekommen war.
Ihre linke Hand klopfte schmerzhaft, aber zum ersten Mal seit langem erfüllte sie das nicht mehr mit diesem Gefühl bitterer Aussichtslosigkeit. Endlich hatte sie etwas, was sie gegen dieses Miststück verwenden konnte. Und diesmal war Janine sicher, dass der Junge zuhören würde.

29

Als Simon Sonja aufweckte, war es bereits heller Morgen. Sie rieb sich das verquollene Gesicht und gähnte herzhaft, während er sie von der Tür aus beobachtete. Seine grauen Augen waren wie immer von einer merkwürdigen Ruhe, die man auf den ersten Blick für Gleichgültigkeit hätte halten können. Wie Sonja aber mittlerweile verstanden hatte, war es keine Gleichgültigkeit, sondern nur vollkommene Unvoreingenommenheit. Simon machte sich wenig Gedanken darüber, was andere Menschen vorhaben mochten oder dachten – er beobachtete nur und reagierte entsprechend. Vermutlich hätte er nicht mit der Wimper gezuckt, wenn sie unter der Bettdecke ein Kaninchen hervorgezogen und ihm die Kehle durchgebissen hätte, sondern ihr lediglich ein Handtuch gereicht und sich erkundigt, warum sie das getan habe.

»Wie geht es dir?«, fragte er, während sie sich aus den Decken schälte.

»Ganz gut. Ein bisschen erledigt, aber nicht schlimm. Ich kann in die Schule gehen«, stellte sie grinsend fest.

»Dann musst du dich beeilen. Es ist gleich neun Uhr vorbei«, meinte er, setzte sich in einen der Sessel, die im Sonnenschein am Fenster standen, und legte die langen Beine auf das Tischchen davor. Der zuständige Diener schien sich gut um seine schwarzen Stiefel zu kümmern; das Leder glänzte wie Klavierlack. Mit zusammengekniffenen Augen blickte Simon hinaus auf das dunkelblaue Meer und die glitzernden Wellen. Man konnte ein paar Lastkähne sehen, die sich mit weiß leuchtenden Segeln schwerfällig durchs Wasser schoben. »Unter den Weltenfürsten, die sie heute Nacht geangelt haben, sind ein paar Verletzte. Herr Ramiç fragt, ob du dich nachher mal um sie kümmern könntest.«

Geangelt?, dachte Sonja, während sie in ihren Morgenrock schlüpfte. »Ja, klar«, sagte sie und bändigte ihr Haar mit einer silbernen Spange. »Ist es eilig?«
Er schüttelte den Kopf. »Nein, erst nach dem Frühstück. Ist nichts Schlimmes. Gebrochene Beine und so.«
»Also kein Beinbruch«, stellte sie fest, kicherte über den blöden Scherz und fragte sich im selben Moment, warum sie nur so gut gelaunt war. Irgendetwas war an diesem Tag anders. Doch sie hatte keine Lust, sich deswegen den Kopf zu zerbrechen, nicht bei diesem großartigen Wetter.
»Wetter«, sagte sie laut.
Im nächsten Augenblick war sie mit zwei Sätzen zum Fenster gesprungen, hatte Simons Beine unsanft zur Seite gestoßen und starrte zum Himmel empor.
Ein sanfter Westwind ordnete die kleinen weißen Wölkchen zu Linien, die sich wie hundert göttliche Perlenketten über den Horizont zogen. Darüber erstreckte sich der Himmel als hellblaue Kuppel, die Sonja vorkam wie aus einer anderen Welt, und die Sonne strahlte in kühlem, aber umso blendenderem Licht herab. Es war ein lichter Frühlingstag, und Sonja kam es vor, als hätte sie in ihrem Leben noch nie etwas so Wundervolles erlebt.
»Das ist nicht zu fassen!«, flüsterte sie. »Der Schnee ist weg.«
»Nicht ganz«, korrigierte Simon. »Auf den Kuppeln liegt er noch. Heute Abend dürfte er geschmolzen sein.«
Vollkommen gebannt sah Sonja hinaus, sog den Anblick in sich auf wie ein Verdurstender kühles Wasser. Erst jetzt fiel ihr auf, dass sie seit Monaten die Sonne nicht mehr gespürt hatte. Dann glitt ihr Blick nach Süden und sie stieß einen krächzenden Schrei aus vor Überraschung.
»Schwer zu glauben, was?«, meinte Simon und stand auf. »Bis jetzt weiß keiner, wie das passiert ist. Ist vor einer halben Stunde aufgetaucht, als der Nebel endlich verschwunden war.«
Ohne Antwort rannte Sonja einfach aus der Türe. Draußen stand ein gewaltiges Frühstück auf dem Tisch, das sie nicht einmal be-

merkte. Ihrer Dienerin Giulia fiel eine Karaffe mit Orangensaft aus der Hand, als sie den Raum betrat und ihre Herrin sie fast über den Haufen rannte.

»'tschuldigung«, keuchte Sonja, ohne dass das Mädchen sie hätte hören können. Mit fliegendem Morgenmantel hetzte sie die Stufen des nächsten Treppenhauses empor und musste sich dabei durch eine Menschenmenge drängen, die ebenfalls auf dem Weg nach oben und zu dicht war, als dass die Vorangehenden bemerkten, wer da an ihnen vorbeiwollte.

Schließlich hatte sie es geschafft und platzte auf die Terrassenanlage, die sich einige Stockwerke über ihren Gemächern befand. Mehrere hundert Menschen standen bereits hier oben, genossen die Sonne und die frische Luft und starrten nach Süden. Diesmal war Simon schnell genug, um Sonja eine Gasse bis zum Rand der Terrasse zu bahnen. Als sie es geschafft hatten, standen sie da, stützten sich auf das Geländer und betrachteten stumm das grüne Ufer, das sich nunmehr ein paar Kilometer entfernt am Horizont erstreckte – dort, wo noch am Vortag nichts außer den dunkelgrauen Wellen des Mittelmeers gewesen war.

»Was ist das für ein Land, Herrin?«, rief jemand in der Menge, die einen respektvollen Abstand zu Sonja und Simon einhielt.

»Das muss Sizilien sein!«, erwiderte jemand und wurde sofort von einem Durcheinander erregter Stimmen übertönt, die alle etwas anderes zum Besten gaben.

Sonja war noch nie auf Sizilien gewesen, aber dieses Land sah nicht so anders aus, als sie sich die Mittelmeerinsel vorstellte: ein heller Küstenstreifen, wo das Meer an gelblich-weiße Felsbrocken plätscherte; dann ein Teppich aus dichtem, wucherndem Grün, das wiederum rasch in eine sanfte Hügellandschaft überging, und zuletzt, in weiterer Ferne, undeutlich hinter einem Dunstschleier zu sehen, ein Gebirgszug mit einzelnen, verwitterten Spitzen.

»Wenn das Sizilien ist«, erklärte Simon so leise, dass es niemand außer Sonja mitbekam, »ist es heute Nacht ganz schön herumgekommen.«

Sie sah zu ihm auf. »War denn schon jemand dort drüben? Fischer? Haben wir eine Ahnung, was das ist?«
»Es ist erst seit einer halben Stunde zu sehen. Wir haben eine Galeere hingeschickt, aber das dürfte fast unnötig sein. Anscheinend ist es Tormar.«
»Was?«
»Die Heimat von Albarath. Sie ist genau dort aufgetaucht, wo bis vor kurzem der Weltenriss war, durch den er mit seiner Flotte gekommen ist.«

Als sie von der Terrasse zurückkamen, hatten sich auch Alex, Lucia, Herr Ramiç und Albarath sowie die Wächter im sonnendurchfluteten Besprechungsraum eingefunden. Ethan war offensichtlich nicht benachrichtigt worden, was Sonja ganz recht war. Der Junge war ihr bei ihrem letzten Zusammentreffen unheimlich gewesen.
Auch Pater Matthews fehlte. Er war an Land geritten, um zu erkunden, ob man die Überreste von Nordbrück wieder bewohnbar machen konnte. Spätestens mit der Ankunft der dreihundert Weltenfürsten und ihrer Wächter war deutlich geworden, dass die Stadt aus allen Fugen platzte.
»Guten Morgen«, begrüßte Herr Ramiç alle und deutete auf den Tisch, der gerade hektisch von Giulia und anderen Dienern für ein Frühstück gedeckt wurde. »Vielleicht setzen wir uns, dann können wir alles Weitere besprechen.«
Sie ließen sich nieder, nippten an ihrem Kaffee und sagten erst einmal nichts. Stattdessen starrten nur alle durch die gewaltigen Fenster nach Süden, wo das neue Land in voller Pracht zu sehen war. Im Stillen fragte sich Sonja, was sie eigentlich als das größere Wunder empfand: das Wetter oder diese wundersame Küste in der Ferne.
»Okay«, sagte Alex schließlich. »Was ist das?«
»Unsere Aufklärer müssten bald zurückkommen«, sagte Julien. »Dann sollten wir wissen, welches Land es ist.«

»Welt«, berichtigte Albarath und trank einen Schluck Orangensaft. »Es ist kein anderes Land; es ist eine andere Welt. Und ich bin mir sicher, dass es Tormar ist. Ihr könnt mir glauben, dass ich meine Heimat wiedererkenne.«
»In Ordnung«, sagte Sonja irritiert. »Aber was tut diese Heimat hier? Wie kommt es, dass in unserer Welt einfach eine andere Welt auftaucht?«
Herr Ramiç sah sie an. Seine schwarzen Knopfaugen blitzten vor Begeisterung. »Es geschieht. Was die Erzengel Euch verraten haben, ist tatsächlich wahr. Die Verbindungen zu den Schatten schließen sich.«
Simon verzog das Gesicht und schüttelte den Kopf. »Aber ich hatte das so verstanden, dass wir die Schattenrisse schließen würden, wenn wir die ganzen Weltenfürsten in die Goldene Stadt holen – dass die Verbindungen wieder völlig geschlossen sind. Dass man eben nicht mehr von einer Welt in die andere wechseln kann, außer durch den Nexus.« Er deutete mit dem Daumen über die Schulter auf das Fenster. »Und jetzt reicht ein Ruderboot.«
Herr Ramiç lachte. »Das hört sich so an, als ob du deswegen beleidigt wärst, Simon.«
»Es ist ziemlich beunruhigend«, gab der nüchtern zurück. »Von dem hier war keine Rede. In letzter Zeit irren wir uns ganz schön oft, finde ich. Ich hoffe, dass uns das nicht im falschen Moment passiert.«
Sonja kratzte nachdenklich am Tischtuch. Natürlich hatte Simon recht; andererseits war sie selbst geradezu begeistert, ohne wirklich zu wissen, warum. Es war einfach unmöglich, hinter diesem wunderbaren Wetter und der grandiosen Aussicht etwas Schlechtes zu vermuten.
»Vollkommen richtig«, gab Herr Ramiç zu. »Aber manchmal geschieht auch etwas Gutes, ohne dass man es vorhergesehen hätte. Ich behaupte, das ist hier der Fall.«
»Was ist denn nun geschehen?«, fragte Janine mit erhobenen Brauen und zündete sich eine Zigarette an der Kerze an, die

die Diener mittlerweile stets als Feuerzeug extra für sie hinstellten.

»Die Grenzen zwischen den Menschenwelten und den Schatten haben sich tatsächlich geschlossen«, begann Herr Ramiç. »Und es stimmte, dass die Schatten in unsere Welt eindringen konnten, weil die Weltenfürsten zu weit vom Nexus entfernt waren. Wir haben uns nur darin geirrt, dass wir davon ausgingen, die Welten seien tatsächlich eigenständig. Sonja, ich habe es Euch einmal so erklärt, dass man sich die ganzen Jenseitswelten wie Blasen vorzustellen hätte, die einander an bestimmten Punkten berührten.«

Sonja nickte. »Und außen befinden sich die Schatten.«

»Genau. Diese Idee scheint mir immer noch einleuchtend. Doch wir lagen offenbar falsch, was die Zusammenhänge mit uns – mit den Weltenfürsten – angeht.«

Janine stieß den Rauch aus der Nase wie ein missmutiger Drache. »Inwiefern?«

Einen Augenblick lang rang Herr Ramiç um Worte. »Das Schicksal der Welten scheint noch fester mit unserer Existenz verknüpft zu sein, als wir dachten.« Der alte Herr zögerte und verschränkte die Finger ineinander. »Offensichtlich schaffen wir die Verbindungen selbst – genauso wie die Grenzen. Heute Nacht ist es uns gelungen, dank der Hilfe der vier Erzengel alle noch lebenden Angehörigen unseres Geschlechts in diese Welt zu holen. Unter anderem fünf weitere Weltenfürsten aus Albaraths Heimat.«

»Mir waren nur drei von ihnen bekannt«, warf Albarath ein. »Vermutlich sind damit alle unsere Brüder und Schwestern aus meiner Heimat hier gelandet.«

»Das denke ich auch.« Herr Ramiç deutete aus dem Fenster. »Das dort ist kein Zufall. Und ich gehe jede Wette ein, dass sich die Landkarte dessen, was wir bis vor kurzem noch als die Erde kannten, auch an anderen Orten gewaltig verändert hat.«

Einen Moment lang schwiegen alle und dachten nach. Schließlich beugte sich Janine vor. »Sie sagen, dass dieses Land da draußen den Weltenfürsten – nachgereist ist?«

Fast verlegen lächelte Herr Ramiç sie an. »So sieht es aus.«
»Blödsinn!«, lachte sie verächtlich. »Tut mir leid. Das ist Blödsinn.«
»Schwester«, brummte Julien warnend.
Herr Ramiç winkte ab. »Sie müssen es nicht glauben«, sagte er achselzuckend. »Keiner muss das. Aber, Janine, wenn Sie nicht eine vernünftige andere Erklärung dafür haben, dass dort draußen aus dem Nichts ein neues Land aufgetaucht ist – entschuldigen Sie bitte, dass ich bei meiner Ansicht bleibe.«
Wütend zerquetschte Janine mit der gesunden Hand ihre Kippe im Aschenbecher; doch sie widersprach nicht weiter.
»Gut«, fasste Albarath zusammen. »Die Erklärung ist jedenfalls momentan die beste, die wir haben. Es wäre gut, wenn wir Leute losschicken würden, um die anderen Weltenrisse, die uns bekannt sind, zu überprüfen. Sollten da ebenfalls neue Welten aufgetaucht sein, dürften wir Eure Theorie als bestätigt ansehen, Amar.«
Simon beugte sich vor. »Von mir aus. Aber wie kommt es, dass Ihr von diesen Zusammenhängen bis jetzt nichts gewusst habt? Das ist doch ein zu gewaltiges Ding, als dass man das einfach vergessen könnte.«
»Völlig richtig.« Herr Ramiç lehnte sich zurück und rieb sich mit den Handballen die Augen. »Unser Problem beginnt damit, dass der Letzte, der überhaupt eine echte Ahnung von unserer Herkunft hatte, unser alter Freund Konstantin war. Und auch der hat die alten Kriege nicht miterlebt. Vor über zehntausend Jahren brachten sich die Weltenfürsten gegenseitig um, weil sie unterschiedlicher Meinung waren, wie sie mit den Sterblichen umgehen sollten – welche Stellung sie selbst haben sollten.
In dem Krieg, der darauf folgte und der mit aller Unbarmherzigkeit geführt wurde, wäre unser Geschlecht fast ausgelöscht worden – unter anderem, weil die Wächter geschaffen wurden: eine neue Art von Mensch, ausgestattet mit überragenden Fähigkeiten und ihrem jeweiligen Weltenfürsten durch ihren Instinkt zum absoluten Gehorsam verpflichtet.«

»Kampfhunde«, warf Janine bitter ein.
Herr Ramiç nickte ernst. »In der Tat – es ist höchst zweifelhaft, ob diese Schöpfung rechtens war. Aber wir können heute nichts tun, um es ungeschehen zu machen.« Er trank einen Schluck Wasser. »Dafür habt ihr auch ein paar Vorteile: Immerhin hat man euch immun gegen die Kräfte des Dunklen Stroms gemacht.«
»Wirklich?«, fragte Lucia. »Weltenfürsten können ihnen nichts anhaben?«
Julien nickte. »Dafür wurden wir geschaffen. Im Grunde unsere größte Stärke.«
»Ein eigener Wille wäre mir lieber«, merkte Janine an.
Herr Ramiç hob ratlos die Hände. »Jedenfalls richteten diese Kriege verheerende Zerstörungen an. Zuletzt war nur noch einer aus dem Geschlecht der Universellen übrig. So nannte man diejenigen unter den Weltenfürsten, die alle vier Elemente gleichermaßen beherrschten. Später hat man für diesen letzten Universellen einen neuen Namen gefunden.«
»Der Drache«, dachte Sonja laut nach und erschrak fast, weil sie es nicht hatte aussprechen wollen.
»Ganz richtig. Der Drache entschied den Krieg für sich, indem er den Nexus versiegelte und damit die Quelle all unserer Kraft einfach zum Erliegen brachte. Ab da hatten auch die Stärksten unter uns nur noch eine schwache Erinnerung ihrer eigentlichen Macht zur Verfügung. Viele von uns starben im Laufe der Jahrtausende. Und die wenigen Nachkommen, die gezeugt wurden, hatten meist einen Menschen als Mutter oder Vater. Schließlich gab es nach der Versiegelung des Nexus kaum noch einen Unterschied. Und so verwässerten die Kräfte immer mehr.« Er zuckte die Schultern. »Die wenigen Ausnahmen, also Weltenfürsten, auf die diese Bezeichnung noch passt, haben wir heute Nacht hierher geholt. Vor allem aber wurde das Wissen nicht mehr weitergegeben, und somit haben wir heute genau das Problem, das Simon vorhin angesprochen hat: Wir haben im Grunde keine Ahnung, was mit uns los ist.«

Wieder war es Simon, der als Erster etwas dazu sagte. »Aber haben Sie uns nicht erklärt, dass der Drache den Weltenfürsten ihre Macht nehmen wollte, weil erst dadurch die Schattenrisse entstehen?«

»So hat er es mir erklärt«, nickte der alte Herr. Nachdenklich drehte er sein Wasserglas in den Händen. »Wie gesagt: Ich verstehe auch noch nicht alles. Hoffen wir, dass uns noch ein paar Dinge klarer werden, ohne deswegen böse Erfahrungen machen zu müssen.«

»Ihr habt den Drachen gekannt?«, frage Albarath überrascht. »Das wusste ich nicht.«

»Das wenige, was ich weiß, habe ich von ihm gelernt.« Der alte Bosnier lächelte Sonja an. »Der letzte Kontakt war allerdings nur eine Geistesverbindung. Damals, vor etwa sechzehn Jahren, gab er mir den Auftrag, auf Euch achtzugeben.«

Im Laufe des Gesprächs hatten Giulia und andere Diener den Tisch mit einem überbordenden Frühstück gedeckt, das aber bis jetzt niemand angerührt hatte. Nun, nachdem fürs Erste die Fragen so weit geklärt waren, wie es im Augenblick möglich war, langten alle zu. Besonders Herr Ramiç, Albarath und die Geschwister waren nach ihren Anstrengungen vom Vorabend ausgehungert und schaufelten sich wahre Berge von Rührei, gebratenem Speck, geräuchertem Fisch und allen anderen möglichen Leckereien auf die Teller.

Das strahlende Wetter draußen und das gute Essen ließen die Stimmung bald recht fröhlich werden. Herr Ramiç und Julien berichteten von den Erfahrungen, die sie bislang mit den neu angekommenen Weltenfürsten gemacht hatten. Insgesamt hatten sie ein wenig mehr als dreihundert Männer und Frauen geholt, von denen etwa die Hälfte einen Wächter mitgebracht hatte.

»Wieso haben sich nicht alle einen Wächter genommen?«, erkundigte sich Lucia, die sich bisher vollkommen still verhalten hatte. Julien gab ein Brummen von sich und kratzte sich mit seiner Pranke das Kinn. »Unsereins nimmt man sich nicht«, belehrte er Lucia und grinste. »Wir wählen uns euch aus.«

»Das verstehe ich nicht.«
»Ich auch nicht«, bekannte Simon offen und Kordan lachte zustimmend. Nur Janine schien sich nicht darüber zu amüsieren.
Julien tauschte einen Blick mit seinen Brüdern und hob dann hilflos die Hände. »Es ist eine Sache des Instinkts. Wir tragen unser Schicksal als Wächter seit unserer Geburt in uns, ob wir wollen oder nicht.«
»Die Frage ist lediglich, ob wir unseren jeweiligen Herren finden, denke ich«, fügte Simon hinzu. »Mich würde nur interessieren, ob wir funktionieren wie diese Enten, die auch einen Fußball für ihre Mutter halten, wenn es das Erste ist, was sie nach dem Schlüpfen sehen. Ich meine: Sind wir die Wächter unseres Herren geworden, weil nur kein anderer da war, oder sind wir sozusagen für genau einen speziellen Weltenfürsten gemacht?«
»Ich habe keine Ahnung«, gab Herr Ramiç zu. »Ursprünglich wurden die Wächter von unseren Vorfahren als persönliche Leibwächter und Krieger erschaffen. Ich vermute, dass dies entsprechend weitergegeben wurde. Demnach hat ein Vorfahre von Sonja vor tausenden von Jahren einen deiner Vorfahren zum Wächter gemacht. Und so dient heute, nachdem die Linien bis vor einigen Monaten nicht mehr sichtbar waren, wieder der Erbe der Erbin.«
»Tausende Jahre im Dienst der Tarrings«, fasste Simon zusammen und schüttelte den Kopf. »Aber bis heute keine Verbesserung der Arbeitsbedingungen.«
»Du hättest es schlechter treffen können«, behauptete Julien und nickte sachte in Richtung von Herrn Ramiç.
»Oh, da hat er recht«, pflichtete der ihm bei, ohne zu zögern. »Vor allem, weil Julien auf meine Bitte hin die ganze Nacht damit verbracht hat, seine Brüder und Schwestern sowie die jeweiligen Herren in der Stadt unterzubringen.«
Ein feines Lächeln lag auf Janines Mund, als alle lachten. Ohne den Kopf zu bewegen, musterte sie ihre sogenannten Brüder. Auch wenn sie zugeben musste, dass sowohl Simon als auch Julien ausgesprochen angenehme Menschen waren, konnte sie doch nur

staunen, mit welcher Gleichgültigkeit sie sich hier über ihr Schicksal unterhielten. Obwohl sie sich mittlerweile daran gewöhnt hatte, dass die Wächter als so eine Art Wachhunde galten, hatte sie diese Betrachtungsweise niemals akzeptiert. Sie hatte sich bisher für den Jungen verantwortlich gefühlt, das war alles.

Wenn sich diese Männer hier in der Rolle eines Haustiers gefielen, war das ihre Sache. Sie war kein Haustier.

Ihre Hand pochte unter dem Verband, und Janine erinnerte sich daran, dass sie die weißen Binden am Vorabend einmal abgenommen hatte, bevor sie ins Bett gegangen war. Äußerlich ungerührt hatte sie den Klumpen wertlosen Fleisches angestarrt und ihn dann wieder eingewickelt. Die Hand war verloren, das stand fest. In diesem Fall hätte bestimmt auch Sonja mit ihren Kräften nichts ausrichten können. Zudem war Janine die Vorstellung schlicht unangenehm, sich an das Mädchen zu wenden. Irgendwie hatte sie das Gefühl, zu viel von sich, von ihrem Innersten preiszugeben, wenn sie ihre Verwundung jemandem aus dieser Runde hier zeigte.

Und in ihrem Innersten brodelte es. Sie hatte nicht vor, so etwas noch einmal durchzumachen, am Ende auch die andere Hand zu verlieren und dafür gerade einmal einen gelangweilten Blick als Belohnung zu erhalten, weil der junge Herr mit seinen Gedanken völlig bei seiner verlogenen kleinen Freundin war. Janine trank einen Schluck Kaffee und sah unauffällig über den Rand ihrer Tasse zu Lucia hinüber. Der Kleinen würde sie noch einen ordentlichen Strich durch die Rechnung machen.

30

Noch während sie ihr Frühstück beendeten, lief eine von Albaraths Galeeren im Hafen ein. Wenige Minuten später kam ein Bote, der vermeldete, dass es sich bei dem Land im Süden tatsächlich um Tormar handelte. Albarath gab ihm ein paar Instruktionen für die Mannschaft mit auf den Weg und entließ ihn.
»Das wäre zumindest gesichert«, stellte er fest. »Was nun?«
Herr Ramiç strich sich die grauen Haare auf dem Kopf glatt, sodass sie seine beginnende Glatze wieder verdeckten. »Eine gute Frage«, sagte er zögerlich. »Wir haben unseren Brüdern und Schwestern versprochen, dass wir ihnen heute erklären, was sie eigentlich hier sollen.«
Julien sah seinen Herren an. »Unser Ziel war es, die Weltenrisse zu schließen«, sagte er ruhig.
»Richtig«, murmelte der alte Herr, »richtig.«
»Soweit man das beurteilen kann, ist dieser Riss – der meine Heimat mit eurer Welt verbunden hat – jetzt nicht nur verschlossen, sondern einfach verschwunden«, merkte Albarath an und fuhr sich nachdenklich über sein Bärtchen. »Es wäre hochinteressant zu erfahren, was mit den anderen Rissen geschehen ist.«
Simon musterte den braunhäutigen Weltenfürsten. »Was meinen Sie?«
»Genau«, platzte Lucia heraus, »was soll das heißen?«
»Wenn die Risse verschwunden sind, haben wir keine Eile mehr«, fasste Herr Ramiç knapp zusammen und sah Alex in die Augen.
»Moment!«, brachte der heraus.
»Alexander«, sprach der alte Herr rasch weiter, »denkt zuerst nach, ich bitte Euch! Es ist eine grauenhafte Vorstellung, dass in den Kerkern der Schatten noch unsere Brüder und Schwestern sit-

zen und leiden. Wir alle würden sie dort gerne so schnell wie möglich herausholen. Aber wir müssen auch daran denken, dass wir den größten Krieg seit Jahrtausenden führen.«

»Absolut«, gab Alex mit einem heftigen Nicken zurück. »Da können wir die Hilfe dieser Menschen gut brauchen, würde ich sagen.«

Albarath zog die Mundwinkel nach unten. »Es geht um eine Reise ins Herz der Schatten«, gab er zu bedenken.

»Wo wir schon einmal waren und auch wieder herausgekommen sind«, sagte Lucia. Ihre Stimme war nicht laut, aber der Ton scharf wie ein dünner Glassplitter.

»Wofür wir Gott danken müssen.« Herr Ramiç sah Alex fest an. Seine schwarzen Knopfaugen waren von einer Entschlossenheit erfüllt, wie Sonja es noch nie bei ihm gesehen hatte. »Alexander, Ihr wisst, dass ich Euch folgen werde, wenn Ihr es befehlt. Aber ich beschwöre Euch: Wartet ab, bis wir Genaueres wissen. Um Himmels willen, dort draußen ist gerade ein neues Land aufgetaucht! Wir haben keine Ahnung, was mit uns geschieht. In dieser Situation mitten in die Schattenwelten zu ziehen, ohne genau zu wissen, inwiefern uns unsere Kräfte dort helfen oder nicht – das wäre unverantwortlich. Ich verspreche Euch: Es ist nicht vergessen. Aber wenn die Schattenrisse in der Tat allesamt geschlossen sind, müssen wir die Zeit nutzen, um uns besser vorzubereiten – und sei es nur, um unsere Brüder und Schwestern zuletzt sicher zu befreien.«

Zornig starrte Alex den alten Herrn an und öffnete den Mund, um etwas zu erwidern, aber ihm fiel nichts ein. Das Problem war, dass ein Teil seines Selbst durchaus verstand, was Herr Ramiç und anscheinend auch die anderen meinten: Eine Rettungsaktion wäre augenblicklich mindestens unvorsichtig, vielleicht sogar irrsinnig gewesen. Zudem musste man zwar annehmen, dass es den Gefangenen in ihren Kerkern furchtbar ging, aber dass ihnen sonst nichts geschah – Lucia war der beste Beweis dafür. Eine gut geplante Rettung war einer eiligen mit Sicherheit vorzuziehen.

»Was schlagt Ihr vor?«, fragte er schließlich und man konnte sehen, wie allen anderen ein Stein vom Herzen fiel.

»Wir warten ab, bis wir Berichte von den anderen Weltenrissen haben«, erklärte Herr Ramiç ruhig. »Sobald wir wissen, wie es um die Welt – um die Welten – steht, machen wir uns daran, unsere Leute herauszuholen.«
»Für mich klingt das sinnvoll«, meldete sich Sonja zu Wort und sah dabei Alex an, der ihren Blick unwillig erwiderte.
»In Ordnung«, sagte er schließlich und vermied es, Lucia anzusehen. »Wir holen erst die Berichte ein.«
Alle erhoben sich und verließen den Raum, um sich ihren verschiedenen Aufgaben zu widmen. Herr Ramiç und Sonja kümmerten sich um die Neuankömmlinge, während Albarath sich zum Hafen aufmachte, um die Rückkehr seiner Leute nach Tormar zu organisieren. Auch Janine verschwand, allerdings ohne zu sagen, was sie vorhatte. Zurück blieben alleine Alex und Lucia.
»Warum hast du es nicht befohlen?«, fragte sie leise, sobald die Türen sich geschlossen hatten. »Sie hätten dir gehorcht.«
»Ich glaube, Herr Ramiç hat recht«, sagte Alex und fühlte sich ausgesprochen unwohl in seiner Haut.
»Er ist ein netter alter Mann, aber du lässt dich von ihm ganz schön herumkommandieren«, meinte sie und sah ihn an. In ihren großen Augen war Enttäuschung zu erkennen. »Aber ich verstehe das. Es ist nicht einfach, so etwas alleine zu entscheiden.«
»Ich könnte das schon entscheiden«, stellte Alex rasch klar, »aber es wäre wirklich besser, wenn wir gut vorbereitet sind. Wir beide haben es nicht geschafft, auch nur einen herauszuholen. Das sollte nicht noch einmal passieren, meinst du nicht?«
Sie nickte, aber zugleich traten ihr die Tränen in die Augen. »Ich kann einfach nicht vergessen, wie es ihnen gerade geht«, brachte sie heraus. »Es tut mir leid, dass ich dir damit so auf die Nerven gehe, aber … du warst nicht so lange da unten.«
Als sie zu schluchzen begann, umarmte Alex sie. »Wir holen sie raus«, murmelte er. »Wir holen sie raus.«

❖ ❖ ❖

Die Weltenfürsten und ihre Wächter waren alle in verschiedenen Räumen und Wohnungen in der Nähe des Nexus untergebracht. Sonja rätselte im Stillen, ob dahinter eine sinnvolle Überlegung steckte oder nur die Faulheit der Gastgeber, auch anderswo nach Unterbringungsmöglichkeiten zu suchen.
Sie kniete am Bett eines Mannes von etwa vierzig Jahren und hatte die Hände auf seine rechte Schulter gelegt. Der Dunkle Strom floss sanft durch ihre Seele und sie spürte die unnatürliche Verformung am Gelenk. Problematisch an der Sache war, dass der Mann sich den Bruch bereits vor Wochen zugezogen hatte und der Knochen mittlerweile wieder zusammengewachsen war und nun beständig Schmerzen verursachte. Sonja hatte schon gehört, dass Ärzte in solchen Fällen den Knochen einfach neu brachen, um ihn korrekt zusammenzufügen. Allerdings war ihr das im Moment noch zu brutal. Außerdem hatte sie schon Knochen wachsen lassen – musste es da nicht auch möglich sein, sie umzuformen?
Vorsichtig fühlte sie sich in den Knochen ein, spürte das lebendige Mark, das Blut in den Muskeln ringsum, die Spannung der Sehnen. Wenn sie eine Verletzung wieder heilen ließ, musste sie sich einfach vorstellen, wie sich das Gewebe wieder zusammenfügte, wie das Blut floss; und dann sorgte sie mit ihrem ganzen Willen dafür, dass die Wirklichkeit ihrer Vorstellung folgte.
Diesmal machte sie es einfach umgekehrt. Sie stellte sich vor, wie der Knochen sich an den Stellen, wo er falsch zusammengewachsen war, allmählich auflöste, wie er in die vier Teile zerfiel, die durch den Bruch entstanden waren. Der Mann auf dem Bett stöhnte gequält auf und Sonja schirmte ihn hastig von seinen Schmerzen ab. Dann ließ sie die Knochenteile wie bei einem Steckpuzzle ineinandergleiten und zusammenwachsen. Als das vollbracht war, zog sie sich rasch zurück und gab dem Mann wieder die Macht über seinen Körper.
Seine Augen öffneten sich flackernd und er sah sie mit dem Blick an, den sie mittlerweile recht gut kannte: irgendetwas zwischen Unglauben, Bewunderung, Dankbarkeit und Ehrfurcht.

»Danke«, flüsterte er, richtete sich auf und ließ den Arm vorsichtig im Gelenk kreisen. »Ihr seid … So etwas habe ich noch nie … Danke!«
»Gern geschehen«, sagte sie mit einem müden Lächeln und richtete sich auf.
Simon stützte sie am Arm, als ihr kurz schwindelig wurde. »Alles klar?«
»Ich bin in Ordnung«, versicherte sie. »Wie viele?«
»Noch drei. Eine Stichwunde am Oberschenkel, eine hat Fieber und die Letzte …«
Sein Zögern ließ böse Ahnungen in ihr aufsteigen. »Was? Doch etwas Schlimmes?«
»Sie hat Durchfall.«
Zum ersten Mal seit Ewigkeiten konnte Sonja von Herzen lachen. Prustend hielt sie sich an Simon fest, während er sie in den nächsten Raum führte. »Wir werden ihr sagen müssen, dass ich das nicht behandeln kann«, kicherte sie. »Vielleicht versuchen wir's mal mit Kamillentee?«
»Die Ärzte haben ihr schon gesagt, dass du dich um so etwas nicht kümmern kannst. Aber sie besteht darauf, dass du sie ansiehst«, erklärte Simon und schnaubte verächtlich. »Wenn sie's vorher noch nicht gewusst hat, dann hat sie zumindest schnell kapiert, dass sie jetzt was Besonderes ist. Ich fange an, dieses Problem mit den Weltenfürsten und den normalen Menschen zu verstehen.«
»Die hatte eben früher mal eine gute Krankenversicherung«, vermutete Sonja und wischte sich die Lachtränen aus den Augen. »Na gut, die kann warten. Wo müssen wir hin?«
»Die Frau da drüben.«
So wie die Frau Sonja betrachtete, schien sie bereits etwas von ihr gehört zu haben. Ihr Aussehen verriet, dass sie nicht aus Sonjas Welt stammen konnte. Ihre Haut war so weiß, dass sie wirkte wie eine antike Statue. Auch das Blond ihrer Haare ging bereits ins Weißliche über, ebenso wie das kaum wahrnehmbare Rosa der feinen Lippen. Lediglich die Pupillen strahlten in einem kräftigen

Hellblau, wie Lapislazuli inmitten einer Porzellanmaske. Man hatte das Gefühl, als hätten die Augen auf das ehemals weißseidene Kleid abgefärbt und ihm einen feinen blauen Schimmer verliehen.
Die Frau musste um die fünfzig Jahre alt sein, wie die feinen Fältchen um die Augen und den Mund verrieten, und sie musterte Sonja voller ruhigem Interesse.
»Ihr seid die Heilerin«, stellte sie freundlich fest. »Ich habe bereits von Euch gehört.«
»Was fehlt Euch?«, fragte Sonja, die ein wenig zu erschöpft war für Höflichkeiten.
Die Frau streckte ihr rechtes Bein aus, sodass es unter dem Rock hervorlugte. Um den linken Unterschenkel hatte man ihr einen Verband gelegt, durch den rostbraun altes Blut hindurchschimmerte.
»Nein, es war kein Stich«, erklärte sie, als Sonja nach der Verletzung fragte. »Ich bin gestolpert und mit dem Bein gegen eine Eisenstange gestoßen. Das Ding war spitz wie ein Messer, ein grauenvoller Schmerz. Das ist jetzt schon vier Wochen her, aber es will nicht heilen.«
»Schauen wir mal«, sagte Sonja und versenkte sich in den Körper der Frau. Es war ein ungewohntes Gefühl, lauter Weltenfürsten zu behandeln. Wenn sie es mit einfachen Menschen zu tun hatte, konnte sie tatsächlich mit ihnen machen, was sie wollte. Sobald sie mit ihrer Seele in ihre Körper gedrungen war, hatte sie die vollkommene Kontrolle. Jetzt musste sie sich damit anfreunden, dass die Leute sich auch gegen sie wehren konnten. Natürlich behinderte sie niemand in ihrem Tun, aber sie musste immer auch warten, bis die Leute ihr gewissermaßen den Weg freimachten.
Die Frau hier zog sich sofort bereitwillig zurück, sobald sie Sonjas geistige Anwesenheit bemerkte, und überließ ihr die Gewalt über das Bein.
Rasch war klar, dass es sich um eine Entzündung handelte. Offenbar waren irgendwelche Bakterien in die Wunde eingedrungen

und verhinderten jetzt die Heilung. Insgeheim stöhnte Sonja auf. Derartige Dinge hatte sie nach wie vor nicht wirklich in der Hand, sie konnte nur herumprobieren. Immerhin war es keine Blutvergiftung; andernfalls hätte diese Frau längst das Zeitliche gesegnet.
Vorsichtig versuchte Sonja, den Blutkreislauf rund um die Wunde anzuregen und die Temperatur in dieser Gegend zu erhöhen. Plötzlich gab die Frau ein erschrockenes Ächzen von sich und Sonja zog sich hastig zurück, weil sie vermutete, etwas übersehen zu haben.
Gute Götter!, hörte sie die Stimme der Frau in ihrem Kopf. *Was ist das?*
Was?, fragte Sonja irritiert. Sofort bekam sie den Eindruck von der Frau übermittelt und ihr wurde kalt. Es kam auf die Stadt zu wie eine düstere Wand, ein schwarzer Nebel, der sich kreisförmig immer weiter zuzog.
Ich komme wieder!, versprach sie und sah zu Simon empor. »Wir müssen Alarm schlagen«, sagte sie. »Sie greifen an.«
Während sie losgingen, wischte Sonja entschlossen die Furcht einflößenden Eindrücke beiseite und winkte einen Gardisten herbei, der gerade in der Nähe entlangging.
»Herrin?«
»Gib sofort Leutnant Nürli Bescheid. Wir werden angegriffen.«
Der Mann starrte sie entsetzt an. Offensichtlich war die Erinnerung an den letzten Angriff noch lebendig. Doch dann riss er sich zusammen. »Ja, Herrin«, sagte er knapp.
»Weißt du, wo Herr Ramiç ist?«
Suchend sah der Mann sich um. »Ich habe vorhin gesehen, wie er zum Lichtsaal gegangen ist.«
Auf dem Weg zum Saal des Nexus – oder zum Lichtsaal, wie die Menschen in der Stadt den Raum mittlerweile nannten – musste Simon Sonja geradezu hinter sich herzerren, weil sie nicht in der Lage war, mit seinem Tempo mitzuhalten. Auf halbem Weg kamen ihnen Herr Ramiç und Julien im Laufschritt entgegen.

»Ihr habt es auch gemerkt«, stellte der Weltenfürst nur fest, als er ihr Gesicht sah. »Verflucht, hat man denn niemals Ruhe?«
Sonja rang nach Atem. »Wir müssen Alex Bescheid sagen«, schnappte sie.
»Ist Nürli informiert?«
»Ich habe einen Gardisten geschickt.«
»Gut, gut.« Herr Ramiç schüttelte mit zusammengepressten Lippen den Kopf. »Verdammt! Ich war wirklich der Ansicht, wir hätten es hinter uns!«
»Was ist jetzt zu tun?«, fragte Simon und riss den alten Herrn damit aus seinen Gedanken.
»Wir müssen uns kurz beraten und dann unsere Brüder und Schwestern zur Verteidigung einteilen.«
»Also los!«
Sie hetzten in Richtung von Alex' Gemächern. Unterwegs beauftragten sie noch ein paar Soldaten, die anderen zu holen. In Albaraths Fall stellte sich das als unnötig heraus; er und Kordan holten sie bereits auf den Treppen ein.
»Ihr habt es auch gespürt«, stellte der braunhäutige Weltenfürst grimmig fest. »Ich habe meinen Männern bereits gesagt, dass sie sich gefechtsklar machen sollen.«
»Das wird diesmal nicht reichen, fürchte ich«, keuchte Herr Ramiç.

Kurze Zeit später standen sie in Alex' Wohnung und starrten aus den Fenstern. Sie boten nur einen Ausblick nach Süden und Osten, aber das genügte vollkommen. Am Horizont zeichnete sich eine schwarze Linie ab, die ohne Unterbrechung von einer Seite des Blickfeldes bis zur anderen reichte. Momentan war sie nur ein feiner Trennstrich zwischen Himmel und Meer, und noch so fern, dass man kaum sehen konnte, wie sie sich näherte. Aber sie tat es. *Es ist wie bei einem Minutenzeiger*, dachte Sonja innerlich bebend. *Man sieht die Bewegung nicht, aber jedes Mal, wenn man hinschaut, ist er ein Stückchen weiter.*

Eigentlich ohne es zu wollen, schwoll der Dunkle Strom in ihr an und ihr inneres Auge glitt hinaus in die Ferne. Pfeilschnell raste ihr Bewusstsein über die Wogen dahin, weiter als es sich je von ihrem Körper entfernt hatte, der schwarzen Linie entgegen. Als sie erkannte, was ihre Gegner waren, war ihr klar, dass sie diesen Kampf verlieren mussten.
Die Hölle hatte alles ausgespuckt, was sie ins Feld führen konnte. Wie eine düstere Wand schoben sich die Armeen der Schatten durch das Wasser. Zuvorderst glitten die glänzenden, schwarzen Leiber der monströsen Seeschlangen dahin, die schon einmal über die Goldene Stadt hergefallen waren. Auf der Welle, die sie erzeugten, rauschten die schlanken, schwarzen Rümpfe gewaltiger Schiffe durch das schäumende Wasser. Die Segel an den Masten blähten sich in einem Sturmwind, der nur für sie zu wehen schien. Es mussten tausende sein, und auf den Decks stand dicht gedrängt eine schier unendliche Menge von alptraumhaften Wesen.
Voll grausiger Faszination starrte Sonja die Monster an, unter denen ihr besonders die grauhäutigen Silberreißer mit ihren runzeligen Glatzköpfen und den glänzenden, stählernen Zähnen und Klauen auffielen. Diese Wesen hatten sie vor einer halben Ewigkeit, noch vor dem Schattensturm, schon einmal fast umgebracht, und sie hatte immer noch Alpträume deswegen.
Unten in den Laderäumen, in die man durch große Gitterluken hinuntersehen konnte, ringelten und glitten alle möglichen anderen Wesen umher, und Sonja beschloss, sich nicht mehr weiter darum zu kümmern. Mit aller Gewalt riss sie sich von dem Anblick los und jagte zurück zur Goldenen Stadt.

Sie hatte sich so weit von ihrem Körper entfernt, dass sie einen Moment brauchte, um sich wieder zurechtzufinden. Dann schlug sie die Augen auf und ihr normales Gehör setzte ein.
»Ich habe so etwas noch nie gefühlt«, sagte in diesem Moment Albarath. »Es ist, als brächen die gesamten Schattenwelten auf einmal über uns herein.«

Sonja sah den Weltenfürsten an. »Genau das tun sie«, sagte sie. »Ich zeige es Euch.« Wenige Sekunden später hatte sie ihre Bilder mit den anderen geteilt. Niemand wusste, was er sagen sollte.
»Ich dachte tatsächlich, wir hätten es hinter uns«, murmelte Herr Ramiç. In diesem Zustand hatte Sonja ihn noch nie gesehen. Er wirkte, als hätte ihn jede Hoffnung verlassen. »Wenn ich nur eine Ahnung hätte, wo diese Wesen herkommen! Wie finden sie in unsere Welt? Wo ist da noch eine Verbindung?«
Sonja schrak auf. »Kann es sein, dass es wieder so etwas ist wie bei Ethan? Dass jemand aus Versehen einen Schattenriss offen hält? Einer von den Neuen?«
Albarath und Ramiç schüttelten beide die Köpfe. »Das haben wir schon heute Morgen überprüft – nach dem, was wir mit Ethan erlebt haben«, erklärte Albarath.
»Haben wir uns doch getäuscht?«, dachte Alex laut nach. »Kann es sein, dass die Erzengel etwas anderes gemeint haben?«
Hilflos hob Herr Ramiç die Hände. »Ich weiß es nicht. Vermutlich. Wir haben jedenfalls alle lebenden Weltenfürsten hierher geholt, direkt zum Nexus.« Er deutete aus dem Fenster nach Süden. »Und dort steht der Beweis, dass wir mit unseren Überlegungen gar nicht so falsch lagen. Verflucht, ich verstehe es nicht!«
Eine Weile schwiegen alle. Schließlich sah Julien in die Runde. »Man kann es auch als gutes Zeichen sehen, dass die Schatten uns dermaßen massiv angreifen.«
Janine zog die Brauen hoch. »Und wie das, bitte?«
»Verzweiflung?«, fragte Simon knapp und Julien nickte.
»Sie gehen ein Risiko ein.«
»Mit einem gigantischen Heer.«
Der rasche Wortwechsel der Wächter ging Sonja auf die Nerven. »Wovon redet ihr?«, fragte sie heftig.
Simon sah seine Herrin an. »Wenn uns die Schatten ausgerechnet jetzt angreifen, direkt nachdem wir alle Weltenfürsten hier versammelt haben, kann das Zufall sein – oder sie haben keine andere Wahl.«

»Vielleicht merken sie, dass wir uns darangemacht haben, die Weltenrisse zu schließen«, ergänzte Julien.
»Deswegen dieser rasche Angriff mit allen Kräften«, folgerte Kordan und nickte bedächtig. Dass der schweigsame Wächter ausgerechnet jetzt seinen Bass ertönen ließ, riss alle ein wenig aus ihren lähmenden Gedanken. »Ein letzter Versuch.«
»In Ordnung«, sagte Herr Ramiç und wirkte wieder etwas lebhafter. »Aber wir werden diesen Kampf verlieren. Die meisten unserer Brüder und Schwestern haben keinen blassen Schimmer, was sie mit ihren Kräften anstellen können. Von den dreihundert sind vielleicht fünfzig in der Lage, etwas Sinnvolles zu unserem Kampf beizutragen. Wir müssen unbedingt die Quelle finden, die Verbindung der Welten, aus der dieses Heer kommt – und sie verschließen.«
»Kann es sein, dass wir doch noch einige von unseren Leuten übersehen haben?«, warf Sonja ratlos ein. »Sollten wir noch einmal die Bilder der Erzengel untersuchen?«
»Amar und ich sind sie mehrfach durchgegangen«, winkte Albarath ab. »Das ist unmöglich. Nein, wir haben niemand übersehen.«
»Doch. Das habt ihr.«
Alles wandte sich Lucia zu. Sie stand am Fenster und sah dem Schattenheer entgegen, das mittlerweile ein merkbares Stück näher gekommen war.
»Wovon redest du?«, fragte Alex irritiert.
Sie sah sich um und lächelte traurig. »Wir haben noch nicht alle unserer Art nach Hause geholt. Ihr wolltet es nicht.«
»Gott im Himmel«, flüsterte Herr Ramiç. »Wie konnten wir so dumm sein! Die Gefangenen!«

31

Die Besprechung hierzu dauerte nicht lange, dafür sorgte schon die düstere Linie am Horizont, die mit jeder Minute näher heranrückte.

»Wenigstens ein Gutes hatte euer Aufenthalt in diesem Kerker«, sagte Herr Ramiç in Alexanders und Lucias Richtung. »Wir wissen jetzt, dass unsere Macht in der Dunklen Feste extrem geschwächt ist. Soweit ich es verstanden habe, konntet ihr dort nur dann etwas ausrichten, wenn Alexander auch Lucias Kräfte nutzen konnte?«

»Alleine hatte ich keine Chance«, bestätigte Alex und wechselte einen Blick mit Lucia, die seine mehrdeutige Behauptung mit einem schwachen Lächeln quittierte.

Albarath legte die Stirn in Falten. »Wenn wir also dort etwas bewirken wollen, werden wir mit geballter Kraft zuschlagen müssen.«

»Und dann so rasch wie möglich wieder verschwinden«, ergänzte Herr Ramiç nachdrücklich. »Solange wir dort sind, reißen wir die Grenze zu den Schatten sogar noch weiter auf.«

»Und was, wenn das das Ziel ist?«, fragte Janine und kratzte sich mit ihrer gesunden Hand am Hals. »Da draußen rauscht eine gigantische Flotte auf uns zu, und wir haben nichts Besseres vor, als die einzigen Leute, die etwas bewirken können, direkt in die Hände unserer Feinde zu schicken. Für mich hört sich das nicht besonders schlau an.«

»Wir haben keine andere Wahl«, erwiderte Alex genervt und sah aus dem Fenster. Die schwarze Welle war mittlerweile schon so nah, dass man die Schiffe mit bloßem Auge erkennen konnte. »Diese Biester werden uns alle umbringen, wenn wir ihnen nicht vorher ihre Kräfte nehmen.«

»Wunderbar! Wir ersticken sie, indem wir uns ihnen in den

Rachen werfen«, ätzte sie. Das Pochen in ihrer Hand war so stark geworden wie seit langem nicht. »Verflucht, bin ich denn die Einzige, die hier noch klarsieht?« Wütend hob sie den verbundenen Stumpf. »Ich war da – und ich habe meinen Denkzettel bekommen. Wenn ihr glaubt, ihr könntet da einfach so hineinmarschieren, die anderen befreien und wieder verschwinden, dann haltet ihr diese Leute für dümmer, als sie sind.«

Ihre Stimme war immer lauter geworden, ohne dass sie es selbst gemerkt hatte. Nun verstummte sie und lauschte ihren eigenen Worten nach.

Auch sonst sagte niemand etwas. Janine stand da und sah Alex an. Sie konnte es nicht laut sagen, aber in diesen Blick legte sie all das Vertrauen, das in den letzten Monaten, in all den gemeinsam durchgestandenen Gefahren zwischen ihnen gewachsen war. Stumm flehte sie ihn an, ihr auch jetzt zu vertrauen, sich nicht auf dieses Wagnis einzulassen, von dem Janine einfach wusste, dass es falsch war.

Eine Weile erwiderte er ihren Blick und schlug zuletzt mit verkniffenem Mund die Augen nieder.

Na siehst du, flüsterte die Stimme in Janines Kopf. *Sie glauben dir kein Wort. Das Lustige ist, dass du recht hast. Aber sie werden es nicht glauben, einfach weil du zu kaputt bist. Du bist nur noch die kettenrauchende Blondine, die furchtbare Dinge erlebt hat und jetzt nicht mehr denken kann. Eine nette Belohnung, oder? Ich meine, da hat es sich doch wirklich rentiert, was du dir in diesem Kerker angetan hast.*

Plötzlich begriff Janine etwas. Sie hatte es schon die ganze Zeit gewusst, aber einfach nicht verstanden. Langsam drehte sie sich um und starrte Lucia an, die mit großen Augen zurückblickte.

Und gleich wirst du dich selbst endgültig ins Aus stellen. Wart's ab.

»Du bist das!«, keuchte Janine. »Du bist diese Stimme!«

»Was?« Das kleine Miststück riss die Augen auf und wich unwillkürlich einen Schritt zurück. »Was habe ich denn gesagt?«

»Na komm schon!«, höhnte Janine und ging auf Lucia zu. Ihre Hand legte sich wie von selbst auf den Griff ihres Dolches. »Du kannst es ruhig zugeben! Dieses kleine Spiel ist vorbei. Den Jungen kannst du mit ein bisschen Hinternwackeln einwickeln, der ist blöd genug für so was, aber bei mir klappt das nicht!« Plötzlich blitzte die Klinge in ihrer Hand, ohne dass Janine bemerkt hätte, wie sie die Waffe überhaupt gezogen hatte.

»Oh Gott, helft mir!«, kreischte die kleine Göre und wich bis zum Fenster zurück.

»Na los! Sag schon!«, schrie Janine, ließ den Griff los und packte das Mädchen am Kragen. Es war ein herrliches Gefühl, endlich zu wissen, wer schuld war, wer das alles verursacht hatte, die Schmerzen, das Leid, die Unsicherheit …

»Janine!«, donnerte hinter ihr Alex mit einer erstaunlich kraftvollen Stimme. »Lass sie los!«

»Sie hat dich betrogen, die kleine Schlampe!«, brüllte Janine, ohne sich umzusehen. »Na los, sag schon! Was habt ihr gestern Abend gemacht, du und der fette Junge?«

»Wir haben uns doch nur unterhalten!«, schrillte Lucia panisch. »Oh Gott, helft mir! Helft …«

Ein dumpfer Schlag traf Janine am Nacken und schleuderte sie zu Boden. Die Wucht war so groß, dass sie das Gefühl hatte, der Schlag liefe wie eine Schockwelle auch jetzt noch weiter durch ihren Körper und erschüttere jeden Knochen einzeln. Ihrer Kehle entwich ein leises Stöhnen. Jemand drehte sie vorsichtig auf den Rücken und Juliens hageres Gesicht tauchte über ihr auf.

»Herrje, Schwester«, sagte er mitleidig.

Janine konnte nicht mehr sprechen. Um sie herum verfinsterte sich rasch alles, als ob jemand das Licht herunterdrehte. In dem Reigen der Gesichter, die auf sie niederblickten, sah sie auch Lucia. Und einen winzigen Augenblick blitzte ein boshafter roter Funke in den Augen des Mädchens, zeigte sich ein dünnes Lächeln auf den perfekten Lippen, bevor der helle Sommertag zu finsterer Nacht wurde.

❖ ❖ ❖

»Macht Euch keine Sorgen, Alexander«, sagte Herr Ramiç, während sie durch die sonnendurchfluteten Gänge der Stadt liefen. »Sie wird es überleben, und danach können wir sehen, was zu tun ist.«

»Zumindest dürfte sie dort oben erst einmal zur Ruhe kommen«, brummte Julien. »Es gibt schlimmere Gefängnisse.«

Sonja warf ihrem Bruder einen Seitenblick zu. Er wirkte völlig abwesend.

»Ich habe es nicht bemerkt«, murmelte er für sich. »Es war einfach zu viel für sie, und ich habe es nicht bemerkt.«

»Niemand hat es bemerkt«, sagte Sonja, aber sie wusste, dass dieser Trost hohl klingen musste. Janine war Alex' Wächterin. Er hätte es bemerken *müssen*.

»Diese Kerker machen einen wahnsinnig«, sagte Lucia leise. »Du weißt doch, wie es mir ging, bevor du gekommen bist. Wenn du alleine da unten bist …« Sie verstummte.

»Nun gut, wir holen die armen Teufel ja jetzt da raus«, lenkte Albarath sie wieder auf das eigentliche Thema zurück. »Also, wir nehmen nur die Stärksten mit?«

Herr Ramiç nickte. »Wir müssen schnell sein. Wenn wir zu hundert in die Feste eindringen, hat man uns bemerkt, bevor wir überhaupt vollzählig sind.«

Sie passierten ein großes Fenster und verlangsamten allesamt ihre Schritte. Die ringförmige Welle hatte sich nunmehr so weit zusammengezogen, dass die Schiffe nicht mehr nebeneinanderfahren konnten, sondern einen langgezogenen Teppich bildeten, der nun das Meer bedeckte, so weit das Auge reichte. Noch trennten einige Kilometer das Heer von der Stadt, doch mittlerweile war die gewaltige Geschwindigkeit dieser Welle deutlich zu erkennen.

Das neue Land im Süden hatte die Linie der Schatten bis jetzt durchbrochen. Nun war die Linie so nah, dass sie wie eine schwarze Sturmflut im Osten wie im Westen hinter der Küstenlinie hervorbrach und dann rasch zu einer geschlossenen Reihe zusammenfloss. Die Schatten waren so gut wie da.

»Sie haben Tormar erreicht«, stellte Albarath tonlos fest. »Ich bete, dass sie sich nur für uns interessieren und mein Land in Ruhe lassen.«
»In jedem Fall wird es Eurer Heimat schlecht ergehen, wenn wir diese Wesen nicht vernichten können«, erinnerte ihn Herr Ramiç atemlos. »Also, kommt!«
Hastig gingen sie weiter, wobei sie wie von selbst in den Laufschritt verfielen. Kurz darauf hatten sie die Quartiere der Weltenfürsten erreicht. Sofort wurden sie von mehreren Männern und Frauen bestürmt, die wissen wollten, was zu tun war.
»Geht in den Saal des Nexus«, ordnete Herr Ramiç an. »Sorgt dafür, dass alle dort sind. Rasch! Wir werden jeden Moment angegriffen!«
Die herannahende schwarze Welle reichte als Beweggrund aus, um alle ohne weitere Fragen in den Saal laufen zu lassen. Vor den gewaltigen halbkreisförmigen Torflügeln staute sich die Menge zwar kurz, aber dennoch waren die etwa dreihundert Männer und Frauen sowie die Wächter innerhalb kürzester Zeit in den Saal gestürmt.
»Sie ist auch ein Elementar«, merkte Albarath an, als sie zuletzt das Tor passiert hatten, und deutete auf die weißhäutige Frau, deren Bein Sonja behandelt hatte. »Eine Tochter Gabriels, sehr stark. Wir sollten sie auf alle Fälle mitnehmen.«
Die Worte erinnerten Sonja an etwas. »Wo ist Ethan?«, rief sie und sah sich um. »Hat ihn jemand benachrichtigt?«
»Verdammt! Ich habe ihn tatsächlich vergessen«, fluchte Herr Ramiç. »Ihn könnten wir gut brauchen.«
»Ich hole ihn«, erbot sich Lucia.
»Sie werden gleich hier sein«, stotterte Alex. »Willst du nicht lieber …«
Sie trat vor ihn hin und umarmte ihn. »Ich werde sowieso hierbleiben«, sagte sie. »Bis gleich! Ich verspreche dir, dass mir nichts geschieht.«
Bevor er noch etwas sagen konnte, war sie leichtfüßig davongelaufen.

»Kommt, Alexander«, sagte Herr Ramiç und blickte in den gefüllten Saal. »Ihr müsst Eurem Volk sein Schicksal verkünden.«

❖ ❖ ❖

Er saß nur da und wartete, ein Buch zugeklappt auf dem Schoß. In seinem Kopf sah Ethan, wie die schwarze Welle auf die Stadt zurollte. Die Goldene Stadt war verloren, das stand fest. Er rätselte, ob das etwas mit der Rettungsaktion zu tun hatte oder nicht. Aber warum auch immer die Schatten gerade jetzt angriffen – für ihn war es geradezu eine Erleichterung.

Immerhin war er kurz davor, die Stadt zu verraten. Aber wie konnte man etwas verraten, das es im Grunde schon nicht mehr gab?

Ethans letzte Zweifel waren beseitigt worden, als feststand, dass er nicht in diesen verfluchten Kronrat, oder wie man es nennen wollte, eingeladen worden war. Natürlich, dieser lächerliche Albarath mit seinen blöden Klamotten und dem dämlichen Schnauzbart war berufen worden, obwohl der bisher herzlich wenig geleistet hatte. Aber auf ihn, der die ganze Stadt gerettet hatte, hatte man verzichten können. Ethan fragte sich, ob man in seiner Abwesenheit Witze über ihn gerissen hatte. Vermutlich nicht, aber sicher sein konnte man nie. Was wohl Sonja dazu sagen würde? Wahrscheinlich würde sie sich das Lachen verbeißen, aber innerlich doch auch kichern oder zumindest voller Ekel an etwas anderes denken.

Die Vorstellung alleine genügte, um Ethan einen bitteren Geschmack im Mund zu bescheren.

Zugleich wunderte er sich über sich selbst. Vor ihm lag eine Zukunft mit Lucia – einem Mädchen, neben dem Sonja mit ihrem rundlichen Gesicht und den stumpfen Haaren wirkte wie eine langweilige Hausfrau neben einem Supermodel – und doch kehrte sie die ganze Zeit in seine Gedanken zurück. Er freute sich darauf, dieser ganzen hochnäsigen Clique einmal eine böse Über-

raschung zu bereiten, aber wie oft ihm dabei Sonja in den Sinn kam, war ihm geradezu unheimlich.
An der Tür ertönte ein Klopfen und Fabio steckte seinen Bärenkopf herein. »Wir haben das Zeichen, Ethan«, sagte er ruhig.
Einen Augenblick zögerte der Junge noch. Aber dann nickte er. Die Zeit der Unsicherheit war vorbei. »Also los«, sagte er und stemmte sich aus dem Sessel hoch. Im Hinausgehen ließ er sich von seinen Dienerinnen seinen Reisemantel reichen und warf einen Blick zurück in das Zimmer. Obwohl er hier nur wenige Tage gewohnt hatte, war dieser Raum doch so etwas wie sein Zuhause geworden.
Doch dann erinnerte er sich daran, was vor ihm lag. Sein nächstes Zimmer würde vielleicht sogar kleiner sein – aber es wäre das Zimmer des Fürsten. Ethan schlug die Türe hinter sich zu.
Draußen warteten einige seiner Leute, allesamt mit ihrem Gepäck auf dem Rücken und ihren Waffen in Händen. Er und Fabio hatten nur die Besten und Zuverlässigsten ausgesucht. Die Hälfte würden sie hier zurücklassen. Fabio hatte bereits dafür gesorgt, dass sie an anderen Orten etwas zu tun hatten. Vermutlich würden sie nun der ersten Angriffswelle zum Opfer fallen. Aber das war nicht Ethans Schuld. Schließlich wurden sie zurückgelassen, weil sie sich so wohl in der Stadt zu fühlen schienen. Da war es nur recht und billig, wenn sie ihre Stadt auch verteidigten.
»Wir brechen auf«, erklärte Fabio. »Ihr kennt eure Aufgaben. Also lasst euch nicht aufhalten oder ablenken.«
Das Ziel ihres Weges war letztlich der Nexus. Lucia war schlau genug gewesen, dran zu denken, dass die Weltenachse sonst stets gut bewacht war. Nun aber, da dieser Rettungstrupp unterwegs war, konnten auch sie auf diesem Weg reisen – allerdings nicht in die Schatten. Ethan plante, Lucia und seine Leute zu sich nach Hause zu bringen. Dort würde er ein neues Reich aufbauen. Über die Art der Herrschaft war er sich noch nicht ganz im Klaren, aber er hatte immer mehr den Eindruck, dass es für alle das Beste wäre, wenn er das alleine erledigte. Natürlich würde er Ratschläge an-

nehmen, aber ihn erfreute die Vorstellung, wie seine Untertanen sich ehrfurchtsvoll vor ihm und seiner wunderschönen Frau verneigten.

Doch bis es so weit war, mussten sie noch ein paar Hürden nehmen.

Sie gingen in kleinen Gruppen, um nicht aufzufallen. Jeder, der sie in der allgemeinen Hektik sah, musste denken, dass sie auf dem Weg zu irgendeinem Posten waren. Im Vorbeigehen sah Ethan, wie dieser Leutnant Nürli seine Gardisten einteilte und losschickte. Der Mann wirkte recht gefasst, aber Ethan spürte seine Angst. Er verstand es. Wer diese Welle sah, die sich dort draußen auf die Stadt zubewegte, musste entweder Todesangst haben oder völlig verblödet sein.

Fabio führte die Männer zu einer Treppe, die nach unten auf die Ebenen mit den Werkstätten und Lagern führte. Es war nicht besonders schwer gewesen, den Raum zu finden; das hatten seine Leute innerhalb einer Stunde erledigt gehabt. Jetzt war er nur gespannt auf den Mechanismus, von dem Lucia berichtet hatte.

Sie marschierten lange Gänge hinunter, vorbei an verlassenen Lagerhallen und leeren Werkstätten. Die verängstigte Hektik, die man oben überall gespürt hatte, war hier unten nicht im Mindesten wahrzunehmen. Die Schritte der Männer hallten beunruhigend laut in der Stille. Alle Arbeiter schienen nach oben gegangen zu sein, um die Stadt zu verteidigen. Mit einem Funken Hoffnung dachte Ethan darüber nach, ob auch die Wachen fort sein konnten, aber das war freilich Unsinn.

An einer Ecke hielten die beiden Männer, die den Raum ausgespäht hatten, den Trupp an.

»Da vorne ist es«, erklärte der eine gedämpft. »Wir haben so getan, als hätten wir uns verlaufen. Ganz drinnen waren wir nicht, weil sie uns dann gleich verscheucht haben. Es sind vier Gardisten, das war deutlich zu sehen.«

»Sie stehen an der Wand am Ende des Zimmers, gleich neben der

Türe«, fügte der andere hinzu. »Und die machen den Eindruck, als müsste man sie ernst nehmen.«

»Schon. Aber wenn wir einfach losstürmen, sollten wir sie trotzdem niedergemacht haben, bevor sie wissen, was eigentlich los ist.«

Ethan nickte. »In Ordnung. Fabio?«

»Ich gehe zuerst rein«, brummte der Wächter. »Kein Anschleichen. Bei der Totenstille hier hören sie uns doch und werden erst recht misstrauisch. Wir unterhalten uns ganz normal, am besten über den bevorstehenden Kampf. Sagt einfach irgendwas. Ethan, du bleibst im Hintergrund, bis wir fertig sind.«

Sie machten sich wieder auf den Weg. Aus dem Raum, der ihr Ziel war, hörten sie Stimmengemurmel, das aber verstummte, als sie näher kamen. Ethan musste Fabio in Gedanken recht geben: sich hier unten anzuschleichen war völlig unmöglich. Aber die Männer machten ihre Sache gut; sie sprachen hastig und nervös und erzählten sich von dem letzten Kampf und wo sie angeblich diesmal eingeteilt waren.

Wenige Schritte vor dem Eingang zog Fabio einen Dolch aus dem Gürtel und verbarg ihn hinter dem Rücken. Dann bog er ohne Zögern in den Raum ein.

»Hallo, Kameraden«, hörte Ethan ihn sagen. »Wir sollten nur mal nachsehen, ob hier unten alles in Ordnung ist.«

Die anderen Männer gingen hinterher, während Ethan draußen stehen blieb und zwischen ihnen hindurchspähte. Er konnte die vier Gardisten am anderen Ende des Raumes sehen; er sah, wie Fabio mit raschen Schritten auf die vier Männer zuging, den Dolch hinter dem Rücken; er sah seine anderen Leute hinterhergehen …

Plötzlich hatte er ein ungutes Gefühl. Da war etwas, etwas hatten die beiden Späher nicht mitbekommen, und er konnte nicht sagen, was es war. Da war etwas in dem Raum, das …

»Achtung!«, gellte er, als er schlagartig begriff. »Hinter euch! In den Ecken!«

Fabio fuhr noch herum, aber zu langsam. Ein gedämpfter Knall ertönte, und ein gefiederter Pfeil von der Länge eines Unterarms ragte seitlich aus dem Kopf des Wächters. Sein Arm fiel herab und der Dolch klirrte auf den Boden. Eine Sekunde stand der bärenhafte Hüne still im Raum, bevor seine Knie einknickten und er lautlos zusammenbrach.

Sprachlos vor Entsetzen stand Ethan da und konnte es nicht fassen. Fabio war der einzige Mensch gewesen, dem er vollkommen vertraut hatte. Es dauerte ein paar Sekunden, bis es vollständig in sein Bewusstsein gedrungen war, dass dieser Mensch jetzt fort war – und das nur, weil sich diese lächerlichen Gardisten wie die Kinder versteckt hatten.

Erst mit diesem Gedanken kam die Wut. Der Dunkle Strom brauste in Ethan los und die Kampfgeräusche, die bis eben aus dem Raum gedrungen waren, wurden von schrillen Schmerzensschreien abgelöst.

Eine Minute später war alles vorbei. Die Hitze in dem Raum war zu groß gewesen, als dass jemand überlebt hätte. Gleichmütig sah Ethan auf die verkrümmten Körper herab, während um ihn herum der Rauch waberte. Es war nicht unbedingt seine Absicht gewesen, auch seine Leute zu töten. Aber diese Männer waren nicht wichtig gewesen, und dann hatten sie auch noch zugelassen, dass Fabio starb. Es war ihnen recht geschehen.

Interessiert wandte sich Ethan der spiegelblanken Stahltüre zu. Als er seine Sinne darauf ausrichtete, spürte er sofort ihre Gegenwart. Unwillkürlich hatte er das Gefühl, von einem neugierigen Kind betrachtet zu werden, das ihn voller Misstrauen und Ablehnung ansah.

Na gut, Kleiner, dachte Ethan und ließ den Dunklen Strom noch stärker in seiner Seele donnern. *Heute gibt es Hitzefrei.*

Einige Augenblicke später wurde die spiegelnde Stahloberfläche erst stumpf und verfärbte sich dann zu Rosa- und Blautönen, als sie in wenigen Sekunden die Temperatur eines Schmelzofens annahm.

32

Die Weltenfürsten strömten aus dem Saal, und sie hatten es noch eiliger als bei ihrem Zusammenkommen, wie Sonja fand. Sicher lag das daran, dass der Saal des Nexus nichts anderes war als eine gigantische Glaskugel. An der Innenseite rankte sich zwar dieses weiße Geflecht aus Balkonen, Galerien und Treppen empor, aber man konnte immer noch sehr gut durch tausende von Lücken nach draußen sehen. Und dieser Anblick war furchtbar.

Die Schattenwelle war praktisch an der Stadt angelangt. Scheinbar bis zum Horizont war das Meer von schwarzen Schiffen bedeckt, unter deren Rümpfen sich die monströsen Seeschlangen wanden, so dicht, dass man den Eindruck gewinnen musste, die See selbst hätte sich in diese Wesen verwandelt. Mit den Monstern waren auch Wolken gekommen, die nun den blauen Himmel vollständig verdunkelten und das Strahlen der Kuppeln über der Stadt erstickten.

Es war klar, dass die Goldene Stadt im Begriff war, ihre letzte Schlacht zu schlagen, und genau dafür nahmen die Weltenfürsten nun ihre Posten ein. Sie waren immer in Gruppen unterwegs: Je ein Erfahrener hatte einen oder zwei Neulinge dabei, die ihm bei diesem Kampf zur Seite stehen würden.

Obwohl die Not mit Händen zu greifen war, kamen Sonja die Leute erstaunlich ruhig vor. Vielleicht lag es daran, dass sie die letzte Hoffnung der normalen Menschen waren. Sie konnten es sich nicht leisten, die Nerven zu verlieren.

»Es hat keinen Sinn, noch länger auf Ethan zu warten«, stellte Herr Ramiç fest. »Alexander, wir müssen uns auf den Weg machen.«

Zaudernd sah Alex zum Eingang des Saales. Natürlich ging es ihm nicht unbedingt um Ethan. Es machte ihn furchtbar nervös, dass Lucia nicht wieder aufgetaucht war.

Der alte Bosnier berührte ihn am Arm. »Wenn Ihr dem Mädchen helfen wollt, dann kommt, um Himmels willen!«

Von draußen drang ein gewaltiges Krachen, als die Schlangen mit aller Wucht gegen die Mauern stießen und versuchten, irgendwie in die Stadt zu gelangen.

»Alex!«, rief Sonja. »Jetzt geh schon! Ich kümmere mich um sie, wenn sie wiederkommt.«

Die Stimme seiner Schwester riss Alex aus seinen Gedanken und er sah sich in der Runde um. »Gehen wir«, sagte er und sie formierten sich für den Weg durch den Nexus.

Außer der weißhäutigen Frau hatten Herr Ramiç und Albarath noch vier weitere Weltenfürsten ausgesucht, bei denen es sich zwar nicht um Elementare handelte, die aber außergewöhnlich stark waren. Alle waren erfahren im Umgang mit ihren Kräften, sodass von ihnen eine wirkungsvolle Unterstützung zu erwarten war. Der Einfachheit halber hatten Alex und Herr Ramiç ihnen mit einer Geistesbrücke rasch alles mitgeteilt, was sie wissen mussten, und damit alle Fragen schnell geklärt.

Mit ernsten Gesichtern stellten sie sich nun hinter Alex, dem alten Bosnier und seinem Wächter auf, um in das Herz der Schattenwelten einzubrechen.

In einigem Abstand warteten Sonja und Albarath. Wie schon beim letzten Mal sollten sie die Verbindung zwischen den Welten aufrechterhalten und am Schluss die anderen wieder zurückholen.

Herr Ramiç blickte sich noch einmal um, ob alle bereit waren. »In Ordnung«, sagte er leise und verharrte dann kurz.

Durch die gläserne Saalwand konnte man sehen, wie die schwarzen Schiffe überall rund um die Goldene Stadt anlegten und Tausendschaften von Silberreißern und anderen Monstern an Land strömten. Sie wurden empfangen von einem Hagel aus Lichtblitzen, Feuerbällen und gewaltigen unsichtbaren Händen, die sie mit ungeheurer Wucht packten und gegen Mauern warfen oder unter

Wasser drückten: Die Weltenfürsten verteidigten die Goldene Stadt.
Und doch war bereits jetzt zu sehen, dass die schiere Masse der Angreifer über kurz oder lang die Oberhand gewinnen musste, denn für jeden erschlagenen Feind stiegen drei weitere an Land. Die Schatten gewannen Boden.
»Herr Ramiç?« Diesmal war es Alex, der drängte.
Der alte Herr schüttelte den Kopf. »Natürlich. Also: Lasst uns die Welt retten! Diese und alle anderen.«
Langsam gingen sie in die Lichtkuppel hinein, bis das gleichmäßige Leuchten zu einem blendenden Gleißen explodierte und sie zu fallen begannen.

❖ ❖ ❖

Die Türe starb. Es war deutlich zu spüren, wie das Wesen, das man dem Stahl eingehaucht hatte, unter Schmerzen und staunend über die eigene Machtlosigkeit in Ethans Feuer verging.
Er selbst stand in einigen Metern Entfernung und hatte die Augen geschlossen. Die Türe glühte so hell, dass er sie durch seine Lider hindurch sehen konnte. Trotzdem hielt das Metall immer noch stand. Schweiß lief ihm in Strömen am ganzen Körper herab und zum ersten Mal hatte Ethan das Gefühl, dass er sich mit seiner Gabe auch selbst schaden konnte. Diese Hitze war sogar für ihn zu groß, dabei war er seinem Ziel noch nicht näher gekommen. Ihm war klar, dass er die Temperatur nur noch erhöhen konnte, wenn er näher heranging. Doch zugleich schmerzte seine Haut schon jetzt unerträglich.
Grimmig biss er die Zähne zusammen, machte mühsam einen Schritt vorwärts und erhöhte die Temperatur noch einmal, bis die ganze Welt aus glühendem Stahl zu bestehen schien.
Endlich, als Ethan dem Aufgeben schon nahe war, gab der Stahl ein langgezogenes Stöhnen von sich und zerlief einfach wie eine Kerze in der Mikrowelle. Das Metall umfloss zu beiden Seiten den

Türrahmen und erstarrte dann rasch wieder zu einem unförmigen Klumpen, der nur noch etwa hüfthoch aufragte.

Schwer atmend und halbblind lehnte Ethan an der Wand und betrachtete blinzelnd sein Werk. In dem Raum hinter der Tür sah man im Glutschein des erkaltenden Stahls einen Aschehaufen, der vom Grundriss her ein Tisch gewesen sein konnte. Und inmitten dieser Asche lag …

»Du hast es geschafft«, ertönte hinter ihm die Stimme Lucias. Durch das Brausen in seinen Ohren hatte sie einen merkwürdigen Tonfall.

Er sah sie an, erst dann merkte er, dass er nackt war. Seine Kleider mussten ihm einfach vom Leib gebrannt sein. Hastig bedeckte er mit den Händen seinen Schritt.

»Ja, sieht so aus«, sagte er möglichst gelassen. »War nicht ganz leicht, aber …«

Die Worte erstarben ihm im Mund, als er ihr Kichern hörte. Das war nicht sie – doch, es war ihre Stimme, aber etwas war anders. Es war ein Kichern, das er kannte, aber nicht von Lucia.

»Tut mir leid«, brachte sie heraus und hielt sich die Hand vor den Mund, als schämte sie sich für ihre Heiterkeit, während sie ihn anstarrte. »Es tut mir leid, aber …«

Was ist?, hätte er fragen wollen und stand doch nur stumm da, weil er wusste, was los war.

»… es tut mir leid, aber du bist so unglaublich fett! So fett! Du siehst einfach zu lustig aus!«

Ihr Kichern hatte sich mittlerweile zu einem echten Lachen ausgewachsen, und lachend ging sie an ihm vorbei, sprang mit einem katzengleichen Satz über den geschmolzenen Stahl und griff in den Aschehaufen. »Na also.« Sie hielt einen Stab in der Hand, der aus Elfenbein zu bestehen schien und einer Schlange nachempfunden war. Die Augen der Schlange bestanden aus einem Bernstein, der sachte zu glühen begann, als Lucia ihn genauer betrachtete.

Wie gelähmt verfolgte Ethan ihr Treiben. Er wusste nur, dass hier etwas katastrophal schieflief, aber er hatte noch nicht begriffen was. Nur allmählich, und immer wieder verzweifelt von ihm niedergekämpft, stieg ein Gedanke in seinem Hinterkopf auf, der seine Welt in Trümmer legte: Es war alles nur eine Lüge gewesen.

»So«, sagte Lucia gut gelaunt und sprang aus dem Raum hinaus, den Stab in der Hand. Als sie sich vor ihm aufbaute, kniff Ethan die Augen zusammen, weil er zunächst dachte, er hätte es sich nur eingebildet. Doch es war Wirklichkeit: In ihren Pupillen brannte ein boshafter roter Funke.

»Das hätten wir«, erklärte sie. »Ich bin sogar etwas zu früh gekommen. Eigentlich hatte ich es so geplant, dass du versuchst, dieses Schmuckstück hier anzufassen. Das wäre sicherlich eine interessante Erfahrung für dich gewesen. Trotzdem Danke schön, du hast das gut gemacht.« Ihre Hand schoss vor und sie kniff ihn schmerzhaft in die nackte, rechte Brust, wo das Fett eine hängende Falte bildete. »Vielleicht probierst du's mal mit Sport, hm? – So, und jetzt ...«

Der Bernstein in dem Schlangenkopf glühte auf. Stumm starrte Ethan darauf, konnte aber weder etwas tun noch sagen.

»... gute Nacht!« Sie machte eine kleine Kopfbewegung, als ob sie eine Fliege abschüttelte. Ethan wurde quer durch den Raum geschleudert, prallte in Kopfhöhe gegen die Wand und stürzte zu Boden, wo er reglos liegen blieb. Rings um seinen Kopf bildete sich rasch eine Blutlache, die zäh über den glatten Steinboden kroch.

❖ ❖ ❖

Wie immer war die Ankunft so ruckartig, dass Alex einen Moment brauchte, um sich zurechtzufinden, während hinter ihm bereits die anderen eintrafen. Der erste Eindruck war die Luft, die verbraucht und warm schmeckte wie aus einem Backofen. Nach dem blendenden Licht im Nexus tanzten Sterne vor seinen Augen. Erst ein paar Sekunden später konnte er sich umsehen.

Sie standen inmitten eines düsteren Ganges, der nur von einer einzelnen Fackel erleuchtet wurde. Zu beiden Seiten befanden sich schwere Eisentüren. Doch noch viel deutlicher als dieser Anblick zeigte etwas anderes Alex, dass sie in der Burg der Schattenfürsten standen: Der Dunkle Strom in seiner Seele war vollständig verschwunden.
»Wir sind da«, sagte er leise.
Herr Ramiç trat neben ihn und sah sich mit fliegenden Blicken um. »Herr im Himmel!«, keuchte er. »Das ist furchtbar. Dieses Gefühl – alles weg! Oh Gott! Und das habt Ihr so lange ausgehalten!«
»Lucia war noch viel länger hier unten«, erinnerte Alex ihn.
Herr Ramiç sah sich mit weit aufgerissenen Augen um. »Da stimmt etwas nicht«, schnappte er. »Ihr habt gesagt, Ihr konntet Eure Kraft kaum spüren, nicht wahr? Aber Ihr habt nicht davon gesprochen, dass sie überhaupt nicht mehr vorhanden war. Fühlt jetzt einmal!«
Rasch war klar, dass keiner der Weltenfürsten den Dunklen Strom in sich wecken konnte.
»Das ist wirklich die Hölle!«, flüsterte die weißhäutige Frau. Ihre hellblauen Augen blitzten ängstlich in der Dunkelheit. »Wir müssen hier weg!«
»Allerdings«, stimmte ein anderer zu. »Lasst uns verschwinden!«
Herr Ramiç deutete auf die Lichtkuppel des Nexus, die sich nach wie vor hinter ihnen im Gang wölbte. »Wartet!«, sagte er mühsam beherrscht. »Wir können jederzeit wieder fort. Last uns nach den Gefangenen schauen. Wir müssen es zumindest versuchen.«
Seine Mahnung beruhigte die anderen ein wenig und sie sammelten sich vor einer der Türen. Alex betrachtete sie genauer. »Hier ist keiner drin«, sagte er und drückte dagegen. Die Tür schwang widerstandslos auf. »Wir müssen weiter in die Richtung«, sagte er und führte die Gruppe tiefer in die Finsternis des Ganges hinein. Julien hatte die Fackel mitgenommen und leuchtete ihnen. Der flackernde Schein erhellte immer weitere Türen, die alle unverschlossen waren. Nach etwa einem Dutzend Türen standen sie vor

dem Ende des Korridors. Vor ihnen lag eine verbeulte Türe inmitten von Mauerbrocken auf dem Boden, daneben gähnte ein Loch in der Wand.
Sprachlos sah Alex sich um. »Das verstehe ich nicht«, sagte er. »Die Zellen hier waren doch alle voll.«
»Ist das Eure Kammer hier?«, fragte Julien. Alex nickte und der Wächter leuchtete neugierig ins Innere. »Hier ist jedenfalls niemand«, stellte er fest.
Rasch hatten sie die anderen Zellen untersucht. Sie waren allesamt leer.
»Man hat sie woanders hingebracht«, vermutete Herr Ramiç.
»Das ist eine Falle!«, stieß die weißhäutige Frau aus. »Götter, steht uns bei!«
»Wir sollten zurückkehren«, sagte Julien ruhig.
Alex nickte gehetzt. »In Ordnung. Los, zurück!«
Ohne weitere Diskussion rannten alle den Korridor hinunter, auf die Lichtkuppel des Nexus zu. Bevor sie sie erreicht hatten, hallten plötzlich Schritte im Gang wider.
»Verflucht!«, zischte Herr Ramiç. »Sie können doch nicht gewusst haben, dass wir kommen.«
»Nein, allerdings nicht. Woher auch?«, bekräftigte eine amüsierte Stimme, die Alex mittlerweile zu gut kannte. »Ihr hättet auf die Wächterin hören sollen, alter Mann.«

❖ ❖ ❖

Janine blinzelte. Ihr Kopf dröhnte wie nach einer durchsoffenen Nacht, ihre Sicht war trübe, als blickte sie durch Milchglas, und der Boden schien sich zu drehen. In sanften Wellen kam die Erinnerung zurück und Janine murmelte einen Fluch. Sie war tatsächlich auf diese ganze Geschichte hereingefallen, hatte sich wie eine Marionette führen lassen. Es war ihr geradezu peinlich, dass sie so dämlich gewesen war. Wenigstens war sie die Einzige gewesen, die verstanden hatte, dass diese Lucia nicht sauber war.

Mit einem Grunzen stützte sie sich auf die rechte Hand und sah sich um. Sie befand sich auf einer Terrasse, direkt unter den Dächern der Goldenen Stadt. Man hatte sie auf eines der Sofas gelegt, die hier unter dem Sonnensegel standen. Vor einiger Zeit war sie schon einmal hier gewesen; sie hatten hier gemeinsam gegessen. Jenseits der zierlichen Balustrade aus perlmuttfarbenem Stein ging es rund hundert Meter tief direkt ins Wasser. Etwas zur Linken lag der Hafen und in der Ferne konnte man mittlerweile die Heimat dieses aufgetakelten Albarath erkennen.

Der Ausblick war atemberaubend, daran erinnerte sie sich noch gut. Dann allerdings wurde ihre Sicht endlich klarer und die Erinnerung kehrte zurück wie ein weiterer Schlag gegen den Hinterkopf. Mit einem würgenden Schrei sprang sie auf und stürzte an die Balustrade.

Das Meer ringsumher war von schwarzen Schiffen bedeckt, so weit das Auge reichte. Unter ihren Rümpfen wanden sich die Leiber von grauenhaften schwarzen Schlangen. Viele der Monster hatten den Durchmesser eines kleinen Lastwagens, andere waren kaum dicker als der Arm eines Mannes und von hier oben aus nur deswegen zu sehen, weil sie sich bewegten. Gleich einem lebendig gewordenen Moor drängten die Tiere an Land, wo immer sie konnten, und suchten nach Wegen in die Stadt.

Zugleich strömten von den Decks der Schiffe ganze Heere von Schattenwesen. Die Tore der Großen Halle schienen bereits gefallen zu sein. Auch wenn Janine die Eingänge von ihrer Terrasse aus nicht sehen konnte, ließen die Mengen an Silberreißern, die dorthin strömten, kaum einen anderen Schluss zu.

Außer einigen reglosen Körpern waren keine Menschen mehr dort unten zu sehen. Aber die Stadt wehrte sich. Auf verschiedenen Balkonen und an Fenstern standen Männer und Frauen und kämpften. Es waren die neu angekommenen Weltenfürsten, die ihre ganze Macht einsetzten, um die schwarze Flut aufzuhalten, und es war beeindruckend, welche Vernichtung sie unter den Angreifern anrichteten.

Janine sah einen älteren Mann, der eine ununterbrochene Kanonade von kopfgroßen Feuerbällen aus dem Ende seines schwarzmetallenen Stabes herniederregnen ließ. Wo immer sie trafen, sanken die Monster kreischend zu Boden und wurden unter den Füßen ihrer Kameraden zertrampelt.
Die junge Frau neben ihm hatte die Augen geschlossen und machte seltsam wegwischende Bewegungen mit den Händen. Erst einen Moment später begriff Janine, dass die Monster, die unten, wie von plötzlichen Windböen gepackt, gegen Wände und ins tobende Meer geschleudert wurden, gerade Bekanntschaft mit den Kräften dieser Frau gemacht hatten.
Trotzdem war offensichtlich, dass die Stadt nicht zu halten war. Diese Monster hatten bereits jetzt die unterste Ebene erreicht und damit war der Weg zu sämtlichen anderen Bereichen frei. Es gab kaum noch Hindernisse, von denen diese monströse Armee ernsthaft hätte aufgehalten werden können.
Was auch immer Alex gerade tat, es nützte nichts. Das kleine Miststück würde mit seinen Plänen durchkommen.
Bei dem Gedanken an den letzten Blick dieses Mädchens, bei der Erinnerung an dieses triumphierende Lächeln, fing Janine an zu zittern vor Wut. Der Junge hatte es nicht verdient, dass man ihm half. Aber das Mädchen hatte es verdient, dass man ihm dieses Lächeln aus dem Gesicht wischte.
Nachdenklich ging Janine zu der Türe ins Innere und drückte dagegen. Sie war verriegelt. Ohne auch nur eine Sekunde zu zögern, holte sie aus und schlug mit der flachen rechten Hand gegen die Stelle, an der der Riegel saß. Krachend flog die Tür nach innen und blieb schief im Rahmen hängen.
Erst jetzt ging Janine im Kopf die verschiedenen Wege zum Saal der Weltenachse durch. Das Ergebnis ließ sie zögern. Welche Möglichkeit man auch wählte, sie alle führten an einer Stelle durch die unterste Ebene, ziemlich nahe des Großen Saales. Die Wahrscheinlichkeit war groß, dass sie dort in Kämpfe verwickelt würde, und für so etwas hatte sie keine Zeit.

Unentschlossen trat sie wieder nach draußen, bis sie den Schatten des Sonnensegels verlassen hatte, und sah nach oben. Nur gute drei Meter über der Terrasse begann die sanfte Wölbung einer der goldenen Kuppeln, die an verschiedenen Stellen über die anderen Dächer hinausragten und denen die Stadt ihren Namen verdankte.
Mit gerunzelter Stirn betrachtete Janine ihre verbundene Hand. Die weichen Mullbinden waren reichlich ungeeignet, um auf glattem Metall zu halten. Mit einem Fluch zwischen den Zähnen fing sie an, ihren Stumpf auszuwickeln.

❖ ❖ ❖

Durch die kreisrunden Glaswände des Saales war der Lärm der Schlacht nur gedämpft zu vernehmen, und doch wurde er immer lauter. Abwesend erkannte Sonja, dass sich die Kämpfe bereits im Inneren der Stadt abspielten und die Geräusche durch das geöffnete Tor drangen. Doch all das konnte sie sich nur nebenbei durch den Kopf gehen lassen.
Sie selbst hielt das Tor in die Schatten offen. Albaraths Hände lagen auf ihren Schultern, und sie konnte seine Seele nah bei sich spüren. Neben ihnen, ein wenig außerhalb der Lichtkuppel, standen Kordan und Simon bereit, um notfalls eingreifen zu können. Doch momentan gab es nichts für die beiden zu tun. In stummer Konzentration verfolgte Sonja die Reise von Alex in die Schatten und gab ihre Eindrücke an Albarath weiter. Nur schwach spürte sie noch ihren Bruder und seine Begleiter auf der anderen Seite. Es war, als nähme sie sie durch eine gewaltige dämpfende Schicht wahr, die sämtliche Konturen verschwimmen ließ.
Plötzlich stieß Albarath hinter ihr ein Keuchen aus. Noch bevor Sonja fragen konnte, was los war, spürte sie es auch: die Gegenwart einer düsteren Macht, voller Bosheit und Gewalt.
Was ist das?, fragte Sonja. *Um Himmels willen, was ist das?*
Sie sind entdeckt worden, stieß Albarath hervor. *Das sind die Fürsten der Schatten! Rasch! Ihr müsst sie zurückholen!*

Hastig ließ Sonja die ganze Kraft des Dunklen Stromes in ihrem Inneren losdonnern, um Alex und die anderen durch den Nexus zurückzuholen. Und dann waren sie plötzlich weg, als hätte jemand den Nexus ausgeschaltet.

Was soll ich tun?, fragte sie irritiert. *Mache ich etwas falsch?*

In diesem Moment brach Albarath hinter ihr zusammen.

Sonja durchfuhr ein Schreck, so heftig, dass sie auf einen Schlag am ganzen Körper zu beben begann. Was ging hier schief?

Hilfe!, rief sie, ohne den Mund zu öffnen, *Albarath ist ohnmächtig!*

Binnen eines Herzschlags waren Simon und Kordan bei ihr im gleißenden Licht. Kordan ging neben seinem Herrn in die Hocke und fühlte den Puls.

»Er lebt«, sagte er knapp, hob den Weltenfürsten hoch und trat aus dem Nexus.

Sonja blieb zurück und versuchte verzweifelt, sich zusammenzureißen. Sie konnte das, sie hatte das schon einmal getan. Doch dies hier war viel schwieriger, als jemanden zu erreichen, der ein paar Kilometer entfernt war; hier musste sie in die fernste Welt vordringen, die es nur gab. Mit all ihrer Kraft suchte sie nach diesem undeutlichen Bild, das sie von Alex und den anderen empfangen hatte, als sie in die Schatten eingetaucht waren. Aber da war nichts. Gar nichts. Es fühlte sich an, als ob sie eine flache Wand abtastete.

»Was tust du?«, fragte Simon neben ihr.

Ich muss sie zurückholen, aber irgendetwas ist …, begann sie.

»Lass es sein«, erklärte hinter ihr eine gut gelaunte, weibliche Stimme. »Du wirst es nicht schaffen. Dazu bin ich jetzt zu stark.«

Augenblicklich verstand Sonja und ihre Beine wurden so schwach, dass sie gegen Simon stolperte.

»Lucia«, sagte sie leise und drehte sich in Simons Armen, um dem Mädchen entgegensehen zu können, das mit energischen Schritten vom Saaleingang her auf sie zukam.

In der rechten Hand hielt es das Drachenauge, und es glühte in demselben bösen Rot wie Lucias Augen.

33

»Los! Bewegt euch!«, bellte Julien, der als Einziger wirklich noch die Nerven behielt. »Zum Nexus!«
Wie kopflos rannten sie auf die Lichtkuppel zu, die den Gang fast vollständig ausfüllte. Alex erreichte sie als Erster und stand nun mitten in dem weißen Leuchten. Verzweifelt versuchte er, den Dunklen Strom wenigstens so weit zu wecken, dass er die anderen zurückschicken konnte. Aber es tat sich überhaupt nichts.
»Was ist los?«, kreischte eine der beiden Frauen, die sie mitgenommen hatten. »Bringt uns nach Hause!«
»Dazu ist er nicht in der Lage«, erklärte die melodische Stimme, bevor Alex etwas erwidern konnte. »Eure Kräfte sind in dieser Welt erloschen. Ihr könnt bis nächstes Jahr hier stehen und doch nicht fortkommen.«
»Bildet eine Geistesbrücke«, raunte Herr Ramiç und berührte Alex am Arm. Hastig versuchte Alex, der Aufforderung nachzukommen – ohne jeden Erfolg. Der Dunkle Strom war hier tatsächlich vollkommen unerreichbar.
»Es geht nicht«, wisperte er und starrte den alten Herrn panisch an.
»Ihr habt es schon einmal geschafft, verdammt«, gab der zurück.
Die Stimme lachte. »Nein, das hat er eigentlich nicht. Wie sollte er auch? Nun, glaubt mir, ihr könnt getrost dort herauskommen. Es wird euch nichts helfen, noch länger in dem Licht herumzustehen.«
In diesem Augenblick erlosch die Lichtkuppel, als hätte jemand den Strom abgeschaltet.
Wie vom Donner gerührt stand Alex da und sah nur Sterne, die vor seinen Augen tanzten. Blinzelnd starrte er in die Richtung, aus

der die melodische Stimme kam. Als sich seine Sicht allmählich klärte, blickte er in das Gesicht des Schattenfürsten. Der Korridor war jetzt hell erleuchtet durch die Fackeln, die die Silberreißer hinter ihm in ihren stählernen Klauen hielten.
»Was soll das heißen?«, fragte Alex. Die Gefahr hatte er in diesem Augenblick vollständig vergessen. »Wie bin ich dann hier herausgekommen?« In seinem Hinterkopf rumorte ein Verdacht, der zu scheußlich war, als dass er es fertigbrachte, ihn in Gedanken zu fassen.
»Nun …«, begann der Schattenfürst und sein fein gezeichnetes Gesicht verformte sich, wurde noch schmaler, die Lippen voller, sein Haar floss plötzlich wie schwarze Tinte über seine schmalen Schultern, »… ich habe dich hier weggebracht.«
Das Wesen, das wie Lucia aussah, trat auf Alex zu und schlang ihm die Arme um den Hals. »Eigentlich habe ich alles gemacht: die Türe der Zelle demoliert, diese armen Biester laufen lassen und uns am Schluss in deine Welt geschickt.«
Starr vor Entsetzen sah Alex auf dieses Gesicht herab, das nur wenige Minuten zuvor bei ihm eine Art von Gefühl hervorgerufen hatte, das ihm bis dahin unbekannt gewesen war.
»Du hast gedacht, du hättest das getan, ich weiß«, meinte das Wesen und schürzte mitleidig die vollen Lippen. »Ach je, ich wollte dir einfach den Spaß nicht verderben. Du warst doch so stolz auf dich, hm? Und es war so schön mit dir.«
Es war Alex vollkommen unmöglich, in diesem Moment etwas zu sagen. Er stand nur da, die Arme dieses Wesens um den Hals, und spürte, wie in ihm etwas quälend langsam zerbrach.
Herr Ramiç trat neben ihn. »Es war alles nur ein Trick«, flüsterte er. »Deswegen hat Sonja die gefangenen Weltenfürsten nicht in der Vision der Erzengel gesehen – es gab sie gar nicht.«
Das Mädchen löste sich von Alex. »Bei all unserer Macht – wir hätten euch nicht gegen euren Willen hierher verschleppen können.«
»Aber warum dieser ganze Aufwand?«, fragte Herr Ramiç, toten-

blass im Gesicht. »Ihr hattet den Jungen doch schon. Warum musstet ihr ihn erst hierher locken und dann wieder gehen lassen?«

Das Wesen sah den alten Herrn mitleidig an. »Amar, du bist mittlerweile der Älteste und Erfahrenste von eurer Bande, und trotzdem so schwer von Begriff. Wer hätte uns denn in die Goldene Stadt bringen sollen, wenn nicht der Drache selbst?«

Kraftlos taumelte Herr Ramiç zurück und wurde von Julien aufgefangen. »Der Geisteswall«, stieß er hervor. »Ihr wolltet in die Goldene Stadt!«

Plötzlich hatte das Wesen wieder die Gestalt des Schattenfürsten angenommen. »Eure Vorfahren – die sich übrigens jetzt gerade für euch schämen dürften – haben uns das Leben mit diesem lästigen Hindernis wirklich erschwert«, räumte er ein. »Aber der Junge und seine Schwester haben den Wall vollständig beseitigt, als sie uns hindurchgezerrt haben. Unser Dank gilt den Nachkommen des Drachen«, fügte er amüsiert hinzu. »Endlich steht uns der Nexus offen. Und mit euch hier in den Schatten sind unsere Welten fester miteinander verbunden als je zuvor.«

»Gott steh uns bei!«, brachte Herr Ramiç heraus. »Was habt ihr jetzt vor?«

Der Schattenfürst lächelte ihn mit dünnen, blutleeren Lippen an. »Wir nehmen uns, was uns gehört.«

❖ ❖ ❖

»Was hast du vor?«, fragte Sonja schwach. Gebannt starrte sie auf den Drachenkopf mit den rot leuchtenden Augen. *Wieso kann sie das?*, waberte es ihr durch den Kopf. *Das Ding ist doch kaputt! Außerdem sollte sie es nicht mal anfassen können.*

»Ich werde uns jetzt nach Hause bringen«, erwiderte das Mädchen und lächelte spöttisch. »Im Gegensatz zu deinem Bruder kennst du unsren Keller ja noch nicht. Aber du wirst dich dort wohlfühlen.« Nachdenklich hielt sie inne und schüttelte dann den Kopf.

»Nein, stimmt nicht«, korrigierte sie sich. »Aber das wäre ja auch nicht der Sinn der Sache. Und nun …« Sie runzelte die Stirn und musterte Sonja mit zusammengekniffenen Augen.

Plötzlich legte sich eine kalte, unsichtbare Hand um Sonjas Hals, die sie ein Stück in die Luft hob und ihr fast völlig die Luft abschnürte. Unter verzweifeltem Gurgeln strampelte Sonja mit den Füßen in der leeren Luft und versuchte, dem unbarmherzigen Klammergriff zu entkommen. Doch es war völlig aussichtslos. Sie hätte genauso gut mit bloßen Händen eine Baggerschaufel öffnen können. Mit irre rollenden Augen starrte sie Simon hilfesuchend an.

Der sah kurz zwischen den beiden Mädchen hin und her. Dann sprang er auf Lucia zu, mit einem Satz so hoch und weit, dass er buchstäblich zu fliegen schien. Mitten im Flug zog er sein Schwert und holte damit weit hinter seinem Rücken aus, als wollte er sie in der Mitte durchteilen.

Lucia verfolgte seinen Sprung mit einem Blick, als ob sie bei einem Turnwettbewerb zusah. Dann war er direkt über ihr und die Klinge fauchte herab.

Mit einer Bewegung, die zu rasch für das menschliche Auge war, duckte das Mädchen sich unter dem Hieb weg. Im gleichen Moment verschwand es unter einer Kuppel wie von schwarzem Glas, die sich mit einem dumpfen Knall aus dem Nichts aufwölbte. Gleichzeitig ließ die unsichtbare Hand um Sonjas Hals locker und sie plumpste zu Boden. Keuchend stemmte sie sich hoch, um sehen zu können, was geschah.

Simon schlug auf der schwarzen Kuppel auf wie auf einem Felsblock. Sein Schwert wurde klirrend beiseitegeschleudert, während er selbst zu Boden stürzte und auf dem dunklen Glasboden mehrere Meter weiterrutschte.

Einen Moment blieb er reglos liegen, dann rappelte er sich wieder auf.

»Mein Güte, wie hartnäckig«, lachte Lucia und deutete mit dem Stab auf ihn. »Dann stirb eben!«

Ein bleistiftdünner Strahl aus rotem Licht schoss aus dem Kristall auf Simon zu, der keine Chance hatte auszuweichen. Er traf den Jungen genau in die Brust und Sonja schrie gellend auf.
Einen Moment lang stand Simon nur erstarrt da und sah an sich herab. Wo der Strahl auf sein Hemd getroffen war, war absolut nichts zu sehen. Stirnrunzelnd blickte er auf, als wartete er auf die Erklärung.
»Selbst jetzt noch«, sagte Lucia fast amüsiert und betrachtete den Stab in ihrer Hand. »Es ist tatsächlich erstaunlich, dass euch Wächtern mit unseren Kräften einfach nicht beizukommen ist.«
Sonja hätte fast gejubelt vor Erleichterung. Natürlich – Wächter waren mit den Kräften des Dunklen Stromes nicht zu besiegen.
Aus den Augenwinkeln bemerkte sie, wie neben ihr Bewegung in Kordan kam. Der Wächter hatte bis jetzt neben dem bewusstlosen Albarath gewacht. Nun richtete er sich auf, seinen Stab mit den zwei Klingen in den Fäusten.
»Aber ich habe eine Beschäftigung für euch mitgebracht«, sagte Lucia und wandte sich zu Kordan um. »Hört ihr sie?«
Simon hatte zwei Schritt in Richtung seines Schwertes getan, doch jetzt blieb er stehen und sah sich um. Ein grausiger Lärm drang von dem gewaltigen Tor her in den Saal. Die Schattenwesen waren in der Stadt und ihr Gebrüll kam mit jedem Herzschlag näher.
Plötzlich drehte sich Simon um und rannte davon. Fassungslos starrte Sonja ihm hinterher, wie er Richtung Ausgang spurtete. Lucia brach in ein helles Lachen aus, das aber schlagartig verstummte, als er das Tor erreicht hatte. Hier blieb er stehen, packte die schweren halbkreisförmigen Flügel und schlug sie mit einer solchen Wucht zu, dass die Luft von dem Donner erzitterte. Die Fuge in der Mitte verschwand und der Saal war verschlossen.
Ein wilder Triumphschrei entfuhr Sonja, als sie Simons Plan verstand: Das Tor öffnete sich nur für Weltenfürsten. Die Monster dort draußen würden sie nie in die Klauen bekommen.
»So, und jetzt hilf dir selbst!«, sagte Simon mit tödlicher Ruhe und ging auf das Mädchen zu.

»Nett. Aber du weißt nicht, mit wem du es zu tun hast«, erwiderte Lucia. Sie schloss die Augen, legte den Kopf in den Nacken und hob den Stab mit dem Drachenkopf beidhändig in die Höhe wie ein Zepter.

Ein seltsam vibrierender Ton erklang, der Sonja die Zähne im Mund klappern ließ. Dann mischte sich von irgendwo über ihr ein kreischendes Geräusch dazu, das so sehr wehtat, dass sie sich die Hände auf die Ohren presste. Mit verzerrtem Gesicht blickte sie nach oben und riss die Augen auf, als sie verstand, woher das Kreischen kam.

Es war das Glas.

Der Ton brachte es zum Schwingen. Die anfänglich nur zu ahnenden Bewegungen wurden immer stärker, bis zuletzt die ganze gigantische Kugel, in der sie sich befanden, hin- und herschwang wie ein Pudding auf einem wackelnden Tisch.

Direkt über Sonja bildete sich in der Decke ein Riss, der immer weiterlief, sich verästelte und mit anderen Rissen vereinigte. Es konnten nur wenige Sekunden sein, in denen sich diese Zerstörung abspielte, doch Sonja kamen sie wie Stunden vor. Sie konnte nichts tun, außer dasitzen und fasziniert zuschauen, wie diese Kuppel, die nun seit Jahrtausenden den Nexus beschützt hatte, im Laufe weniger Augenblicke zerstört wurde. Dann hatten sich die Risse wie ein dichtes Netz um die gesamte Kuppel gelegt und einen Moment lang sah es aus, als hätte es wieder zu schneien angefangen.

»Sonja!«, brüllte Simon und rannte auf sie zu.

Er war gerade bei ihr angelangt, als die Kuppel mit einem satten Knall zerbrach und in sich zusammenstürzte. Im Laufen riss er Sonja hoch und schleuderte sie weiter. Wie ein Puck auf dem Eis rutschte sie gegen die weiße Innenwand des Saales und prallte mit einem harten Schlag dagegen, direkt unter dem schützenden Dach eines Balkons.

Benommen sah sie auf. In diesem Moment brachen die Splitter über sie herein wie ein gläserner Hagelschauer und begruben den

ganzen Saal unter sich. Der Lärm war so ohrenbetäubend, dass Sonja das Klirren auch noch hörte, als die letzten Splitter längst gefallen waren.
Völlig verwirrt richtete sie sich wieder auf und sah sich um. Ein paar Schritte von ihrem Versteck entfernt lag Simon unter einer dicken Schicht aus Scherben. Mit offenem Mund ging Sonja auf ihn zu. Das Glas knirschte unter ihren Füßen. Ohne jedes Gefühl registrierte sie, dass er sich nicht bewegte. Auch von Albarath oder Kordan war nichts zu sehen. Überall erhob sich nach wie vor das zierliche Geflecht aus Balkons und Treppen, doch ohne die Kuppel dahinter wirkte die Konstruktion seltsam fehl am Platze, wie die letzten, einzelnen Zähne im Mund einer Greisin.
Sonjas Blick wanderte zu Lucia, die in diesem Moment den Stab senkte, zufrieden lächelte und ihrerseits zu Sonja hinübersah.
»Endlich Ruhe«, sagte sie. »Gehen wir.«
Bevor Sonja auch nur begriffen hatte, was sie meinte, packte sie erneut diese unsichtbare Hand um den Hals, hob sie hoch und trug sie einen halben Meter über dem weißen Glasteppich auf den Nexus zu. Der Würgegriff ließ ihr die Tränen in die Augen steigen, sodass sie alles nur durch einen verschwommenen Schleier wahrnahm.
Dennoch sah sie, wie Lucia plötzlich stehen blieb und sich zum Tor umwandte.
»Was …?«, hörte Sonja sie sagen. Im gleichen Moment bildete sich ein rot glühender Spalt in den Torflügeln und sie schwangen ein paar Zentimeter weit auf, bevor sie mit gequältem Knirschen verharrten. Dann verfärbte sich die gewaltige halbkreisrunde Metallscheibe, leuchtete auf, dunkelrot, orange und grellweiß, so blendend hell, dass Sonja die Augen zukniff.
Schlagartig wurde es erstickend heiß und eine Explosion erschütterte den Boden. Als sie die Augen wieder öffnete, konnte sie nichts mehr sehen vor Dampf. Der weiße Dunst brannte schmerzhaft in Nase und Lunge und füllte die Luft mit dem Geruch von Schweißarbeiten.

Funken tanzten Sonja vor den Augen, ihr ging die Luft aus. Ihre Beine zappelten hilflos in der Luft, ihre Finger umklammerten ihren Hals, und sie bemerkte es selbst nicht einmal. Alles, was in diesem Augenblick in ihr Bewusstsein drang, war die massige Gestalt, die mit schweren Schritten aus dem weißen Dunst hervortrat, zu dem das Tor verdampft war.

Ethan, dachte sie bei sich.

Im gleichen Moment ließ die Hand sie fallen und sie landete inmitten klirrender Glasscherben, wo sie liegen blieb und um Atem rang.

Was willst du hier?, fragte Lucia, und ihre Stimme klang fast mitleidig in Sonjas Kopf. *Ich habe dich doch am Leben gelassen.*

Trotz ihrer schmerzenden Lunge stemmte Sonja ihren Oberkörper empor, um etwas sehen zu können.

Ethan antwortete nicht. Sein Mondgesicht war vollkommen regungslos, als er durch das Glas stapfte, auf Lucia zu. Unter seinen bloßen Füßen zerschmolzen die Splitter wie Eis auf der Herdplatte und verwandelten sich in eine grünlich spiegelnde Lache.

Entsetzt bemerkte Sonja, dass er keine Kleidung trug und am ganzen Körper verbrannt war. Seine Haut wirkte wie braunes Pergament und war an den Gelenken aufgeplatzt. Es schien ihn nicht zu stören.

Du warst mir nützlich. Ich will dich nicht töten, sagte Lucia und ihre Stimme hatte einen neuen Tonfall, den Sonja zunächst nicht einordnen konnte. Dann erkannte sie, was sich dahinter verbarg: Das Mädchen war nervös.

Unbeirrt stapfte Ethan weiter auf sie zu. Dann stieß Lucia ruckartig den Kopf vor. Ethan wurde ein Stück weit zurückgeworfen und einen Moment sah es so aus, als fiele er auf den Rücken. Aber statt zu fallen, blieb er einen Augenblick in der Luft hängen, als läge er in einem unsichtbaren Sessel, und richtete sich dann wieder auf. Sobald er stand, marschierte er weiter auf Lucia zu. Sein Gesicht war völlig reglos, eine Totenmaske aus braunem Pergament.

Erneut stieß sie ihn zurück, und diesmal schien sie ihn härter ge-

troffen zu haben. Auch dieses Mal blieb er in der Luft liegen, doch er stieß ein schmerzerfülltes Stöhnen aus, auch wenn sein Gesicht weiter vollkommen reglos blieb.
Du kannst mich nicht besiegen, Ethan, erklärte Lucia, diesmal wieder mit der alten Selbstsicherheit. *Solange ich das Drachenauge habe, kann das niemand. Finde dich damit ab.*
Als der dicke Junge einen dritten Anlauf nahm, nahm Lucia den Stab und hielt ihn sich mit ausgestreckten Armen quer vor den Leib. Sofort stieß Ethan auf ein unsichtbares Hindernis, gegen das er sich zwar mit aller Macht lehnte, das ihn aber keinen Zentimeter fortkommen ließ. Der Glasboden unter seinen Füßen verformte sich.
Anscheinend muss es sein, stellte Lucia bedauernd fest und schloss die Augen. *Ich hätte dich leben lassen. Dies war nicht meine Entscheidung.*
Die glühenden Augen des Drachen leuchteten grellrot auf, als Lucia den Stab auf Ethan richtete. Der massige Leib des Jungen wurde emporgehoben und begann zu zittern. Ein Laut entkam seiner Kehle, so voller Qualen, dass Sonja sich hastig zur Seite rollte, um das Ganze nicht mitansehen zu müssen.
Doch dann brannte sich ein Funke Wut durch ihre lähmende Angst. Dieses Wesen verwendete den *focus* ihres Vaters, um sie alle umzubringen, und der Einzige, der in diesem Moment etwas dagegen tat, war dieser bedauernswerte, dicke Junge, während die Tochter des Drachen sich hier unter einem Balkon versteckte.
Vorsichtig riskierte sie einen Blick. Ethan kämpfte immer noch gegen die unsichtbare Hand an, die ihn etwa zwei Meter hoch in der Luft schweben ließ, die Arme weit von sich gestreckt. Doch seine Bewegungen wurden kraftloser, sein gurgelnder Atem immer flacher und hastiger.
Nein!, knirschte Sonja in Gedanken und plötzlich donnerte der Dunkle Strom mit solcher Gewalt durch ihre Seele, dass sie das Gefühl hatte, aus reiner Energie zu bestehen.
Mit einem einzigen Gedanken wischte sie das Band fort, das Lucia

um Ethan geschlungen hatte. Der Junge plumpste zu Boden und landete in den klirrenden Glasscherben.

Lass ihn!, brülllte Sonja und ging auf Lucia zu. *Lass ihn in Ruhe! Lass uns in Ruhe, du Dreckstück!*

Ihre Worte waren geistige Schläge, jede Silbe ein Geschoss. Lucias Kopf wurde nach hinten gerissen, als Sonjas Gedanken mit der Gewalt eines Meteoritenhagels auf sie niederfuhren. Sie musste mit den Armen rudern, um das Gleichgewicht zu wahren. Doch dann packte sie den Stab wieder mit beiden Händen und rammte die Füße fest in die Scherben.

Das schaffst du nicht!, fauchte Lucia und die Drachenaugen glühten auf. Ein seltsam durchsichtiger Strahl schoss auf Sonja zu, eine Wand aus flimmernder Luft. Die Scherben am Boden wurden mitgerissen und fegten auf sie zu. Ohne zu wissen, was sie tat, duckte sich Sonja und schützte ihr Gesicht mit den Armen. Sie spürte, wie der Dunkle Strom um sie herum eine Art Schild auffahren ließ, genau in dem Moment, in dem der Strahl sie erreichte. Die Welle aus Glas brach über Sonja herein, ohne dass auch nur eine Scherbe sie berührte. Aber für diesen Schutz hatte sie ihre letzte Kraft verbraucht. Ihr innerstes fühlte sich an wie ausgehöhlt.

Blinzelnd richtete sie sich auf. Sofort traf sie Lucias amüsierter Blick. *Genug gespielt? In Ordnung. Lass es uns beenden!*

Wieder hob sie den Stab. Ein letztes Mal tastete Sonja nach dem Dunklen Strom. Doch sie konnte nichts mehr tun. Ihr Blick glitt empor, hinauf in den verhangenen Himmel. Sie war fast dankbar, dass es jetzt ein Ende fand. Doch dann bemerkte sie eine Bewegung in der Luft.

Ruckartig wandte sie den Kopf und hätte fast einen Schrei der Überraschung ausgestoßen. In furchteinflößender Höhe, am obersten Ende des Balkongeflechts, schnellte ein Schemen mit katzenartigen Bewegungen von einem Vorsprung zum nächsten. Mit wenigen Sätzen hatte das Wesen den halben Saal umrundet. Dann blieb es auf dem Geländer eines Treppchens hocken und Sonja erkannte die weißblonden Haare einer Frau.

Nur eine Sekunde blieb Janine dort sitzen und starrte in den verwüsteten Saal hinunter, die grün glühenden Augen starr auf Lucia gerichtet. In ihrem Gesicht lag so viel Hass und Wut, dass Sonja auch aus dieser Entfernung davor zurückschreckte. Die Scherben unter ihr klirrten noch von ihrer Bewegung, als Janine losschnellte, mitten hinein in die gähnende Tiefe.
Wie eine Klippenspringerin hatte sie die Arme nach beiden Seiten ausgebreitet und einen Moment schien sie tatsächlich fliegen zu können, so weit wie ihr Sprung sie in die Mitte des Raumes hineintrug. Aber dann sackte sie ab und stürzte nach unten, den Blick weiterhin fest auf Lucia gerichtet. Erst jetzt erkannte Sonja, was die Wächterin vorhatte.
Ein Schrei des Entsetzens entfuhr ihr und Lucias Blick huschte in ihre Richtung. *Der Stab!*, schrie Sonja in Gedanken. *Es ist der Stab!* Lucias Gesichtsausdruck wandelte sich von amüsiertem Erstaunen zu einem Anflug eines Verdachts. Sie folgte mit ihren Augen Sonjas Blick und legte den Kopf in den Nacken. Alles, was sie sah, waren zwei smaragdgrün glühende Augen, die direkt auf sie zurasten.

❖ ❖ ❖

Janine wusste, dass sie den Sturz nicht überleben würde. Daher musste jetzt alles erledigt werden. Sie hatte es sich schon gedacht, dass dieser verfluchte Stab mit dem Kristall entscheidend war, aber sie war Sonja dankbar für die Bestätigung.
Mit winzigen Bewegungen der Arme und Beine korrigierte sie ihre Sturzbahn bis zuletzt, bis nur noch ein paar Meter sie von dem kleinen Miststück trennten und nichts in dieser Welt mehr zwischen der Wächterin und ihrer Rache stand. In einem kostbaren, winzigen Moment, der Janine jedoch für alles entschädigte, verzog sich das Gesicht der Göre zu einer Maske des blanken Entsetzens, als sie emporsah und die versteinerte Miene der Wächterin ihr ganzes Blickfeld füllte. Mit einer verzweifelten Bewegung riss

Lucia den Stab herum, versuchte, ihn auf Janine zu richten, doch es war zu spät.
Janine schlug ein. Und während sie den schmalen Körper des Mädchens unter sich begrub, während Knochen brachen, Sehnen rissen und Adern platzten, während ihr Körper zu einer einzigen großen Waffe wurde, nur mit dem einen Ziel, dieses Wesen dort zu zermalmen – währenddessen holte sie aus und schlug mit ihrer linken, zerstörten Hand den Drachenstab so heftig beiseite, dass er quer durch den ganzen Saal flog und klappernd gegen die Wand prallte. Ein seltsam angenehmer Schmerz blühte in dem verquollenen Stumpf auf und breitete sich sofort in ihrem gesamten Körper aus. Das Gefühl wurde noch im gleichen Moment von absoluter Dunkelheit überdeckt, als Janines Sturz sein Ende fand.

❖ ❖ ❖

Wie in einem Traum stand Sonja auf und machte ein paar unsichere Schritte in die Mitte des Saales. Das Einzige, was sie hörte, war das Knistern der Scherben unter ihren Sohlen. Langsam ging sie auf die reglosen Körper von Janine und Lucia zu. Friedlich lagen die zwei Frauen aufeinander, in einer letzten Umarmung unter Feindinnen im Tod.
Ohne irgendein Gefühl zu spüren, blickte Sonja auf Lucias Gesicht herab. Es wirkte noch verstörend unversehrt; lediglich auf der Stirn war die Haut aufgeplatzt. Sonja sah auf das tote Mädchen herunter und versuchte mühsam darüber nachzudenken, was sie jetzt wohl tun sollte.
Lucia schlug die Augen auf.
Sonja erschrak so sehr, dass sie sich einfach auf den Hintern setzte. Unter dem Klirren der Scherben wand sich das Mädchen hin und her, bis es zuletzt Janines Körper abgeschüttelt hatte. Dann drehte es den Kopf und sah Sonja an.
Damit hatte ich nicht gerechnet, ertönte Lucias Stimme in Sonjas Kopf. *Bis jetzt hat sie gut funktioniert.*

Sonja schüttelte fassungslos den Kopf. »Wieso funktioniert?«, flüsterte sie.
Wir mussten sie von dem Jungen trennen. Das Band zwischen euch und euren Wächtern ist zu eng. Sie hätte uns gefährlich werden können. Durch ihren Hass auf mich hat sie sich selbst unglaubwürdig gemacht.
Das Mädchen begann, sich langsam aufzurappeln. Sonja riss die Hände vor den Mund, als Lucia sich mit grotesk verformten Armen und Beinen auf die Knie stemmte und dann umsah. *Unangenehm. Aber mein Heer wird bald hier sein. Es geht alles seinen Gang.*
Ohne sich um Sonja zu scheren, fing Lucia an, in Richtung des Stabes zu kriechen, wobei ihre Gliedmaßen immer wieder unter grauenvollen Geräuschen an den Bruchstellen einknickten. Absolut unfähig zu auch nur der kleinsten Bewegung sah Sonja ihr zu. Lucia hatte noch keinen Meter zurückgelegt, als hinter ihnen Schritte knirschten. Ohne ihn zu sehen, spürte Sonja an der Hitze, die sie plötzlich umgab, dass es Ethan war.
Der Glutbringer war hier.
Mit einem unhörbaren Schrei voller Angst und Wut änderte Lucia ihre Richtung und kroch auf den Nexus zu. Wie eine Schildkröte stieß sie sich mit Armen und Beinen ab, schleuderte Splitter umher und kam doch nur Stück für Stück vom Fleck.
Ethan tat sich ebenfalls schwer, jeder Schritt schien eine Kraftanstrengung zu sein. Doch so unaufhaltsam wie ein Gletscher schob er sich vorwärts, immer näher an die Fliehende heran, und mit jedem Stückchen Weg schien die Hitze größer zu werden, die er ausstrahlte.
Als er endlich bei ihr war, sanken seine Füße bereits in den Boden ein, so schnell glühte das schwarze Glas auf und wurde flüssig. Wie ein Berg aus Fleisch ragte er eine Sekunde über Lucia auf. Dann ließ er sich der Länge nach auf sie fallen.
Ihr Schrei hallte in Sonjas Kopf wider, und die beiden liegenden Körper glühten schlagartig so hell auf, dass sie ihr Gesicht mit den Armen schützte. Eine Hitzewelle fegte über sie hinweg, die stark genug war, um ihr die Härchen auf der Haut zu versengen.

Dann herrschte völlige Stille. Auch das Brüllen der Monster, die Wutschreie der Kämpfenden und das Klirren von Stahl waren nicht mehr zu hören. Langsam hob Sonja den Kopf.

❖❖❖

»In diesem Moment holen wir gerade den anderen Abkömmling des Drachen«, erklärte der Schattenfürst zufrieden. »Wenn wir euch hier vereint haben, werden wir endlich unseren Platz inmitten der Lichtwelten einnehmen.« Er atmete tief ein, als ob ihm eine schwere Last von der Seele genommen würde. »Die Zeit der Weltenfürsten wird endgültig vorbei sein, und dann …«

Er brach plötzlich ab und starrte die Menschen an. »Was …?«, flüs-terte er und riss die Augen weit auf. Dann starrte er auf seine Hände, deren weiße Haut in Augenblicken von selbst dunkel wurde und dann Feuer fing.

»Nein!«, schrie er und fing an, mit den Armen zu rudern. Es sah aus, als schwenkte er zwei Fackeln.

Die Silberreißer hinter ihm wichen mit verwirrten Gesichtern immer weiter zurück, während die Flammen auf Arme und Schultern des Schattenfürsten übergriffen. Sein Schmerzensgebrüll donnerte durch den Gang. In höchsten Qualen stolperte er von einer Wand zur anderen: Rasch brannte sein ganzer Oberkörper und der Kopf; eine Spur von glühenden Stoffstückchen blieb hinter ihm zurück. Immer lauter wurden seine Schreie, bis sich die Menschen unwillkürlich die Ohren zuhielten. Dann brach er an einer Wand zusammen und blieb in einer seltsam schiefen Haltung sitzen.

Eine Sekunde später war der Körper einfach verschwunden.

»Was war das?«, fragte Julien und begutachtete die Stelle, wo der Schattenfürst sich in Luft aufgelöst hatte.

Herr Ramiç atmete tief durch. »Ich weiß es nicht. Aber ich hoffe, dass es etwas Gutes für uns bedeutet.«

Niemand sagte etwas. Keiner kam auf die Idee, den weiteren Ver-

lauf des Ganges zu erforschen. Es war allen klar, dass sie nur auf Hilfe hoffen konnten. Selbst jetzt, da ihr Feind geschlagen schien, saßen sie in der Falle. Stumm standen sie da und warteten.
»Ich hoffe nur, die Erzengel können uns hier sehen«, murmelte Alex schließlich, und seine Worte waren noch nicht verhallt, als hinter ihnen das weiße Licht des Nexus erstrahlte.
Kommt nach Hause, hörten sie Sonjas erschöpfte Stimme in ihren Köpfen. *Es ist vorbei.*
Kurze Zeit später befanden sich alle wieder in der Goldenen Stadt. Sehr ruhig sahen sie sich in dem Saal um. War der Raum zuvor atemberaubend gewesen, so war er es nun nicht minder in seiner Zerstörung, aber auf eine Art und Weise, die jedes Wort in der Kehle ersterben ließ.
Nachdem sich die Armee der Schatten in schwarzem Rauch aufgelöst hatte, hatten sie nun Zeit, um ihre Verluste zu betrauern. Immerhin waren weder Albarath noch Simon oder Kordan zu ernstem Schaden gekommen. Sie alle hatten Wunden von den Splittern davongetragen, aber diese hatte Sonja rasch heilen können.
Von Ethan und Lucia war nichts zurückgeblieben. Die Hitze des Glutbringers hatte den dunklen Glasboden unter ihnen verdampfen lassen, sodass an der Stelle ihres Todes eine gleichmäßige Vertiefung entstanden war, als hätte man eine Kugel in Sand gedrückt.
Stumm führte Sonja ihren Bruder zu dem Leichnam seiner Wächterin. Einige Soldaten hatten sie auf eine der Bänke am Rand des Saales gelegt. Das Haar floss golden rings um ihren Kopf und ihr Gesicht hatte im Tod einen so friedlichen Ausdruck, wie sie ihn im Leben niemals gezeigt hatte. Die Männer hatten ihre Hände ineinander verschränkt, sodass sie den Eindruck machte, als betete sie.
Alex wusste, dass ihn sein schlechtes Gewissen Janine gegenüber den Rest seines Lebens begleiten würde. Trotzdem empfand er in diesem Moment keine Trauer. Er empfand gar nichts, bis er die betenden Hände bemerkte. Dann aber musste er einfach lachen. Diese Haltung war so falsch für Janine, dass man ihr genauso gut irgendein Faschingskostüm hätte anziehen können.

Sonja bemerkte sein unterdrücktes Prusten. »Was ist?«, fragte sie irritiert.

Er konnte nichts sagen, weil er sich solche Mühe gab, nicht laut zu lachen. Stattdessen deutete er nur auf den Grund seiner Heiterkeit.

»Um Gottes willen«, flüsterte Sonja und berührte die Hände der Wächterin. »Das kann nicht wahr sein.«

Vor Verwirrung hörte Alex auf zu kichern und beobachtete, wie seine Schwester ihre rechte Hand auf Janines Stirn legte. »Was ist?«, fragte er.

»Sieh mal!« Sie nahm ihre Linke von Janines gefalteten Händen. »Damit hat sie den Stab berührt.«

Zunächst verstand Alex es nicht. Dann dämmerte es ihm. Janines Hände sahen so normal aus, dass es ihm nicht aufgefallen war. Ihre Linke war geheilt, als hätte sie nie eine Verletzung erlitten.

»Der Stab hat sie – geheilt?«, fragte er fassungslos.

»Leider zu spät«, seufzte Sonja und lehnte sich mit dem Rücken gegen die Wand neben der Bank. »Und ich konnte auch nichts mehr tun. Tut mir leid.«

Voller Mitgefühl sah sie ihren Bruder an. Bisher hatte er wie gelähmt gewirkt, und sie hatte sich bereits Sorgen gemacht. Doch jetzt schien ihn die Wirklichkeit einzuholen. Den Blick starr auf Janines Leichnam gerichtet, wurde er plötzlich blass. Seine Beine knickten ihm weg und er musste sich an der Bank festhalten.

»Um Himmels willen«, flüsterte er.

»Ja, ich weiß«, sagte Sonja leise und beugte sich vor, um ihren Bruder zu umarmen.

»Janine«, sagte er.

Sonja stiegen die Tränen in die Augen, weil ihr Bruder ihr so leidtat.

Im nächsten Augenblick rammte sie ihm ihr Knie ins Gesicht, als sich Janine ächzend hinter ihr regte und Sonja mit einem Schrei aufsprang, der weit genug über das Meer hallte, um noch in Tormar gehört zu werden.

Epilog

Es war einer der ersten wirklich heißen Sommertage. Die Sonne schien sich jetzt für all die Monate revanchieren zu wollen, während derer sie hinter Wolken verschwunden gewesen war, und nur ein leichter Wind sorgte dafür, dass die Hitze erträglich blieb. Die Wellen rings um die Goldene Stadt glitzerten so stark, dass man nur mit Mühe hinaussehen konnte. Am Horizont, hinter einem feinen Dunstschleier verborgen, lag die grüne Küste von Tormar. Sobald es möglich war, hatte Leutnant Nürli Erkundungsschiffe ausgesandt, die sich ein Bild davon machten, wie ihre Welt mittlerweile aussah. Von Albarath hatten sie bereits erfahren, dass seine Heimat aus einer gewaltigen Inselgruppe bestand. Und tatsächlich stellten ihre Forschungsexpeditionen fest, dass diese Inseln genau so beschaffen waren, wie von dem Weltenfürsten beschrieben – nur dass sie sich eben jetzt südlich der Goldenen Stadt befanden, von wo aus sie sich in einem großen Bogen nach Westen hin erstreckten, sodass Sizilien nunmehr plötzlich einer gewaltigen Landmasse im Norden gegenüberlag.

Noch wundersamer hatte sich die Landkarte dort verändert, wo andere Welten auf dem Festland aufgetaucht waren. Östlich von Rom lag nun ein ausgedehntes Land aus sanften Hügeln, reichen Feldern und einigen Sümpfen, dessen dunkelhäutige Bevölkerung bereits begonnen hatte, mit den Menschen dort fröhlichen Tauschhandel zu treiben. Weiter östlich wiederum fanden sich die schon bekannten Gebiete – sie waren lediglich verrutscht. An dieser Stelle schien der italienische Stiefel buchstäblich dicker geworden zu sein.

Die Menschen in der Goldenen Stadt hatten diese Veränderungen erstaunlich rasch hingenommen, was sicher auch daran lag, dass

seitdem keine Kämpfe mehr auszufechten gewesen waren. Dennoch sahen sie immer wieder ungläubig zu der grünen Küste am Horizont hinüber und schienen zu erwarten, jeden Augenblick aufzuwachen.
Müßig dachte Sonja darüber nach, ob in diesem Augenblick wohl jemand auf der anderen Seite des Meeres saß und nach Norden blickte, wo plötzlich diese funkelnde Stadt aus weißem Stein, Glas und Gold aufgetaucht war. Still lächelnd prostete sie der Unbekannten dort drüben zu und sah sich dann in der Runde um, in der gerade über einen Scherz von Herrn Ramiç gelacht wurde.
Sie saßen im Schatten eines Sonnensegels rund um einen dunklen Holztisch auf genau der Terrasse, auf der sie Janine damals nach ihrem kleinen Ausbruch liegengelassen hatten. Zwei Diener füllten ihre Gläser immer wieder mit kaltem Wasser und Weißwein. Die Speisen entsprachen der Hitze: Es gab kalten Braten, geräucherten Fisch, Schinken, Wurst und Käse sowie gebratenes und in Öl eingelegtes Gemüse. Auf einer Anrichte im Schatten standen verschiedene Früchte, Honig, Joghurt und kalte Cremes als Nachtisch bereit.
»Dieser Schinken ist wirklich unglaublich«, stellte Simon fest und schnupperte an dem zartrosa Fleisch. »Was ist das für ein Gewürz?«
»Wir kennen es nicht«, erklärte Julien kauend. »Ist ein Geschenk von Albarath. Heute Morgen hat ein Schiff angelegt, das eine ganze Ladung Leckereien nur für uns gebracht hat.«
Herr Ramiç nahm ebenfalls eine Scheibe und kostete. »Phantastisch.« Er häufte sich noch mehr davon auf den Teller. »Ich wusste nicht, dass der Mann für uns noch so wertvoll sein würde.«
Alle lachten. Bei seiner Verabschiedung hatte Sonja sich noch dafür bei Albarath bedankt, dass er einen Sieg über die Schatten erst möglich gemacht hatte, und dabei kein bisschen übertrieben: Ohne den tomarischen Weltenfürsten mit dem gestutzten Bärtchen wären sie mit Sicherheit verloren gewesen.
Albarath war recht bald nach dem Ende der Kämpfe in seine Hei-

mat zurückgekehrt. Auch wenn die gesamte Flotte bei dem gigantischen Angriff der Schatten versenkt worden war, hatte doch ein ordentlicher Teil der Besatzung in der Stadt überlebt. Kurze Zeit nachdem Albarath auf einem kleineren Fischerboot übergesetzt hatte, waren sie von einer kleinen Flotte dickbäuchiger Frachter abgeholt worden. Die Bevölkerung der Stadt hatte sie verabschiedet wie Helden.

Ein echter Trost konnte für diese Männer zudem sein, dass ihre Heimat von den Armeen der Schatten völlig verschont geblieben war. Wie sich später herausgestellt hatte, waren die Angreifer wirklich nur darauf aus gewesen, den Nexus in ihre Gewalt zu bekommen. Sogar die höher gelegenen Bereiche der Stadt hatten sie kaum beachtet. Die Soldaten, die sich ihnen tapfer in den Weg gestellt hatten, waren zwar fast allesamt umgekommen, insgesamt allerdings waren die Verluste geringer gewesen, als sie zunächst befürchtet hatten. Aber auch so hatten sie eine unerträglich große Zahl an Körpern an Land schaffen und begraben müssen, und die Erinnerung daran wollte nur langsam verblassen.

»Apropos wertvolle Männer: Wo ist eigentlich Pater Matthews?«, fragte Julien. »Wollte er nicht auch kommen?«

»Er hat heute eine Besprechung mit seinen Priestern«, erklärte Simon und tupfte sich den Mund ab, bevor er einen Schluck Wein trank. »Wenn ich es richtig verstanden habe, wollen sie die Stadt und Nordbrück neu in Gemeinden einteilen.«

»Das scheint mir sinnvoll«, meinte Herr Ramiç. »Wir müssen uns besser organisieren. In den letzten Wochen hatten wir immer wieder Streitigkeiten wegen irgendwelcher Quartiere.«

»Er fühlt sich den Leuten wirklich verpflichtet«, merkte Julien an. Alle nickten zustimmend. Der Priester war für sie tatsächlich eine Hilfe, auf die sie nicht hätten verzichten können. Vor allem in den schweren Tagen direkt nach dem Kampf war Pater Matthews von unschätzbarem Nutzen gewesen. Unermüdlich hatte er den Menschen Trost und Hoffnung gespendet, und seine Gottesdienste in der Großen Halle waren stets bis zum Bersten gefüllt.

»Mir wäre es allerdings recht, er hätte nicht überall herumerzählt, was er von mir hält«, brummte Sonja.
»Du hast es ihm erlaubt«, erinnerte Simon sie schulterzuckend.
»Aber nur, weil er so einen Aufstand darum gemacht hat«, maulte sie.
Tatsächlich war es Pater Matthews unglaublich wichtig gewesen, den Menschen von Sonjas Begegnung mit den vier Erzengeln zu berichten. Es gebe den Leuten Hoffnung, war seine Begründung gewesen, und damit hatte er ihr kaum eine Wahl gelassen. Hätte sie zu diesem Zeitpunkt geahnt, was der Priester damit bewirken würde, wäre sie vermutlich etwas weniger großzügig mit ihrer Einwilligung gewesen.
Denn zumindest in der ersten Zeit machten seine Erzählungen das Leben für Sonja unerträglich. Hatten die Menschen sie vorher schon als etwas Besonderes gesehen, übernahmen jetzt viele Leute Pater Matthews' Ansicht, sie sei ein Engel, und gingen dementsprechend mit ihr um. Zuletzt hatte sie ihren Dienerinnen erzählt, wie sehr ihr diese Behandlung auf die Nerven ging, und ihnen den Auftrag gegeben, das unauffällig in der Stadt herumzuerzählen. Es hatte immerhin bewirkt, dass die Menschen sich Mühe gaben, ihre Verehrung etwas unauffälliger zu zeigen als durch hastige Kniefälle.
»Ihr müsst Euch damit abfinden, etwas Besonderes zu sein«, sagte Herr Ramiç mit einem verständnisvollen Lächeln. »Und ich gebe zu, dass auch ich mich gerne an Euer Erlebnis erinnere. Es ist ein Beweis dafür, dass jemand ein freundliches Auge auf uns hat.«
»Mir gibt es zu viele Beweise dafür, dass auch jemand ein böses Auge auf uns hat«, sagte Alex und lächelte freudlos. Es war das erste Mal, dass er sich während dieses Essens zu Wort meldete.
»Nun ja«, erwiderte Herr Ramiç zögerlich, »im Augenblick scheinen uns die Schatten in Frieden zu lassen. Wir haben noch keine Berichte aus weiter entfernten Ländern, aber in einigen hundert Kilometern Umkreis scheint alles friedlich zu sein. Selbst jetzt, da viele unserer Brüder und Schwestern wieder heimgekehrt sind, haben sich keine Risse in den vereinten Welten gezeigt.«

»Vielleicht haben wir unsere Feinde tatsächlich vernichtet«, sagte Sonja hoffnungsvoll. »Es gibt sie noch«, stellte Alex düster fest. »Auch, wenn sich hier alle Bestien in Rauch aufgelöst haben, bin ich mir sicher, dass in der Feste noch welche sind.«

»Auf alle Fälle haben wir ihnen einen gewaltigen Schlag versetzt. Dass Ethan dieses Wesen verbrannt hat, war offensichtlich wirkungsvoll, wenngleich wir natürlich keine Ahnung haben, welche neuen Kreaturen die Schatten noch ausspucken könnten.«

»Mit ein bisschen Glück finden sie einfach nicht mehr hierher«, erklärte Julien. »Immerhin sind jetzt sämtliche Verbindungen gekappt, nun, da alle Welten miteinander verbunden sind.«

»Aber warum konnten sie dann noch hierher kommen, als wir schon alle Weltenfürsten bei uns hatten?«, fragte Sonja. »Sie hatten ja eben keine Gefangenen, durch die Weltenrisse entstehen konnten.«

»Doch«, widersprach Janine, die bisher ebenfalls geschwiegen hatte. »Es gab eine Verbindung: Lucia.«

Herr Ramiç starrte Janine an. »Natürlich«, sagte er verblüfft. »Das ist die Erklärung.«

»Das würde bedeuten«, folgerte Julien, »dass mit ihrer Vernichtung die Schatten tatsächlich vollständig ausgesperrt wurden. Und in dem Augenblick …«

»… hat sich diese Armee in Luft aufgelöst«, fiel Sonja ihm ins Wort. Sie war plötzlich so aufgeregt, dass ihr das Buttermesser aus der Hand glitt und zu Boden fiel. »Wir haben es wirklich geschafft!«

Eine Weile sahen alle einander stumm an. Bisher hatten sie noch nie die Möglichkeit laut ausgesprochen, dass sie den Kampf gewonnen haben könnten – eine stumme Abmachung, lieber nichts zu verschreien.

»Wir haben immer noch keine Ahnung, wer oder was dieses Wesen war«, erinnerte Janine sie und nahm sich ein Stück Ziegenkäse. »Wenn es denn tatsächlich nur *ein* Wesen war.«

»Dass beide Erscheinungen zugleich verbrannt sind, deutet jedenfalls darauf hin«, sagte Herr Ramiç ernst und rang sich dann ein Lachen ab. »Aber ich habe mir geschworen, Ihre düsteren Ahnungen künftig immer ernst zu nehmen – insofern werde ich darauf achten, auf keinen Fall unvorsichtig zu werden.«

Janine zuckte angesichts dieser versteckten Entschuldigung gleichmütig die Schultern. »Das kleine Miststück hat uns alle vorgeführt. Ich habe ja auch nicht wirklich verstanden, was los war.«

»Ich hätte es merken müssen«, sagte Alex leise und ohne jemanden anzusehen. »In der Dunklen Feste hätte es mir auffallen müssen.«

Die Runde fiel in bedrücktes Schweigen. Seit der Vernichtung des Schattenwesens war Alex so düsterer Stimmung, dass sich alle insgeheim Sorgen um den Jungen machten.

»Alexander«, sagte Herr Ramiç schließlich, »Ihr wart hier chancenlos. Himmel, ich habe nicht das Geringste bemerkt und ich habe ja nun wohl schon ein wenig mehr Erfahrung als Ihr! Man hat Euch eine Falle gestellt, in die jeder hätte hineintappen können.«

Janine strich sich Feigencreme auf ihren Käse. »Eigentlich erstaunlich, oder?«

»Was meinst du?«, fragte Alex.

Die Wächterin zuckte die Schultern. »Das Ding muss sehr viel von uns gewusst haben, um sich das alles auszudenken. Und hat schon mal jemand darüber nachgedacht, warum es den Stab verwenden konnte? Alex kann es nicht, Sonja auch nicht, aber dieses Biest schon. Was war da los?«

Herr Ramiç runzelte die Stirn. »Das Drachenauge ist offensichtlich ein wesentlich komplizierteres Werkzeug als ein normaler *focus*. Alleine der Umstand, dass es eigenständig beschlossen hat, Sie zu heilen – oder besser noch: Sie vom Tode zu erwecken –, ist erstaunlich genug. Ich traue mir nicht im Entferntesten zu, eine brauchbare Erklärung für seine Macht in den Händen dieses Wesens zu geben.«

Janine sah Alex an und grinste. »Du hast noch Hausaufgaben«,

erklärte sie. »In zwei Wochen weißt du, wie dieses Ding funktioniert! Verstanden, mein Fürst?«
Jetzt musste auch Alex widerwillig grinsen, und bei dem Anblick fiel Sonja ein Stein vom Herzen. »Ich versuch's«, seufzte er und sah auf das Meer hinaus. »Dabei wollte ich jetzt mal Urlaub machen.«
»Wir haben alle noch einiges zu tun«, tröstete ihn Herr Ramiç. »Heute Nachmittag müssen wir eine Gesandtschaft empfangen, deren Welt anscheinend nahe der Alpen aufgetaucht ist. Sie wollen sich mit uns besprechen.«
Alex warf Sonja einen fragenden Blick zu und sie nickte nachdrücklich. »Ich bin dabei«, versprach sie. »Jederzeit.«
Die Geschwister sahen sich einen Moment gegenseitig an. Es war einer dieser seltenen Augenblicke, in denen vollkommene Einigkeit zwischen zwei Menschen herrschte, ohne dass dazu auch nur das leiseste Wort nötig war. Was auch immer die Zukunft noch bringen mochte, welchen Schwierigkeiten sie sich zu stellen hätten – sie würden zueinanderstehen.
Zum ersten Mal entdeckte Sonja in Alex' bernsteinfarbenen Augen nach all den Wochen der Enttäuschung und Mutlosigkeit wieder so etwas wie Zuversicht – und diese Entdeckung erfüllte sie mit einer so unendlichen Erleichterung, dass es fast schon wehtat und sie kurz mit den Tränen zu kämpfen hatte. Denn auch wenn diese neue Welt nicht mehr von den Schatten bedroht wurde, so gab es doch immer noch zu viele Schwierigkeiten, als dass Sonja sich hätte vorstellen können, wie sie ohne ihren Bruder damit fertig werden sollte.
Für ihn musste endlich die Zeit der Heilung beginnen, und genau das war soeben geschehen. Der Gedanke ließ Sonja innerlich lächeln. Heilen war immerhin etwas, womit sie sich auskannte.